발견의 여행

발견의 여행

탐구하다

세계의 복잡성을

인간의 몸과

페달 위에서

스티븐 페이브스

강병철 옮김

위고

일러두기

- 인명과 지명을 비롯한 고유명사의 외국어 표기는 '국립국어원 외래어표기법'을 따랐다. 단, 외래어표기법 표기 세칙에 포함되어 있지 않은 언어는 현지 발음에 따라 표기했다.
- 국명은 저자가 여행한 시기(2010~2016년)를 기준으로 표기했다.
- 제목을 표시하는 기호로 단행본, 잡지, 신문에는 『』를, 논문과 기사, 단편 문학 작품에는 「」를, 영상물과 음악, 미술 등의 예술작품 에는 〈 〉를 썼다.
- 본문의 각주는 옮긴이 주이며 저자 주는 각주 끝에 따로 표기했다.

엄마에게

이십대에 배낭여행을 많이 다녔다. 걸어서 지구를 반 바퀴 돌고 버스로 육로 국경을 수십 개 넘어 다니면서 젊음을 소진했다. 밤마다 가장 저렴한 게스트하우스에 모인 여행자들과 무용담을 나누는 것 또한 여행의 일부였다. 말하자면 그것은 누가 더 더럽고 위험하고 정신 나간 여행을 했는지 겨루는 결투장이었다. 별의별 이상하고 터무니없이 오래 여행하는 방랑자를 그때 다 만났다. 당시 누군가 이렇게 말했던 것도 같다.

"내가 아프가니스탄에서 영국인을 한 명 만났거든. 자전거 타고 집에서 출발해서 유럽과 중동을 거쳐 남아프리카까지 내려갔다가 남미랑 미국을 종단하고 호주로 날아가서 동남아랑 인도랑 중국을 돌아서 왔다고 했어. 이제 출발한 지 6년쯤 됐다고 했나. 텐트랑 식량을 전부 싣고 다니면서 요리해 먹고 길에서 노숙하다가 수리 장비도 꺼내서 자전거 고치면서 다니고 있더라고."

이런 여행담이 화제에 오르면 누군가는 반신반의하고 누군가는 경악한다. 그런데 무려 이 책의 작가가 다녀온 실제 여행 루트다. 그는 6년 동안 자전거로 지구 두 바퀴가 넘는 86,209킬로미터를 주행했다. 이 여행자는 내가 그동안 직간접적으로 듣고 본 여행자 중에 가장 미쳤고, 이 여행기 또한 동시대의 사람이 쓴 것 중에 가장 미쳤다. 이 장대한 기록에서는 여행에서 느낄 수 있는 환희와 절망의 순간을 실시간으로 체험할 수 있다. 혼란스럽고 장황하지만 여행 기간에 비하면 차라리 압축된 것 같은 대서사시다. 온몸으로 여행하는 그를 통해 이방인으로서의 현장감이 전해진다.

이 여행은 어떤 체험이나 방랑으로만 끝나지 않는다. 작가의 본업은 응급실 의사다. 길 위의 그가 무엇 때문에 많은 사람들이 고통받는지 치열하게 고민한 덕분에 우리는 수많은 타자를 치료자의 시선에서 바라보게 된다. 긴 여행 동안 그는 의료봉사를 하는 동시에 국가 간의 정세를 되짚으며 문화사를 복기하기도 한다. 단순히 이곳에서 저곳으로 몸을 옮기는 모험담에 그치지 않는 다채로운 각도의 서술이다.

그런데 과연 그는 무엇을 위해 떠났던가. 그는 고백한다. 그간의 여행에서 많은 것을 경험했다고 반드시 더 나은 사람이 되는 것은 아니라고, 다만 내 경험으로 이해한다고 말하기 어려운 영역이 이 세상에는 훨씬 더 많음을 알게 되었다고, 그래서 낯선 타인을 경청하면서 이해하려고 노력하게 되었다고. 모든 여행자를 겸허하게 만드는 먼 여행을 마치고 돌아온 사람만이 할 수 있는 고백이다.

나는 막연히 꿈으로만 품고 있던 자전거 세계 일주를 하지 않아도 될 것 같다. 이 책을 이미 읽었기 때문이다.

남궁인(응급의학과 의사, 작가)

우리 한 사람 한 사람이 하나의 전기이고 이야기다. 우리는 각자 자신만의 이야기를, 우리 자신에 의해, 우리 자신을 통해, 우리 안에서, 즉 지각·감각·사고·행동을 통해서 스스로 끊임없이 무의식중에 만들어내기 때문이다. 물론 입으로 말하는 이야기는 언급할 필요조차 없다. 생물학적으로나 생리학적으로 우리는 서로 그다지 다를 것이 없는 존재들이다. 그러나 역사적으로 그리고 이야기의 화자로서 우리 모두는 각각 고유한 존재이기도 하다.

—— 올리버 색스, 『아내를 모자로 착각한 남자』

들어가며

6년간 자전거로 전 세계를 돌아다닌 여정에서 결정적인 사건으로 자꾸 떠오르는 순간이 있다. 내가 벌인 일이 전체적으로 얼마나 터무니없었는지 드러난 때였다. 그 일은 뜻밖에도 캔터베리에서 일어났다. 자전거 컴퓨터의 주행거리는 86,000킬로미터를 찍었고, 다음 날이면 드디어 런던에서 귀환을 축하하기 위해 모인 친구들과 가족을 만날 참이었다. 아침 내내 맞바람을 받으며 악전고투했던 터라, 도넛이 필요하다는 결론을 내렸다. 누가 가져가지 못하게 자전거를 가로등에 매어두고 자물쇠를 채운 후, 마트로 들어가 쇼핑카트를 밀며 안을 둘러보았다.

순간 무심코 오른손으로 카트 손잡이를 꽉 쥔 채 돌리려고 했다. 치킨키예프 판매대 앞에서 발길을 멈추고 내려다보고서야 깨달았다. 기어를 바꾸려고 했던 것이다.

돌이켜보면 애초에 집을 떠난 것도 일종의 본능이 아니었나 싶다. 그 본능은 어디서 왔을까? 낯선 곳을 돌아다니고, 가로지르고, 우회하고, 저 멀리 보이는 무언가 너머 '그곳'에 뭐가 있는지 직접 보지 않고는 못 견디는 성벽性癖은 어디서 왔을까? 내게 그것은 또 다른 여행 중에 시작되었다. 동생 로

넌과 함께 파타고니아의 드넓은 평원을 자전거로 휘젓고 다닐 때 나는 열아홉 살이었다.

　우리 계획은 자전거로 칠레를 종단하는 것이었다. 남쪽 끝에서 북쪽 끝까지. 내 아이디어였다. 옥스퍼드에 있는 우리 집의 성냥갑만 한 침실 창틀에 올려놓은 지구본을 돌리다가 내린 결정이었다. 동생과 나는 세상을 활개 치고 다니고 싶어서 한시도 가만있지 못하는 십대였다. 오소르노, 테무코, 쿠리코… 반쯤 꿈결처럼 들리는 지명들 사이로 '칠레'란 이름이 눈에 띈 순간, 더 알아보지 않고는 견딜 도리가 없었다. 할아버지의 빛바랜 지도책은 성인의 손으로 다루기에도 엄청나게 컸지만, 그 속에서도 칠레는 믿기지 않을 정도로 길게 뻗어 있었다. 기나긴 땅은 수많은 산으로 주름지고, 온갖 색깔이 이리저리 줄을 이루었다. 지도의 범례를 보는 순간 칠레는 드넓은 평원, 줄줄이 늘어선 화산, 칠레삼나무 숲, 하얗게 반짝이는 모래로 뒤덮인 복잡한 해안선이 뒤범벅된 공간으로 변했다. 북쪽으로 아타카마사막도 있었다. 점점이 흩어진 낯선 마을들이 문득 자취를 감추고, 마음을 사로잡는 광활한 공간이 펼쳐졌다. 그곳에 비하면 침실 창밖으로 보이는 도시 변두리의 풍경은 고통스러울 정도로 보잘것없었다. 자갈을 붙인 듯 만 듯 멋대가리 없이 늘어선 연립주택 앞으로 지나치리만큼 단정하게 주차된 포드 피에스타 차량들이라니! 우리 동네에서 흥미로운 사건이 벌어지는 일은 결코 없었다.

　동생과 내가 남미로 떠나기 몇 주 전까지는 그랬다. 어디서든 눈에 띌 것 같은 낯선 사람이 동네에 나타나기 전까지는. 창밖을 내다보는데 웬 남자가 핸들이 아래쪽으로 둥글게 꺾인 여행용 자전거를 끌고 동네를 돌아다니고 있었다. 짐받이에는 회색 짐 가방 두 개가 달려 있었다. 주소를 확인하는가 싶었는데, 우리 집 주소를 보더니 자전거를 몰고 들어왔다. 문밖에 턱수염을 길게 기른 남자가 서 있었다. 키가 훌쩍 크고 호리호리한 그는 비바람에 바랜 조끼를 입고 구식 사이클캡을 쓴 채 활짝 웃었다. 군살 없는 어깨는 햇볕에 그을려 구릿빛이었다. 그는 지역신문에서 우리 형제가 남미를 종단한다는 소식을 읽었다며 준비가 어떻게 되어가는지 봐주겠다고 했다(우리 집 주소도 신문에 실려 있었다). 얼마 전에 자전거로 대륙 종단을 마쳤으니 몇 가지 조언을 해줄 수 있다는 것이었다. 3년간 비용을 별로 들이지 않고 파타고니아에서 알래스카까지 야생에서 캠핑을 해가며 모든 길을 누볐다고 했다. 문득 〈포레스트 검프〉가 떠올랐다. 머리가 희끗희끗하고 수염이 무성한 열혈 여행자를 그렇게 부를 수 있다면 말이다. 우리는 영화 속에서 포레스트가 특별한 계획이나 목적지 없이 미국 곳곳을 달리는 장면을 무척 좋아했기에 그 낯선 사람을 포레스트라고 부르기로 했다.

엄마는 포레스트를 집 안으로 맞아들였다. 그에게서 조금이나마 위안을 얻고 싶었던 것이다. 아버지 없는 집에 자식은 아들 둘이 전부였으니 당연히 걱정이 많았다. 엄마는 고등학교 선생님이었으므로 십대들이 걸핏하면 스스로 무적의 존재라는 망상에 빠진다는 사실을 누구보다 잘 알았지만, 그렇다고 걱정이 덜어지진 않았다. 엄마는 우리에게서 평범한 십대의 모습을 보았고, 심지어 그걸 축복이자 저주라고 생각했을지도 모른다. 어쨌든 우리는 '그런' 나이였다. 달리는 차의 지붕 위에서 서핑 흉내를 내거나, 개리란 녀석에게서 훨씬 빨리 취한다는 말을 듣고 보드카를 눈으로 '마시려고' 하는 나이 말이다.

당연한 말이지만, 안락의자에 깊숙이 몸을 파묻고 늘씬한 근육질 다리를 쭉 뻗은 우리의 포레스트는 엄마가 큰 재앙이 닥칠지 모른다는 불안에 시달리며 마음을 단단히 다지고 있음을 까맣게 몰랐다. 우리가 이것저것 물어보자 신이 나서 자전거로 돌아다닌 이야기를 풀어놓았다. 대부분 끔찍했다. 콜롬비아 정글에서 텐트를 치고 잤는데 아침에 일어났더니 양쪽 다리가 온통 거머리로 뒤덮여 있었고, 안데스산맥에서는 폭설에 텐트가 내려앉았다고 했다. 그가 거실 바닥에 커다란 지도를 펼쳐놓자 우리가 가게 될 길이 현실로 다가왔다. "여기서 퓨마를 봤어, 목이 잘려 있었지, 그걸 누가 끈에다 꿰어설랑은, 어휴 냄새하고는, 울타리 말뚝에다 걸어놓은 거야." 엄마가 몸을 움찔했다. 그때는 그 모습을 보는 게 어찌나 즐겁던지. 엄마가 헬멧은 썼냐고 물었다.

"천만에요! 아르헨티나에서 그놈의 트럭에 치이면 헬멧 같은 건 쓰나 마나죠. 그냥 짜부라지는 겁니다." 그가 엄마의 걱정 어린 표정을 알아차리고 갑자기 말을 멈췄다. "예, 그냥 그렇다고요. 니들은 헬멧을 꼭 써야 된다." 그가 내게 슬쩍 곁눈질을 하면서 장난기 가득한 윙크를 날렸다.

자전거 여행자를 만난 건 그때가 처음이었다. 나는 홀딱 반했다. 알고 보니 포레스트 같은 사람은 한둘이 아니었다. 그즈음에는 자전거로 온갖 대륙을 종단, 횡단하는 사람이 셀

수 없었고, 세계 일주에 나선 사람도 많았다. 몇몇 극단적인 친구들은 사륜자전거로 세계를 일주하거나, 길이 아닌 곳으로만 달려 시베리아를 통과하거나, 페달보트로 수로를 건넜다. 도대체 왜 그런 짓을? '모험'이라는 모호한 말로 설명이 충분할까? 도대체 모험이란 무엇인가?

　　해답과 모험에 목마른 십대로서 나는 책을 파고들었다. 처음에는 탐험가들을 따라 폐가 짜부라질 만큼 높은 산 정상을 오르고, 얼어붙은 황무지를 힘겹게 한 걸음씩 헤쳐가고, 때로는 살아남기 위해 유혈이 낭자한 싸움을 벌였다. 그런 이야기에는 남자다움을 과시하는 분위기가 깊이 스며들어 있었다. 영웅적인 주인공들은 동지애와 담대함에 대해 썼다. 하지만 시간이 지나면서 나는 이렇듯 굳건하고 강인한 인물들에게서 점점 멀어졌다. 아일랜드에서 인도까지 자전거로 여행한 아일랜드 작가 더블라 머피Dervla Murphy라든지, 1930년대에 잉글랜드 코츠월즈에서 스페인까지 걸어서 여행했던 로리 리Laurie Lee라든지, 정글을 헤치며 땀에 젖고 벌레들에게 물리면서도 웃음을 잃지 않았던 부지런한 자연주의자 레드먼드 오핸런Redmond O'Hanlon 같은 이들을 알게 되었던 것이다. 이 방랑작가들은 스스로를 탐험가라고 생각하지 않았다. 그래서 더 그들이 좋았다. 시선이 강박적으로 내면을 파고드는 것이 아니라 밖을 향했기에, 쓰는 행위를 통해 호기심을 유지하고 모험에 힘을 불어넣었기에 그랬을 것이다. 손에 땀을 쥐는 드라마가 없는 것은 아니지만(『전속력으로Full Tilt』 8페이지에서 더블라는 리볼버로 쿨하게 늑대들을 날려버린다) 느리면서도 사려 깊게 여행하며, 끊임없이 질문을 던지는 태도에 더욱 감탄했다.

탐험가는 종종 적대적이다. 세상을 극복해야 할 도전 목표로 바라보면서, 자연을 지배하고 다스린다는 관점에서 글을 쓴다. 반면 여행작가들은 신체적 한계의 극복, 명성과 정복이라는 미심쩍은 동기를 넘어선 곳에 모험을 추구하는 더 높은 차원의 이유가 있다고 넌지시 알려주었다. 장소에 깃든 신화를 파고들었으며, 현지인들과 격의 없이 어울렸다. 세상에 대한 통찰과 경탄과 새로운 관점을 추구했다. 그저 높은 봉우리를 정복하거나 드넓은 지역을 횡단하는 것보다 훨씬 드높은 야심이다. 또한 그들은 언제나 직선 경로를 피했으며, 그때그때 기분에 따라 서슴지 않고 우회로를 택하는 방랑자였다.

동생과 함께 칠레의 한쪽 끝에서 다른 쪽 끝까지 달리는 여행은 결국 실현되었다. 절반은 재난이고, 절반은 깨달음이었다. 재난은 모든 예측 가능한 이유 때문이었다. 우리는 어렸고, 초롱초롱한 눈망울만큼이나 아무것도 몰랐고, 땡전 한 푼 없었다. 사이클링 키트는 대부분 우리의 나이와 턱없이 큰 꿈을 동정하는 이런저런 회사에 빌붙어 얻어낸 것이었지만(호기롭게도 우리는 그걸 스폰서라고 불렀다), 본래 물건의 품질은 가격에 비례하기 마련이라 한 푼도 치르지 않은 장비가 제대로 작동할 리 없었다. 채 일주일도 안 돼 한창 달리는 중에 자전거의 알루미늄 짐받이가 뒷바퀴살에 끼는 바람에 나는 마치 로데오의 카우보이처럼 땅바닥에 나가떨어졌다.

계속 달리려면 임기응변으로 대처하는 수밖에 없었다. 짐 가방을 자전거 본체에 붙들어 맨 채, 몇 주간이나 로넌을 뒤쫓아 파타고니아를 가로질렀다. 바위와 바람에 흔들리는 관목 덤불의 단조로운 풍경이 한없이 펼쳐졌다. 돌풍이 사정없이 밀어붙일 때마다 두 줄의 타이어 자국이 서로 얽혀 돌가루 날리는 길 위에 이중나선 비슷한 자취를 남겼다. 사방을 둘러보아도 특별할 것 없는 곳의 삶을 어렴풋이 상징하는 표식 같았다. 돌풍은 상습적인 폭력처럼 대지를 휩쓸었다. 땅이 평평하게 깎일 정도였지만, 그곳에서는 대단한 기상 사건이라기보다 배경에 깔린 분위기처럼 일상적인 것이었다.

파타고니아가 그토록 위험하고 야생적으로 느껴진 것은 바람 때문이었을지 모른다.『베들레헴을 향해 웅크리다』에서 조앤 디디온은 또 다른 돌풍, 로스앤젤레스를 뒤흔드는 건조한 샌타애나의 '악마풍'을 언급하며, 그 바람이야말로 도시의 덧없고 불안정한 분위기를 한층 고조시킨다고 썼다. "그 바람은 우리가 얼마나 경계에 가까이 있는지 보여준다." 나 역시 파타고니아에서 그런 경계를 느꼈다. 그 혹독한 포효 속에는 우리를 수밖에 없는 뭔가가 있었다. 그토록 작고 바람에 이리저리 나부끼는 존재, 그토록 행복하면서도 연약한 존재라는 느낌은 그때까지 한 번도 겪어보지 못했다.

우리는 어디에도 오래 머물지 않았다. 마음에 드는 곳이면 어디든 길에서 약간 벗어나 텐트를 쳤다. 야영의 임의성이야말로 순수한 해방감을 안겨주었다. 그때그때 충동에 따라 마음 내키는 대로 경로를 선택했으며, 탈출한 전쟁 포로처럼 먹어댔다. 산들이 솟고 가라앉는 풍경 속에서 한없이 작은 존재, 까마득한 상공에서 찍은 다큐멘터리에 나오는 야생동물이 된 것처럼 압도되었다. 돌이켜보면 까마득히 오래된 일 같다. 기억 속에서 길은 하나로 합쳐져 흐른다. 때때로 그때 찍은 사진들 위에 쌓인 먼지를 떨어낸다. 사진이 기억보다 더 생생한 이야기를 들려주기 때문이다. 우리는 행복하고 침착해 보인다. 제기랄! 뺨에 홍조까지 띠고 있다.

지형이 어떻든 자전거로 장거리를 달리다 보면 상황이 수시로 변한다. 기막히다고 감탄했다가도 이내 죽도록 지루해진다. 나는 그런 불안정함, 언제라도 운수가 뒤바뀔 수 있다는 엉거주춤한 느낌이 좋았다. 구름이 갈라지며 가슴 뛰는 장엄한 풍경이 펼쳐지면, 삶은 그걸로 족했다. 물론 낯선 사람들이 큰 소리로 힘내라고 외치며 차창을 내리고 간식거리를 건네면 더 좋았다. 외딴길을 달릴 때면 자연이 나를 품에 안고 어르는 듯했다. 전쟁 포로 같기는커녕 종종 깊은 평화를 느꼈다.

칠레에서는 가는 곳마다 따뜻하게 환대받았다. 나이가 어린 것도 분명 도움이 됐겠지만, 가진 돈이 없다는 것이 더 중요했다. 그렇게 천천히, 형편을 다 드러내며 방랑하는 자전거 여행자는 타인의 친절을 경험하게 마련이며, 머지않아 이 혹성의 모든 구석에서 친절이 배어 나오는 느낌에 사로잡힌다. 우리는 우연히 들른 안데스산맥의 수많은 마을에서 어렵지 않게 묵을 곳을 찾을 수 있었다. 낯선 이의 집, 학교, 경찰서, 군부대에서 으레 뜨거운 스튜를 배불리 먹고 양털 모포 아래서 잠을 청했다. 작은 호의와 행운이 끝없이 이어진 덕에 자전거가 이 세상의 자유통행권처럼 생각될 정도였다.

출발한 지 5개월 뒤, 아타카마사막의 고요한 모래 한복판에 서서 우리는 바람 울부짖는 남쪽에서 얼마나 멀리 달려

왔는지 새삼 돌아보았다. 내 다리에 붙은 낯선 근육을 찬찬히 뜯어볼 때도 똑같은 생각이 들었다. 자전거에 올라 먼 거리를 달리는 일은 놀라울 정도로 단순했다. 계속 달리면 어떻게 될까? 몇 개월 더 달리면 콜롬비아의 운무림에 닿을 테고, 거기서 조금 더 가면 오악사카의 드넓은 해변이 펼쳐질 터였다. 그렇게 조금씩 세상을 탐험하면서 원한다면 강렬하게 마음을 끌어당기는 야생의 세계, 회색곰들이 어슬렁거리며 순찰을 도는 알래스카까지 갈 수도 있으리라. 가능성은 끝이 없었다.

✱

그 대신 우리는 비행기를 타고 집으로 돌아왔다. 물론 또 다른 삶이 펼쳐졌다. 그해 가을 리버풀에 있는 의대에 들어가 공부하며 5년, 인간기계에 경탄하고 삶이 삽시간에 무無로 돌아가는 허탈한 방식에 놀라며 다시 5년을 보냈다. 강의실과 포르말린 냄새가 코를 찌르는 해부실, 산더미처럼 쌓인 교과서와 벼락치기용으로 만든 수많은 카드로부터 졸업한 뒤 머지사이드주의 한 병원에서 2년간 인턴으로 일했다. 다른 인턴들과 지내는 것 역시 절정과 나락을 오가는 또 다른 모험이었다. 모두 각자 맡은 역할의 의미를 찾으려고 노력하면서, 끝없이 이어지는 불가피한 작은 실수에 엄청난 뻘짓을 더해 끝없는 심연으로 추락하지 않으려고 안간힘을 썼다. 초보 의사에게는 처음 해보는 일이 수시로 닥친다. 난생처음 누군가의 삶을 영원히 바꿔놓을 심각한 진단 결과를 알리고, 난생처음 환자의 심장에 전기충격을 가하고, 난생처음 어떻게 해도 심장박동이 돌아오지 않으리란 것을 깨닫고, 난 생처음 사망선고를 하고, 난생처음 가족들에게 사망이 불가 피했음을 설명하고, 난생처음 지퍼에 끼인 음경 포피를 빼내 는 일이 이어졌다.

타고난 인류애라거나, 뭐 그런 고매한 이유로 의사가 되 었노라고 자랑스럽게 선언하고 싶지만, 슬프게도 나는 애초 에 그런 마음을 타고나지는 않았다. 의과대학에 지원한 건 과학을 좋아했고 나를 가르친 선생들이 의대에 들어가기가 어렵다고 했기 때문이다. 그 말이 뭔가 대단한 도전으로 느 껴져 아무 생각 없이 도전 자체에 몸을 던졌다. 돌이켜보면 의대 입학 면접 뒤로 더 먼 곳에 훨씬 큰 도전, 인간의 삶과 죽음을 갈라놓을 도전이 기다리고 있음을 진지하게 생각해 보지 않았다는 것이 두려울 정도다.

천만다행히도 당시에는 의사가 되겠다는 결정에 진지하 게 반문해보지 않았다. 예상치 못하게 일이 길어지거나 일을 하다가 정신적 상처를 입을 수도 있지만, 전반적으로 의업은 보수가 괜찮고, 해결해야 할 문제와 답해야 할 질문이 넘쳐 팽팽한 긴장을 선사한다. 인간 생리학이라는 전문 지식의 심 오함을 깨닫기 전이라도, 낯선 사람들이 자기 삶의 풍경, 소 망과 두려움, 허상과 비밀, 그들의 가장 깊은 곳에 자리 잡은 이야기를 숨김없이 공유하는 직업이 지루할 리 없다. '이야 기'야말로 의사라는 직업의 핵심이다. 때때로 환자들은 기막 힌 이야기꾼이지만, 그렇지 않다고 해도 의사는 환자가 말하 지 않은 것, 반쯤 말한 것, 심지어 검사 결과에서 이야기를 듣는다.

머지사이드에서 2년간 기초 수련을 받은 후 명망 있는 병원에서 레지던트로 일할 기회를 얻었다. 한 단계 올라선 것이다. 세인트토머스병원은 국회의사당 맞은편에 템스강 위로 우뚝 솟은 상아색 건물이다. 오랜 역사 속에서 수많은 전문가를 배출하고, 최전선에서 의학을 개척한 사람들의 유산이 이어져 내려오는 대형 교육병원 응급실에서 교대 근무를 시작했다. 갑자기 혈압이 떨어져 어지럼증을 느낀 나머지 의회 연단에서 비틀거려 실려 온 귀족부터 복스홀에서 사흘간 이어진 광란의 섹스파티에서 심장이 너무 빨리 뛴다고 들이닥친 파티족에 이르기까지 온갖 환자들을 진료했다. 새삼 영국에 얼마나 많은 종류의 인간들이 뒤섞여 살아가는지 느꼈다.

2년간 세인트토머스병원의 여러 진료과에서 행복하게 순환 근무를 했다. 중환자실에서 중심정맥관과 흉관을 삽입하고, 긴급 호출을 받아 황급히 달려가고, 심장이식병동을 종종걸음으로 돌아다니며 아버지와 아들, 형제와 자매의 수술을 준비했다. 동시에 앞으로 어떻게 살 것인지, 이대로 정해진 과정을 착실히 밟아 전문의에 이르는 사다리를 올라갈 것인지 고민했다. 내 일을 사랑한다는 것이 처음에는 특권 같았지만 점점 불편하게, 심지어 삶에 방해가 된다고까지 느껴졌다(좀 뻔뻔하게 들릴지 몰라도). 누군가 무슨 과를 택할 거냐고 물으면 진료 분야뿐 아니라 내 삶과 수많은 기회까지 좁아진다는 생각이 들었다. 이십대의 막바지였고 마침 새로운 10년이 시작되려는 때이기도 해서, 시간이 쏜살같이 흐른다는 두려움과 어느 날 아침 눈을 떠보니 발기부전이, 또는 더 끔찍하게도 퀼트나 퍼즐 맞추기에 대한 정열이 덮쳐오는 날이 오고야 말리라는 불안이 엄습했다.

그렇다고 탈출을 갈망하거나, 당장 그러지 못해 안달이 난 것은 아니었다. 그보다 뭔가 나를 끌어당긴다는 느낌이 어렴풋이 되살아났다. 하지만 그게 뭐란 말인가? 그때는 그 느낌을 정확히 뭐라고 해야 할지 몰랐다. 그러다 그 감정에 가장 가까운 단어를 발견했다. 독일어 '젠주흐트Sehnsucht'는 더 많은 것을 애타게 갈망하지만 정작 그것이 뭔지 쉽게 설명하거나 정의할 수 없다는 뜻이다. 나는 거의 모든 것이 더 많이 필요했다. 더 많은 공간, 더 많은 시간, 더 많은 위험, 더 많은 여행. 그것이야말로 나를 다시 세계와 연결해줄 것이라고, 세계에 대한 나의 감각을 새롭게 해줄 것이라고 믿었다.

한순간도 의사가 되기를 영영 포기하겠다고는 생각하지 않았다. 끊임없는 배움, 팀워크, 다른 곳에서는 절대로 볼 수 없을 다양한 세계, 환자들과 삶의 온갖 특이함을 적나라하게 볼 수 있는 특권이 주는 즐거움을 나는 만끽했다. 하지만 자전거로 칠레를 종단하던 기억이 떠오를 때면 삶의 큰 기회를 그저 흘려보내고 있다는 기분을 떨칠 수 없었다. 다른 수련의들이 한창 전문과목을 정해 지원서를 낼 때 지금 아니면 영원히 못하리라고 느껴지는 순간이 찾아왔다. 이를 악물고 온 힘을 다해 그 기회를 붙잡았다.

어떤 이유로든 의사로 일하기를 중단하기란 쉬운 일이 아니지만, 여행처럼 사소한 이유로 그런 결정을 내리면서 죄책감에 사로잡히지 않기란 정말 어려웠다. 가족이나 더 폭넓은 삶의 가능성보다, 아니 그 무엇보다도 의학을 우선시하는 동료들은 소극적이지만 분명한 반감의 기색을 내비쳤다. 사실 의업을 떠날 생각을 했을 때는 이기심에 사로잡혀 남에게 봉사하고 세상에 쓸모 있는 사람이 되어야 한다는 상식을 저버리는 것이 아닌지 스스로도 의구심이 들었다. 이런 감정을 묻어두는 방법이 있다. 내가 발견한 최선책은 나는 아직 젊고 앞으로 수십 년간 NHS◆ 체계 내에서 열심히 일할 것이라고 끊임없이 되뇌는 것이었다.『더 타임스』미니 지도책도 도움이 되었다. 매일 저녁 그 책을 끼고 살았다. 샤워를 하면서도, 버스에서도, 환자의 가슴을 압박하며 심폐소생술을 할 때도 모험을 꿈꾸었다.

시험을 준비하면서도 툭하면 곁길로 빠졌다.『해부생리학 원론』을 열심히 들여다보는데 의학용어에서 지구와 인체의 유사성이 눈에 들어왔다. 췌장 속 특수한 세포들의 집합체는 랑게르한스Langerhans섬◆◆이었다. 뇌에는 수로aqueducts가, 골반에는 작은 만inlet이 있었다. 용어 자체가 정확히 장소를 지칭하지 않더라도 은유는 분명했다. 동맥은 강이 갈라지듯 두 갈래로 분지했으며, 부비동은 동굴이나 호수와 같았다. 중국 같은 나라의 도로망은 신경망처럼 구불구불하게 뻗어 서로 연결되었다. 피부에는 표피, 진피, 피하층이 있는데, 대기에도 대류권, 성층권, 중간권, 열권이 있지 않은가! 아니, 어쩌면 뇌를 둘러싼 뇌막이 세 층으로 이루어진 것에 더 어

◆　　영국의 공공의료 서비스National Health Service의 약칭.
◆◆　　인슐린을 분비하는 이자 안에 흩어져 있는 섬 모양의 내분비샘 조직.

울리는 비유일지 모르겠다. 뇌와 지구에는 모두 반구가 있으니 말이다. 심지어 우리는 신체와 지구의 지도를 그릴 때도 비슷한 방식을 사용한다. 할선割線은 신체라는 지도에 콜라겐 섬유의 자연적인 방향을 그린 위상적 선이다. 외과 의사는 할선을 이용해 방향을 잡고 어디를 절개할지 결정하는데, 여행자들이 방향을 찾을 때 등고선이나 경도를 이용하는 것도 이와 마찬가지다.

웅대한 계획이 모습을 갖춰갔다. 칠레에서 스파크가 튄 생각은 걷잡을 수 없는 연쇄반응을 일으켰다. 이번에는 한 국가, 심지어 한 대륙도 충분치 않았다. 지도책의 여백마다 야심 찬 계획을 끄적거렸다. 각 대륙을 이쪽 끝에서 저쪽 끝까지 달리는 여정이었다. "여긴 엄청 추운 데잖아?" 희망에 부풀어 약 3초 만에 남극 대륙을 가로질러 그어놓은 선을 보고 엄마가 투덜거렸다. '좋아. 그러니까 여섯 개 대륙을 가로지르게 되겠군….' 유럽을 시작으로 아프리카를 거쳐 남미, 북미, 호주, 아시아… 지구 전체의 규모와 다양성을 느끼기에 그보다 좋은 방법은 없을 터였다. 각 대륙을 훑어보며, 어디서 시작해 어디서 끝마칠지 가늠해보았다. 그 사이에서 어떤 경로를 취할지 정확한 계획을 세우지 않은 채. 그 공간에서 뜻밖의 기쁨과 위험을 마주치리라.

엄연한 현실이 있었다. 앞으로 몇 년간 직업이나 안정적인 수입 없이 지내야 했다. 돈을 모으기 시작했다. NHS 소유의 공동주택으로 옮겼다. 일어서면 머리가 천장에 닿을락 말락 했고, 수도꼭지는 잠가도 물이 똑똑 떨어졌으며, 사방에서 냉기가 스며들었다. 하지만 길을 떠나면 더 가혹한 삶이 기다릴 것은 분명했다. 사회생활과도 작별했다. 예산에 맞추려면 대부분의 밤을 길가에서 노숙해야 했다(하루 10달러로 버틸 셈이었다. 그보다 적으면 더 좋고). 예측할 수 없는 불편을 겪으며 죽과 컵라면으로 때우는 날이 몇 년씩 이어질 터였다. 도대체 왜 집을 떠나는 것이 그토록 당연한 결정처럼 생각되는지 스스로 의아하기도 했다. 지금 생각해보면 그저 덜 확실한 미래를 동경했던 것 같다. 불확실성이야말로 삶이든 자전거 여행이든, 모든 여정의 심장이요 영혼 아니던가.

차례

1부

지도의 공백이
모험을 부른다

○런던에서

●케이프타운까지

의학적 관점에서 자전거 타기는 해묵은 부정적 편견에서 완전히 벗어났다. 이제 사람들은 자전거를 타면 장기가 파열된다는 말이 완전히 허튼소리였음을 안다.

――『자전거 이용자를 위한 포켓북 겸 일기The Bicyclists' Pocket Book and Diary』

1
출발선

흠, 보자. 자전거는 정비를 마쳤고, 지도들은 방수 케이스에 넣었고, 짐 가방도 챙겼고, 체크, 체크, 체크, 그러고도 마지막에는 반갑지 않은 순간, 하지만 긴 여행에서 결코 빠지지 않는 순간이 찾아온다. 의구심이 모락모락 피어나는 것이다. 특별한 이유는 없다. 두려움과 불길한 예감과 그럼에도 주사위는 던져졌다는, 편안한 삶을 포기하고 환상을 좇는 도박이 시작되었다는 막연한 생각이 그저 뒤죽박죽 섞여 있을 뿐. 출발선도 그리 도움이 되지 않았다. 친구 톰과 에디가 빨간색과 흰색으로 된 테이프를 양쪽에서 붙잡고 있었다. 그건 사실 사람들이 위험한 곳에 접근하지 못하도록 둘러칠 때 쓰는 것이었다.

새로 장만한 장거리용 자전거의 페달을 밟아 출발선 쪽으로 다가가며, 세인트토머스병원 앞마당에 옹기종기 모인 몇 안 되는 배웅객에게 희미한 미소를 지어 보였다. 맨 앞에 선 엄마 뒤로 친구들, 그리고 짧은 점심시간에 잠깐 짬을 내어 나온 몇몇 의사와 간호사가 샌드위치를 손에 든 채 어쩔 줄 모르는 표정을 짓고 있었다. 모험을 떠난답시고 나름 갖춰 입었지만 스타일은 영 아니었다. 헬멧을 쓰고, 얇은 옷으로 몸을 한 겹 감싼 위로 착 달라붙는 방수 사이클링복을 입었다. 1월 초였다. 날씨는 특별할 것 없었다. 흐린 하늘로 칙칙한 런던에는 산들바람 한 점 불지 않아, 잿빛 얼굴에 환자복을 입고 출입구 옆에 선 두 명의 남성 만성 호흡기질환 환자가 피워 올리는 담배 연기조차 흩어지지 않았다. "이곳은 금연구역입니다." 머리 바로 위에 표지판이 걸려 있었지만, 그들은 표지판을 지탱하는 금속 기둥에 재를 떨었다. 그 또한 NHS의 어이없는 실상이었으나 몹시 아쉬운 기분이었기에 그 모습이 눈에 들어오자 모든 것을 남겨놓고 떠난다는 데 갑자기 울컥했다.

책을 통해 수없이 떠났던 탐험에서 나는 그저 아무 일도 아니라는 듯 휙 길을 떠나는 모험가들에게 감탄을 금치 못했다. 격식을 갖출 것도 부산을 떨 것도 없이, '여행이란 미지의 것들로 가득하게 마련이지' 하며 고개를 한 번 끄덕이는 정도랄까. 초장부터 너무 설쳐대면 공연히 동티가 날지 모를 일. 하지만 모인 사람들을 찬찬히 바라보며 시대가 변했음을 알 수 있었다. 밀레니얼세대(나는 딱 경계선에 있다)는 이런 일에 요란을 떠는 법이다. 블로그를 시작하고, 작별 파티를 열고, 시끌벅적한 트위터 피드를 올린다. 하긴 뭔가 주저하는 마음이 들 때는 약간 요란하게 광고하는 것도 괜찮은 방법이다. 백 명 정도가 지켜보는 앞에서 시작한 일이라면 그만두기가 훨씬 어려울 테니까.

출발! 환호와 박수를 뒤로한 채 힘차게 페달을 밟아 출발선을 통과하고 병원 앞마당을 가로질렀다. 웨스트민스터교 끝에 이르러 몇몇 관광객을 끼고 돌아 방향을 바꾸었다. 누구나 그랬겠지만, 6년간의 자전거 여행이라는 믿기 어려운 목표가 막상 닥쳐오자 눈앞의 도로에 집중하느라 미처 주변에 신경을 쓰지 못했다. 웨딩 촬영 중인 아시아인 신부와 카메라 사이에 끼어들고 만 것이다. 어쩌면 나의 벙찐 얼굴이 그들의 벽난로 위 선반이나 결혼앨범 속에서 빅벤이 있어야 할 자리를 대신 차지한 채 불멸의 존재가 되어 있을지도 모른다.

그날은 어떤 의미에서 시작이었지만, 동시에 끝이기도 했다. 2년간의 준비와 계획이 마침내 끝난 것이다. 그놈의 끝도 없는 '해야 할 일' 목록이 마침내 바닥을 드러내고, 결정적인 질문에 모두 답했으며, 중요한 결정들이 내려졌다. 예컨대 자전거용 짐 가방은 어떤 색으로 골라야 더 용감무쌍해 보일까? 화강암색과 검은색? 라임색과 이끼색?(결국 화강암색과 검은색으로 결정했다.) 다 큰 녀석이 기저귀를 찬 것 같은 기분에 익숙해질 수 있을지 자문하며 수많은 상표 사이에서 사이클링용 라이크라 반바지를 고르느라 스포츠용품점을 몇 시간씩 돌아다니기도 했다. 블로그를 열어 '육대주를 자전거로'라는 목표를 발표했지만, 진지한 숙고 끝에 불가능한 계획이라는 깨달음이 문득 찾아왔다. 슬프게도, 정말로 불가능하다는 생각이 든 것은 템스강 북쪽 강둑길에 들어서서 백 미터를 달린 뒤였다.

나는 방향감각으로 말할 것 같으면 친구들이 배꼽을 잡고 웃을 정도로 형편없고, 타고난 기계치이며, 동생과 자전거로 칠레를 종단했다고는 하지만 그조차 10년도 넘은 일이었다. 의사가 된 뒤로 자전거 타기는 물론 변변한 운동 한번

해본 적이 없는데, 여행을 준비하면서도 사정은 전혀 나아지지 않았다. 편하게 생각하기로 했다. '자전거로 지구를 일주하는 것만도 힘든 일인데, 왜 시작하기도 전부터 훈련을 한답시고 몇 개월 더 힘든 일을 한단 말인가?' 사정이 이렇다 보니 템스강 둑길을 조깅하는 사람조차 따라잡기 힘든 판이었다.

물론 40킬로그램에 달하는 여행용 키트나 듬직한 철제 프레임을 갖춘 자전거를 탓할 수도 있었다(자전거숍 점원은 한 대라도 더 팔겠다는 절박함으로 말했다. "정말 튼튼한 물건이죠!"). 하지만 그런 것이 내 속도에 대한 그럴듯한 변명이 되지 못한다는 사실은 그저 눈길을 살짝 아래로 돌리기만 해도 바로 알 수 있었다. 이 세계의 한쪽 극단에 철인3종경기로 단련된 다리가 있다면, 내 몸에 달린 창백하고 후들거리는 부속기관은 반대편 끝에 놓일 터였다. 뭐라 형언할 수 없는 헛헛함이 밀려왔다. 시간적으로 보아 향수병이나 외로움일 리는 없었다(아직 런던브리지에도 이르지 못했다). 어쩌면 향수병이나 외로움에 대한 기대였을까? '향수병 예고'라든지, '외로움 전단계'란 말도 있나?

자전거로 세계 일주를 나선 지 20분 만에 길 왼쪽에 '더 조지'라는 술집이 나타났다. 옥외 테라스에 탁자를 내놓은 아담한 맥줏집이라니. 생각을 가다듬고 두툼한 감자튀김도 좀 먹고 지도를 다시 점검하고 시름을 잊기에 안성맞춤이었다. 곧이어 친구 몇몇이 합류했다. 헨리가 곧 어두워진다고 지적한 뒤에야 나는 두 번째로 작별을 고하고 다시 자전거에 올랐다. 모험가로서의 첫날은 한 시간 뒤, 벡슬리히스의 한 민박집에서 막을 내렸다. 나는 출발선에서 20킬로미터 떨어진 곳에서 꽃무늬 이불을 덮고 잠에 빠져들었다. 엉덩이가 뻐근한 것이 앞날이 결코 순탄치 않으리라 예고하는 듯했다.

✳

퍼뜩 잠에서 깬 눈을 깜빡였다. 커튼 틈새로 들어온 강렬한 백색광이 방 안을 가득 채우고 있었다. 비척비척 창가로 걸어가 커튼을 열어젖히고는 입을 딱 벌리고 말았다. 눈길 닿는 곳까지 온통 눈에 파묻혀 있었다. 눈은 계속 퍼부었다. 바람이 휘몰아칠 때마다 하늘을 가로질러 눈보라가 일었다.

운수 사납다고 저주를 퍼붓기에는 판단 착오가 너무 명백했다. 출발 일자를 정하면서 계절을 간과한 것이다. 그저 내가 준비되었을 때 떠나면 된다고 생각했다. 원정 계획 세미나(4회)와 사이클링 엑스포(3회)에 참가했으니 그만하면 충분하다고 믿었다. 그러다 마침내 일기예보에서 몇 번씩이나 31년 만에 서유럽에서 가장 추운 겨울이 될 거라고 경고한 시기에 요 모양 요 꼴로 '준비를 갖춘' 것이다.

양말과 치약과 모자 등속을 짐 가방에 마구 쑤셔 넣었다. 가방은 건드리면 터질 듯 부풀어 올랐다. 펑 하고 폭발해 여분의 바큇살, 지도, 냄비며 팬이 사방에 파편으로 날아가는 상상을 했다. 이미 쓸데없음이 입증된 모든 것이 떠올랐다. 예컨대 전자 웨더미터 같은 것. 버튼을 누르면 기온과 습도, 게다가 맙소사, '이슬점'까지 보여주었다. 웨더미터의 배터리를 충전하려고 초소형 풍력발전기까지 사서, 그 전날에야 처음으로 애처로워 보이는 플라스틱 프로펠러를 시험해보았다. 조금이라도 전력을 생산하려면 5등급 태풍이 불어야 할 것 같았다. 그런 바람이 불어닥치면 죽느냐 사느냐 하는 판이 될 텐데 이슬점 따위가 무슨 상관이람!

커피를 만든 뒤 이불을 머리부터 뒤집어쓴 채 침대 모서리에 웅크리고 앉아 BBC 뉴스를 틀었다. 일기예보가 나왔다. 화면 아래쪽에 '최강 한파'를 알리는 안내문이 떠 있었다. 스코틀랜드는 온통 설국으로 변했다. 심지어 일부 남쪽 지방까지 40센티미터가 넘는 눈에 파묻혔다. 전날 밤 맨체스터의 기온은 영하 17도까지 떨어졌다. 반으로 접힌 대형 화물차와 완전히 뒤집힌 밴들이 폭설로 폐쇄된 고속도로에 나뒹구는 모습이 TV 화면에 휙휙 지나갔다. 군 병력이 긴급 투입돼 고립된 운전자 둘을 구조했다. 가까스로 목숨을 건진 운전자들은 겁먹은 표정으로 눈 덮인 도로 옆에 오들오들 떨며 앉아 있었다.

짐을 자전거에 싣고 밖으로 나갔다. 바큇자국이 깊이 패며 진창이 된 눈을 양쪽으로 갈랐다. 사람들은 커다랗고 행복한 표정을 한 눈사람을 만드느라 부산했다. 설경 속에서 아이들이 뛰놀고 있었다. 악천후로 전국에서 약 8천 개 학교가 휴교에 들어갔다. 아이들은 뜻밖의 행운을 기념해 서로를 박살내버리겠다는 듯 눈싸움을 벌였다.

도로에 올라선 나는 앞서간 자동차들이 얼음을 깨놓은 곳을 따라가려고 안간힘을 썼다. 눈싸움하던 아이들 몇몇이 주춤거리는 모습이 눈에 들어왔다. 사자 떼가 세렝게티초원에서 움직임을 포착했을 때처럼, 삽시간에 술렁거림이 아이들 사이를 휩쓸고 지나갔다. 페달을 힘껏 밟아 속력을 내려고 했지만 어림도 없었다. 첫 번째 미사일이 날아와 귀를 강타했다. 또 한 방이 목에 명중했다. 보온 내의 속으로 얼음물이 흘러들었다.

공격은 산발적이었지만, 남동쪽으로 방향을 잡고 켄트주를 통과하는 몇 시간 동안 계속 이어졌다. 아이들은 '조직적'으로 눈덩이를 던졌다. 다리 옆에 매복해 있다가 기습하는가 하면, 육교 아래를 통과할 때는 아예 대놓고 일제사격을 퍼부었다. 아직 젖니도 빠지지 않은 녀석들이 엄청난 양의 눈뭉치를 쌓아놓고 군인들처럼 수신호를 주고받았다. 어디선가 이런 소리가 들려오기도 했다. "3시 방향에 적 출현!"

다트퍼드 주변에 이르자 상황은 더 나빠졌다(상황은 늘 나빠지게 마련이지만). 버스 정류장의 두꺼운 아크릴판 뒤에 숨어 있던 소년병 군단이 갑자기 뛰쳐나오더니 볼링핀처럼 진용을 갖추었다. 맨 앞에 선 볼링핀은 얼굴이 빨갛게 상기된 사디스트였다. 125센티미터밖에 안 되는 주제에 기업 합병의 밝은 미래를 떠드는 기업사냥꾼처럼 조롱기 어린 태도로 온몸에서 폭력의 기운을 내뿜었다.

"얼굴에 한 방 먹여!"

"뭐라고? 잠깐! 기다려! 우리 얘기 좀….

"얼굴에! 얼굴에! 멍청한 저 얼굴에 한 방 먹여!"

다운스에서 처음 언덕 맛을 제대로 봤다. 오르막에 헐떡거리며, 짐의 무게와 내 한심한 다리와 망할 웨더미터에 저주를 퍼부었다. 하지만 그때… 이게 완전히 망한 계획은 아니었다는 생각이 떠올랐다. 훈련을 하지 않은 것은 그저 바쁘거나 시간과 노력을 절약하기 위해서가 아니라 의학의 발전을 위해서였다! 훈련을 했다면 중요한 실험 결과를 망쳐버릴지도 몰랐다.

그로부터 몇 개월 전, 나는 세인트토머스병원 동료들에게 6년간의 자전거 타기가 신체에 미치는 영향을 연구하겠다고 떠들고 다녔다. 그 긴 여정 동안 완전히 다른 사람, 신체적으로나 생리학적으로나 포대 자루 같은 '비포' 상태에서 대리석 조각 같은 '애프터' 상태로 바뀔지 모른다는 가능성에 완전히 사로잡혔다. 하트 박사는 열광적으로 실험을 주재하겠다고 나섰다. 돌이켜보면 불길한 전조가 아니었을까도 싶지만, 어쨌든 계획을 논의하기 위해 그의 연구실을 찾았다.

"듣자 하니 자전거로 세계 일주를 한다며? 기막힌걸! 우선 기초데이터를 수집해야 하네."

"물론입니다! 어떤 검사든 기꺼이 받겠습니다."

잠시 침묵이 흘렀다. 다음 순간, 그가 머뭇거렸다.

"어떤… 검사든?"

"물론이죠!"

하트 박사는 책상 위로 고개를 숙이고 종이에 뭔가 끄적거렸다. 지금 생각해보면 기니피그를 그렸던 것도 같다. 그리고 그 뇌를 해부용 칼로 자르는 모습도.

우선 그는 '양측 횡격막 신경자극검사'를 지시했다. 호흡기 검사실로 가기 전에 굳이 자세히 알아보지는 않았지만 자석을 이용해 횡격막의 힘을 검사하는 것으로 이해했다.

검사실로 걸어 들어가는 나를 쳐다보는 연구원들의 눈길에는 늑대처럼 음흉한 뭔가가 있었다. 인사를 하는데도 얼굴은 보는 둥 마는 둥 내 흉골과 호흡근에만 신경을 쓰는 것 같았다. 하긴 그렇게 신선하고 자발적인 실험 재료가 드물기는 할 터였다.

자리를 잡고 앉자 누군가 말했다. "와주셔서 감사합니다! 멋져요! 정말 멋져요!"

"그렇죠? 맞아요!"

"자, 걱정하실 것 없습니다. 여기서 토한 사람은 한 명도 없으니까요."

"토해요? 하지만 왜 여기서…."

"비위관鼻胃管 때문이죠. 횡격막 가까운 곳에서 데이터를 얻어야 하는데, 횡격막에 가까이 가는 가장 좋은 방법은 식도를 통하는 거예요. 이제 코로 튜브를 삽입할 겁니다."

그는 동글납작한 것 두 개를 흔들었다. "자석입니다! 요건 목에 댈 거예요."

또 다른 연구원이 끼어들었다. "제가 이 버튼을 누르면 선생님의 팔다리가 약간 경련을 일으킬 겁니다. 그저 자기파일 뿐이에요, 아시죠? 하지만 미리 경고드리긴 해야겠는데, 감전되는 거랑 약간 비슷해 보일 겁니다."

"비슷하다는 말씀은…?"

그가 고개를 끄덕였다, 여전히 미소를 지으며.

"그렇게 느껴지기도 한다는 건가요?"

무시무시한 침묵이 흘렀다. 누군가 기침을 했다.

튜브가 코를 찌르며 넘어가 약속대로 식도 속에서 대롱거리는 동안 나는 오직 아무도 토하지 않았다는 기록을 깨지 않는 데 집중했다. 몸은 온통 전극으로 뒤덮여 동그란 손잡이가 백 개는 달린 기계에 연결되었다. 내 어깨 뒤쪽으로 선 연구원이 양손에 자석을 하나씩 들고 있는 모습이 마치 사악한 인형 조종사 같았다.

"좋아요, 준비됐지요? 시작합니다…."

격렬한 충격파가 전해졌다. 몸이 사방으로 터져 나가는 것 같았다. 팔다리가 제멋대로 휘둘렸다. 머릿속에서 뭔가 불에 타는 것처럼 쉬익쉬익 소리를 냈다. 소뇌가 타는 걸까? 깊은 본능을 자극하는 통증이 몰려왔다. "아주 좋아요!" 틀림없이 내가 올바로 경련을 일으켰던 모양이다. "계속합시다!"

그걸로 끝이 아니었다. 이후 몇 주간 나는 여러 차례 MRI 스캐너와 체지방 및 신체 조성을 분석하는 달걀 모양의 기계 속에 들어갔다. 근육 과학자는 다른 연구자들과 조금도 다름없이, 열정에 가득 찬 태도로, 커다란 바늘을 내 대퇴사두근에 찔러 넣었다. 양쪽 다리가 고통스럽게 움찔할 때까지 자기파를 가하는 검사를 받고 걸어 나오면 정말이지 자전거 따위는 싹 잊어버리고 싶은 심정이었다.

✳

하지만 나는 자전거를 타고 있었다. 어쨌든 대충 그렇게 말할 수 있었다. 지금까지, 특히 눈이 '크랭크'보다 높게 쌓인 곳을 헤쳐 나올 때는 스스로를 얼마나 채찍질해야 했던가(지금이니까 세련되게 '크랭크'라고 하지만 당시에는 이름도 몰라서 이렇게 불렀다. '페달이 달린, 길쭉하고 돌아가는 것')! 채텀 쪽으로 달리며 빙판이 된 언덕에 멈춰 선 밴과 화물차들을 지나치는데 고무 타는 냄새가 코를 찔렀다. 몇 대는 운전자도 없이 버려져 있었다. 주위가 어둑해졌지만 바람이 불 때마다 눈보라가 일어 눈이 따가웠다. 애초에는 돈 들이지 않고 길 가에서 야영을 할 계획이었지만, 이 날씨에는 무리였다. 유일한 대안은 시팅번에서 프리미어 인 호텔에 드는 것이었다. 2주 치 예산이 날아갈 판이었다. 길에서 머뭇거리는데 한 아주머니가 삽을 들고 집 앞에 쌓인 눈을 치우다가 명랑하게 말을 걸었다. "거기서 뭐 하는 거예요?"

널리 알려져 있듯, 여행은 게으른 문화적 상투성을 극복하는 데 아주 효과적이다. 물론, 그러기로 했을 경우에 말이다. 어쩌면 그때 나는 영국에서 낯선 사람에게 말을 거는 것이 부적절하다고까지는 할 수 없지만 특이한 일이라고 생각했을 것이다. 특히 도시화된 남부 지방에서 그런 행동은 으레 술에 취했거나 외로운 사람들이나 하는 짓이라고 믿고 있었다.

"자전거로 세계 일주를 하고 있습니다." 믿음직하게 들릴지 자신이 없었다.

"정말요? 그런데 하필 지금…."

"그러게요."

그는 이제 반쯤 미소를 띠고 있었다. 내가 저지른 멍청이 짓의 규모에 깊은 인상을 받았으리라.

"저런, 너무 늦었잖아요. 괜찮다면 우리 집에서 묵고 갈래요? 돈은 필요 없어요. 들어와요, 내일 다시 출발하면 되죠. 아이들이 다 커서 빈방이 있어요. 케이크도 좀 있을 거예요. 로저에게 물어볼게요. 로저!"

여행자들은 언제 어디서나 이 세상의 자비심에 대해 떠들어댄다. 나 역시 기대는 했지만 벨리즈나 이란이나 잠비아 같은 곳에서지 아직은, 여기서는, 아니었다. 어찌 된 셈인지 영국 특유의 신중함과 거의 국가적 전통이라 할 만큼 강고한 음울함으로 촘촘하게 짜인 그물망 어딘가에 구멍이 난 모양이었다.

다음 날 아침, 건조기에 넣어 말린 포근한 옷을 입고 진입로를 나섰다. 나를 배웅하는 토미와 그녀의 남편 로저에게 손을 흔들어 인사를 건넸다. 그들은 취했거나 외롭지 않았고, 연쇄살인범도 캐나다 사람도 아니었다. 그 밖에도 특별히 관습을 깰 만한 이유를 찾을 수 없었다. 오직 한 가지 가능성이 남았다. 그저 남을 돕는 데서 행복을 느끼는 선한 사람들이었던 것이다. 수염이 덥수룩하고 쾌활하기 그지없는 로저가 안락의자 밑에 잔뜩 쌓아둔 케케묵은 육지측량부 지도♦를 뒤적거리며 이렇게 말했을 때 그 사실을 다시 한번 확인할 수 있었다. "우리 마누라는 내가 왜 이것들을 버리지 않는지 이해를 못 한다네!" 반 시간 동안 그는 도버까지 가려면 어떤 길이 가장 좋은지 자세한 조언을 아끼지 않았다. 왜 수염을 덥수룩하게 기른 영국인은 일정한 나이가 되면 나사NASA 인공위성과 맞먹을 정도로 시골길에 빠삭해지고, 그들의 집을 뒤져보면 마치 포르노 잡지처럼 의자 뒤나 부엌 선반 깊숙이 숨겨놓은 엄청난 양의 오래된 지도들이 나오는 것일까?

눈을 치운 곳은 땅이 드러나 덜 미끄러웠지만 아직 다운

♦　영국 육지측량부에서 제작하는 매우 상세한 지도.

스 전체가 눈에 덮여 있었다. 드디어 도버 페리 터미널에 도착했다. 한 여성이 내 쪽에서는 보이지 않는 버튼을 탁탁 치면서 차량 통행 차단기를 조작하고 있었다. 아니, 조작하려고 안간힘을 쓰고 있었다.

"미안해요. 젊은이." 탁탁탁. "이놈의 버튼이 말을 안 듣네."

"꼭 우리 마누라 같구만!"

뒤를 돌아보았다. 트럭 운전사가 운전석에서 몸을 내밀고 활짝 웃고 있었다. 누런 이빨과 늘어진 턱살이 두드러져 보이는, 정말 터질 듯한 웃음이었다. 여성은 째려보려고 했지만 웃음을 참지 못했고, 나도 마찬가지여서 결국 우리는 다 함께 웃음을 터뜨렸다. 운전사가 무심코 던진 성차별 발언이 앞으로 영국을 생각할 때마다 그리워질 뭐라도 되는 것처럼.

페리 안에 자전거를 안전하게 잠가놓고 나니, 배는 어느새 넘실거리는 파도를 타고 항구에서 멀어지고 있었다. 하얀 절벽이 이내 바다 저편으로 자취를 감추었다. 비록 고향을 떠나온 지 몇 분밖에 안 되었지만, 내 앞에 6년이란 세월이 펼쳐져 있음을 떠올렸다. 막연히 기가 꺾이는 느낌에 큰 창으로 뱃머리 너머 풍경이 보이는 반대쪽으로 건너갔다. 배는 영국해협의 포말과 흰 파도를 뚫고 앞으로 나아갔다. 뭔가 다른 것, 출발의 아찔함을 넘어서는 어떤 것, 마음이 들뜬 두 소년이 파타고니아의 바람을 용감하게 헤쳐 갈 때 드넓게 펼쳐졌던 날들의 추억이 서서히 떠올랐다. 현기증 날 정도로 아찔하지만 따뜻했던 모험의 흔적…이라고 해두자.

드디어 시작이었다.

2
플랜B

텐트가 펄럭거릴 정도로 바람이 심하고 추운 어둠 속에서 잔다는 건 보통 어려운 일이 아니다. 다시 깨어난 나는 몸을 떨며 옷을 더 껴입고, 또 깨리라 예상하며 눈을 감았다. 모자 두 개를 겹쳐 쓰고, 플리스 스웨터 위에 오리털 점퍼를 껴입으니 침낭 안에 들어가기도 빠듯했다. 이놈의 '사계절용' 침낭은 프랑스 알프스의 겨울 같은 건 본 적도 없는 낙천적인 피지 사람이 설계한 모양이다.

축축하면서 몸속 깊숙이 파고드는 고산지대의 추위는 정말 최악이다. 뼛속 깊이 스미고, 폐를 상하게 하며, 뇌를 곤죽으로 만들어 뭔가를 빨리 계획하거나 결정할 수도 없다. 옷 입는 것만 해도 그렇다. 어제 입었던 옷들을 옆에 쌓아두었더니 밤사이에 입을 수 없을 정도로 뻣뻣하게 얼어붙고 말았다. 새벽이 되자 기온이 영하 20도까지 떨어졌고, 밤새 계속 눈이 쌓인 탓에 텐트 지붕이 안으로 축 처졌다. 침낭 속에서 돌아눕는데 물병이 반갑다는 듯 웃음 지었다. 속에 담긴 물이 얼어서 팽창하는 바람에 금속 뚜껑 밖으로 새어 나온 모습이 마치 물병이 입을 헤 벌리고 침을 흘리는 것 같았다. 왜 세상이 나를 비웃는지 모르지 않았다. 앞으로 훨씬 높은 산, 훨씬 매서운 추위가 기다리고 있는데 나는 깜찍하고 안전한 유럽, 나에게 가장 친숙하고 관대한 대륙에서조차 쩔쩔매고 있는 것이다. 아, 젠장, 하!

주섬주섬 텐트를 걷었다. 얼어서 뻣뻣해진 장갑을 낄 수 없어서 맨손으로 하다 보니 추위에 손가락이 금속 봉에 들러붙어 타들어가는 것 같았다. 연결된 폴대들을 힘껏 잡아당겨 떼려고 했지만 뜻대로 되지 않았다. 구부려보고 비틀어보다가 마침내 어린애처럼 화가 나 땅바닥에 패대기치며 소리를 질렀다. "아, 이 망할 놈의 폴대! 말 좀 들어라!" 결국 스토브에 불을 피워 얼음을 녹인 뒤에야 폴대를 접을 수 있었다.

페리가 칼레에 닿은 후 나는 프랑스를 대각선으로 길게 가로질렀다. 파리는 우회하고 샹파뉴 시골 지역을 거쳐 남쪽으로 내려가며 디종Dijon을 통과했다. 지금까지 프랑스는 누렇게 뜬 흰색의 거대한 냉장고였다. 브르타뉴의 들판에서 눈에 띄는 것이라곤 산울타리밖에 없고, 에타플르 주변에 이르러서는 눈을 가늘게 뜨고 힘을 준 끝에 겨우 빛바랜 전사자 묘비들을 찾을 수 있었다. 남동부에 접어들어 프랑스에서 가장 높은 곳에 위치한 브리앙송Briançon 근처에서 이탈리아 국경으로 이어지는 몽주네브르고개에 오를 참이었다. 모발기립증♦이 더 심해질 것은 불 보듯 뻔했다.

그날 아침 나는 카페에 들러 커피 한 잔을 앞에 놓고 구

♦ 『아메리칸 헤리티지 의학사전』은 '모발기립증'을 이렇게 정의한다. "두려움이나 추위 등으로 체모가 곤두서는 현상, 소름." 모발기립증을 뜻하는 영어 'horripilation'은 '일어서다, 곤두서다, 떨다, 몸서리치다'라는 뜻의 라틴어 동사 horrēre에서 유래했다.(저자)

부정한 자세로 앉았다. 끊임없이 위쪽으로 달려 훨씬 더 추운 곳으로 가야 할 이유가 도대체 무엇인가? 논리적으로 생각할 수 없었다. 그래서 모드라는 이름의 점원이 왜 겨울에 자전거 여행을 하느냐고 물었을 때도 대답하지 않았다. '그냥 그렇게 된 거지, 이유가 뭐 있겠어?' 어느 정도 스스로를 증명하고픈 갈망으로 시작했으나 겨울의 잔혹한 힘을, 또는 자기 자신을 잘못 판단한 탓에 양쪽 콧구멍에 콧물 고드름이 달린 꼴로 여기 앉아 턱없는 야망을 품은 자의 비참한 말로를 남들 앞에 전시하고 있는 것이다. 평화롭게 흘러가는 강을 따라 평탄한 길을 탈 수 있었지만 나는 그런 상식을 거부했다. 가슴에 품은 모험의 상서로운 출발로 삼기에는 너무 얌전한, 뭐랄까, 봄방학처럼 느껴졌던 것이다.

격려 연설 같은 것이 있었다고 자랑하고 싶지만, 사실은 없었다. 내가 읽었던 책에 나오는 건실한 모험가처럼, 멀리 보이는 산 정상에 시선을 고정한 채 어쩌면 우렁우렁한 목소리로 포효해가며, 역경에 굴하지 않고 내면에서 샘솟는 무한한 힘과 결연함에 기대어 나아갔노라 말하고 싶다. 그리고 이 글을 쓰는 지금, 카페를 나서서 니스를 향해 오던 길로 되돌아갔다고 쓰지 않아도 된다면 정말 좋겠다.

해안 쪽으로 내려가자 따뜻함이 홍수처럼 양손으로 밀려들었다. 얼굴을 더듬다가 성에가 아니라 진짜 눈썹이 만져진 순간, 강렬한 기쁨을 느꼈다. 후퇴했다는, 심지어 요령을 피웠다는 찜찜한 느낌이 사라지지 않았지만 리비에라^{Riviera}에서 라테를 홀짝이며 따뜻한 크루아상을 걸신들린 듯 먹어치우고 나니 삶이 훨씬 아름답게 느껴졌다. 여전히 젖은 채로 달려야 했다. 물의 상태가 눈에서 비로 변했을 뿐이었다. 비는 고운 물방울을 흩뿌리듯 도로를 적시고 몸속을 파고들었다. 해안을 따라 이탈리아까지 가는 동안 비와 추위는 한시도 쉬지 않고 따라왔다.

장화 꼭대기를 따라 내륙을 가로지르며 대략 베네치아쪽이라 생각되는 방향으로 달렸다. 오후가 되자 쏟아지는 빗속에서 길 가장자리에 바짝 붙어 걷는 형체가 눈에 들어왔다. 얼굴은 레인코트의 후드 속에 감추었고, 백팩을 멘 탓에 걸을 때 몸이 앞으로 구부정했다. 옆으로 다가가 자전거를 세우자 그가 몸을 돌렸다. 턱수염을 짧게 기른 꽤 젊은 얼굴에 함박웃음이 피어올랐다.

"헤이, 헤이!" 그가 말을 더듬었다. "여행자 친구시구먼!"

"어디로 가십니까?"

그는 내 어깨에 한쪽 팔을 둘렀다. "몽골로요! 자, 갑시다!"

농담인지 거짓말인지 희망사항인지 알 수 없었지만, 호기심이 동한 나는 자전거에서 내려 그와 함께 빗속을 터벅터벅 걸었다.

마테오는 조각가였다. 브르타뉴의 집을 나서 남쪽으로 걸으며, 때때로 여정을 멈추고 길에서 주운 돌로 정교한 이정표를 만들었다. 목에는 작은 새의 빨간 부리를 실에 꿰어 둘렀다. 가방 밖으로 커다란 바게트가 장검처럼 삐죽 튀어나와 있었다. 왜 몽골을? 그는 어깨를 으쓱했다. 모험이란 게 어디선가는 끝나야 하는 것 아니냐고 말하듯이. 어쨌든 몽골이라면 한없이 먼 곳을 가리키는 대명사 아닌가.

카페가 나타났다. 마테오에게 차를 사겠노라 제안했다.

안에 들어서자 그는 부츠와 양말을 벗어 바닥에 아무렇게나 팽개치고 의자에 등을 기댄 채 맨발로 테이블을 탁탁 두들겼다. 발에서 김이 모락모락 피어올랐다. 웨이터가 다가와 발을 내리라고 소리쳤다. 그 말이 떨어지기 무섭게 마테오는 웨이터를 사나운 눈초리로 노려보더니 그쪽으로 몸을 기울여 음모라도 꾸미듯 속삭였다. "조심해. 쩌기 앉은 친구는 미쳤다구우우!"

마테오는 전화도 지도도 없었다. 정확한 방향도 모른 채 그저 해 뜨는 방향으로 느긋하게 걸으며 느릿느릿 드넓은 몽골의 하늘을 향해 나아갔다. 이때쯤에는 완전히 몽상에 사로잡혀, 잠자리는 물론 끼니에조차 거의 돈을 쓰지 않았다. 그는 근처 슈퍼마켓 뒤에서 비법을 보여주겠다며 그대로 커다란 금속 쓰레기통 속으로 뛰어들었다. 잠시 후 전자레인지에 팝콘을 튀기듯 사과와 치즈 덩이가 튀어나왔다. 나는 팔을 활짝 벌린 채 그것들이 땅에 떨어지기 전에 붙잡았다. 함께 앉아 음식을 입안 가득 욱여넣는데 그의 만사태평한 태도가 부러워 죽을 지경이었다. 마테오는 비, 추위, 궁색함, 슬로모션으로 진행되는 듯 혼란스러운 삶에 전혀 개의치 않았다. 불확실성에서 오히려 영감을 얻었다. 나도 한때 그랬지만, 이제 마법은 온데간데없고 불안에 삶의 나날을 쪼아 먹히고 있었다. 좀 더 분별 있게 행동해야 했을까? 의사로 일한다는 것 역시 '양날의 면도칼 같은 불확실성'이 어떤 것인지 배우는 수업 아닌가? 의사라는 직업의 긴장 속에도 항상 모험과 시퍼렇게 날 선 불확실성이 도사리고 있지 않던가?

다시 혼자가 된 나는 포카치아에서 기운을 얻어 드넓은

포Po강을 따라 달리며 가도 가도 평평하기만 한 길을 수월찮이 나아갔다. 벌판을 따라 단조로운 포석 위를 달리며 붕 뜬 듯한 상태로 몇 시간 동안 꼬리를 물고 이어지는 생각에 빠졌다. 눈코 뜰 새 없는 런던의 삶, 병원이라는 정신없는 환경에서 벗어나니 일종의 금단증상이 나타났던 것이다. 컴퓨터도, 전화도, 성가신 알림도 없었다. 어느 때보다도 책을 많이 읽었다. 거의 일주일에 한 권꼴이었다. 저녁을 먹고 잠들 때까지 혼자 있는 시간을 달리 채울 방법이 없었다.

그전부터 자전거 타기는 여러 가지 질문과 삶에 대해 깊이 생각할 수 있는 일종의 보호막이었지만, 그때만큼 시간의 깊이를 몸으로 느낀 적은 없었다. 처음에는 고독이 버거웠다. 그런 때면 살아온 세월을 뒤로 길게 펼쳐 기억들이 다시 표면으로 올라오게 내버려두었다. 좋은 기억이든 나쁜 기억이든. 때때로 내 마음은 차르르 소리를 내며 한없이 돌아가는 슈퍼8 영사기의 릴테이프 같았다. 갈수록 더 편하게 느껴졌다. 그날그날 내려야 할 결정들을 생각할 때면 해방감을 느끼기도 했다. 사실 결정이랄 게 거의 없었고, 그나마 대부분 사소했으며, 그 영향은 오직 내게만 미쳤다. 얼마 전까지도 수요일 아침은 뭔가 결정하는 시간이었다. 진단과 처방을 내리고, 99퍼센트 또는 95퍼센트 옳은 판단임을 확신하며 환자들을 집으로 돌려보냈다. 그 고통스러운 책임감은 의사로서 등에 지고 걷는 법을 배워야만 할 십자가 같은 것이었다. 한밤중에 문득 상복부 통증의 열일곱 가지 원인 중 하나를 잊었으며 그것이 지울 수 없는 결과로 돌아올지도 모른다는 생각이 떠오를 때 심장이 얼마나 두근거리는지 아는 사람이 몇이나 될까? 사다리 위쪽으로 올라갈수록, 일에 익숙해질수록, 적어도 일의 부담과 자신의 한계를 더 많이 인정하게 될수록 이런 생각이 멜로드라마 같다고 느끼지만, 경력 초기에 그런 멜로드라마를 겪지 않을 도리는 없다.

팟캐스트나 들판의 풍경에 지루해질 때면 환자들을 떠올렸다. 어떤 기억, 가장 힘들고 두려운 기억들은 정지화면처럼 들이닥쳤다. 메타암페타민 금단 증상으로 극심한 고통을 겪던 십대 아이의 기억이 그랬다. 고통에 못 이겨 얼마나 심하게 벽을 걷어찼던지 발이 골절되어 찾아왔다. 이제 아이는 누워 있다. 자신의 피와 토사물로 범벅이 된 방에서. 강제로 바륨 주사를 맞고 마침내 진정된 채.

"켜도 되겠소?" 한 남자가 묻는다. 여기저기 멍든 채 퉁퉁 부어 있는 팔다리가 잔뜩 부푼 가지 같다. 가지에서 진물이 배어난다. 심부전이다. 내가 고개를 끄덕이자 그는 침상 옆의 작은 휴대용 스피커를 켠다. "바흐를 들으면" 그가 입을 연다. "통증에 도움이 되지요." 내가 피를 뽑으려고 주삿바늘의 포장을 벗길 때 그의 다른 쪽 팔이 허공을 가른다. 정맥을 찾지 못해 여기저기 찔러야 했지만 그는 움찔도 하지 않는다.

의사로서의 성공과 실패 역시 기억 속에 섞여 든다. 사소하지만 자부심을 느낀 순간들, 그리고 모든 의사가 마음 한구석에 숨겨놓았을, 더 잘할 수 있었던 일들의 뼈아프고도 인간적인 목록. 어쩌면 생명을 살리는 데 도움이 되었을지도 모른다는 생각은 때때로 위안이 되지만, 나아지기를 간절히 바라며 성실하게 돌보았는데도 환자가 죽었을 때는, 뭐랄까, 의료란 본질적으로 팀플레임을 기억하는 것이 중요하다.

✳

　머릿속으로 이런 생각이 펼쳐지는 동안에도 시간은 흘러 예상보다 일찍 아드리아해 기슭에 도착했다. 그새 낮이 상당히 길어져 여행이 조금 수월했다. 바다와 하늘이 파란색으로 산뜻하게 대칭을 이룬 모습을 보고 있는데 슬슬 땅거미가 내렸다. 참으로 행복했을 순간이었다, 무릎만 아니었다면. 지난 몇 주간 왼쪽 무릎이 쑤시며 점점 부어올랐다. 페달은 밟을 수 있었지만 뭔가 덜컥거리는 느낌이 들고, 걸음도 불안정했다. 관절 안쪽에 불길하게 움직이는 작은 멍울이 느껴졌다. 휴우.

　적어도 신체적으로는 오래도록 자전거를 타는 일에 막 익숙해지기 시작했음을 감안하면 상당히 좌절감을 안기는 증상이었다. 주체할 수 없는 식욕에도 불구하고 도시 사람 특유의 통통했던 몸무게에서 10분의 1이 줄어 있었다. 먹는 것, 쾌락적이고 열성적으로 많은 양의 음식을 먹는 것은 자전거 여행의 필수 의식儀式이었다. 나는 저항할 수 없는 욕구에 이끌려 음식의 노예가 되었다. 앞쪽에 매단 짐 바구니 중 하나에는 비스킷이 가득 들어 있었다. 의료용품 키트에서 생명을 좌우할 품목까지 버려가며 공간을 확보했다. 자동적으로 뭔가를 먹었다. 의식과 무의식 사이에서 또 그 일이 일어나고 있음을 반쯤 자각할 뿐이었다. 정신을 차려보면 슈퍼마켓 옆에 아무렇게나 널브러져 입가에 남아 있는 살라미를 핥고 가슴 여기저기 떨어진 빵 부스러기를 쳐다보며 트림을 하고 있었다. 빌어먹을. 또 처먹었구먼.

알바니아에 들어서자 길에 보이는 것이라곤 침울해 보이는 말들과 이상한 타이어를 끼운 채 달리는 벤츠뿐이었다. 숲으로 뒤덮인 언덕이 계속 이어졌다. 때때로 불꽃이 튀는 듯 날카로운 통증이 무릎을 찔러댔지만 그냥 무시했다. 엘바산Elbasan이라는 소도시 근처에서 해가 졌다. 동네 축구장에 텐트를 치는데 한 남자가 다가왔다. 제프는 내 형편에 좀 놀란 듯, 자기 집이 따뜻하니 하루 묵어가라고 권했다.

하얀 벽으로 둘러싸인 소박한 집이었다. 이상한 모양의 십자가만 빼면. 나는 그의 아내, 여동생, 세 자녀와 식탁에 둘러앉아 소시지와 달걀, 오이피클을 먹어 치웠다. 제프가 내 신발을 벗기고 발에 슬리퍼를 신겨주면서 디저트 삼아 시가를 권했다. 우리는 대화를 나누었다. 몸짓으로 가장 쉽게 표현할 수 있는 것만 알아듣는 것도 대화라고 할 수 있다면 말이지만. 열 살 난 알베르트는 커서 권투선수가 되고 싶다고 했다(어쩌면 올림픽 수영선수였을까? 팔을 옆으로 크게 휘두른 것은 권투가 아니라 자유형 동작을 뜻하는 것이었을까?). 제프의 개는 자꾸 귀찮게 굴었고 너무 많이 먹었다(이건 확실하다). 제프의 여동생은 영어를 약간 했는데 청력을 거의 잃은 터라 노트를 내 쪽으로 기울인 채 비뚤비뚤한 필체로 질문들을 적어 보여주었다. 내가 한 가지씩 답을 생각할 때마다 둥글게 둘러앉은 얼굴들이 기대에 가득 찬 표정으로 쳐다보았다.

내 직업과 국적이 밝혀진 후 그녀는 이렇게 썼다. "당신은 수치스러운가요?" 사전을 뒤적이며 적은 것으로 보아 수줍음을 타느냐는 뜻인 것 같았다. 그런 상황에서 아니라고 하기도 어려워 아마 약간 그럴 거라고 답했다. 다음 질문은 이랬다. "당신은 행복한가요?" 곰곰 생각. 사실 무릎이 심하게 아팠다, 하지만 끔찍한 추위를 뚫고 나왔으며 아직 모험가의 죽음을 맞지도 않았잖아? 이를테면 눈 덮인 산의 동굴에서 사랑하는 사람들에게 마지막으로 남길 말을 끄적거리며 맞는 죽음 같은 것 말이다. 새로운 삶은 단순하고 자족적이었다. 꼭 필요한 일만 하면서 하루를 보냈으며, 마음속에 온갖 생각을 떠올릴 시간이 얼마든지 있었다. 자전거를 탄다는 것 자체도 뭔가 생각을 부추기는 면이 있었다. 바퀴 돌아가는 소리, 귓전을 스치는 공기의 흐름. "예"라고 쓰면서 단호한 느낌이 샘솟았다. 또 질문이 이어졌다. "다이애나 왕비, 사고 아니면 살인?"

마케도니아에서 그리스 북부로 건너갈 때쯤에는 압박붕대와 후무스만으로 다리가 나을 가능성이 거의 없음을 인정할 수밖에 없었다. 상태가 훨씬 나빠져 이제 열이 나고 만지면 아팠으며 퉁퉁 부어올랐다. 테살로니카Thessalonica에서 한 달 치 예산을 털어 MRI 검사를 받았다. 결과는 끔찍했다. 모니터에 거꾸로 뒤집힌 검은색 돔 모양의 대퇴골이 보였다. 윤곽이 매끄럽게 이어지다가 갑자기 이빨로 베어 문 듯 11밀리미터 정도 벌어져 있었다. 연골 한 조각이 떨어져 나간 것이다. 무릎 관절 속에 불한당처럼 돌아다니던 멍울의 정체였다. 정형외과에서 소위 '관절 쥐joint mouse'라고 부르는 병이었다. 간단히 말해서(의학적으로 들리지 않아도 용서해주길), 무릎의 일부가 죽어서 떨어져 나갔다는 뜻이다. '해리성 골연골염', 즉 연골이 저절로 떨어져 나가는 유감스러운 현상이 정확히 왜 생기는지에 대해 의학계는 전반적으로 어깨를 으쓱하는 입장이지만, 내 경우에는 미세한 외상이 반복되었기 때문일 터였다. 말하자면 근육이 축 늘어진 채 살던 사람이 아무 준비도 없이 자전거로 세계 일주에 나설 때 생길 수 있는 일이었다. 영상의학과의사는, 굳이 그런 말을 할 필요가 없었지만, 어쨌든 의사답게 말했다.

"집으로 돌아가시죠. 외과의사 아니면 고칠 수 없을 겁니다."

마침내 확실해졌다. 그래, 드디어! 수술을 받는다고 자전거로 8만 킬로미터를 달릴 수 있을 정도로 무릎이 회복될지는 알 수 없었다. 어쩌면 세계를 한 바퀴 도는 그 길은 그저 구불구불한 하나의 선, 희망으로 가득 찬 가상의 여정일 뿐 절대 실현되지 않을지도 몰랐다. 몇 년간 용기를 끌어모은 뒤에야 겨우 자전거에 올랐는데. 가까스로 하나의 삶을 접고 다음 삶을 펼친 참이었는데. 이제 모든 꿈이 한낱 물거품으로 돌아갈지도 몰랐다. 소로는 썼다. "나는 내 뜻에 따라 살기를 원해 숲으로 들어갔노라." 나 역시 나만의 모험에 나서겠다는 갈망으로 그만큼이나 확신에 차 있었다. 그 꿈을 포기한 채 야간 당직과 영국의 하늘과 삶은 콩을 얹은 토스트의 세계로 돌아간다면 너무 비참할 것 같았다.

하지만 지금 집으로 돌아가는 것은 감당해야 할 현실이었다. 작은 위안이 있다면 적어도 전문가 네트워크를 이용할 수 있다는 것이었다. 세인트토머스병원 정형외과에 이메일로 MRI 사진을 보내자 수술 일정이 잡혔다. 돌아가기 전에 어떻게든 이스탄불까지는 두 다리로 가겠노라 마음먹었다. 수술 후 몇 주간 물리치료를 받고 다시 비행기로 이스탄불에 돌아와 못다 한 여행을 계속하리라, 무릎이 견딘다면. 그 토록 간단한 계획이었지만 아이슬란드의 화산이 폭발해 그 이름만큼이나 복잡한 소란을 일으키면서 그 또한 쉽지 않은 일이 되고 말았다. 에이야퍄들라이외퀴들^Eyjafjallajökull산이 터 지자 유럽의 하늘에서는 비행기의 자취조차 찾을 수 없었다. 몇 주간 기다려야 할 판이었다. 플랜B가 필요했다.

*

옥스퍼드에 있는 엄마 집 내 침대 아래에는 골판지들이 쌓여 있다. 십대 시절의 수많은 히치하이킹, 초기 방랑벽, 플 랜 B를 보여주는 낡고 너덜너덜한 기념품들이다. 요즘 들어 그것들이 자전거 세계 일주에 대한 경고신호였다는 생각이 자꾸 든다. 마커 펜으로 커다랗게 'M1 고속도로 북쪽'이라거 나, '밀턴 킨스'라고 쓴 판지들이 있는가 하면, 비스터 근교 한적한 도로 위에서 한 시간 동안 들고 서 있던, '어디든'이라 고 쓴 장난스러운 팻말도 있다. 세상을 좀 살아보니 그 시절 에 십대 소년을 좋아하는 소시오패스가 길을 가다가 그 문구 들을 봤다면 기막힌 기회로 생각했을 것 같다.

어쨌거나 십대 때 나는 종종 히치하이킹을 했다. 불행한 일을 당한 적은 거의 없다. 때로는 어디 갈지도 정하지 않은 채 그저 어디론가 가고 있다는 데 만족했다. 어떤 여행에든 끼어들기 마련인 작고 덧없는 놀라움을 맛보기 위해서. 히치 하이킹은 인간을 믿는 행위이며, 내게는 잉글랜드의 베이싱 스토크^Basingstoke보다 더 이국적인 어딘가를 끊임없이 갈망하게 만든 초보자용 마약이었다. 프로파일링 연습이기도 했다. 차에 태워줄 가능성이 가장 높은 사람을 이내 알아보게 되었다. 사회적으로 뿌리 뽑힌 외로운 사람들, 괴짜들, 자유로운 영혼의 소유자들, 턱수염을 기른 사람들…. 아빠들과 엄마들도 열심히 찾았다. 부모들은 내 또래에 민감했다. 내가 자랄 때 영국의 도로에는 종교적으로 거듭난 기독교인이 놀랄 정도로 많이 돌아다녔는데, 하나같이 십대 히치하이커는 개심시키기에 딱 맞다고 확신했다. 주님의 빛으로 세례받기를 원하느냐고? "물론이죠. 그건 그렇고… 돈커스터에 있는 리틀셰프 식당 옆에 내려주실래요?"

하루는 뉴버리로 가는 길에 브라이언이라는 냉장고 수리공이 사브 승용차를 길가에 대고 조수석 문을 열어주었다. A34 도로를 따라 20분쯤 달렸는데 전화기가 울렸다. 그가 스피커폰을 켜고 대답하니 느리고 나긋나긋한 목소리가 차 안에 울렸다.

"자기야. 나 지금 뭐 하고 있게?"

브라이언이 자세를 고쳐 앉았다.

"아니, 줄리아, 잠깐만! 지금 히치하이커를 태웠다고!"

브라이언이 한마디하라고 내 옆구리를 쿡 찔렀다.

"음, 안녕하세요, 줄리아." 가까스로 입을 열었다.

당황스러운 듯 침묵이 흐르다가 뭐라고 웅얼대는 소리가 들리더니 전화가 뚝 끊겼다. 브라이언이 킥킥거렸다. 나는 뉴버리에 닿을 때까지도 웃고 있었다. 광신자들부터 속을 알 길이 없는 줄리아에 이르기까지 모든 것이 강력한 교훈을 주었다. 여행이 우리 앞에 무엇을 펼쳐놓을지는 떠나보지 않으면 결코 알 수 없다.

✳

　터키인 친구에게 자전거를 안전하게 보관하고 불룩한 가방을 멘 채 히치하이킹에 대한 사랑을 재발견하고자 이스탄불에서 여정을 시작했다. 대도시의 경계를 벗어나는 데만 여덟 번 차를 얻어 타야 했다. 마지막으로 친절을 베푼 쿠르드족 향수 판매상 아포의 해치백에서는 차 안에 가득 실린 '캔디' 향에 멀미가 날 지경이었다. 한 시간 뒤 나는 테키르다 외곽에서 자동차 부품으로 가득 찬 트럭 조수석에 앉아 있었다. 차를 모는 후세인은 푸른 눈의 터키인으로 윈스턴을 줄담배로 피워댔다. 그는 터키어 외에 이탈리아어를 더듬거리는 수준이었고, 나는 영어 외에 스페인어를 더듬거리는 수준이었으므로 꼬박 이틀간 혼란스럽기 짝이 없는 방식으로 의사소통을 했다. 그다음엔 키가 195센티미터도 넘는 농구선수가 스위스로 커피머신을 배달하는 길에 프랑스 북부 르아브르에 내려주었다. 거기서 배를 타고 포츠머스로 건너갔다. 항구 외곽에서 트럭 운전사 그렉의 차에 올라탄 것이 이스탄불에서부터 따지면 스물세 번째 히치하이킹이었다. 그는 나를 옥스퍼드에 내려주었다. 엄마 집 현관까지 20미터도 안 되는 곳이었다. 유감스럽게도 엄마는 집에 없었다. 터벅터벅 길을 걸어 내려가 어렸을 때 어깨가 떡 벌어진 열세 살짜리 여자아이에게 머리로 들이받혔던 공원에서 텐트를 치고 불안한 밤을 보냈다. 알바니아의 숲속에서 야영할 때가 훨씬 마음 편했던 것 같다.

　얼마 뒤 나는 세인트토머스병원에서 마취과의사의 얼굴을 올려다보고 누워 있었다. 엉뚱한 쪽에 칼을 대지 않도록 왼쪽 무릎에 펜으로 표시가 되어 있었다. 모르핀 기운으로 몽롱한 가운데 눈을 떴다. 바퀴가 달린 침대로 정형외과 병동에 실려가 양쪽 다리를 모두 절단한 사람과 척추골절로 용변을 볼 때마다 몸을 통나무처럼 굴려줘야 하는 사람 사이에 누워 있었다. 그가 용변을 볼 때마다 종이에 손가락을 베이는 것만큼이나 불편했다.

　수술받고 12주가 지나자 시간의 힘과 집중적인 물리치료 덕에 무릎은 쓸 만한 정도로 회복되었다. 이스탄불이 눈앞에 어른거렸다. 다시 길 위에 오른다고 생각하니 짜릿했지만 조심스럽게, 비유하자면 저속 기어로 시작해야 했다. 천천히 진행할 수밖에 없기도 했다. 8월이었던 것이다. 모든 것을 녹일 듯한 열기와 후텁지근한 공기는 어떤 통증보다도 속도를 내는 데 방해가 되었다. 터키 내륙 아나톨리아고원 주변은 그야말로 자글자글 끓고 흐물흐물 녹아내렸다. 모든 것이 더위를 피해 숨었다. 후투티는 나무 사이에서 퍼덕거렸고, 기생식물인 실새삼 덩굴은 땅속으로 파고들었으며, 커다란 양치기개 캉갈마저 그늘에 축 늘어져 있었다. 불타버린 고무처럼 입술이 바싹 마른 채 군데군데 지주를 세워 받쳐 올린 관개수로에서 첨벙거리는 아이들을 부러워했다. 트럭들이 위험할 정도로 내 자전거에 바짝 붙어서 앞질러 가면 생명에 위협을 느끼면서도 그 순간 잠시 불어오는 뜨거운 바람조차 고마울 지경이었다.

터키 중부를 지나 꾸준히 고도를 높인 덕에 시리아까지는 줄곧 내리막이었다. 물결치는 소나무 숲을 옆에 끼고 지중해 기슭과 나란히 뻗은 토로스Toros 산맥을 쏜살같이 달려 내려오자, 국경 근처에서 마침내 땅이 평평해지며 올리브와 피스타치오 농장이 나타났다. 2010년의 시리아는 아직 전쟁의 비극에 휩싸이기 전이었다. 내가 자전거를 끌고 알레포에 들어간 지 16개월 뒤, 도시는 공습에 이은 시가전과 살육으로 쑥대밭이 되었다. 물론 내가 찾을 당시에는 비극의 기운을 전혀 느낄 수 없었다. 거리를 달리는 자동차 뒷유리에 널찍하게 펼쳐 걸린 사진 속에서 선글라스를 쓰고 군복을 입은 알아사드 가문의 정치인 하페즈, 마헤르, 바샤르가 날카로운 눈빛으로 나라가 안정 상태에 있음을 조용히 확인해주었다.

자전거는 느리다(적어도 내가 달리는 속도로는). 지역마다 미묘한 차이가 있어도 큰 나라는 여행하면서 점점 친근해지게 마련이라, 벗어나면 약간 어리둥절해진다. 영국보다 세 배 큰 터키도 그랬다. 얼마나 달렸는지 지도에 표시할 때마다 생각보다 훨씬 크다는 걸 실감했다. 그렇게 천천히 터키에 적응한 탓에, 시리아에 들어서니 완전히 낯선 곳에 떨어진 것 같았다.

알레포에서는 수크Souq♦를 어슬렁거렸다. 엄청나게 넓은 지역에 펼쳐진 미로 속에 올리브유와 비누 냄새가 진동했다. 머리를 올백으로 넘긴 젊은이들이 과일칵테일을 홀짝거리고 담배 연기를 피워 올리며 저마다 쿨한 척하고 있었다. 아

♦　아랍어로 '시장'을 뜻한다.

랍어는 백 단어 정도 외워 갔지만, 현란한 수신호라는 방언에는 아무 준비가 되어 있지 않았다. 서서히 깨달았다. 턱을 젖혀 들며 딱 하고 혀를 차면 '아니오'라는 뜻이었다. 손바닥을 아래로 한 채 손을 밖으로 뻗었다가 갑자기 뒤집으며 위로 올리는 행동은 '왜?', '뭐라고?', '어떻게?'를 비롯해 무수히 많은 해석이 가능하다는 것도 알게 됐다. 이렇듯 전반적으로 모호한 수신호가 내게는 항상 구체적인 질문으로 느껴졌다. '댁은 자전거를 타고 시리아에서 뭘 하고 있소? 어디로 가는 길이오?'

눈을 크게 뜬 채 정신을 바짝 차리고 모든 것에 주의를 기울였다. 터무니없지만 모든 광경, 냄새, 소리가 전형적인 시리아의 모습이라고 믿었다. 물론 그것은 망상이었고, 슬프지만 반대로도 작동했다. 지금 알레포에는 모든 영국 남자가 초라한 턱수염을 기른 채 옷에는 마요네즈를 흘리고 다닌다고 믿는 시리아 사람이 틀림없이 몇 명쯤은 있을 것이다. 문화 충격이란 항상 희망적인 것은 아니다. 음침하고, 헤어나기 힘들 정도로 압도적일 수도 있다. 때로는 정신병리적 현상을 초래하기도 한다(무엇인들 그렇지 않으랴?). 가장 희한한 예로 파리 증후군을 들 수 있다. 파리 증후군은 매년 파리를 방문하는 일본인 중 약 20명 정도가 겪는다고 알려진 일시적 정신질환◆이다. 기원은 1970년대에, 특히 파리에 대한 상투적인 이미지를 지닌 채 그 도시를 찾았던 외교관의 아내들로

◆ 이 병명이 『정신질환 진단통계편람Diagnostic and Statistical Manual of Mental Disorders』에 공식적으로 정의된 것은 아니다. 하지만 여기에는 이보다 훨씬 이상하고 충격적인 '증후군'이 많다.(저자)

거슬러 올라간다. 파리 증후군을 겪는 사람은 편집증과 망상이 점점 심해진다. 환각이나 패닉에 빠져 몹시 혼란스럽고 심지어 구토를 하기도 하는데, 모두 극심한 고통으로 인해 생기는 증상이다. 고통의 원인은? 파리가 기대와 다르다는 것이다. 우아한 향수 냄새를 풍기는 앙증맞은 모델, 삶의 환희, 연인들은 어디 갔나? 노숙자가 우글거리고, 웨이터는 부루퉁하며, 켄터키프라이드치킨 따위를 먹는 도시라니.

✳

시리아 남쪽에 접어들자 고속도로 양쪽으로 평평한 사막이 펼쳐졌다. 어쩌다 한 번씩 버려진 '죽은 도시'들이 눈에 띌 뿐이었다. 다마스쿠스로 가는 길 위에서 서른 번째 생일을 맞은 것은 어쩌면 적절했다. 혼자였고 축하해줄 사람 하나 없었지만, 무릎에는 힘이 넘쳤고 빠른 속도로 나아가고 있었기에 삼십대에 접어들었다는 생각에서 느껴지는 불안 따위는 없었다.

그날 오후 알레포와 홈스 사이의 한 마을 외곽에서 누군가 정지신호를 보냈다. 젊고 말쑥한 차림의 타리크와 그늘에 앉아 얘기를 나누었다. 영어 실력이 썩 좋았다. 함께 닭을 토막 내고 있던 땅딸막하고 더 나이 든 무스타파는 마을 이장 비슷한 사람으로 네 명의 아내와 열여덟 명의 자녀를 두었다. 그는 콧수염에 끈적거리는 점액이 튀는 것도 아랑곳하지 않고 빠르고도 무자비하게 닭을 처리했다. 그리고 뭔가 중얼거리더니 한쪽 입술을 찌그러뜨리며 함박웃음을 지어 보였다. 타리크가 통역을 했다. "당신이 무척 마음에 든대요. 닭고기 3킬로그램을 주고 싶다는군요."

나는 자전거를 가리켰다. "실을 공간이 없어요, 친구. 하지만 고맙다고 전해주세요. 사실 오늘이 내 생일인데 지금까지는…."

"버스데이!" 타리크는 눈이 툭 튀어나올 정도로 흥분해 펄쩍 뛰었다. 그 뒤로 쏟아진 환대는 도저히 거절할 길이 없었다. 애프터셰이브와 헤어젤을 억지로 손에 쥐여주며 샤워를 하라고 황급히 등을 떠밀었다. 차, 또다시 차, 끝없이 차를 따라주었다. 여자들이 줄지어 들어와 내 옷을 빨아주겠다며 갖고 사라졌다. 무스타파가 사람들을 초대했다. 점점 많은 사람이 모여들었다. 나는 흰색 카프탄 예복을 입고 빨간색과 흰색이 섞인 쉬마그 스카프를 두른 채 그들 앞에서 퍼레이드를 벌였다. 저녁이 되자 타리크의 형제들이 우르르 몰려가 집 옆에 천막을 쳐주었다. 그날 밤은 모처럼 따뜻한 곳에서 감사한 마음을 가득 안은 채 잠들었다. 6개월 뒤 시리아가 완전히 잿더미가 되리란 것, 시리아 난민 중에서 젊은 남자를 볼 때마다 타리크도 난민이 되어 떠돌며 고향을 그리워하겠다는 생각에 마음이 무거워지리란 것은 까맣게 모른 채.

3
동행

니오미를 처음 만난 것은 여행을 떠나기 6개월 전이었다. 얼마 안 있어 우리는 런던에서도 가장 후진 지역에 위치한 감옥 같은 플랫^{flat}♦을 함께 쓰게 되었다. 니오미를 아는 사람들이 대부분 그렇듯, 나는 그녀가 온갖 관습을 깡그리 무시하는 데 충격을 받았다. 니오미는 규칙을 불신했고, 남이 어떻게 생각하든 삶에 대한 본능적이고 저돌적인 태도를 바꾸지 않았다. 오래도록 무일푼이었던 그녀는 술집에 가면 테이블 아래에서 몰래 숨겨 온 사과주 캔을 땄고, 프레타망제♦♦에서 점원을 졸라 유통기한이 지난 샌드위치를 얻어다 점심과 저녁을 해결했다(물론 그러면서 상점 이름을 비웃었다). 습관적으로 런던 이곳저곳에 버려진 고장 난 자전거를 끌고 와 길 잃은 고양이라도 되는 양 온 정성을 다해 고치곤 했다. 그녀는 영리했으며 놀랄 정도로 돈을 쓰지 않았다. 내가 아는 그 어떤 사람과도 근본적인 차원에서 달랐다.

　자전거 여행을 계획하던 중에 니오미가 알아버렸다. 그

♦　연립주택, 다세대 주택 등을 포함한 아파트식 주거지.
♦♦　샌드위치를 주력 상품으로 하는 영국의 패스트푸드 체인점. 프랑스어로 '바로 먹을 수 있다'는 뜻이다.

너는 어느 날 저녁 기막힌 생각이 떠올랐다는 듯 밝은 얼굴로 내 방에 들어왔다(하루에 한 번 정도는 그런 표정을 지었지만). 흥분을 가라앉히고, 하지만 오래 기다렸다는 듯, 나와 함께 자전거로 아프리카를 여행하겠노라 선언했다. 니오미에게 현실성이란 언제나 지루하고 사소한 문제에 불과했다. 최고의 여행 파트너의 조건은 무엇일까? 나는 늘 어떤 곤경이 닥쳐도 흔들리지 않고 무사태평인 성격을 꼽았다. 그렇다면 니오미야말로 완벽에 가까운 동반자였다. 즉석에서 얘기가 끝났다.

시리아를 떠난 후 요르단과 시나이반도의 사막 몇 개를 가로지르는 데 몇 주가 걸렸다. 카이로의 거리를 빠져나오는 것 또한 사막을 가로지르는 것만큼이나 힘들었다. 높은 소리로 지저귀듯 기도 시간을 알리는 소리, 자동차 경적 소리, 행여 자기 목소리가 묻힐까 봐 점점 큰 소리로 외쳐대는 상인들의 호객이 한데 섞여 정신이 하나도 없었다. 공항에서 니오미를 만났다. 바로 그녀의 자전거 상자를 풀고, 친구에게 간청해서 얻어 온 돔형 홑겹 텐트를 꺼냈다. 포장에는 이렇게 적혀 있었다. "여름용 염가 텐트. 처음 캠핑 모험에 나서는 어린이를 위한 제품으로 뒷마당에 치면 적당함."

우리는 출발했다. 더 나은 텐트를 산 후(2천만 명이 살지만 캠핑하는 사람은 일고여덟이나 될 법한 카이로에서는 엄청나게 힘든 일이었다), 매일 코샤리로 배를 채워가며 함께 달렸다. 쌀, 마카로니, 렌틸콩, 향신료를 섞은 토마토 소스, 마늘초, 병아리콩, 바삭하게 튀긴 양파를 한데 섞은 코샤리는 우리처럼 땡전 한 푼 없는 탄수화물 중독자를 위해 발명된 음식 같았다.

불완전한 계획을 안고 카이로를 떠났다. 처음에는 아프리카 동쪽 해안을 따라가다가 서쪽으로 방향을 튼 후, 더 남쪽으로 내려갈 작정이었다. 강을 따라가면 복잡한 도시를 피할 수 있었다. 얼마 안 가 천년초가 늘어선 길이 나왔다. 구릿빛으로 고요히 흐르는 나일강이 언뜻언뜻 보였다. 이따금 작은 돛단배가 강 위에 깔린 얇은 안개를 뚫고 나타났다 사라졌다. 야자나무가 늘어선 반대편 강둑은 붉게 타오르는 아침노을 속에 먹물로 그린 것 같았다. 니오미는 챙이 넓은 모자를 쓰고 노란색과 녹색 끈으로 묶어 땋은 머리를 달랑거리며 앞서 달렸다. 짐받이에는 파와 오이를 잔뜩 실어 고무 밧줄로 묶었고, 핸들에는 새총을 감았으며, 꽁무니에는 케이블 타이로 표지판을 달아맸다. "내 사전에 브레이크란 없다!" 행색과 행동이 전혀 서로 어울리지 않았다. 위험해 보이고 인간 혐오에 사로잡힌 히피가 주근깨투성이 얼굴로 활짝 웃으며 오래 억눌린 분노를 도로에서 터뜨리는 꼴이었다.

경찰이 다가와 주의를 준 후 경찰차로 에스코트하겠다고 고집을 부렸던 것도 그 때문이었을 것이다. 꼭 그래야 하느냐고 묻자 그는 바람에 잎이 스치는 소리가 끊임없이 들려오는 사탕수수밭을 가리키며 엽총을 조준하는 시늉을 했다. 그 안에 우리를 노리는 저격수가 있다는 경고였다. 몇 번 눈알을 굴려보았지만 통하지 않았다. 규정이 그런 모양이었다. 대통령이 된 듯한 기분도 잠시, 털털거리는 차 앞으로 자전거를 몰다가 새로운 관할구역에 이르면 릴레이 주자들이 바통을 주고받듯 다른 경관에게 넘겨지는 일이 반복되자 점점 신경이 곤두섰다. 주변에 경찰이 어정거린다는 것은 곧 해가

062

063

져도 대충 어디서든 맘대로 캠핑을 할 수 없다는 뜻이었다. 일단 호텔에 든 우리는 해 뜨기 두 시간 전에 일어나 조용히 짐을 싸서 단 둘이서 길을 나섰다. 아무도 따라오지 않기를 바랄 뿐이었다. 하지만 결국 경찰에게 따라잡혔다. 이집트에서 자전거 여행자가 숨을 곳은 아무 데도 없었다. 경찰이 없으면 사내아이들이 열광적으로 따라붙었다. 펑크 난 타이어를 때우려고 멈출라치면 우리를 둘러쌌고, 사진이라도 찍을 기회가 주어지면 정신을 잃을 정도로 좋아했다. 만약 이집트에서 자전거 여행자의 종적을 놓쳤다면? 환호성이 오르는 곳으로 가보라.

어처구니없는 소동은 카이로에서 멀어질수록 심해져서, 이제 경찰은 성큼성큼 뛰는 낙타들에게 로드매니저 역할을 맡겼다. 그 꼴로 국경에 이르렀다. 1960년대에 아스완하이댐을 건설하면서 만들어진 광활한 저수지 나세르호만 건너면 수단 땅이었다. 정해진 시간이 한참 지났는데도 배는 꿈쩍하지 않았다. 사람과 온갖 그릇, 양탄자, 세탁기 같은 것을 더 이상 실을 공간이 없어야 떠날 모양이었다. 정시성定時性을 들먹이며 문제를 제기하면 참을성이 없다고 핀잔받는 세상에서는 시간관념을 바꿔야 하는 법이다. 갑판은 좁고 햇빛을 막을 것이 아무것도 없었다. 외국인 여행객은 여남은 명이었는데, 하나같이 민소매 셔츠에 반바지 차림으로 짐 가방에는 공기주입식 매트리스가 비둘기 꽁지처럼 들쭉날쭉 솟아 있었다. 현지인은 하나같이 중절모에 코트를 입고 미라처럼 가만히 있었다. 수단 사람들은 한 번에 한 명씩 조용히 여행에 관해 묻는 반면, 이집트 사람들은 재미있다는 듯 우르르 몰려와 흥분에 들뜬 어조로 취조하듯 꼬치꼬치 캐물었다.

배에서 내려 얼마 달리지 않았는데 와디할파Wadi Halfa였
다. 먼지가 풀썩이는 저지대의 소도시는 세상 끝처럼 황량했
다. 상점들은 정말 어울리지 않게 물건을 진열해놓았다. 바
나나 옆에 곰 인형, 그 옆에 타이어라니. 필요한 것을 몇 가지
산 후 사막을 가로지르는 길로 나아갔다. 매끄럽게 포장된
길에는 오가는 차도 거의 없어서 남쪽으로 부는 바람을 받으
며 속도를 낼 수 있었다. 정오쯤 되자 햇볕이 따가웠다. 도로
아래로 지나는 주름진 금속 배수관 속으로 기어 들어가 두어
시간 눈을 붙이고, 길가 토분土盆에 고인 탁한 물을 벌컥벌컥
들이켰다. 오후 들어 조금 서늘해지면 다시 길을 떠났다. 저
녁에 사하라사막은 모든 것이 더 선명해진다. 모래언덕은 녹
슨 듯한 색조를 띠며 잔물결 같은 파문이 일고, 석양은 서쪽
하늘을 온통 와인빛으로 물들였다. 이내 니오미의 모습이 저
앞에서 어둑어둑한 하늘 아래로 미끄러지는 실루엣으로 변
했다. 헤드폰으로 랩을 들으며 따라 부르지 않았다면 사하라
사막의 적요함을 완벽히 보여주는 한 장의 그림 같았겠지만,
이렇듯 외딴곳에서 노토리어스 비아이지Notorious B.I.G를 듣는
것도 묘하게 멋진 기분이 들었다.

"렉서스 LX 450에/맘껏 즐기려면 방탄유리에 선팅까지/
먼저 날려버리고 질문은 나중에 하는 게 이 세계니까."

✳

하르툼Khartoum을 지난 후 동쪽으로 방향을 틀어 어렴풋이

보이는 산맥을 향해 달렸다. 갈라바트Gallabat에서 국경을 넘어 에티오피아 땅에 들어서자 시간이 완전히 달라졌다. 더 이상 2010년이 아니었다. 에티오피아 달력으로는 2003년이었고, 달은 12월이었으며, 동아프리카표준시는 거의 무시되었다. 에티오피아 사람에게 하루의 시작은 한밤중이 아니라 새벽이었다. 시간은 해 뜨고 몇 시간이 지났는지를 기준으로 정해졌다. 시간뿐 아니라 땅에서도 새롭고 활발한 기운이 느껴졌다. 하루의 대부분을 태양이 작열하는 사막에서 보내다 꽃이 만발한 관목지대에 들어선 것이다. 물총새처럼 깃털이 파란 새들이 나무 사이로 언뜻언뜻 모습을 비쳤다 사라졌다. 사막의 밤은 온갖 소리로 가득했다. 본디 적막한 곳에서는 텐트 아래서 꿈틀거리는 벌레 소리마저 기계 소음처럼 크게 들리지만, 그곳의 해 질 녘은 훨씬 시끌벅적하고 소리도 풍부했다. 양치기들은 호각을 불고 암하라어♦로 외쳤으며, 이름 모를 새들이 지저귀는 사이로 소 등에 채찍을 내려치는 소리가 섞여 들었다. 동물들은 해 뜨기 훨씬 전에 우리의 잠을 깨웠다. 까마귀들이 싸우며 질러대는 불협화음 속에 개 짖는 소리, 당나귀 우는 소리가 시끄럽게 울려 퍼지면 눈을 뜨지 않을 수 없었다. 웅얼거림도 있었다. 하루는 눈을 떠보니 스무 명은 됨 직한 어린이들이 옹기종기 모여 텐트의 지퍼를 내리고 놀란 표정으로 내가 자는 모습을 지켜보고 있었다.

에티오피아에서 처음 며칠이 그토록 힘들고도 흥미진진했던 것은 어린이들과 가슴이 두근거릴 정도로 아름다운 시

♦   셈 어족에 속한 현대 에티오피아의 공용어.

미엔Semien산맥 덕분이었다. 아이들은 낮이고 밤이고 눈사태처럼 몰려들어 소리를 지르면서 우리를 에워쌌다. 폭력도 있었다. 개구쟁이 꼬마들은 새총으로 우리를 겨누었는데, 고통스러울 정도로 조준이 정확해서 돌이 몸에 맞지 않더라도 쨍그랑 소리를 내며 자전거를 때리곤 했다. 악의가 있다기보다 장난기 어린 짓이었다. 잠시도 가만있지 못하고 동네를 휘젓고 다녔던 열 살 때 나는 다른 집 창문에 마로니에 열매를 던지는 장난을 좋아했다. 뭐가 다르단 말인가? 예상치 못한 것도 아니었다. 에티오피아에서 돌팔매를 당한 이야기는 자전거 여행자들의 기록에 여러 번 등장한다.

머리를 한 줌 정도만 남기고 모두 민 녀석들도 있었다. 이 헤어스타일은 '쿤초Quntcho'라 불리는데, 이곳 전설에 따르면 천사들이 장난꾸러기를 곤경에서 빼낼 때 손잡이 삼아 머리카락을 잡아당긴다고 한다. 아니나 다를까, 잡아당겨보고 싶은 유혹을 참기 어려웠다.

청나일Blue Nile협곡을 달릴 때는 더 많은 어린이가 뒤를 쫓아왔다. 아이들은 언제나, 어디서나 달렸다. 쉬운 길이 끝나자 수직 높이 기준으로 1,300미터를 고통스럽게 다시 올라가야 했는데, 금방 어디선가 아이들이 나타나 힘겹게 올라가는 자전거의 짐 가방을 뒤에서 밀어주곤 했다. 그 지역에서 유행하는 게임이었다. 니오미는 수많은 열 살짜리들이 흥분해 소리를 지르며 자전거를 협곡 위로 밀어주는데도 아랑곳하지 않고 열심히 페달을 밟았다(아이들은 뒤쪽 짐 가방에서 뭔가를 훔치기도 했다. 대부분 속옷이었다). 더 나은 편법은 자전거보다 빠를까 말까 한 속도로 느릿느릿 언덕을 오르는 트럭의 녹슨 뒷부분을 손으로 붙잡는 것이었다. 때로는 우리 몸무게 때문에 트럭이 느려지다 멈춰버려서 어쩔 수 없이 손을 놓아야 했다. 생각해보면 어처구니없는 일이었다. 우리는 어린이들이 미는 힘으로 산을 올랐고, 15톤이 넘는 고철 덩어리와 곡식더미를 한 손으로 멈춰 세웠던 것이다.

지도에 따르면 케냐 북부를 가로지르는 길은 오직 하나뿐이었는데, 사정이 별로 좋지 않았다. 모얄레로드Moyale Road는 군데군데 포장된 곳도 있지만, 대부분 모래밭이거나 자전거가 망가질 정도로 울퉁불퉁했다. 가난하고 외딴 지역을 가로지르는 그 길은 '쉬프타shifta'라는 도적 떼가 휩쓸고 다니는 것으로 악명 높았다. 여행자들은 무장 경호원이 동행하는 트럭을 이용했지만, 나는 거기서 다쳤다는 사람을 몇 명 만나기도 했다. 한 남자는 트럭 앞 유리창을 뚫고 들어온 총탄에 어깨를 맞았노라 목청을 높이며 티셔츠를 잡아 내렸다. 나는 내키지 않는 태도로 흉터를 살펴보았다. "봤소? 쉬프타는 모든 걸 빼앗은 뒤에 당신을 죽일 거요. 신발도 벗겨 가버릴 거라고!" 마지막 말을 내뱉으며 어찌나 격분했던지 그의 눈에 불꽃이 이는 것 같았다. 시체의 운동화를 벗겨 가는 것만큼은 절대 용서할 수 없는 극악무도한 짓이라는 듯.

내 발에 꼭 맞는 샌들을 내려다보았다. 그 튼튼한 밑창을 얼마나 좋아했던가. 다른 길이 없는지 지도를 꼼꼼히 들여다보았다. 길 하나가 눈길을 붙잡았다. 에티오피아 남서부 오모계곡의 토착 부족 영토를 통과해 구불구불 서쪽으로 나아가다 오모강과 케냐 국경에 이르러 끊겼다. 남쪽으로는 완전한 공백이 이어지다가 '투르카나Turkana'라고 쓰인 길고 파란 호수가 나타났다. 조지프 콘래드는 지도의 공백이 사람을 부른다고 썼거니와, 공백에도 전혀 다른 속성이 있음을 인정할 수밖에 없었다. 강이 세상의 끝인 동시에 새로운 곳으로 이끄는 통로인 것처럼. 오모강을 건너 길을 찾을 수 있다면 일레미Ilemi 삼각지구를 통과할 터였다. 그 보잘것없는 먼지투성이 땅은 소위 '분쟁지역'이었다. 에티오피아, 케냐, 수단이 모두 그 황무지를 자기네 땅이라고 우겼다.

하지만 두려움도 영감이 될 수 있다. 너무 지나치지만 않으면 그렇다. 몇 년 전 그 길을 통과한 자전거 여행자 블로그를 찾아냈다. 5년간 외딴 지역을 자전거로 여행하며 다져질 대로 다져진 강인한 부부였다. 하지만 그들조차 말리는 분위기였다. 극심한 더위, 거세게 몰아치는 동풍, 독사가 우글거리는 자연환경은 물론, 부족 간 갈등이 끊이지 않고, 길을 잃을 위험 또한 상존한다고 했다. 그런 소리를 들으면 포기해야 하련만, 조금 걱정이 되는 한편 모든 가능성이 기막히게 멋지다는 느낌도 들었다. 숲속에 들어가 놀지 말라는 소리를 들은 심통 사나운 아이처럼 마음은 벌써 투르카나호를 향해 달렸다.

콘소Konso에서 니오미는 나이로비행 버스에 자전거를 실었다. 자신을 만나러 영국에서 날아오는 애인을 만날 일로 마음이 부풀어 있었다. 니오미와는 한 달 뒤에 다시 만나기로 하고, 혈혈단신 오모계곡으로 향했다. 쌀 2킬로그램과 꿀 1리터를 자전거에 실은 채.

덤불이 점점 무성해졌다. 저 멀리 흰개미집들이 사람 사는 집만큼 높게 솟아 있었다. 영양이 불쑥 튀어나오는 바람에 두 번이나 혼비백산했다. 모래로 된 길에는 NGO나 UN 소속 사륜구동차가 지나간 자국이 남아 있었다. 몇몇 마을은 줌렌즈를 장착한 카메라를 들고 몰려드는 관광객으로 몸살을 앓았다. 하마르족 여인들이 황토, 가죽, 구리, 조개껍질로 만든 옷을 입은 채 길옆에 쭈그리고 앉아 있었다. 말하자면 부족의 토착성을 파는 행상에 나선 셈이었다. 자신의 모습을 찍게 하고 돈을 받는 것이다. 이렇듯 전통을 상품화하는 것은 현금을 벌어들이고, 약간의 인프라를 개발하는 데 도움이 되며, 어쩌면 전통 자체를 강화하겠지만(여성과 소녀들의 채찍 의식을 포함해), 종종 모든 사람이 신기하게 생각하는 인간 박물관 같은 특성을 낳는다. 기꺼운 마음은 아니었지만, 나 역시 관광객이었다. 관광객이란 자질이 떨어지는 족속들이다. 배낭을 메고 챙 넓은 모자를 쓴 채 툭하면 소리를 질러대고, 우둔하며, 볼살이 늘어진 인간들. 하지만 나는 모험가였다. 적어도 엄격한 일정에 따라 전화를 할 때마다 엄마한테는 그렇게 말했다.

몇 채의 오두막집을 지나치다가 여행용 자전거가 세워진 것을 보고 깜짝 놀랐다. 주인의 기척은 없었다. 뒤쪽 짐받이에는 빗자루의 손잡이만 고무밧줄로 묶여 있었다. 받침다리 대용인 것 같았다. 몸체에는 큼지막한 물병이 세 개나 끈으로 묶여 있고, 케이블 주위로 감은 절연테이프는 느슨해져 있었다. 어느새 나는 박정하게도 자전거 주인이 나만큼이나 엉망이기를 바라고 있었다. 내 티셔츠는 때와 땀자국으로 범벅이 되어 호피 무늬처럼 보였다. 라이크라 반바지는 구멍이 너무 많이 뚫려서 전혀 섹시하지 않은 그물 같았고, 위에 덧입은 반바지 역시 사타구니에 구멍이 나 있었다. 이틀 전 바지를 입다가 찢어진 틈으로 다리가 쑥 빠져나올 정도였다. 타이어는 홈까지 다 닳아 매끈했고, 냄비는 새까맣게 그을렸으며, 내 수건은… 오 주여! 개를 감싸주면 딱 좋을 꼴이었다. 개가 피를 흘리고 있어 급히 수의사에게 데려가야 한다면 말이다.

오두막 뒤에서 한 남자가 나타났다. 다리가 깡말라 라이크라 반바지가 흘러내리지 않을까 싶었다. '체 게바라'라고 쓰여 있는 모자 아래로 수염이 까칠하게 자란 잿빛 얼굴이 보였다. 내게서 잠시도 눈을 떼지 않고 뚫어질 듯 쏘아보았지만, 내가 "안녕하세요" 인사를 건네자 눈가에 주름이 잡히며 미소를 지었다. "느긋하게 가고 있군, 그렇죠?" 나는 고개를 끄덕였다. 그는 땀띠가 난 배를 득득 긁었다.

"그런데, 이쪽으로 가는 길이오?" 그가 엄지손가락을 까닥하며 키 작은 관목과 모래가 한없이 이어진 쪽을 가리켰다. 다시 고개를 끄덕.

"나는 저쪽에서 왔소. 분명히 말하지만, 지옥이나 다름없어요. 부족들이 서로 죽여가며 싸우고 있소. 시체 운반용 자루들도 봤소."

그는 자기 말이 주는 울림이 1, 2초 정도 지속되는 데 몹시 만족한 것 같았다. 뭐라고 대답해야 할지 알 수가 없었다. 그가 내 쪽으로 걸어왔다. 어, 어, 하는 동안 얼굴이 너무 가깝다 싶은 곳까지 와서 멈춰 섰다.

"저쪽에서 섣불리 굴면 안 돼요, 알겠소?"

"알았습니다."

"필요하다고 생각하는 것보다 물을 더 많이 가져가지 않으면 망할 거요. 그리고 만약의 경우에 돌아올 수 있도록 표식을 남기시오. 여기서 길을 잃으면 말이지, 댁은 그냥 죽은 목숨이야."

"그렇죠." 나는 헨젤과 그레텔이 떠올라 웃음이 났다. 모래 위에 뭘로 표식을 남기란 말인가? 컵라면 면발?

그가 나를 째려보았다.

"교통 상황이 참 안 좋군요." 내가 다시 대화를 시도했다. 대답이 없었다.

"참, 난 스티븐입니다."

"난 외르그요."

"자전거로 어디를 다녔습니까?"

"벌써 아프리카를 세 번 왕복했지."

다시 한번 빗자루 받침다리를 쳐다보았다. 엉망이 된 짐가방도. 수건은 어디에?

"얼마나 오래…."

"엄청 오래." 그가 지루하다는 듯 말을 잘랐다. "자전거 위에서 죽을 거요."

나는 웃음을 터뜨렸지만, 그는 기정사실이라는 말투였다.

언뜻 보면 그 만남에는 자전거 여행자들이 흥미를 느낄 만한 것이 전혀 없었지만, 둘 다 일부러 자전거를 끌고 여기까지 왔으니 땀띠와 형편없는 패션 감각 이상의 공통점이 있을 것이었다. 어쩌면 외르그도 나처럼 낯선 곳에서 반쯤 표류하는 듯한 느낌을 간절히 원했는지 모른다. 나는 모험을 추구했지만, 도대체 그 모험이 뭐란 말인가? 여행작가 팀 케이힐Tim Cahill은 모험이란 일어나고 있는 중에는 결코 모험이 아니며 오직 돌아보았을 때만 그렇게 생각되는 것으로서, "신체적 및 정서적 불편을 평온한 상태에서 기억해내는 것"이라는 농담을 남겼다. 어쩌면 아문센이 주장했듯 "모험이란 그저 계획을 잘못 세운 것"인지도 모른다. 나는 믿을 만한 지도도 없고, GPS도 없었으며, 앞에 놓인 길은 바람과 사람들만큼 덧없었다. 모래 위로 난 길은 날씨와 가축의 이동에 따라 매일 새롭게 그려졌다. 아문센의 주장대로라면 나야말로 탁월한 모험가라 할 것이다.

외르그는 오래된 모험담을 늘어놓았다. 콩고와 차드와 니제르에서 헤쳐 나온 길에 대해, 하마터면 목숨을 잃을 뻔했던 감염병에 대해. "길에서는 한번 상처가 나면 아물질 않아. 썩고 말지. 그래도 다리 한쪽이 남았으니 얼마나 운이 좋아!"

위험이야말로 그가 모험이라고 느끼는 것의 핵심 아닐까? 위험에 처했음을 느끼는 것, 그런 느낌을 위해 모든 것을 거는 게 아닐까? "여행에 가치를 부여하는 것은 두려움이다. 그것은 우리가 지닌 일종의 내적 구조를 허물어뜨린다." 카뮈는 말했거니와, 나는 그 말이 옳다는 것을 그제야 깨달았다. 외르그는 혼자 여행했고, 이제 나도 마찬가지였다. 니오미가 곁에 없으니 고독이 얼마나 여행을 변화시키는지, 위험을 부풀리고 감각을 예민하게 하고 작고도 중요한 순간순간 얼마나 사람을 두려움 속에 몰아넣는지 알 수 있었다. 나는 자신만의 목표를 추구하는 외르그와 헤어졌다. 그것이 무엇이든 말이다. 결심이 강박적인 집착이 되는 것은 언제일까? 그때 그는 그 변화를 알까?

오모강에 도착하기 전 마지막 마을인 오모라테Omorate 외곽에 서 있는 표지판을 보고 번역이 잘못되었기를 바랐다. "환영합니다. 목숨을 소중히 여기시길!" 다리도 없었다. 20미터 너비의 흙탕물이 느릿느릿 흐를 뿐이었다. 강둑에 올라보니 한 소년이 통나무배에 앉아 강을 건네주겠다고 했다. 짐 가방을 떼어내고, 자전거까지 넘겨주었다. 소년은 자전거를 넘어지지 않게 잡고 동시에 장대를 밀어 건너편으로 배를 몰고 갔다. 나는 그 모습을 지켜보았다. 내가 지닌 모든 것이 넘실거리며 멀어졌다. 녀석은 내 불안을 눈치챘던 모양이다. 함박웃음을 지으며 빠른 속도로 돌아왔으니 말이다.

강을 건넜다고 해서 법적으로 케냐에 입국한 것은 아니었다. 국경 초소조차 없었다. 나이로비에 도착하면 인정 많은 이민국 관리(이 말 자체가 모순임을 모르는 바 아니지만)가 입국 도장을 찍어주기만 바랄 뿐이었다. 건너편 강둑에서 다시 짐을 챙겼다. 살아 있는 것이라곤 없었다. 길게 펼쳐진 사자 갈기 빛깔의 사막 여기저기 덤불이 흩어져 있고, 저 멀리 아카시아가 늘어선 모습이 윤곽만 희미했다.

투르카나는 케냐에서 가장 큰 주이자, 가장 황량한 지역이다. 한때 생명이 넘쳐 났지만 까마득한 세월 동안 자연은 결코 우호적이지 않았다. 기후는 건조하기 짝이 없고, 무자비하게 내리쬐는 햇볕 속에 바람만 대지를 긁어댔다. 태곳적 화강암 위로 최근에는 용암이 흘렀던 지역으로 강퍅하기 짝이 없는 생존 투쟁의 세계다. 가장 끈질긴 생명조차 거부당하는 공간이다. 이정표로 삼을 것이 거의 없는 그곳에서 같은 염소의 사체를 세 번째로 마주치고서야 길을 잃었음을 인정하지 않을 수 없었다. 윤곽조차 모호한 모래언덕이 녹아들

듯 하늘과 맞닿아 있고, 바람이 모래 먼지를 휘감아 올렸다. 오후의 시간은 가뭇없이 위협적인 석양으로 변해갔다. 바퀴가 모래에 푹푹 빠졌다. 사막에서 물에 빠지는 느낌, 사막이 아래서 잡아끌어 나를 빠뜨려 죽이려는 것 같은 느낌에 뭔가 나쁜 의도가 개입되었다는 기분이 들 정도였다. 가슴속에 작은 두려움이 스며들더니 이내 번져갔다. 길이 사라지고 아무것도 남지 않은 곳에 이르자 갑자기 격한 감정이 밀려와 어찌 할 바를 몰랐다. 하지만 그것 말고도 다른 감정, 영감에 가까운 뭔가가 있었다. 나도 외르그처럼 위험에 매혹되었다는 뼈저린 깨달음도 밀려들었다.

에티오피아에서 물을 싣고 왔다, 아주 많이. 동쪽으로 투르카나호가 있지만 물이 너무 짜서 마실 수 없고, '루가스$^{lug-gas}$'라고 불리는 수로는 특정한 계절에만 물이 흐르기 때문에 믿을 수 없었다. 짐받이에 실을 수 있는 물은 20리터가 한계였다. 끈으로 비끄러맨 코카콜라 병들과 10리터짜리 물통 속에 출렁거리는 물과 자전거 무게를 합하면 내 몸무게보다 무거웠다. 투르카나는 워낙 건조해 모든 것이 보존되는 지역으로 유명하다. 어쩌면 150만 년쯤 지나 미래의 고고학자가 발굴용 국자 같은 것으로 나를 떠내 뼛조각을 철사로 얽어 복원한 후 박물관에 전시할지도 모른다. '투르카나 보이, 지금까지 발견된 가장 완전한 호모에렉투스의 유골'이란 해설과 함께. 틀림없이 내 수건도 살아남으리라. 이 공포를 고스란히 간직한 채.

오후 늦게, 멀리서 알파벳 i자 형체가 나타나더니 서서히 돌격용 소총을 어깨에 멘 투르카나 전사의 모습으로 변했다. 아래턱 앞니 두 개를 뽑은 것이 눈에 띄었다. 수천 년 전부터 나일강 유역에서 전해 내려오는 풍습이다. 파상풍에 걸려도 그 틈으로 음식을 먹이기 위해서란 말도 있다. 믿기 어려웠다. 모든 전통을 적응적 행동이라고 생각하기는 너무나 쉽다. 어쩌면 그들의 아랫니 뽑기는 인간 사회에 항상 있게 마련인 한때의 유행에서 비롯되었을지 모른다. 실용적인 기능이라고는 멀릿 헤어스타일이나 멋쟁이 수염 정도밖에 안 될지 누가 알겠는가? 그는 내가 반쯤 마시고 홀더에 꽂아둔 2리터짜리 물병을 가리켰다. 그걸 건네자 거꾸로 뒤집어 물을 몽땅 쏟고는 말없이 가버렸다. 실루엣이 꿈처럼 사막의 석양 속으로 다시 사라졌다.

투르카나는 내가 생각하는 모든 풍경 속에서 가장 외딴 곳이다. 국가, 경제, 기후, 정치, 주거 가능성…. 식민지 시대에는 폐쇄된 지역으로 외부인이 들어가려면 반드시 허가를 받아야 했다. 영국은 이곳을 기만적이고 적대적인 변방으로 생각했다. 투르카나 전사들은 자기 땅에 발을 들인 이방인을 창으로 찔러 죽이는 것으로 악명 높았다. 오랜 세월 '원주민을 길들이려는' 온갖 오만한 시도가 이어졌으나 모두 실패로 돌아갔다. 영국이 소 떼를 몰수해 투르카나인들을 탄압했을 때는 인구의 14퍼센트가 죽기도 했다. 그러다 마침내 영국은 투르카나의 쓰임새를 발견했다. 이 지역의 적대성과 고립성을 활용해 감옥이자 격리시설로 이용한 것이다. 메마르고 모래 폭풍이 휘몰아치는 시베리아랄까.

1962년 당시 중위에 불과했던 이디 아민Idi Amin은 우간다 군인들에게 국경을 넘어가 소를 훔쳐 갔다고 의심되는 투르카나 남자들을 고문하고 학살하라고 명령했다. 영국은 그의 행위를 그 시대 특유의 절제된 표현으로 '지나치게 의욕적'이라고 묘사했다. 소문대로 그의 병사들이 사람을 산 채로 파묻었다면 도대체 잔혹하다는 말은 어디에 쓰려고 아낀단 말인가? 그때쯤 인도주의자들이 이 땅에 들어왔다. 끝없는 가뭄 속에서 사람과 가축이 죽어갈 때 공중에서 콩이 가득 든 자루를 살포하고, 의약품과 식량을 무기 삼아 또 다른 침략을 자행한 것이다. 가톨릭 선교단은 구호캠프를 세우고 현지에서 병들고 굶주린 투르카나 사람들을 돌보았다. 이내 투르카나인들은 왜 외부인이 자기들의 문제를 해결해주려고 하는지 의심했다. 마음대로 돌아다니게 두지 않고, 정해진 지역에만 머물게 하자 의심은 더욱 커졌다. 그러면 식량이 부족해질 위험이 더 커지기 때문이다. 외부인은 물론 내부인에게조차 투르카나는 외딴섬이었다. 남녀를 불문하고 투르카나인은 자기 땅을 벗어날 때 버스 기사에게 나이로비행이 아니라 '케냐행' 차표를 끊어 달라고 했다.

∗

때로 길이 좋아지면 한 번에 꽤 긴 거리를 나아가기도 했지만, 앞에는 여전히 살아 있는 것 하나 눈에 띄지 않는 지평선이 멀고도 끝없이 펼쳐져 있었다. 동쪽으로 달려 호숫가로 갈까? 괜스레 악어 떼를 만나 피 튀기는 싸움을 벌인 끝에 홀랑 잡아먹히지는 않을까? 이런 생각을 하는데 몇 채의 오두막이 나타났다. 선교단이었다. 안경을 쓰고 머리카락이 성근

정수리가 땀으로 번들거리는 신부가 느릿느릿 걸어 나왔다.

"제일 힘든 구간을 통과하셨군요." 자전거에서 내리는데 그가 말을 붙였다.

"앞으로는 길이 나아진다는 말씀인가요?"

그의 표정이 말했다. '그럴 리가!'

"아, 분쟁을 말한 겁니다. 다사나치족◆하고 싸우고 있죠. 작년에 여기서 60명이 죽었습니다."

"'60명'이나요?" 눈을 가늘게 뜨고 미제 식량 원조 박스와 플라스틱 판에 동물의 똥을 이겨 발라 벽을 세운 오두막들을 둘러보았다. 60명이면 마을의 절반은 될 것 같았다.

그런 엄청난 폭력도 특별한 뉴스거리는 아니다. 소수 부족이 어울려 사는 지역에는 으레 뿌리 깊은 갈등이 있다. 이를 후진성의 증거라고 생각하는 사람도 많다. 하지만 기술의 발달과 외부에서 유입된 세력이 투쟁에 기름을 붓는 일도 비일비재하다. 이웃 수단에 내전이 격화되자 러시아산 총기가 물밀 듯 유입되었다. 기후위기로 가뭄이 빈번해지고, 오모강에 길겔기베3호댐이 건설돼 다국적기업들이 바이오연료와 환금성작물을 재배하자 현지인은 심한 물 부족과 식량 부족에 시달렸다. 부족들은 서로 소를 약탈했고, 보복이 꼬리를 물면서 더 많은 AK-47소총이 들어왔다.

다음 날 신부는 저 아래 플랑고니협곡을 통과하는 길을 손으로 가리켰다. '길'이라고는 하지만, 말이 그렇다는 것이지 피에 젖은 라푸르산맥으로 이어지는 말라붙은 돌투성이

◆ 에티오피아, 케냐, 수단 남부에 사는 인구 5만의 소수민족.

강바닥에 불과했다. 오후 들어 높은 협곡 가장자리에 작대기 같은 것을 어깨에 멘 채 보초를 서는 사람들의 윤곽이 보였다. 그들은 아래를 내려다보며 잰걸음으로 쫓아왔다. 나는 무모할 정도로 바위에 부딪혀가며 한껏 속력을 냈다.

＊

　20세기가 밝아올 무렵 영국군 소령 둘이 원정대를 이끌고 투르카나호 서안을 출발해 힘겹게 이 지역을 통과했다. 허버트 헨리 오스틴Herbert Henry Austin과 브라이트Bright 소령의 임무는 이 지역에서 영국의 지배권을 확고히 하는 것이었다. 그들에게 이곳은 평평하고 코끼리로 가득한 매력적인 땅으로 보였던 것이다. 1900년 말 그들은 데르비시Dervish♦ 출신 제하디아족 운전사 32명, 수단 군인 20명, 하인 4명, 당나귀 125마리, 노새 12마리, 낙타 15마리를 이끌고 약 3개월 치 식량(쌀, 렌틸콩, 밀가루)과 "누군가 병에 걸렸을 경우에 대비해 의료용 진정제로 쓸 소량의 와인, 약간의 위스키와 브랜디, 포트와인, 샴페인 몇 병"을 싣고 하르툼을 떠났다. 꼭 필요한 것만 갖고 떠났단 뜻이다.

　그들은 처음부터 모기떼와 식수 부족에 시달렸다. 작열하는 태양 아래 당나귀 발굽이 빠질 정도로 쩍쩍 갈라진 진흙 평원을 가로질렀다. 오스틴에 따르면 동물들은 "은혜롭게

　♦　지금의 소말릴란드에 1896년 무함마드 압둘라 하산이 세운 이슬람 국가로, 1920년 영국의 침공으로 멸망했다.

도 의식을 잃고 쓰러졌다". 그는 총검으로 동물들을 파내라고 명령했다. 머지않아 또 다른 평원에 도달했는데, 온통 메뚜기 떼로 뒤덮여 있었다. 오스틴은 썼다. "그놈들은 불쾌하게도 우리가 마시는 차 속으로 뛰어들곤 했다. […] 하지만 메뚜기는 매우 맛있기도 해서, 우리가 겪은 고통에 어느 정도 위안이 되었다." 이 대목에서 나는 오스틴이 더러운 주먹을 쳐드는 모습을 상상했다. "이 각다귀들!" 그리고 아무렇지도 않게 메뚜기 한 마리를 입속에 던져 넣고 우적우적 씹는다. "제군들, 이건 정말 썩 괜찮군!"

이런 자잘한 어려움에도 그들은 1901년 4월에 나쿠아 Nakua산의 모습을 볼 수 있었다. 투르카나호(당시 호수의 이름은 루돌프호였다) 가까운 곳에 있다고 알려진 산이었다. 이제 남은 일은 그곳에 가서 영국의 지배권을 확실히 선언하고(어쩌면 유니언잭을 휘날리며), 당당하게 돌아와 "만세!"를 외치고, 파이프에 불을 붙여 물고, 기막힌 차를 한 잔 즐기는 것이었다.

하지만 차를 즐기기는 쉽지 않았다. 식량이 떨어져갔다. 원래 오모강 주변 부족들과 거래를 터서 구슬, 담배, 쇠줄, 옷 등속을 식량과 바꿀 계획이었지만, 원주민들은 원정대가 다가가면 도망치기 바빴다. 낯선 백인들이 에티오피아에서 이끌고 온 원정대의 잔혹성을 생생히 기억했던 것이다. 오스틴은 이전에 그곳을 찾은 탐험가들처럼 마을을 습격하는 것이 내키지 않았다. 결국 오늘날의 우간다 땅인 남쪽 구릉지대로 향했다. 5백 킬로미터 가까운 길이었다. 쌀쌀한 에티오피아 고원지대로 가면 음식을 구할 수 있을지도 모르지만 가축을 잃을 위험을 감수하고 싶지 않았다. 하지만 호수에서 멀어져 사막에 발을 들이자 투르카나 전사들이 뒤를 밟았다. 대원들이 사라지기 시작했다. 원정대가 캠프를 치면 창이 날아오거나 끔찍한 비명 소리가 들렸다. 총을 집어 들고 소리 난 쪽으로 뛰어가면 이미 적들은 자취를 감췄고, 사라졌던 대원이 테이블축구 인형처럼 창으로 몸을 관통당한 채 쓰러져 있었다.

원정이 계속되자 낙타들은 갈수록 여위었고 결국 도살되었다. 대원 중에서는 제하디아족 운전사들이 가장 힘들어했다. 애초에 가장 마른 사람들이었다. 빼빼 말라 눈이 움푹 들어간 사람이 있는가 하면, 필수영양소 결핍 때문에 기괴한 모습으로 부어오른 사람도 있었다. 그들은 절박한 심정으로 원정대의 가축을 몰래 도살해 날고기를 먹었다. 오스틴은 명령을 어긴 대원 한 명을 붙잡아 눈가리개를 씌워 나무에 묶은 뒤 총살했다. 남은 자들에게는 임금을 주지 않겠다고 협박했지만 별 효과가 없었다. 이때쯤에는 살아 돌아가 돈을 받을 가능성이 거의 없다고 생각했던 것이다.

투르카나 전사들은 덤불 속에 숨었다가 갑자기 덤벼들었다. 오스틴은 그들을 '인간 호랑이'라고 불렀다. 오스틴 자신도 다리 전체에 보라색 반점이 생겼고, 코와 입으로 피를 쏟았다. 전형적인 괴혈병 증상이었다. 망막출혈로 한쪽 시력을 부분적으로 잃기도 했다. 이제 원정은 아무 희망도 없이 느릿느릿 걷는 행위에 불과했다. 식량은 당나귀 고기뿐이었다. 마침내 바링고호 근처에 주둔하던 영국인 해럴드 하이드베이커Harold Hyde-Baker에게 구조되었을 때, 72명이던 대원은 17명으로 줄어 있었다. 나머지는 사막의 모래 속으로 스러져버린 것이다.

나는 괴혈병에 걸리지는 않았지만, 하필 그때 타이어에 펑크가 난 것은 불길한 사건이었다. 위를 올려다보니 여전히 절벽 위에 사람들의 모습이 보였다. 이제 대여섯 명이 모여 주의 깊게 나를 감시했다. 날이 저물면서 협곡의 점점 많은 곳에 그림자가 드리웠다.

자전거를 눕혀놓고 올드 패치old patchy 분리 작업에 착수했다. 오래 동고동락한 타이어 튜브는 이름대로 낡고, 군데군데 때워져 있었다. 하필 그때가 아니라도 언제든 펑크가 날 만했다. 줄잡아 스무 번은 수리한 것 같았지만, 고독에 지친 나는 정든 튜브를 버리고 싶지 않았다. "이제 됐어, 올드 패치." 애정이 듬뿍 담긴 손길로 때운 곳을 누르며 튜브를 타이어 속에 밀어 넣었다. 속옷을 쑤셔 넣고♦ 튜브에 공기를 주입하고, 출발!

울부짖는 전사들, 독사들, 끓는 물에 던져지는 선교사들⋯ 1970년대 후반, 짐을 잔뜩 실은 여행용 자전거가 투르카나에 가까워졌을 때 이렇게 오싹한 이야기를 떠올리며 이언 하이벨Ian Hibell의 공포는 점점 커졌다. 그는 오래도록 사람들이 자전거로 갈 수 없다고 하는 장소들을 찾아다녔다. 가

♦ 수단에서 타이어 튜브 밸브 주변이 벌어지면서 몇 번 펑크가 났다. 생각해보니 튜브를 충분히 부풀리지 않은 것 같았다. 하지만 싸구려 튜브는 정해진 공기압까지 공기를 주입하면 터져버리곤 했다. 그래서 튜브에 바람을 덜 넣는 대신 타이어 속 남는 공간에 양말과 속옷을 쑤셔 넣었다. 그걸로 문제는 해결되었지만, 하르툼을 떠난 뒤로 줄곧 속옷을 입지 않은 채 자전거를 몰아야 했다.(저자)

장 유명한 여행은 자전거로 남미 다리엔갭^{Darién Gap}의 빽빽한 정글을 통과한 것이다. 갈증을 이겨내려고 자갈을 입에 넣고 빨았던 하이벨은 나보다 물을 훨씬 적게 가지고 다녔다(그는 미니멀리스트로 유명했다). 자전거에 매단 양가죽 물통에는 물이 10리터 정도 있었다고 전한다. 오모강을 건너고 얼마 안 가 창을 높이 쳐든 한 무리의 전사들과 마주쳤다. 약 40미터 거리였다. 심장이 방망이질했다. 눈을 가늘게 뜨고 머릿수를 세는데… '셋, 아니 넷, 다섯…' 그들이 돌진해 오기 시작했다. 미친 듯이 페달을 밟았지만 모래 위에서는 원주민들이 훨씬 빨랐다. 이내 거친 숨소리가 들릴 정도로 거리가 좁혀졌다. 내리막길로 달리면 목숨을 건질까 싶어 핸들을 꺾는 순간, 거의 코미디처럼 자전거 체인이 훌렁 빠졌다. 헉! 페달을 밟아도 아무 소용 없이 자전거는 점점 느려졌다. 악몽 속에서 달아나려고 할 때처럼. 그때 투르카나 전사들이 자전거와 나란히 달리는 모습이 눈에 들어왔다. 놀랍게도 창에 꿰뚫리는 고통은 느껴지지 않았다. 그들은 이쪽으로는 눈길도 주지 않고 앞만 똑바로 쳐다보았다. 자전거를 지나쳐 달려나가 아무것도 겨냥하지 않은 채 허공으로 힘껏 창을 던졌다. 창이 포물선을 그리며 날아가 땅에 떨어졌다. 체력을 과시하려고 자전거와 경주를 벌인 것이다. 이방인들이 얼마나 잔인하게 굴었는지 잊지는 않았지만, 그때쯤에는 세계 질서가 재편되고 연결되어 투르카나의 분위기도 상당히 바뀌어 있었다. 하이벨은 결국 적도를 따라 지구를 열 바퀴 돈 것보다 더 긴 거리를 자전거로 여행했다. 죽음도 자전거 위에서 맞았다. 그는 2008년 그리스의 한 고속도로에서 차에 치여 세상을 떠났다.

협곡을 기어 올라가 로키타웅Lokitaung에 이를 때까지 오스틴 시대의 폭력을 떠올리지 않으려고 애쓰며 용기를 주는 하이벨의 이야기만 생각했다. 상점들은 이미 오래전에 닫은 것 같았다. 바퀴가 모두 빠진 트럭이 차축 위에 기우뚱하게 서 있었다. 바로 옆에 있는 죽은 염소처럼, 쓸 만한 것은 모두 빼낸 모양이었다. 식민 통치에 저항했다는 이유로 영국이 현대 케냐 건국의 주역이자 초대 대통령을 지낸 조모 케냐타Jomo Kenyatta를 감금한 곳이 바로 로키타웅의 감옥이다. 반체제 인사를 구금한 장소로서는 탁월한 선택이었다. 여기서는 탈옥한다 해도 사방을 둘러보고는 어처구니없다는 표정으로 다시 감옥으로 돌아갈 수밖에 없었으리라.

로드와르Lodwar는 투르카나에서 유일하게 도시라고 할 만한 곳이다. 투르카나의 면적이 아일랜드공화국과 같다는 사실을 알아두길. 이 도시는 기근과 가뭄 덕에 성장했다. 너무 많은 소를 잃어 생존의 위기에 처한 유목민들이 몰려든 것이다. 하지만 상점과 싸구려 식당들 사이로 여전히 야생에 가까운 황폐함이 고스란히 드러난다. 이곳 상점들은 한때 흰개미가 먹어 치운다는 이유로 지폐를 받지 않았다. 거리는 '로드와르의 비'라고 불리는 짙은 먼지에 휩싸여 행인들이 흐릿해 보일 정도였다. 아주 가까이 다가서야 비로소 사람의 모습을 알아볼 수 있었다. 강렬한 색감의 목걸이를 몇 개씩 겹쳐 두른 NGO 타입의 투르카나 여성들, 부족 특유의 옷차림이라도 되는 듯 하나같이 프리미어리그 축구팀 셔츠를 입은 케냐 젊은이들이 눈에 띄었다. 투르카나에 사는 35만 명은 대부분 유목민이거나 반半유목민으로 사막에서 부족끼리 무리를 짓는다. 일부는 극한 상황에서 살아간다. 염소의 멱을 따서 피를 받아 우유에 섞어 마시고, 그 염소가 죽지 않게 상처를 다시 꿰매놓는 부족도 있다. 반면 살기에 걱정 없을 정도로 많은 소를 키우는 부족도 있고, 견과류와 장과류를 채집하고 사냥을 하고 교역을 하고 여기저기 다니며 석탄 행상을 하고 원조 식량을 모으고 물고기를 잡고 심지어 사막의 상황이 허락하는 대로 약간의 농사를 지으며 사는 부족도 있다. 살아갈 방법을 많이 마련할수록 현명하다. 융통성이 없으면 죽는다.

하루 동안 로드와르에서 쉰 후, 남쪽으로 80킬로미터를 달려 아무도 돌보지 않는 관목 덤불과 바닥이 드러난 하천 주변으로 오두막이 스무 채 남짓 서 있는 마을에 이르렀다. 어린나무를 잘라 얽은 후 짐승의 똥을 이겨 발라 벽을 세운 집들이었다. 흰색 사륜구동차를 보고 내가 제대로 찾아왔음을 알았다. 멀린MERLIN♦에서 파견한 간호사들이 이곳에서 긴급의료 구호활동을 펼치고 있었다. 아디스아바바의 인터넷 카페에서 급히 몇 통의 이메일을 보낸 후 이동진료소를 방문해도 좋다는 초청을 받았다. 그때까지 거의 1년 동안 길 위에 있었지만 세상의 다양한 지형을 넘어선 것들을 탐색해보고 싶었다. 병원과 진료소들을 방문하면 그 과정에서 보건의 풍경이 어떻게 형성되고 침식되고 풍화되는지 깊게 생각해볼 수 있을 것 같았다. 새로운 모험이랄까? 작가 폴 서로Paul

♦ 영국의 국제의료구호단체 Medical Emergency Relief International의 약칭.

Theroux는 이처럼 더 가까운 거리에서 세심히 살피려는 욕구를 알고 있었다. "나는 맨 밑바닥과 가장 외딴 곳과 가장 일상적인 삶을 보지 않고 어떻게 한 나라의 진실을 이해할 수 있을지 알 수 없다."

저쪽에 보이는 오두막 같았다. 아이들 몇몇이 먼지를 뒤집어쓴 채 놀고 있었다. 안에는 노란색, 빨간색, 녹색, 검은색 구슬을 꿰어 만든 목걸이를 목에 건 50명 정도의 투르카나 여인들이 흙바닥에 쭈그리고 앉아 젖을 물리고 있었다. 그들이 고개를 돌려 나를 쳐다보았다. 발을 들여놓기가 망설여졌다. 어딘지 불편한 긴장감이 느껴졌다. 많은 투르카나 사람이 외부인을 불신했고, 그 결과 스스로 의심을 사기도 했다. 수십 년간 수많은 이방인이 투르카나를 찾아 설교하고, 교육하고, 뭔가 강요했다. 오늘날까지도 케냐 언론은 때때로 투르카나 사람들을 깔보거나 가르치려고 든다. 역사적으로 의사들은 건강에 대한 이들의 믿음을 존중하지 않았다. 현지에서 배출된 의사라 봐야 열 명에 불과했다. 그나마 대부분 고향에 머물지 않았다. 급료가 더 높고, 기존 의사들이 돈을 좇아 독일로, 캐나다로, NHS로 떠나 쉽게 자리가 나는 나이로비의 병원들로 떠났다.

오두막 가운데 서 있던 두 간호사가 손짓했다. "스티븐? 환영합니다. 들어오세요, 들어와요. 아기들 몸무게를 재고 있었어요." 저울에 달아맨 파란색 무명 자루가 축 처져 있었다. 간호사가 거기서 갓난아기를 들어 올렸다. 고개를 힘없이 앞으로 숙인 채, 팔다리를 촉수처럼 꿈틀거리는 아기는 아주, 아주 작았다. 가냘픈 울음소리가 들렸다.

"중증 영양실조예요. 로드와르에 있는 안정병동으로 데려갈 겁니다."

로드와르 병원은 투르카나에서 유일하게 중환자 치료 설비를 갖춘 곳이다. 수술할 의사가 있다면 말이지만. 그곳 의료 장비가 대부분 그렇듯, 병원의 마취 기계 또한 기증받은 것이었다. 디지털 메뉴가 스페인어로 돼 있어 작동법을 아는 의사가 몇 없다고 했다. 그곳에서 몇 명이나 로드와르로 보냈는지 물었다. 그 아이가 다섯 번째라 했다. 간호사가 오두막 안을 둘러볼 때 처음으로 절망의 분위기를 느꼈다.

"이제 막 시작이죠."

런던의 응급실에서 일할 때 왜 환자들이 아픈지 깊게 생각해보라고 하는 사람은 아무도 없었다. 그것은 우리가 관리할 수 없는 영역, 명료하지 않고 뭔가에 가려진 영역, 심지어 사소한 영역으로 간주되었다. 그런 것을 고민해봐야 환자 대기 시간이 네 시간을 넘기지 않는다는 목표를 달성하는 데 아무 도움이 되지 않았다. 단순한 문제도 아니었다. 런던 사람들은 그저 운이 없는 것까지 포함해 온갖 이유로 아팠다. 반면 좀 지나치게 단순화하자면 번화가의 자선 모금자들의 아프리카, 굶주리는 아이들과 서양의 영웅들이 등장해 죄책감을 유발하는 포스터 속의 아프리카에서 질병의 원인은 가난이었다. 하지만 그런 생각은 돈을 만병통치약이라고 선언하는 환원주의적 태도라는 깨달음이 밀려들었다. 이제 나는 가난의 근본적인 이유, 가장 깊은 뿌리가 어디에 있는지 생각을 더듬어갔다.

투르카나에서 인간의 건강은 단지 돈에 좌우되는 것이

아니라 땅과 기후, 문화, 분쟁, 이주, 역사와 정치의 산물이다. 의료 비용에서 모래파리의 이동에 이르기까지 모든 것이 영향을 미친다. 간접적인 부분까지 아우른다면 쌍무적 무역 협정과 어떤 정치가의 아버지와 우기의 강수량과 중국 자본으로 건설한 도로와 사우디아라비아의 석윳값과 투르카나인들 자신의 건강과 질병에 대한 이해와 믿음도 영향을 미친다. 식민 통치의 유산과 영양부족과 사회적 방치와 HIV 팬데믹이라는 요소가 한데 합쳐져 건강의 모습을 결정한다. 문득 150년 전 루돌프 피르호^{Rudolf Virchow}의 말이 떠올랐다. "의학이 위대한 약속을 실현하려면, 반드시 정치와 사회적 삶의 영역으로 들어가야 한다."

당시로서는 급진적인 말이었다 피르호와 오스틴의 시대에는 의학 자체가 질병이란 문제를 해결할 능력이 있다고 생각하는 것이 편리했다. 일반적으로 사회와 환경이라는 맥락은 별개로 취급되었고, 세계 보건의 문제에서는 더욱 그랬다. 영국은 타의 추종을 불허하는 초강대국이었다. 이 시기 의학은 종종 식민 통치를 옹호하는 수단으로 사용되었다. 의학은 권위의 상징이자 진보와 문명의 표상이었던 반면, 질병은 식민지의 낙후성과 유럽인의 신체적 우월성을 넌지시 암시하는 데 쓰였다. 열대의학이라는 과학적 연구와 거기서 얻은 혁신이 무엇보다 영국 군대와 식민 지배의 이익을 보호하기 위한 것이었다고 주장한다면 냉소적이라는 평을 들었겠지만, 강조하건대 질병은 '두말할 것도 없이' 이윤 창출에 방해가 된다. 식민지시대에 개발된 다양한 치료법과 백신이 영국인이든 외국인이든 수백만 명의 생명을 구했음은 의심의 여지가 없지만, 식민주의로 인류 역사상 헤아릴 수 없는 생명이 희생되었다는 사실도 부정할 수 없다. 태평양 제도라는 미개척지에 불어닥친 유행병과 아즈텍제국과 호주 원주민 대량 학살은 그런 대재앙의 작은 예에 불과하다.

사막 한가운데에 지어진 오두막 속에서 영양실조로 죽어가는 유목민의 모습을 사회적 박탈의 극단적인 예라고 표현하는 것조차 지나치게 가벼운 묘사이겠지만, 나는 이전에도 넓은 의미에서 동일한 이유로 건강이 위태로워진 사람, 때로는 완전히 무너지는 사람을 여러 번 보았다. 런던에서 응급실에 근무하면서 나는 어떤 양상이 끊임없이 반복된다는 것을 서서히 깨달았다. 환자들은 납득할 수 있는 것보다 훨씬 자주, 이런저런 면에서 벼랑 끝에 몰려 있었다. 심지어 어떻게 그런 일이 있을까 싶을 정도였다. 환자들은 영국 사회의 단면을 고스란히 반영하는 거울이 아니었다. 가난한 사람이 압도적으로 많았다. 당장 쓸 돈이 부족하고, 친구도 없었다. 많은 사람이 장애가 있거나 정신질환을 겪었다. 어떤 질병이든 그 위험인자들은 의과대학에서 기계적으로 암기한 대로, 그리고 어쩌다 보니 자동적으로 그러리라 짐작했던 것처럼, 갑자기 나타나 삶의 다양한 상황에 무시무시한 기세로 얽혀 들었다. 떼 지어 사냥하는 야수처럼 갑자기 덮쳤다. 세인트토머스병원 근무가 두 번 남았을 때 두 명의 노숙자를 치료했다. 한 명은 감기에 걸린 채 자살 시도를 했고, 다른 한 명은 사타구니에 헤로인을 주사하다 고름집이 잡혔다. 긴장성두통으로 응급실을 찾은 자폐 남성은 가족이 없었다. 비만한 십대 장애인은 당뇨 합병증 탓에 일자리를 찾을 수 없었지만, 충분한 보조금을 신청할 수도 없었다. 혼자 사는 베트남 남성은 알코올 금단증상으로 실려 왔다. 그때는 놀랍다고 생각하지 않았다. 평소 응급실 근무 때와 별다를 바 없는 환자들이었다.

사회질서와 건강의 관련성을 직접 마주하면서 갈수록 나 자신이 쓸모없게 느껴졌다. 원인과 결과가 복잡하게 뒤엉켜 있음은 두말할 필요도 없지만, 여전히 의학의 권위에 의심이 들었다. 이런 불균형과 계층구조와 선택의 제약 속에서 의학은 뭘, 얼마나 해볼 수 있을까? 심지어 사고조차 무작위로 발생하는 것이 아니라, 사회적 경향이 있었다(화상병동에 근무하는 사람 아무나 붙잡고 물어보라). 투르카나 사람들처럼, 내 환자 중에도 많은 사람, 특히 노숙자와 중독자들은 자신이 처한 상황에 무책임하거나 단순한 희생자로서 스스로 일어설 생각이 없거나 그럴 능력이 없다고 치부되었다. 그들의 자기결정권이 너무나 자주 무시된다는 사실에 나는 분노를 느꼈다.

다음 날 오후에 마을을 떠났다. 작은 길들이 하나로 합쳐져 더 좋은 길로 이어졌고, 타이어는 다시 경쾌한 소리를 내기 시작했다. 전봇대들이 늘어서 있었다. 인터넷 카페도 있었다. 차 한 대가 미국 팝송을 쿵쿵 울리며 지나갔다. 1.8미터 높이의 광고판이 치약을 선전하고 있었다. 나이로비였다.

＊

"보고 싶었어, 친구." 니오미가 두 팔 벌려 달려왔다. "흠,

하지만 샤워 좀 해야겠는걸." 나는 활짝 웃었다. 드디어 샤워 생각이 났다는 데, 헤어진 지 한 달 만에 다시 친구를 만났다는 데 기쁨을 느꼈다.

캄팔라로 가는 길에는 매일 비가 내렸다. 적도를 지날 때는 아예 물을 퍼붓는 것 같았다. 하지만 그 뒤로는 땅 위의 모든 것이 온통 밝아졌다. 찻잎은 더 푸르고, 불꽃나무는 정말 불이 붙은 듯했다. 이윽고 군데군데 움푹 파이고 곳곳에 물웅덩이가 도사린 도로 위로 '보다보다'가 질주하는 대도시로 들어섰다. 보다보다란 오토바이 택시인데, '운을 타고났다'라고 쓴 표지판을 앞에 매달고 다녔다. 어쨌든 운전사가 헬멧도 안 쓰고 미친 듯 빨리 달리는 이유를 조금은 설명해준달까. 캄팔라에서는 매일 평균 다섯 명의 '운 좋은' 보다보다 운전사가 목숨을 잃는다.

유쾌하게 제멋대로 구는 듯한 캄팔라의 분위기가 이내 마음에 들었다. 오토바이를 타고 지나가는 두 소년이 그 분위기를 단적으로 드러냈다. "우간다에 온 것을 환영해요, 웨인 루니!" 니오미는 예의 바르게 웃으며, 캄팔라의 분위기에 휩쓸려 즉흥적으로 길게 땋고 다니던 머리를 스포츠형으로 짧게 깎은 것에 대해 나지막이 욕설을 내뱉었다. 우리는 뒷골목을 돌아다녔다. 버려진 철도 위에서 여자들이 염소 고기를 굽고 있었다. 한 남자가 팸플릿을 건넸다. 그의 도움을 받으면 어떤 시험이든 통과하고 승진도 할 수 있다고 했다. 암이든 에이즈든 그에게 가면 안심이었다. 발기부전도 문제없었다. 떠들썩한 큰 도로에서는 남자들이 휴대폰을 팔았고, 신문 헤드라인은 도시의 광기를 적나라하게 드러냈다. 펼쳐보면 프리미어리그 축구 경기, 정치와 온갖 추문 관련 기사들이 때때로 동성애를 혐오하는 어조로 마구 뒤섞여 있었다. 내가 뽑아 든 신문에는 성추행으로 기소된 목사 이야기가 실려 있었다. "키웨위시 목사 항문성교 스캔들" 사진 밑 설명은 이랬다. "소년이 유명한 신의 대리인을 경찰서로 끌고 가 엄청나게 큰 물건으로 자신의 엉덩이에 몹쓸 짓을 했다고 호소했다." 두 사람의 사진 밑에는 각각 '피의자'와 '피해자'라고 적혀 있었다.

벨기에에서 온 자전거 여행자가 꼭 가볼 만한 가치가 있다고 장담하는 말을 믿고 우간다와 르완다 여기저기를 둘러보느라 수백 킬로미터를 우회했다. 사실이었다. 특히 포트포털 가는 길에 도로가 좁아지면서 멀리 르웬조리산맥이 솟아오르는 모습은 장관이었다. 어린이들이 깔깔거리며 우리와 나란히 달렸다. 소년들은 제 몸에 비해 너무 큰 블랙 맘바 자전거에 녹색 플랜테인을 가득 싣고 다녔다. 안개가 내려앉은 파피루스 늪들이 나타났다 사라졌다. 어느 날 아침에는 잡목 덤불에서 부산한 소리가 나더니 코끼리 한 마리가 불쑥 나타났다. 우리는 우뚝 멈춰 섰다. 불과 10미터 떨어진 곳이었다. 녀석이 달려들면 즉시 자전거를 돌려 꽁무니 빠지게 달아날 참이었다. 대치 상태는 오래가지 않았다. 다시 한번 덤불 속이 수런거리는가 싶더니 부지런히 쫓아온 새끼 두 마리가 모습을 드러내자 어미는 거대한 몸집을 돌려 사라졌다.

탄자니아에 접어들자 길이 평평해지면서 비가 내렸다. 트럭들이 달리면서 물을 튀기는 바람에 둘 다 흠뻑 젖고 말았다. 탄자니아인들은 뭐 하러 그 고생을 하는지 이해하지 못했다. "좋아서 하는 거예요?" 그들은 물었다. "아니면 상금이라도 걸려 있어요?"

말라위호에 이르렀을 때는 설명이 필요 없었다. 자전거 여행자에게 그보다 위안이 되는 장소도 드물 것이다. 구름 한 점 없는 하늘에 따사로운 태양이 비추고, 교통량도 크게 줄어든 길은 카사바 경작지로 이어졌다. 군데군데 깊게 판 우물이 눈에 들어오는 풍경 속에서 여인들은 포대로 감싸안은 아기들에게 노래를 불러주었다. 바야흐로 삶이 느긋해졌다. 그 느낌은 캠핑장과 은카타베이 같은 작은 리조트 타운 덕분에 더욱 커졌다. 그런 곳에서는 레이저, 포춘, 럭키코코넛, 치킨앤드피스, 해피, 미스터스패너 같은 별명으로 불리는 쾌활한 말라위 남성들이 30밀리리터짜리 봉지에 든 럼주를 마셔대며 한밤중까지 춤을 추는 모습을 흔히 볼 수 있었다.

지도는 거의 무용지물이었다. 말라위와 잠비아를 연결하는 그레이트이스트로드는 잠비아의 루사카Lusaka에 이를 때까지 한 번도 방향이 꺾이지 않았으므로, 거의 8백 킬로미터를 달릴 동안 머리를 쓸 필요도 없었다. 부드럽게 굽이도는 길을 따라 비슷한 풍경이 반복되면서 중간중간 초가지붕을 얹은 오두막들이 모여 있는 마을을 지나쳤다. 이때쯤 니오미와 나는 조금 떨어져 있고 싶은 마음이 간절했다. 8개월간 함께 지내면서 때때로 티격태격 싸웠던 것이다. 언제나 극도로 절약하는 니오미는 숫제 채집 생활을 하려고 들었다.

"이게 뭐야, 니오미?" 내가 밥에 섞여 있는 초록색 풀을 가리켰다.

"현지 허브지, 뭐."

"이걸 어디서…?"

"저쪽에서 뽑았어." 그러고는 이상하게 생긴 이름 모를 잡초를 가리켰다. "냄새가 좋더라고."

"니오…."

니오미는 어깨를 으쓱했다. 그런 걸 함부로 먹었다간 중독될 수 있다는 건 아예 신경도 안 쓰는 것 같았다. 점점 말다툼이 심해지면서 나는 그렇게 쓰레기나 뒤져 먹을 바에는 아예 네 우쿨렐레를 불쏘시개로 쓰는 게 어떠냐고까지 했다.

그런 일은 일어나지 않았다. 리빙스턴Livingstone 동쪽에서 길이 둘로 갈라졌던 것이다. 우주가 잠시 떨어지라고 하는 것 같았다. 우리는 포옹을 하고, 다시 만날 약속을 잡았다. 니오미가 카프리비 스트립Caprivi Strip 쪽으로 달려가는 모습을 지켜보다가 왼쪽으로 방향을 돌려 혼자 보츠와나를 여행하기 시작했다.

프랑스와 비슷한 면적에 겨우 2백만 명이 사는 나라에서는 고독 속에 빠져들기가 어렵지 않았다. 차분함 속에서 곧 원기를 회복하리라. 그때만 해도 그 땅에 다른 존재가 깃들어 살 것이라고 생각지 못했다. 길옆에 세워진 표지판이 우연히 눈에 들어왔다. '동물 조심.' 하지만 그 동물이란 것이 눈을 껌벅거리며 되새김질을 하다가 때때로 도로에 뛰어들어 트럭을 엉망으로 만들어버리는 부류인지, 덤불 속에 웅크리고 있다 뛰어나와 목덜미를 물고 삽시간에 나를 갈가리 찢어놓아 다른 여행자들의 타산지석으로 만들어버리는 종류인지 알 길이 없었다. 그때 동네 마실을 나온 듯 무심하게 터벅거리며 걷는 남자가 눈에 들어왔다. 한쪽 어깨에 엽총, 다른 쪽에는 죽은 독수리를 들쳐 메고 있었다.

"여기 야생동물 많아. 많이, 많이, 많아! 나는 절대 총 없이 집 밖으로 나오지 않아. 지난주에는 사자도 봤어."

가슴이 두근거렸다. 보이지 않는 새로운 강렬함에 감사를 느꼈달까? 마음가짐이 달라지자 길가의 바위가 얼마나 사자처럼 보이는지 믿기지 않을 정도였다. 갈기갈기 찢긴 트럭 타이어가 뱀처럼 움직일 수 있다는 것도 신기하기는 마찬가지였다. 이런 젠장! 급히 핸들을 틀었다. 길가에 살무사 한 마리가 불쑥 나타났다. 덤불 속에서 뭔가 솟아올랐다 하면 놀랄 만한 녀석들이 모습을 드러냈다. 영양, 버빗원숭이, 코뿔새, 흑멧돼지… 들소, 타조, 검은등자칼도 보았다. 살무사는 그 뒤로도 여러 마리 보았지만, 그보다 훨씬 큰 뱀도 있었다. 2미터 반이 넘는 괴물, 주둥이코브라가 검은색과 황금색 줄무늬를 두른 몸을 번들거리며 꿈틀꿈틀 덤불 속으로 사라졌다.

마운Maun에는 오카방고삼각주를 돌아보는 보트 투어가 있다. BBC의 〈살아있는 지구Planet Earth〉에 소개된 뒤로 누구나 바라 마지않는 관광 코스가 되었지만, 누구나 갈 수 있는 것은 아니었다. 보츠와나는 극소수를 위한 고가 관광 상품을 파는 데 특화된 곳으로, 대부분 내가 감당할 수 있는 액수를 훨씬 넘어섰다. 관광객들은 리조트에서 하룻밤에 내 1년 치 예산을 아낌없이 쓴다. '시로시스 오브 더 리버Cirrhosis of the River'♦란 이름의 보트를 타고 술을 진탕 퍼마시는 크루즈 여행에 나서기도 한다.

♦ '간경화Cirrhosis of the Liver'를 빗댄 말장난.

그러거나 말거나 나는 나만의 자전거 사파리를 마음껏 즐겼다. 모두가 그곳을 사자의 나라라고 생각했으므로 밤에 야영할 때는 마을 안에 텐트를 쳤다. 작은 불을 피워놓으면 젊은이들이 모여들었다. 불가에 둘러앉은 그들은 언젠가 아프리카를 떠나 미국이나 유럽으로 가겠다는 꿈을 이야기했다. 그럴 때면 아무런 노력도 하지 않고 특권을 누린다는 생각이 밀려들었다. 조금 특이한 밤도 있었다. 야생동물이 접근하지 못하게 전기가 통하는 울타리로 둘러싸인 악어 농장의 연구 시설에서 하룻밤 묵어도 좋다는 허락을 얻었던 것이다. 실수로 다가왔다가 5천 볼트의 전기에 감전되어 포효하는 하마들의 울음소리를 들으며 모처럼 마음 편히 잠들 수 있었다.

항상 노래하고 춤추는 니오미가 그리웠기에, 나미비아의 오티와롱고Otjiwarongo에서 다시 만났을 때는 무척 반가웠다. 뿔 모양 머리 장식을 한 채, 위로는 깃이 높고 아래로는 발목까지 내려오는 헐렁한 드레스에 페티코트까지 갖춰 입은 헤레로족 여성들이 거리를 활보했다. 식민지 시대에 독일에서 유래한 옷차림이었다. 헤레로족은 20세기 초에 거의 멸족 위기에 처했다. 1904년 헤레로족 대량학살로 유명한 독일군 사령관 로타르 폰 트로타Lothar von Trotha는 말했다. "인간이 아닌 것들에 대해서는 어떤 전쟁도 인간적으로 수행해서는 안 된다." 그 후 4년간 65,000여 명의 헤레로족이 강제 수용소에 갇힌 채 총에 맞거나 굶어 죽었다. 그러나 오티와롱고에는 아직도 그의 이름을 딴 거리가 남아 있다.

해무가 자욱하고 토이독이 유난히 많은 별난 독일풍 도

시 스바코프문트Swakopmund에서 내륙으로 방향을 틀어 나미브 사막을 통과했다. 곧게 뻗은 도로는 소실점에 이르러 아른거리며 사라졌다. 텐트 칠 곳을 고르는 데 시간이 걸리지 않았다. 니오미가 비어 있는 모래언덕을 향해 고개를 끄덕이면 그 뒤편에 텐트를 쳤다. 순풍을 타고 남아프리카공화국 국경까지 날듯이 달렸다. 페달을 밟지 않아도 시속 45킬로미터가 나왔다. 하이에나 사체들을 휙휙 지나쳤다. 신이 우리 편이 아닐 수도 있다고 생각하며 1분 1초도 허투루 쓰지 않은 덕에 다음 날은 거의 이성을 잃을 만큼 행복감에 젖어 오렌지Orange 강 옆에서 잠들 수 있었다. 거의 힘을 들이지 않고 여섯 시간을 달려 케이프타운에 209킬로미터나 가까워진 것이다.

노던케이프Northern Cape주에 들어서자 지나가던 차에서 기대에 가득 찬 니오미의 품속으로 오렌지 한 자루를 건넸다. 한 시간 뒤에 다른 차가 멈춰 서더니 불쑥 돈을 내밀었다. 극구 사양하며 고맙다고 인사만 건넸다. 길가에 앉아 오렌지를 까먹으며 '우분투ubuntu'란 말을 떠올렸다. 반투어◆로 '공동체 정신'을 뜻하는 우분투는 우리가 훨씬 큰 무언가에 속해 있다는 생각, 우리 각자가 서로에게 마땅히 인류애를 베풀어야 한다는 생각을 바탕으로 한다. 정확한 정의는 조금씩 다를 수 있지만 핵심은 한마디로 요약된다. '우리 모두의 존재 덕에 내가 나로서 존재할 수 있다.'

많은 사람이 우분투라는 말을 아프리카와 쉽게 연관 짓

◆　사하라 이남 아프리카 일대에 걸쳐 반투족에 속하는 사람들에 의해 사용되는 언어군으로, 스와힐리어, 간다어, 줄루어 등이 이에 속한다.

지 못할 것이다. 사실 우분투라는 사상 자체를 생각할 때마다 나는 아프리카란 곳이 우정과 화합이라는 축복을 얼마나 누리지 못했는지 떠올리지 않을 수 없다. 아직도 아프리카는 세계인의 관념 속에서 소년병, 전염병, 야생동물의 대이동, 장엄한 석양, 인종학살, 만델라, 카다피 같은 이미지가 뒤섞인 드넓고도 무시무시한 장소로 각인돼 있다. 월드컵 축구와 최초로 흑인 미국 대통령이 된 획기적인 인물의 가족사 정도로는 쉽게 뒤집히지 않을 유산을 지닌 것이다. 결과적으로 아프리카는 우리가 세계 다른 지역에 허용하는 다양성이란 가치를 인정받는 일이 드물다. 이 글을 쓰는 지금도 모든 곳에서 그 증거들을 볼 수 있다. 축구 선수 계약을 다룬 BBC 스포츠 뉴스 제목은 이렇다. "레인저스 구단, 아프리카 출신 쿨리발리, 우마르와 계약". 같은 맥락에서 '유럽 출신'이나 '아시아 출신'이라고 언급하는 경우가 있을까? 남아프리카공화국은 어떤 면에서 이런 점들을 떠올리기 좋은 장소다. 여기서 바라본 아프리카 대륙은 카이로에서 본 것보다 훨씬 다양했다. 놀라운 일은 아닐 것이다. 사물에 대해 더 폭넓은 시각을 갖게 되는 것이야말로 여행의 미덕이 아니던가. 고향에 있을 때는 세계 어디든, 모든 면에서 터무니없을 정도로 쉽게 돌아다닐 수 있는 장소로 여겼다. 한 번에 소화할 수 있도록 몇 조각씩, 간단하게 가공된 상태로, 압축 비닐에 싸서 딱 입맛에 맞춰 파는 음식처럼.

노던케이프의 야생화 대신 포도밭이 보이나 했더니, 코끼리나 코뿔소를 주의하라는 경고 표지가 사라졌다. 주의 대상은 길들여진 부류로 바뀌었다. 예를 들면 거북이나 골프 치는 사람이 등장했다. 테이블마운틴은 니오미가 먼저 알아보았다. 아직 종착점은 지평선에 걸린 회색 점에 불과했다. 우리는 먼 곳을 바라보며 턱을 쳐들고 해풍을 만끽했다. 차 한 대가 멈춰 섰다. 정장을 차려입고 운전석에 앉은 폴이라는 떠버리가 우리더러 자전거로 아프리카를 여행하다니 환상적이라고 한바탕 떠들더니, 두 벌의 키를 창밖으로 흔들었다.

"도심에 집 한 채, 바닷가에 집 한 채를 갖고 있어요. 언제라도 환영입니다! 원하는 곳에 묵어도 좋아요."

그는 우리를 찬찬히 뜯어보았다. 나로 말하자면 낡은 어망 꼴이 된 라이크라 반바지에 다 떨어진 조끼를 걸치고 수염이 텁수룩했다. 어찌 된 셈인지 니오미는 턱에 자전거 기름으로 떡칠을 했다. 우리는 9개월 동안 외딴길을 달리며, 아프리카 대륙 전체를 돌았다. 승리감에 겨워하면서도, 좀비로 인해 파멸을 맞은 세상에 유일하게 살아남은 생존자처럼 보일 것 같았다. 분명 그는 우리를 경계하리라.

"이봐요, 정말이지, 괜찮다니까요. 양쪽 집에 다 묵어봐야 해요."

뭔가 옆구리를 쿡 찔렀다. "해변가 집에 먼저 가보자." 니오미가 속삭였다. 나도 동의했다.

2부

날씨가 허락하는
기간

○우수아이아에서

●데드호스까지

그 차이를 기억하라. 나는 여행자이고, 그는 관광객이
며, 그들은 여행객이다.

– – 에이드리언 앤서니 길 A. A. Gill

4
생각의 지질학적 대변동

니오미가 집으로 돌아간 후 비행기를 탔다. 케이프타운에서 부에노스아이레스로, 거기서 또 우수아이아Ushuaia로. 남미 대륙이 조각조각 갈라져 광포하게 날뛰는 남극해에 점점이 흩뿌려진 티에라델푸에고제도, 그중 한 섬, 그 한구석에서 늘 바람에 시달리는 도시. 우수아이아는 세상의 끝이라고들 하지만, 내게는 시작이었다. 세상은 어느 쪽에서 보느냐에 따라 달라지게 마련이다. 내게 우수아이아는 새로운 시작, 두 개의 소소疏疏한 세계를 잇는 대장정의 출발점이었다. 한쪽은 모직 스웨터를 입은 중산층 가장처럼 느긋하고 아늑한 세계, 또 한쪽은 사람의 머리를 씹어 먹는 회색곰처럼 왠지 무시무시한 세계. 바로 파타고니아와 알래스카다.

두 지역 모두 추운 곳임을 염두에 두고 일정을 짰다. 자전거로 파타고니아를 종주하려면 여름이 가장 좋지만, 알래스카는 반드시 여름이라야 했다. 날씨가 허용하는 기간을 감안해 한 해 여름의 시작부터 이듬해 여름의 끝까지 약 20개월을 잡았다. 몇 주간 숨을 헐떡이며 안데스산맥을 통과할 터였다. 끝없이 이어지는 산맥을 인간의 척추에 비유한다면, 우수아이아는 그야말로 외따로 떨어진 맨 끝 꼬리뼈였다. 비행기가 남극해 위로 급강하했다. 조그만 동체가 바람에 마구 흔들리며 힘겹게 바다 위를 선회하자 창밖으로 온통 흰 파도와 물거품만 눈에 들어왔다. 승객들은 활주로가 나타날 때까지 손에 땀을 쥐었다. 마침내 착륙한 순간, 우레 같은 박수가 터졌다. 비행기에서 내려 지구 최남단 도시에 발을 디뎠다. 볼리비아와 맞닿은 아르헨티나 북쪽 국경보다 남극이 더 가까웠다. 공항을 휘감아 돌며 신음 소리를 내는 바람이 얼음처럼 찼다. '과연 남극에 가까운 곳이로군.'

아무래도 케이프타운에서 너무 즐긴 모양이었다. 체력이 떨어졌는지 자전거가 무겁기만 했다. 어쩌면 내가 더 무거워졌을까? 하지만 자전거를 몰고 우수아이아를 빠져나오자 다시 예전의 리듬이 돌아오며 세계의 작고 세세한 것들을 찬찬히 들여다보고 받아들이는 삶을 되찾았다는 사실에 행복감을 느꼈다. 나보코프는 말했다. "이런 사소한 것들… 정신의 이면, 인생이라는 책의 각주에 경탄하는 능력은 인간 의식의 가장 높은 경지다. 세계가 좋은 곳임을 깨닫는 순간은 이렇듯 상식이나 논리와 전혀 다른, 유치할 정도로 사색적인 정신 상태에서 찾아온다."

'유치할 정도로 사색적'이라… 돌연 파타고니아 여우가 길에 나타나 장난스럽게 몸을 굴려가며 거의 발치에 닿을 정도로 다가왔다. 어느 누구라도 이런 순간에는 그와 같은 정신 상태에 도달할 수 있으리라. 그날 늦게 비버 한 마리가 작은 호수 위를 미끄러지듯 날렵하게 헤엄치다가 자맥질해 시야에서 사라졌다. 비버는 파타고니아 토종이 아니다. 1940년대 교역용 모피를 생산하기 위해 북미에서 들여왔다. 엄청난 판단 착오였다. 혈기 왕성한 스물다섯 쌍의 비버는 50년 만에 10만 마리로 불어났다. 이제는 개체수를 조절하기 위해 비버를 잡는다고 난리다. 매우 힘겨운 목표가 되겠지만.

　파타고니아의 풍경은 황량하면서도 아름답다. 특히 엄청난 기세로 솟아오른 땅 덩어리가 안데스산맥 남부를 이루고, 그 갈라진 틈마다 빙하가 들어앉은 모습은 어디에도 비할 바가 아니다. 하지만 대부분 음산하고 밋밋하며 한시도 쉬지 않고 바람이 휘몰아치는 지역으로, 거기서 살아가는 생명체도 그리 많지 않다. 이제 사소한 것에 경탄하기가 불가능했다. 벌써 며칠째 자갈만 보면서 달리고 있었다. 가끔씩 나타나는 유전이 지루함을 달래주었다. 펌프잭들이 끝없이 고개를 까닥거리며 원유를 퍼올리는 모습은 물고문을 연상시켰다. 그 땅에서는 딱히 적대감이랄 것까지는 아니지만 비정한 무관심 같은 것이 떠올랐다. 순간순간이 너무 길게 느껴졌다. 시간을 때우려고 스페인어 동사 변형을 떠올리고, 말초신경병증의 모든 원인을 소리 내어 암송하기도 했다. 말라위에서 텐트를 쳤던 모든 곳을 기억해보려고도 했다.

　자전거 여행에서 맞바람을 받으며 나아가려고 안간힘을 쓰는 것만큼 지루한 일은 없다. 바람을 생명의 흐름, 존중하고 숙고할 대상, 가능하다면 전략적으로 극복해야 할 요소로 생각하는 것은 선원이나 항공기 조종사만이 아니다. 장거리 자전거 여행자 역시 기류의 변덕에 절대적인 영향을 받는다. 처음부터 바람의 방향을 염두에 두고 경로를 계획하는 사람도 있다. 하지만 파타고니아의 바람은 도무지 예측할 수 없다. 십대 때 동생과 함께 이곳에 왔던 기억이 되살아났다. 그

때도 바람 때문에 어쩔 줄 몰랐다. 어느 날 아침에는 땅에서 고정못을 뽑자마자 불어닥친 바람에 텐트가 날아가는 모습을 망연자실 바라볼 수밖에 없었다. 텐트는 드넓은 팜파스를 가로질러 약 2백 미터 정도 첫 비행을 했다. 결국 붙잡기는 했지만 가시에 찢겨 지붕에 채광창이 뚫리고 말았다.

다시 맞바람이 몸을 강타했다. 그 위력에 경의를 표하듯 고개를 숙인 채 이를 악물고 페달을 밟았다. 어느 날 아침 고개를 들어보니 송곳니처럼 뾰족한 피츠로이Fitzroy산의 화강암 봉우리가 눈에 들어왔다. 가까이 다가가니 더 낮은 능선 위로 콘도르의 그림자가 엄청난 속도로 휙휙 지나갔다. 며칠간 숲속으로 난 좁은 길을 달리고, 강물 속을 첨벙거리고, 늪지를 느릿느릿 헤쳐 가고, 자전거를 어깨에 들쳐 메고 죽은 나무들이 쓰러진 곳을 통과했다. 일주일에 한 번밖에 없는 비야오이긴스Villa O'Higgins행 페리를 타려면 서둘러야 했다. 거기서 길은 다시 북쪽으로 수백 킬로미터를 이어졌다. 그 지역이 바로 카레테라 아우스트랄Carretera Austral이다.

카레테라에서는 숲과 피오르와 희부연 물이 흐르는 강과 빙하와 칠레 남부의 다부진 산들로 이어지는 그야말로 다양한 지형을 자전거로 달렸다. 모두 합쳐 수천 킬로미터에 달하는 길은 포장된 곳도 있었지만, 맨 끝 상당 부분은 바퀴 밑에서 자갈 부딪히는 소리가 경쾌했다. 여름을 맞아 자전거 여행자들이 대거 카레테라로 몰렸다. 대부분 북유럽인으로, 하루 종일 벨기에 사람만 만난 적도 있었다. 반대편에서 달려오는 여행자와 마주치기도 하고, 길가 쉬는 곳에서 쭈뼛거리며 다가가 인사를 나누기도 했다. 때로는 열 명 정도의 강인한 주자들 그룹에 섞여 혼자나 둘이서 달리는 여행자들을 연신 따라잡기도 했다. 행복한 친교의 시간이었다. 유일한 문제는 '타바노'였다. 사람의 피를 빠는 쇠등에의 일종으로 언덕 위까지 쫓아와 파티를 엉망으로 만들고, 잠깐 방심한 사이에 배를 채웠다. 죽일 수도 없었다. 으깨버렸다고 확신한 순간 다시 몸을 부풀리고 붕붕거리며 도망갔다가 어느새 돌아와 눈꺼풀을 물었다.

국경을 넘자마자 아르헨티나 바릴로체에 있는 게스트하우스에서 크리스마스를 보냈다. 가끔 창문으로 지금까지 달려온 칠레 쪽 하늘에 '그 구름'이 보이는지 유심히 살폈다. '그 구름'은 그저 외따로 떨어진, 해로울 것 없는 적운처럼 보일 수도 있었지만, 그쪽으로 불안한 눈길을 던지는 바릴로체 주민들은 실상을 알았다. 몇 개월 전, 반세기 동안 휴면 상태였던 푸예우에화산이 분출했다. 오래된 칼데라를 통해 폭발을 일으킨 것이 아니라, 새로운 곳에서 지각에 깊은 상처를 남기며 용암을 쏟아냈는데 분화구가 길이 10킬로미터, 폭은 5킬로미터에 이르렀다. 4킬로미터 떨어진 바릴로체는 두터운 화산재로 뒤덮였다. 그리고도 지구는 계속 짙은 연기 기둥을 토해냈다. 태평양 맞은편 멜버른 공항이 폐쇄될 지경이었다.

나아갈 방향인 북쪽에서 화산재 구름이 어른거렸다. 유명한 '일곱 호수의 길'에서는 호수를 두 개밖에 못 보았다. 나머지는 음산한 연무에 가려 보이지 않았다. 수십 킬로미터에 걸쳐 나무와 산 위로 젖은 화산재가 잔뜩 내려앉아 있었다. 태양은 안개에 가려 불빛이 약해진 손전등 같았다. 바람이 불어도 어두컴컴한 기운이 가시지 않았다. 대기는 무겁고 타는 냄새가 진동했다. 대형 트럭이 거리에 물을 뿌려대고, 차들은 모두 상향등을 켜고 주행했다. 손수건으로 입을 막거나 수술용 마스크를 쓴 채 느릿느릿 걷는 사람들의 모습을 보니 세상의 종말이 온 듯했다. 나도 입이 바짝 타고 계속 눈물이 흘러 마을 밖에 서 있는 빨강, 노랑, 초록의 화산 경고시스템조차 바로 앞에 가서야 겨우 알아보았다. 그사이에 자전거 여행자는 딱 한 명 만났다. 온통 컴컴한 가운데서 〈매드 맥스〉의 등장인물처럼 물안경을 쓴 사람이 먼지를 일으키며 나타났다가 한마디 말도 주고받지 않은 채 사라졌다. 한밤중에 바다에서 유령선을 마주치면 이런 기분일까?

길은 척추에서 뻗어 나온 신경근처럼 칠레와 아르헨티나 양쪽으로 갈라져 안데스산맥 밖으로 구불구불 이어졌다. 척수 깊은 곳에는 높고 험준한 고갯길들이 나 있는데, 첫 번째 국경 통과 지점인 파소 마무일 말랄Paso Mamuil Malal에서부터 그 아름다움에 완전히 사로잡히고 말았다. 성층화산인 라닌Lanín의 다부진 쇄설구碎屑丘 옆으로 펼쳐진 칠레삼나무 숲속을 수시로 방향을 바꿔가며 통과하는 험한 길이었다. 남미 여행 내내 이어질 기나긴 중독의 시작이었다. 파소 베르가라Paso Vergara, 파소 피르카스 네그라스Paso Pircas Negras, 파소 데 산 프란시스코Paso de San Francisco로 끊임없이 돌아가고픈 유혹을 느꼈다. 유황 가스로 가득한 공기를 들이마시며 초현실적인 현무암의 검은 파도에서 수시로 자전거 바퀴를 끌어내야 했다. 상황이 허락하면 대피소에서 자고, 여의치 않으면 수목한계선보다 높은 곳에 펼쳐진 '푸나'라는 초원에서 캠핑을 해가며 칠레와 아르헨티나 국경을 열 번이나 넘나들었다. 꾸준히 북쪽으로 올라가며 준령을 통과할 때마다 다음에는 더 잘 넘을 수 있으리란 자신이 생겼다. 여러 차례 어떻게 해볼 도리가 없을 정도로 완전히 길을 잃었고, 그중 몇 번은 위험에 처했지만, 한번도 헛고생이라는 생각은 들지 않았다. 머나먼 혹성의 대기층을 인상파 화풍으로 그린 듯 연어색과 크림색과 복숭아색이 한데 섞여 소용돌이치는 안데스의 색채는 지구상 어떤 산맥에서도 볼 수 없다. 극도로 지치고, 시달리고, 심지어 산소가 부족할 때면 바로 그곳에, 몸을 지니고 존재한다는 감각이 더욱 생생해졌다. 아주 작고 사소한 생리학적 현상, 규칙적인 호흡과 피부를 간질이며 흘러내리는 땀방울 하나까지 예민하게 느껴졌다. 장엄한 산 앞에서 한없이 작은 존재인 동시에 훨씬 큰 존재의 일부임을 느꼈다. 프루스트는 감정에 대해 쓰면서 "생각의 지질학적 대변동" 같은 물리적인 단어들을 사용했다. 비로소 그 마음을 알 수 있었다.

　이전의 삶, 도시에서 집 안에 웅크려 있던 수백만 명 중 하나였던 때로부터 멀리 떠나온 기분이었다. 그때 자연은 모처럼 맞는 짧은 휴가 중에 불쑥 다가오거나, 침대에 누워 있을 때 데이비드 애튼버러David Attenborough♦의 해설로 찾아왔다. 자연과 떨어져 있다고 느꼈지만, 그것은 '스스로' 교통의 일부이면서도 교통이 막혀 꼼짝도 못한다고 불평하는 것처럼 이상하기 짝이 없는 생각이었다. 2005년에 리처드 루브Richard Louv가 제안한 '자연결핍장애'라는 용어와 함께 자연을 치료제로 여기는 문학적 경향이 나타났고, 도시 사람들을 대상

♦　영국의 동물학자로 BBC 방송의 자연 다큐멘터리 해설자로 유명하다.

으로 헤아릴 수 없이 많은 환경치료법이 쏟아졌다. 야생이란 것이 의료화되어, 사람들이 힘이 빠질 때마다 자연을 한 알씩 삼켜 에너지를 보충한다는 느낌이 들 정도였다. 산맥 한 가운데에서 나는 자연에 대한 그런 개념에 왜 그토록 잘못되었다는 느낌이 드는지 생각했다. 아마도 야생에서 예측 가능한 결과를 얻을 수 있다는 암시를 주기 때문이 아닐까? 적어도 내게는 야생의 공간 속에 있을 때 느끼는 강렬한 '예측 불가능성'이야말로 가장 소중한 것이었다. 공포, 절망, 초월감, 고독, 지루함, 경외심 같은 다양하고도 한마디로 규정할 수 없는 감각들이 끝없이 중첩된 가운데 남겨졌다는 느낌. 생각의 지질학적 대변동.

안데스산맥에서 가장 유명한 고갯길은 칠레와 아르헨티나를 잇는 40여 개의 통로 중 가장 번잡한 파소 로스 리베르타도레스Paso Los Libertadores다. 길은 리오홍칼리요Río Juncalillo강을 따라 달리다 강과 멀어지면서 극적인 작별을 고한다. 강물은 구비구비 유유히 흐르는데, 길은 산을 따라 급박하게 치솟으며 간담이 서늘할 정도로 급격한 커브가 끝없이 이어진다. 현지인들은 이 오르막을 파소 로스 카라콜레스Paso Los Caracoles, 즉 '달팽이 고개'라고 부른다. 모든 것이 달팽이 기어가는 속도로 올라가기 때문이다. 몇 시간이 지나면 강 자체도 겨울날 아침에 달팽이가 기어간 자국처럼 멀리서 희미하게 반짝이는 구불구불한 자취가 되어, 거기 물길이 있음을 암시할 뿐이다.

오후에 언덕을 내려오던 칠레인 자전거 여행자가 나를 보고 멈춰 잠깐 이야기를 나눴다. 아버지가 6년 전에 세상을 떠났는데, 국경을 따라 달리는 구도로 고갯마루에 세워진 4톤짜리 구세주 그리스도상 옆에 화장한 유골을 뿌렸다고 했다. 아버지 기일마다 그는 자전거로 파소 로스 리베르타도레스에 올랐다. 페달을 밟으며 아버지에게 말을 건다고 했다. "아버지가 제 말을 들으실 수 있다는 걸 알아요." 그의 눈에 눈물이 그렁그렁했다.

'안데스의 구세주 그리스도상'은 1904년 전쟁 직전까지 갔던 칠레와 아르헨티나 사이의 긴장을 완화하기 위해 두 나라의 경계에 위치한 쿠요Cuyo의 주교가 기증했다. 노새의 등에 실어 한 조각씩 나른 끝에 마침내 동상이 건립되자, 양국 군대는 정상에서 만나 서로를 겨누는 대신 합동으로 예포를 발사했다. 동상의 명판에는 이렇게 새겼다. "산들이 무너져 먼지가 될 때까지 칠레와 아르헨티나는 구세주 그리스도의 발아래에서 맹세한 평화를 깨지 않으리라."

어쨌든 나는 그렇게 쓰여 있다고 생각했다. 사실 지끈거리는 두통에 시달리며 눈을 가늘게 뜨고 애써 번역한 것이라 맞는지 모르겠다. 무거운 자전거를 끌고 하루 만에 2,600미터 높이를 오르는 것은 고산병을 자초하는 기막힌 방법이지만, 내게는 더욱 그랬다. 사실 나는 생리학적으로 조금 잘못된 구석이 있다. 여러 사람이 함께 높은 곳에 올라도 제일 먼저 증상을 나타낸다. 산소분압이 조금만 떨어져도 어지러워서 머리를 감싸 쥐고 욕설을 내뱉으며 아무것도 할 수 없게 되고 만다. 스패너로 자기 눈을 직접 수술해야 한다는 말을 들은 사람처럼 어쩔 줄 모른다. 숨을 헐떡거리며 예수님과 함께 캠핑할 생각은 없었으므로 서둘러 내려갔다. 한 굽이 내려갈 때마다 기분이 좋아졌다. 대기압은 내 머리 대신 플라스틱 물병을 조금씩 찌그러뜨렸다.

　19세기 탐험가들이 거대한 빙벽에 매달리고 열기구를 만지작거리기 시작했을 때만 해도 왜 사람이 높은 곳에 올라가면 이런저런 증상에 시달리는지 아무도 확실히 알지 못했다. 혈관이 터져서 그렇다느니, 높은 곳에서는 빛이 세서 그렇다느니, 고산지대에 존재하는 독성 기체, 심지어 공중전기 때문이라느니, 온갖 추측이 난무했다. 극히 금욕적인 초기 빅토리아시대의 열기구 조종사들은 끔찍한 고산병을 겪었다. 1862년 9월 5일 영국의 기상학자 제임스 글레이셔James Glaisher와 치과의사 헨리 콕스웰Henry Coxwell은 기구를 타고 48분 만에 8천 미터를 올라갔다. 지금 보면 무모하기 짝이 없는 짓이었다. 글레이셔는 팔에서 힘이 빠지더니 아무 말도 할 수 없었노라고 했다. "몸을 흔들어보려고 안간힘을 쓴 끝에 겨우 성공했지만, 팔다리가 없어진 것 같았다." 이들은 이빨로 열기구 밸브를 여는 끈을 잡아당겨 급강하한 덕분에 가까스로 목숨을 건졌다.

　그들만큼 운이 좋지 않은 조종사도 많았다. 가장 유명한 참사는 1875년 세 명의 프랑스 모험가가 '제니스'라고 이름 붙인 열기구를 타고 올라간 일이다. 그들은 글레이셔의 고도 기록을 깨려고 산소-공기 혼합기체를 갖고 갔다. 살아남은 티상디에Tissandier는 고도 7천 미터를 넘는 순간 기쁨에 겨웠다가 갑자기 온몸에 힘이 빠지는 느낌이 들었다고 회상했다. 의식이 오락가락하다가 겨우 깨어보니 기구는 빠른 속도로 하강하고 있었으며, 다른 두 명은 피를 토하고 피부가 보랏빛으로 변해 빈사 상태였다. 언론은 이들을 '과학의 순교자'라고 불렀으며, 장례식에서는 이런 추도사가 낭독되었다. "우리의 불행한 친구들은 최초로 하늘나라에서 죽는 낯선 특권, 치명적인 명예를 누렸습니다."

✱

하늘나라에서 아르헨티나 북부로 내려와 살타^{Salta} 부근에 며칠 머물렀다. 멋진 '케브라다스^{quebradas}', 즉 협곡으로 둘러싸인 마을이었다. 며칠간 협곡을 탐사하기로 했다. 캠프장에 이르자 주인이 다가와 인사를 건네며 악수를 청했다. 빵빵하게 부풀고 땀이 밴 손 안에 내 손이 파묻혔다. 올려다보니 기골이 장대한 사내가 서 있었다. 얼굴은 타원형이고 코도 엄청나게 컸다. 숱 많은 눈썹이 그려놓은 듯 짙었고, 턱은 아래로 길었다. 입을 열자 낮고 걸걸한 목소리가 흘러나왔다. 속으로 생각했다. '이게 뭔지 알지.'

그날은 더 이상 그를 보지 못했지만 나중에 그의 아내를 만났다. 용기를 끌어모아 거슬리는 동시에 바보처럼 들릴 수도 있는 질문을 했다.

"죄송합니다만, 혹시 남편께서 의학적인 문제를 겪고 계신가요?"

그녀는 미소 지으며 남편이 2년 전에 말단비대증 진단을 받았다고 했다.

말단비대증은 보통 뇌 깊숙이 자리한 뇌하수체에 양성 종양이 생겨 성장호르몬이 과도하게 분비되는 병이다. 종양은 대개 코를 통해서 제거한다. 그 역시 수술을 받았지만, 말단비대증의 특징이 그대로 남았다. 사실 그를 만난 것 자체가 보기 드문 우연이었다. 말단비대증 환자는 백만 명 중 60명에 불과하다. 종양에서 성장호르몬을 분비하기 시작하면 신체가 변형되는데, 그 과정은 매우 느려 오래도록 눈에 띄지 않을 수 있다. 결혼반지와 신발이 작아지고, 입속에 공간이 부족해 치아가 튀어나오고, 밤에 코를 심하게 골아도 대부분 고개를 갸웃거릴 뿐 병이라고는 생각하지 못한다. 병이 처음 기술된 당시에는 호르몬이란 것이 있는지조차 몰랐기 때문에 뼈의 질병으로 생각했다.

유명한 환자들도 있다. 극적인 외모로 영화나 드라마에서 배역을 맡을 기회가 생기기 때문이다. 〈아담스 패밀리〉에서 러치 역을 맡은 카럴 스트라위컨, 〈007 문레이커〉에서 제임스 본드의 상대역 악당 조스를 연기한 리처드 키얼 같은 사람들이다. 몸집이 커서 레슬러가 된 사람도 있다. 빅쇼와 거인 앙드레가 말단비대증이었다. 세계에서 가장 키가 큰 축에 든 사람들은 모두 성장판이 닫히기 전인 어린 시절에 말단비대증을 앓았다. 이런 경우는 거인증이라고 하며 더욱 드물다. 말단비대증은 신체가 변형되는 잔인한 질병이지만, 과거에는 그 고통이 공감받지 못했다. 이 병을 앓았던 가난한 영국 여성 메리 앤 베번은 1920년대에 미국에서 서커스 사이드쇼 스타가 되었는데, '세계에서 가장 못생긴 여인'으로 소개되었다.

의대 신입생 시절 임상 실습 중에 말단비대증 환자들을 만났다. 이 병은 몸이 어떻게 정상에서 벗어날 수 있는지 보여주는 또 하나의 충격적인 예이지만, 동시에 환자들이 자신의 문제를 어떻게 설명하든 그 문제가 신체에도 각인되어 있다는 사실을 상기시키는 유용한 예이기도 했다. 나는 이런 진료 방식을 가장 좋아하는 것 같다. 여러 가지 단서를 면밀히 살피고, 다양하기 이를 데 없는 증상과 징후들을 추적하는 암호해독자의 역할 말이다. 하지만 경험이 쌓이면 진단의 회색지대가 눈에 들어오고, 수많은 문제가 한꺼번에 덮쳐오며, 자신이 진단한 문제가 환자와 어떤 식으로 관련되는지, 환자가 그 문제와 어떤 식으로 관계를 맺는지가 가장 중요하다는 것을 깨닫게 된다. 삶에서든 병에서든 우리는 인간이기 때문이다.

의대 초기 돈키호테 같았던 시절에는 선배 의사들이 탐정 그 이상의 존재로 보였다. 운명을 읽는 마법사 같았다. 골상학과 손금의 터무니없는 약속은 임상의학의 수수께끼를 아는 사람의 예측과 아무 관계도 없다. 예컨대 해부학적으로 별로 중요해 보이지 않는 손톱을 통해 의사는 무엇을 유추할 수 있을까? 우선 손톱은 우묵하게 위로 휘어질 수 있고(숟가락형 손톱으로 빈혈을 시사한다), 흰색이나 노란색이나 파란색이나 녹색을 띨 수 있으며(질병 때문일 수도 있고, 아무 이유 없이 그렇게 되기도 한다), 절반의 색깔이 나머지 절반과 달라질 수도 있다(정확한 원인은 모르지만 신부전으로 투석을 받는 환자에게 흔한 현상이다). 손톱 일부가 뿔 모양으로 솟아올라 이랑처럼 보이거나 표면에 작은 구멍이 나거나 줄이 생기는 것도 질병을 시사할 수 있으며, 손톱과 멀리 떨어진 심장판막에 감염이 생겼을 때 '손톱 밑 선상출혈'이 나타나기도 한다. 손톱이 볼록해지면서 간혹 손가락 끝이 두꺼워지는 '곤봉지'는 한때 '히포크라테스의 손가락'이라고 불렸다. 교과서에는 곤봉지의 원인이 30가지 정도 나오는데, 심장과 장과 폐 관련 질병이 많다.

아직 끝이 아니다. 손톱은 나이테처럼 삶의 기록이기도 하다. '보우선Beau line'은 중병이나 항암화학치료로 짧은 기간 손톱이 성장을 멈출 때 생기는 가로 방향의 깊은 홈이다. 자연적으로 형성된 인간의 미라 중 가장 오래된 '얼음인간 외치'는 알프스에서 발견되었을 당시 손톱 하나에 세 개의 보우선이 있었다. 죽기 전 6개월간 세 번이나 큰 병을 앓았음을 시사하는 소견이다. 인간의 몸이란 얼마나 희한한 우주인가?

겨우 손톱만 봐도 이 정도다. 차근차근 더듬어 올라가면 모든 부분이 하나같이 신비롭다. 맥박은 그저 내 손끝 아래서 두근거리는 느낌에 불과한 것이 아니다. 맥박은 곧 사람의 성격이다. 파이프 안에서 일어나는 '수격水擊' 현상처럼 발작적인 맥박, 힘차게 박동하는 맥박, 서서히 강해지는 맥박은 모두 한 인간이라는 이야기의 일부이자, 심장질환의 단서일 수 있다. 손 떨림에 관해서라면 악마는 디테일 속에 있다. 미세하게 떨리는가, 거칠게 떨리는가? 떨림의 주파수는 얼마나 되는가? 매독의 징후인가, 파킨슨병인가, 아니면 40년간 아침으로 도수 높은 맥주를 마신 탓인가? 징후는 어디에나 있다. 심지어 귓불에 생긴 작은 사선 주름(프랭크 징후)조차 심장병과 관련된다. 놀랍지 않은가?

✳

　　파소 데 시코^{Paso de Sico} 고갯길을 마지막으로 아르헨티나에서 다시 칠레로 국경을 넘었다. 국경 초소 벽에는 경비대원들이 죄수라도 되는 양 남은 복무일을 써놓고 하루씩 지우고 있었다. 그토록 유장하게 이어지는 산호색 준령들의 꾸밈없는 아름다움에도 짜릿함을 느끼지 못하는 순간이 오는 것일까? 고지대 사막을 통과하자 산페드로^{San Pedro}라는 마을이 나타났다. 버밍엄에서 온 자전거 정비공 니키를 거기서 만났다. 키 크고 여윈 몸매에 항상 술에 취해 있는 그는 노인네들이나 쓰는 플랫캡을 쓴 채 자전거로 남미를 여행 중이었다. 그는 나를 '형제', '우리 꼬마', '멋진 친구'라고 불렀다. 단박에 그가 좋아졌다.

　　내 자전거와 나의 관계는 복잡했다. 나는 자전거를 사랑하는 동시에 그만큼 미워했다. 유치하지만 정비 기술이 부족하니 어디든 문제가 생기는 것이 몹시 싫었다. 자전거 관리술에 관해 참선 따위는 하지 않았다.♦ 특별히 손재주가 있는 편도 아니었다. 솔직히 말해 외과의사가 되지 않겠다고 결정했을 때, 의료인 손해배상보험사가 안도의 한숨을 내쉬었을 거라고 상상하곤 한다. 하지만 니키 같은 여행자와 자전거의 관계는 열렬한 연애 그 자체였다. 그는 거의 탐욕스러울 정도로 열렬히 자전거를 손보고 매만졌다. 세상엔 여행하는 사이클리스트와 자전거를 타는 여행자, 이렇게 두 종류의 인간이

　　♦　　로버트 메이너드 피어시그의 『선禪과 모터사이클 관리술』을 빗댄 말장난.

있다고들 한다. 이 분류가 사실이라 친다면, 무슨 말을 하는 지 들어보기만 해도 어느 쪽에 속하는지 알 수 있을 것이다. 니키는 오래전 집으로 돌아가던 길에 끔찍한 충돌 사고를 겪었다. 트럭에 부딪혀 공중에 붕 떴다가 떨어지면서 길 밖으로 튕겨 나갔다. 그때 자전거 바퀴와 바큇살이 얼마나 처참하게 망가졌는지 시시콜콜 설명하는 얼굴에 상실감이 가득했다. 몸은 많이 다치지 않았냐고 묻자, 그제야 대수롭지 않게 덧붙였다. "꽤 오래 피를 흘렸지. 이빨도 몇 개 빠지고. 아래턱이 부러지고, 참, 한쪽 손목도 부러졌지. 하지만 이봐, 자네가 앞바퀴를 봤어야 했는데. 완전히 우그러진 그 꼴을!"

니키와 함께 다른 쪽 국경을 넘어 반쯤 버려진 볼리비아의 작은 마을들과 고산지대의 얼어붙은 아침을 향해 나아갔다. 알티플라노Altiplano는 티베트 다음으로 지구상 가장 넓은 고원지대다. 앞으로 꽤 고생을 하게 될 거라고 했더니, 니키가 대답했다. "그럼 겁나 열심히 하면 되지!" 그는 고생만 할 게 아니라 하루 정도 우유니에서 쉬는 게 어떠냐고 제안했다. 그 작은 마을에서라면 뭔가 재미난 일이 벌어질지도 몰랐다. 실제로 이름도 적절한 '겁나 재밌는 술집'이란 곳이 있었다.

우유니에서는 소금 사막 위로 자전거를 달렸다. 지구 지반면 중 가장 밝아서 닐 암스트롱이 아폴로 11호를 타고 우주에서 우리 행성을 바라보며 생각에 빠졌을 때 빙하인 줄 알았다던 바로 그곳이다. 다음 날 우리는 하얗게 빛나는 벌집 속으로 뛰어들었다. 소금 결정이 솟아올라 아주 낮은 능선을 이루며 벌집 모양을 그리는, 소위 소금 타일salt tile이었다. 바퀴 아래 지면은 마치 얼음 위를 달리듯 단단하면서도 깨질 것처럼 위태롭게 느껴졌다. 길이 따로 없었기에 그냥 가로질렀다.

한동안 달리다 보니 지면이 얕게 물에 잠겨 있었다. 바로 옆에 있는 포오포Poopó호수에서 넘친 물이었다. 호수는 얼룩 한 점 없는 거울처럼 하늘을 완벽하게 비추었다. 앞서가는 니키가 구름 위를 달리는 것 같았다. 지구상에 우유니사막처럼 사방 몇 킬로미터가 탁 트인 곳은 거의 없다. 우리는 풍경에 완전히 사로잡혀 눈을 감고 팔을 높이 쳐든 채 비틀거리면서 소금 위를 마구 질주했다. 그곳에서 캠핑을 하는데 쉽게 잠을 이룰 수 없었다. 혹독하게 추운 데다, 소금이 보름달 빛을 받아 밝게 빛나고 있어서 텐트 밖으로 흐릿하지만 광대하게 펼쳐진 소금 사막의 풍경을 자꾸 내다보고 싶은 유혹을 참기 힘들었다.

조류藻類 때문에 물 빛이 온통 붉은 호수들 둘레를 자전거로 돌고, 울퉁불퉁한 자갈길을 수없이 지나고, 때때로 해발 4천 미터가 넘는 한적한 산기슭에서 저녁을 보내며 비좁은 텐트 안에 둘이 들어가 니키의 노트북으로 시트콤을 보면서 동행하다가 결국 우리는 볼리비아의 수도 라파스에서 작별했다. 니키는 그 뒤로 한 여성을 만났고, 그녀가 버스로 남미를 여행하는 동안 온 힘을 다해 자전거로 보조를 맞추었다. 하루 2백 킬로미터씩 자전거를 탄다는 것은 뼈 빠지게 힘든 일이지만, 그럴 만한 가치가 있었다. 니키는 그녀와 함께 버밍엄으로 돌아갔다. 마지막으로 소식을 들었을 때 둘은 아이를 낳았다고 했다.

몇 주 뒤 나는 길쭉한 회색 물체들이 둥둥 떠다니면서 하나로 합쳐져 길어졌다 다시 나뉘는 모습을 지켜보고 있었다. 페루의 해안고속도로는 지루하기 짝이 없었다. 트럭들이 라카만차카la Camanchaca♦를 뚫고 다가왔다가 멀어져갔다. 그 짙은 해무는 산들바람을 타고 해안의 사막을 넘어 내륙으로 1백 킬로미터까지 뒤덮었다. 관광 비수기를 맞은 마을들이 안개 속에 파묻힌 모습은 보기만 해도 음울했다. 텅 빈 식당, 방치된 놀이공원, 맛이 간 해산물 샐러드와 청량음료를 내놓는 허물어져가는 호텔을 수도 없이 지나쳤다. 탁한 초록빛 태평양에는 하염없이 밀려드는 파도가 흰색 리본 같은 포말을 일으키며 부서졌다. 파도에 씻긴 물개 사체 위로 터키콘도르가 몰려들어 잔치를 벌이는 모습을 물끄러미 보고 있자니 고통스러울 정도로 산이 그리웠다. 페루 해안에서 유일하게 좋은 점이라면 빨리 달릴 수 있다는 것이지만, 산으로 가로막혀 우뚝 솟은 바위 사이를 갈지자로 올라가는 구간이 많아 사실 그조차 쉽지 않았다. 나는 우회전을 할 때마다 목을 길게 늘였다.

가까운 언덕마다 칠리를 말리느라 알록달록했다. 길은 갈수록 좁아지고, 마을은 점점 뜸해졌다. 주변 색채가 단조로워졌다. 낮에는 보랏빛, 저녁이 되면 마음을 어루만지는 자줏빛으로 빛나는 자카란다나무들만 도드라졌다. 북쪽으로 올라가는 길은 마라뇬Marañón강♦♦과 몇 번씩 교차했다. 2, 3천 미터를 내려가면 다시 그만큼을 올라야 하는 코스가 반복되었다. 하루 종일 오르막길만 달려 해 질 녘이면 점심을 먹었

♦　페루와 칠레 연안에 끼는 짙은 안개.
♦♦　안데스산맥에서 발원해 페루 북부를 흐르는 강으로, 우카얄리강과 합류해 아마존강이 된다.

던 곳, 망고를 샀던 마을, 심지어 전날 밤 텐트를 쳤던 들판을 굽어보는 날도 있었다. 몸은 그 어느 때보다 탄탄해졌다. 종아리에 불거진 정맥들은 어떤 각도에서 보면 묘하게도 체 게바라의 얼굴 같았다.

어느 날인가 하늘이 빠른 속도로 어두워지면서 땅거미와 함께 비구름이 몰려들었다. 길에서 떨어진 외딴곳에 뚝 떨어진 상자처럼 집 한 채가 쓸쓸하게 있었다. 창이란 창은 다 깨졌고, 시멘트와 벽돌 틈새마다 잡초가 무성했다. 버려진 집이었다. 외벽 밖으로 튀어나온 주석 처마 아래 텐트를 쳤다. 그때쯤 텐트는 방수 기능을 상당히 잃어 어디서든 비를 피할 수 있다면 고마운 일이 아닐 수 없었다.

퍼뜩 깨어났다. 잠결에 무슨 소리를 들은 것 같다. 꿈이었을까? 가만히 누워 귀를 기울였다. 어둠의 장막 아래로 수런거리는 밤의 소리들이 밀려들었다.

저벅.

발소리? 숨죽이고 기다렸다. 이제 텐트 위로 어쩌다 빗방울이 떨어질 뿐, 부드러운 바람이 불고 있었다.

저벅 저벅… 저벅.

제기랄. 발소리가 바로 옆에서 들렸다. 목표는 명확했다. 누군가 텐트 주변을 돌고 있었다. 감시받고 있는 것이다.

어둠 속에서 파랗게 빛나는 시침이 새벽 3시를 가리켰다. 일어나 앉아 텐트 지퍼를 내리고 어둠 속을 응시했다. 처음에는 아무것도 보이지 않았지만, 이내 뭔가 느껴졌다. 아니, '누군가'의 기척이 느껴졌다. 사람의 형체가 성큼 다가오는가 싶더니, 두 무릎이 불쑥 눈앞에 나타났다. 고개를 들자 텐트 앞에 선 사람의 얼굴이 보였다. 오른손에 뭔가 들고 있었다. 아, 젠장, 젠장, 젠장. 총 같았다.

그가 서서히 리볼버를 들었다. 뒤틀린 환상을 보는 것 같았다. 얼른 생각을 추슬렀다. '심호흡을 해.' 떨어지지 않는 입술을 재촉했다. '말을 해.'

영어가 튀어나왔다가, 스페인어가 쏟아졌다. 단어는 뒤죽박죽, 발음은 엉망진창이었다.

"잠깐, 기다려요, 전 그저 여행자입니다, 비가 왔어요, 전 그저… 당신은 대체… 총은 필요 없잖소!"

"푸에라."

푸에라가 무슨 뜻이더라.

"나와." 화난 목소리는 아니었지만, 차분하지도 않았다. 꼼지락거리며 침낭을 빠져나와 얼른 반바지를 걸치고, 허우적거리며 텐트를 빠져나왔다. 내가 일어서자 그는 물러섰다. 비에 젖은 진흙투성이 남자는 여전히 리볼버로 내 배를 겨누고 있었다. 커다란 눈에 긴장한 빛이 역력했다. 확신하지 못하는 눈빛… 그러니까, 그 역시 나를 두려워하고 있었다. 총을 든 손이 덜덜 떨리는 것이 보였다.

그가 총구를 약간 쳐들었다. 손가락을 조금만 움직이면 그대로 끝이었다. 총알이 내 폐, 심장, 대동맥, 척수를 뚫고 가슴에 구멍을 내버릴 것이었다.

"집으로, 들어가."

목소리가 떨렸다. 가슴이 철렁 내려앉았지만, 어찌 해볼 도리가 없었다. 몸을 돌려 총구를 등진 채 걸었다. 집 안으로 따라 들어온 그가 가스램프를 켜자 방 안이 눈에 들어왔다.

그러니까 버려진 집이 아니라, 사람이 산 흔적이 거의 없을 뿐이었다. 탁자 하나와 의자 두 개, 그리고 한쪽 구석에 가스레인지가 있었다. 램프 불빛 덕에 시멘트 벽에 희미한 그림자가 드리웠다. 그가 앉으라고 손짓했다.

"뭘 원하는 거요?" 애써 총을 무시하며 느리고 분명한 목소리를 내려고 했다. "나는 영국에서 온 여행자입니다. 이름은 스티븐이죠. 자전거가 밖에 있어요. 그저 텐트 칠 장소가 필요했을 뿐입니다."

그가 눈을 내리깔며 얼굴을 찡그렸다. 곰곰 생각해보는 눈치였다. 시간이 흘렀다.

"비가…." 말을 꺼냈다가 멈췄다. 침묵이 왠지 우호적인 신호 같았다. 다시 시간이 흘렀다. 마침내 그가 고개를 끄덕였다.

"그래, 좋소. 오늘 밤은 추웠지."

이어지는 질문.

"수프 좀 드실 테요?"

수프를 먹고 싶냐고? 그런 것 같았다.

"고기요, 토마토요?"

"네?"

"닭고기수프와 토마토수프가 있소."

"토마토가 좋겠군요."

그는 고개를 돌려 방 뒤쪽을 쳐다보더니 총을 내려놓고 가스레인지를 만지작거렸다. 그리고 몇 분 후 김이 모락모락 나는 토마토수프 두 그릇을 들고 왔다. 우리는 마주앉아 먹으면서 이야기를 나누었다.

지난달에 총을 든 사내들이 쳐들어와 모조리 가져가버렸다고 했다. 그 일이 있은 뒤 아스토는 호신용으로 총을 구입했다.

"왜 이렇게 늦게 다니는 겁니까?"

"오로."

오로? 금? 금이라니? 아하! 모든 게 이해되었다. 그렇게 늦은 시간에 다니는 사내, 진흙으로 범벅된 옷, 여기 오는 도중에 언덕마다 깊은 구멍이 뚫린 걸 봤다. 아스토는 금을 캐고 있었다. 물론 불법이다. 금을 캐려면 다국적 면허가 있어야 한다. 하지만 현지인들은 법을 무시하고 밤에 몰래 채굴에 나섰다.

그가 호주머니 깊숙이 손을 넣더니 휴지 뭉치를 꺼내 펼쳤다. 일렁이는 램프 불빛에 두 개의 금덩이가 반짝였다. 우리는 한밤중에 보물을 앞에 두고 함박웃음을 지었다.

그는 가족 이야기도 했다. 아내가 어린 자녀 셋을 데리고 해안 지방의 가난한 공업도시에 산다고 했다. 여기 벌이가 더 좋았다. 하지만 그간 캔 것을 팔고 곧 돌아갈 생각이었다.

그가 그릇을 받아 들었다. "필요한 게 있으면 문 두드려요. 그럼 잘 자요."

"정말 감사합니다!" 나는 큰 소리로 답했다. 진심에서 우러나온 말이었다.

텐트로 돌아갔다. 어느새 비가 그치고 별 몇 개가 얼굴을 내밀었다. 나는 아스토의 집 처마 밑에서 밤의 온갖 수런거림에 귀를 기울이며 다시 잠에 빠져들었다. 잦아든 바람이 자장가를 속삭이는 듯했다. 한두 시간 뒤면 해가 뜰 터였다.

햇빛을 받아 텐트 안이 따뜻해질 때쯤 또 발소리가 들렸다. "에스테반! 에스테반!"♦ 내다보았더니 아스토가 토마토수프 한 그릇을 들고 있었다. 룸서비스까지 받는 호사라니.

"여행길에 힘을 내라고 가져왔어요. 우리 나라에서 지내는 동안 행운을 빕니다. 그리고, 안전하기를."

나는 미소 지었다. 그도 미소로 받았다. 내가 무슨 생각을 하는지 아는 것 같았다. 우리는 농담을 주고받았다. 나는 최대한 안전하게 있으려고 했는데 어떤 낯선 사람이 새벽 3시에 분노로 이글거리는 눈동자를 하고 내게 총을 겨누었다고. 지금도 토마토수프를 먹을 때면 항상 같은 생각이 떠오른다. '전에 한 번 죽을 뻔했지.'

✳

라발사La Balsa에 있는 작은 국경 검문소를 통해 에콰도르로 넘어갔다. 대부분의 국경 검문소보다 훨씬 동쪽에 있었다. 더 동쪽으로 가면 길이 아니라 강을 통해 나아가야 했다. 숲과 정글을 통과하는 여행이라니 틀림없이 기막힌 모험이었으리라 생각할 테지만, 항상 현실은 상상과 다른 법. 엄청나게 덥고, 끈적거리는 곤충들의 행성에 떨어진 것 같았다. 모르포 나비가 하느작거리는 모습은 환상적이었지만, 잠시 한눈을 판 사이에 거대한 페루 지네가 신발 속을 파고들었다. 밤이면 온갖 날개 달린 각다귀들이 텐트를 가득 채우고

♦ '스티븐Stephen'을 에스파냐어식으로 부른 것이다.

어지럽게 날다가 헤드램프에 부딪혀 내가 열심히 먹고 있던 파스타 속으로 떨어졌다. 입속에서 뭔가 바삭 터지며 씁쓸하고 물컹거리는 것이 씹힌다면 무척추동물이다. 굳이 알려고 하지 않는 편이 낫다. 꿀꺽 삼키고 빨리 잊어야 한다. 그곳을 통과하는 내내 한시도 쉬지 않고 비가 쏟아졌다. 길에는 진흙이 완전히 액체가 되어 콸콸 흘렀다.

콜롬비아에서 훨씬 많은 운무림을 통과한 후에 드디어 남미의 북쪽 해안도시 카르타헤나Cartagena에 도착했다. 앞에는 다리엔갭이 버티고 있었다. 파나마와 콜롬비아 사이를 가르는 그 울창한 정글은 길도 없는 거친 땅일 뿐 아니라, 무법천지다. 마약 밀수업자들이 활개 치면서 적의 시체를 나무에 매달아놓는 것으로 악명 높다. 그럼에도 아직 그런 곳이 존재한다는 데 일말의 안도감을 느꼈다. 자동차로 북극까지 가는 세상에, 탐험하는 데 '엄청난 배짱'이 필요해서 사람의 발길이 닿지 않는 곳이 남아 있다니. 당연히 그런 배짱은 없었기에 전세 요트를 알아보았다.

몇 척의 배가 있었지만 노회한 뱃사람들이 보험금을 노리고 일부러 배를 전복시키기도 한다는 소문을 들었던 터라 꼼꼼히 따져 골랐다. '아프리칸퀸호'라는 40피트급 쌍동선♦이 그런대로 괜찮아 보였다. 선장은 그을린 구릿빛 피부에 곱슬머리를 한 루다라는 이탈리아인으로 최고의 요리사이기도 했다. 그는 네 가지 언어로 욕설을 내뱉는 재담가로, 항해에 나설 때면 물보다 럼주를 더 많이 싣는다고 자랑을 늘어

♦ 약 12미터 길이의 중형 요트.

놓았다. 배에는 여행자 몇 명과 루디의 콜롬비아인 여자친구가 동승했다. 그보다 서른 살 어린 그녀는 길고 구부러진 손톱을 코카인 주머니에 넣었다가 꺼내 코로 들이마신 후 미소를 지었다.

배꼬리에 인광성 조류가 다닥다닥 달라붙은 요트가 바다 위를 미끄러지는 동안 돌고래나 쥐가오리 떼가 따라오다 사라졌다. 유일한 중간 기착지는 산블라스San Blas 제도였다. 자치구인 이곳의 일부 지역에는 쿠나인디언 부족들이 사는데(외부인들은 오래전에 죽거나 떠났다), 놀랍게도 비교적 최근까지 코코넛을 주요 화폐로 사용했다. 마침내 상어 지느러미처럼 사악해 보이는 파나마의 야트막한 잿빛 산들이 바다 저편에 불쑥 솟아올랐다.

꼬박 1년을 남미의 숲과 산을 보면서 달렸다. 알래스카가 말도 안 되게 추워지기 전에 도착하려면 서둘러야 했다. 가장 쉬운 길은 해안을 따라 달리는 것이었다. 운동선수처럼 튼튼해진 다리와 크게 늘어난 헤모글로빈을 최대한 활용한 덕에 중앙아메리카는 해변과 커피 농장이 어른거리는 이미지로만 남았다. 일반적으로 봤을 때, 속옷을 갈아입는 횟수보다 국경을 넘는 횟수가 더 많다면 바람직하다고 할 수는 없을 것이다. 나 자신을 변호하자면 이제 훨씬 빨리 자전거를 탈 수 있었고, 도로는 모두 포장되어 있는 데다, 나라들은 하나같이 아주 작았다.

엘살바도르에서는 주유소 옆 풀밭에서 캠핑을 했다. 주유소는 종종 무장 경비원들이 순찰을 돌았는데 대체로 관할 구역을 침범한 나를 너그럽게 맞아주었다. 그날도 주유소 옆에 텐트를 쳤는데, 이상한 느낌에 잠을 깼다. 이런 현상을 가리키는 의학용어가 있다. '의주감蟻走感'이다. 문자대로 풀면 '피부에 개미나 벌레가 기어다니는 느낌'이지만, 사실은 그와 '비슷한' 느낌이 드는 환각으로 알코올 금단증상의 하나로 나타나는 수가 많다. 심지어 에크봄증후군, 즉 '망상적 기생충증'이라는 병도 있다. 환자는 자기 몸에 벌레가 있다고 확신하며, 피부에 조금만 이상한 자국이 있어도 그 증거로 생각한다. '증거'랍시고 벌레가 가득 든 성냥갑을 진료실에 가져오기 때문에, 임상의사들은 '성냥갑 징후'라고도 한다.

유감스럽게도 망상적 기생충증이 아니었다. 텐트에 개미가 들어오지 못하게 완전히 막는다는 것은 불가능했다. 개미들은 지퍼 끝의 미세한 틈이나 텐트에 뚫린 조그만 구멍을 통해 어떻게든 파고들었다. 비스킷 부스러기라도 발견한 정찰개미는 화학적 자취를 남겨 다른 개미들을 부른다. 독일군이 마을을 점령한 날을 기억하는 프랑스의 시골 소년처럼 그날 밤에 벌어진 일을 아직도 생생하게 기억한다. 새벽에 뭔가 양쪽 눈꺼풀을 쏘는 느낌이 들었다. 잠에서 덜 깬 상태로 얼굴을 더듬는데 밖에서 목소리가 들려왔다. 경비원이었다.

"에스테반, 에스테반! 오르미가스 데 후에고!"

후에고? 불꽃, 불이란 뜻이었다. 벌떡 일어났다. 텐트에 불이 난 것은 아니었다. 일단 안심. 오르미가스? 그 단어도 아는데. 뭐였더라? 개미? 맞다. 개미불? 불개미!

더듬거리는 손에 손전등이 잡혔다. 스위치를 켜자 한줄기 빛 속에 텐트 지붕 위에서 둥근 공처럼 떨어져 내리는 불개미 떼의 모습이 드러났다. 0.5센티미터 정도 벌어진 틈을 통해 텐트 속으로 물밀듯 쏟아져 들어오고 있었다. 번개처럼 밖으로 뛰어나간 나는 공포에 질린 채 텐트 전체를 덮고 꿈실거리듯 들끓는 개미 떼를 바라보다가 주유소 안으로 피신했다. 아침이 되자 개미들은 거짓말처럼 사라지고 없었다.

＊

멕시코 지도를 보니 입이 딱 벌어졌다. 처음 달려야 할 주 하나가 스코틀랜드만 했다. 그런 주를 아홉 개나 가로질러야 미국 국경에 닿는다. 터키, 카자흐스탄과 더불어 멕시코는 흔히 생각하는 것보다 훨씬 큰 국가다. 바닷가를 따라 국토 전체를 종주하려면 샌디에이고에서 캐나다에 이르는 미국 서해안 전체보다 더 긴 거리를 달려야 했다.

일단 며칠 쉬기로 했다. 보디서핑에서 맥주까지 놓치지 않으며 그 귀한 휴가를 진지하게 즐겼다. 해변에 걸어놓은 해먹에서 자며 큰 파도를 찾아 해안을 오르내리는 서퍼들과 어울렸다. 햇빛에 목마른 캐나다인들도 있었다. 수십 년 전 마약 소지죄로 걸려 아직도 미국 입국을 거절당하는 그들을 사람들은 퀘벡시칸Quebexican♦이라고 부른다. 불시에 나타나는 야생동물도 즐거움을 안겨주었다. 이구아나가 종종걸음을 치며 도로를 가로지르는가 하면, 물수리가 상공을 선회했으며, 어느 수요일 오후에는 느닷없이 길에 방울뱀이 나타나 머리가 쭈뼛 서기도 했다.

♦　캐나다의 퀘벡주와 멕시코를 합친 말.

이윽고 보트를 타고 바하칼리포르니아Baja California로 건너가 길고 좁은 반도를 따라 달리기 시작했다. 그 거리만 해도 영국 끝에서 끝까지보다 더 멀었다. 온통 먼지를 뒤집어쓴 마을들이 다가왔다 멀어졌다. 남자들은 으레 엔진이 과열된 차의 후드를 열어젖히듯 티셔츠를 걷어 올려 남산만 한 배를 자랑스럽게 내밀고 앉아 있었다. 치와와 몇 마리가 짖으며 쫓아오다 말았다.

마침내 미국 국경 바로 앞의 티후아나Tijuana에 도착했다. 거기서 멕시코는 끝났지만, 앙코르 공연이 남아 있었다. 길가에서 노란 오리 복장을 한 남자가 커다란 부리 쪽에 뚫린 구멍으로 고개를 내민 채 전자음악에 맞춰 덩실덩실 춤을 췄다. 깃털이 바람에 나부꼈다. 광란의 분위기 속에 몇 분이 지나서야 총각파티 중이거나 마라톤을 뛰려는 것이 아님을 깨달았다. 그의 손에는 가까운 약국을 선전하는 광고판이 들려 있었다. 그러니까 그저 일을 하고 있는 것이었다. 고상하게 표현하면 마케팅이다. 속이 쓰렸다. 1년 넘게 라틴아메리카 일주까지 마치고도 춤추는 오리 따위에 흥분하다니! 아직도 활기와 혼란을 분간하지 못한다는 자책이 밀려왔다. 하지만 미친 듯 춤을 추는 인간 오리를 높게 평가하는 뜻에서 그 약국에 들러 필요한 것들을 조금 샀다. 그리고 미국이 기다리는 북쪽을 향해 페달을 밟았다.

5
끊김과 이어짐

나는 1980년대에 태어났기 때문에 미국에 대해 특별한 시각을 갖게 되었다. 80년대 미국은 한결 좋은 시대를 맞이했다. 워터게이트 사건과 베트남전쟁이라는, 냉전시대 중에도 가장 암울한 순간을 지난 덕인지 백만장자가 빠른 속도로 늘었고, 대외적으로는 확신에 찬 태도와 용기를 과시하며 타의 추종을 불허하는 초강대국 지위를 유지했다.

내 또래가 대부분 그렇듯 나 역시 미국 문화의 정신적 노예로 자랐다. 극장 스크린을 통해 보는 1980년대 후반의 미국은 특히 십대에게 재미와 모험으로 가득 찬 곳이었다. 우리는 영화 〈고스트버스터즈〉와 〈백 투 더 퓨처〉에 열광했다. 〈구니스〉, 〈빌과 테드〉, 〈스탠 바이 미〉에 심취했다. 1990년대에 성년이 되면서 나는 황금기를 맞았다. 힙합은 짜릿한 팬데믹이었다. 내가 자란 노스옥스퍼드는 뉴욕의 사우스브롱크스와 전혀 딴판인 세상, 블록 파티◆보다 농산물 직거래장터가 훨씬 많이 열리는 곳이었음에도 힙합은 사춘기를 맞

◆　1970년대 뉴욕 사우스 브롱크스의 흑인들이 주도하던 것으로, 동네의 일정 구역을 막아놓고 랩, 노래, 춤을 즐기던 이 파티에서 힙합이 탄생했다.

은 나를 밤낮없이 파고들었다. 나는 또 다른 미국의 목소리에 넋이 나갔다. 끝도 없이 재담을 늘어놓는 반항아들을 추앙했다.

하지만 그건 너무 먼 거리를 사이에 두고 맺어진 관계여서, 이제 난생처음 미국 땅을 밟으려니 너무 늦은 것이 아닌가 하는 기분이 들 정도였다. 어쨌든 비자를 받아야 했다. 온라인 신청 페이지에 들어가 복잡한 서류를 작성하고 끝없이 쏟아지는 어이없는 질문에 답해야 했다는 뜻이다. 미국국토안보부는 '정말로' 대량학살을 저지를 능력이 있는 녀석이 온라인 서식을 작성하면서 거짓말을 하지 않으리라 믿는 것일까? 일급기밀 취급 요원이 텅 빈 체크박스의 압력에 굴복해 '국제 간첩 행위'를 고백한다고? 아니오, 나는 체크박스를 클릭해 콜레라에 걸리지 않았다고 확인해주었다.

동틀 녘에 티후아나의 호스텔을 나서서 무채색 이민국 건물 출입구를 향해 자전거를 몰았다. 배낭과 여행가방을 지닌 멕시코인들이 어수선하게 늘어서 금속으로 된 회전식 개찰구를 통과했다. 땅딸막하고 오동통한 여자 몇은 뭔가 상의하는 것 같았다. 어린아이들이 수줍은 듯 엄마의 다리를 붙들고 늘어졌다. 마침내 내 앞에 아무도 없어지자 이민국 직원이 오라고 손짓했다. 그는 치즈에 핀 곰팡이를 보듯 나를 찬찬히 뜯어보았다. 미국을 대표하는 얼굴이 여권을 요구했다. 아침식사로 텍스멕스Tex-Mex♦ 요리를 한 상 가득 차려 먹을 법한 몸집 큰 사내였다. 턱선은 단호했지만, 눈은 반쯤 감

♦ '텍사스'와 '멕시코'의 합성어로 양쪽 요소가 혼합된 음식을 가리킨다.

겨 있었다. 여권을 훑어보던 눈이 시리아 비자에 한참 머물렀다. 그는 뒤로 기대앉더니 오래도록 비자를 쏘아보다가 다시 나를 쳐다보고, 또 비자를 들여다보았다. 심리적 압력을 가해 내 가면을 벗기기라도 하겠다는 듯. 나는 미소 지었다.

"직업이 뭐요?"

"의사입니다."

이 대목에서 모든 의사는 일종의 죄의식을 동반한 즐거움을 느낀다. 열려라 참깨! 시리아에 들렀다는 것만 빼면 나는 제대로 된 직업이 있고, 제대로 된 피부색을 띠고 있으며, 여권에 제대로 된 국적이 버젓이 적혀 있다. 그것도 세계의 지정학적 위계에서 거의 꼭대기에 가까운 국적이. 가히 특권의 풀하우스다. 그의 태도가 누그러졌다.

"자전거 여행을 나선 지 얼마나 됐소?" 그제야 자전거가 눈에 들어온 모양이었다.

"3년 되었습니다."

"허, 3년이라? 글쎄, 당신 같은 사람이 내 주치의가 되면 곤란한데."

"옳은 말씀입니다."

그가 고개를 끄덕였다. 마치 이렇게 말하는 것 같았다. '나는 언제라도 내키면 옳은 말씀을 할 수 있는 사람이라고, 이 친구야!' 그리고 미합중국 입국 허가를 내주기 전에 잠깐 미소를 지으려는 듯 보였다. 혹시 트림을 참았을까?

국경을 통과한 다음 날, 아이팟에서 흘러나오는 힙합 음악의 볼륨을 한껏 올린 채 페달을 밟았다. '이제부터 미국의 진면목을 제대로 봐주리라!' 길에서 마주치는 아무에게나 인사를 건넸다. "헤이!" 그러라고 한 사람은 아무도 없지만 미국인들은 몹시 즐거워했다. 어쨌든 1번 도로였다. 미국의 도로는 다른 어떤 나라의 도로보다 자유의 상징처럼 느껴졌다(물론 1번 도로를 비롯해 많은 도로가 다이너마이트, 굴착기, 그리고 죄수 노동을 동원해 건설되었다). 1번 도로는 66번 국도처럼 대중문화의 세례를 받지는 않았지만 그래도 미국의 상징이다. 한쪽으로 광활한 바다를, 다른 쪽으로 드넓게 펼쳐진 들판을 벗삼아 행복하게 달렸다. 미국 여행이 시작되는 장엄한 순간이었다.

캘리포니아 해안의 특징인 험준한 고갯길은 아직 멀었기에 잘 닦인 포장도로를 달리는 것은 식은 죽 먹기였다. 달려도 달려도 길고 평평한 고속도로가 끝없이 이어졌다. 주행 기록에 약간 사로잡힌 상태가 되어, 거의 종교적인 열정으로 매일 밤 일기에 그날 달린 거리를 기록했다. 1천 킬로미터를 달릴 때마다 멈춰서 나뭇가지로 숫자를 만들거나 모래나 진흙에 지금까지 표시한 거리를 적은 후 블로그에 올릴 사진을 찍었다. 계속 늘어가는 이정표 사진을 보물처럼 모았던 시간도 잠시, 4만 킬로미터를 찍자 이게 다 무슨 소용인가 하는 심정이 되고 말았다. 이렇게 달린 거리에 집착하는 것은 강박적 성격, 의대 시절은 물론 그전부터 줄곧 나를 따라다닌 특이한 성격이 드러난 탓일까? 아니면 그저 대부분의 영국인이 지닌 생산성에 대한 숭배일까? 『월든』에서 소로는 성공의 정의가 과연 무엇인지 성찰한다. "일상에서 진정 소중하게 거두는 것은 아침과 저녁의 색조만큼이나 미묘하고 설명하기 어렵다. 그것은 내가 붙잡은 작은 별똥별이요, 무지개의 한 조각이다." 이정표 사진은 별똥별이 아니었다. 나는 다음 번 사진을 생략하고, 그다음 번도 건너뛰었다. 원래 의도를 더 깊게 생각해볼 필요가 있다는 느낌이 어렴풋이 들었지만, 기분은 훨씬 가볍고 자유로웠다. 직업에서 멀어진 지 벌써 3년, 때때로 그때가 그립기도 했다. 물론 세 가지 다른 체액을 뒤집어쓴 동료도 있었고, 나 역시 섬망을 일으킨 85세 노인의 심한 변비를 해결하기 위해 툭하면 장갑을 끼는 나날이었지만, 그런 역겨운 순간을 빼면 의사로서 왜 그 일을 해야 하는지 거의 생각하지 않았다. 하지만 미국을 달릴 즈음 나는 왜 여행을 시작했는지 종종 자문했다. 힘든 하루 끝에 녹초가 됐을 때, 뇌가 죽처럼 흐물흐물해졌다고 느낄 때, 6백 킬로미터를 넘게 달리는 동안 계속 제자리를 맴도는 생각과 해답 없는 질문 말고는 특별히 집중할 만한 것이 없을 때는 더욱 그랬다.

로스앤젤레스가 어디서 시작하는지도 몰랐는데, 시나브로 그 안에 있었다. 멋지게 선탠을 하고 머리를 탈색한 금발 여성이 '의료용 마리화나 닥터' 광고판 속에서 장난스럽게 미소 짓고 있었다(그 옆에 '상담 실장 로라'라고 적혀 있었다). 캘리포니아의 의료용 마리화나 관련 법규가 얼마나 전복적이면서 유사과학에 찌들어 있는지 다 안다는 것처럼.

로스앤젤레스강의 말라붙은 콘크리트 하상河床 옆으로 난 자전거도로를 탔다. '자전거도로'라니! 그런 기회를 누려본 것이 까마득하게 오래된 옛일 처럼 느껴졌지만, 사실 미국은 미니마켓에서조차 수많은 종류의 땅콩에서(17가지!) 생맥주에 이르기까지(67가지!) 모든 것을 시도해볼 기회를 제공했다. 선택의 자유와는 대조적으로 지켜야 할 규칙도 끝이 없었다. 로스앤젤레스에는 프리스비를 던지기 전에 반드시 인명구조원의 허락을 받아야 하는 해변이 여럿 있었다. 규칙을 어겼을 때의 처벌 또한 벌금, 독방 수감, 로드 롤러 사형 등 무시무시하기 짝이 없었다. 나의 안부는 나만의 문제가 아니라 모든 사람의 관심사였고, 미국은 항상 위험에 처했다고 느끼기를 요구했다. 예컨대 이런 표지판도 있었다. "여기부터 쓰나미 위험지역입니다."(몇 개월간 천하태평으로 달린 중미 해안의 광활한 땅이 사실 모두 쓰나미 위험지역이었다. 그때 나는 무슨 생각을 했던가?) 로스앤젤레스에 짧게 머무는 동안 할리우드 언덕에 있는 천체투영관 직원에게서 멀미가 날 수 있다는 경고를 받기도 했다(누군가 약간 메슥거린다고 소송을 걸었겠지). 이런 경고가 난무하는 국가에서 건강에 해로운 베이컨 도넛을 자유롭게 살 수 있다는 사실을 짚고 넘어가야 할 것이다. 심지어 의료보험이 없어도!

샌타바버라^{Santa Barbara}를 지나 샌타이네즈^{Santa Ynez}산맥을 휘감아 오르는 작은 산길을 발견했다. '카미노 시엘로^{Camino Cielo}', 즉 '하늘 길'이라는 이름이 붙어 있었다. 길에 들어선 지 얼마 안 되어 아름답고도 장엄한 자연에 압도당하고 말았다. 오후에는 4백 년 된 벽화가 남아 있는 동굴 앞에서 잠깐 쉬며 사과를 먹었다. 추마시족은 캘리포니아에 오늘날처럼 별난 사람들이 잔뜩 몰려들기 훨씬 전에 이 구릉지대에 살며 오커♦, 숯, 조개껍질 가루로 그 그림들을 그렸다.

♦　점토와 섞으면 거무스름한 색을 내는 산화 철의 가루.

해가 높게 떠오르자 만자니타♦의 매끄러운 수피가 반짝거리나 했더니, 느닷없이 열풍을 타고 먼지가 피어올라 모든 것이 파스텔 색조로 흐릿해졌다. 오솔길은 이내 능선으로 이어지며 폭이 몇 미터밖에 안 될 정도로 좁아졌다. 왼쪽으로는 대양이 드넓게 펼쳐지고, 오른쪽으로는 무성한 관목숲이 이어지다가 문득 바다보다 연한 청색의 카추마Cachuma호수가 나타났다. (짜증을 섞어 소로 식으로 표현하자면, 너무 자주 들려오는) 도시의 소음과 세상이랍시고 우리가 만들어놓은 온갖 혼란에서 멀리 떨어진 이런 길을 따라 알래스카까지 갈 수 있다면!

다음 날부터는 흙길이었다. 공기에서 옅은 허브 향이 났다. 벌새가 특유의 날갯짓을 하며 핸들 앞쪽을 휙휙 날아다녔다. 카라카라매 두 마리가 나뭇가지에 앉아 줄곧 내 모습을 지켜보았다. 오솔길을 달려 덤불 사이로 사라질 때까지. 나만 소리를 내지 않으면 인간의 소음이 완전히 없어지고 벌들이 붕붕거리는 소리만 배경음처럼 깔릴 것 같단 생각이 들었다. 그 생각이 몹시 마음에 들어 스스로 감탄하고 있는데 느닷없이 사격장에서 세 발의 총소리가 들려와 나른한 한낮의 정취를 산산이 깨버렸다. 탕, 탕, 탕!

1번 국도는 명성에 비해 그리 대단치 않다는 기분이 들었지만, '하늘 길'이 시애틀까지 이어지지는 않았기에 다시 해안으로 내려와 수많은 RV차량과 함께 달렸다. 하나같이 안에서 편안함을 만끽하는 생물들과 전혀 어울리지 않는 이

♦ 　미국 서부와 멕시코 등지에 서식하는 상록 관목.

름을 달고 있었다. '원정대Expedition'와 '모험가Adventurer'는 냉장고와 스무디 제조기를 갖추었다. '짧은 여행Excursion'처럼 덜 극적인 이름은 또 다른 의문을 불러일으켰다. 아니, 겨우 짧은 여행을 가면서 가죽 소파와 소니 홈 시네마 시스템을 갖춘 10미터짜리 거대 차량이 왜 필요하단 말인가? '푸마Puma', '쿠거Cougar' 같은 포식 동물도 어슬렁거렸다. 범퍼에 붙은 스티커를 보고는 너무 당황스러워 나도 모르게 손으로 얼굴을 가리고 말았다. '미국, 세계대전 연속 챔피언USA: Back to back World War Champions'. 그나마 '청둥오리Mallard'라는 이름이 덜 요란했지만, 뒤에서 보니 안경을 쓴 부부가 한순간도 풍경을 놓치지 않겠다는 듯 넓은 창밖을 내다보고 있었다. 조류학자들인가? 그날 오후에는 하마터면 '침입자Intruder'에게 치일 뻔했다. 어쩌면 그 차는 이런 광고 문구를 달고 진열되어 있었을지 모를 일이다. "자연을 만끽하고 싶지 않으세요? 야생의 모습에 감탄하고 싶지 않으세요?"

✳

이윽고 빅서Big Sur가 나타났다. 태평양의 파도가 잠시도 쉬지 않고 몸을 부딪혀대는 외딴 해안, 모든 여행안내서의 표지를 장식하는 절경이다. 절벽을 감싸 돌며 한사코 캘리포니아에서 떨어지지 않겠다는 듯 붙들고 늘어진 도로를 군데군데 거대한 다리가 받치고 있었다. 한때 거의 접근이 불가능했던 빅서는 미국에서 마지막으로 사람이 살기 시작한 곳으로, 개척 시대 여행자가 몬터레이Monterey나 살리나스Salinas

를 돌아보려면 족히 사흘간 말 등 위에서 시달려야 했다. 1920년대까지도 이 지역에는 전기가 들어오는 집이 몇 없었다. 헨리 밀러가 "냉방장치를 갖춘 악몽"에서 탈출하려고 여기 와 살았다는 일화는 유명하지만, 벌써 오래전 일이다. 헌터 톰슨Hunter S. Thompson이 빠르게 상업화된 놀이터에 불과해졌다고 일갈했듯 이제 빅서에는 도시에 염증을 느끼고 찾아와서 '빌어먹을 자연밖에 없다'며 불평을 늘어놓는 사교계 명사들만 바글바글하다. '빌어먹을 자연'이라. 내게는 너무나 마음에 드는 말이다.

낡은 산림관리인 오두막은 오래도록 방치된 것 같았지만, 비바람을 가려주어 텐트 치기에는 안성맞춤이었다. 뒤따라오던 자전거 여행자도 같은 생각을 했음에 틀림없다. 거기 텐트를 쳤으니 말이다. LA레이커스 농구팀의 노란색 유니폼을 입고, 미국 서부 억양을 구사하며, 은근히 버클리대학을 나왔다고 내세우는 것으로 보아 기껏해야 하루이틀 자전거 여행을 나왔으리라 짐작했다. 하지만 네이트는 벌써 2년째 자전거로 아시아 대부분의 지역을 누빈 끝에 이제 집 근처에 당도한 것이었다. 나는 그가 깊은 슬픔 비슷한 감정을 느끼고 있음을 알아차렸다. 그날 저녁 이야기를 주고받게 된 것도 이런 사색적인 분위기 때문이었으리라.

다음 날 아침, 네이트는 텐트 뒤 덤불로 들어가더니 한참 뒤에 양손에 하나씩 노란색 점액질 물체를 집어 들고 돌아왔다. "바나나민달팽이야!" 그러면서 한 마리를 건넸다. 나는 받아 들었다.

"자, 핥아봐." 그가 재촉했다.

"네이트, 나는 민달팽이 따위를 핥고 싶지는 않아."

"어허, 참, 핥아보라니까. 꼭 해봐야 돼."

"괜찮다니까!"

"그냥 한번만 핥아봐."

"뽕 맞은 것처럼, 뭐 그런 기분이 드나?" 환각을 일으키는 멕시코의 두꺼비가 떠오르며, 가뜩이나 차로 북적거리는 고속도로에서 목숨을 잃지나 않을지 더럭 겁이 났다.

"아니, 아니, 아니! 한번만 핥아봐. 이봐 친구, 자네가 아직 캘리포니아에서 완전히 환영받는 느낌을 받지 못했다면, 그건 요 바나나민달팽이를 핥지 않았기 때문이라고."

"난 지금도 충분히 환영받는다고 느껴, 네이트."

그는 풀이 죽었다.

"이런 젠장."

하는 수 없이 그것을 핥았다. 네이트도 따라 핥았다. 그리고 네 살배기처럼 활짝 웃었다.

"캘리포니아에 온 걸 환영하네, 친구!" 그러더니 갑자기 진지 모드로 돌변했다. "이걸 진짜 핥다니 믿을 수 없군그래."

우리는 몬터레이까지 함께 달린 후 헤어졌다.

며칠 뒤 샌프란시스코. 온통 축제 분위기였다. '베이 투 브레이커스Bay to Breakers' 축제는 달리기경주를 빙자한 파티 같았고, 옷 입기를 권장하지 않는 듯 보였다. 어쩌면 샌프란시스코 사람들이 원래 그런지도 몰랐다. 이 도시에는 나체주의자들이 몰려든 지도 꽤 오래고, 누드 비치도 많다. 사람들은 나체로 광장을 활보하고, 심지어 실오라기 하나 걸치지 않고 버스나 기차를 탔다. 최근까지도 벌거벗은 채 작은 수건 한 장만 들고 돌아다니는 사람을 흔히 볼 수 있었다. 그조차 중요한 부분을 가리기 위해서가 아니라, 벤치를 이용할 때 관습에 따라 깔고 앉으려는 것이었다. 샌프란시스코는 자유의 횃불을 자처하는 도시지만, 나체주의자가 계속 늘자 결국 시당국에서 칼을 빼 들었다. 2012년 '공공장소에서 성기, 회음부, 또는 항문 부위를' 드러내는 행위를 불법으로 규정하는 법안이 아슬아슬하게 통과된 것이다. 회음부라니! 이 문제에 대한 의견은 분분할 수 있겠지만, 나는 이 세상에 회음부를 드러낼 권리를 위해 싸우는 활동가들이 상당수 모여 사는 도시가 있다는 사실이 이상하게도 든든했다.

하지만 베이 투 브레이커스 같은 축제에는 이 법이 적용되지 않았기에, 손바닥만 한 잔디밭에 혼자 앉아 남녀 구분 없이(대부분 남자였다) 발가벗고 거리를 활보하는 모습을 볼 수 있었다. 고맙게도 회음부를 열렬하게 과시하는 사람은 없었다.

길 건너편 건물에 자꾸 눈길이 갔다. 몇 층이나 되려나. 옥상에 사람들이 모여 파티를 벌이고 있었다. 별생각 없이 한가롭게 그들을 바라보는데, 갑자기 뭔가가 떨어졌다. 사람의 형태를 한 뭔가가.

마네킹인가? 이상하게 들릴지도 모르지만, 5층 높이의 건물 옥상에서 마네킹을 집어 던져 행인들을 놀래는 것도 충분히 있을 법한 일 같았다. 샌프란시스코에서 놀기 좋아하는 사람들이 모이면 무슨 일이든 일어날 수 있을 것처럼 느껴졌다. 그 물체가 떨어진 곳 가까이에도 사람들이 있었다. 처음에는 그들도 가만있었다. 나처럼 그저 발길을 멈추고, 꼼짝

않고 누워 있는 마네킹 같은 뭔가를 바라볼 뿐이었다. 무슨 영문인지 모른 채. 다음 순간 큰 소란이 일었다.

나는 벌떡 일어섰다. 백 미터 정도 떨어진 곳이었지만, 도착해보니 이미 다른 의사와 구급대원 한 명이 와 있었다. 추락한 사람은 젊고, 의식이 없었다. 그가 힘겹게 숨을 몰아쉬었다. 구급대원이 양손으로 경추를 안정시키는 동안 나는 옥상을 올려다보았다. 아찔하면서 속이 메슥거렸다.

몇 분 후 사이렌을 울리며 구급대가 들이닥쳤다. 추락한 젊은이의 친구들도 달려 내려와 사고 지점에서 10미터쯤 떨어진 곳에 옹기종기 모여 고개를 길게 빼고 있었지만, 가까이 다가와 상처가 얼마나 심한지, 살 수 있을지 확인할 엄두는 감히 내지 못했다. 그저 친구의 이름을 부를 뿐이었다. 그틈을 뚫고 한 소녀가 울부짖으며 통곡하기 시작했다.

다음 날 신문을 보고 그가 죽었음을 알았다. 응급실에 근무하면서 잔인할 정도로 급작스러운 죽음을 많이 보았고 그 젊은이에 대한 기억 또한 응급실에서의 경험과 한데 합쳐져 쉬이 잊힐 거라고 생각했지만, 그 사건은 외상 환자가 왔다는 연락을 받고 소생실로 뛰어가는 것과는 전혀 달랐다. 내안에서 어떤 줄이 끊어지는 느낌이었다.

응급실에서는 환자의 내밀한 세계나 그가 사랑하는 사람들에 대한 생각을 애써 지워버리는 것이 편리할 때가 많다. 감정을 극복하고 어떻게든 필요한 조치를 취해야 하기 때문이다(물론 스스로를 보호하려는 뜻도 있다). 의사와 간호사들은 심리적 거리두기의 달인이다. 하지만 때때로 뭔가가 응급실이라는 특수한 공간의 두꺼운 피부를 찢고 나오는 순간이 있다. 병원 내 방송에서 '어린이 심정지'라는 목소리가 흘러나오는 경우는 드물지만, 실제로 그런 상황이 벌어지면 침묵의 메아리가 울려 퍼진다.

런던에서 어느 일요일 오후에 봤던 환자가 떠올랐다. 팔십대 할머니로 교회에서 몸이 안 좋아졌다고 했다. 갑자기 두통이 시작되었는데, 아주 심한 데다 평소와 많이 달랐다. 응급실에 와서는 어지럽다고 하더니 토하기 시작했다. 감이 왔다. 의사나 간호사라면 너무 잘 아는 불길한 예감. 내 눈앞에서 할머니는 약간 졸려 했고, 신경학적 검사의 일환으로 뇌신경과 말초신경을 진찰하는데 동작이 어설프고 바로 얼굴 앞에 들고 있는 내 손가락에 자기 손가락을 맞추지 못했다. 팔다리 근력은 좋았고, 얼굴이 처지거나 발음이 새지는 않았지만 시야가 약간 좁아져 있었다. 서둘러 할머니를 CT 촬영실로 데려가 검사하면서, 바로 영상을 보려고 판독실로 들어갔다. 기저핵에 허연 부분들이 나타났다. 광범위한 뇌출혈이었다. 소생실로 데려갔다. 30분 만에 의식이 저하되더니, 이내 적절한 단어를 찾지 못했고, 그다음에는 부르는 소리나 통증에도 반응하지 않았다. 신경외과의사들과 상의한 끝에 증상만 완화하자는 결정이 내려졌다.

근무시간이 끝나면 환자들을 다음 의사에게 '인계'해야 한다. 각각의 침상을 차지한 환자들을 간단히 요약하면서, 이름 대신 진단명을 사용했다. 4번 침상은 하벽 심근경색, 5번 침상은 출혈성 뇌졸중이었다. 할머니는 그곳에서 순식간에 신원을 잃어버린 것이다. 불과 두 시간 전 그녀가 의식이 또렷하고 말을 할 수 있을 때 나눈 대화를 생각하지 않으려고 애썼다. 이제 토요일마다 브리지 게임을 할 수 없게 되었다든지 친구들이 슬퍼할 거라는 생각은 내게도 환자에게도 도움이 되지 않았다. 할머니는 죽었고, 이 글을 쓰는 지금까지는 특별히 마음에 남아 있지도 않았다. 다음 근무 때 진찰한 대동맥류 파열 환자도 세상을 떠났으니까.

특히 재난이라는 미기후微氣候♦가 지배하는 소생실은 세상과 격리된 느낌을 준다. 나는 종종 사람들이 응급실을 찾은 날이 그들에게는 매우 중요한, 때로는 삶을 완전히 바꾸는 날임을 억지로 떠올리려고 애썼다. 의료인으로 일하다 보면 환자들의 사생활과 질병으로 인한 끝없는 고통을(때로는 죽음까지도) 본능적으로 무시하게 된다. 하지만 가까운 사람이 눈앞에서 고통에 몸부림칠 때는 인간적인 감정에 사로잡히지 않기가 훨씬 어렵다. 나는 늘 그런 감정에 사로잡히곤 했다.

지금은 추락한 젊은이를 자세히 기억할 수 없지만, 친구들의 모습은 너무나 생생하다. 충격에 휩싸인 그 모습은 내 기억 속에 고스란히 박제된 채 언제까지나 끔찍하기만 하다.

＊

샌프란시스코 북쪽 마린카운티Marin County는 녹음이 우거진 부촌으로 거리마다 나무 이름이 붙어 있었다. 꽃무늬 드레스를 입은 중년 여성들이 귀여움을 듬뿍 받은 태가 나는

♦　특정한 좁은 지역의 기후.

아이리시세터나 아프간하운드를 데리고 다녔다. 커다란 저택들은 철쭉에 반쯤 파묻혀 있었다. 카페에서 파는 샌드위치가 얼마나 비싼지 디킨스 소설 속 부랑아처럼 침을 꼴깍 삼키며 쳐다만 보다 발길을 돌렸다.

엔지니어들은 1번 국도가 마린카운티 위로 계속 해안을 따라가는 데 반대했다. 이곳은 숲이 울창하고 지형 변화가 크다. 해안에 고속도로를 놓으려면 자연보호구역인 킹King산맥을 건드려야 했으므로 내륙으로 방향을 틀 수밖에 없었다. 결국 광대한 면적의 '잃어버린 해안'이 개발되지 않은 상태로 남았다. 미로처럼 얽힌 벌목로는 가파르기 짝이 없었지만, 고속도로보다 훨씬 살아 있다는 느낌을 만끽할 수 있었다. 카미노 시엘로를 떠난 뒤 처음으로 평화롭다고 느꼈다.

평화는 피트롤리아Petrolia라는 작은 도시에서 끝났다. 심각한 표정을 한 경찰관들이 사륜 오토바이를 타거나 개들을 끌고 돌아다녔다. 3주 전 내륙 쪽으로 3백 킬로미터 정도 떨어진 집에서 엄마와 두 자녀가 총에 맞아 죽은 채 발견되었던 것이다. 남편이자 아빠이며, 생존주의자♦이자 전과자인 셰인 밀러가 유력한 용의자였지만 행방을 알 길이 없었다. 그는 그 근처 숲에서 자랐으며, 2주 전 멀지 않은 곳에서 그의 차가 발견되었다.

그날 밤은 숲속에 텐트를 쳤는데, 셰인 밀러가 나타날 경우를 대비해 펜나이프를 곁에 두고 잤다. 하지만 칼날이 시원찮아서 배꼽에 낀 때나 파낸다면 모를까, 누굴 찌른다는

♦　전쟁이나 재난 등의 위험에서 살아남기 위해 대비하는 사람.

건 생각조차 어려웠다. 기껏해야 심하게 긁힐 정도? 텐트에 들어간 지 10분도 안 되어 엄청난 사이렌 소리가 터졌다. 냄비에 물을 끓이고 있었는데 갑자기 텐트 안이 경찰차의 불빛을 받아 온통 파랗게 변했다. 밖에서 확성기 소리가 들려왔다. "텐트에서 나와!"

나는 냄비를 넘어 파란 불빛이 점멸하는 밖으로 걸어 나갔다.

"선생님, 손에 든 게 뭡니까?"

"스파게티요!"

"스파게티를 내려놓으세요!"

천천히 허리를 굽혀 스파게티 봉지를 땅에 내려놓았다. 두 명의 경찰관이 다리를 어깨너비만큼 벌리고 서서 나를 내려다보았다. 그들의 손이 총집 위를 맴돌았다.

"그건 뭡니까!" 한 사람이 내 발치를 가리키며 소리를 질렀다.

"브로콜리입니다. 저녁으로 치즈소스…."

"선생님, 제가 볼 수 있도록 이쪽으로 오세요. 선생님, 당장요!"

나는 왼쪽으로 움직이기 시작했다.

"손 높이 쳐들어요!" 그들이 동시에 고함을 질렀다.

"오케이, 알았어요! 젠장!"

나는 더듬거렸다. 어둠 속에서, 길을 잃었으며, 얼마나 피곤했던지, 그래서 텐트를 쳤다고 설명했다. 치즈소스 얘기도 다시 꺼냈다. 경찰들은 여권을 꼼꼼하게 들여다보고 자전거도 여기저기 살핀 뒤에야 태도가 누그러졌다. 잘 자라는 인사를 건네며 "해가 뜨기 전에 떠나세요"라고 했지만, 말투는 떠나기 전에 차라도 한 잔 끓여 마셨다간 기동타격대가 출동할 거라고 위협하는 듯했다.

✳

다시 주립공원에서 캠핑하는 생활로 돌아갔다. 때때로 RV 여행족이나 즐겁게 나들이 나온 가족들이 나를 불러 마시멜로를 구워주었다. '침입자'를 탄 가족이 '특히' 많았다.

캠핑은 비용이 싸지만, 솔트포인트 주립공원에서 만난 애덤은 그조차 여유가 없는 것 같았다.

"이봐요, 아저씨. 저하고 여자친구, 이렇게 둘인데 같이 캠핑하지 않을래요? 팀마다 이용료를 내니까 함께 캠핑하면 더 싸거든요."

그렇게 불 주변에 함께 둘러앉았다. 애덤과 카일리는 몇 주 전 몇 가지 물건을 녹슨 픽업트럭에 쑤셔 넣고 개를 데리고 콜로라도를 떠나 약속의 땅 캘리포니아로 건너왔다. 일자리를 알아보지도 않고, 친구도 없고, '아직' 집도 없고, 중고거래 사이트에 원룸 아파트가 뜨기를 바랐지만, 땡전 한 푼 없는 거나 마찬가지였고, 애덤이 자질구레한 일로 돈을 벌려고 해보았지만 '지금까지는' 거의 성공을 거두지 못했다. 적어도 부분적으로는 시장을 잘못 판단했기 때문인 것 같았다. 내게도 몇 번이나 자동차 부품과 와인을 팔려고 했으니 말이다. 그가 친구와 전화하는 소리를 들었다. "안 돼, 인마, 여긴 캘리포니아라고. 거기서처럼 트럭 뒤칸에서 고기를 팔 수는 없어. 정말이라니까, 짜샤. 여기 사람들은 정식 '메뉴판'이나 그 딴 걸 원한다고."

열아홉 살 때 애덤은 마리화나 20킬로그램과 코카인 4킬로그램을 소지한 죄로 5년 형을 받았다. 사실 아버지를 위해 수송책을 맡았는데 재판에서 친척들을 밀고할 수는 없다고 마음을 굳혔다. 아직도 그런 일을 할 수 있고, 한탕 뛰면 4만 달러씩 벌 수도 있지만, 이번에 걸리면 너무 위험하다고, 국물도 없을 거라고 했다. 그래도 마음은 흔들리는 것 같았다. 신분증과 수중에 지닌 돈 대부분을 화장실에 두고 나오는 바람에 몽땅 잃어버린 다음부터는 더욱 그랬다. 그런 말을 하면서도 별로 걱정을 하는 것 같지는 않았다. 곧 우주가 자기에게 윙크를 날릴 거고, 그러면 금방 모든 일이 풀릴 거라는 태도였다. 나도 가끔 그런 기분이 들곤 했다. 자전거를 타고 세상을 돌아다닌 뒤로 더 그랬는데, 특히 캘리포니아에 와서는 그렇게 마음이 편할 수 없었다. 그 낙관주의는 어디서 왔을까? 골드러시? 할리우드? 아니면 지나치게 많은 햇빛의 부작용일까?

애덤은 석유통을 집어 들더니 모닥불 위로 몸을 굽혔다. 석유통을 기울이자 불꽃이 순식간에 위로 치솟아 통에 옮겨 붙었다. 그가 불을 꺼보려고 불붙은 석유통을 사방으로 휘저었다. "애덤, 이 또라이! 애덤! 하! 이 개새끼야!" 카일리가 소리를 지르며 벌떡 일어나 모래를 석유통에 끼얹어 불을 껐다. 그녀는 미친 듯 화를 냈다. "또라이 새끼, 죽으려고 환장했어!" 한 시간 뒤 마지막 불꽃이 깜박거리며 꺼져가자, 얼굴을 찡그리며 앉아 있던 애덤은 또 앞으로 몸을 숙여 석유통을 집어 들었다. 석유를 붓고, 다시 통에 불이 붙고, 카일리가 튕기듯이 일어서서, 양손 가득 모래를 떠 오는 일이 반복되었다. 둘은 지금쯤 어떻게 지내는지.

고갯길이 끝없이 펼쳐지더니, 급경사가 길게 이어지며 오리건주에 접어들었다. 휴식이 필요했기에 곧장 포틀랜드로 달렸다. 미국에서도 휴식을 취하기에 가장 좋은 도시 같았다. 〈포틀랜디아〉를 너무 많이 본 탓이었다. 그 풍자적인 TV 쇼에는 도시 사람 전체가 인디언 부족 문신을 하고 밴드를 함께할 사람을 찾아다니면서 하는 일이라고는 일주일에 한두 시간 커피숍에 나가는 게 전부였다. 사람들은 젊은이가 은퇴하기 위해 찾는 도시라고들 했다.

마침 포틀랜드 전역에서 페달팔루자Pedalpalooza라는 자전거 축제가 한창이었다. 가장 중요한 행사는 해마다 열리는 나체 자전거 타기였다. 나체로 자전거를 타는 행사는 세계 각지에서 열리지만, 대개는 주변 문화에 불과하다. 대낮에 열리며 나이 든 히피나 뚱뚱한 자연주의자만 바글거린다. 페달팔루자는 달랐다. 아마도 지구상에서 가장 큰 규모인 이 축제는 해 진 뒤에 시작되고, 아름다운 젊은이들이 대거 참여한다. 도시에 사는 모든 사람이 직접 옷을 벗지는 않지만, 적어도 참가자 중에 아는 사람이 꼭 끼어 있다.

친구의 친구인 베키가 나를 초대했다. 벌거벗은 자전거 주자들이 구름처럼 몰린 가운데 옷을 홀랑 벗고 자전거에 앉았다. 막상 참여해보니 옷을 입은 관중이 빽빽이 늘어서서 휴대폰으로 동영상을 찍는 앞에서 벌거벗은 채 자전거로 도심을 질주하는 데는 각자 진지한 이유가 있었다. 화석연료

사용에 반대한다든지, 자전거 이용자의 권리를 옹호한다든지, 성적인 의미 없이 육체를 드러낼 권리 같은 것 말이다. 나는 옷을 입는 데 반대해야 할까? 마음을 정하기도 전에 베키가 자전거에 뛰어오르더니 페달을 구르며 총알같이 달려 나갔다. 모든 것이 일시에 터져 나왔다.

나는 베키가 갈라놓은 공간으로 뛰어들었다. 트럭에 실린 스피커에서 귀청이 찢어질 듯 전자음악이 울려 퍼지고, 주변은 어느새 벌거벗은 멋쟁이들로 물결을 이루었다. 육교 옆에서 벌거벗은 사람들이 음향 장비를 둘러싼 채 춤을 추고 있었다. 우리도 자전거를 세워놓고 광란의 파티 속으로 뛰어들어 해 뜰 때까지 미친 듯이 춤을 췄다.

포틀랜드에서는 단 한순간도 쉬지 못했다.

＊

다시 복장을 갖추고 캐나다 국경까지 달려가는 데 며칠이 걸렸다. 메이플시럽 빛깔 콧수염을 기른 유쾌한 기마경찰은 모두 어디 갔을까? 국경 경비대원은 자전거 여행자를 볼 때마다 전 세계 여행자 공동체에 비열한 복수를 하기로 맹세한 성질 더러운 스코틀랜드 출신 스킨헤드족 같았다.

"그래서 지금부터 어떻게 해야 하느냐면…." 그는 이렇게 말문을 열었다. 누구나, 어떤 상황에서든 가장 듣고 싶지 않은 말일 것이다.

"당신이." 그가 나를 가리켰다. "내게 증명해야만 할 것은…." 그가 자기를 가리켰다. 내가 대명사를 못 알아들을까 봐 걱정이라도 되었을까? "우리가 당신이 바에서 일하는 모습을 절대로 볼 수 없을 거란 점입니다. 그러니까 은행 장부든, 서류든, 증거를 제시하세요. 뭐든 증거가 될 만한 걸 내놔 봐요."

법원 가처분명령을 수차례 받았을 것처럼 보이는 내 여권 사진을 보고 수상하다고 판단했을지도 모른다. 수염은 꼭 쥐 파먹은 꼴이었다. 게다가 조롱하는 듯한 미소까지 짓고 있었으니, 언제라도 해적처럼 갈고리 손으로 턱을 긁으며 성범죄를 일으킬 놈처럼 보이긴 했다. 내가 도서관 사서라도 이런 녀석에게는 책을 대출해주지 않을 것 같았다.

재정적 안정성을 증명해줄 서류 따위는 없었다. 물론 문제는 재정적 안전성이 없는 것이 아니라 서류가 없는 것이었지만…. 밴쿠버에 사는 엄마의 사촌, 메리앤 이모는 한번도 만나본 적이 없었다. 하지만 자비롭게도 내 전화를 받은 이모는 기꺼이 모든 재정적 책임을 지겠노라 말해주었다. 자기도 이곳이 제2의 고향인 주제에 국경 경비대원은 선심이라도 쓰듯 입국허가를 내주었다. 스코틀랜드인의 투지로 나라를 지키고 있다는 데 캐나다가 엄청 자랑스러워하리라 믿어 의심치 않는다.

첫인상은 구겼지만 나는 정감 있는 캐나다인 사이에서 기막힌 시간을 보내리라 확신했다. 곰에게 찢겨 죽지만 않는다면 말이다. 곰과 야수에게 갈가리 찢겨 비참한 죽음을 맞을지 모른다는 내 불안에 관해 캐나다 내에는 두 개의 극단적인 학파가 공존하는 것 같았다. 한쪽은 곰을 그저 커다랗고 호기심 많은 개 정도로 생각했다. 굶주린 채 여기저기 돌아다니며 코를 킁킁거리는 것은 사실이지만, 겁먹을 필요는 전혀 없으며 그저 밤에 텐트 속에 먹을 것만 두지 않으면 된 다고 주장했다. 한편 비관론자들은 회색곰이 인간보다 훨씬 빠르고 나무도 훨씬 잘 타며 싸움도 훨씬 잘한다고 주장했 다. 눈을 반짝거리며, 걸리기만 하면 뼛속의 골수까지 쪽쪽 빨아 먹은 후 부주의하게 텐트 속에 놓아둔 치약 튜브조차 갈가리 찢어버릴 거라고 역설한 후에 소름이 끼친다는 듯 몸 을 부르르 떨었다.

후자에 속하는 캐나다 도시 거주민들의 조언에 따라 나 는 어슬렁거리며 밴쿠버 시내에 있는 조그만 사냥용품점을 찾았다. 뚜렷한 계획은 없었지만 뭐가 됐든 곰을 물리칠 수 있는 것을 사려는 생각이었다. 카운터 뒤에 있는 남자는 위 장복 위에 이름표를 달고 있었다. 제이크. 근엄한 코에 진지 한 턱수염. 나는 제이크가 조부모들을 박제로 만들어 사냥용 오두막의 벽을 장식하는 모습을 떠올렸다. 너무 노쇠해서 땔 감을 해 올 힘조차 남지 않았다는 이유로 석궁으로 끝내버렸 을지도 모르지.

"뭘 찾아요, 친구?" 그는 이렇게 말하고 다시 뭔가를 씹는 데 열중했다.

"곰에 대비하려고요."

"곰이요?"

"예, 곰이요."

그는 코를 킁킁거렸다. "이런 건 어때요?" 그는 캔으로 된 곰 퇴치용 스프레이를 집어 들었다. 페인트 통처럼 큼직한 호신용 페퍼 스프레이 캔이었다. 그걸로 무장할 생각을 안

해본 건 아니었지만, 곰의 습격을 받아 급박한 순간에 제대로 쓸 수 있을지 걱정이었다. 곰에게 갈가리 찢겨 죽는 것보다 더 끔찍한 일이 있다면, 엄청나게 강력한 페퍼 스프레이를 실수로 내 얼굴에 뿌린 후 곰에게 갈가리 찢겨 죽는 것일 터였다.

"이 녀석은 8미터 밖에서도 쏠 수 있어요." 제이크가 계속 떠들었다. "회색곰의 주둥이만 제대로 노리면 되죠, 어때요?"

"그렇죠… 물론 주둥이를 노려야죠." 이렇게 말하긴 했지만 공포에 사로잡혀 기절하기 전에 회색곰의 주둥이에 얼마나 가까이 다가갈 수 있을지 확신이 들지 않았다.

"곰 퇴치용 폭탄도 있습니다. 그것도 좀 사 가실래요?"

"폭탄이요?"

제이크는 눈앞에서 야생동물에게 찢기고 있는 사람을 보는 듯한 표정으로 쳐다보았다.

"아, 그리고 곰 퇴치용 총도 있어요. 그리고 베어 벨도…."

"벨이라고요?" 의구심이 들었다. 벨을 달고 춤이라도 추면 곰이 겁을 집어먹고 달아날까?

제이크는 정신 산란하게 모든 제품을 카운터 위에 늘어놓았다. 조명탄, 총, 벨, 폭탄, 발사식 퇴치기 중에서 곰 퇴치용 스프레이만 집었다. 그가 포장을 하며 물었다.

"흑곰과 회색곰을 어떻게 구별하는지 정도는 아시겠지, 그렇죠?"

당연히 몰랐다.

"몰라요? 흑곰 똥은 장과류가 가득하고 다람쥐 가죽 냄새가 나죠. 회색곰 똥은 씨앗류가 가득하고 후추 냄새가 나고요."

밴쿠버를 떠날 때도 여전히 곰이 무척 두려웠지만, 캐나다에 온통 제이크 같은 사람밖에 없을까 봐 더 두려웠다. 다행히 풍경은 마음을 차분히 가라앉혀주었다. 녹회색 물결이 이는 조지아해협에는 소나무로 빽빽이 뒤덮인 걸프제도의 섬들이 올망졸망 솟아 있었다. 꼭대기마다 구름이 걸려 있었다. 릴루엣Lillooet 쪽으로 달리자 메마르고 척박해 보이는 땅이 나타나기 시작했다. 주민들은 당연히 충격을 받아야 한다는 듯한 태도로 릴루엣이 캐나다에서 가장 더운 곳이라고 했다. 슈퍼마켓에서 줄을 서 있는데 한 남자가 조심하라며 그 이야기를 들려주었지만, 나는 반쯤 딴생각에 빠져 있었다. 대충 요약하자면 자전거 여행을 하던 외국인이 여름에 땀을 어찌나 많이 흘렸던지 온몸에 하얀 더께가 앉아 그걸 긁어낸 뒤 소금을 자기 나라로 보냈다는 얘기였다. 슈퍼에서 나와 다시 달리다가 제설차를 오른쪽으로 추월하지 말라는 경고 표지판을 지나쳤다.

"세상에서 가장 멋진 자연이 있는 곳, 브리티시컬럼비아주"라는 슬로건은 사악한 진실을 가리는 것 같아 조금 짜증이 났다. 브리티시컬럼비아를 동서로 가로지르며 항구도시인 프린스루퍼트Prince Rupert와 내륙의 소도시 프린스조지Prince George 사이를 잇는 간선도로에서 1970년대 이후 스무 명 넘는 여성이 자취를 감추었다. 대부분 히치하이커였고, 아메리카 원주민이었다. 그곳에는 자연을 칭송하는 표지판만 있는 것이 아니다. 검고 울창한 숲 사이로 난 길 위에 실종된 여성들이 미소 짓는 모습을 그린 표지판에는 선언하듯 "눈물의 고속도로"라고 적혀 있다.

16번 고속도로에서 캐시어 하이웨이Casciar Highway로 갈아타자 더욱 야생에 가까운 자연이 펼쳐졌다. 울창한 나무 사이로 분홍바늘꽃과 사프란꽃이 색채를 더했고, 때때로 흑곰이 후다닥 뛰어 달아났다. 저녁이면 호수 옆에 텐트를 치고, 치약을 나무에 매단 후, 갈대 사이 물속에서 하루의 피로를 씻었다. 지난달 이 근처에서 미국 자전거 여행자가 늑대의 습격을 받았다. 늑대는 곰 퇴치용 스프레이를 뿌려도 물러서지 않고 길을 따라 쫓아와 텐트를 갈기갈기 찢어놓았다. 현지인들은 '믿기 어려울 정도로 드문' 일이라고 했지만 전혀 위안이 되지 않았다. '사이코패스 늑대는 아직 여기 있겠지. 여전히 텐트가 입맛에 맞을까? 아니면 라이크라 반바지? 아니면 인간의 피?'

지도에는 수많은 지명이 등장하지만 숲에서 숲으로 단조롭게 이어지는 풍경 속에 특별히 이름 붙일 만한 것은 없어 보였다. 말라붙은 강바닥, 오래전에 버려진 작은 마을들은 물론, 턱없이 비싼 숙박업소나 '공수병 걸린 회색곰 쉼터'처럼 그리 맘 편하게 쉴 수 있을 것 같지 않은 장소에 이르기까지 흥미로운 곳은 하나도 없었다. 그나마 도슨Dawson은 괜찮았다. 골드러시 때부터 유명한 이 소도시는 판자를 깔아 만든 보행로와 밤에 공연되는 캉캉 쇼에서 만만찮은 역사가 느껴졌다. 사워토sourtoe◆ 칵테일을 파는 바도 있다. 미라화된 인간의 엄지발가락이 들어 있는 이 술을 마실 때면 사람들은 소리 맞춰 외친다. "빨리 마셔도 좋고, 천천히 마셔도 좋지만,

◆ '시큼한 발가락'이라는 뜻이다.

입술은 반드시 발가락에 닿아야 한다네!" 분명 도슨에서만 맛볼 수 있는 재미다.

알래스카 툰드라로 이어지는 무려 19킬로미터의 오르막길을 느리게 달렸다. 톱 오브 더 월드 하이웨이Top of the World Highway는 오후 들어 평평해지기 시작했지만, 푸르스름한 색조를 띠고 첩첩이 이어진 능선에서 눈을 뗄 수 없었다. 어디선가 들불이 번져 울창한 숲 위로 핵폭탄을 터뜨린 듯 버섯구름 같은 연기가 피어올랐다. 포커 크리크Poker Creek에서 알래스카 이민국 사무소를 통과하자(표지판에 '인구 2명'이라고 쓰여 있었다) 치킨Chicken이란 마을이었다. 한때 이곳에서 사냥 붐이 일었던 들꿩을 가리키는 이름이라고 했다. 잡다한 마을 정보를 꼼꼼하게 적은 표지판도 있었다. 인구는 겨울에 15명, 여름에는 30~50명이었다. 우편물은 일주일에 두 번 비행기로 배달된다. 다리가 셋인 개가 있는데, 이름은 '터커'였다. 다리 하나는 GM사의 픽업트럭과 한판 승부 끝에 잃었다고 했다. 터커는 콜리와 허스키 잡종으로 "늘 위험하게 살아왔다".

치킨을 벗어난 지 얼마 안 돼 동쪽 하늘이 불길한 주황색으로 물들었다. 6월에 번개가 떨어져 문레이크Moon Lake에서 시작된 들불이 잡히지 않고 있었다. 지독한 악취가 풍겨왔다. 나무가 아니라 툰드라가 탈 때는 역겨운 흙내가 섞였다. 알래스카는 대부분 이런 들불에 무방비 상태다. 매년 약 7,800제곱킬로미터의 땅이 들불의 피해를 입는다. 일부 수관화樹冠火♦는 어찌나 맹렬한지 겨울 내내 타오르다가, 봄이 되

♦　나무 윗부분을 타고 번지는 불.

어 소방관들이 계속 타들어가는 흙을 모두 파낸 뒤에야 비로소 진화된다.

어느 계절에 찾든 알래스카의 겨울이 얼마나 혹독할지 떠올리지 않기란 불가능하다. 사실 혹독함은 1년 내내 계속되는데, 나는 특히 밤에 고생이 심했다. 땅거미가 깔리기 한 시간 전부터는 꼼짝없이 텐트 속에 갇힌 몸이었다. 통통한 모기 떼가 안개처럼 밀려왔기 때문이다. 소택지에서 초목이 썩으면 수많은 물웅덩이가 생기는데, 모기는 이곳에서 번식해 거대한 구름처럼 피어오른다. 곤충 퇴치제를 아무리 뿌려도 완전히 피할 수는 없어서 페어뱅크스Fairbanks에 도착할 때쯤에는 온몸이 울긋불긋 가려움에 시달렸다. 페어뱅크스는 알래스카 내륙에서 가장 큰 도시로, 그곳 초등학생들은 기온이 영하 20도 아래로 떨어지지 않는 한 밖에서 놀아야 한다고 들었다. 그런 곳에서 자란 사람은 틀림없이 쇠못처럼 단단할 테지.

나도 쇠못처럼 단단해져야 했다. 페어뱅크스와 북극해를 잇는 돌턴 하이웨이Dalton Highway, 속칭 홀로드Haul Road♦가 남아 있었다. 650킬로미터가 넘는 이 길은 알래스카를 가로지르는 송유관과 알래스카 북부 해안의 노스슬로프 유전 지대의 보급로인데, 리얼리티 프로그램 〈아이스 로드 트러커스Ice Road Truckers〉 시리즈 3편과 4편을 통해 유명해졌다. 간담이 서늘한 이 프로그램의 슬로건을 기억하는 사람도 많을 것이다.

♦ '무거운 것을 끌고 가는 길'이라는 뜻으로, 무거운 자재를 대량으로 운반하기 위해 설계된 화물 트럭용 도로를 가리킨다.

"어두운 알래스카의 심장부에 지옥이 얼어붙은 길이 있다."

홀로드는 아직 얼지 않았지만, 그야말로 지옥이긴 했다. 수시로 원유 수송 트럭과 석궁 사냥 애호가들을 실은 픽업트럭이 지나가며 자갈과 진흙이 뒤섞여 곤죽이 된 것을 사방에 흩뿌렸다. 고속도로 구간마다 거기서 일어난 불행한 사건을 딴 별명이 붙어 있었다. '기름 유출 고개Oil Spill Hill'와 '비버 산사태Beaver Slide'와 '롤러코스터Rollercoaster'를 지나쳤다. 가장 마음에 든 이름은 '아, 젠장 코너Oh Shit Corner'였다. 모든 트럭 운전사가 이곳을 지날 때 한 번쯤 "아, 젠장"이라고 내뱉는 순간이 있다는 것이었다. 설명해준 사람은 덧붙였다. "겨울에 여기서 브레이크가 맛이 가면 바퀴가 열여덟 개 달린 눈썰매에 그냥 올라탄 셈이죠."

유일하게 뜨거운 음식을 맛볼 수 있는 곳은 페어뱅크스에서 4백 킬로미터 넘게 떨어진 트럭 휴게소였다. 수염을 기른 건장한 사람들이 튀긴 음식을 가득 담은 접시를 들고 바글거리는 그곳의 이름은 '콜드풋'이었다('coldfeet'이라고 하지 않고 'coldfoot'이라는 단수를 쓴 것은 얼어버린 다른 쪽 발을 절단했기 때문일까?). 청바지 차림의 트럭 운전사들과 심장에 해로운 음식 사이에서 몇 시간이나 감사한 마음으로 앉아 있었다.

휴게소를 지나자 나무들이 갈수록 가늘어지더니 '최북단 가문비나무Farthest North Spruce Tree'가 나타났다. 실제로 최북단에 있는 것은 아니고 상징적인 이름이지만, 나무에는 이름표와 함께 베지 말라는 당부가 적힌 표지판이 붙어 있었다. 북쪽으로는 벌거벗은 툰드라가 한없이 펼쳐졌다. 수액이 얼어붙고 뿌리가 영구동토층을 뚫고 들어가지 못하기 때문에 나무가 자라지 않는 것이다. 아티건^{Atigun}준령을 오르고, 브룩스^{Brooks}산맥과 로키산맥분수계^{Continental Divide}를 가로질렀다. 산들은 온통 이판암과 암갈색 풀로 덮여 있었다. 꼭대기에 오르면 추위와 안개가 어찌나 심한지 정신을 차릴 수 없었다. 엄청난 맞바람이 몰아쳐 짐 가방 위로 눈이 수북이 쌓였다. 눈은 밤새 내렸다. 아침에 보니 자전거에 달라붙은 진흙이 꽁꽁 얼어 체인과 브레이크는 물론 바퀴까지 꼼짝도 하지 않았다. '젠장할, 여름에 이런 꼴을 당하다니!' 부아가 치밀었지만, 대지가 거의 끝난 순간에도 행운은 이어졌다. 30분도 안 돼 도로 공사 인력을 가득 태운 트럭이 나타난 것이다. 파워 호스를 손에 쥔 천사들이었다. "우리가 선생 자전거를 씻어드려도 괜찮겠소?"

반짝반짝 빛나는 자전거에 올라 다시 길을 떠났다. 툰드라 위로 길게 드리운 그림자가 남은 거리를 카운트다운하는 것 같았다. 이제 북극권이었다. 겨울이면 몇 개월간 해가 뜨지 않기 때문에 그림자도 없을 것이다. 지난 21개월간 아침저녁으로 저 길게 드리운 그림자 여행자와 함께 달렸다. 그가 멕시코 선인장 위를 스치고, 팜파스를 뒤덮은 은사초 수풀 속에서 어른대는 모습을 지켜보았기에 이제 오랜 친구처럼 느껴졌다. 그는 내가 그토록 좋아하는 단순성, 매일 반복되는 먹고 자전거 타고 생각에 잠기고 책을 읽고 잠이 드는 주기의 표상이자 중독적인 미니멀리즘의 상징이었다. 미니멀리즘은 지평선에 보이는 검은 점처럼 전혀 예측하지 못했던 기막힌 광경을 만날 때면 절정에 달했다. 까만 사향소 한 마리가 유유히 돌아다니고 있었다. 1920년대에 알래스카에서 자취를 감추었지만, 멸종을 막기 위해 그린란드에서 다시 들여온 동물이다. 하늘 저편에 흰기러기들이 대형을 갖춰 날며 끼룩끼룩 울었다. 순간, 파타고니아의 자연 속으로 돌아간 듯한 착각이 들었다. 분위기와 냄새와 빛은 완전히 다르지만, 매서우리만치 혼자라는 생각이 든다는 점에서는 비슷한 그곳으로.

마지막으로 프루도Prudhoe만의 작은 도시 데드호스Dead-horse에 도착했다. 마을 이름 속의 '말'은 추위에 얼어 죽었으리라 추측했지만, 여기저기 다녀보니 지루해 죽었을 가능성을 배제할 수 없었다. 마을은 여행자나 주민을 위한 곳이 아니라 유전 노동자의 베이스캠프나 다름없었다. 데드호스까지 가서 가장 좋은 점은 거기 가봤다고 말할 수 있다는 것이다. 아무도 차 문을 잠그지 않는 것이 특이했다. 도둑이 없기 때문이 아니라 아주 짜릿한 일이 벌어지기 때문이었다. 짙은 안개를 뚫고 회색곰, 심지어 때로는 북극곰이 내려온다고 했다. 불시에 놈들을 마주치면 자기 차든 남의 차든 가릴 것 없이 뛰어드는 수밖에 없는 것이다.

마을 한구석에 버려진 오두막이 있었다. 영구동토층에 세워진 집 안에는 쓰레기만 가득했다. 깨진 유리 조각을 치우고 뒷방에 텐트를 쳤다. 며칠간 매점에 차려진 무한 리필 뷔페에서 공짜로 밥을 먹으며 지냈다. 때가 덕지덕지 앉은 얼굴, 마구 헝클어진 수염, 1킬로미터 밖을 응시하는 멍한 눈빛은 장거리 자전거 여행자와 유전 노동자의 공통점이었다. 공짜 밥을 먹으러 드나드는 나를 아무도 수상쩍게 여기지 않았다.

푹 쉰 데다 지루해진 나는 앵커리지로 돌아가는 트럭에 히치하이킹할 수 있기를 바라며 다시 홀로드로 나섰다. 앵커리지에서 시드니까지는 비행기로 갈 작정이었다. 멜빵바지를 입고 비니를 쓴 젊은 친구가 차를 세워주었다.

"아르헨티나에서 여기까지 자전거로 올라오셨다고?"

"예."

"그런 사람을 몇 봤지요. 왜 그런 짓을 하는 겁니까?"

왜냐고?

소금 사막에서 잠들지 못한 누운 채 누워 있고 싶어서, 낯선 사람의 친절에 끊임없이 감동하고 싶어서, 잘 먹을 자격, 적어도 푸짐하게 먹을 자격을 얻기 위해서, 생각할 공간을 찾기 위해서, 느리게 움직이지 않으면 볼 수 없는 것들에 혼자 미소 짓기 위해서, 온전히 홀로인 채 다 허물어진 컨테이너 집에 쭈그리고 앉아 추위에 떨면서도 모험이 주는 행복에 겨워 어쩔 줄 모르기 위해서. 이 모든 걸 어떻게 한마디로 표현한담?

"데드호스가 보고 싶었죠."

그는 미소 지으며 주변을 둘러보더니 어깨를 으쓱했다.

"글쎄, 여하튼 대단한 여행이군요. 그만한 가치가 있기를 바랍니다."

3부

기념해야 할,
잊어야 할

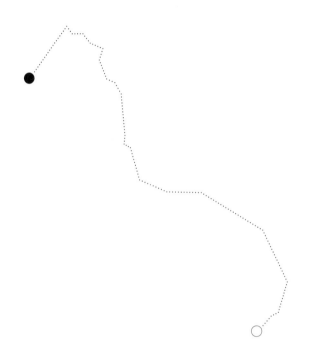

○멜버른에서

●뭄바이까지

배고픔에 관해서라면 사람은 몸속 지방만 갖고도 일주
일은 살 수 있다. 그리고 그곳은 지의류조차 없는 가난
한 나라였다.

— — 프랭크 테첼Frank Tatchell, 『행복한 여행자: 가난한 사람을 위한 책The

Happy Traveller: A Book for Poor Men』

6

먼 곳

자전거를 타고 여행하면 다른 교통수단에 비해 목적지 사이를 완만하게 옮겨 다니게 된다. 물론 항상 그런 것은 아니다. 환경이 크게 다른 곳 사이를 훌쩍 이동하거나, 긴 계곡을 벗어나 마침내 정상에 올라서거나, 전혀 새로운 장소에 갑자기 쿵 떨어지듯 들어서기도 한다. 그렇더라도 자전거 여행자는 어떤 장소 '안에' 내려앉기보다 그 장소에 '의해' 둘러싸이는 경우가 훨씬 많다. 또한 주변의 모습이 바뀌어도 어느 정도 연속선상에 있다는 느낌이 들게 마련이다. 고개와 산, 산과 계곡, 계곡과 범람원의 평야, 국가들, 사람들 사이의 회색지대에 대해 곰곰이 생각해볼 시간이 있는 것이다.

비행기에 올라타 낯선 곳에 '도착하는 것'은 짜릿한 일일 수도 있지만, 아메리카 대륙을 6백 일 넘게 조금씩 기어가듯 종단한 직후라 매우 혼란스러울 수밖에 없었다. 호주로 날아가면서 엄청난 간격을 뛰어넘었다. 북반구에서 남반구로, 그리니치표준시 -9시간에서 +11시간으로, 젖꼭지를 곤두서게 할 정도로 추운 알래스카의 가을에서 겨드랑이까지 흠뻑 젖는 호주의 봄으로. 하지만 더 이상 혼자 달리지 않는다는 것이야말로 가장 혼란스러웠다. 3년간 혼자 달린 끝에 이제 여자친구 클레어와 함께 자전거로 시드니를 벗어나고 있었다. 믿기 어렵지만, 틀림없는 사실, 그녀가 있었다. 바로 내 곁에. 반짝거리는 여행용 자전거 위에서, 때때로 내게 윙크를 날리며. 심지어 손을 뻗어 닿을 수도 있었다.

"뭐 하고 있어?"

"어? 아, 미안. 아무것도 아니야."

리버풀의 클럽에서 처음 클레어를 만났을 때 나는 학생이었다. 빨간색 플라스틱 의자가 들어찬 지하 공간에는 항상 묵직한 베이스 음이 울려 퍼졌고, 재능 있는 디제이와 순회공연 밴드들이 끊임없이 공연을 올렸다. 클레어는 바의 매니저로 일하면서 색소폰을 연주했고, 나는 땀에 젖은 쾌락주의자들에게 펑크와 소울과 힙합 레코드를 틀어주었다. 그들도 나도 주말을 철저히 즐기는 것이 인생 목표였다. 나와 클레어는 어느 토요일 밤 데이트를 시작했는데, 그다음 목요일까지 클레어에게 세 번이나 차인 뒤로 나는 영원히 차일 운명이라며 자괴감에 젖어 있었다. 하지만 자전거가 세상을 확장한다면 페이스북은 축소시킨다. 자전거로 캐나다를 가로지르는 동안 1만 킬로미터 넘게 떨어져 있다는 사실에 용기를 얻어 클레어에게 함께 자전거 여행을 하지 않겠냐고 메시지를 보냈다. 우선 호주를 가로질러보고, 좋으면 계속 함께하자고 했다. 그리고, 짠! 몇 개월 후 클레어는 시드니에 나타났고, 나는 다시 남자친구로 승진했다.

페리를 타고 도시를 벗어나 뉴사우스웨일스주 해안을 따라 조금 위에 있는 맨리Manly로 향했다. 갑판에 서서 클레어의 허리를 감싸안고 그녀의 어깨에 턱을 올렸다. 오페라하우스의 장대한 정경이 미끄러지듯 지나갔다. 부둣가에 몇 녀석이 맥주 캔을 들고 있었다. 분명 내 눈에서 꿀 떨어지는 모습을 보고 자극받았으리라. 한 녀석이 "가자, 친구여!"라고 우렁차게 고함을 지르더니 바지를 까 내렸다. 거의 영화 같은 분위기의 황홀한 순간이 삽시간에 산산조각 나버렸다. 또라이 같은 호주 놈의 음경이 항구의 산들바람에 흔들렸다.

호주 동쪽 해안을 따라 곧장 북쪽으로 올라가 케언스Cairns까지 달릴 계획이었다. 클레어도 동의했다. 나는 상상의 나래를 펼쳤다. 탁 트인 길 위에 사랑이 활짝 꽃피리라. 이제 어찌해볼 도리 없이 하나가 되어 해 뜨는 새벽부터 달빛 은은한 한밤까지 온갖 감미로운 사랑의 밀어를 속삭이며 정열을 활활 불태우리라. 문득 괜히 김칫국부터 들이켜는 게 아닌가 싶었다. 급한 일부터 해결해야 했다. 연중 가장 더운 계절에 열대지방인 퀸즐랜드Queensland의 열기 속으로 들어가고 있었던 것이다.

호주 사람들은 친절했지만 그곳의 여름은 전혀 그렇지 않았다. 맹렬한 한낮의 열기는 잔인할 정도였다. 게다가 까마득한 세월 동안 외따로 약육강식의 치명적인 생존 경쟁을 벌인 탓에 호주의 야생동물은 터무니없이 사납고 위험하다. 시드니 북쪽으로 몇백 킬로미터를 달리는 동안 멋모르고 둥지에 다가갔다가 까치의 공격을 받았다. 호주까치는 몸집이 크고 다부진 데다 억세고 두툼한 부리를 가진 사이코로, 때까치와 사촌이다. 흑백의 몸 색깔 때문에 까치라고 불릴 뿐, 영국에서 흔히 보는 호기심 많지만 수동적인 동물과는 아무 상관이 없었다. 놈들은 쉭 소리를 내며 우리 귀 바로 옆을 스치며 부리를 딱딱거리고, 심지어 헬멧에 몸을 부딪혔다.

일주일 뒤 클레어가 텐트 속으로 허둥지둥 뛰어들었다. "젠장, 벌레 새끼!" 그러고는 오만상을 찌푸리며 왼쪽 발을 이리저리 살폈다. "물렸어. 화장실에 거미가 있지 뭐야!" 우리는 브리즈번 근처 도로변 휴게소에 텐트를 치고 있었다. 거미도 호주의 야생동물임을 떠올린 나는 응급조치를 생략하고 바로 구급차를 불렀다. 푸르뎅뎅한 시체로 변한 클레어를 '이전 여자친구'라고 부르지 않아도 될 가능성이 희박하지만 조금은 있으리라 믿으며, 용의자를 컵으로 생포하는 데 성공했다. 구급대원에게 보일 생각이었다. 물론 구급대원이 제때 도착하지 않는다면 검시관에게 보여야겠지만.

구급대원은 컵을 뒤집더니 낄낄거리며 맨손으로 거미를 집었다. 영국에서 본 가장 큰 거미보다 몇 배는 컸다. "성가신 포식 동물일 뿐입니다. 이 꼬맹이를 해칠 필요는 없겠어요." 동네 유치원에만 가도 훨씬 무서운 녀석들이 득실댄다는 말투였다.

그는 화장실 밖으로 걸어가 거미를 풀숲에 놓아주었다. 녀석은 꽁무니가 빠져라 달아났다. 하필 열어놓은 우리 텐트 쪽이었다. 하지만 구급대원이 심술궂거나 우리를 놀리려는 건 아니었다. 호주인의 마음속에는 커다란 거미가 인간의 맨살에 송곳니를 박아 넣는 것 정도는 특별히 걱정할 일이 아닌 것이다. 일상에서 자주 벌어지는 흔한 일이니까. 틀림없이 그에게는 공수병에 걸린 호주앵무새 때문에 어린 시절에 세 개의 팔다리와 한쪽 눈을 잃은 로보라는 친구가 있으리라. 우리는 구급대원들에게 감사를 표한 뒤 텐트로 돌아가 어둠 속에서 꼭 끌어안았다. 로맨틱한 분위기를 망치는 데는 파멸이 닥치리라는 예감만 한 것이 없는 법. 아침에는 텐트 입구를 빼꼼 열고 주변을 살핀 후, 두려운 눈으로 호주살모사가 없는지 풀숲을 샅샅이 훑었다.

브리즈번 북쪽으로 올라가자 사방이 날개미 떼로 자욱하더니, 하늘에 먹구름이 무겁게 깔렸다. 비가 내리기 시작하는데 꼭 양수기로 퍼붓는 것 같았다. 우리는 고개를 푹 숙였다. 조금이라도 몸을 낮추면 다음 번개를 피할 수 있다는 듯. 호주는 이미 몇 년째 엄청난 자연재해에 시달리고 있었다. 열대성 사이클론에 뿌리 뽑힌 나무의 잔해, 기록적인 산불로 시커멓게 그을린 땅, 홍수로 폐허가 된 게인다Gayndah 지역의 가옥 등 재난의 흔적이 도처에 남아 있었다. 계속 앞으로 나아갔다. 점심 때가 되자 땀으로 멱을 감았고, 저녁쯤에는 피로로 녹초가 되었다. 클레어가 웃을 때 양 볼에 패던 보조개마저 사라졌다. 뭐랄까, 뭔가에 의해 서서히 사냥당하는 느낌이 쉴 새 없이 밀려왔다.

다행히 모든 것이 암울하지는 않았다. 여정의 10분의 1 정도, 마법 같은 순간도 있었다. 특히 평화로운 시골길을 달릴 때는 농담도 주고받고 지나간 얘기도 했다. 클레어도 거친 삶이 잘 맞는 사람이었다. 나처럼 강에서 몸을 씻는 것쯤은 아무렇지도 않게 생각했다. 함께 보낸 가장 행복한 순간은 둘 다 실오라기 하나 걸치지 않은 채 작은 연못 주변을 마구 뛰어다닌 때였다. 여기저기 햇볕에 그을리고 다리에는 자전거 체인 기름 자국이 찍힌 아담과 이브랄까. 야영을 하지 않고 숙소에 드는 날에는 자전거 여행자 인터넷 네트워크를 통해 만난 낯선 사람들과 어울리며 긴장을 풀었다. 숙소 주인들은 왜 하필 이런 계절에 북쪽으로 달리느냐고 큰 소리로 물었다. "그것도 나름 좋은 점이 있다고 생각해요." 대답한 후에는 입을 꾹 다물고 클레어의 눈을 피하면서 털파리에게 물린 양팔을 박박 긁었다.

✳

'자우Jauh'란 '먼 곳'을 뜻하는 바하사♦다. 의미를 잘 드러내는 듯한 그 울림이 좋았다. 이제 '먼 곳'을 뜻하는 단어를 언어별로 여남은 개는 댈 수 있었다. '음발리mbali', '레호스le-jos', '유라크yiraq'.♦♦ 그 말들은 내가 떠난 곳과 들른 곳과 갈 곳을 가리켰다. 알바니아를 지난 뒤로 멀다는 말은 세상을 뭉뚱그려 일컫는 음성 틱 같은 것이 되었다. 멀다는 것은 그냥 먼 것이었다. 사람들에게는 내가 자전거로 5천 킬로미터를 달렸든 7천 킬로미터를 달렸든 별 차이가 없었다. 그저 똑같이 먼 길을 달려온 것이다. 클레어와 나는 집에서 거의 가장 먼 곳에 있었다. 그간 달린 거리를 떠올릴 때마다 아득한 현기증을 느꼈다. 거대한 암벽을 기어오른 사람이 발밑의 까마득한 심연을 내려다볼 때처럼.

자전거로 아시아를 횡단할 일도 현기증이 났다. 우리 앞에는 만만찮은 어려움이 놓여 있었다. 아시아에는 영어 사용

♦ '말'을 뜻하는 산스크리트어에서 비롯된 것으로, 많은 남아시아와 동남아시아 국가들의 언어를 통칭하는 단어다.
♦♦ 순서대로 스와힐리어, 에스파냐어, 타타르어이다.

자에게는 가장 낯선 언어들을 쓰는 지역이 있었고, 어마어마하게 큰 산들이 있었으며, 정치적 격변을 겪는 나라들이 있었다. 몇몇 국가는 가볍게 비자 발급을 거부해버릴 수도 있었다. 분명 뒷골목에 자리한 영사관에서 창살로 막아놓은 창구 저편에 앉은 무표정한 관리에게 그런 꼴을 당하리라.

케언스에서 친구들과 함께 크리스마스를 보낸 후, 비행기로 티모르Timor에 들어가 섬 사이를 배로 건너다니며 점점이 흩어진 아시아의 변방을 달렸다. 그전에는 인도네시아라는 나라를 거의 생각해본 적이 없었다. 나처럼 야자수가 늘어선 별 특징 없는 곳이라고 생각하는 사람도 있을 테지만 통계를 보면 입이 딱 벌어진다. 인도네시아에는 1만 3,466개의 섬이 있고, 2억 6천만 명이 719개의 언어로 소통하며 살아간다. 내가 갔을 당시에도 자카르타는 지구상에서 인스타그램에 가장 많이 올라오는 도시 중 하나였지만, 인도네시아란 국가 자체가 국제 뉴스에 등장하는 일은 거의 없었다.

어쩌면 상대적으로 잘 알려지지 않았다는 것이 인도네시아 자체에 대해 해로운 선입견을 부추겼을지 모른다. 우리가 도착하기 몇 주 전 호주에서 대학을 갓 졸업한(호주에서는 '스쿨리schoolie'란 표현을 쓴다) 여성이 발리에서 약을 탄 음료를 마시고 험한 일을 당했다는 소식이 대대적으로 보도되었다. 피해자는 치료를 위해 호주로 돌아왔다. 언론은 들끓었지만, 호주의 대도시에서도 피부색이 하얀 남성들이 약을 탄 음료를 여성에게 건넨다는 사실에는 주목하지 않았다. 그들에게 인도네시아는 옆집 사는 마귀 같은 존재였다. 딸들을 단속하라! 밀입국자, 불법 조업을 일삼는 어부들, 이슬람 극단주의가 판치는 수상쩍은 섬들. 적어도 호주 타블로이드판 신문은 이런 이미지를 선호했다.

이웃한 롬복Lombok섬에서 배편으로 발리에 도착해 파당바이Padangbai 항구에서 부드럽게 이어지는 오르막길을 달렸다. 생기 있게 솟아오른 지형의 오른쪽으로 온통 계단식 논이 펼쳐졌다. 태양이 구름 속을 들락날락할 때마다 논 여기저기에서 벼 색깔이 어두워졌다가 푸르게 반짝거리기를 반복했다. 지도를 보니 발리 중심부는 온통 산지였고, 마치 강물이 흐르듯 뻗어 내려간 길들이 구불구불 해안까지 이어졌다.

우붓Ubud까지는 멀지 않았다. 평화를 찾아 이곳까지 온 여행객들이 폭풍처럼 밀어닥쳐 수많은 행상과 와자지껄 뒤섞였다.

"아저씨, 택시?"

운전사가 나와 속도를 맞춰 나란히 차를 몰며 창밖으로 몸을 내밀고 외쳤다.

"아니, 됐어요."

"왜 택시 안 타요?" 그는 상처받은 표정을 지었다.

"자전거를 타고 있잖아요."

"싸게 해드릴게!"

"필요 없어요."

"얼마면 탈래요?"

"정말 필요 없다니까요!"

"당신만, 선생님, 특별히 싸게 해드릴게."

이제 그는 상체를 거의 전부 차창 밖으로 내민 채 한 손으로 차를 몰았다.

"호텔?"

"아뇨!"

"망고?"

"됐어요!"

"오케이, 오케이. 알았어요….”

조수석에 놓인 가방 속으로 손을 집어넣더니 금속으로 된 것을 꺼내 창밖으로 내밀었다. 쟁그랑거리는 소리가 났다.

"풍경은요?"

"아이고… 내가 어디다 풍경을 달겠어요?"

그는 졌다는 표정을 지었지만, 잠깐뿐이었다. 다시 눈을 크게 뜨더니 목소리를 깔았다.

"마리화나?"

∗

지도에는 우붓에서 빠져나가는 길이 희미하게 표시되어 있었다. 야생 상태로 고립된 그 길은 모든 길이 해변으로 통하는 그곳에서 반항아처럼 다나우 바타우Danau Batau와 다나우 부얀Danau Buyan이라는 두 개의 호수를 연결하며 커다란 분화구의 가장자리를 따라 발리 한복판을 구불구불 관통했다.

이른 아침이었다. '와룽warung'이라고 부르는, 가족 단위로 경영하는 작은 카페마다 노인들이 앉아서 우리가 자전거를 타고 마을을 떠나는 모습을 눈 한번 깜박이지 않고 지켜보았다. 그야말로 '잠 카렛jam karet'의 현현이었다. '고무줄 시간'이라는 뜻의 이 바하사는 '모든 일은 때가 되어야 일어나는 것이니 그저 기다리며 지켜본다'는 개념이다. 문간마다 압화가 봉헌되어 있고, 공기를 타고 향 피우는 냄새가 나른하게 밀려들었다. 몇몇 여행자가 일출을 보며 새벽을 맞으려고 일어나 있었다. 삼십대 백인들이지만 완벽한 발리식 차림이었다. 사롱, 샌들, 긴 수염….

우붓을 뒤로하고 벼가 빽빽이 자라 온통 짙푸른 논 옆의 오르막길을 달렸다. 정강이까지 논에 잠긴 사람들이 빈랑 열매를 씹어 새빨간 입술로 미소 지었다. 마을 밖에는 개들이 떼 지어 몰려다니며 쓰레기 더미에 코를 박고 킁킁거렸다. 도대체 무슨 능력인지 몰라도 한 마리는 2백 미터 떨어진 곳에서도 보행자와 자동차와 개와 가축들 사이에 섞여 있는 자전거 여행자를 귀신같이 찾아내 달려들었다.

아스팔트가 여기저기 허물어지는가 했더니 길이 가팔라졌다. 시야가 탁 트였다. 발아래로 계곡이 깊어지며 울창한 숲이 마구 뒤엉켰다. 첩첩이 돋을새김한 것 같은 산 쪽으로 나아가는데, 안개가 아궁^{Agung}산 주변을 손가락 모양으로 둘러싼 모습이 왠지 으스스했다. 화산은 하얀 구름에 가려 목이 잘린 것처럼 보였지만 평화로웠다. 1963년 용암을 마구 쏟아내 1천 명 넘는 목숨을 앗아 간 대폭발은 흔적조차 없었다. 그럼에도 불편한 생각이 들었다. 이 화산이 다시 깨어난다면, 린자니산이나, 탐보라산처럼 격렬한 폭발을 일으킨다면, 발리는 곧장 죽음의 땅으로 변할 것이었다.✦

✦ 인도네시아에 있는 화산으로 린자니산은 2025년에, 탐보라산은 1815년에 대폭발을 일으켰다.

해발 1천 미터 정상에 올라섰다. 구름 속이라 공기는 몸이 흠뻑 젖을 정도로 습하면서도 시원했다. 웃자란 파파야나무, 빨갛고 뾰족뾰족한 람부탄과 망고스틴에 가려 나무로 지은 오두막들이 쉬이 눈에 띄지 않았다. 늦은 오후에 접어들자 길은 불안할 정도로 가팔라졌다. 세 시간을 달렸는데도 고작 10킬로미터밖에 나아가지 못했다. 클레어가 산 앞에서 무너졌다. 나만큼이나 숨을 헐떡거리며 젖 먹던 힘까지 끌어모아 페달을 찍어 밟다가, 때때로 자전거와 함께 옆으로 쓰러져 새빨갛게 달아오른 얼굴로 초탈한 듯 비구름을 우러러보았다.

"젤리케이크가 된 기분이야."

힘겹게 나아가느라 점점 말을 잃어가는 나와 달리 클레어는 주로 음식에 자기 상태를 빗대어 표현했다. 여기까지 올라오는 동안 '커스터드크림'이 되었다가 '따뜻한 요구르트'가 되었다가, '딸기잼 속을 헤엄치는 송어'가 되기도 했지만, 한번도 젤리케이크 수준까지는 가지 않았기에 내심 걱정이 되었다. 커스터드크림보다 훨씬 불길한 징후면 어쩌지?

호수가 나타났다. 아니, 그 위에 드리운 안개를 보았다고 해야 할 것이다. 우리는 고개를 숙인 채 작은 콘크리트 집 앞을 지나쳤다. 현관 앞 테라스에 콧수염을 가늘게 기른 연주자들이 책상다리를 하고 앉아 있었다. 한 사람이 '술링'을 불었다. 대나무 피리 소리가 역시 대나무로 만든 실로폰 비슷한 악기가 만드는 리듬 위에서 춤추었다. 연주자들은 테라스로 올라와 비를 피하라고 우리를 부르더니, 위쪽을 향해 '아락'을 가져오라고 소리쳤다. 아락이란 사탕수수 수액을 발효시킨 그 지역의 증류주다. 밝은색 케바야에 멋진 빨강 사롱까지 전통의상을 차려입은 여성이 술을 가져왔다. 클레어의 짐 속에 있는 플루트를 떠올리고 옆구리를 찔렀다. 참다 못한 클레어가 입을 열었다. "아야! 왜 자꾸 찌르고 그래? 오케이, 알았어, 가져올게."

술링 소리가 뚝 멈추었다. 이곳 사람들에게는 클레어의 커다란 금관악기가 낯설었고 클레어에게는 이곳 음악이 낯설었다. 특히 술링 연주자가 짜증이 난 듯했다. 하지만 연주는 다시 시작되었다. 클레어는 눈을 감은 채 몇 마디가 지나도록 귀를 기울이더니 마침내 호흡을 맞추었다. 해냈다! 술링의 멜로디가 한 음 한 음 되살아났다. 다른 연주자들의 얼굴이 놀라 상기되었다. 모든 사람이 환호를 올렸다. 합주가 시작되고, 두 개의 피리 소리가 얽혔다. 그가 부르면, 그녀가 답했다. "아락을 가져와!" 그들이 소리쳤다. 몽롱한 술기운 속에 어질어질 오후가 흘러갔다.

*

발리에는 4백만 명이 넘게 산다. 섬의 주도인 덴파사르Denpasar에서 만난 택시 운전사의 말을 듣고 보니 고개가 끄덕여졌다. "오래전에 자바에서 건너왔어요. 수입이 좋으니까요! 발리에선 1천 루피아가 돈도 아니에요. 금방 벌죠. 자바에서는 그보다 적은 돈에도 사람들이 목숨을 겁니다."

인구가 많다는 것은 곧 교통이 복잡하다는 뜻. 속도가 점점 느려지더니 그만 꼼짝도 못할 지경에 이르렀다. 안전하게 자전거 여행을 하려면 최악의 사태를 예상하라고들 한다. 아시아에서, 특히 인도네시아에서는 그런 생각조차 부족하다. 무엇을 상상하든 현실은 그보다 훨씬 나쁘다. 거리는 초자연적인 느낌이 들 정도로 위험하다. 경적을 울려대고 자기는 안전할 것이라 믿는다고 해서 효과적인 교통법규를 대신할 수는 없다. 인도네시아의 교통사고 사망자 수는 눈이 튀어나올 정도다.

마이크로렛 미니버스♦가 우리 옆에 섰다. 차체에는 현란한 원색의 소용돌이무늬와 제임스 본드가 그려져 있고 'VIP 클래스'라고 쓰어 있었다. 어차피 도로에 갇혀 꼼짝도 할 수 없었으므로 승객석 차창을 통해 운전석 안쪽을 훔쳐보았다. 장난감 동물과 흡착식 장식품으로 거의 빈 공간이 없었다. 운전사는 빨간색 모히칸머리를 하고 잠시도 가만히 있지 못하는 십대 청소년이었다. 그의 시선을 따라가보니 오토바이 한 대가 노란색 애벌레 인형 뒤로 모습을 감추었다. 저 앞에 가는 앰뷸런스는 플라스틱 새들과 보라색 문어 인형의 빨판 사이로 들어왔다 나갔다 했다.

미니버스가 차선을 바꿨다. 우리와 나란히 가나 했더니 승객을 더 태우려고 갑자기 브레이크를 밟았다. 버스는 이미 터질 듯 만원이었지만, 남녀노소 할 것 없이 빈틈만 있으면 꾸역꾸역 머리를 밀어 넣었다. 앞쪽은 팔다리가 얽히고설킨 채 굳어버린 집단 매장지 같았다. 스피커에서 제트기가 날아

♦ 인도네시아 일부 섬의 대중교통으로 25인승이며, 정류장이 따로 없어서 아무 데나 타고 내린다.

오르듯 시끄러운 당둣♦이 터져 나오는 가운데 버스는 다시 전쟁터처럼 곳곳이 움푹 파인 길 위로 뛰어들었다. 도로 위다른 운전자들도 전혀 안심이 되지 않았다. 오토바이 운전자의 절반 정도는 플라스틱 피셔프라이스 장난감을 갖고 놀다가 동화책 속에 나오는 괴물보다 힘센 스즈키 오토바이로 곧장 바꿔 탄 것 같았다. 공기는 배기가스와 고기 굽는 냄새와 채소 썩는 냄새가 뒤범벅되어 악취가 말도 못했다. 그 강력한 칵테일 효과 때문에 머리가 어질어질할 정도였다. 연쇄충돌 사고가 나도 반쯤 마취된 상태일 테니 덜 고통스러울 것 같긴 했다. 어린아이 넷이서 한 대의 오토바이에 탄 채 우리를 지나쳐 달려갔다. 사이드카에는 살아 있는 돼지가 타고 있었다. 정말이지 한 번 보면 잊히지 않을 광경이었다.

희박한 가능성을 뚫고 살아남은 것을 축하하기 위해 즉시 발리를 떠나기로 했다. 다음 차례는 인도네시아에서 가장 인구가 많은 섬, 자바였다. 클레어와 나는 자카르타의 수카르노하타 국제공항을 서둘러 빠져나와 기다리고 있던 차에 올랐다. 사이먼은 영국인으로 보험회사 대표였다. 일면식도 없었지만 내 블로그를 팔로우하고 있었다. 그가 친구 앤, 필립, 조와 함께 자바 전통음식에다 기사 딸린 차편과 숙소까지, 우리의 자카르타 체류비 일체를 제공하겠다고 나선 것이다.

먼저 그들을 만나야 했다. 이스탄불을 자전거로 여행해본 사람에게 교통체증이 더 심한 도시가 있다고 하면 그게 가능하냐고 반문할 것이다. 그런 면에서 자카르타는 하나의

♦ 　인도네시아의 댄스 음악.

기적이다. 세계에서 가장 큰 도시 축에 들지만 지하철 교통망 건설이 끔찍하게 지연돼서(오래된 타당성 검토서에 이미 30년 늦었다고 되어 있다), 짧은 거리도 엄청 시간이 걸린다. 아마 교통에 관한 한 지구상 최악일 것이다. 2017년 교통 혼잡으로 인한 비용이 연간 50억 달러에 달한다는 얘기까지 나왔다. 꼬리에 꼬리를 물고 이어지는 악몽과 싸우기 위해 교통수단마다 일정 수 이상의 승객을 태워야 한다는 법이 통과되었다. 정책 입안자들은 '자키jockey'의 등장을 예상하지 못했다. 고속도로 옆에 대기하고 있다가 지나가는 차에 잠깐 올라타주고 푼돈을 받아 챙기는 직업이 생긴 것이다. 운전자로서는 무거운 벌금을 피할 수 있으니 꺼릴 이유가 없다. 창의적인 기업가 정신이라고? 물론이다. 하지만 정치인들과 도시계획 입안자들을 동정하지 않을 수 없다. 기껏 구멍을 틀어막아도 어디선가 또 물이 새는 것이다.

자카르타 동쪽 브카시Bekasi 지구에 거대한 쓰레기 산 반타르게방Bantar Gebang이 있다. 앤은 쓰레기를 뒤져 먹고사는 사람들의 자녀를 위해 그곳에 설립된 학교에서 자원봉사를 했다. 관리가 되지 않는 쓰레기 산은 그야말로 난장판이었다. 학교를 운영하는 이리나는 환하게 미소 짓는 인도네시아 의사로 쓰레기 산을 방문해 학생들에게 자전거 여행 이야기를 들려 달라고 우리를 초대했다. 나는 흔쾌히 수락했다. 쓰레기 더미 위에서 사는 것이 건강에 어떤 문제를 일으키는지, 사회 주변부로 밀려난 사람들이 치러야 할 신체적 비용은 얼마나 될지 생각해볼 수 있을 것이었다. 인도네시아 빈민가와 아프리카 사막의 이동진료소와 런던 세인트토머스병원 응급실의 환자용 칸막이와 앞으로 마주칠 비슷한 상황들 사이의 연결 고리를 찾아보고 싶었다. 어쩌면 일종의 보편적 진실 같은 것이 드러날지도 몰랐다.

먼저 학교를 방문했다. 쓰레기 더미 한복판에 있는 말끔한 안식처답게 잘 정리된 정원 주변으로 부들을 심어놓았고 나무 정자도 있었다. 건물 안에서는 한 노인이 야자잎으로 먼지를 쓸고 있었다. 아이들이 정신없이 뛰어다니다가 우리를 보고는 눈을 동그랗게 뜨고 멈춰 서서 귓속말을 주고받았다. 시내 상업지구로 가서 구걸을 하거나 노래를 불러 적선을 호소하지 않고 정해진 일정과 시간표를 지킬 수 있는 아이들은 얼마나 될까? 실제 학교에 나오는 아이들에게도 '홈워크'는 곧 쓰레기 더미 속에서 쓸 만한 것을 골라내는 일을 뜻했다.

학생들에게 이야기를 들려주고 까마득하게 먼 곳에 있는 땅과 산과 사막과 소금 호수의 사진을 보여주었다. 돈벌이와 계층 이동의 기회를 알려주는 것보다 더 의미 있는 얘기를 하고 있는지 내심 의문이 들었지만, 말이 끝나자 끊임없이 질문이 이어져 잘 왔다는 생각이 들었다. 그 후 이리나와 함께 그들의 세계를 거닐었다. 까치발로 물웅덩이 사이를 지나고, 진창을 통과하고, 포장박스를 뜯어 푹신한 골판지를 바닥에 깔아 만든 길을 따라 걸었다

합판과 대나무와 함석판 같은 것을 조합해 집을 짓고, 지붕에는 세찬 바람이 불어도 날아가지 않게 트럭 타이어 같은 것을 얹었다. 피부 여기저기가 반점처럼 벗겨지고, 한쪽 눈은 백내장으로 허옇게 된 여성이 쭈그리고 앉아 쓰레기를 골

랐다. 어느 쪽을 둘러봐도 플라스틱병이 겹겹이 쌓여 벽을 이루었다. 그 뒤로 엄청난 쓰레기 더미가 그야말로 산을 이루었는데, 사람들과 추레한 개들이 고철과 자전거 부품과 퍼렇게 곰팡이가 핀 눅눅한 매트리스를 뒤적이고 있었다.

지독한 악취가 뭔가 썩어가는 강력하고 달달한 냄새로 바뀌는가 했더니, 간혹 그 사이로 쓰레기를 태우는 매캐한 연기 기둥이 솟아올랐다. 통계 수치 역시 악취만큼이나 어안이 벙벙해질 정도였다. 쓰레기 산의 반경 10킬로미터 내에 사는 사람만 83만 명이었다. 쓰레기 더미 자체도 매일 6,500톤씩 불어났다. 주변을 둘러싸고 계속 고속도로가 건설되었다. 그 위를 그들보다 운 좋은 자카르타 시민들이 밤낮없이 시끄러운 소음을 내며 내달렸다. 이 쓰레기 더미는 자카르타가 지나치게 팽창한 데 따른 증상이라고 볼 수 있을지 모른다. 자카르타는 세계에서 가장 큰 도시 중 하나로 정확히 어디서 시작되고 끝나는지 알기 어려울 지경이며, 인구 또한 너무나 많다.

쓰레기를 뒤져 먹고사는 6천 명의 '페물룽pemulung' 중 일부는 자연재해에 희생된다. 특히 자바는 홍수로 집이 떠내려가는 일이 잦다. 한때 농사를 지었지만, 땅이 제조업 공장에 팔리면서 이곳으로 흘러든 사람들도 있다. 유용한 노동력으로 쓰일 만한 기술이 없는 사람들이 공동체를 야금야금 갉아먹는 가난에 쫓겨 대도시 주변부로 밀려난 것이다.

빈민굴은 작은 권력을 쥔 자들과 그들이 주무르는 사채와 영원히 해결할 수 없는 빚이라는 복잡한 시스템 위에서 작동한다. "여기 사람들은 빚이 좋은 것이라고 합니다. 빚을 얻을 수 없으면 일할 동기도 사라질 거예요!" 이리나가 웃으며 말했다. 나는 조지 오웰이 "빈곤의 위대한 구원적 속성"이라고 한 것, 즉 미래에 대한 걱정을 잊게 하는 경향을 떠올렸다.

폐품 가격은 통상 플라스틱병 1킬로그램당 2천 루피아, 유리병 1킬로그램당 5천 루피아였다. 가장 가까운 병원의 진료비는 진찰 한 번에 4만 루피아, 여기에 분만은 90만 루피아, 분만 중에 수액을 맞으면 120만 루피아, 여기에 출생증명서 비용은 별도였다.

이곳에서 건강을 위협하는 요소는 추측하기 어렵지 않다. 화재와 쓰레기가 무너지는 것이다. 설사, 피부감염, 곤충과 기생충이 옮기는 병 등 불량한 위생 상태에서 흔한 질병 또한 끊이지 않았다. 이리나는 빈곤의 필연적인 결과를 설명했다.

"여자아이들은 열서너 살에 엄마가 되기도 하는데 보통 여기서 아기를 낳습니다. 남자아이들은 포경수술도 이곳에서 받지요. 감염이 끊이지 않아요. 밤이 되면 쓰레기 더미 사이를 누비며 남자를 찾는 소녀들도 있지요. 남자들은 돈을 내거나, 돈 대신 쓰레기 더미에서 주운 쓸 만한 것을 건넵니다. 한 아이는 한 번에 5천 루피아를 받는다고 하더군요. 35센트 정도지요. 아이가 이러더군요. '싸죠, 나도 재미를 보니까요!'"

하지만 쓰레기 더미의 온갖 불결함과 결핍 속에서도 삶의 조화가 희미하게 엿보였다. 한 여성이 다른 여성 뒤에 앉아 머리를 땋아주었다. 여자아이 셋이서 낡은 매트리스를 트램펄린 삼아 껑충껑충 뛰고 있었다. 좁은 골목 구석구석에 자리 잡은 작은 상점들은 평화롭게 장사를 했다. 높은 쓰레기 봉우리에서 산들바람이 일자 오븐 뚜껑이 들썩이고, 파리 떼가 흩어졌다. 바람 속에서 세 소년이 번갈아가며 연을 날렸다. 연은 바람에 흔들리는 쓰레기 위를 가볍게 스쳤다. 처음에 쓰레기 더미는 먹고살기 위해 어쩔 수 없이 파고들어야 하는 완전한 혼란 상태로 보였지만, 그곳에도 질서가 있었다. 심지어 장식도 있었다. 파스텔색 전등갓이었다. 물론 전구는 없었지만.

한 오두막에서 주황색 케바야♦를 입은 여성을 만났다. 네 아이의 엄마였다. 자기 나이를 몰랐다. 지난해 네 살 난 딸이 열병에 걸렸다. 모기가 옮기는 뎅기열 같은 바이러스 감염증은 쓰레기 더미에서 창궐할 수밖에 없다. 엄마는 아이를 병원에 데려갔지만 돈도 없고 서류도 없었기에 치료를 받을 수 없었다. 아이는 상태가 이내 나빠져 의식이 흐려지더니 그만 죽고 말았다. 이야기를 들려주는 얼굴이 무표정하고 비통한 감정도 느껴지지 않았기에 그녀가 흐르는 눈물을 닦았을 때는 깜짝 놀랐다.

전 세계적으로 뎅기열에 감염되는 사람은 매년 약 1억 명으로 추정되며, 사망자도 엄청나다. 어떤 사람들은 특히 중증 질환에 더 취약하기 때문에 통계에 숨은 맥락을 파악할 필요가 있다. 루이 파스퇴르는 말했다. "세균은 아무것도 아니다, 토양이 모든 것을 결정한다." 그가 토양이라고 한 것은 바로 사람의 몸이다. 쓰레기 더미 속에서 살면서 야위고 비타민결핍증에 시달리는 어린이의 몸과 면역계에 저항력이 있을 리 없다.

♦　깃이 좁고 소매가 길고 품이 넉넉한 인도네시아의 민속의상.

현재 '열대병'이라고 부르는, 적도를 중심으로 창궐하는 질병들이 항상 지금 같았던 것은 아니다. 셰익스피어가 살았던 17세기 영국 남부의 습지에는 '학질'이라는 수수께끼의 병이 있었다. 일부 역사가들은 이 병의 사망률이 오늘날 사하라 이남 지역 아프리카의 말라리아 사망률과 비슷하다고 주장한다. 이 병은 셰익스피어가 쓴 몇 편의 희곡에서도 언급된다. 학질은 아마 고열을 특징으로 하는 몇 가지 감염병을 통칭했을 것이다. 그중 하나가 말라리아다(아마 삼일열 말라리아였을 것이다). 지금은 낯설게 느껴질지 모르지만 한때 말라리아는 템스강 하구, 잉글랜드의 펜스 저지대, 켄트, 서머싯, 케임브리지셔, 랭커셔 일부 지역의 토착병이었으며, 특히 더운 여름에 기승을 부렸다. 내가 수련의 시절 근무하던 세인트토머스병원 주변 서더크 습지에서 유행하는 열병을 가리키는 '자치구 학질'이란 말이 따로 있을 정도였다. 습지 사람은 불결하고 누렇게 떠서 병색이 완연하며, 제대로 자라지 못한다는 것이 상식이었다. 대니얼 디포를 비롯해 18세기에 에식스를 여행한 사람들은 가축우리 같은 집 안에서 가족 모두 열병으로 벌벌 떨고 있는 모습을 보고 충격을 받곤 했다. 오죽하면 잉글랜드 남동부의 켄트주에서는 오래된 속담이 전해 올 정도다. "머스턴이나 테이넘이나 통에서는 사람이 오래 살지 못한다."

학질이 정확히 무슨 병이었는지 알 수 있는 몇 가지 단서가 있다. '학질 비종'은 학질로 인해 비장이 커진 것을 가리키는데, 비장이 커지는 것은 말라리아의 특징이다. '페루나무 껍질'이라고 불린 기나나무 속껍질은 학질의 열에 종종 좋은 반응을 보였는데, 그 속에는 키니네 성분이 들어 있다. 토머스 시더넘Thomas Sydenham은 1676년에 출간한 저서 『관찰 의학Observationes Medicae』에서 삼일열과 사일열의 증상을 기술하고, 이 병이 곤충과 관련이 있다고 주장했다. "벌레들이 유달리 창궐하는 해에는… 빠르면 하지 무렵부터 학질(특히 사일열)이 나타나며, 가을에 접어들면 환자가 크게 늘어난다."

영국 시골 지역의 인구가 줄고, 습지가 매립되고, 빈곤이 개선되고, 키니네를 쉽게 구할 수 있게 되자 열병도 사라지기 시작했다. 영국에서 토착화된 말라리아 환자가 마지막으로 발생한 것은 1950년대의 일이며, 1975년에 이르러 세계보건기구는 유럽에서 말라리아가 완전히 사라졌다고 선언한다. 인도네시아 빈민굴의 아이들이 뎅기열로 죽는 것과 똑같은 이유로 한때 영국 남부 일부 지역의 사망률은 매우 높았다. 17세기 켄트주와 서식스주에 살던 영국인들은 비참할 정도로 가난하고, 영양이 부족했으며, 비위생적인 환경에서 살았다. 결핵과 다른 감염증이 만연했으므로 종종 몇 가지 질병에 동시 감염되기도 했다. 빈곤은 질병의 가장 큰 조력자이며, 그야말로 좋은 '토양'이다.

✳

자카르타에서 항공편으로 다음 목적지인 수마트라섬에 넘어가 자전거로 파당Padang을 통과했다. 한쪽으로는 대양이, 반대편으로는 거대한 바리산Barisan산맥의 희미한 형체가 펼쳐졌다. 그때쯤 나와 클레어는 관계가 힘겨웠다. 처음부터 안 맞았을지도 모르지만 그때는 열정에 들떠 뭔가를 뚜렷하게 분간할 마음의 준비가 되어 있지 않았다. 우리는 거의 하루아침에 동거인이 되어 매일 매순간을 함께 보냈다. 나는 그런 상태에 잘 적응하지 못했다. 4년 가까이 혼자 여행하면서 건강한 관계 맺기보다 과묵하고 독립적으로 행동하는 데 더 익숙해졌을까? 답답한 인도네시아의 열기가 딱 그때 우리 상황과 다르지 않았다. 우리는 상대방 몰래 상황이 과연 나아질지 생각했으며, 그러다 역시 상대방 몰래 저쪽도 똑같은 생각을 하고 있을지 궁금해했다. 숨기느라 숨겼지만 간혹 본심이 불쑥불쑥 드러났다. 그리고 그건 갈수록 유치해졌다.

"잠잘 곳은 항상 네가 결정하잖아."

"그래서 내 자전거에 기름칠을 안 해주시겠다, 이거야?"

"흥, 캐러멜우유 1리터를 그렇게 다 마시면 엄청 메슥거릴걸."

어쨌든 계속 달렸다. 황소고집이야말로 자전거 여행에 성공하는 비결이다. 나는 관계에서도 같은 태도를 견지했다.

파당에서 호텔을 찾느라 길을 묻자 오토바이 탄 경찰이 무려 10킬로미터를 에스코트해주었다. 인도네시아에 머무는 동안 이런 친절을 하도 많이 겪어서 이제는 그리 놀랍지도 않았다. 도시를 떠날 때는 더 많은 경찰이 우리를 멈춰 세우더니 같이 사진을 찍자고 했다. 그 또한 모든 사람이 사진을 찍으며 행복해하는 인도네시아에서 드문 일이 아니었다. 나는 항상 그런 행동이 어느 정도 정당하다고 생각했다. 수십 년간 서구 여행자들은 말하자면 가해자였다. 추억을 남긴답시고 무례할 정도로 모든 곳에 카메라를 들이대 현지인을 장식물로 삼았다. 이제 세계 어디든 카메라폰이 넘쳐 나는 세상이 된 탓에 나 역시 수단에서 시리아에 이르기까지 하루에도 수십 번씩 동의 없이, 심지어 미처 알아차리지도 못한 새에 사진에 찍혔을 것이다. 최소한 그들은 자기 땅에서 그런 자유를 누리는 것 아닌가?

파당에서 싱카락Singkarak호수까지 계속 올라갔다. 해 질녘의 호수는 선홍색으로 물들어 있었다. 동쪽 기슭을 따라 달리는데 머리 주위로 과일박쥐들이 퍼덕거리며 날아다녔다. 남자아이 하나가 매미 두 마리를 잡아 병 속에 집어넣어 놓고 있었다. 매미들은 미친 듯 울어댔지만 녀석은 자신의 짓궂음을 자랑하려고 안달이 나서 우리를 멈춰 세웠다. 금요일이었다. 흰색 차도르로 머리와 상체를 휘감은 소녀들이 모스크로 향했다. 옹기종기 걷는 모습이 꼭 버섯 같았다. 이슬람을 상징하는 녹색 포스터가 다가오는 총선을 알렸다. 후보자들은 메카를 배경으로 기도 모자를 쓴 모습이었다. 저녁에는 바하사를 홍수처럼 쏟아내는 이맘imam♦의 목소리가 들려왔다. "유럽!"이라는 말이 들리더니 조금 뒤에는 "미국!"도 등장했다. 그의 설교가 긍정적인 내용이기를 바랄 뿐이었다.

파냐붕안Panyabungan에 거의 다 가서 긴 언덕을 올라가는데 클레어가 술 취한 사람처럼 이리저리 방향을 바꾸며 비틀거렸다. 얼굴이 창백하고 표정이 어두웠다. 한눈에도 아파 보였다. "몸이 이상해." 클레어는 몸을 굽히더니 먹은 것을 길 위에 왈칵 토했다.

♦   이슬람교에서 예배를 이끄는 지도자.

게스트하우스에 들었다. 로비에는 퀴퀴한 담배 연기가 자욱하고, TV에서는 연속극이 한창이었다. 대사는 과장되고 느닷없이 터져 나왔으며 배우들은 하나같이 아득한 눈빛으로 스스로가 고뇌의 근원인 듯한 기묘하고도 초현실적인 장면을 연기했다. 게스트하우스는 땀에 전 남자 몇이 운영했는데, 주인은 불타는 세계무역센터 빌딩을 배경으로 오사마 빈 라덴이 그려진 티셔츠를 입고 있었다. 방에 들자 끊임없는 자동차 소리 사이로 라임색(싸구려를 드러내는 만국 공통의 색깔이다) 벽을 기어다니는 도마뱀붙이들의 울음소리가 간간이 끼어들었다. 클레어는 침대를 정리하더니 바로 쓰러져 이불을 뒤집어썼다.

"경찰이다! 문 열어!"

자정이 지난 시각이었다. 비틀거리며 문을 열고, 잠을 쫓느라 눈을 비볐다. 두 명의 경찰이 근엄한 얼굴로 서 있었다.

"단속이요!"

한쪽이 내 뒤를 살피더니 솟아오른 이불 속에 누가 있는지 생각하는 눈치였다. 클레어가 빼꼼 고개를 내밀었다.

"결혼했습니까?" 경찰관이 물었다.

"예, 물론이죠."

도착했을 때부터 이곳이 성매매를 겸하는 곳일지도 모른다는 생각이 들었다. 경찰관들은 쿵쿵거리며 방 안을 뒤지면서 뻔한 질문을 해댔다. 이름은 뭐냐, 몇 살이냐, 프리미어리그 축구팀은 어디를 응원하느냐, 종교는 뭐냐, 인도네시아를 어떻게 생각하느냐, 심지어 포경수술을 했는지도 물었다. 한 사람이 신문 더미를 뒤적거리더니 물었다.

"끔찍하구먼. 당신네 나라에선 사람들이 이렇게 죽소?"

그가 실제 범죄 현장을 찍은 사진을 휙 내보였다. 길옆에 훼손된 시체가 누워 있었다. 교통사고인지, 덜 우연적인 사건인지 분간할 수 없었다.

"가끔은요." 겨우 한마디 했다.

그는 고개를 저었다. 세상 돌아가는 모습에 뼛속 깊이 실망했다는 느낌이 전해졌다. 경찰은 코가 쭉 빠진 남성 몇과 젊은 여성 둘을 연행했다. 한 남자는 잔인한 지하드^{jihād}♦를 기념하는 티셔츠를 입고 있었다.

다음 날 아침 밖에 나가보니 대여섯 명의 여성이 우리를 기다리고 있었다. 나이는 열여덟, 열아홉 살쯤 돼 보이고, 하나같이 질밥♦♦을 걸치고 있었다. 같은 색깔이 없는 것으로 보아 미리 말을 맞춘 것 같았다. 모두 학생이라고 했다. 누군가, 어쩌면 경찰이 귀띔해주었을 것이다.

"저기요, 선생님. 잠깐 얘기 좀 나눌 수 있을까요?"

찻집에 들어가 영어를 대담하고 유창하게 잘하는 학생들이 질문을 하면 우리가 대답하고, 다시 우리가 질문하는 식으로 한 시간을 보냈다. 내가 결혼한 사람이 있냐고 묻자 다들 깜짝 놀란 듯 손사래를 쳤다. "스물다섯까지는 안 돼요. 우린 공부가 너무 좋다고요." 이제 그들 차례였다.

"케이트 미들턴 알아요? 요즘은 어떻게 지내나요?"

♦　　이슬람교를 전파하거나 지키기 위해 벌이는 이교도와의 전쟁.
♦♦　　이슬람 문화권에서 여성이 옷 위에 걸쳐 입는 천.

*

인도네시아는 마음 불편한 문제를 안고 있다. 지구상에서 가장 인구가 많은 섬나라이면서 수백 개의 활화산이 있다는 점이다. 숫자로는 어느 나라보다 많다. 조만간 대재난이 닥칠 것은 분명하다. 크라카타우Krakatoa산은 수마트라 해안 바로 앞에 있다. 하지만 호주의 퍼스Perth에서도 소리가 들렸다는 1883년의 엄청난 대폭발조차 1815년 인도네시아 남쪽의 또 다른 섬 숨바와Sumbawa에서 발생한 탐보라산 폭발에 비하면 왜소하게 느껴질 정도다. 화산이 폭발을 시작하자 대포 소리로 착각한 군대는 전쟁 준비에 돌입했다. 군대는 자바섬의 욕야카르타Yogyakarta를 출발해 진군했고, 바다에서는 조난당한 선박을 구하기 위해 구조선들이 출동했다. 그 사건은 인류 역사에 기록된 가장 큰 화산 폭발로 9만여 명의 사망자를 냈지만, 그걸로 끝이 아니었다. 아황산 성분의 분진이 지구 전체를 얇게 덮으면서 '여름 없는 해'가 닥쳤다. 지구 반대편 유럽은 이미 수십 년간의 전쟁으로 피폐해진 데다 흉작까지 겹쳐 대륙 전체에 기근이 들었다. 식량 폭동이 일어나고 수많은 난민이 발생했다. 역사가들은 중국의 홍수, 인도의 콜레라, 아일랜드의 발진티푸스 등 화산 폭발이 전 세계에 미친 영향을 수없이 지적했다. 당대의 화가들은 대기를 가득 채운 테프라tephra♦에서 영감을 얻었다. 찬란한 석양은 이 시기 화풍의 특징이다. 독일에서는 작물과 함께 말까지 죽어가

♦　대기층에 떠다니는 화산재.

자 카를 드라이스Karl Drais라는 젊은이가 새로운 곡물 수송법을 연구했다. 결국 그는 달리는 기계, 즉 초기 자전거를 발명했다. 지금 나는 그 후손 위에 올라타 전 세계를 달리고 있는 셈이다. 자전거가 인도네시아 화산의 배 속에서 태어났다고 주장하는 것은 약간 과장일지 모르지만, 나는 그 생각이 마음에 든다.

인류는 크라카타우와 탐보라보다 훨씬 큰 화산 폭발에서도 살아남았다. 토바Toba산은 약 7만 년 전 수마트라의 밤을 대낮처럼 밝힌 초대형 화산이었다. 그 후 10년간 전 세계에 겨울을 몰고 왔으리라 추정한다. 논란이 있지만 이 폭발로 인해 인류의 숫자가 겨우 1만 명 수준으로 줄어 인구의 병목현상이 생겼고, 이로써 인류가 지구에 존재해온 시간에 비해 유전적 다양성이 적은 현상을 설명할 수 있다고 주장하는 이론도 있다.

2천 미터 높이의 준령을 넘어 아마겟돈의 현장으로 달려 내려가며 토바 폭발의 역사를 생각했다. 당시의 분화구는 이제 우리 앞에 잔잔한 호수로 남아 있다. 그곳에 사는 바타크족은 천하태평의 연주자들로 보였다. 남자 여럿이 집에서 담근 독한 술을 홀짝거리며 나른한 자세로 기타를 퉁기고 있었다. 토바의 기묘한 고요함을 뒤로하고 메단Medan으로 내려가는 고속도로는 단순한 여정이었다. 우리는 금세 바다를 건너 싱가포르에 도착했다.

＊

싱가포르의 트리 인 로지 호스텔이 자전거 여행자의 아지트라는 첫 번째 단서는 현관문이었다. 자전거 크랭크 암을 손잡이로 쓰고 있었던 것이다. 안으로 들어서니 흠집투성이 여행용 자전거가 천장에 대롱대롱 매달려 있고, 복도에는 그곳을 다녀간 자전거 여행자들이 자신 없지만 애서 활짝 웃는 모습을 담은 사진들이 모자이크처럼 어지럽게 붙어 있었다. 우리도 딱 그 꼴이었다. 얼굴은 발갛게 상기되고 팔다리는 땀에 젖은 채 찡그린 표정으로 카메라 너머 어딘가를 바라보는 눈빛에는 뭔가에 발을 밟혀 고통스러워하는 듯한 기색이 떠올라 있었다. 어느 누구도 싱가포르의 열기를 피할 수는 없는 것이다.

호스텔을 운영하는 스위 키안은 안경을 쓴 생기 넘치는 사람으로 자전거 여행계에서 원로 대접을 받았다. 핀란드에서 싱가포르까지 자전거로 여행했으며, 이 도시에 관한 정보는 물론 아시아 어디든 자전거 여행 경로를 환히 꿰고 있었다. 우리는 그에게 등 떠밀려 호스텔을 구경했다. 이층침대와 자전거용품으로 꽉 찬 공간이었다. 위층에는 여행자들이 두고 간 장비를 모아놓고 누구나 마음껏 가져갈 수 있게 했는데 정말 절박하지 않다면 손도 대지 않을 정도로 너덜너덜한 사이클복이 대부분이었다. 그래도 반바지 세 벌, 모자 두 개, 티셔츠 한 벌, 장갑 몇 개를 건졌다.

다음 날 아침, 클레어는 무릎을 가슴까지 끌어당긴 채 이층침대에 앉아 있었다. 한눈에 알아차릴 수 있을 정도로 심각해 보였다.

"지금 막 일본으로 가는 비행기표를 샀어."

우리 둘 중 누군가 밤중에 몰래 일어나 상대방의 브레이크 케이블을 끊어놓기 전에 잠깐 떨어져 있는 편이 좋겠다고 생각해온 터였다.

"편도야."

"하지만 티켓을 편도로 사면 더 비쌀 텐…."

클레어가 나를 쳐다보았다. 다정한 눈빛이었지만 무슨 뜻인지 바로 알아차렸다. 잠깐 동안 몹시 기분이 나빴다. 함께 있어서 행복하지 않다는 느낌을 억누르느라 그간 행복하지 않았지만, 그건 일종의 팀워크였다. 그런데 이제 와서 서로 고함을 지르고 후회하며 바닥으로 추락해 박살 나기 전에 그저 떠나는 것으로 정리하겠다고? 그때 뇌 속에서 반짝 합리적인 사고가 작동하기 시작했다. 이윽고 나는 고개를 끄덕였다. 그게 옳았다. 우리 관계는 운이 다한 것이다.

"다 그런 거지, 뭐." 클레어가 말했다.

정확하게 말하면 다 그랬던 것, 진작 끝난 일이었다. 둘다 해방감을 느끼며 마지막 나날을 행복하게 보냈다. 그리고 공항에서 포옹으로 작별했다.

클레어가 떠나자 갑자기 도시의 모습이 변했다. 근육질의 험악한 적을 상대하는 기분이었달까. 싱가포르에서는 1년에 2백 번 정도 낙뢰 피해를 입는다는데, 클레어가 떠나버린 날 저녁에도 심하게 번개가 쳤다. 불빛에 마천루들이 드러난 모습이 고담 시티 같았다. 그 모습은 그간 있었던 일을 곱씹으며 터덜터덜 거리를 헤매는 내 기분과도 잘 어울렸다. 상황을 차치하고도 애초에 잘 진행될 일이 아니었다. 정직하지 못한 사후 분석인지도 모르지만, 어쨌든 이제 많은 시간을 혼자 보내게 될 참이었다. 아직도 집까지는 까마득했고 자전거는 너무 무거웠다. 그 엄청난 시간을 죄책감과 후회로 채우거나, 너무 냉담했거나 충분히 관심을 쏟지 않았거나 너무 고집을 부리지 않았는지 자책하며 마음의 짐까지 지고 싶지는 않았다. 변명을 하자면 나는 관계에 서툴렀고, 비록 짧은 기간이지만 땀과 진흙에 뒤범벅이 된 채 털파리에게까지 시달렸으니까.

맥이 빠진 채로 슬렁거렸다. 주황색과 황금색이 섞여 화산처럼 이글거리는 슈퍼 카들이 우렁찬 엔진 소리를 내며 멈춰 섰다. 신호등이 너무 많다는 것도 싱가포르라는 도시가 지나치게 넘쳐 난다는 인상을 주는 이유 중 하나다. 어디서든 부를 과시하는 곳에서는 그만큼 결핍도 뚜렷하게 드러난다. 가장 눈에 띄는 것은 공간의 부족이다. 그 점을 벌충하기 위해 싱가포르는 뭐든 전속력으로 해치운다. 기중기가 잠시도 쉬지 않고 움직이면서 하늘 높이 새로운 건물을 쌓아 올리고, 낡은 것은 사정없이 부수고 긁어낸다. 땅속에 묻힌 망자들조차 평화롭게 누워 있을 시간이 제한된다. 갈수록 늘어나는 번영을 전시하기 위해 공동묘지 전체를 없애기도 주저하지 않는다. 수많은 억만장자와 15만 명에 이르는 가정부와 전 세계에서 가장 높은 급료를 받는 정치가들의 도시는 사형선고를 남발하면서도 엄격한 규제를 받는 홍등가를 너그럽게 허용한다. 중국계, 말레이계, 인도계가 한데 어울려 대체적으로 평화롭게 살아가지만 그 문화적 조화는 법으로 강제된 것이다. 온통 마음을 사로잡고, 당황스러우며, 자극적인 분위기가 문득 지난 몇 개월간의 내 삶을 그대로 요약해주는 것 같았다. 그 도시는 기념해야 할 동시에 잊어야 할 곳이었다.

7
신의 축복

싱가포르를 떠나 조호르바루Johor Bahru로 향했다. 말레이시아라는 긴 혀의 맨 끝 미뢰 같은 곳. 북쪽으로 달리며 눈에 들어오는 풍경은 몇 시간째 변화가 없었다. 수십 년간 말레이시아는 세계 최대의 야자유 생산국이었다가 최근 들어 인도네시아에 그 자리를 내주었다. 보도된 바로는 영국 슈퍼마켓 식품 코너에 놓인 야자유의 절반이 말레이시아산이다. 길 양편으로 눈 닿는 데까지 온통 야자수 일색이었다. 시선은 야자수 다음에 있는 야자수를 보다가 야자수가 줄지어 늘어선 모습으로, 야자수 사이로 난 길로, 그리고 더 많은 야자수가 한데 뭉쳐 야자수 색깔의 초록색 소실점으로 녹아드는 저 멀리로 향했다. 야자수palm가 농장farm, 고요함calm과 운율을 이룬다는 사실을 문득 깨달았다가, 야자수가 어찌나 많은지 그만 생각의 갈피를 놓치고 말았다. 야자수의 모양과 비율을 완벽히 갖춘, 그야말로 다른 어떤 것이라고는 상상할 수도 없는 야자수의 정수요, 현신이었다.

환금성 작물을 재배하기 위해 말레이시아는 광활한 영역의 원시림을 밀어버렸다. 목재를 가득 실은 트럭들이 굉음을 내며 지나가는 와중에 때때로 원목이 쌓여 있는 버려진 땅이 나타났다. 원한다면 말레이시아에 실망할 수도 있으리라. 하지만 그러려면 당신네 나라도 이미 수백 년 전에 자연림 대부분을 베어냈다는 사실에 눈을 감아야 한다. 당신의 나라에서 점점 더 많은 야자유와 목재를 원하기 때문에 이런 벌채가 가속화된다는 사실도 잊어야 한다. 무엇보다 다국적 기업을 끌어들이지 말아야 한다. 나무를 베는 것은 바로 그들이고, 당신의 나라 또한 그들의 일부일지 모른다.

그날 밤 무더운 바람이 불더니 새까만 구름이 몰려들고 번개가 하늘을 온통 갈라놓았다. 다 깨진 간판이 걸린 지저분한 호텔이 눈에 들어왔다. 그래도 폭풍 속에서 텐트를 치는 것보다는 나을 것 같았다. 방은 소박하고 깨끗했다. 문에 붙은 안내판을 통해 투숙객들에게 소화기를 가지고 장난치지 말 것, 방에 폭발물을 가지고 들어가지 말 것, 텔레비전을 '기념품'으로 가져가지 말 것을 당부하고 있었다. 경영진에게 은은한 애잔함을 느꼈다. 욕실에서 코디 벨르라는 정체불명의 건강 제품에 쓰인 광고 문구를 읽으면서 잠시 킥킥거렸다. 만병통치약 비슷한 제품이었다. "니사를 보세요. 사고를 당해 지팡이를 짚지 않고는 걸을 수 없었습니다. 하지만 코디 벨르를 쓴 뒤 이제는 정상적으로 걸을 수 있습니다!"

자전거를 잠가놓고 돌아왔더니 방문 틈에 포스트잇 메모가 끼워져 있었다. 자전거 옆에 미소 짓는 남자를 대충 그리고, 그 아래 이렇게 써놓았다. "철인 자전거 여행자님께, 몸조심하세요. 즐거운 여행 되시길. 신의 축복을 빕니다."

자카르타, 메단, 싱가포르… 도시들과 그 사이를 연결하는 광란의 고속도로에 넌더리가 났다. 아무런 사전 조사 없이, 정확히 경로를 정하지도 않은 채 무작정 말레이시아 시골 한복판으로 뛰어들었다. 풍경은 같았다. 최면을 거는 듯한 야자수의 리듬.

작은 환대가 끊임없이 이어졌다. 한 말레이시아인이 손을 흔들어 나를 멈춰 세우더니 수북이 쌓인 바나나튀김을 안겼다. 잠시 멈춰 차를 한 잔 마시고 계산을 하려는데 어떤 동작 빠른 사람이 점잖게 사양하는 예의 바른 영국인이 될 기회도 주지 않고 돈을 내고 사라져버렸다. 노점에 멈춰 설 때마다 저 독하게 후한 사람들 중 누가 내 밥값을 내주려고 나설지, 그 교활한 자선사업가를 어떻게 좌절시킬지 궁리했다.

말레이시아는 인도네시아라는 럭비 시합을 마친 후에 하는 스펀지 목욕 같았다. 영어를 하는 사람도 훨씬 많았고, 길도 잘 닦여 있어 푹 파인 곳을 지나며 가슴이 철렁하는 일도 훨씬 적었다. 야유를 퍼붓거나 경적을 울리거나 풍경 따위를 사라고 달라붙는 사람도 없었다. 그래서 안도감을 느꼈을까, 실망했을까? 둘 다였을까? 훨씬 순조롭고 생각할 여유가 있는 라이딩이었지만, 조금 더 쓸쓸하고 조금 덜 짜릿했다.

클레어가 합류하기 전에는 혼자 시간을 보내는 데 익숙했지만, 이제 텐트 속 빈 공간이 유난히 크게 느껴졌다. 다시 외로움에 적응해야 했다. 그곳에서 고독은 많이 힘들지 않고 때로 편안하기까지 했지만, 다른 여행자들과 어울려 즐거운 시간을 보낼 때는 문득 힘겹게 느껴지기도 했다. 그들도 겉보기만큼 즐겁지는 않을지 모른다. 외로움이란 세상에 대한 감각을 왜곡하게 마련이니까.

　홀로 있다는 것은 초기 자전거 여행자들의 연대기에 끊임없이 등장하는 주제다. 최초의 여행자들조차 곁에 아무도 없는 상황에서 동지애를 만들어낼 요량으로 자전거에 이름을 붙였다. 심지어 몇몇은 자전거와 대화를 나누기도 했다. 프레드 버치모어Fred Birchmore는 1930년대에 자전거로 전 세계를 여행한 미국인이다. 그는 인도를 여행하던 중 수개월째 지속되는 고독이 너무 힘들어 어미 마카크원숭이에게서 새끼를 훔쳐 목소리가 우렁차다는 뜻의 '보시퍼러스Vociferous'란 이름을 붙인 후 들소와 염소 젖을 먹여 키웠다. 국경을 넘을 때는 빵을 넣은 메신저백 속에 원숭이를 숨겼다. 타지마할에 대해 그는 이렇게 썼다. "돌에 새긴 저 아름다운 보석을 본 순간 처음으로 어렴풋이 향수를 느꼈다. 조그만 보시퍼러스 말고는 그 기쁨과 아름다움을 나눌 사람이 아무도 없었기 때문이다." 슬프게도 조그만 보시퍼러스는 미얀마의 산을 넘을 때 메신저백 속에서 더욱 조그맣게 몸을 웅크린 채 얼어 죽고 말았다.

✳

　해 질 무렵 야자수 사이로 터널처럼 뚫린 길이 나타났다. 차 소리가 사라지고 야자잎이 사각거리는 소리만 남을 때까지, 와인병 속에 들어간 것처럼 주변이 온통 녹색으로 변할 때까지 길을 따라 들어갔다. 발을 디딜 때마다 지뢰를 밟는 것 같았다. 한 발짝 떼면 왕도마뱀이 튀어 오르고, 또 한 발짝 내디디면 시든 야자잎에서 박쥐가 날아오르고, 덤불 속에서 조바심이 난 쥐들이 수런거렸다. 파괴된 서식지가 그런 식으로 회복된 모습을 보니 기쁘기도 했지만, 한편으로 약간 슬퍼졌다. 기껏해야 일시적 피난처, 층층이 지저귀고 끽끽거리며 숲에 깃들어 사는 온갖 생명이 더, 더, 더 많은 것을 탐하는 인간의 끝없는 욕망에 갈 곳 잃고 밀려났음을 상기시키는 징표가 아닌가.

야자수 사이에서 캠핑하는 저녁은 '땀 식히는 시간'으로 시작되었다. 20분 정도에 불과했지만 그 시간만큼은 절대 양보할 수 없었다. 말할 수 없이 습도가 높은 곳이라 뭘 하든, 심지어 간단한 음식만 만들어도 땀이 비 오듯 흘렀다. 그래서 새로운 일을 하기 전에 우선 서머레스트 매트리스에 드러누워 땀을 식혔다. 선베드에 눕듯이 처음에는 똑바로, 그다음에는 몸을 뒤집어 배를 깔고 누웠다. 그러고서 몸을 수건으로 닦으면 수건이 어찌나 지저분해지던지 '땀 걸레'라고 불러야 할 정도였다. 땀 걸레가 특히 지저분한 날은 그야말로 지옥문이 열렸다.

가만히 누워 모기가 윙윙대는 소리에 귀를 기울이면 서서히 몸이 식고 진정되었다. 텐트 안에서도 혼자는 아니었다. 귀뚜라미가 폴짝폴짝 뛰어다니고, 텐트 주름 사이로 거미 한 마리가 들락날락하는가 하면, 딱정벌레들이 꼼지락거리며 이름 모를 애벌레를 타고 넘어 원정을 떠났다. 벌레들은 지퍼 틈새나 텐트 바닥에 뚫린 구멍을 통해 끊임없이 들어왔다. 몇 개월째 텐트 안에 죽치고 살며 밤이 되면 모습을 드러내는 게 아닌가 싶은 놈들도 있었지만 될 대로 되라는 심정이었다. 애벌레 한 마리는 특히 낯이 익었다.

지형이 평평하고 어디든 야자수가 늘어선 말레이시아에서는 하루에 놀랄 정도로 긴 거리를 달릴 수 있었지만 다리 꼴이 말이 아니었다. 낙인을 찍듯 처참한 발진이 끊임없이 돋아났는데 일일이 이유를 찾기도 불가능했다. 야자수 사이를 터벅터벅 걷다가 이름 모를 풀에 쓸려 풀독이 오르기도 했다. 사방에 땀띠가 났고, 그 사이사이로 모기나 쇠등에에게 물린 자국이 장식처럼 돋았다. 피부 여기저기가 까진 것은 당연하고, 왼쪽 무릎 뒤로는 붉은 발진에 뾰루지가 마구 뒤섞여 천연두가 지구상에 다시 나타났을지 모른다는 생각마저 들었다.

무시무시하게 덥고 갑갑했지만 머리만 대면 잠이 들었다. 해 질 녘부터 새벽까지 자전거를 타고 나면 어떤 자세로, 어디서든 잘 수 있었다. 천만다행이었다. 그래야 했기 때문이다. 에어 매트리스는 솔기가 터져 한쪽은 꺼지고 다른 쪽은 부풀어 올랐기에 교통사고라도 당한 것처럼 뒤틀린 자세로 자야 했다. 잠들기 전에는 으레 야자수의 사악한 속삭임 사이로 도둑과 경찰과 표범과 열대폭풍이 등장하는 시나리오가 펼쳐졌다… 쿨쿨쿨….

농장 주변에 합판으로 지은 오두막 근처에서 인도 사람처럼 이마에 붉은 빈디를 붙인 남자들이 앉아 있었다. 말레이시아 인구의 7퍼센트가 인도계다. 이들은 역사적 계기가 있을 때마다 파상적으로 말레이반도로 넘어왔는데, 가장 많은 수가 정착한 것은 대영제국이 세력을 넓히면서 대농장, 도로, 철도, 항만을 건설하느라 많은 노동력이 필요할 때였다. 몇 사람이 호기심에 손을 흔들어 나를 멈춰 세우고 어디서 왔냐고 물었다. 중간에 누군가 "크리켓!"이라고 아는 체를 했지만, 언어가 통하지 않아 더 이상의 의사소통은 못 했다. 서로 바보처럼 웃는 것에 그쳐야 했지만 그것만으로도 유쾌했다.

숭가이 코얀Sungai Koyan에서 정글을 통해 카메론하일랜드Cameron Highlands에 이르는 오르막길은 새로 개통된 도로였다. 그 길을 넘으면 유서 깊은 도시인 이포Ipoh가 나온다고 했는데, 무엇보다 피부를 가라앉힐 크림을 구하는 것이 먼저였다. 그 열대 낙원까지는 아직도 한참 멀어서 야자수와 고무나무 대농장을 지나 사흘을 더 달려야 했다. 마침내 정글이 끝나는가 했더니, 야생동물은 더 많아진 것 같았다. 마카크원숭이들이 날쌔게 철도를 가로질러 머리 위 전선에 한 손으로 대롱대롱 매달렸다. 말레이맥을 주의하라는 표지판이 붙어 있고, 왕도마뱀이 기세 좋게 도로를 활보했다. 사내아이 몇이서 오토바이를 타고 나를 쌩 지나치는 모습이 젖 떼자마자 노는 데는 이골이 난 녀석들 같았다. 그들 말고 길에선 대체로 혼자였는데, 숲 우듬지 너머로 보이는 풍경에 나는 홀딱 반했다. 야자수와 덩굴식물, 죽어 쓰러진 나무둥치, 잔디처럼 파릇파릇한 잎사귀가 넉넉하게 어우러져 녹색의 바다를 이루었다.

언덕에 수포가 돋아난 것처럼 온실들이 나타나더니, 타나라타Tanah Rata에 가까워지자 땅이 차곡차곡 접힌 듯 연녹색

차밭이 펼쳐졌다. 타나라타는 여행자와 관광객들로 북적였지만, 그들과 나는 우선순위가 달랐다. 그들은 막 여행을 시작한 사람들로 쇼핑, 하이킹, 관광, 자전거 대여 등 재미있는 활동에 몰렸지만, 나는 급한 일부터 해결해야 했다. 옷을 빨고, 밥을 먹고, 몸을 씻고, 떡 진 머리를 감고, 또 먹고, 여기저기 펑크 난 타이어를 때우고, 온몸에 돋아난 발진을 사진으로 찍고, 또 먹고, 턱수염에 달라붙은 음식을 닦아내고, 제산제를 입속에 털어 넣고, 조용히 끙 앓는 소리를 내며 거리를 어슬렁거렸다. 그리고 다시 출발! 크게 다를 것 없는 페낭 Penang 으로.

카메론하일랜드를 벗어났다. 날이 저물고 석회암 언덕에 마지막 석양빛이 드리웠다. 이포였다. 다음 날, 컨테이너로 가득한 하역장과 페낭해협을 가로지르는 13.5킬로미터 길이의 다리와 한때 아시아에서 두 번째로 높은 건물이었지만 이제는 싸구려 티가 나는 흰색의 65층짜리 콤타르타워를 둘러보았다.

4년을 떠돌다 보니 빈털터리 신세였다. 현지의 국제학교에서 여행담을 들려주고, 프리랜서로 여기저기에 기사를 써가며 푼돈을 긁어모아 가까스로 버텼다. 미리미리 부품을 교체하는 호사는 꿈도 꿀 수 없었기에 자전거가 완전히 망가져서야 수리점을 찾았다. 정비사들은 병이 깊어진 뒤에 찾아온 환자를 보는 의사처럼 만신창이가 된 자전거를 보고 놀라곤 했다. 영양적으로는 땀띠분보다 나을까 말까 한, 소금과 조미료로 범벅이 된 컵라면이 주식이었다. 돈을 조금이라도 아껴보려고 도시를 피하기 시작했다. 도시에 들어가면 다만 몇

푼이라도 돈이 들었다. 어쩌다 들어가도 해 질 녘에 빠져나와 다리 밑이나 철로 옆, 또는 눅눅해진 정원 쓰레기가 쌓인 주차장 등 아무도 찾지 않는 주변부를 전전했다. 몸이 너무 더럽거나, 힘이 없어 처지거나, 외롭거나, 그 밖의 이유로 호스텔에 든다면 가장 싼 숙소라야 했다. 가이드북을 보니 페낭에서는 단연 '러브 레인 인'이었다.

숙소 관리인은 탕이었다. 오지 오즈번이 블랙 사바스를 떠나지 않고 계속 독한 술과 마약에 절어 지냈다면 딱 그런 모습이 되었으리라. 팔은 성냥개비처럼 앙상한 데다 피부 빛은 창백하고 불결하기 짝이 없는 모습으로 어디 숨어들 듯 살금살금 움직였다. 그 뒤로도 몇 년간 악몽을 꾸면 탕이 나왔다.

숙소에 든 다음 날 아침 이층침대에서 일어났을 때 온통 발진으로 뒤덮인 내 다리가 이제 가장 사소한 문제임을 깨달았다. 밤사이 성경에나 나올 법한 역병이 덮친 것이다. 구약에 기록된 것처럼 시뻘겋고 커다란 두드러기가 온몸을 뒤덮고 있었다. 손가락은 프랑크소시지처럼 부어올랐고, 팔과 어깨는 털 뽑힌 닭을 몇 번이고 불개미집에 내리친 후 용암 속에 담갔다 꺼낸 것 같았다. 사느냐 긁느냐 그것이 문제라면, 두말할 것도 없이 긁는 쪽을 택했을 것이다.

허겁지겁 아래층으로 달려 내려갔더니 탕이 프런트 옆에 구부정하니 앉아 있었다.

"탕. 온몸에 뭐가 났어요!"

그는 눈을 들었지만 별 관심은 없어 보였다.

"염병할 모기들! 여기 좀 봐요, 온통 물렸다고요."

"아니, 모기 아니야."

"그럼 뭐란 말이에요?"

그는 담배를 깊게 빨더니 회색 연기를 뭉게뭉게 피워 올렸다.

"우리 빈대들이야."

탕이 이곳의 관리인이라는 사실에 순간 말문이 막혔다.

"'우리' 빈대라고요?"

"맞아. 봐봐. 우리 집에 많아! 모두 긁고 있어."

정말 그랬다. 모든 배낭여행자가 시무룩한 얼굴로 피가 나도록 온몸을 긁고 있었다. 한 젊은 여자는 친구를 긁어주었다. 마치 침팬지들이 털 고르기를 하는 것 같았다.

"탕…"

그는 긁적거리는 여행객들을 보며 함박웃음을 짓고 있었다. '아이구, 재미있어' 하는 표정이었다.

"침구를 갈아줄 수 있어요?"

"글쎄, 그럴 수는 있어, 하지만…" 그가 바람 빠지는 듯한 소리를 냈다. "우리 빈대들을 피할 수 없어! 봐봐, 없는 곳이 없어! 정말 놀랍지?"

"그게… '정말' 놀랍긴 하네요." 겨우 그렇게 말은 했지만, 빈대가 들끓는 모습뿐 아니라 탕이 그런 문제에 아무 관심이 없다는 것도 놀랍긴 마찬가지였다. 투숙객이 빈대가 있다고 이렇게 야단법석이라면, 관리인이란 작자가 뭔가 변명이라도 해야 할 것 아닌가? 빈대는 집요하기 짝이 없는 끔찍한 해충으로, 제대로 대처하려면 호스텔을 아예 닫고 공들여 방제 작업을 해야 한다. 방제 비용은 물론, 영업 중단에 따른 손실을 감수하는 것도 당연하다. 탕은 그럴 생각이 전혀 없는 것 같았다. 페낭의 모든 싸구려 숙소가 이 모양이라면, 한두 곳이 방제에 나선다 해도 다른 곳에서 실컷 물어뜯긴 여행객이 투숙하는 순간 다시 빈대가 들끓을 것이었다.

그곳을 단호히 박차고 나와 조지타운 야시장으로 향했다(탕은 그제야 당혹스러운 표정이었다). 복잡한 도로 양편에 늘어선 점포마다 손님들이 오토바이 택시와 차들이 내뿜는 매연 속에서 뭐라도 먹어보겠다고 길게 늘어서 있었다. 종업원들은 온갖 탈것과 옹기종기 모여 뭘 먹을지를 두고 입씨름을 벌이는 행인들 사이를 춤추듯 뛰어다녔다. 주인들이 지시를 내리느라 악을 써댔다. 윅이 지글거리고 쨍그랑 소리를 내는 포장마차들 뒤를 돌고 돌아 차도까지 사람들이 길게 늘어섰다. 흡사 문어 다리 같았다. 장사꾼들은 요리 공연을 펼치는 일인극 배우처럼 재료를 던지고 뒤집고 볶고 잘랐는데, 동작이 어찌나 민첩하게 이어지던지 밤하늘로 김이 피어올라 모습이 사라졌다 나타날 때면 마법사들 같았다.

만두 한 개를 젓가락으로 찍어 입으로 가져가려는 순간 아래로 굴러떨어져 칠리소스에 빠지면서 '양쪽' 눈으로 매운 소스가 튀고 말았다. 참을 수 없는 고통이 밀려왔다. 눈물이 줄줄 흘렀다. 온갖 벌레에게 뜯긴 데다 굶주린 채 반쯤 눈이 멀고 보니 깨끗한 숙소를 찾을 자신도, 설사 찾는다 해도 침구를 제대로 확인할 자신도 없었다. 별수 없이 탕이 서서히 죽어가고 있는 숙소로 다시 기어 들어갔다.

"또 침대를 달라고?"

"네. 부탁합니다, 탕."

다음 날 태국 국경을 향해 출발했다. 태국은 식은 죽 먹기일 터였다. 길이 평평하고, 적어도 처음에는 울창한 숲이 펼쳐지고, 저렴한 호스텔이 널린 데다, 항상 미소 지으며 고개를 숙여 인사하는 훈훈한 사람들이 수북이 올린 팟타이를 서빙해주는 곳. 휴양지인 아오낭Ao Nang에서 내 꿈은 산산조각 나고 말았다. 기숙사 구조로 된 호스텔에 묵었는데 한밤중에 지끈거리는 두통이 심해 잠에서 깼다. 자전거 체인 수리 공구로 두개골에 구멍을 내고 싶을 정도였다. 바로 열이 오르더니 39도에서 떨어질 줄 몰랐다. 땀이 비 오듯 흐르고, 잠깐잠깐 정신이 들어도 어디가 어딘지 분간할 수 없었다. 그다음 날은 아예 기억이 없다. 하루 종일 침대에서 끙끙 앓았는데 문득 눈떠보니 한밤중이었다. 왠지 모르지만 주변에 통나무처럼 쓰러져 자는 사람들이 불편해 일어나 앉았더니 눈 뒤쪽에서 전혀 새로운 통증이 엄청난 기세로 밀려왔다.

아침이 되자 복부 전체가 울긋불긋한 반점으로 뒤덮였다. 양쪽 어금니와 팔꿈치가 아픈가 싶더니 금세 온몸이 쑤셨다. 무엇보다 갈증을 견디기 힘들었다. 아무리 물을 마셔도 소용이 없었다. 설사가 겹쳤다. 잊을 수 없을 만큼 심하고, 하도 심해서 잊을 수 없는 설사였다. 불길하게도 잇몸에서 피가 나기 시작했다. 마음속으로 가능성 있는 병을 떠올려보다가 갑자기 가슴이 철렁 내려앉았다. 아니나 다를까, 뎅기열이었다.

뎅기바이러스는 모기가 옮기는 바이러스로 비교적 새로운 병원체다. 원숭이에서 인간으로 종간 전파된 지 8백 년도 안 되었다고 추정한다. 뎅기열에 걸리면 오물을 뒤집어쓴 기분이 들며, 안 아픈 곳이 없다. 흔히 '골절열'이라고도 한다. 온몸의 뼈가 으스러지는 것 같다는 뜻이다. 대부분 합병증 없이 말끔히 회복되지만, 평소답지 않게 도무지 입맛이 없는 것이 제대로 한바탕 앓아야 끝날 모양이었다. 작은 의원에서 만난 중국인 의사는 혈액검사를 해보더니 다트 경기 해설자 같은 말투로 병명을 알려주었다. "뎅기열이네! 오, 자네 운이 없구먼."

운이라, 허! 뎅기열은 점점 운과는 관계가 없어지고 있다. 매개체인 모기가 갈수록 늘기 때문에 시기별 발생률 그래프를 보면 스케이트보드용 경사로를 보는 기분이다. 그렇다 해도 여전히 뭔가 맞지 않는 기분이었다. 태국이라고 하면 미소 짓는 사람들만 떠올렸을 뿐, 충격적인 열대병에 걸리리란 생각은 한번도 해보지 않았다. 갈비뼈를 앙상하게 드러낸 채 잇몸에서 피를 흘리는 핼쑥한 사람이 식은땀을 흘리며 퀭한 눈으로 이쪽을 바라보는 사진 따위는 관광 안내 책자에 실리지 않는다. 물론 이런 문구도 없다. "골절열! 당신의 모든 뼈를 분질러드립니다!"

나흘째 접어들자 열이 내렸지만, 놀랍게도 몸 상태는 훨씬 더 나빠졌다. 검사실까지 터벅터벅 걸어갔다. 의사가 혈액검사 결과를 알려주었고, 우리는 음울한 얼굴로 백혈구와 혈소판 수치가 왜 이렇게 떨어졌는지 의견을 나누었다. 닷새가 지나도록 수치는 여전히 낮았다. 뎅기열에서 가장 위험한 시기가 바로 이때다. 대량 출혈 가능성이 있기 때문이다. 의학 교과서에서 본 온갖 사진이 떠올랐다. 퉁퉁 부은 사람이 몸의 모든 구멍에 꽂아 넣은 튜브 주변으로 피를 흘리며

창백한 얼굴로 인공호흡기를 매달고 있는 모습. 모든 치료가 아무짝에도 쓸모없다고 웅변하는 듯한 그 모습.♦

의대 동기들에게 이메일로 검사 결과를 보냈다. 이언은 호주 퀸즐랜드주에서 항공의료팀 의사로 일했고, 톰은 맨체스터에서 감염병 전문의로 근무했다. 첫 반응은 둘 다 똑같았다. "이런 제기랄!" 자기 분야에서 소위 전문가라는 사람들한테서 나온 것치고는 특별히 전문적인 반응이라고 할 수는 없었다. 의학 교과서에 따르면 뎅기열은 수많은 증상을 나타낼 수 있다. 나는 하나도 빠짐없이 겪는 것 같았다. 피부가 차고 축축하며, 심장박동이 빠르고, 입맛이 없는 것이 영락없이 교과서에 실릴 만한 증례였다. 흥미롭게도 교과서에 언급되지 않은 증상까지 나타났다. 뎅기열에 걸렸음을 온 세상에 알리고 싶은 충동을 억제할 수 없었다.

"그러지 말고 뭐라도 먹어봐." 마틴이 격려했다. 같은 호스텔에 묵고 있는 독일인 자전거 여행자였다. 그는 내가 뎅기열에 감염되었음을 알고 있었다. 소개를 마치자마자 다름 아닌 내 입으로 털어놓았던 것이다.

"아무것도 먹고 싶지 않아, 마틴. 나는 뎅기열 환자거든."

"어, 그래. 뭐 필요한 건 없어? 약국에서 사다줄까?"

"내가 직접 가볼게. 뎅기열에 걸렸지만 말이야. 마틴, 이게 얼마나 아픈지 알아?"

얼마 지나지 않아 모두가 알게 되었다. 내가 뒤척일 때마

♦ '5의 법칙'이란 것이 있다. 환자의 몸에 난 구멍 중 다섯 개 이상에 튜브를 삽입했다면 가망이 없다는 뜻이다. (저자)

다 일부러 더 앓는 소리를 냈던 것이다. 병을 뚜렷하게 드러낼 수 있는 증상이 뭘까 생각해보니 발진이 가장 좋을 것 같았다. 그래서 항상 윗옷을 벗고 돌아다녔다. 이 병이 왜 뎅기열dengue이라고 불리는지 정확히는 아무도 모르지만, 찾아보니 세 가지 학설이 있었다. 첫째는 '악귀의 공격'이란 뜻의 스와힐리어 '카딩가 페포ka-dinga pepo'에서 왔다는 설이다. 두 번째는 뎅기열에 걸린 서인도제도의 노예들이 고통에 못 이겨 절뚝거리다 멋 부리듯 '댄디dandy하게' 걷는 방법을 개발했는데, 댄디가 나중에 뎅기로 바뀌었다는 설이다. 세 번째로 '까다롭다'는 뜻의 스페인어 '뎅게dengue'에서 왔다는 설도 있다. 이 병에 걸린 환자가 한 발짝도 걷고 싶어 하지 않음을 가리키는 말이라고 한다.

꼬박 열흘을 앓고서야 다시 자전거를 탈 수 있었다. 첫날은 매우 힘들었다. 하지만 다음 날 아침 깨어나보니 기분이 훨씬 좋아진 데다, 짜잔! 그간 못 먹은 것을 벌충하려는 듯 무지막지한 식욕이 돌아왔다. 태국 서부를 힘차게 달리며 파인애플과 망고와 파파야를 잔뜩 쌓아놓은 판잣집들을 지나쳤다. 빼빼 마른 아이들이 근처에 매달아놓은 해먹 속에서 곯아떨어져 있다가 손님이 휘파람을 불면 주섬주섬 깨어나 과일을 팔았다. 고기 굽는 냄새가 진동하는 시끄럽고 부산한 시장이 나타났다. 그때마다 하마터면 생명을 앗아 갈 뻔했던 뎅기열에 빼앗긴 체중을 회복하기 위해 최대한 많이 먹었다.

라농Ranong에서 들른 식당에 앉아 포스터 한 장을 찬찬히 뜯어보았다. 코카콜라가 라마단 공식 스폰서라고? 코카콜라는 크리스마스만 후원하지 않나? 이런 배교를 어떻게 받아들여야 할지 생각에 빠져 있는데, TV 주변에 모인 사람들이 웅성거렸다. 화면 아래 영어로 된 안내문이 지나갔다. "계엄령이 발효됨에 따라 다음 사람을 임명함…" 군부 인사들의 이름이 이어지더니 끝에 이런 문구가 나타났다. '국가평화질서유지위원회'.

받아들이세요, 오웰.

집에 뭐라고 전할지 궁리했다. "그래요, 엄마, 계엄령이요… 그렇죠, 폭력혁명이에요… 예, 물론 전 괜찮을 거예요. 영국 대사관 지붕에 헬리콥터 착륙장이 있대요…"

계엄령과 전국적인 통행금지가 발효되었다. 태국 육군 사령관이자 쿠데타 주동자치고는 좀 소심해 보이는 쁘라윳 짠오차Prayuth Chan-ocha 장군은 즉시 쿠데타가 아니라고 사람들을 안심시켰다가, 이틀 만에 마음을 바꿔 정치인과 기자들을 구금하라는 명령을 내렸다. BBC 방송은 태국에 유혈사태가 빚어질지 여부에는 큰 관심이 없는 것 같았다. 오직 멀리 떨어진 곳에서 이런 사태를 맞은 불쌍하고 죄 없는 영국 관광객들의 여행 계획만 중요하다는 태도였다. 섹스 관광업이 이렇게 큰 위기를 맞은 적은 없었다.

전반적으로 저항은 미지근했다. 학생들이 방콕 거리에서 '민주주의를 위한 샌드위치'를 나눠주거나, 영화 〈헝거 게임〉을 본떠 세 손가락으로 경례하는 제스처를 취하는 정도였다. 군인들은 꽃다발을 들고 행인들과 어울려 사진을 찍었다. 한 신문에서 '계엄령 셀카'라고 이름 붙인 이 현상은 반짝 유행이 될 정도였다. 1932년 이후 무려 열아홉 번이나 쿠데타 시도가 있었던 태국에서는 지극히 일상적인 분위기였다. 쿠데타가 선거 횟수보다 약간 적은 나라라니.

군부가 '행복구현'이라는 초현실적 캠페인을 벌인다는 기사가 났다. 온갖 페스티벌과 떠들썩한 파티, 공짜 음식, 공짜 건강검진, 공짜 이발을 제공한다는 것이었다. 애초에 이전 정부의 포퓰리즘 정책을 쿠데타 명분으로 들고 나왔으니 아이러니가 아닐 수 없다.

태국 헌법의 효력이 정지되고 통행금지가 발효 중인 상황에서 방콕을 향해 북쪽으로 뻗은 고속도로에 올랐다. 도착할 때까지 사회가 붕괴하지 않기만 바랄 뿐이었다. 어느 지점에서는 미얀마와 바다 사이에서 태국 국토의 너비가 불과 450미터로 좁아졌다. 수로를 따라 북쪽으로 달리는데 멀리서 미얀마의 산들이 톱니 모양으로 서서히 솟아올랐다.

오후에 청량음료를 사느라 딱 한 번 자전거를 멈췄다. 상점 냉장고를 열려다 멈칫했다. 펩시 콜라 캔 사이에 개 두 마리가 쪼그리고 있었다. 애들 장난감이겠지 싶었지만 기분 나쁠 정도로 진짜 같았다. 축축한 콧잔등, 핏줄까지 선명한 귀…. 조심스럽게 문을 열었다. 개들이 꼼지락거리며 차분히 나를 올려다보았다. 그 뒤로 손을 뻗어 펩시 캔 하나를 꺼낸 후 냉장고를 닫고 카운터에 있는 점원에게 돈을 건네는데, 놀란 기색을 알아차렸는지 이렇게 설명했다.

"태국 더워 더워 더워! 개들 냉장고에 있는 게 더 좋아!"

나중에 태국에 사는 영국 친구에게 이 이야기를 들려주었더니 한바탕 웃음을 터뜨렸다. "그러게, 태국 사람들은 아주 실용적인 구석이 있지."

✳

방콕은 더웠다. 정말 더웠다. 연평균 기온으로 따지면 세계 대도시 중 가장 덥다. 교통 때문에 더 더웠다. 오래도록 교통정체를 해소한답시고 보행로를 차도로 바꾼 데다, 정치인들이 최고 입찰자에게 공공정책을 팔아넘긴 역사가 유구하기 때문이다. 보행자는 안중에도 없다. 누구나 언젠가 도심에서 자동차를 몰아내고 넓은 자전거도로와 보행로만 남겼으면 좋겠다고 생각할 만한 도시다. 정말 그런 미래가 온다면 사람들은 오늘날 산업혁명기의 악취와 지저분함을 떠올릴 때처럼 이 지저분하고 시끄러운 시대를 경멸 어린 태도로 돌아볼 것이다.

방콕의 보행로에는 수많은 맨홀이 흩어져 있으며, 실제로 보행자가 비명만 남기고 그 속으로 사라지는 일이 심심찮게 벌어진다. 이 문제를 해결하기 위한 대책위원회가 꾸려졌을 정도다. 어딜 가든 이동식 식기세척기, 길거리 음식점에서 쏟아져 나오는 손님들, 오토바이 판매상, 짐 싣는 곳, 선거 선전물, 아크용접하는 사람들이 거리를 점령하고 있었다. 빈틈을 본 순간, 역시 그 사실을 알아차린 오토바이가 끼어들기 때문에 조심, 또 조심해야 한다. 거리 표지판은 굵은 강철 밧줄로 보행로에 매어놓았다. 이 모든 것 위로 홈통에서 물이 쏟아진다. 물을 뒤집어쓴 전선이 부드럽게 쉭쉭거린다. 말이 쉽지, 실제로는 정말 머리털이 쭈뼛 서는 경험이었다.

그래도 카오산로드를 당하랴. 여행자들의 헐렁한 배기바지가 MC해머 뺨칠 정도로 요란한 것이 여기다 싶었다. 죄수들이 쇠창살 사이로 팔을 뻗듯 모든 건물 측면에 온갖 간판이 터진 폭죽처럼 내걸려 있는 것을 보니 이름하여 '배낭족 동물원'에 왔다는 것이 실감 났다. 한 여자아이가 어쩔 줄 모르겠다는 표정으로 머리를 풀었다 땋았다 하고 있었다. 서점에는 '환각제' 이야기로 넘쳐나는 소설 『샨타람』이 산더미처럼 쌓여 있었다. 툭툭 운전사들은 교통법규를 대놓고 무시하고 장사꾼들은 어디서나 똑같은 조끼를 파는 방콕의 이 지역을 그들 스스로 내건 슬로건만큼 쌈박하게 정의하는 말은 없을 것이다. "어딜 가나 똑같은 쓰레기!"

방콕에서는 친구인 엘레나 집에 머물렀다. 엘레나는 험악하게 생긴 남자들이 TV로 킥복싱 중계를 보며 야유를 퍼붓는 바 뒤에 살았다. 거기까지는 오토바이 택시를 잡아탔다. 운전사는 어찌나 성미가 급한지, 마치 언제 죽을지는 태어나기 전에 정해져 있기 때문에 오토바이 따위야 어떻게 몰든 상관없다고 생각하는 것 같았다. 한마디하고 싶었지만, 그조차 태국에서는 무례하다고 생각될까 봐 말없이 그를 꼭 껴안았다. 그의 무모함과 이렇듯 기이한 사회에서 까딱하면 죽을지도 모르는 교통수단을 선택한 나의 어리석음에 진저리 치며. 달리는 동안 머릿속에는 교통사고로 죽은 사람들의 끔찍한 사진이 총천연색으로 계속 떠올랐다.

무사히 엘레나의 집에 도착했다. 나는 모든 신경계를 동원해 엘레나를 꼭 끌어안았다(이렇게 고마울 데가! 멀쩡하게 도착하다니!). 그리고 짐을 싼 후 우회로를 궁리하기 시작했다.

8

모래언덕과 바람과 물과 인간

며칠간 방콕에서 동남아시아 지도를 들여다보며 아무도 가보라고 하지 않은 곳들에 대한 환상을 키웠다. 지도란 계획을 위험에 빠뜨리고 여행자를 모험으로 이끄는 세이렌의 노랫소리 같은 것. '원래' 서쪽으로 갈 계획이었지만 감추어진 작은 길, 아무런 표시 없는 빈 공간, 낯설거나 유쾌한 이름이 붙은 작은 마을에 자꾸 눈길이 갔다. 지도 속에서 나는 마음껏 길을 잃고 헤맸으며, 내 삶 또한 정해진 경로를 벗어나 펼쳐졌다.

그날은 캄보디아 지도에 찍힌 큼지막한 파란색 얼룩, 톤레사프Tonle Sap호를 헤맸다. 동남아시아에서 가장 큰 담수호. 지도에는 표시되지 않았지만, 호수 곳곳에 수상가옥 마을이 흩어져 있다고 들었다. 온라인에서 사진만 보면 전원적인 베네치아가 떠올랐다. 남자들이 똑바로 서서 나무로 된 삿대를 이용해 삼판sampan♦을 부렸다. 오래도록 익숙해진 노동으로 팔에는 근육이 불끈불끈 솟아 있었다. 이 범람원에서 살아가는 '니크 톤레neak tonle', 즉 '강 사람'만도 백만 명이 넘는다고

♦ 중국식 작은 돛단배.

했다. 캄보디아에 사는 영국인 가정의 친구 이언이 수상 진료소도 있다고 했었다. 자전거를 방콕에 두고 그곳에 들러보기로 했다.

그 방문은 그저 물리적으로 잠깐 우회하는 것 이상의 의미가 있었다. 가슴속에서 더 큰 야망이 꿈틀거렸다. 사실 자전거를 타고 느린 속도로 여행하는 데 한계에 다다랐고 아쉬움을 느꼈다. 갈수록 나에게만 몰두했으며, 번아웃 상태로 치닫는 것 같았다. 여전히 세계에 대한 질문을 던질 수는 있었지만, 답을 찾는 일은 드물었다. 항상 지나치는 방문객일 뿐 어떤 것의 본질에 이를 만한 언어능력도 없었고, 상황에 깊이 관여하지도 않기 때문이었다. 투르카나의 이동식 진료소와 자카르타의 쓰레기 산은 세상이 근본적인 차원에서 연결되어 있음을 일깨웠다. 그 사실이 마음을 사로잡았다. 호기심을 충족하기 위해서라도 집으로 돌아가는 길에 더 많은 병원과 진료소와 보건의료 프로젝트를 보고 싶었다. 진료나 자원봉사를 한다는 건 어림도 없지만, 돌아다니며 기록을 남기는 것만으로도 신선한 목적의식을 발견할 수 있을지 몰랐다. '저널리즘'이란 말은 너무 거창할 테고, 말하자면 두 개의 여행을 동시에 하는 셈이다. 자전거 여행은 고전적인 여행자의 '파격 추구', 진흙탕 속에 뛰어들고 바람에 몸을 맡겨 감각의 홍수를 맛보는 일, 즉 모험이었다. 동시에 건강을 형성하는 수많은 힘들을 이해하기 위한 여행, 그 힘들이 드러나는 장소 자체에 대한 여행을 병행하는 것이다. 이것이야말로 런던에서 보고 배운 것 아니던가. 단순히 거기서 살기만 한 것이 아니라, NHS를 통해 온갖 상황과 사연을 지닌 사람들을 만나고 도시를 새로운 각도에서 보게 되지 않았던가. 이렇듯 동시에 진행되는 여행에서도 자전거는 훌륭하게 제 몫을 해냈다. 자전거 여행자는 사람들의 집이나 공동체에 종종 초대받는데, 그곳이야말로 건강과 질병의 방향을 좌우하는 저변의 흐름이 쉽게 눈에 띄는 장소이니 말이다.

✳

버스로 캄보디아 국경을 넘은 후 녹슨 트럭을 타고 캄퐁 클리앙Kampong Khleang에 도착했다. 옅은 녹색이 섞인 갈색 수면 위로 솟은 기둥에 얹힌 집들이 들어선 마을은 뭍 사람과 강 사람이 만나는 진흙투성이 시냅스였다. 호수의 삶에서 가장 특이한 점은 그 리듬이다. 6월에 톤레사프호는 메콩강으로 흘러 들어가지만, 물이 흐르는 방향은 1년에 두 번 바뀐다. 10월이면 다시 물이 차올라 주변 숲이 잠기고 호수의 크기는 다섯 배로 불어난다. 계절에 따라 시소를 타듯 나타나는 이런 변화를 사람들은 '물의 맥박'이라 부른다.

의사 둘, 치과의사 하나, 간호사 몇 명, 요리사와 함께 작은 모터보트에 앉았다. 며칠간 의료팀에 합류해달라는 초청을 받은 터였다. 톤레사프호는 이내 얕은 늪지로 변했다. 긴 가뭄, 메콩강에 건설되는 댐들(지류에 건설 중인 것만 백 개가 넘는다), 부레옥잠의 합작품이었다. 부레옥잠은 환경 재앙이다. 하루에 5미터씩 자라 호수 표면을 완전히 뒤덮고 산소를 고갈시키며, 수로를 막아 마을들을 고립시킨다. 프랑스 탐험가 앙리 무오Henri Mouhot가 톤레사프호를 가로질러 앙코르와트를 '발견'했을 때는(그 역시 19세기 중반의 여느 서양 모험가처럼 따옴표 따위는 붙이지 않았으리라 짐작한다) 부레옥잠이 없었다. 무오는 호수에 어찌나 물고기가 많은지 노와 선체에 부딪힐 정도라고만 썼다. 물론 앙코르와트를 건설한 고대인들이 상상조차 할 수 없을 정도로 생태계가 변한 데는 물고기의 남획도 한몫했을 것이다. 우리가 물을 가로지르는 동안 선체에 부딪히는 물고기는 한 마리도 없었다.

세 시간쯤 달리자 맹그로브 사이로 수로가 점차 좁아졌다. 몇 척의 모터보트가 물고기를 가득 싣고 물결을 일으키며 멀어졌다. 수로가 다시 넓어지자 주름진 함석이나 갈대로 지붕을 얹은 수상가옥들이 나타났다. 빈 금속 탱크를 가라앉혀 그 부력으로 아래를 떠받친 집이 있는가 하면, 작은 배의 선체나 대나무를 이용해 지은 집도 있었다. 40~50호가 모여 사는 피차크레이 마을의 한 오두막에 '수상 진료소'의 흰 깃발이 펄럭였다.

톤레사프호의 마을들은 매년 물이 범람할 때마다 그 자리에서 위아래로 움직일 뿐만 아니라, 실제로 위치를 옮기기도 한다. 수상가옥은 그 자체가 배이기도 하므로 물 위를 달려 새로운 장소에 다시 모일 수 있다. 그렇다면 마을을 어떻게 정의해야 할까? 일정한 장소에 머무르지 않는 마을에도 이름을 붙일 수 있을까? 어쩌면 이곳에서 마을 이름은 장소가 아니라 공동체나 건물을 뜻할지도 모른다. 하지만 그 또한 끊임없이 변한다. 사람들은 계절에 따라 생기는 일자리를 좇아 도시로 나가거나, 결혼을 하거나, 호수 주변 논에서 벼를 수확하기 위해 끊임없이 들고 난다. 수상가옥 또한 새로

지어지거나 다른 곳에서 흘러와 기존의 가옥과 합류한다. 이런 마을에 이름을 붙인다는 것은 흡사 바람이나 모래언덕에 이름을 붙이는 격이다. 그러고 보니 사람도 마찬가지다. 결국 우리는 새로운 세포가 낡은 세포를 대체하고, 성격이나 관점은 물론 심지어 자신에 대한 인식도 바뀌며 끊임없이 변하는 존재다. 지금의 나는 하루 전, 한 달 전, 1년 전의 내가 아니다. 오랜 세월 철학자들은 끊임없이 변하는 인간 존재를 어떻게 정의했던가. 흄은 『인성론』에 이렇게 썼다. "(우리는) 끊임없는 흐름과 움직임 속에서 상상할 수 없을 만큼 빠른 속도로 이어지는 감각들의 묶음 또는 집합에 불과하다." 나는 한편 우리 자신을 "피부라는 가방 속에 든 에고"로 바라보는 시각은 과학적으로든 직관적으로든 뒷받침되지 않는다고 한 앨런 와츠Alan Watts의 주장에도 동의한다. 문득 우리 자신을 불변의 존재로 인식하는 것은 틀렸을 뿐 아니라 위험하다는 생각이 들었다. 무상함이야말로 이토록 뒤죽박죽인 세상에서 우리가 함께 잘 살 수 있게 하는 힘이 아닐까? 아무것도 변하지 않는다면 어디서 희망을 찾는단 말인가?

✳

　금속 자재로 지어졌지만 바람이 잘 통하는 진료소에서 주변의 일곱 개 수상가옥촌에서 찾아올 환자들을 맞을 준비를 했다. 사람들이 천천히 벤치를 채워 자연스레 한쪽은 대기실, 다른 쪽은 진료실이 되었다. 거기서 아이들 놀이방과 마을 회관까지 겸하게 되었다. 사방에서 귀를 웽웽 울리는 소음은 누구나 궁금해하는 마을 사람들의 뒷담화이리라. 주민은 주로 캄보디아인과 베트남인에 무슬림 소수민족인 참족◆이 약간 섞여 있었다. 본토에 한번도 가보지 못했다는 사람도 있었지만, 성인 중에 아예 호수에서 태어난 사람은 많지 않았다. 빚과 가난에 쫓겨 밀려온 사람이 일부 있었으나, 대다수는 내전 때 집을 잃고 호수에 정착했다.

진료소에서 무슨 영웅적인 활동을 벌인 것은 아니다. 그저 보건의료 현장일 뿐이었다. 환자들을 교육하고, 질병을 예방하고, 진찰하고, 치과 진료를 했다. 그날은 아저씨같이 편안한 캄보디아인 간호사 사반과 함께 시작했다. 그는 제일 먼저 출근해 현관에서 활력징후를 측정하고 환자의 상태에 따라 우선순위를 정했다. 환자들을 편안하게 대할 줄 알았으며, 진료실을 나서는 아이마다 머리를 쓰다듬어주었다.

이곳에서 일주일간 환자를 보리라고는, 빼빼 말랐으며 크고 아름다운 갈색 눈을 지닌 캄보디아 아이들을 도울 수 있으리라고는 생각도 못했다. 그때까지는 그들의 세상에 뛰어들어 속속들이 알아볼 시간을 낼 수 없었다. 그저 그 세상이 어떻게 돌아가는지 보고 싶었을 뿐이었다. 하지만 이내 일이 내 생각대로 흘러가지 않을 것을 깨달았다. 간호사들의 질문에 대답하지 않을 도리가 없었다. 결국 자의 반 타의 반 환자를 보게 되었다. 여러 사람의 도움을 받아가며 조심스럽게 환자를 진료하고, 가능할 때는 조언도 약간 해주었다. 자원봉사를 오는 외국인 의사들도 있었다. 대부분 잘 훈련되었고, 최

◆　캄보디아 및 베트남 중부에 사는 인도네시아계 민족.

근에 열대의학 학위를 취득한 사람들이었다. 그들 또한 나와 마찬가지로 '니크 톤레'와 그들의 건강에 드리운 보이지 않는 곤경을 모르기는 매한가지였다. 가장 중요한 것은 언어였다. 간호사들이 통역을 해준다고 쉽게 극복할 수 있는 것이 아니었다.

그나저나 이 여성의 팔에 난 자국들은 뭘까? 마치 담뱃불로 지진 듯 동그란 자국이 일정한 간격으로 나 있었다. 사반에게 물었다.

"전통 치료사들이죠! 그 사람들에게 치료를 받으면 이렇게 작은 자국이 남습니다. 때때로 감염도 되지요. 제가 항상 가지 말라고 말은 합니다만…."

그는 격노한 교수처럼 허공에 대고 삿대질을 했다. 캄보디아는 국민 만 명당 의사가 한 명꼴로, 의사 비율이 전 세계에서 가장 낮은 축에 속한다. 그보다 수치가 낮은 나라는 짐작하듯 대부분 아프리카에 있다. 그런 공백 상태를 견디지 못하는 것이 인간의 본성이다. 사람들은 전통 치료사는 물론 면허가 없는 돌팔이 의사들을 찾는다. 많은 사람이 전쟁 중에 의무병으로 근무하면서 기본적인 지식과 훈련을 쌓았기 때문에 의료 공백 상태를 메우는 데 꽤 쓸모가 있었지만, 당연히 문제도 있었다. 그런 전통 치료소에서는 정맥주사의 인기가 매우 높다. 거의 만병통치에 가까운 강력한 치료라고 생각하기 때문이다. 하지만 신생아는 조금만 잘못 주사해도 수분 과잉이 되어 폐부종이 생긴다.

옘 쯔린Yem Chrin이라는 사람의 일화는 유명하다. 참전 군인이었던 그는 20년간 면허 없이 돌팔이 의사 노릇을 했다.

태국과의 분쟁 중에는 국경을 따라 세워진 난민캠프에서 자원봉사를 하다가, 나중에 캄보디아 북서부 바탐방주 로카라는 마을에 정착했다. 그는 근 20년간 거기서 진료하며 주사기를 계속 재사용해 의도치 않게 환자들을 후천면역결핍증 HIV에 감염시켰다. 전하는 사람마다 다르지만, 대략 2백 명 정도가 감염되었다고 추정한다. 감염자의 연령은 6세에서 70세까지 다양했으며, 결혼하지 않은 불교 승려도 있었다. 한 집안에서 무려 열여섯 명이 감염되기도 했다. 로카에서 검사받은 부락민 중 12퍼센트가 HIV 양성으로 나타났다. 캄보디아 평균보다 30배 높은 수치였다.

옘 쓰린은 존경받았다. 그의 치료는 인기가 있었지만 저렴했으며, 외상으로 진료해주거나 치료비 대신 물건을 받기도 했다. 진상이 알려지자 캄보디아 총리는 즉시 그럴 리 없다고 부정하며 검사가 잘못되었을 것이라고 반박했다. 하지만 국제적으로 점점 많은 연구자들이 이 문제에 뛰어들자 더이상 부인할 수 없었다. 옘 쓰린은 25년 형을 선고받았고, 로카는 입에 올리기 꺼려지는 이름이 되었다.

두 명의 십대 소녀가 내 앞에 앉았다. 사반이 왜 왔느냐고 물었다. 아이들 낯빛이 약간 불안해지더니 캄보디아어로 사반과 짧게 대화를 나눴다. 아이들이 마음을 정한 모양이었다.

"두통이라네요."

"둘 다요?"

"네."

아이들 뒤에서 또 한 친구가 불쑥 끼어들었다.

"너는 어디가 아프니?"

"저도 머리가 아파요."

"그렇구나."

마을 사람들이 그저 우리가 여기 있다는 이유로, 때로는 물건을 나눠준다는 이유로 아프지 않아도 진료소를 찾는 것이 아닐까 추측한 것이 처음은 아니다.

이제 진료소에는 여자들이 가득 앉아 있다. 무늬가 있는 헐렁한 옷에서 나무 땐 연기 냄새가 난다. 가정의를 찾아올 만한 증상은 다 있다. 여드름 때문에 풀이 죽어 찾아온 십대, 관절염 때문에 아픈 다리를 질질 끌며 찾아온 할머니들. 호수 위라는 생활환경에서 생기기 쉬운 병이 많았다. 생선을 훈제하는 사람은 기침 때문에, 젖먹이들은 설사와 눈의 감염 때문에 찾아왔다. 기생충 감염은 다반사였다.

또 다른 환자들도 있었다. 지저분하기 짝이 없는 남자아이 하나가 기어오르듯 진료 의자에 앉았다. 맨체스터 유나이티드 티셔츠에 폭 파묻힌 것처럼 보였다. 얼굴에 주름이 자글자글한 엄마가 옆에 앉았다. 두 사람 모두 초라하고 불안한 행색에 찢어지게 가난해 보였다. "아들내미가 고양이 같은 소리를 내요." 청진하기 전에 간호사가 통역해준 말을 곰곰 생각해보니 쌕쌕거린다는 소리 같았다. 대기실 벤치에 앉아 있을 때부터 그 소리가 들렸다. 아이가 체중계에 올라섰다. 바늘이 15킬로그램 언저리를 오갔다. 아홉 살 평균 체중보다 훨씬 낮았다. "빼빼 마르고, 지저분하고…." 우리 능력을 훨씬 벗어나는 곳에서 거대한 힘이 작동하고 있어 비타민 몇 알 정도로는 아무 소용도 없다고 자조하듯 캄보디아인 의사가 말끝을 흐렸다. 나도 비슷한 무력감을 느낀 적이 있다. 의학에 입문할 때는 질병과 병상病狀이 건강의 적이라고 생각하지만, 환자를 볼수록 질병을 일으키는 여러 가지 조건이야말로 진정한 적이란 사실이 눈에 들어온다. 의사 지망생들은 생명을 구한다는 낭만적인 환상에 빠질 수도 있지만, 현실은 화재 현장에서 달려드는 불길에 맞서 싸우는 것과 비슷하다.

진료실에 남자 환자가 나타나면 나는 긴장했다. 남자가 호수 진료소를 찾는다는 것은 열심히 고기 잡을 시간을 포기한다는 뜻이다. 그들은 참을 수 없을 때까지 참다가 찾아오기 때문에 증상이 훨씬 심한 경우가 많았다.

한 사람이 유난히 눈에 띄었다. 대기실에 남자 혼자 앉아있는 것 자체가 흔치 않은 일이었다. 왜 왔냐고 물어볼 필요도 없었다. 목에 큼지막한 혹이 나 있었다. 조심스럽게 촉진을 했다. 움직이지 않고 단단했으며, 박동은 느껴지지 않고, 만져도 아프지 않다 했다. 목소리가 쉰 것으로 보아 성대를 침범한 종양이었다. 그곳에는 수술할 외과의사도 없고, 영상 검사나 생체 검사도 할 수 없었지만, 만일 암이라면 물고기를 잡아 파는 것으로는 치료비를 감당할 수 없을 터였다. 캄보디아인 의사가 진단 결과를 설명하는데 그는 꿈쩍도 하지 않았다. 가난에 찌든 나머지 감정마저 무뎌진 게 아닐까? 하지만 진료소 문턱을 나서다 잠시 멈춰 절망스럽게 허공을 응시하는 모습을 보고 내 실수를, 내 편견을 깨달았다. 사람들은 죽음이 평등하다고 하지만, 좋은 죽음은 그렇지 않다. 그런 기회는 모든 사람이 누릴 수 있는 것이 아니다.

방콕으로 돌아온 다음 날 북서쪽을 향해 논 사이로 얼기설기 난 작은 길을 달렸다. 갓 자른 사탕수수를 가득 실은 트럭이 지나갈 때마다 달콤한 향기를 머금은 바람이 불어왔다. 며칠 달리자 지평선이 흐릿한 산맥으로 일어서기 시작했다. 오후에 한 중국인이 빨간색 산악 자전거를 끌고 곁에서 나란히 달렸다. 츠엉은 내가 중국인이라면 으레 그렇다고 생각했던 내성적인 태도와는 거리가 먼 사람이었다. 천성이 활기에 넘치거나, 평소에 비해 활력을 내보자고 다짐했을지도 모르겠다. 중국 밖으로 처음 나와보았으니 말이다. 그는 몹시 흥분해 이틀 전 밤에 한 경찰서에서 공짜 커피를 얻어 마셨다고 자랑을 늘어놓았다. 고작 150킬로미터를 자전거로 여행한 사람은 저렇게 단순한 것에도 큰 의미를 부여한다고 생각하자 슬그머니 웃음이 나왔다.

마주 앉아 팟타이를 먹으면서 중국에서의 삶에 대해 물어보았다. 그는 반항 어린 태도로 한 손을 들어 올렸다.

"우리 나라를 사랑하지만 공산당은 싫어요. 우린 아무 자유가 없어요! 우린…."

때마침 시끄러운 벨소리가 울리자 그는 화들짝 놀라며 말을 멈추더니 휴대폰을 째려보았다.

"어머니예요. 항상 전화를 하죠. 하루도 빼놓지 않고."

그는 휴대폰을 집었지만 멀찍이 들고 완전히 망친 시험 성적을 보듯 오만상을 찌푸렸다.

"나도 자전거로 전 세계를 여행해봤으면…." 그는 꿈꾸듯 말했다. "중국 부모들은… 절대로 이해하지 못하죠."

다시 고속도로에 올랐을 때 나는 그에게 과잉보호하는 엄마보다 훨씬 급한 문제가 있음을 알았다. 츠엉은 개를 무서워했다. 정말 온순한 녀석을 보고도 깜짝 놀라 정신없이 도망치는 모습을 보니 어처구니가 없었다.

우리는 얼마 안 가 헤어졌다. 또 하나의 스쳐 지나간 우정을 뒤로하고 표지판을 따라 미얀마 우정의 다리 쪽으로 자전거를 달렸다. 츠엉은 긴 턱을 아래로 내리며 함박웃음을 짓더니 손을 흔들고 오른쪽으로 달려갔다. 그의 마음은 치앙마이에, 그리고 엄마가 허락한다면 그보다 더 먼 곳에 가 있었다.

츠엉은 여행 중 만난 수많은 자전거 여행자 중 하나였다. 십대에서 칠십대까지 연령대도 다양한 그 집단에는 최소한의 소지품만 지닌 채 달리는 '신용카드 여행자'가 있는가 하면, 스판덱스 보디슈트를 멋지게 갖춰 입은 사람부터 누더기를 걸친 채 투박한 자전거를 몰고 다니는 바이크 패커도 있었다. 누워서 타는 자전거나 2인용 자전거를 끌고 다니는 사람이 있는가 하면, 트레일러에 어린 자녀나 심지어 개를 태우고 다니는 사람도 있었다. 3주짜리 짧은 여행에 나선 사람이 있는가 하면, 5년째 길 위에 있다는 사람도 보았다. 우리는 동료를 만날 때마다 서로 순풍 속에서 달리기를 기원했다. 같은 부족에게 느끼는 충성심이랄까, 강한 소속감을 느꼈다. 우리는 하나같이 야생에서 캠핑을 하고, 숲에 용변을 보며, 한없이 먹어대는 공통의 의식을 거행했다. 하나같이 관료주의와 험한 날씨와 무모하게 달려드는 개들과 광기 어린 교통이라는 적을 공유했다.

사람들은 19세기 말부터 '자전거 관광 여행'을 해왔다. 자전거 열풍이 시작된 지 얼마 안 된 시기로, 당시 자전거 관광이란 말은 모험과 즐거움과 자율성을 한껏 누리는 여행을 뜻했다. 자전거 타기는 고색창연하게 들리는 다양한 질병의 치료법으로 적극적인 지지를 받기도 했다. 이를테면 간 무기력증, 초기 폐결핵, 소화불량, 신경쇠약, 류머티즘, 우울감 같은 것들 말이다. 십대의 성장을 촉진한다고 믿기도 했다. 나중에는 강장효과뿐 아니라 다른 방식으로는 누릴 수 없는 장점을 지닌, 다양한 장소를 탐색하는 방편으로 각광받기도 했다. 최초의 자전거 여행자들이 남긴 기록을 보면 진정한 황홀감이 드러나 있다. 나만 그런가, 아니면 전반적인 분위기가 경주를 벌이듯 경쟁적으로 바뀌고 있는 것일까?

> 관광이란 자전거 타기의 핵심이다. 언덕과 계곡을 바람처럼 누비며 아무런 걱정 근심 없이 맑은 공기를 들이마시고 햇볕을 쬐며 눈으로는 자연의 아름다움을 만끽하고 몸속 모든 혈관과 근육에 약동하며 힘이 넘치는 활기찬 남성성을 가득 채우는 이 즐거움과 흥분을 능가하는 것은 아무것도 없다.
> —— 메크레디R. J. Mecredy와 스토니G. Stoney, 『자전거 타기라는 기술과 취미The Art and Pastime of Cycling』(1895)

당시 자전거 관광은 지금에 비해 훨씬 모험적인 자전거 배낭여행에 가까워서, 프레임 백frame bag에 최소한의 장비만 갖춘 채 진흙투성이 길을 달렸다. 그럼에도 자전거는 몇몇 빅토리아시대 모험가의 주목을 받았으며, 오늘날로 따지면 스탠드업 패들보드만큼이나 관심을 끌었다. 자전거로 달린 거리와 속도에 대해 온갖 기록이 집계되었다. 최초의 자전거 여행자들은 여행에 나설 때마다 다양한 특전을 누렸다. 명예와 재산까지 따라왔다. 열렬한 제국주의자인 존 포스터 프레이저John Foster Fraser는 1896년부터 1898년까지 새뮤얼 룬Samuel Lunn, 프랜시스 로Frances Lowe와 함께 자전거로 세계 곳곳을 누비며 3만 킬로미터를 넘게 달려 가장 긴 거리를 자전거로 여행한 기록을 세웠다. 영국이 지구상 육지의 4분의 1과 전 인류의 4분의 1을 지배했던 대영제국 시기였다.

프레이저는 1899년에 출간한 『자전거로 세계 일주Round the World on a Wheel』의 도입부에 야망을 숨김없이 드러냈다. "우리가 자전거로 세계 일주에 나선 이유는 다소간의 허영심 때문이었다. 사람들의 입에 오르내리고 신문에서 우리 이름을 보고 싶었다."

"재단사가 영원히 입을 수 있으리라고 장담한 갈색 모직 복장"에 커다란 종 모양 헬멧을 쓴 그들은 엄청난 인파의 환호 속에서 영국을 출발했다. 자기 홍보에 여념이 없었던지라 유럽을 횡단하는 내내 언론의 찬사를 한 몸에 받았다. 벨기에에 도착했을 때는 환영 인파 속에 국왕이 모습을 드러냈고, 빈과 헝가리에서는 대대적인 언론의 조명을 받았다. 가는 곳마다 그들을 위해 유니언잭을 게양했고, 기자들이 호출되었으며, 밴드가 동원돼 영국 뮤직홀의 인기 음악으로 그들을 즐겁게 했다. 트란실바니아에서는 귀족들과 어울려 저녁을 먹고 춤을 추었다.

물론 그들의 우월감은 빅토리아시대 영국의 번영에 힘입은 것이었다. 그들의 시선은 역겨울 정도다. 터키의 한 마을에서 남긴 기록은 이렇다. "수많은 사람이 우리를 둘러쌌다. 눈가가 벌겋게 짓무른 늙다리들, 면도도 하지 않은 건달들, 어디든 참견하기 좋아하는 어린 깡패들, 꼬치꼬치 캐묻는 여자들, 줄잡아 2백 명은 되는 군중이 우리의 늠름한 모습과 훌륭한 장비에 놀라 입을 딱 벌리고 쳐다보았다."

당시 부유한 유럽인들이 어떤 식으로 여행을 했는지 대충이라도 알고 싶다면, 또는 그저 재미 삼아 낄낄거리고 싶다면, 카를 베데커Karl Baedeker의 『여행자를 위한 4개국어 회화 지침서The Traveller's Manual of Conversation in Four Languages』를 읽어볼 만하다. 예문으로 "즉시 침대를 따뜻하게 해주게", "화가 치밀어 숨이 막힐 지경이군", "모든 일을 만족스럽게 해준다면, 넉넉히 사례하겠네", '팔팔한 거머리는 없소? 이 놈들은 도무지 물지를 않아서 말이지" 같은 문장들이 실려 있다.

프레이저와 동료들은 단지 영국인이라는 이유로 얼마든지 거들먹거릴 수 있었다. 곤란한 일을 당하면 사람들의 면전에 영국 여권을 들이대는 것만으로도 해결됐고, 어딜 가든 극진한 환대를 받았다. 그들은 텐트나 스토브를 갖고 다니지 않았다. 현지인들에게 자신들을 재우고, 먹이고, 떠받들고, 그 밖에 필요한 것은 뭐든 해달라고 요구했다. 프레이저는 썼다. "페르시아인들에게 일을 시킬 수 있는, 더욱이 빨리 마치게 할 수 있는 유일한 방법은 지나칠 정도로 거만하게 구는 것이다."

페르시아에서 한 노인이 프레이저에게 말했다. "나리께서는 저희 민족의 사랑을 듬뿍 받고 계시니, 내일 아침에 떠나실 때는 백 마리의 노새에 가득 실을 정도로 환대하는 마음을 갖고 가실 겁니다!" 반면 그는 페르시아 사람들을 이렇게 평했다. "말라빠진 데다 항상 오만상을 찌푸리고 있다."

∗

나는 지평선을 뒤덮은 희부연 연무를 보며 잔뜩 얼굴을 찌푸렸다. 태국의 날씨는 늘 이런 식이었다. 뜻하지 않은 시점에 급변한다. 눈 깜짝할 사이에 길은 폭우가 쏟아지는 물웅덩이로 변해버렸다. 물에 빠진 생쥐 꼴로 타논통차이^{Tanonthongchai}산맥을 올라 국경 마을인 매솟^{Mae Sot} 쪽으로 달렸다.

쇼클로 말라리아 연구기지^{Shoklo Malaria Research Unit, SMRU}에 미리 연락을 취해두었다. 그곳에서는 의료인과 보건 연구자들이 거의 30년간 국경 양쪽에 사는 이주자와 난민을 치료하고 있었다. 1970년대부터 태국과 미얀마 국경에는 수많은 난민이 몰렸으며, 지금은 태국 쪽 난민 수용소에 정착해 살고 있다. 많은 미얀마인이 인도, 방글라데시, 말레이시아로 흩어졌는데도, 공식 집계된 이곳의 난민만 16만 명에 달한다. 며칠 전 태국 육군이 매솟 근처 수용소들의 지휘권을 넘겨받으면서 난민을 돕던 NGO 관계자들을 내쫓고 '마약 단속'(이라쓰고, '불법 체류 단속'이라고 읽는다)이라는 구실로 수색 명령을 내렸다. 태국에 책임 있는 정부가 구성되지 않았기에 쉽고 신속하게 그런 조치를 취할 수 있었다.

매솟에서 멀지 않은 탁 트인 언덕 위에 세워진 결핵 야전병원 밖에서 민트 박사를 만난 날은 어딘지 우울한 듯 차분했다. 미얀마 출신 의사로 소말리아를 비롯해 분쟁 지역에서 국경없는의사회 소속으로 일했던 그는 평화롭지 못한 상황에서 벌어진 인간의 비극이라면 이력이 난 사람 특유의 침착한 태도를 지니고 있었다. 병원에서 바라보는 풍경은 푸르고 아름다웠다. 수확한 타피오카가 사방에 어지러이 널려 있었다. 행정동 주변으로 세 개의 긴 병동이 있었다. 등나무 짚으로 칸을 막아 작은 병실을 만들고 병동마다 76명의 환자를 수용했다. 민트 박사는 간호사 둘을 불러 회진에 나섰다.

조심스럽게 문을 열자 첫 환자가 모습을 드러냈다. 사람 형체가 바닥에 누워 있었다. 여성인가? 분명치는 않았다. 극도로 수척했다. 검은색 해골이나 다름없는 얼굴의 피부는 휑한 관자놀이 위로 팽팽하게 당겨져 있었고, 머리카락은 거의 빠지고 없었다. 입 주변으로 피가 말라붙었고, 코를 통해 삽입한 튜브 끝에 식염수 주머니가 달려 있었다. 가쁘게 숨을 몰아쉴 때마다 뼈만 남아 앙상한 가슴이 떨렸다. 커다란 눈은 불안한 듯 쉴 새 없이 움직였다. 다른 부위는 꼼짝도 하지 않았다. 그녀의 이름은 파투였는데, 다른 인적 사항을 아는 사람은 아무도 없었다. 조금 뒤로 눈길을 옮겼다. 한 남자가 있었다. 환자 옆에 쪼그린 그는 머리가 아주 짧고 체격이 건장했다. 커다란 두 손으로 파투의 한쪽 손을 감싸 쥐고 있었다.

민트 박사는 환자 옆 바닥에 무릎을 꿇고 앉아 미얀마어로 조용히 말을 건넸다. 죽음 직전의 완화치료였다. 파투의 입이 꿈틀거렸지만 끝내 단어가 되지 못했다. 설사 환자의 쇠약한 몸에서 그런 사실을 뚜렷이 느끼지 못한다고 해도, 민트 박사의 표정과 이미 죽음의 냄새를 풍기는 그곳의 공기는 분명했다. 나는 중환자실에서 맡았던 그 냄새를 잘 알았다. 마지막 순간을 맞은 환자 위로 몸을 굽힌 채 빠르게 질주하는 심박동과 바작바작 소리를 내는 호흡음을 청진기로 듣는 순간 나를 둘러싸던 그 냄새. 얼마 남지 않은 시간이 타들어가는 짭조름하고 달착지근한 냄새. 그 방의 마지막 순간은 침묵을 위해 따로 떼어놓은 것 같았다. 민트 박사가 고개를 숙여 인사를 하고, 우리는 방을 나왔다.

그 전에도 의료진 전체가 슬픔에 압도당한 채 회진을 돈 적이 있었다. 그래도 회진은 계속해야 했지만 모두 기계적으로 움직일 뿐이었다. 밖으로 나온 민트 박사는 입술을 오므린 채 아무 말도 하지 않았다. 문밖에 비닐봉지 몇 개가 눈에 띄었다.

"어제 비닐봉지를 머리에 뒤집어쓰고 있는 걸 발견했습니다." 민트 박사가 설명했다. 모두 비닐봉지를 쳐다보고 스스로 질식해 죽으려는 그녀의 시도가 얼마나 허망했을지 알 수 있었다. 비닐봉지마다 여러 개의 구멍이 뚫려 있었던 것이다.

국제적으로 버림받고 국내 정치와 국제적 제재로 인해 국가가 완전히 붕괴한 미얀마가 군사정권 아래서 신음했다면, 말굽 모양의 산악지역인 국경지대에 사는 소수민족은 몇 곱절 더 큰 고통을 겪었다. 파투는 반군 세력이 미얀마 정부군과 오래도록 갈등을 겪어온 미얀마 동부 산악지역에 사는 소수민족 카렌족이었다.

파투는 에이즈로 인해 결핵과 림프종(백혈구를 침범하는 일종의 암이다)에 걸렸다. CD4 T세포 수치가 3까지 떨어졌다. HIV가 우리 몸을 침범하는 경로인 CD4 T세포는 면역에 필수적이며, 건강한 사람이라면 혈액 밀리리터당 천 개가 넘어야 한다. 2주 전 그녀는 국경 건너편 미얀마의 카인^{Kayin}주에 있는 한 사원 입구에 버려졌다. 불교 승려는 여성과 신체 접촉이 금지되었으므로 아무도 그녀를 안으로 들이거나, 파리를 쫓아주거나, 음식을 먹이지 않았다. 마침내 한 승려가 황토색 승복을 팽개치고 파계를 선언했다. 그는 의식이 오락가락하는 환자를 이곳으로 데려와 곁을 지키고 있었다.

승려는 누구나 그렇듯 국경 건너편에 조금이라도 더 희망이 있음을 알았다. 미얀마 병원은 허름하고 지저분하기 이를 데 없으며, 너무 가난하고 정부에서도 아무런 지원을 하지 않기 때문에 위급한 환자를 제대로 돌볼 수 없다. 파투가 성인이 된 2000년, 세계보건기구에서 평가한 미얀마의 보건의료 시스템은 세계 191개국 중 190위였다. '국가평화개발위원회'라는 허울 좋은 이름을 갖다 붙인 군사정권(이름에서 『버마의 나날』을 쓴 오웰의 분위기가 느껴진다)은 여전히 보건의료에 투자할 생각이 없는 것 같다. 이 글을 쓰는 현재도 국가예산의 겨우 2퍼센트를 배정했을 뿐이다. 반면, 국방 예산은 40퍼센트를 넘는다. 이런 사실을 확인해주듯 마스크를 벗고 바람이라도 쐬려고 밖으로 걸어 나가자 하늘에서 한바탕 소란이 벌어졌다. 평화와 고통과 느린 죽음이 뒤범벅된 언덕 위, 서쪽 상공으로 두 대의 전투기가 하늘을 가르며 날아올랐다.

공중분열식은 조금 일렀지만, 얼추 시간을 맞춘 셈이었다. 파투는 한 시간 뒤에 세상을 떠났다. 알려야 할 가족이나 친구가 있는지조차 아는 사람이 없었다. 그날 오후, 그녀를 데려온 승려는 홀로 고개를 푹 숙인 채 타피오카 사이를 지나 천천히 강 쪽으로 돌아갔다.

파투의 죽음은 공식적으로 결핵과 HIV로 인한 사망자가 한 명 추가된 것에 불과하다. 오늘날 상황이 그리 나쁘지 않은 곳에 산다면 이 질병들은 큰 문제가 아닐 수 있다. 결핵에 효과적인 다제요법은 반세기 전에 개발되었으며, HIV 진단을 받는다면 아직도 충격이 크겠지만 최신 항레트로바이러스 약제를 사용하면 기대수명은 평균에 가깝다. 사망진단서를 쓸 때 의사는 '사망 원인'을 명시해야 한다. 대개 심장병이나 감염 등 죽음의 생물학적 원인을 쓰게 마련이다. 가난, 보건의료 시스템의 붕괴, 군부독재 따위를 적는 사람은 없다. 하지만 그것들 또한 사망의 양상이라는 생각을 떨칠 수 없었다.

✳

다음 날 흰색 아치형 구조물 아래를 지났다. 하늘을 향해 휘감아 올라간 테두리 안쪽에 황금색 문자가 자랑스럽게 쓰여 있었다. '미얀마연방공화국'. 뒤로 이어진 거리에 서 있는 건물들은 하나같이 발코니 벽에 접시형 위성방송 안테나가 달려 있었다. 모두 태국 쪽을 향해 있었다. 마치 열린 귀처럼.

길을 따라 내려가니 카우카레이크^{Kawkareik}였다. 먼지를 뒤집어쓴 작은 소도시의 개들은 신경이 날카로워 보였다. 빼빼 마른 남자들이 삼륜 자전거를 굴리며 오가거나, 나뭇잎으로 지붕을 얹은 티크 오두막 그늘에 웃통을 벗고 앉아 있었다. 견갑골에서 허리까지 용 문신이 선명했다. 경찰 하나가 술 냄새를 풍기며 다가오더니 빈랑 열매를 씹어 시뻘게진 침을 찍 뱉었다. "게스트하우스에 모셔다드리지. 당신이 여기서 머물 곳은 거기뿐이니까."

온갖 덩굴식물이 커다란 목조주택을 감아 오르고 있었다. 주인은 내가 입구에 들어서기 전부터 싱글거리고 있었다. 숙박부를 적기 시작했다.

"아, 9월생이시군!" 생년월일을 적는데 그가 입을 열었다. "점잖고, 부드러우며 느긋한 성격. 다른 사람에게 간섭하기를 좋아하지 않는다." 나는 경찰에게 흘끗 '엿이나 처먹어라' 하는 눈길을 던지고 유유히 안으로 들어갔다.

합판으로 벽을 댄 방은 딱 침대 하나 들어갈 크기였다. 모기장에는 비둘기도 들어올 만한 구멍이 숭숭 뚫려 있었다. 최선을 다해 구멍을 때운 후 노곤함을 느끼며 침대에 누워 발을 쭉 뻗었다. 과일 노점상들이 손님을 끌기 위해 고함치는 소리, 툭툭의 엔진 소리, 개들이 으르렁거리며 싸우는 소리를 들으며 잠에 빠져들었다. 새로운 나라에서는 대개 첫날 밤이 가장 좋았다.

다음 날은 아침부터 계속 서쪽으로 달려 해 질 녘에는 파안Hpa-an 근처에 도착했다. 덤불 뒤로 들어가 밖에서 보이지 않게 텐트를 쳤다. 텐트 안에 누워 있는데 남자들의 목소리가 들려왔다. 다가왔다 멀어지는가 하면, 아주 가까운 곳에서 불쑥 들리기도 했다. 발소리도 섞였다. 느리지만 단호한 걸음. 사이코패스의 발걸음. 다시 조용해지자 이번에는 개 한 마리가 다가왔다. 틀림없이 도베르만이었다. 이빨을 드러내고 눈이 노란 것이 꼭 미친개 같았지만 달려들지는 않고 그저 짖기만 했다.

　마을 변두리에서 은밀히 캠핑을 하는 데 푹 빠진 이유는 많지만 이렇듯 원초적인 두려움을 느낄 수 있다는 것도 그 중 하나였다. 특히 그런 일이 불법인 미얀마 같은 곳에서 주변부로 밀려난 공간에 자리 잡고 잠을 청하는 것은 야생에서 캠핑하는 것처럼 사람을 흥분시키는 구석이 있다. 한밤중에 눈에 띄지 않는 곳에 몸을 숨기고 있으면 한 사회를 은밀히 쫓아다니며 엿보는 느낌이 들었다. 창밖에서 집 안을 들여다보는 도둑처럼 짜릿한 외부인이 된 것 같달까, 숨바꼭질을 하는 아이들의 유치한 즐거움 같달까.

　전 세계를 자전거로 누빈 만큼 험한 곳에서 잠든 날도 많았다. 그 두 가지야말로 내 여행을 정의하는 것이었다. 보통, 내 땅이라고 부를 만한 땅 한 뼘을 찾기는 어렵지 않았지만, 이제 나는 스스로 이 분야의 전문가가 되었다고 생각했다. 눈에 띄지 않으려면 전략적으로 행동해야 한다. 예컨대 낮은 곳보다 높은 곳에 텐트를 치는 편이 낫다. 사람의 시선은 위보다 아래를 향하기 때문이다. 텐트를 치는 시간은 어둠이 내려앉을 즈음이 가장 좋다. 완전히 깜깜해지기 전에 야영 장소를 꼼꼼히 점검할 수 있기 때문이다. 너무 일찍 텐트를 치면 발견될 위험이 있다(이렇게 되면 생각보다 훨씬 나쁜 상황을 맞게 된다. 특별한 일이 벌어지지 않는 조용한 마을에서는 사소한 것도 즉시 뉴스거리가 된다. 호기심 어린 사람은 한 명에서 금방 스무 명으로 불어난다. 그중 절반 정도는 당신이 텐트 속에서 자는 모습을 두 눈으로 직접 확인해야만 직성이 풀린다). 반면 너무 늦게 텐트를 치면 아무것도 보이지 않기 때문에 다음 날 아침에 일어나 이렇게 쓰인 표지판 옆에서 잤음을 알게 된다. "경고. 지뢰 제거 작업 중."

텐트 속에 숨어 잠들었던 대부분의 밤은 기억에 남아 있지 않지만, 빛나는 승리의 순간들이 떠오른다. 요르단의 절벽 꼭대기, 캘리포니아 바닷가의 동굴, 프랑스의 로터리 한복판, 폐허가 된 오스만제국의 성곽 위 같은 곳에서였다. 물론 처참한 실패를 맛보기도 했다. 지금도 오래된 공포영화 제목처럼 생생하기만 하다. '불개미의 밤'(엘살바도르), '전갈의 새벽'(아르헨티나, 매트 밑에 전갈이 있었다), '한밤중의 홍수'(호주).

그날 발소리의 주인공은 결국 도끼를 휘두르는 소시오패스가 '아니'라, 밤중에 집에서 나와 할 일 없이 돌아다니는 어린아이들로 밝혀졌다. 공포가 한꺼번에 사라지며 위험에서 벗어났다는 느낌이 밀려오자 갑자기 모든 과정이 황홀할 정도로 가치 있는 경험처럼 느껴졌다.

양곤Yangon 가는 길. 인력거 한 대가 남자 하나와 소 한 마리를 태우고 달렸다. 술 취한 군인들이 어깨에 총을 건 채 서로 팔을 붙들고 비틀거렸다. 꽃 파는 사람들은 하나같이 아름다운 데다 보기만 해도 행복해지는 미소를 지었다. 황토색 승복을 입은 승려들이 한 줄로 늘어서서 음식을 동냥했다. 요기를 하려고 멈췄더니 여자아이 하나가 쏜살같이 다가왔다. 읽던 곳을 표시하느라 귀퉁이를 접은 책이 누렇게 바래 있었다. 『신사 숙녀를 위한 비즈니스 영어』.

"거래할 루비나 보석이 있으신가요?" 아이가 물었다. 아니, 책을 읽었다. 나는 고개를 젓고, 책을 낚아채 뒤적이며 적절한 대답을 찾아주었다.

"죄송합니다만 부인, 너무 일방적인 말씀이로군요."

표지 안쪽에는 이렇게 쓰여 있었다. "오늘날에는 고산지대 사람들이 오히려 선견지명이 있어서 평야로 내려와 우리처럼 시장을 연다."

미얀마가 세계를 향해 문호를 열면서 현대적인 기술이 빠르게 보급되는 양곤에는 시대착오적인 모습이 훨씬 적었다. 몇 년 전만 해도 수도 밖으로 나가면 인터넷은 없는 것이나 마찬가지였고, 휴대폰 심카드 가격이 2백 달러씩 했다고 들었다. 이제는 옷 가게를 지나는데 재미있게도 상호가 '페이스북 패션'이었다. 페이스북 로고까지 붙어 있었다. 슈웨다곤 파고다Shwedagon Pagoda 안에 있는 거대한 부처상 중 하나에는 '엡손' 상표가 붙어 있었다. 심지어 '애플 스토어'도 있었다. 하지만 그것은 가게 이름일 뿐 안에서는 부서진 회로판과 먼지 쌓인 라디오만 취급했다. 그 모습을 보고 적이 안심이 되었다.

며칠 뒤 양곤을 떠나는데 약간 배탈 기운이 있었다. 자전거 여행을 하다 보면 식욕을 주체할 수 없어 뭐든 가리지 않고 마구 먹기 때문에 배탈은 일종의 직업병이었다. 열이 나면서 배가 살살 아픈 것이 금방이라도 다급한 상황이 닥칠 것 같았다. 오케칸Okekan에서 게스트하우스를 발견하고 뛰어들어갔다. 재난이 임박했을 때 화장실이 옆에 있다면 그보다 안심되는 일이 있을까. 주인은 안경 너머로 나를 쳐다보더니 곤란하다는 듯 발만 탁탁거렸다.

"방은 있소만, 드릴 순 없소이다. 외국인은 안 돼요."

"제발 부탁입니다! 몸이 아픈데 여기 말고는 잘 곳이 없어요." 이렇게 말하며 약간 비틀거렸다. 의학적인 재난이 닥칠 수도 있으며, 그랬다가는 당신 눈앞에서 상당히 골치 아픈 일이 벌어질 것임을 알리려는 의도였다.

"미안합니다. 군인들이 처벌할 거예요."

대단하군! 군사정권이 저지른 수많은 죄악에 내게 닥친 재난까지 얹어 속으로 저주를 퍼부었다. 강제로 토지를 몰수하고, 민주주의를 외치는 사람들을 고문하고, 소년병을 모집하는 걸로도 모자라 이제 나까지 이렇게 비참한 지경에 내몰다니.

암울한 밤이었다. 사과나무 아래 텐트를 치고 고통으로 몸을 구부린 채 잠이 들었다. 다음 날 길을 나설 때는 완전히 진이 빠져 있었다. 나만 그런 것은 아니었다. 피Pyay 근처에 이르자 여자들이 홍수가 난 들판에서 쓰러진 벼를 일으켜 세우고, 더 많은 여자들이 도로 건설 현장에서 땀을 흘리고, 훨씬 많은 여자들이 아이들을 돌봐가며 상점에서 일하고 있었다. 남자들은 무사태평이었다. 술에 취한 채 '그랜드로열'과 '하이클래스' 위스키를 광고하는 비닐 휘장 그늘에서 빈둥거렸다. 휘장에는 "인생을 즐겨라!"와 "삶의 참맛!"이라는 광고 문구가 쓰여 있었다. 그들이 얼마나 산송장 같았는지 생각하면 참으로 역설적인 광경이라 하지 않을 수 없었다.

*

미얀마에서는 법이 얼마나 자주 바뀌는지 출입 금지 구역을 정확히 알기 어려웠다. 친Chin주도 도무지 종잡을 수 없었다. 라카인Rakine주 바로 북쪽, 인도와 방글라데시 사이에 위치한 친주는 히말라야와 어깨를 나란히 하는 고산지대로 대부분 운무림에 둘러싸여 있다. 인도가 미얀마를 통치하기 전은 물론, 그 뒤로도 족장 사회를 유지해 수천 킬로미터에 이르는 푸른 숲이 겨우 아홉 개의 행정구역으로 나뉘어 있다. 오래도록 외국인은 현지 안내인을 동반하지 않으면 친주에 들어갈 수도 없었다.

야생을, 이 세상의 제대로 된 소리를 갈구했지만 막상 그 경계에 이르고 보니 망설이지 않을 수 없었다. 멀쩡한 두 다리와 자전거가 있으니 어디든 갈 수는 있었지만 시간이 얼마나 걸릴지, 어떤 일이 벌어질지 몰라 용기가 나지 않았다. 항상 그랬듯 비자가 없었고, 지도상으로 친주를 통과하는 도로는 하나같이 심장이 터질 듯한 오르막이라 언제라도 치명적인 부정맥을 일으킬 것 같았다. 포장도 돼 있지 않아 우기에 집중호우가 퍼부으면 그대로 진흙탕이 될 것이었다. 7월은 친주 여행에 최악의 계절이었다. 그럼에도 그 모든 압박이 그곳을 놓칠 이유로는 충분치 않은 것 같았다.

구름 속으로 뛰어들어 오르막길을 내달렸다. 처음에는 밝고 상쾌했지만, 이내 주변이 납빛으로 변하더니 끔찍한 날씨가 펼쳐졌다. 보슬비가 끝없이 내려 수염이 흠뻑 젖고, 팔에 난 털이 이른 아침의 거미줄 같았다. 산들바람이 건듯 불어 구름을 밀어내자 거대한 산들이 모습을 드러냈다. 눈 닿는 곳까지 감미로운 초록이 펼쳐졌다. 잠시 후 집이 언뜻언뜻 보이기 시작했다. 민닷Mindat이었다. 하늘색과 녹색과 붉은 벽돌색 지붕이 어딘지 부자연스러웠다. 사람들이 나타났다. 한 노인은 총열이 적어도 내 키의 절반은 될 듯한 소총을 어깨에 메고 있었다. 다시 한번 미얀마가 변하고 있다는 생각을 산산조각 내는 고색창연한 물건이었다. 여자 둘이 느릿느릿 길을 걸어 내려와 나를 보고 활짝 웃었다. 치아에 온통 소용돌이 무늬가 새겨져 있고, 얼굴도 문신으로 뒤덮여 있었다. 이웃 부족이 여성을 납치하는 것을 막기 위한 고산 부족의 오랜 관습이다.

한 남자가 나타나 자기 집을 가리켰다. 기꺼이 초대를 받아들였다. 다른 집과 똑같이 나무로 지어 함석지붕을 얹었는데, 끊임없이 바람에 덜컹거렸다. 네 명의 아이들이 한시도 눈을 떼지 않고 바라보는 가운데 탁탁 소리를 내는 불가에 웅크리고 앉았다. 옆방에는 기묘한 사진들이 걸려 있었다. 요트나 해변에서 정장을 입고 선 다른 아이들의 사진 위에 그 집 아이들의 얼굴만 잘라 붙여놓은 모습이 어딘지 으스스했다. 주인 남자는 목사였다. 슬픈 눈동자를 하고 짧게 턱수염을 기른 예수 그림 옆에 또 다른 신이 걸려 있었다. 아기 같은 얼굴에 슬픈 눈동자를 한 가수 에이브릴 라빈이었다. 맹세컨대 그녀의 사진은 지구상 가장 외딴 마을에서도 어렵지 않게 볼 수 있다. 내 옷에서 김이 모락모락 피어올라 장작 타는 연기에 섞여 드는 동안 모두 조용히 앉아 내가 여기서 뭘 하고 있는지 궁금해했다. 남자 여자 할 것 없이 치아의 법랑

질을 녹이는 빈랑 열매를 질경질경 씹으며 내게 악수를 청했다. 미얀마인은 가장 편안한 미소와 가장 엉망인 치아를 지닌 사람들이다.

"정말 멋진 분이군요!" 마침 미국에서 살다가 잠깐 고향에 다니러 온 사람이 있었다. 돌아온 탕아처럼 환영받던 그는 진흙투성이에 개미 물린 자국이 군데군데 나 있는 내 팔과 체인 오일로 뒤범벅된 다리를 차례로 가리켰다. "편안한 자기 나라를 떠나 우리 나라에서… 이렇게 고생을 하다니!" 한 여성이 잉걸불에 장작을 더 넣어 방을 덥히고, 여자아이가 빈 물병들을 가져가더니 가득 채워 왔다. 밖에서는 누군가 자전거 체인에 기름칠을 해주고, 비가 내리기 시작하자 또 다른 누군가가 자전거에 방수포를 덮어주었다.

목사에게 작별을 고하고 따뜻해진 무릎으로 힘을 내어 하카Hakha를 향해 올라갔다. 다른 마을들처럼 능선에 자리 잡고 있었다. 산사태 위험을 피하기 위해서였으리라. 한 시간 후 머리 위쪽에서 주먹만 한 돌이 마구 쏟아졌다. 위험을 직감했다. 미친 듯 페달을 밟아 가까스로 위험을 피한 후 뒤돌아보았더니 산 위에서 흙이 강물처럼 흘러 거대한 진흙 언덕과 나무뿌리들이 한꺼번에 쓸려 내려가고 있었다. 나무들이 통째로 뚝뚝 부러졌다. 잽싸게 몸을 돌려 정신없이 달렸다. 다시 돌아보니 올라온 길이 완전히 사라지고 없었다. 간발의 차이로 산사태를 피했다. 그 뒤 몇 시간 동안 하마터면 흙에 파묻혀 죽을 뻔한 순간을 계속 떠올렸다. 머릿속에 '만약에 그랬더라면'의 목록이 끝없이 펼쳐졌다.

가파른 고갯길은 끝이 없었다. 자전거 바퀴가 진창에 푹

푹 빠졌다. 거머리들이 머리 위에서 후드득 떨어졌다가, 잠시 후에 피를 빨아 통통해진 몸으로 떨어져 나갔다. 숲속에 텐트를 쳤지만 멀리서 우르릉거리며 산사태가 나는 소리, 바위 굴러떨어지는 소리가 간간이 들려 화들짝 잠에서 깨곤 했다. 스피어민트와 부들이 자라는 곳에서 호랑가시나무와 진달래가 우거진 숲을 지나 조릿대와 소나무가 자라는 곳까지 줄곧 올라갔다. 참으로 비옥한 땅이었으나, 역설적으로 너무나 비옥했기 때문에 그 지역 사람들은 48년을 주기로 기근에 시달렸다.

기근을 가리키는 '마우탐Mautam'은 미조어♦로 '대나무 죽음'이란 뜻이다. 그곳의 대나무는 백 년에 두 번씩 꽃을 피우는데, 그때마다 대나무 씨앗을 먹는 쥐의 개체수가 크게 늘어난다. 쥐들 입장에서는 마음껏 먹을 수 있는 뷔페가 열리는 셈이다. 대나무 숲을 가득 채운 쥐들은 결국 경작지와 곡식 창고까지 습격한다. 그런 현상을 두고 전설이 생기기도 했다. 신이 노해서 쥐 군대를 보내 벌을 내린다는 것이었다. 하지만 사람들은 기근이 주기적으로 찾아온다는 것을 알아차렸다. 1862년, 1911년, 1958년이었다. 마지막 마우탐은 2년 정도 대비 기간이 있었다. 2009년 에야와디Ayeyarwady 삼각주 전체에서 쥐잡기 운동이 벌어졌다. 주민들은 단 4개월 만에 260만 마리가 넘는 설치류를 잡았다. 꼬리를 잘라 당국에 가져가면 약간의 보상금도 받았다.

♦ 인도 미조람주와 미얀마 친주, 그리고 방글라데시 치타공 고산지대에 거주하는 미조인들이 사용하는 언어.

*

허가서를 쥐고 미얀마 국경 검문소가 있는 타무^{Tamu}에 도착했다. 비자가 만료되는 날이었다. 길 바로 아래 인도아대륙이 펼쳐져 있었다. 출입국 관리 사무소로 들어가니 '미얀마 정신'이라는 제목이 달린 커다란 나무판이 벽에 걸려 있었다.

소박한 미얀마 사람들은 흰 피부색을 지닌 사람을 질투하지 않는다. 갈색 피부색을 지닌 사람을 미워하지 않으며, 검은 피부색을 지닌 사람을 차별하지 않는다. 신념이 다른 사람을 적대시하지 않는다.
우리는 형제애를 지니고 모든 사람을 동등하게 존중한다. 그럼에도 국가정책을 비방하고 우리 고장, 국가, 국토, 역사, 문화, 종교와 예배에 관련된 문제를 교활한 책략으로 방해한다면 크든 작든, 흑인이든 백인이든 어떤 누구라도, 우리 중 최후의 한 사람이 온몸에 부상을 입고 피투성이가 되어 쓰러질 때까지 어떠한 타협도 없이 온 힘을 다해 엄중하게 대처할 것이다.

미얀마를 떠나면서도 그 글에서 말하는 '미얀마 사람'이 도대체 누구인지 알 수 없었다. 혈통은 답이 될 수 없다. 도대체 경계선을 어디다 긋는단 말인가? 넓은 의미로 인류는 모두 친척이다. 민족주의라는 실체 없는 꿈에 대해 생각했다. 인류는 언제나 배타적인 무리를 지어왔지만, 민족주의는 놀랄 정도로 현대적인 개념이다. '미얀마 정신'처럼 민족혼 같은 것이 있다는 생각은 18세기 낭만주의에서 나왔다. 민족정신은 예술, 문학, 전통, 기타 문화라고 부르는 잡다한 것과 연결된다. 정체성을 형성하는 데 도움이 되며, 제국주의를 종식하고 피식민지가 자치권을 확립하는 데 결정적인 역할을 했지만, 민족주의는 거짓말이다. 세계 모든 지역은 언제나 다문화적이었다. 현재는 물론, 아무리 먼 과거로 거슬러 올라가도 마찬가지다.

스스로를 규정하는 것은 '우리의' 권리라고 주장할 수 있다. 하지만 '우리'란 누구인가? 소위 '국가정책'은 파투가 고산지대의 진료소에서 죽어갈 때 아무 도움이 되지 않았다. 소수민족의 일원으로 잊혀지고, 심지어 군사정권의 표적이 되었을 때 그녀는 어쩌면 미얀마에 속하지 않았을 것이다. 파투는 기준을 충족하지 못했으며, 문화적 신화에 방해가 되었다. 국가가 통합된 실체라는 생각, 역사가 빚어낸 진실과 반쪽 진실과 완전한 허구, 그 어디에도 속할 수 없었다.

이런 면에서 미얀마는 영국이나 미국이나 태국과 다르다고 할 수 있을까? 스스로 이렇다고 규정하고, 어떻게 그런 존재가 되었는지 규정하고, 그 가치와 필요는 이러저러하다고 규정하는 왜곡된 감각에 사로잡힌 다른 모든 국가와 다르다고 할 수 있을까? 사람이 그렇듯 국가도 자신의 이야기를 갖고 있다. 우리는 국가가 그러는 것과 똑같은 이유로 자신에 대한 신화를 창조한다. 스스로 독특한 존재란 느낌을 강화하고, 결집하기 위해서다. 오늘날 각국이 관광객과 투자 자본을 끌어모으기 위해 동원하는 슬로건에서 문화적 헤게모니가 어디에 가치를 두는지, 남에게 어떤 이야기를 들려주고 싶어 하는지 엿볼 수 있다.

스코틀랜드는 '독특한 정신', 부탄은 '가장 행복한 곳', 터키는 '모든 사람을 환영합니다', 캐나다는 '끊임없이 탐험하라', 이집트는 '모든 것이 시작된 곳'이라는 슬로건을 내세운다. 미국은 항상 변방을 낭만화했다. 이로 인해 무한한 기회의 땅이라는 개념과 사회적 이동성이 크다는 망상이 계속 생명력을 이어갔다. 제2차세계대전 중 형성된 '영국은 용기와 품위를 지닌 나라'라는 고정관념은 영국이 도움을 받았다는 사실을 부정하는데, 많은 부분이 예전에 지배했던 식민지의 도움이다. 이야기는 국가를 건설하고 정체성을 강화한다. 그 정체성에서 국적은 아주 작은 한 조각에 불과하다. 어쩌면 정체성이란 영원히 끝나지 않을 협상, 내부자와 이방인이 모두 발언권을 지니는 협상일지도 모른다. 어쩌면 정체성이란 끊임없이 변하는 것일지도 모른다. 그 맥락이, 그리고 세계 자체가 모래언덕과 바람과 인간 같은 것이기 때문이다.

9

비 온 뒤

"에 또… 고귀하신 이름이 뭔가요, 선생님?"

모레Moreh의 인도 출입국 사무소 공무원이 책상 뒤에 앉아 있다 일어나 콧수염을 가다듬으며 별생각 없이 내 여권을 뒤적였다. 그에게 고귀하신 이름을 알려주었다.

"에 또… 종교는요?"

"없습니다." 나는 웅얼거렸다. 이거 잘못 걸린 거 아냐?

"없다고요?"

"없습니다."

"종교가 없어요? 하나도요?"

"저는 종교를 믿지 않습니다." 말하며 왠지 부끄러운 느낌이 들어 고개를 떨구었다.

그는 여권을 돌려주며 고개를 약간 까닥거려 문 쪽을 가리켰다. '끝났습니다'라는 듯. 밖에 나오니 자전거에 새로운 부속물이 잔뜩 붙어 있다. 어디선가 아이들이 몰려와 좌석과 기어를 더듬고, 페달을 돌리고, 제 것인 양 핸들을 잡아당겼다. 모자챙을 아래로 내리며 뚜벅뚜벅 걸어가 자전거를 되찾았다. 모자챙을 너무 내렸던지 출입구 위를 보지 못했다. 쿵 소리와 함께 정수리에 눈물이 찔끔 날 정도로 통증이 밀려왔다. 털썩 땅바닥에 쓰러지고 말았다. 누군가 잽싸게 달려와 다리를 잡아 끌고 안전한 곳으로 데려갔다.

"봤죠, 선생님?" 그는 몹시 걱정스러운 얼굴로 말했다. "누구나 종교가 필요하다고요."

＊

어떤 신이라도 괜찮다면 태양신에게 기도드리고 싶었다. 몬순에 완전히 소진되고 말았다. 자전거도 마찬가지였다. 매일 어딘가 어긋나고 사방에 녹이 슬었다. 체인 휠에서 톱니가 몇 개 떨어져 나가 체인이 아래로 축 처졌다. 양쪽 페달마저 떨어져서, 자전거 인력거에서 떼낸, 한쪽에 15루피씩 하는 중고 부품으로 갈아 끼웠다. 이미 슬어 있는 녹은 공짜다. 싸긴 했지만 한쪽에 1킬로그램이 넘었다. 신발 밑창에『참한 청년』♦을 한 권씩 박아 넣은 채 페달을 밟는 꼴이었다.

모레에서는 남자들이 곡식 자루와 쌀과 채소를 나무 수레에 가득 싣고 물웅덩이 위로 끌고 다녔다. 등이 땀으로 번들거렸다. 싸구려 식당마다 발리우드 영화의 낭랑한 노랫소리가 시끄럽게 흘러나오다가 정전이 되면 갑자기 조용해졌다. 경험상 인도의 소도시에서 정전 횟수는 거리 위로 마구 얽혀 있는 전선 수에 정확히 비례했다. 전선이 어지럽기 짝이 없는 모레에서는 툭하면 정전 사태가 빚어졌다.

♦ 1993년 출간된 비크람 세스Vikram Seth의 소설. 1,300쪽이 넘는 분량으로 영어로 쓰인 가장 긴 소설로 꼽힌다.

인도 땅은 북동쪽 여덟 개 주가 마치 탈장된 것처럼 불룩 튀어나와 있다. 마치 탯줄처럼 이 지역을 나머지 국토와 연결하는 실리구리Siliguri회랑('닭의 목'이라는 뜻이다)은 너비가 22.5킬로미터에 불과하다. 이 지역은 다른 의미로도 인도라는 정체성이 미약한 것으로 생각된다. 북동부가 입에 오르내리는 경우는 대개 문화나 생태가 아니라 정치적 상황 때문이다. 내부와 외부의 경계는 끊임없이 시험대에 올랐으며, 종종 지역 전체가 소외된 동시에 저항적인 곳으로 간주된다. 이곳은 인도군이 재판도 없이 사람을 죽이는 것으로 유명하고, 반란 세력은 여전히 독립과 정체성의 문제에 강박적으로 집착한다.

내가 묵을 호텔의 배불뚝이 사장은 내 정체성에 강박적으로 집착했다.

"그러니까, 방랑자로구먼!" 그는 양손을 허리에 올린 채 선포했다. "그럼 부인은 있소, 영국에?" 나는 고개를 저었다.

"아하! 총각이시라?" 이렇게 말하며 윙크하는 표정이 위협적으로 느껴질 정도여서 그렇다고 대답했다. 어쨌든 고독의 함의를 지닌 '독신'보다 더 낫게 들렸던 것이다. 인도에서 졸지에 '선수' 취급을 받다니.

"임팔Imphal로 가시오?"

"제대로 맞히셨네요. 길은 어떤가요?"

"아 좋지, 좋아. 잘 닦여 있고 평평하다오!"

"평평하다고요?"

내 지도에 그려진 머리핀 모양의 구불구불한 길은 전혀 평평해 보이지 않았다.

"그럼, 그럼. 완전히 평평해요. 하지만 따뜻한 옷을 가져가야 할 거요! 구름 위로 올라가면 엄청 춥거든."

✳

모레는 거기 사는 사람들만큼이나 즐겁고도 헤아리기 어려운 곳이었다. 호텔들은 '숙박과 음식 가능lodging and fooding'이라고 광고했다. '음식food'이라는 명사를 이렇게 쓰다니 참신한 아이디어가 아닐 수 없다. 예컨대 "여기 있는 것들을 다 음식해버리겠어!"라거나 "브라이언, 작작 음식해! 그러다 체할라"라고 할 수 있다는 것 아닌가?

교차로마다 툭툭이 서로 얽혀 꼼짝도 못하는 데서 소들이 시험 감독관처럼 차분하게 거리를 성큼성큼 걷는 모습에 이르기까지 인도에서는 모든 것이 다르게 움직였다. 내 리듬도 엉망이 됐다. 미얀마보다 경찰과 군 검문소가 훨씬 많아 자꾸 멈춰야 했기 때문이다. 이곳은 아편 밀수가 성행했고, 그만큼 중독자도 많았다. 마니푸르Manipur는 인도에서도 HIV 감염률이 가장 높은 지역이었다.

"안녕하십니까, 선생님. 차 한잔 하시겠어요?"

아침에 다섯 블록쯤 달렸는데 군인이 멈춰 세웠다. 잠깐 머릿속이 복잡했다. 방콕에서 인도 비자를 받았으니, 빠른 시일 내에 네팔에 도착하지 못하면 시간이 부족할 터였다. 그러면 즉각 추방당하거나 터무니없는 수수료를 물어야 할 수도 있었다.

"고맙습니다. 하지만 오늘 꽤 먼 거리를 달려야 해서요."

그도 잠시 머리가 복잡한 듯했다. "안 됩니다. 차를 드셔야 해요. 자, 이쪽으로 앉으세요."

"미안합니다…."

그는 이미 몸을 돌리고 다른 군인에게 힌디어로 소리치고 있었다. 소총이 어깨에서 대롱거렸다. 총부리가 정확히 내 왼쪽 허벅지를 향해 있었다. 우발적으로 발사라도 되는 날이면 그대로 슬개골이 날아갈 터였다. 그는 전혀 의식하지 못한 채 다시 나를 쳐다보았다. "그럼 차를 드시겠어요?"

"물론입니다."

"좋습니다. 정말 훌륭한 분이로군요. 이쪽으로 오세요. 대위님을 소개해드리겠습니다."

누가 봐도 헷갈릴 염려는 없었다. 부하들이 굽실대며 이리저리 오가는 가운데 조종사용 선글라스를 쓴 대위는 느긋하게 의자에 기대앉아 어느 누구도 방해하지 못할 거라는 자기 확신에 가득 찬 미소를 띠고 있었다. 그는 어렴풋이 생각에 잠긴 듯한 표정으로 부하 하나가 질문을 퍼붓는 모습을 유심히 쳐다보다가, 내가 대답하면 재미있다는 듯 펜을 책상에 톡톡 두들겼다. "무기는 뭘 가지고 있습니까? 아버지 직업은? 차량 등록은?" 서식의 빈칸에 '뭔 상관이여' 같은 걸 적었다간 험악한 꼴을 보게 될지도 몰랐다.

대위가 책상 위에 놓인 찻주전자를 가리키자 병사 하나가 부리나케 들고 뛰었다. 차를 더 만들어 오려는 것이었다.

"인도에 오신 걸 환영합니다! 영국이 크리켓 경기에서 이겼어요, 악당들 같으니!"

"아, 정말요? 미안합니다! 염려 마세요, 그리 자주 있는 일은 아니니까."

"하! 선생은 영국에서 짜릿하게 사시겠지, 그렇잖소? 인도의 삶은 지루하기 짝이 없어요. 영국에선 늘 카지노에 다니고, 엄청 재미있는 일을 하느라 정신없으실 테지만."

"솔직히 말씀드리면, 저는 카지노에 가지 않습니다."

"이곳은 어떻게 생각하시오? 한심하죠, 그렇잖습니까?"

"아, 아뇨, 여긴…."

"한심해요. 인도 전체를 통틀어 제일 한심한 곳이에요! 이곳 사람을 믿지 마세요, 심지어 경찰도! 여긴 너무 낙후돼 있어요. 당신네 나라로 치면 찰리 채플린 시대 정도 될 거요."

✳

팔렐Pallel 시가지에 들어갔을 때, 딱 소리가 났다. 아래를 내려다보았다. 소리의 주범은 체인이었다. 길옆에 쭈그리고 앉아 엉망으로 우그러져 더 이상 쓸 수도 없을 것 같은 체인 수리 도구를 꺼냈을 때는 이미 주변이 어둑어둑했다. 한 젊은이가 오토바이를 세우더니 한숨을 내쉬었다.

"그걸 고치기엔 너무 늦었어요. 우리 집에서 하룻밤 묵고 갈래요? 이리 오세요! 저녁엔 생선카레를 했을 거예요!"

라이트슨은 열아홉 살 난 학생으로 152센티미터 정도의 키에 공붓벌레 같은 매력이 있었다. 그의 집으로 가서 대문 뒤 아주 작은 뜰을 지나 현관에 자리 잡고 앉았다. 삼촌들, 형제들, 사촌들이 함께 쪼그리고 앉았다. 차분한 암적색 눈동자들이 나를 에워쌌다. 라이트슨에게 공부를 마치면 뭘 하고 싶은지 물어봤다. 그는 머뭇거렸다.

"인도에서는 직장을 '얻으려면' 돈을 내야 해요. 정말 말도 안 되죠! 모든 게 돈이에요. 이곳 북동부는 특히 심해요. 패거리가 너무 많죠. 거의 테러리스트예요. 장사를 하려면 그놈들에게 돈을 내야 하죠. 안 그러면 버티지 못해요. 저도 뭘 해야 할지 모르겠어요."

"왜 딴 데로 가지 않아? 인도는 큰 나라니까, 어디선가 기회를 잡을 수 있지 않을까?"

"여기서 벗어나고 싶어요, 여행을 하고 싶어요. 하지만 돈이 없어요."

라이트슨은 울타리 뒤쪽 타마린드나무를 가만히 응시했다.

"우물 안 개구리가 된 기분이에요."

남자들은 작은 별채에 모여 책상다리를 하고 둥글게 둘러앉았다. 뒤쪽 어디선가 솥에서 김이 피어오르고, 여성들의 모습이 마치 그림자극처럼 바삐 오갔다. 우리는 아무 말도 하지 않고 밥과 카레를 손으로 떠서 빠른 속도로 먹었다.

라이트슨의 숙모는 나이가 들어 구부정했지만 눈빛에 빠르고 날쌘 기운이 서려 있었다. 한 손에 국자를, 다른 손에는 밥이 가득 담긴 커다란 팬을 들고 우리 뒤에 가만히 앉아 있다가 생각지도 못한 순간에 불쑥 끼어들어 접시에 밥을 수북이 얹어주었다. 나이가 믿기지 않을 만큼 민첩한 동작이었다. 슬슬 배가 불러오자 사내들은 국자의 습격을 막으려고 손을 휘휘 저어댔지만, 그녀는 절대로 포기하지 않았다. 그림자 속에서 서성이다 번개처럼 다가오는데 내가 가장 자주 표적이 되었다. 다른 사람 흉내를 내어 손을 휘휘 저어봤지만, 그녀는 속임수를 써서 다른 사람 접시로 갈 듯하다가 마지막 순간에 방향을 바꾸는가 하면 내 손을 국자로 치기도 했다. 계속 밥을 수북이 쌓아주는 바람에 더 이상 먹을 수 없는 지경이 되고 말았다. 흐릿한 빛 속에서 조그만 인도 할머니가 활짝 웃었다.

아침에 체인을 수리하고 연결부를 망치로 두드려 단속한 후, 마니푸르주에서 가장 큰 도시인 임팔로 통하는 도로를 달렸다. 미니버스와 트럭 운전사들이 나란히 달리며 다른 것은 깡그리 무시하고 나만 뚫어지게 바라보았다. 인도의 도로에서는 어느 정도 과감해야 하지만, 동시에 자신의 과감성이 속도를 높여 다가오는 운전사들의 과감성보다 약간 더 많거나 적기를 바라야 한다. 양쪽 모두 같은 정도로 과감하게 굴었다가는 끔찍한 일이 벌어질 수 있다. 한 오토바이족은 꼭 고등어 떼 한복판에 뛰어든 상어 같았다. 사정없이 경적을 울리며 상대방을 무섭게 노려보고, 주변에서 차가 어떻게 움직이든 눈 하나 꿈쩍하지 않았다. 나는 눈웃음을 쳤다. '이 미친놈아!'라는 뜻이었다. 결국 그도 내게 소리를 질렀다. "이봐요, 아저씨! 취미가 뭐요?" 그런 질문을 받고 '생존'이란 말을 떠올리기는 난생처음이었다.

도로 표지판의 문구도 인력거나 자동차들이 우그러지고 긁힌 모습만큼이나 불길했다. "날지 말고 달리세요"로 시작해, 조금 부드럽게 "결혼했다면 과속과는 이혼하세요"라고 타이르는가 하면, "과속은 삶을 결딴내는 칼과 같습니다"라고 경고하기도 했다. 음주운전 경고는 유머와 중의법을 동원했다. "운전은 주량이 아니라 마력으로!"라거나 "음주운전은 천하의 바보짓" 같은 것들. 오토바이족은 표지판 중에서도 가장 중요한 경고를 가볍게 무시했다. "모두 당신 쪽으로 다가오고 있다면, 반대쪽 차선을 달리고 있는 겁니다." 수많은 표지판에도 불구하고 그곳 사람들은 옳고 그른 것에 대한 감각이 거의 없는 것 같았다. 차선은 숙맥들이나 지키는 것이며, 경적 소리는 혼이 나갈 정도였다. 인도에서는 새 차를 사면 제일 먼저 경적을 떼고 가장 시끄러운 것으로 갈아 끼운다고 한다. 도무지 그 소리에는 적응할 수가 없었다. 대신 스스로 마음을 가라앉히기로 했다. 선글라스를 쓰고, 버프로 최대한 얼굴을 가리고, 헤드폰을 뒤집어썼다. 니나 시몬의 소울풀한 목소리가 경적 소리로 윙윙거리는 귓속에 부드러운 연고를 발라주는 것 같았다.

임팔에 다 왔을 때 젊은 남자 하나가 유니언잭이 인쇄된 와인 색깔 로열엔필드 오토바이를 내 옆에 대고 서기에 헤드폰을 벗었다.

"홍등가 어떠세요? 여자들과 성전환자들!" 그가 어깨 너머로 고함을 질렀다. "제가 데려다 드릴게요, 아무 문제 없어요. 3천 루피!"

임팔을 둘러보는 데 만족하기로 했다. 쓰레기 더미가 군데군데 쌓여 악취를 풍겼다. 깜박거리는 가로등에 불이 들어올 때마다 살찐 쥐들이 모습을 드러냈다. 건물들은 휘청거리는 대나무 비계와 함석판과 마구 뒤엉킨 전선들이 엉망으로 얽혀 붕괴하는 순간 얼어붙은 것처럼 보였다. 오랜 세월 이 도시에는 불만의 목소리가 끊이지 않았다. 게스트하우스 로비에 틀어놓은 TV 뉴스 속에서 엄숙한 얼굴을 한 남자들이 두 줄로 도로를 행진하며 인도 다른 지역에서 온 외부인들이 도시를 '급습'하는 데 항의하고 있었다.

아삼Assam 가는 길을 따라 새로운 주에 들어섰다. 더 야생적인 이름에다 훨씬 습도가 높은 메갈라야Meghalaya주였다. "여자아이들도 교육을"이라고 호소하는 표지판들이 곳곳에 서 있었다.

실차르Silchar에 들어서자 숲이 멀찍이 달아났다. 한 남자에게 게스트하우스 찾아가는 길을 물어보려고 멈췄지만, 그는 눈을 내리깔더니 말했다. "미안합니다. 나는 교양 있는 사람이 아니에요."

실차르에서는 남자들이 빈랑 잎을 씹으며 무슨 일만 벌어지면 핵 주위를 도는 전자들처럼 몰려들었다. 대화나 말다툼이나 인력거 충돌 사고나 카드 게임이 모두 핵이 되었다. 나도 예외가 아니었다. 금방 모든 것이 드러났다. "저는 영국인입니다, 힌디어는 못해요, 다르질링Darjeeling으로 가는 길입니다, 예 총각입니다, 예 혼자예요, 예 정말입니다, 예 완전히 혼자죠." 자전거 여행을 하고 있다는 사실만으로 사람들은 놀라 탄성을 질렀지만, 빈틈없이 둘러싼 군중에게는 '혼자' 자전거 여행을 한다는 사실이 훨씬 놀라운 모양이었다.

거리에서 우연히 얻어들은 대화에서 사생활에 대한 그곳 사람들의 독특한 개념을 엿볼 수 있었다.

"아나를 만나러 가는 길이네."

"그게 누군데?"

"자넨 모를 거야. 지금 병원에 있지."

"어디가 아픈가?"

"귀에 문제가 있나 봐, 모르긴 해도."

"귀에 무슨 문제가 있는데?"

여기서는 부산한 와중에 아나가 누군지는 몰라도 아나의 귀에 대해 아는 것은 무리가 없어 보였다. 거리에 서 있으면 행인들이 그저 재미로 내 자전거의 경적을 한 번씩 울려보았다. 내 일기장에는 사람들이 꼭 알아두는 게 좋을 거라고 억지로 받아쓰게 한 이름과 주소가 빠른 속도로 늘어났다. 언젠가 현대 인도에서 쓰이는 언어들에는 사생활의 의미를 정확히 드러내는 단어가 없는 경우가 많다고 들었다. 고립, 친밀함, 은밀함 등을 뜻하는 단어를 조금씩 변형시켜 사용한다는 것이다. 외부인에게는 상당히 답답하게 느껴질 것이다. 특히 영국처럼 온라인상의 개인정보를 광적으로 캐내고 어디를 가든 CCTV가 감시하고 안면인식 기술에 투자하고 생체정보를 상품화하면서도 겉으로는 사생활의 확실한 모델을 갖고 있는 것처럼 생각하는 나라에서 온 사람에게는 더욱 그럴 것이다. 심지어 영국 정치인들은 인도 사람이 할 법한 질문을 하지 않던가. "하지만 당신이 굳이 숨겨야만 할 일이 도대체 뭐요?"

✳

실차르를 지나 접어든 산길에 노상 검문소가 있었다. 오후 들어 한바탕 비가 퍼붓고, 마지막 저녁 햇살이 잿빛으로 기울고 있었다. 고도가 꽤 높았기에 고산지대의 추위가 뼛속 깊이 파고들었다. 경찰은 온갖 질문을 퍼붓더니 앞으로 몸을 기울이며 한 손을 내 어깨에 올렸다. "당신과 당신의 경이로운 모험에 경의를 표합니다. 당신은 꼭 브레이브 하트 같군요, 멜 깁슨 영화에 나오는."

경찰이 숙소로 사용하는 몇 채의 오두막 뒤로 숲이 푹 꺼지며 햇살을 받아 반짝이는 호수와 강으로 이어졌다. 여기저기 사라수沙羅樹와 티크가 그늘을 드리워 어둑어둑했다. "방글라데시입니다!" 경찰이 활짝 웃었다. 나도 안다. 하지만 단수 비자로 인도에 들어온 내게는 그림의 떡이었다.

"잘 곳이 필요하지 않아요? 당신이 우리 나라를 선택해줘서 영광입니다. 나중에 내 손주들이 디스커버리 채널에서 당신을 보면 이렇게 말해줄 겁니다. '저 사람이 우리와 함께 묵었다고!' 당신은 정말 전설적인 존재예요."

당치 않다고 말하려는데, 그가 한 손을 들어 말을 막았다. "전설적이라니까요." 그는 다시 한번 다짐하듯 되뇌었다. "그러니 이제 나랑 셀카 한 장!"

함께 포즈를 취했다. 경찰관 옆에 표정 없는 눈빛의 어딘지 불안해 보이는 남자가 서 있는 모습이 화면에 나타났다. 얼굴은 벌겋게 탄 데다 군데군데 허연 버짐이 일어 있었다. 머리는 감전 사고를 당한 양 미친 듯이 뻗쳐 있었다. 표정에는 온갖 감정이 묘하게 섞여 있었다. 수치심과, 우울함과, 어울리지 않게도 욕정이 깃들어 있었다.

경찰은 길 조금 아래 작은 오두막으로 안내했다. 허리를 굽혀 안으로 들어가더니 요란스럽게 도망 다니는 닭 무리에서 한 마리의 목을 움켜쥐고 걸어 나와 내내 얼굴을 찌푸린 채 무심히 처형을 집행했다. 그리고 초에 불을 밝혀 갖다주었다. 안에는 여기저기 거미줄이 쳐 있고 바닥은 닭똥 천지였다. 하지만 어쨌든 지붕이 있지 않은가! 게다가 통째로 혼자 쓸 수 있었다. 창문 대신 뚫린 구멍으로 (나중에 내 욕실이될) 방글라데시의 호수들이 운모 조각처럼 반짝였다. 방수포를 깔아 닭똥을 덮고 침낭 속에 파고들었다. 촛불에 기대『사막의 고독』♦을 읽는데 함석지붕을 때리는 빗소리가 박수갈채 같았다.

"오늘은 차 못 다녀요."

다음 날 아침 경찰관은 자신의 말을 입증이라도 하듯 어깨를 으쓱거리며 소리 없이 흘러내리는 진흙탕 주변을 활보했다. 항의 시위가 있었다. 지역 무장단체인 하이뉴트렙 민족해방위원회Hynniewtrep National Liberation Council, HNLC에서 인도 독립기념일을 맞아 48시간 동안 파업을 촉구하고 나선 것이었다. 사람들의 귀를 뚫은 자리에 맹꽁이자물쇠를 채워 일주일씩 광장에 세워두는 식으로 자신들의 정의를 실현하는 것으로 악명 높은 조직이다.

다시 길에 오르니 경적 소리가 들리지 않았다. 속이 다후련했다. 목숨을 걸고 다가와 취미가 뭐냐고 묻는 녀석도 없었다. 그새 하늘은 상어 가죽 색깔로 변해 있었다. 벵골만에서 엄청난 저기압이 형성되었는데 몬순철임을 감안해도 이례적인 현상이라고 했다.

이틀 뒤에 다시 교통이 회복되었지만 차들은 꼼짝도 못했다. 인도 국기와 같은 주황색, 녹색, 흰색으로 칠한 트럭들

♦ 미국 작가 에드워드 애비Edward Abbey가 1968년에 발표한 자전적 여행기.

이 도로를 막고 있었다. 차창마다 십자가를 내걸고, 작은 표지판으로 행동 요령을 알렸다. "경적을 울리시오", "인도는 위대하다"라고 쓰인 표지판도 있었다. 저 앞쪽으로 폭포가 거품을 일으키며 떨어져내려 숲 한가운데를 회갈색으로 깊이 갈라놓았다. 주변으로 심한 낙석이 발생해 도로가 완전히 막힌 것이었다.

"벌써 이틀째 이 모양이라오." 트럭 운전사 하나가 몰려드는 추위를 막으려고 빨간색 체크무늬 숄을 두른 채 말했다. 그리고 인도 하늘의 권위를 찬양하듯 덧붙였다. "작년에는 일주일간 꼼짝도 못 했지." 남자 셋 정도는 가볍게 으스러뜨릴 만큼 커다란 바위가 산산조각 나 길 위에 흩어져 있었다. 멀리 튕겨 나간 조각들 때문에 나무들이 쓰러지고 땅에 깊은 고랑이 파였다. 해변 휴양지에서 동전을 잡아먹는 기계처럼 눈을 뗄 수 없는 광경이었다. 바위가 떨어져 내릴 때마다 다음에는 어떤 바위가 떨어질지 조마조마했다. 때로 잭팟이 터진 것처럼 수많은 바위가 산 위에서 한꺼번에 퍼붓듯 쏟아졌다. 세 시간쯤 지나자 마침내 포클레인이 도착해 온갖 잡동사니를 치우고 길을 열었다.

메갈라야주의 주도인 실롱Shillong에서 하루를 쉬었다. 새파란 대성당과 특이한 카페가 있어 맘에 쏙 드는 고상한 도시였다. 심지어 차 없는 거리(운전자들은 그딴 것은 필요 없다고 생각할지 몰라도)와 경적 금지 구역까지 있었다(운전자들은 경적을 울려 그 존재를 축복했다). 그나저나 비를 어떡하나? 몬순은 갈수록 심해졌다. 순순히 받아들이고 견뎌야 할 일이지, 피하거나 그치기를 기다릴 수 있는 일이 아니었다. '겪어야만

한다면' 극단을 겪어보고 싶었다. 체라푼지Cherrapunjee로 향했다. 듣자 하니 실롱 남서쪽에 있는 이 작은 마을에서는 몇 개월 동안 번번한 석양조차 볼 수 없다고 했다.

세계에서 강우량이 가장 많은 지역이 어디인지에 대해서는 기상학자 사이에 의견이 분분하다. 하와이도 지역에 따라 엄청나게 비가 많이 오지만, 체라푼지 역시 어디에도 뒤지지 않으며, 때때로 바로 옆에 있는 마우신람Mawsynram에 왕관이 돌아가기도 한다. 2~3밀리미터가 큰 차이라도 된다는 듯 체라푼지의 연간 강우량을 밀리미터 단위로 기록하는 것은 깜찍한 일이다. 연평균 강우량이 12미터에 달하기 때문이다. 175년 전 웨일스 선교단은 체라푼지에 근거지를 마련했다가 얼마 못 버티고 눅눅한 옷가지와 곰팡이 핀 성경을 챙겨 황급히 실롱으로 철수했다. 귀를 의심할 사람이 있을 것 같아 반복한다. 웨일스 친구들이 비가 너무 많이 온다고 제 발로 꺼졌다는 소리다.♦

마을에 가까워지자 모든 바위 표면이 젖어서 번들거렸다. 양치류는 물속에 잠겨 있고, 표토는 모두 비에 씻겨 남지 않았다. 비옷을 입었지만 솔기를 통해 스며드는 빗물에 쫄딱 젖고 말았다. 귓속까지 빗물이 들어 몇 시간 동안 물소리가 났다. 소라Sohra고원 가장자리를 이루는 석회암의 높은 테두리로 총구멍이 뚫린 성벽처럼 수많은 폭포가 하얀 물줄기로 떨어지는 모습이 언뜻 보이나 했지만, 잠깐 사이에 비구름이

♦　영국 전체가 우중충한 날씨로 유명하지만, 그중에서도 웨일스는 특히 비가 많이 온다.

몰려들어 하늘을 가로지르는 번개의 섬광밖에 볼 수 없었다.

이곳을 배경으로 많은 전설이 탄생했다. 카시족 어린이들은 이런 이야기를 들으며 정신을 바짝 차렸을 것이다. 온통 비가 쏟아져 부옇게 된 곳에서 흰 옷을 입은 여성이 홀연히 나타났다가 사라진다. 숲의 정령이다. 이곳 사람들은 숲에 오줌을 누어 정령의 성스러운 영역을 모독한 남자 이야기를 하곤 한다. 그는 서서히 미쳐가며 있지도 않은 가족을 위해 끊임없이 음식을 준비하다 결국 세상을 떠나고 말았다.

온통 평야인 지역을 벗어나자 카시khasi 지방의 높은 산들이 빠른 속도로 솟아올랐다. 바람과 구름이 어찌나 대단한 기세로 상승하는지 주변을 나는 비행기가 있다면 조종사는 혼이 나갈 정도로 두려울 것 같았다. 남쪽으로는 깔때기 모양 저수지가 있었다. 지형을 보니 왜 1861년 7월 단 한 달 사이에 무려 9미터에 이르는 비가 쏟아졌는지 알 수 있었다. 그 해 이곳의 총 강우량은 26미터를 넘어 세계기록을 세웠다. 영국에서 비가 가장 많이 오는 지역인 웨일스의 스노도니아Snowdonia의 연간 강우량이 평균 3미터 정도다.

북서쪽으로 달려 '닭의 목'으로 접어드니 마침내 구름이 걷혔다. 인도의 몸통으로 들어온 것이다. 길이 햇빛을 받아 희게 빛났다. 온통 잿빛인 몬순에 몇 개월쯤 시달린 기분이었다. 그림자 여행자도 다시 나타났다. 이윽고 브라마푸트라Brahmaputra강 범람원이 시작되었다. 아시아에서 가장 큰 물길 중 하나인 그♦는 앙시Angsi빙하에서 발원한다. 티베트를 통

♦ 인도의 강 중에서 이례적으로 브라마푸트라강은 남성으로 취급된다.(저자)

과한 후 인도에 접어들어 큰 강을 이루고 벵골만으로 흘러간다. 매년 돌아오는 홍수철이라 온통 물로 된 풍경 속을 달렸다. 길과 섬이 되어버린 숲과 간간이 나타나는 마을만 물 위로 솟아 있었다. 고가철도가 마을 사이를 잇는 유일한 통로였다. 수많은 실루엣이 보따리나 장작을 머리에 인 채 고가철도를 따라 오갔다. 석양이 내렸다. 섬처럼 변해버린 숲 가장자리에서 캠핑 준비를 했다. 아이들 몇이 옹기종기 앉아 텐트에 폴대 끼우는 모습을 지켜보았다. 아이들마저 떠난 뒤에는 녹색 빛을 발하며 끊임없이 날아다니는 반딧불이가 그 자리를 채웠다.

다음 날에는 땅이 물속에서 솟아올라 북사^{Buxa}숲♦을 이루었다. 나무들이 왜 흔들리나 했더니 저 높은 가지에서 원숭이들이 신나게 놀고 있었다. 코끼리에게 도로의 우선통행권이 있음을 알리는 표지판이 서 있었다. 인도 운전자들이 코끼리와 다를 바 없이 막무가내임을 생각하면 유용한 팁이라 할 만했다. 오토바이를 탄 세 소년이 나타나 같이 셀카를 찍자고 했다. 응했더니 한 녀석은 내 손에 입을 맞추고, 다른 녀석은 그 손을 잡아 가슴에 갖다 댔다.

이제 길은 부탄 쪽으로 구부러졌다. 부탄으로 통하는 더 작은 길이 눈에 들어왔다. 부탄 비자를 바라 마지않았지만 발급 비용이 하루 250달러로 한 달 치 생활비를 넘었다. 하지만 몰래 숨어들어 잠깐 둘러보고 그 나라의 전설적인 행복을 조금 가지고 나올 수는 없을까? 내 어설픈 선입견에 따르면

♦ 인도의 국립공원 중 하나로 호랑이 보전지구로 유명하다.

불교 신자인 부탄 사람들은 점잖고 평화를 사랑하는 고산족으로 그런 짓을 했다고 총으로 쏠 것 같지는 않았다.

인도 측 국경 검문소를 통과하는 것은 식은 죽 먹기였다. 잠시나마 소란스럽기 짝이 없는 인도의 도로에 감사했다. 느릿느릿 꾸물거리는 염소들과 한없이 몰려드는 인력거 뒤로 몸을 숨겼다. 저 멀리 용이 새겨진 커다란 아치가 보였다. 낡아빠진 트럭 한 대가 털털거리며 지나갔다. 이때다! 힘껏 페달을 밟아 트럭 뒤에 숨어 아치를 통과했다.

오르막을 몇 킬로미터쯤 달려 돌로 된 국경 담장 너머를 바라봤다. 담은 목초지를 가로질러 몹시 추워 보이는 강으로 이어졌다. 작은 길에 표지판이 서 있었다. "카뇨 탕^{Kanyo Thang}"이라. 전 세계 작은 마을 중에 힙합 가수 이름처럼 들리는 지명이 얼마나 많은지(나미비아의 '키트만슙'은 어떤가)! 길을 따라가다 보니 고[♦]를 걸친 어린 학생들이 선생님 주변에 옹기종기 앉아 있었다. 선생님은 햇빛 속에서 아이들에게 책을 읽어주었다. 세계에서 가장 예의 바른 어린이들이 한 줄로 내 옆을 지나며 한목소리로 인사를 건넸다. "행복한 여행을 하시기 바랍니다, 선생님!"

더 들어갔다가는 발각될 위험이 있었다. 세상에서 가장 행복한 나라에서 추방되는 불행을 겪는 것 자체가 어처구니없겠다는 생각이 들어 터덜터덜 오던 길을 돌아갔다. 아까 했던 대로 방향만 바꾸었다. 뿅! 불법입국자에서 결백한 여행자로의 변신이 이리 쉽다니.

♦   부탄의 남성용 전통의상.

＊

　　자전거로 다르질링에 이르는 쉬운 길은 없다. 모든 길이 치명적일 정도로 가파르다. 가장 가파른 길에 마음이 갔다. 네오라밸리 국립공원을 통과한 후 티스타Teesta강까지 내려갔다가 칼림퐁Kalimpong부터 다시 오르막이었다. 마텔리라는 아주 작은 마을에서 고루바탄Gorubathan으로 빠졌다. 여자들이 허리까지 오는 차밭에서 로봇처럼 찻잎을 따며 곁눈질을 했다. 길은 점점 좁아졌다. 절벽 위를 가로지르는 외갈래 오솔길로 자전거를 끌고 가야 했다. 절벽 끝에 이르렀다. 뒤따라오던 남자 둘이 한마디 말도 없이 자전거를 붙잡았다. 우리는 자전거를 떠메고 조심스럽게 절벽을 내려갔다. 잠깐 발을 헛디뎌 가슴이 철렁했지만 운 좋게 금방 자세를 바로잡아 자전거를 까마득한 강으로 떨어뜨리는 참사를 가까스로 모면했다. 마침내 달릴 만한 길이 나오자 그들은 미처 고맙다는 말을 할 틈도 없이 다른 방향으로 사라졌다. 한 사람이 어깨 너머로 소리쳤다. "숲 사람들이 당신을 돌봐줄 겁니다." 다른 곳에서는 결코 들을 수 없는 경고가 뒤따랐다. "항상 조심하세요. 호랑이를! 코끼리를!"

　　다음 계곡까지 절반쯤 남았을 때 마을이 나타났다. 사람들이 물었다. "오두막에서 자고 가겠소?" 문을 열자 노인이 한 사람 있고, 정확히 뭔지 몰라도 쥐같이 생긴 동물 두 마리가 벽 위쪽으로 달아났다. 내 발가락을 잘라먹을 법하게 커다란 녀석들이었다. 텐트가 낫겠다는 생각이 들었지만 이제 와서 호의를 무시하자니 무례한 짓 같았다. 그들은 선한 의도였지만, 나는 만만찮은 대가를 치렀다. 밤새 모기에게 물어 뜯기며 노인의 코 고는 소리와 총총거리며 벽을 오르내리는 그림자 때문에 긴장해 한잠도 못 잤다.

계곡은 이어졌다. 우거진 소나무 사이로 가파른 길이 끊임없이 급커브를 이루었다. 라바Lava에는 산 중턱에 위태롭게 자리 잡은 불교 사원이 있었는데, 내가 노새처럼 마을 위 언덕을 올라가는 모습을 보고 젊은 승려들이 손을 흔들었다. 내리막길에 접어들자 야생 공작이 뒤뚱거리며 나무 사이로 달아났다.

마침내 시작이었다. 불과 13.5킬로미터의 포장도로를 따라 수직 거리로 1,500미터를 오르는 무시무시한 구간이 나타났다. 경사도가 평균 11퍼센트를 넘고, 코너에서는 25퍼센트에 육박했다. 이게 어떤 의미인지 알기 쉽게 비교하자면 투르 드 프랑스 경주에서 가장 가파른 구간인 콜디조아르와 콜뒤투르말레의 경사도가 겨우 7.4퍼센트이고, 선수들의 짐은 훨씬 가볍다. 길에 대해, 산에 대해, 나 자신에 대해 피 끓는 분노와 투지를 이끌어내는 구간이었다. 독일의 사이클 선수 옌스 포크트Jens Voigt가 내뱉었다는 말이 떠올랐다. "닥쳐라, 다리들아!" 차 한 대가 나를 앞질렀다. 뒤 창에 "너의 꿈을 좇으라"라고 써붙인 걸 보자 곧바로 이런 생각이 떠올랐다. '아, 좆 같은 새끼!'

엷은 구름이 피어오르는 다르질링은 전 세계에서 가장 극적인 풍경을 연출하는 대도시다. 영국에서 흔히 쓰는 '언덕'이 들어간 단어들, 예컨대 '언덕 피서지 마을'이나 '야트막한 언덕' 같은 말은 잊는 게 좋다. 영국의 산은 이곳 허리에도 못 미친다. 다르질링에 도착한 날은 산들바람이 불어 구름 한 점 없는 하늘 아래 깊은 계곡과 구불구불한 길이 그대로 드러났다. 도시 위로는 세계에서 가장 높은 산들이 솟아 있었다. 인도에서 가장 높고, 세계에서 세 번째로 높은 칸첸중가Kangchenjunga의 위용은 특히 대단해서, 북쪽 시킴Sikkim주♦의 어마어마한 봉우리들이 하찮게 보일 정도였다. 여행작가인 잰 모리스Jan Morris가 "모든 여행 중 가장 고귀한 경험"이자 "세대를 거듭해 이곳을 찾는 순례자들을 신비의 세계로 이끌고, 수많은 저작을 통해 끊임없이 칭송될 것"이라고 쓴 풍경이다. 그러니 자세한 묘사는 그들에게 맡겨두자.

한동안 동물원을 어슬렁거렸다. 동물들은 부루퉁하고 지저분했으며, 정신적외상에 시달리는 것 같았다. 특히 자칼은 무기징역을 선고받고 남은 날을 헤아리는 죄수 같았다. 완전히 인도식으로 번쩍번쩍한 사리를 걸치고 꾸민 백인들도 눈에 띄었다. 그 위장과 꾸밈이 얼마나 갈지 궁금했다. 몇 주 뒤에는 프리미어리그 경기를 틀어놓은 영국의 펍에 앉아 팔찌를 쟁그랑거리며 칼링 맥주를 홀짝거리지 않을지.

나는 여행에서 만난 두 미국인 친구와 계속 연락을 주고받았다. 마이크와 크리스도 자전거로 미얀마를 여행한 후 인도로 들어와 있었다. 당시는 미얀마가 여행객에게 막 국경을 개방한 시기였기 때문에 우리 말고는 그곳을 자전거로 여행한 사람이 별로 없었다. 외로운 데다 온갖 생각에 지쳐 있던 나는 오랜만에 동료들을 만나고 싶었다. 우리는 다르질링

♦   히말라야 남쪽에 있는 인도의 주.

의 불빛을 굽어보는 게스트하우스 발코니에서 각자 위스키를 손에 든 채 마주 앉았다. 그들도 몬순 때문에 아주 혼났다고 했다. "자전거는 녹슬었지, 옷에는 곰팡이가 피지, 곰팡이 때문에 불알까지 가렵고 짓무르더라고!" 크리스가 죽는소리를 늘어놨다. 마이크는 신중하게 고개를 끄덕이다가 사타구니를 내려다보고 오만상을 찌푸렸다.

우리는 아무도 감독하는 사람이 없을 때 자전거 여행자들이 늘 하는 대로 저녁을 보냈다. 직접 겪은 일에 어디서 들은 말을 섞어 끊임없이 허풍과 무용담을 늘어놓았다. 하지만 나는 인도 비자가 거의 만료되어 다음 날 네팔로 떠나야 했다. 빨리 카트만두에 가고 싶어 안달이 났기에 테라이^{Terai}♦를 택했다. 지도에는 대체로 평평한 초원에 몇 개의 강이 흐르고 얼룩덜룩한 숲과 늪지가 표시되어 있었다. 몬순이 지난 후라 하얀 개사탕수수가 웃자라 바람에 일렁였다. 여자들이 길가에 웅크리고 앉아 식물 섬유로 실을 잣고, 저녁이면 아이들이 제 몸보다 훨씬 큰 자전거를 덜컹거리며 끌고 나와 나를 따라오며 경주를 벌였다. 일부러 져주기도 했다.

테라이는 1950년대 중반 DDT가 개발되기 전까지 수백 년간 말라리아로 피폐해진 땅이었다. 말라리아가 물러간 뒤로 고산지대에서 내려온 네팔인, 티베트 난민, 방글라데시인, 인도인이 들어와 토착민인 타루족, 디말족과 어울려 살았다. 인구 유입이 긴장을 유발하지 않을 리 없다. 기후와 지형이 질병에 영향을 미친다는 것은 익히 알았지만, 이곳에 와서

♦ 인도 북부에서 네팔 남부에 걸쳐 있는 습한 저지대.

그 반대도 성립한다는 것을 깨달았다. 질병 역시 한 지역의 모습을 결정할 수 있다.

어느 오후 내 왼쪽에서 아주 작은 아이가 등에 가방을 멘채 길가에 서 있었다. 길 건너에는 스쿨버스가 탈탈거리며 정차해 있었다. 녀석이 그쪽으로 막 뛰어가려는 모습을 본 순간 엄청난 불안감이 몰려왔다. 아이가 뛰어나갔을 때는 벨을 울리거나, 심지어 소리를 지를 겨를조차 없었다. 사력을 다해 페달을 밟았다. 바람을 업은 덕에 시속 30킬로미터까지 속도를 냈다. 왼쪽으로 급히 방향을 틀자, 짐 가방이 휘청거리며 아이의 교복에 스쳐 휙 소리가 났다. 다음 순간 녀석은 까딱했다가는 얼굴에 타이어 자국이 남아 친구들에게 '바퀴자국'이라는 별명으로 불릴 수도 있었음을 까맣게 모른 채 버스에 올라탔다. 훨씬 나쁜 일이 벌어질 수도 있었다. 아예 버스에 깔릴 수도 있었던 것이다.

✳

카트만두. 네팔에서 수도로 다른 곳을 찾기는 힘들 것이다. 수많은 산지 가운데 도시가 들어설 만한 가장 큰 공간이 여기 있기 때문이다. 높은 곳에서 먼지와 스모그에 둘러싸인 지형을 내려다보며 그 도시에서 며칠간 쉴 수 있다는 사실이 몹시 기뻤다. 더욱이 9월 13일이었다. 두 해 연속 생일도 모르고 지나쳤다.

하지만 카트만두까지는 좀 더 기다려야 했다. 그전에 남쪽으로 16킬로미터쯤 떨어진 병원을 방문할 계획이었다. 아난다반Anandaban은 1957년 내 친구 이언의 할아버지가 한센병 환자◆를 돌보기 위해 설립한 병원이다. 주변은 솔향으로 가득했다. 검사실과 병동 주변에 자애로운 마음을 가진 사람들처럼 소나무들이 우뚝 서 있었다. 나무 사이로 높은 산과 드넓은 하늘, 햇빛을 받아 반짝이는 함석지붕 집들이 눈에 들어왔다. 몇 년 전 산불이 나는 바람에 병원이 완전히 잿더미가 될 뻔했다. 하지만 병원에서 발간한 소책자에 따르면 환자들이 간절한 마음으로 계속 기도한 덕에 엄청난 참사를 막을 수 있었다고 한다. 화염 속에서 한 마리 표범이 뛰쳐나오는 모습을 봤다고도 했다.◆◆

입구의 접수대 벽은 병원을 방문한 유명 인사들의 사진으로 꾸몄다. 영국의 다이애나비가 환자들에게 인사하는 사진이 눈에 띄었다. 세상을 떠나기 3년 전에 찍은 것이었다. 분홍색 옷을 입고 한 환자의 발치에 몸을 구부린 채 팔을 뻗어 그의 손을 잡고 있었다.

여성 병동에서 파르바티는 단연 눈에 띄었다. 젊은 데다 금으로 된 코걸이를 하고 있었기 때문이다. 주근깨가 엷게 낀 얼굴이 미소로 환히 빛났다.

"나마스테."

◆   잠깐 명칭을 살펴보자. 나환자, 심지어 문둥이라는 말은 좋게 들리지 않는다. 그렇지 않은가? 오늘날 선호되는 용어는 '한센병에 걸린 환자Patients Affected by Leprosy'다. 그러고 보니 머리글자를 따서 'PAL'(친구)이라고 부르면 더 좋겠다. 이들이 오랫동안 배척당해온 내력을 생각하면 더욱 그렇다.(저자)

◆◆   표범을 뜻하는 영어 'leopard'는 한센병 환자를 뜻하는 'leper'와 발음이 비슷하다.

파르바티는 고개 숙여 인사하며 남은 손을 얼굴까지 들어 올렸다. 합장한 몽당손이 천장을 향했다. 그녀의 손발은 한센병으로 심하게 손상되었다. 손목은 굽었고, 오래전에 잃은 손가락들이 남아 있다면 손 역시 집게발 모양이 되었을 것이다. 어린 시절 이후 여기저기 근육이 죽어 내려앉았다. 발가락도 남은 것이 없어 침대에 누운 채 생활해야 했다.

처음 피부 변화를 알아차렸을 때, 파르바티는 외딴 산골짜기에서 아버지, 오빠와 함께 살았다. 마을 사람들은 받아 마땅한 벌을 받았다고 수군댔다. 조상이 죄를 지어 병에 걸렸다는 것이었다. 당장 파르바티를 내쫓으라고 아버지와 오빠를 닦아세웠다. 불운을 몰고 오는 아이야, 잘못하면 저주가 마을에 퍼질지도 몰라. 파르바티는 문밖에도 못 나가는 신세가 되었다.

어느 날 오빠가 건전지로 작동하는 라디오를 갖다주었다. 일하러 나간 사이에 시간 때울 거리를 준 것이다. 파르바티는 오두막이라는 작은 세계에 웅크리고 누워 귀를 라디오에 바싹 대고 기름이 자글거리는 듯한 잡음 속에서 한마디라도 들어보려고 애를 썼다. 건강을 다룬 어느 방송에 귀가 뜨였다. 감각이 무뎌지고, 근력이 약해지고, 피부색이 옅어져 반점처럼 보인다고? 자기 증상과 똑같았다. 놀랍게도 치료 방법이 있다는 것 같았다.

파르바티는 오빠를 설득했다. 며칠 뒤 오빠는 커다란 바구니에 동생을 태워 등에 지고 일곱 시간을 걸어 숲을 빠져나왔다. 눈 녹은 물이 흐르는 강을 몇 개나 건너 가장 가까운 길에 올라섰다. 사흘 후 그녀는 아난다반에 도착해 치료를 시작했다. 10년 전에 받았다면 손발을 살릴 수도 있었을 기적의 치료, 바로 항생제였다.

그 뒤로 모든 일이 잘 풀렸다. 여러 가지 약을 조합해 치료받는 동안 병원 직원들에게 손가락을 쓰지 않고 뜨개질하는 법을 배웠다. 밑동만 남은 손가락 사이에 바늘을 끼워 균형을 잡고 솜씨 있게 놀려 원하는 것은 뭐든 만들었다. 마지막 손질 중인 모자는 네 가지 색깔 털실로 뜬 후 꼭대기에 방울을 달았다. 파르바티는 자기 가게를 열고 싶다고 했다. 그녀가 만든 것들이 마음에 든다고 하자 모자가 열 개도 넘게 들어 있는 비닐 백을 보여주며 하나 사겠느냐고 물었다. 그렇게 했다.

한센병은 아마도 모든 질병 중 가장 오해가 심한 병일 것이다. 많은 사람이 저주라고 생각하거나, 쉽게 전염된다고 오해하거나, 치료가 불가능하며 백 퍼센트 사망한다고 생각하지만, 모두 사실이 아니다. 전체 인구의 95퍼센트가 자연 면역을 지니고 있어 감염 위험이 아주 낮으며, 많은 환자가 아예 병을 옮기지 않는다. 한센병은 성서에 등장한 이래 항상 특별한 취급을 받았다. "병 있는 날 동안은 늘 부정할 것이라. 그가 부정한즉 혼자 살되 진 밖에 살지니라"(레위기 13장 46절). 그 뒤로 지금까지 한센병은 신체만이 아니라 영혼까지 병든 것으로 여겨졌다.

1873년 32세의 당찬 노르웨이 의사 한센은 나병이 유전되지 않으며, 신의 분노를 사서 생기는 것도 아니라고 주장했다. 그는 세계적으로 유명한 나병의 권위자로 수많은 상을 수상한 다니엘센 박사의 조수였다. 다니엘센은 나병이 전염된다는 생각은 무지한 미신에 불과하다고 일축하며, 심지어 몇 번씩 자기 몸에 환자의 조직에서 분리한 물질을 주사하기까지 했다. 그는 병에 걸리지 않았으므로, 자신의 주장을 스스로 입증했다고 믿었다. 하지만 한센 박사는 당시 첨단기술이었던 조직병리학적 기법을 이용해 환자의 피부 결절 세포 내에서 막대균을 발견했다. 질병의 진정한 원인인 '나균'이었다.

한센병에 대한 낙인과 오해가 오늘날까지 그토록 심하다는 사실이 몹시 안타깝지만, 동시에 파르바티의 이야기는 인간에게 그런 상황을 극복할 힘이 있음을 보여준다. 우선 파르바티 자신의 강인함, '저주'를 받아들이지 않겠다는 단호한 결심이 있었다. 가족의 헌신도 있었다. 검사실에서, 병원에서 이들을 돕고 의학의 힘이 미치지 않는 곳에 항생제를 보급하려고 애쓰는 사람들도 있었다. 하지만 궁극적으로 그녀를 구한 것은 라디오였다. 아득하게 멀리서 들려오는 인간의 목소리, 국경을 뛰어넘는 정보의 메아리였다. 그것은 우리가 서로 돕는 방식에 혁명을 일으킬 원격의료와 이헬스e-health의 가장 단순한 형태다. 간단히 말해 그것은 손을 내미는 누군가가 다른 누군가와 연결되는 것이다.

＊

드디어 카트만두. 가장 급한 일은 파키스탄 비자를 만드는 것이었다. 파키스탄 대사관에 가니 뭔가 다른 일에 한눈이 팔린 직원이 "99퍼센트 불가능하다"고 했다. 어떻게 하면 1퍼센트의 기회를 살릴 수 있을지에 대해서는 일언반구도 없었다. 어찌어찌 서식들을 받긴 했다. 신청서를 영국으로 보내야 한다는 말과 함께. 며칠간 내역서를 위조해 예금 잔고가 아주 많음을 입증했다. 가짜 호텔 예약증을 만들고, 여행사와 안내인을 날조했다. 여권과 온갖 서식, 예약증과 '증거'를 우편으로 부쳤지만, 파키스탄 대사관을 대리해 비자 신청 과정을 관리하는 대행사의 명칭과 이 중요한 서류들을 안전하게 보관해야 할 사람의 이름을 들으니 영 믿음이 가지 않았다. '제리의 비자 드롭박스'라니! 그런 이름을 신뢰할 사람이 몇이나 될까.

3주 뒤에야 신청서를 처리할 수 없다는 답변이 왔다. 사소한 서식 하나가 누락되었다고 했다. 티베트는 사실상 독립 여행자에게 닫혀 있는 국가이므로 귀향 경로가 갑자기 끊긴 셈이었다. 비행기로 어디론가 날아가지 않는 한 어떻게 유럽까지 가야 할지 알 수 없었다. 좌절감이 느껴졌지만 막다른 골목에 몰렸다거나 부당하다는 생각이 들지는 않았다. 파키스탄 사람이나 네팔 사람이 영국 비자를 받는 과정은 훨씬 복잡할 터였다. 게스트하우스에서 멀지 않은 곳에 네팔인이 여행 서류를 받을 수 있는 관청이 있었다. 하지만 어디까지나 원칙이 그렇다는 것이지, 사실은 수많은 사람이 몰려 세상에서 가장 쓸모없는 여권을 얻기 위해 아귀다툼을 벌였다. 개인적으로 가장 짜증스러운 것은 내 조국이 인도를 분할하지 않았다면 여행이 훨씬 쉬웠을 거라는 생각이었다. 국가 분할의 고통은 언제까지 계속될까?

나는 카트만두에서 가장 활기찬 구역인 타멜Thamel에 머물고 있었다. 관광철이 피크에 이르러 온갖 색깔이 넘쳐 났다. 야단스러운 오리털 점퍼를 걸친 하이킹족, 현란한 색깔의 사리로 한껏 멋을 부린 여성들, 신물이 나는 헐렁한 배기바지를 입은 배낭족, 요란한 옷을 걸친 성자들도 드문드문 눈에 띄었다. 길거리 좌판은 싱잉볼, 크게 휜 구르카검, 가짜 옥으로 만든 불상으로 번쩍거렸다. 거리를 어슬렁거리며 집으로 돌아갈 온갖 방법을 궁리하다 보니 타멜이 더 가까이 보였다. 결국 그늘진 곳에 눈길이 머물렀다. 거리의 아이들. 낮에는 빈둥거리거나 술래잡기를 하던 녀석들은 추운 저녁이 되면 카트만두 시내를 오가는 미니버스 승객들처럼 서로 바싹 몸을 붙이고 둘러앉아 하얀 봉지에 코를 처박고 크게 숨을 들이마셨다. 봉지 안에는 본드가 들어 있었다. 내가 보는 앞에서도 아이들 몇이 후들거리는 다리로 일어났다가 제대로 걷지 못해 넘어지거나, 외계인처럼 몸을 흐느적거리며 희미한 가로등 불빛 너머로 사라져갔다.

다음 날 내 여권을 따뜻하게 반겨줄 목적지로 갈 항공편을 예약했다. 홍콩이었다. 거기서부터는 영국까지 자전거로 갈 수 있을 것 같았다. 지도 위에 세계를 가로지르는 새로운 선을 죽 그었다. 중국을 통과해, 이름이 '-스탄stan'으로 끝나는 몇 나라를 가로지른 후, 캅카스산맥을 넘으면 유럽이다. 비자 만료 기간 내에 중국 전체를 가로지르지 못할 수도 있다고 생각하니 더 북쪽으로 눈길이 갔다. 거기 몽골이 있었다. 안 될 게 뭐 있어?

글쎄, 함부로 발을 들여놓지 못할 매우 중요한 이유가 있었다. 몽골로 들어서면 겨울일 터였다. 겨울의 몽골은 밤 기온이 영하 40도까지 떨어진다. 그것도 따뜻한 해에나 그렇다. 추운 해는 '조드^{dzud}'라는 특별하고도 불길한 이름이 따로 붙을 정도다. '백색 죽음'이라는 뜻이다. 예컨대 2009년부터 2010년에 걸친 겨울은 특히 혹독해 밤에는 영하 50도까지 내려가곤 했다. 야크는 예년보다 훨씬 조용하고 침울하게 추위를 견뎌야 했다. 봄이 되어 모든 것이 녹고 나니 가축의 5분의 1이 얼어 죽어 있었다.

출발 전 꼬박 하루 동안 카트만두에서 상점을 돌아다니며 나를 따뜻하게 지켜줄, 적어도 동상을 가볍게 해줄, 오리털 점퍼를 보러 다녔다.

10
돌고 돌고 돈다

네팔의 다샤인Dashain은 힌두교 최대의 명절이다. 처음에는 카트만두의 변화가 그리 두드러지지 않았다. 고향인 산간 마을로 간 귀성객이 많아 게스트하우스 주변 거리에 사람이 확 줄었다. 떠돌이개들은 여전했다. 누군가 개 한 마리에게 빈디를 붙여놓았다. 아이들이 지붕 위에 올라가 비닐로 된 연을 날렸다. 휙 날아오른 후 급강하하는 연이 햇빛을 받아 반짝였다.

덩달아 홀가분한 기분이었다. 도시에만 머물기에는 하늘이 너무 푸르렀다. 히말라야가 부르고 있었다. 우선 카트만두 북서쪽 베시사하르Besisahar 위로 펼쳐진 계단식 언덕 지역에 자리 잡은 망고 트리 에코캠프에 들렀다. 널조각을 이은 나무다리가 인상적이었다. 다르질링에서 만났던 미국인 자전거 여행자 마이크가 거기서 몇 주째 자원봉사를 하고 있었다. 우리 둘 다 네팔에 오래 머물 시간도 비자도 없었으므로 함께 안나푸르나 순환로를 돌기로 했다. 나는 항상 야생 상태의 자연을 원했는데, 이곳은 일종의 타협이었다. 7~8천 미터에 이르는 고봉들 아래를 달려 토롱라Thorong La 패스를 오르기로 했다. 거기만 해도 안데스산맥에서 올랐던 가장 높은 고개보다 2백 미터 높았다. 하지만 매우 '사용자 친화적'이라 민박집이 즐비했고, 길도 하이킹족으로 번잡할 터였다. 심지어 도로를 건설 중인 곳도 있었다.

"식은 죽 먹기죠. 자전거로 조금만 내려가면 평평한 길이 나와요." 경찰 초소 계단에 쭈그리고 앉아 있던 여자아이가 속에 영감이라도 들어앉은 듯 자신 있는 목소리로 말했다.

"평평하다고?" 어떻게? 어리둥절했다. 산들이 하늘의 절반을 가린 이곳에서?

"글쎄, 아시잖아요, '네팔식 평평함'이죠. 올라갔다 내려갔다, 올라갔다 내려갔다."

아니나 다를까, 몇 시간 후 마이크와 나는 자전거를 어깨에 메고 바위를 깎아 만든 계단을 오르락내리락하느라 녹초가 되었다. 함께 건넜던 다리가 너무 그리웠다. 원래는 느긋하게 달리며 물을 굽어보고, 계단 따위는 아예 없으며, 이따금 행복감에 젖어 휘파람을 부는 스칸디나비아 사람들과 마주칠 약속의 땅을 꿈꾸지 않았던가?

오후 늦게 모든 걸 포기하고 호박과 사고야자와 대마초를 심어놓은 정원으로 둘러싸인 작은 목조주택에 방을 잡았다. 다음 날 아침이 되자 주변 봉우리들은 꿀을 듬뿍 바른 것처럼 빛났지만, 앞에는 더 많은 계단이 나타났다. 다시 중노동에 돌입했다. 산들바람이 건듯 불자 논벼가 스치는 소리가 났다. 우리더러 바보들이라고 속삭이는 것 같았다.

마침내 다리가 나타나 다시 길에 합류했다. 모처럼 작은 폭포들, 거기서 피어오르는 무지개를 지나 군데군데 메밀이 자라는 자줏빛 들판을 유유히 달렸다. 점심때가 되었기에 찻

집에 들어가 현지 음식 달밧을 주문했다. 밥과 렌틸콩 수프를 함께 먹는 것은 인류가 아는 것 중 가장 방귀가 많이 나오는 식사일 것이다. 몇 날 며칠 한 줄로 늘어서서 앞사람 뒤를 따라 걷는 사람들에게는 끔찍한 선택이 아닐 수 없다.

밥을 먹고 있는데 남자아이 하나가 마이크의 카메라를 집어 내게 건네다 그만 떨어뜨리고 말았다. 정확히 누가 잘못했는지 확신하긴 어렵지만, 네팔 아이들은 손이 무디다. 위파사나 명상 수련자를 만나본 적이 있는지? 그런 사람의 화를 돋우기는 매우 어렵다는 것만은 분명하다. 설사 그의 DSLR 카메라를 긁고, 찌그러뜨리고, 렌즈를 억지로 본체 속에 욱여넣는다고 해도 말이다. 마이크의 호흡이 느려지더니 눈에서 광채가 나며 평화의 쓰나미가 온몸을 휩쓸고 지나갔다. 마침내 그가 말했다. "괜찮아." 짜식은 정말 괜찮은 것 같았다. 계곡이 훨씬 가팔라졌다. 그 위를 뒤덮은 양치류가 햇볕에 타 들어가 마구 뒤엉킨 고철 같았다. 까마귀들이 까악까악 울고, 바람이 소나무 사이를 쓸고 가는 소리가 날카로웠다. 잡동사니를 파는 평상 앞에 잠깐 멈췄다. 눈 대신 전구를 박아놓은 두 개의 큼지막한 야크 대가리, 오래되어 칙칙한 도자기, 염소 뿔, 뱀의 척추로 만든 검은색 목걸이. 새끼 야크의 두개골을 사서 핸들 바 밑에 케이블 타이로 달아맸다. 장난기가 발동해, 아이들이 울음을 터뜨리고 늙은 여인네들이 기도를 올리는 모습을 보고 싶었다. 훨씬 전위적으로 꾸민 마이크의 자전거도 탐났다. 크로스 튜브에 반으로 쪼갠 후 칠한 코코넛 껍질들을 매달고, 프레임 위로 불교에서 쓰는 알록달록한 삼각형 기도 깃발들을 묶었다. 히말라야의 내리막길을 달릴 때면 깃발이 바람에 나부껴 딱딱 소리를 냈다. 뒤쪽 짐받이에서 베트남산 대나무 뿌리에 새긴 곱슬머리 노인의 얼굴이 어딘지 신비스럽게 나를 빤히 쳐다보았다. 때때로 네팔인들도 그 얼굴을 가리키며 물었다. "이분도 신이오?"

어린아이들이 움푹한 눈구멍을 내려다보게 야크 두개골을 똑바로 들면서 내가 물었다. "무슨 생각이 드니?"

"몰라요."

마이크는 계곡을 유심히 살피느라 내 액세서리에 아무 관심이 없었다. 그의 눈길을 따라갔다. 어둠이 깔린 계곡 끝에 잿빛 구름이 무겁게 몰려 있었다.

"아무것도 아닐 거야."

합리적 추측이었다. 시월은 건기 한복판이다. 여기까지 오는 동안 수많은 초소를 지나며 명랑한 네팔 관리들을 많이 만났지만, 아무도 폭풍 따위를 언급하지 않았다.

마낭Manang은 여행객으로 붐벼서 자전거 여행자 둘과 귀신 들린 새끼 야크의 두개골을 재워준다는 게스트하우스가 한 곳밖에 없었다. 트레킹족들이 하나밖에 없는 큰길을 가득 메운 채, 책을 교환하거나 온통 고산지대의 죽음에 대한 영화만 트는 것 같은 콧구멍만 한 마을 영화관에서 영화를 봤다. 한밤중에 오줌이 마려워 깼다. 별채를 돌아 긴 내리막을 내려가다 멈춰 하늘을 올려다보았다. 별자리라도 찾아볼까? 밤하늘에 점점이 박힌 것들이 눈에 들어왔다. 별은 아니었다. 눈이 내리고 있었다. 펑펑 쏟아지는 것은 아니고, 그저 몇 개의 눈송이가 바람 속을 떠다녔다.

아침에 일어나보니 옆집 지붕 위에서 꼬부랑 할머니가 삽으로 눈을 퍼내고 있었다. 마이크가 침대에서 벌떡 일어나더니 불교 신자로서 매우 부적절한 욕을 퍼붓기 시작했다 현지인, 여행객 할 것 없이 아연실색한 표정이었다. 토롱라 패스는 마을에서 2천 미터 위, 지도상 가장 파랗게 칠해진 구역으로 길조차 분명히 표시되지 않은 곳이었다. 누구나 똑같은 생각을 하는 것 같았다. '여기에 눈이 1미터나 쌓였다면….'

염소들이 먹을 것을 찾아 내려와 눈을 파헤쳤다. 하이킹족도 계속 밀려들었다. 아무도 떠나지 않았으므로 마을은 이내 사람으로 가득 찼다. 전기마저 끊겼다. 할 일이라곤 야크똥을 태워 피운 불가에 앉아 책을 읽으며 버터차를 마시는 것밖에 없었다.

다음 날 하늘은 평화로운 파란색을 되찾았다. 안나푸르나 2봉과 3봉이 온통 하얀 유리창 같았다. 바람이 불 때마다 양쪽 봉우리에서 솜털 같은 눈이 활 모양으로 흩날리는 모습이 꼭 불꽃이 타오르는 것 같았다. 다른 게스트하우스 텔레비전에서 BBC 뉴스를 보았다. 헬리콥터들이 등장하더니 우리 주변의 산을 찍은 영상과 함께 해설이 흘러나왔다. "히말라야에 치명적인 눈보라가 휘몰아친 후, 이 지역에서는 백여 명의 등산객이 실종되었습니다. 현재 구조 작업이 진행 중입니다. 폴란드, 이스라엘, 캐나다에서 온 여행객과 현지 네팔인을 합쳐 최소 30명 이상이 사망했으며…."

등산로에서 대재난이 벌어졌는데 지구 반대편에 있는 BBC 기자들이 상황을 가장 잘 알았다. 여행객들은 날씨가 어떻게 될지 알아보고 사랑하는 가족에게 이메일이라도 한 통

보내려고 마낭을 통틀어 몇 대 안 되는 컴퓨터 앞으로 모여들었다. 옆에서 한 여자아이가 사람들의 명단이 실린 웹사이트를 보며 눈을 깜박거렸다. 등산객의 이름과 운명이 짝지어졌다… 구조, 사망, 실종, 구조, 실종, 사망, 실종….

마르샹디Marsyangdi 계곡을 통해 몇 분마다 헬리콥터가 날아들었다. 네팔 정부 소유의 러시아산 올리브색 헬기들과 빨간색 수색 및 구조용 항공기들이 사망자와 부상자를 포카라Pokhara와 카트만두로 실어 날랐다. 눈이 녹으면서 눈사태 위험이 줄자 등산객들이 줄지어 베시사하르로 돌아왔다. 우리는 자전거와 장비 대부분을 게스트하우스에 맡기고 도보로 길을 나섰다. 눈이 녹아 잠긴 곳이 많았지만 갈 수 있는 데까지 가볼 작정이었다. 발에 비닐봉지를 뒤집어씌워 단단히 묶고, 나뭇가지를 대충 깎아 만든 하이킹 스틱을 든 채 마낭 북서쪽 언덕길로 걷기 시작했다.

대여섯 사람이 한적한 길을 터벅터벅 내려왔다. 하나같이 암담하고 시장한 기색이었다. 두 사람은 충혈된 눈으로 계속 눈물을 흘렸다. 광*각막염, 소위 설맹雪盲이었다. 갑자기 쏟아진 눈 때문에 길가 찻집에 발이 묶였다가 이제야 간신히 돌아가는 사람들이었다. 일행 중 마지막 사람이 우리를 지나치다가 우뚝 멈춰 섰다. 그가 고개를 까닥였다. "저쪽에, 보이지요? 시체가 있소."

마이크와 내가 강가에 누워 있는 형체를 유심히 살피는 동안 그는 터벅터벅 사라져버렸다. 머리 옆에 빨간색 배낭이 있고, 다리는 눈에 가려 잘 보이지 않았다. 잠시 후 마이크의 목소리가 들렸다. "무슨 생각 해?"

의학계에서 흔히 통용되는 냉혹한 금언을 떠올리고 있었다. "몸을 따뜻하게 해준 뒤에도 사망한 것으로 확인될 때까지는 사망한 것이 아니다." 저체온증이 생기면 뇌 기능이 보전된다. 심지어 얼어붙은 호수나 눈사태 속에서 구조된 사람은 통상 소생술이 아무 의미가 없는 시점을 훨씬 지난 뒤에도 소생하는 경우가 있다. 그는 눈폭풍이 휘몰아치던 며칠 전에 죽었을지도 모르지만, 혹시 모를 일이었다. 확인해봐야 했다.

　　다가가 보니 티베트 라마승이었다. 삭발한 머리로 빨간색 배낭을 베개 삼아 누워 있었다. 머리가 약간 기우뚱하고 다리를 편안하게 뻗은 자세는 언뜻 평화롭고 고요해 보였지만, 나는 그가 최후의 순간에 격렬하게 생명을 붙들려고 했음을 알 수 있었다. 부릅뜬 채 빛을 잃은 양쪽 눈은 얼음으로 번들거렸다. 왼쪽 팔꿈치가 구부러지고, 손은 주먹을 쥐려다 만 듯 허공을 움켜쥐고 있었다.

　　"맙소사." 어깨 너머에서 마이크의 목소리가 들렸다. "진짜가 아닌 것 같아." 정말 그랬다. 반짝거리는 피부, 얼어붙은 육신이 꼭 밀랍 인형 같았다. 무릎을 꿇고 그의 손을 잡았다.

　　사망을 선언하는 순간을 처음 본 것은 새파란 의대생 시절이었다. 나이 들고 여윈 망자의 얼굴은 잿빛이었고, 뼈에서 분리된 것처럼 느껴졌다. 그 자리에 모인 가족 친지들은 눈물을 흘렸지만, 사망 선언을 듣고 갑자기 정신을 차린 듯했다. 한 인간의 종말을 지켜보는 익숙지 않은 상황에서 다음에 어떤 일이 벌어질지 궁금해하는 눈치였다. 나는 일상적으로 어떤 일이 진행되는지 알았다. 의사는 맥박과 통각 자극에 대한 반응과 빛에 대한 동공의 반응을 확인할 것이다. 심장소리를 확인하고, 어쩌면 유족에게 위로의 말을 건넬 것이다. 하지만 나는 놀라지 않을 수 없었다. 그 의사는 몸을 앞으로 숙이더니 망자의 손을 들어 올려 말없이 그대로 있었다. 나는 얼른 유족들을 곁눈질했다. 그 상황에서 나사로의 부활 같은 걸 기대하지 않는다는 데 안도했다. 다음 순간 의사는 움직이기 시작했다. 그 동작은, 의도를 생각해보기 전까지는 지나치게 감상적인 것 같았다. 가족들이 고마워하기는 했지만 망자의 손을 잡은 것은 그들을 위해서가 아니었다. 물론 나를 위해서도 아니었고, 망자에게 존중을 표하기 위해서도 아니었다. 지금 생각하면 의사 자신을 위해서였던 것 같다. 어쨌든 그런 인간적인 제스처는 신참 의사로서 자주 겪게 될 절차, 자칫 공허하고 일상화되기 쉬운 의식에 무게감을 주었다. 어쩌면 부드러운 해설을 덧붙일 수도 있으리라. '죽음에 익숙해지지 말라.' 그 뒤로 나 역시 사망을 선언하면서 환자의 손을 잡아준 경우가 많았다. 아무리 길고 힘든 교대 근무 중이라도 그렇게 하면 죽은 것이 단지 육신이 아니라 하나의 '삶'임을, 유일무이한 이야기의 완전한 종말임을 기억하는 데 도움이 되었다. 하지만 그날 라마승의 손을, 그 차가운 살을 만졌을 때 그의 힘줄과 근육은 얼어서 뻣뻣했고 손가락은 오그라들어 있었다. 나는 그의 손을 그대로 허공에 놓고 말았다. 회의주의자들이 옳다면, 인간이 생물학적 기계에 불과하다면, 바로 그가 그 사실을 입증하는 것 같았다. 그는 죽음보다 더 어둡게 스위치가 내려진 상태로 보였다.

발밑에서 눈이 뽀드득거렸다. 되도록 밟지 않은 눈, 백화한 산호처럼 표면이 우둘투둘한 곳에 발을 디뎠으므로 반대쪽으로 걸어간 사람들의 발자국을 볼 수 있었다. 어쩌면 그것들은 전날 밤에 새겨졌으리라. 눈은 어떤 인간의 마지막 발걸음을 품속에 새겨 기념했다.

5천 미터 높이의 하이캠프 뒤로는 눈이 너무 많이 쌓여서 눈사태 위험 때문에 더 나아갈 수 없었다. 완전히 한 바퀴 돌기를 포기하고 오던 길을 되밟아 마낭으로 돌아왔다. 나무 스틱이 눈 속에 박힐 때마다 빙하처럼 파랗게 빛나는 굴이 생겨났다. 머리 위로 거대한 바위들이 모습을 드러내고, 하늘 높은 곳에 점점이 히말라야 독수리가 나타났다. 태양이 서서히 계곡을 깨우면서 색채와 윤곽의 잔치가 벌어졌다. 덤불이 눈 밑에서 솟아올라 공기 중에 저마다의 향기를 피워올리고, 그렇게 섬뜩했던 정적 대신 눈이 녹아 졸졸 흐르는 소리가 배경을 채웠다.

일주일이 지나자 머리 위로 날아다니는 헬리콥터 수가 눈에 띄게 줄었다. 마낭에도 사건의 자초지종을 들려줄 수 있는 사람이 몇 명 남지 않았다. 눈 폭풍이 불기 며칠 전 벵골만에 '후드후드Hudhud'라는 이름의 사이클론이 밀어닥쳤다. 시속 160킬로미터가 넘는 폭풍이 불자 인도 경찰은 해안 지대 주민 40만 명을 대피시켰다. 기상 전선이 계속 세력을 키웠지만 여행객들은 아무것도 모른 채 결코 보지 못할 고개를 정복하기 위해 길을 나섰다. 두터운 눈구름이 몰려오자 포터와 노새들이 황급히 움직이는 모습을 보고 가던 길을 내려와 살아남은 사람도 있었다. 고갯마루 근처에서 5백 명 넘게 구조되었지만, 심한 동상으로 많은 사람이 팔다리를 절단해야 했다. 하지만 참사가 국제적 뉴스거리가 된 것은 그날 토롱라에서 죽은 마흔세 명 때문이었다.

돌아오는 길에 찻집에 들렀더니 젊은 영국인 배낭족들이 앉아 있었다. 십대 하나가 아이폰을 열심히 들여다보았다. "야, 잭이 죽은 사람을 봤냐고 묻는데? 하하하!" 옆에 있던 녀석들이 모두 바보처럼 웃음을 터뜨렸다. 마이크와 눈길을 마주치려고 했지만, 그는 테이블만 쳐다보았다.

하산길은 거대한 눈사태로 끊겼지만, 포터들이 눈을 치우고 좁은 길을 내준 덕분에 자전거로 내려갈 수 있었다. 길 양쪽에 쌓인 얼음은 압도적이었다. 올림픽 규격 수영장 깊이에 돌처럼 딱딱한 얼음이 벽을 이루었다. 거기 휘말리고도 살아남을 사람은 없으리라. 야속하게도 히말라야의 풍경은 그 어느 때보다 아름다웠다. 하늘을 찌를 듯 높은 바위 표면에는 때아닌 눈이 덮였고, 노란 낙엽송과 V자 모양 바위들이 액자처럼 둘러싼 프레임 속에서 하늘이 파랗게 빛났다.

✳

카트만두로 돌아와 탈출 계획을 세웠다. 뭄바이에서 홍콩까지 가는 항공편 일자가 한참 뒤였으므로 몇 주 정도 남쪽으로 내려가 인도를 돌아다닐 시간이 있었다. 카트만두를 떠나 스모그를 넘어 계곡을 빠져나와 다음 계곡으로 들어갔다. 고집불통 버스 기사 둘이 마주친 탓에 차들이 길게 늘어서서 꼼짝도 못하고 있었다. 길 한 모퉁이를 차지한 채 양쪽 모두 조금도 양보할 생각이 없었다. 탈탈거리는 두 버스 사이 간격은 몇 밀리미터에 불과했다. 어느 한쪽이 후진해야 했지만 양쪽 모두 그 점을 인정했을 때쯤에는 수십 명의 오토바이 운전자들이 프로의 솜씨로 이곳에서 누구나 하는 일을 마친 뒤였다. 모든 빈틈을 메워 아무도 옴짝달싹할 수 없었던 것이다. 차 사이를 가까스로 빠져나와 혼자 내리막을 달릴 수 있겠다고 좋아했지만, 반대편에 있어야 할 차량들이 이미 기회를 포착하고 모든 공간을 메운 뒤였다. 그들은 내가 나아갈 길을 틀어막은 채 비상등을 깜박였다. 만국 공통의 신호다. '나는 바보천치처럼 행동할 테니 네가 알아서 해라.' 난폭하게 굴고 싶은 충동을 겨우 눌러 참았다. 그곳은 내 나라가 아니었고, 내가 아는 규칙이 통하지도 않았다.

어찌어찌 테라이까지 내려가 인도 국경을 넘은 후 길에서 한 자전거 여행자를 지나쳤다. 젊은 인도인이었다.

"이봐요, 대마초 좀 있어요?" 그는 고통스러우리만치 기대에 차 있었다.

"미안해요, 친구."

그는 한숨을 쉬며 말했다. "여태 꽁초를 뒤졌는데."

우리는 서로 행운을 빌었다. 내가 손을 내밀어 악수를 청했다. 그는 불편한 표정을 지었지만 결국 손을 내밀었다. 그제야 머뭇거린 이유를 알 수 있었다. 엄지손가락이 하나 더 있었던 것이다. '전축前軸 다지증'이라고 하면 뭔가 그럴듯하게 들릴지 모르지만 멀쩡한 손가락 외에 쓸모없이 축 늘어진 부속물이 하나 더 붙어 있는 것을 가리킨다. 몇 년 전 인도 우타르프라데시Uttar Pradesh주에 사는 아크샤트 삭세나라는 사람은 손발가락 수가 가장 많은 것으로 세계기록을 세웠다. 그는 2010년 양손에 각각 일곱 개의 손가락, 양발에 각각 열 개의 발가락을 지닌 채 태어났다. 다지증은 세계 어디보다도 인도에 많다. 왠지 그럴 수밖에 없다고 생각되는데, 인도라고 하면 뭐든 지나치게 넘쳐 나는 짜릿한 장소라고 느껴지는 것과 관련이 있을 것이다. A. A. 길은 썼다. "무엇을 찾든 인도는 이미 준비해뒀을 것이다. 시바 신이 여섯 개의 팔로 조화를 부리듯."

바로 그 우타르프라데시주였다. 인도에서 가장 인구가 많은 곳이다. 아니나 다를까, 그곳을 생각하면 항상 수많은 사람이 뒤죽박죽 엉켜서 떠오른다. 이른 아침 마을 외곽 먼지가 풀썩이는 곳에서 크리켓 경기를 하던 소년들, 침대를 통째로 머리에 인 채 옮기던 남자, 너무 많은 '로티초카'를 먹으라고 권하던 여인들, 나를 에워싼 채 내가 처덕처덕 선크림 바르는 모습을 홀린 듯 바라보던 아이들, 턱수염을 붉은색으로 염색한 무슬림 남성들과 항상 검은색 니캅♦을 두르고 그들에게서 멀리 떨어져 있던 수많은 여성들. 사람이 붐비는 지역임을 절감했다. 쓰레기를 길가에서 태우는 바람에 플라스틱이 녹아내리며 매캐한 연기가 피어올랐다. 오염된 대기로 태양은 항상 희뿌옇게 보였다. 거기서 정확히 어디를 지나갔는지 기억이 잘 나지 않을 정도다. 종종 향 냄새가 진동하는 경찰서에서 잤다. 경찰관들은 총검을 든 채 경비를 서다가 돌로 된 바닥에 그대로 누워 잤다. 하룻밤 묵어 가기를 청하면 거절하는 경우는 절대로 없었으며, 항상 음식과

♦ 눈만 빼놓고 얼굴 전체를 덮는 무슬림 여성들의 얼굴 가리개.

물을 나눠주었다.

게스트하우스는 물론 대충 텐트를 칠 곳도 없었으므로 경찰서, 사원, 교회, 모스크, 심지어 병원이나 학교를 찾아가 조용한 구석에서 하룻밤 자고 가도 될지 묻곤 했다. 서양인 여행자는 한 가지 특권을 누린다. 세계 많은 곳, 특히 남아시아에서 별문제 없이 신뢰를 받는다는 점이다. 영국에서라면 어떨까? 수염을 긁으며 불쑥 학교에 들어가 운동장에 비비 백bivvy bag◆을 깔고 하룻밤 자고 가기를 청한다면? 카트만두의 한 호스텔 주인은 이렇게 말했다. "네팔에서는 여행객이 신입니다, 알겠소?" 알았다고 하자 그는 강렬하고 간절한 눈빛으로 나를 쳐다보았다. "그러면 영국에서 네팔인을 본다면, 그를 도와주겠소? 사랑으로 대해주겠소?"

남쪽으로 바로 아래 마디아프라데시Madhya Pradesh 어딘가를 달릴 때였다. 자전거를 탄 아이들 여럿이 다가왔다. 한 녀석이 대장 노릇을 했다.

"우리 학교에 오세요."

"왜?"

"아이들을 위해서요, 아이들이 아저씨를 볼 수 있게요."

"하지만 아이들은 어디서나 나를 보는걸."

"나 좋아해요?"

"좋아하지."

"그럼 그 자전거 나 주세요."

아이들은 깔깔 웃으며 다음엔 뭘 물어볼지 힌디어로 중

◆　가벼운 방수천으로 침낭과 바닥 깔개를 겸하도록 만든 야영장비.

얼거렸다.

"여기가 인도인 건 알죠?"

나는 그렇다고 대답했다. 녀석이 다시 힌디어로 친구들에게 뭐라고 했다. 아마 이러는 것 같았다. "그래, 안대." 내가 여기에 우연히 떨어졌을 수도 있다고 생각하는 게 재미있었다. 젠장, 셔츠에 '인도'라고 쓴 저 녀석은 왜 내 여권을 보고 싶어 하는 거지?

아이들과 헤어지고 한 시간쯤 뒤 세 남자가 한 대의 오토바이에 올라탄 채 나타나 나를 멈춰 세웠다. 한 사람이 뛰어내리더니 어디서 왔느냐고 물었다. 영국이라고 하자 그는 소리쳤다. "보리스 베커Boris Becker!" 그는 내가 보리스 베커는 독일 선수라고 할 때까지 계속 테니스 서브 넣는 흉내를 냈다. 내 말을 들은 뒤에는 낙심한 듯했지만 마지막으로 한 번 더 서브를 넣었다.

드디어 뭄바이에 도착했다. 대부분의 게스트하우스가 꽉 차서 호텔 딜라이트Delight라는 곳에 짐을 풀었다. 그 이름은 틀림없이 누군가 빈정대는 뜻으로 지었거나, 체크아웃할 때 너무나 기쁜 곳이라는 뜻이었으리라. 뚱한 얼굴을 한 투숙객들이 TV를 엄청 시끄럽게 틀어놓고, 변기 시트에 신발 자국이 찍혀 있는 꼴이 심상찮더니, 떠날 때 내 팔에는 빈대 물린 자국들이 떡하니 찍혀 있었다.

하지만 뭄바이는 마음만 약간 느긋하게 먹으면 곳곳에서 쉽게 기쁨을 찾을 수 있는 곳이었다. 콜라바Colaba 지구에 자리잡은 호텔에서 나오자마자 한 남자가 출입문보다 더 큰 풍선을 내게 팔려고 했다. 또 한 사람이 피리를 불며 쭈뼛쭈

뼛 다가왔다. 재킷에 50개 정도 되어 보이는 악기가 달랑거렸다. "피리! 이봐요! 피리 사세요!" 다음엔 책 장수 차례였다. 젊은 여자들이 엉망인 영어로 떠들어대며 바싹 다가와 손가락으로 내 팔을 훑으며 돈을 달라고 했다. 어깨 너머 어디선가 다른 목소리가 들려왔다. "엽서 사실래요? 필요 없어요? 이봐요, 아저씨, 기막힌 약 있는데, 뿅 가보고 싶지 않아요?" 발리우드의 캐스팅 에이전트가 내게 영화 단역을 제안했다. 한 남자는 성큼 다가오더니 말릴 새도 없이 내 귀에 금속성 물체를 집어넣었다. 이어왈라ear-wallah♦는 파낸 귀지를 자랑스럽게 보여주었지만, 경찰관이 소리를 지르며 다가오자 부리나케 도망쳤다. 나는 한걸음 물러서서 중간쯤을 응시하며 뭄바이가 뭐든지 하도록 내버려두었다. 의식의 경계에 있는 것처럼 사람들이 나타났다 사라졌다. 이런 곳에서는 뭔가 사라고 유혹하는 사람들을 본능적으로 경계하며 쫓아버리려고 할 수 있다. 그러면 최고의 순간, 그곳 사람과 조용히 마주앉아 차를 마시며 크리켓이나 세상 돌아가는 이야기를 하자는 초대를 놓치기 쉽다. 때로는 가만히 앉아 귀 청소를 받으면 되는 것이다.

　　그날 오후 사상충증에 걸린 남자가 구걸하는 모습을 보았다. 림프액이 순환하지 못해 다리가 엄청나게 부어오르는 기생충 감염병이다. 주변부로 밀려난 사람들을 떠올렸다. 인도에서는 신체장애인을 쉽게 볼 수 있었다. 많은 사람이 거리에서 구걸을 했다. 더 드러나지 않는 장애인들은 어떻게

　　♦　　인도 전통 직업인 거리에서 귀지 파주는 사람.

사는지 궁금했다. 정신장애인, 고립된 사람들에게 인도의 부산함은 어떤 의미로 다가올까? 영국 인구의 두 배가 넘는 사람들이 살아가는 마하라슈트라Maharashtra주 같은 곳에서 외롭다거나 따돌림을 받는 기분은 어떤 것일까?

온갖 의문이 머리를 채웠다. 뭄바이의 한 정신건강 재활 클리닉을 방문하기로 했다. 교통이 번잡한 거리에 있는 특징 없는 건물에 도착하자 모두 나를 기다리고 있었다. 스무 명이 한목소리로 외쳤다. "안녕하세요, 스티븐!" 그리고 자신들이 요가로 하루를 시작하는 동안 뒤쪽에서 잠깐 기다려달라고 했다. 요가가 끝나자 모든 사람에게 북을 나눠주었다. 그걸로 그날의 기분을 표현하는 시간이었다. 오늘 아침, 누군가는 행복하고 누군가는 슬프고 몇몇은 불안했다. 마땅한 형용사를 떠올릴 수 없다는 사람도 있었다. 범위를 좁히기 어렵다고 하는 것이 더 정확한 표현일지도 몰랐다. 몇몇은 학습장애가 있음을 알 수 있었다. 여성은 둘뿐이었다.

프로그램이 끝나자 사람들이 다가와 인사를 건넸다. "혈액형이 뭐예요?" 쿠마르는 몹시 궁금해했다. 취약X증후군일지 모른다는 생각이 들었다. 몸집이 크고 학습장애가 있으며 신체 동작의 협응력이 떨어졌다. 두 귀는 아주 크고 아래턱이 육중해 보였다. 하지만 아주 명랑했고 어린아이 같았으며 기분이 쉽게 변했다.

쿠마르 옆에 서 있는 로한은 머리가 벗겨진 중산층 남성으로 태도가 부드러웠다. 그는 양극성장애로 조증 에피소드를 겪을 때는 댄스 바를 돌아다니며 돈을 물 쓰듯 했다.

"뭘 그런 걸 묻고 그래, 응?" 로한은 약간 민망하다는 듯

쿠마르에게 핀잔했다.

"난 B형이에요, 당신은요?" 내가 말했다.

"난 O형이에요!" 쿠마르가 대답했다. 로한은 고개를 흔들며 미소를 감추지 않았다.

"여긴 무슨 일이에요?" 쿠마르가 말을 이었다. "조니 뎁 알아요? 해리포터와 혼혈왕자는요?"

그날 오후 나는 직원들의 도움 없이 환자들과 이야기를 나누며 보냈다. 앙키트는 사십대로 그들 중 가장 침착해서 종종 하루 활동을 이끌었다. 하녀와 요리사를 거느린 부유한 집안 출신으로 이십대 후반에 조현병 진단을 받았다. 아버지는 중매로 앙키트의 결혼을 준비하면서 며느리 될 사람에게 병을 숨겼다. 결혼한 지 얼마 안 돼 아내는 남편의 약을 발견했다. 말다툼이 생겼고 앙키트는 약을 줄이기로 결심했다.

"그러자 비정상 행동 등 증상이 나타났습니다. 혼잣말도 했지요. 아내는 몰래 정신과의사를 찾아갔어요. 의사는 모든 사실을 알려주고 이혼하는 게 어떠냐고 했습니다. 3년간 살았지만, 그걸로 끝이었죠. 그 사람에게 정말 잘해주려고 노력했어요. 하지만 아내는 내게 정말 화가 났습니다. 그 뒤로도 중매가 많이 들어왔어요. 아버지께 솔직히 털어놓자고 했습니다. 하지만 얘기를 들으면 모두 고개를 젓더군요. 제가 여기 재활원을 좋아하는 게 그 때문입니다. 여기서는 아무도 남을 판단하지 않아요. 서로 이해하죠."

재활 프로그램을 이끄는 라시의 사무실에서 이야기를 나누었다.

"많은 가족들이 이렇게 말합니다. '기도해야 해.' 인도에는 미신이 많고, 환자들은 병을 고쳐준다는 소위 '영적 스승'을 몇 명씩 만난 뒤에야 여기로 옵니다. 가족이 '고의로' 자기 삶을 망쳤다고 생각하는 사람도 있어요. 한편 가족과 친지들은 정신질환을 수치스럽게 생각합니다. 하루 종일 묶이거나 갇혀 있다가 밤에만 집으로 가는 환자도 있습니다. 상황은 어렵죠. 뭄바이 전체에 정신병동을 갖춘 민간병원은 한 곳뿐이고, 공공병원은 처참할 정도로 형편없으니까요. 공공병원에서는 성별이 같은 가족이 24시간 내내 곁에 붙어 있을 수 있는 환자만 받습니다. 게다가 환자에게 치료가 필요한지를 의사가 아니라 판사가 결정해요. 버려지는 환자도 많고요. 친구 관계는 다 끊어지고, 가족이 다시 받아들이는 일도 없습니다."

최근 『타임스 오브 인디아』는 장애인의 날을 맞아 기사를 냈다. 장애를 여섯 가지 범주로 나누고 각각에 해당하는 유명인의 사진을 실었지만, 정신장애는 여기에도 끼지 못했다. 주변부 중에서도 주변부다. 인도에서 장애 진단을 받으려면 '40퍼센트 장애'가 입증되어야 하는데, 라시가 감정을 절제해가며 지적했듯 "정신질환은 이런 식으로 정량화하기 어렵"다.

내가 응급실에 근무할 때도 열악한 정신건강 문제는 항상 깊은 곳을 흐르고 있었다. 그것은 교대 근무를 시작할 때 정신건강 평가실에서 들려오는 분노나 공포의 외침 속에 도사리고 있었다. 교대 근무를 마치고 나가면서 웨스트민스터교에서 뛰어내려 흠뻑 젖은 채 구급대원 옆에서 와들와들 떨고 있는 여성을 지나칠 때 그 문제는 불쑥 고개를 내밀었다.

상태가 나빠져도 응급실을 찾지 않는 사람이 많지만, 내가 본 숫자만으로도 그 문제는 내내 음산한 불안의 그림자를 드리웠다. 기분과 감정은 질병이라는 경험의 모습을 결정하게 마련이지만, 정신질환을 겪는 사람은 다른 질병을 겪을 가능성이 훨씬 높다는 점이 더 중요하다. 적절한 시기에 의사의 도움을 찾지 않거나, 치료에 잘 따르지 않거나, 건강을 유지하는 데 도움이 되지 않는 생활습관을 버리지 못하는 등 많은 이유가 있다. 또한 그들은 보건의료 시스템 내에서 차별받는다. 의사로서 마땅히 맞서 싸워야 할 부분이다.

정신질환 때문에 스스로 응급실을 찾거나, 이상한 행동을 한다고 친구나 가족이나 낯선 사람이 응급실로 환자를 데려왔을 때 우선 해야 할 일은 정신상태를 변화시켰을지 모를 요인을 찾아 '정신질환'과 구분하는 것이다. 예컨대 혈당이 낮다거나, 머리를 다쳤다거나, 콧속에 케타민♦을 잔뜩 집어넣고 있으면(절대 먼저 말하지 않는다) 정신질환이 없어도 이상한 행동을 할 수 있다. 약물 금단증상, 특히 필로폰 금단증상은 강렬한 피해망상을 일으킨다. 약물중독도 아니고 '내과적 문제'♦♦도 아니라고 판단되면 정신과의사가 개입해 철저한 면담을 시행한다. 환자의 다양한 걱정거리, 안전하지 않다는 느낌과 슬픔을 그들 삶의 구체적 진실과 비교해가며 더

♦ 마약으로도 쓰이는 마취제.
♦♦ 정신질환을 둘러싸고 우리가 사용하는 용어는 특히 혼란스럽다. 상황이 종종 데카르트적 이원성, 즉 마음의 문제와 신체의 문제를 별개로 바라보는 관념 속에서 펼쳐지기 때문이다. 그리고 범주를 엄격히 구분하는 사람이라면 누구나 정신질환을 정의한다는 것이 엄청나게 복잡한 문제임을 알 것이다.(저자)

깊게, 샅샅이 살펴보는 것이다.

알고 보면 구체적 진실이 가장 중요하다. 정신질환이라는 복잡한 세계에는 일정한 패턴이 있다. 이주, 중독, 사회적 고립, 노숙, 빈곤 등이 어떤 식으로든 모두 연관되어 있다. 이 중 적어도 이주를 뺀 나머지 네 가지는 정신질환의 원인인지 결과인지 알기 어려운 경우가 많다. 아마도 양쪽 다일 것이다. 또한 짧은 진료로 파악하기는 어렵지만 정신질환과 어린 시절의 트라우마 사이에는 뚜렷한 연관이 있다. 때로 정신질환인지 아닌지조차 뚜렷하지 않은 경우도 있다. 노숙인 쉼터에 머무는 젊은 마약 사용자가 있었다. 그는 사람들이 마룻장 틈으로 자기를 감시하고, 물건을 훔쳐 가며, 죽이겠노라 위협한다고 했다. 계속 미행한다고도 했다. 주요 정신병의 가장 두드러진 특징인 망상과 환각일까? 여기서 문제는 노숙자이자 마약중독자인 사람에게는 그런 상황이 현실일 수 있다는 점이다. 정말로 누군가가 잡으러 올 수 있는 상황에 있다면 피해망상일 수 없다. 노숙자 쉼터는 분명 위협적인 장소일 수 있다.

어쩌면 인도에서는 정신질환을 둘러싼 환경이 영국과 매우 다를 거라고 기대했는지 모른다. 전혀 그렇지 않았다. 물론 몇 장의 스냅숏을 봤을 뿐이지만, 영국과의 유사성은 너무나 뚜렷했다. 이곳에서도 정신질환은 우선순위에서 맨 끝으로 밀려 있었으며, 내가 볼 때는 그 이유도 똑같았다. 시간과 이런저런 자원이 필요하기 때문에, 완전히 희망이 없다고 할 수는 없지만 불편하고 어렵다고 생각되기 때문에, 종종 환자들이 정치적으로 목소리를 내지 못하기 때문에. 물론 종교적 믿음과 중매결혼 같은 독특한 요인도 작용하지만, 동시에 세상 어디서나 볼 수 있는 악순환이 이곳에서도 똑같이 벌어졌다. 정신적 어려움을 겪는 사람은 직업을 얻거나 유지하기 어렵고, 불안감과 죄책감에 시달리며, 다른 사람과 관계 맺기가 어렵고, 차별당하기 쉽다. 실직, 불안정한 주거, 약물 의존, 낮은 자존감, 열등하다는 사회적 인식은 절망과 체념을 낳는다. 돌고, 돌고, 돈다.

정신보건 시스템 내에 정신질환을 겪는 사람을 헌신적으로 옹호하는 이들이 많다는 데서 용기를 얻는다. 그럴 때면 우리가 수용시설을 운영했던 잔인한 시대에서 크게 발전했다는 결론을 내리고 싶다. 하지만 한 시대에 정통적, 심지어 계몽적이라고 여겨졌던 것이 다른 시대에는 옳지 않거나 잔인하다고 생각될 수도 있다. 도덕적 상대성은 너무나 흔하다. 오늘날 정신질환을 치료하는 방식 중에도 백 년 후에는 혐오스럽게 생각될 것들이 분명 있을 것이다. 피할 수 없는 일이다. 어쩌면 정신질환 진단 자체가 낙인이라고 치부되거나, 약물치료가 거의 형벌에 가까운 것이었다고 비난받을지 모른다. 앞일을 누가 알겠는가?

인도에도 수용시설이 있다. 대개 18세기 후반 식민지 시대에 세워졌다. 뭄바이에도 하나 있다. 영국은 과거에 그곳에 있던 봄베이정신병원을 상류층 유럽인, '모든 카스트와 피부색의 여성', 유럽인 남성, 현지인 남성을 수용하는 영역으로 나누었다. 현지인 남성이 수용된 병동은 비참하기 짝이 없었다. 건강한 사람과 정신적으로 아픈 사람을 구분한다는 점에서 본질적으로 분열적인 수용시설 내부에서 다시 계층간 차별과 인종 분리를 함께 시행했던 것이다.

한센병으로 신체가 변형된 채 아난다반 병원에서 사는 파르바티를 떠올렸다. 역사적으로 정신질환과 한센병은 비슷한 사회적 낙인에 시달렸다. 프랑스 철학자 미셸 푸코는 그런 연관성을 자세히 기술했다. '문둥이'와 '미치광이'는 위기와 공포의 시대, 사람들이 부랑자와 아웃사이더에 대해 평소보다 더 큰 불안감을 느낀 시기에 더 자주 격리되었다. 사회의 주류가 소속감에 불안을 느낄 때 이방인은 즉시 공격 대상이 된다. 푸코는 '문둥이'를 나병원에 격리한 것이 다른 격리 관행의 모델이 되었으며, 정신병자 수용소도 그중 하나로 더 나중에 생겼을 뿐이라고 했다. 종종 같은 건물을 사용하기도 했다. 영국에서도 많은 나병원이 나중에 정신질환 수용시설이 되었다. 대부분 철거되었지만, 현대적인 정신병원으로 바뀌거나, 심지어 외관은 유지한 채 샤워실과 리전시 스타일을 흉내 낸 장식 문, 일광욕실을 갖춘 호화판 아파트로 개조된 곳도 있다. 2003년 카마던^{Carmarthen}시♦ 지방의회는 그때까지 정신병자 수용시설로 남아 있던 세인트데이비스병원에 대한 정부의 계획을 소문으로 듣고 3백만 파운드에 건물을 매입해버렸다. 소문이 사실이라면 오래된 관행의 반복일 뿐 아니라, 언어상으로도 일치하는 공교로운 예가 되었을 것이다. 정부에서 그 건물을 난민 수용소로 개조한다는 것이었다. 또다시 사회에 해악을 끼치는 존재로 낙인찍혀 따돌림받는 사람들을 분리 수용하는 시설로 변신할 뻔했던 셈이다.

♦　영국 웨일스 남부의 항구 도시.

바로 난민과 이주자들 말이다.

✳

1923년 10월 15일, 당시 봄베이라고 불렸던 뭄바이에서 여섯 명의 인도인 역도 선수가 화환을 머리에 쓴 채 드롭바와 던롭 타이어가 장착된 자전거 옆에 서서 포즈를 취했다. 장대한 모험에 나설 참이었다. 모두 젊고 콧수염을 길렀으며 등에 여행 가방을 멨다. 그들을 배웅하기 위해 봄베이 역도 클럽 동료들이 특별히 음악성이 있지는 않아도 대단히 큰 소리로 연주할 수 있는 음악가들을 불러 모은 데다 축포까지 쏘았으므로 몇 킬로미터 밖에서도 떠들썩한 환송 소리를 들을 수 있었다.

그들은 상당히 수줍었던 탓에 계획을 제대로 공개하지 않았지만, 실은 인도를 출발해 세계 일주를 할 생각이었다. 당시 자전거로 세계 일주를 한다는 것은 인도인이 나설 만한 일이 아니라고 생각되었다. 대장정을 위해 부유한 후원자를 찾아가도 비웃음거리가 되어 쫓겨나거나 조용히 한쪽으로 불려 가 그 길에 얼마나 많은 위험이 도사리고 있는지 충고를 듣기 일쑤였다. 온갖 맹수와 전설의 동물들을 마주칠 수 있으며, 사막에는 거인들이 어슬렁거린다는, 뭐 그런 내용이었다. 친구와 가족들을 설득하기는 좀 더 쉬웠다. 자전거로 페르시아까지만 갔다 오겠다고 했기 때문이다.

그들의 목표는 단순하고 솔직했으며, 한 세대 전 프레이저의 터무니없는 자기중심주의보다 훨씬 칭찬할 만한 것이었다. 그들 중 누군가는 여행일지에 이렇게 썼다(정확히 누구였는지는 분명치 않다).

> 우리는 젊기에 우리 조국, 어머니 인도의 이름을 세계 만방에 알리려는 강렬한 욕망에 불타오른다. […] 우리는 세계를 보다 가까이 알고, 세계에 인도와 인도인을 알리고 싶다. […] 세계 각국이 더 친하게 어울리고, 서로의 관점을 더 자주 교환하고, 국제 친선 정신을 함양한다면 전쟁이 줄고 신이 만드신 이 세상이 분명 살 만한 곳이 될 것이다. 이 정도라면 한번 모험을 해볼 만하지 않겠는가?

역도 선수답게 그들은 상당히 많은 짐을 갖고 출발했다. 수많은 지도와 해도, 병원 조제실을 축소한 듯한 약상자, 석유와 휴대용 난로도 실었다. 팀원들은 길잡이, 사진사 등 각자 뚜렷한 역할을 맡았다. 그중 포치카나왈라Pochkhanawalla는 매형이 의료인이라는 이유로 원정대의 의사 역할을 맡아 "2주일 만에 의학의 수수께끼에 입문"했다. 흠….

널찍한 궤짝 속에서 이리저리 흔들리는 바람에 길 떠난 지 얼마 안 되어 포치카나왈라가 약병과 작은 상자마다 붙여 놓은 라벨이 몽땅 떨어지고 말았다. 알약은 구분할 수 없이 뒤섞였으며, 백신이 담긴 피하주사기, 요오드, 탄닌산, 글리세린 등이 든 약병도 뭐가 뭔지 알 수 없었다. 포치카나왈라는 의약품 궤짝에서 정체를 알 수 없는 것들을 추려 길가에 버렸지만, "자전거에 오르자마자 털썩하는 소리가 들렸다.

포치카나왈라가 땅바닥에 주저앉아 자기 발목을 살피고 있었다. […] 스스로의 지시에 따라 응급조치를 취한 후 우리는 다시 달렸다."

사고뭉치 의무병을 다시 자전거에 태운 후 그들은 서쪽으로 달려 페르시아의 사막에 접어들었는데, 뜨거운 열기 속에 그만 타이어 튜브를 이어 붙인 곳이 녹아버렸다. 세찬 바람을 타고 불어온 모래가 바셀린을 바른 얼굴에 달라붙어 떨어지지 않았다. 밤에는 이따금 여행자 쉼터를 만나기도 했지만, 차라리 춥고 광막한 사막이 더 나았다. 숙소에는 이와 해충이 바글거려 도무지 쉴 수가 없었던 것이다.♦

돈은 일찌감치 바닥을 드러냈다. 어떻게 경비를 마련할지 토론을 벌인 끝에 그간 갈고닦은 역도 기술을 활용하기로 했다. 페르시아에 도착한 그들은 차력 공연을 열었다. 쇠막대기를 구부리고, 펜싱과 복싱과 주짓수 대련을 선보이고, 가슴 위에 올려놓은 바위를 깨부수고, 다섯 명이 탄 차에 밧줄을 매 이로 물고 끌었다. 부패한 관리들에게 터무니없는 통행료를 뜯기지 않으려고 여행 중 신분이 높은 사람을 만나면 여행 허가증이나 칙령서를 받아 갖고 다녔다. 두즈다브 Duzdab♦♦ 총독이나 페르시아 전쟁부 장관의 친서는 물론 여행 말미에는 무솔리니의 친필 서명도 받아 로마에 머물 때 사용했다. "효과는 직방이었다."

1924년 7월 1일 그들은 바그다드에서 알레포를 향해 출

♦　　훌륭한 자전거 모험에는 모름지기 벌레 얘기가 빠져서는 안 되는 법이다. 내가 에티오피아에서 벼룩에게 시달린 얘기를 들으면 배꼽을 잡을 것이다.(저자)
♦♦　이란 동부의 도시 자히단Zahidan의 옛 이름.

발했다. 23일간 모래 위로 9백 킬로미터 거리를 달리는 대장정이었다. 갈증을 가라앉히려고 피스타치오 열매와 자갈을 입에 물었고, 모자 속에 양파를 두 개씩 집어넣었다. 어디선가 그렇게 하면 더위를 타지 않는다고 들었던 것이다. 강렬한 열기에 아교가 녹아 타이어에 펑크가 나면 수리하기가 보통 어려운 것이 아니었으므로, 고무를 식히기 위해 귀중한 물을 타이어에 끼얹곤 했다. 유프라테스강이 더 이상 보이지 않는 곳에 이르자 모자 속에서 양파를 꺼내 먹었다. 길을 잃은 것이다. 갈증을 참을 수 없었다. 마침내 그들은 오도 가도 못하는 처지가 되고 말았다.

> 차례로 최악의 운명 앞에 무릎을 꿇었다. 반쯤 정신이 나간 채 꼬박 36시간을 가만히 앉아 있었다. 모두 의식이 오락가락했다. 아무도 움직이려고 하지 않았다. 그저 동료들이 하나씩 영원히 저세상으로 건너가는 모습을 지켜보기 위해 기다릴 뿐이었다.

놀랍게도 절망의 구렁텅이에서 갑자기 한 무리의 병사가 모습을 드러냈다. 프랑스군 외인부대였다. 그들이 물을 나눠준 덕분에 젊은이들은 다시 자전거에 오를 수 있었다.

그들은 양 대전 사이에 유럽을 가로질렀다. 대륙의 많은 곳이 황폐화되고, 사람들은 엄청난 인플레에 신음하고, 어디를 가든 짓다 만 건물과 가난과 매춘이 일상이었다("죽기 전에 나폴리만은 봐야 한다"는 격언에 따라 나폴리에 갔지만 그 속뜻을 도통 이해할 수 없었다). 그들은 열렬한 영국 예찬자들이었기에 마침내 런던에 도착하자 온갖 다양성과 최고급 롤스로이스가 가득한 국제도시를 기대하며 한껏 가슴이 부풀었다. "어디에도 비길 수 없는 런던, 경이로운 런던, 마음을 빼앗기고 몸을 내던져도 좋을 런던이여!"♦

런던의 자전거 여행자 클럽에서 인도 청년들은 영웅적인 존재로 열렬한 환영을 받았다. 몇몇 창의적인 기자들은 그들이 인도의 거리에서 늘 사자나 호랑이를 마주친다는 이야기까지 지어냈다. 유감스럽게도 모든 사람이 좋아한 것은 아니었다. 그들은 기록한다. "종종 아예 말도 걸지 않으려고 하는 거만한 영국인들도 있었다. 원래 검은 피부가 햇빛에 그을려 더욱 검어졌다는 것 외에 다른 이유는 지금까지도 전혀 찾을 수 없다…." 인터뷰 중에 어떤 기자는 이렇게 물었다. "그러니까 당신네 흑인들이 정말로 이 모든 일을 해냈다는 겁니까?"

배로 미국에 도착하자 여행은 또 한번 난관에 부딪혔다. 당시만 해도 비유럽인은 검역을 통과하기 어려웠다. 미국에

♦ 이런 경탄은 물론 병적인 구석이 있다. 매우 중요한 것을 경험할 때, 특히 예술작품을 볼 때 어지러움, 아득함, 혼란, 심지어 환각을 느끼는 현상을 '스탕달 증후군'이라고 한다. 고문화혈증('핏속에 문화가 너무 많다'라는 뜻)이라는 멋진 별칭으로도 불리는 이 '질병'은 1817년 피렌체의 산타크로체대성당을 방문했을 때 비슷한 증상을 겪었다고 기록한 19세기 프랑스 작가 스탕달의 이름을 딴 것이다. 그가 남긴 기록은 유명하다. "나는 피렌체에 간다는 생각, 무덤으로밖에 보지 못했던 위대한 사람들과 가까이 있을 수 있다는 생각에 일종의 황홀경을 느꼈다. 숭고한 아름다움에 대한 생각에 사로잡혀 […] 천상의 감각들을 느낄 정도에 이르렀다. […] 모든 것이 너무도 생생하게 내 영혼에 말을 걸었다. 아, 어찌 잊으랴! 가슴이 두근거렸다. 베를린에서 소위 '신경증'이라고 일컫는 증상이었다. 몸에서 생명이 완전히 빠져나갔다. 걸으면서도 쓰러지지나 않을지 걱정이 되었다."(저자)

서 인도는 수수께끼에 둘러싸인 야생의 장소로, 부당한 평판에 시달렸다. 피부색이 검은 사기꾼들이 긴 가운을 걸치고 머리에는 터번을 두른 채 인도에서 온 점쟁이를 사칭하며 마법을 부린다고 돈을 우려내거나 '진짜 인도 댄서' 행세를 했다. 그런 사기꾼들을 만나면(당연히 힌디어는 한마디도 못했다) 젊은이들은 강력히 항의하며 국적을 제대로 밝히라고 다그쳤다.

사이공에서는 억류된 채 지문을 채취당했다. 프랑스 식민지배자들은 다른 나라 사람에게 자유로운 통행을 허가하면서도 유독 인도인과 중국인에게만 까다롭게 굴었다. 그로부터 불과 10년 전에 인도 군인들이 플랑드르에서 프랑스를 지키기 위해 싸웠는데도 그랬다. 그들이 현지 신문에 부당한 대우를 비난하는 글을 기고하자 즉시 체포되어 하마터면 싱가포르로 추방될 뻔했다.

길을 떠난 지 4년도 더 지나 마침내 그들은 봄베이로 돌아왔다. "사람들은 우리가 꽃 속에 묻힐 정도로 화환을 씌워주었다." 모험을 마치면서 그들은 어떻게 느꼈을까?

"보잘것없지만 어머니 인도를 위해 우리가 한 일에 자부심을 느꼈다. 우리는 세계 구석구석까지 그 찬란한 이름을 알리고, 어머니 인도의 아들들이 어느 나라 국민에게도 뒤지지 않을 정도로 유능하고 진취적이며 용감하다는 것을 보여주었다."

뒤지지 않을 정도로 유능하다고 했지, 더 유능하다고는 하지 않았다. 당시에는 남의 나라를 식민지로 만드는 행위를 종종 너그러운 자선으로 포장했다. 그런 태도는 세계의 국경을 정한 것처럼 거기 사는 사람들의 마음속에도 뚜렷한 경계선을 형성했다. 물론 나는 이 용감무쌍한 인도 자전거 여행자들의 이야기를 너무나 좋아하지만, 그들이 받아 마땅한 대접을 받기 위해 안간힘을 써야 했음을 생각할 때마다 비참한 기분이 드는 것은 어쩔 수 없다.

4부

우리가 한때
세상을 바꾸었노라

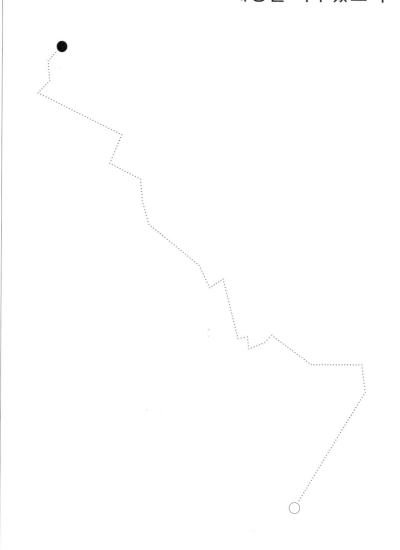

○ 홍콩에서

● 칼레까지

미지의 세계로 통하는 문, 어둠으로 통하는 문을 열어
두라. 바로 거기서 가장 중요한 것들이 다가오고, 우리
자신이 다가오며, 결국 우리는 그곳으로 나아간다.
ㅡㅡ 리베카 솔닛,『길 잃기 안내서』

11
우회로

나중에 벌어진 일들을 생각하면 애초에 홍콩에 전혀 흥미가 없었음을 깜박 잊곤 한다. 홍콩이 인도에서 값싼 항공권을 구할 수 있는 중간 기착지였을 뿐, 특별히 가보고 싶은 곳은 아니었다. 도시를 가득 채운 사람들이 뭔가를 소비하는 데 여념이 없는 모습만 보리라 예상했기 때문이다. 이윤과 상업에 중독된 따분한 도시. 휘황찬란하지만, 영혼도 없고 불꽃도 없는 도시.

잘못된 생각이었다. 특히 2014년 말의 홍콩은 따분함과 거리가 멀었다. 내가 도착하기 10주 전 민주주의에 대한 탄압과 갈수록 커져가는 중국의 개입에 대한 대중의 불안이 첫 번째 함성으로 터져 나왔다. 저항은 들불처럼 번져 예상을 훨씬 뛰어넘는 규모로 커졌다. 참여자들은 이 시위를 중완점령Occupy Central이라고 불렀다. 더없이 어울리는 이름이었다. 수많은 시위 참여자가 도심에 싸구려 텐트를 치고 집단 야영에 돌입했던 것이다. 10만 명이 넘는 군중이 중심가를 점거하고, 중국의 감독을 받지 않는 자유선거로 홍콩 차기 행정수반을 선출할 권리를 요구했다. 당시 행정장관 렁춘잉은 '빈곤층에게 우세한 정치적 목소리를 부여할 위험이 있기 때문에' 자기 직책을 그런 식으로 선출한다는 것은 용납할 수 없다고 선언한 참이었다. 허 참, 별 또라이 같은!

오후에는 중심 상업지구인 애드미럴티Admiralty 일대를 돌아다녔다. '마을village'이라는 새로운 별칭이 잘 어울렸다. 함께한다는 분위기가 뚜렷했다. 인도와 차도 할 것 없이 수천 개의 텐트가 뒤엉킨 사이로, 학생 시위대가 짬짬이 공부를 하도록 칸막이 친 공간도 만들어놓았다. 나이 든 선동가들이 앉아 인삼차를 홀짝거리는 접이식 의자에 방독면이 걸려 있었다. 잘 조직된 지원팀이 국수를 나눠주고, 쓰레기와 재활용품을 수거하고, 한낮의 열기를 식히기 위해 서로에게 물을 뿌렸다. 한 남자가 조용히 앉아 『1984』를 읽고 있는 뒤로 콘크리트 교각이 시위 사진으로 뒤덮여 있었다. 한 장이 유난히 눈에 띄었다. 수많은 노란 우산이 뱀의 비늘처럼 겹쳐 있는 모습을 찍은 항공사진이었다.

하지만 이미 시위는 쇠퇴기에 접어들었다. 싸움의 열기는 식어갔고, 반복되는 경찰의 일제 단속에 가장 활기찬 현수막들이 사라졌다. "당신은 나를 몽상가라고 할지 모르지만, 나는 혼자가 아니라네"◆라고 쓰인 현수막은 다 찢어져 너덜거렸다. 붉은색 페인트로 결의를 보인 문구도 있었다. "우리는 돌아오리라." 수백억 달러짜리 마천루를 둘러싼 5달러짜리 텐트들, 수직으로 뻗어 올라간 강철 구조물 옆에서 온갖 색깔로 터져 나오는 쾌활함, 질서와 복종을 요구하는 고

◆　원문은 "You may say I'm a dreamer but I'm not the only one"으로, 존 레논의 노래 〈이매진Imagine〉의 가사 일부다.

압적 태도를 거부하는 희망찬 반역자들. 그 선명한 대비에서 희망을 느끼지 않을 도리는 없었다. TV 방송 관계자들이 텐트촌 여기저기를 돌아다녔다. 전 세계 언론 역시 다윗과 골리앗의 싸움에 완전히 마음을 빼앗긴 것이다.

숙소는 시위 현장에서 좀 떨어진 란타우^{Lantau}에 있었다. 홍콩에서 가장 큰 섬이다. 무이워라는 작은 동네에 있는 톰스 카페에서 시간을 보냈다. 홍콩 시민, 관광객, 부유한 경제 이민자(소위 '국외 거주자'), 간간이 희한한 괴짜들이 묘하게 뒤섞인 분위기가 마음에 들었다. 한 여성이 아카시아라는 이름의 딸을 데리고 왔다. 내가 앉은 테이블에는 홍콩 중완에 의원을 열고 중의학과 현대의학을 접목해 환자를 진료하면서 엄청난 진료비를 청구한다는 스코틀랜드 출신 의사가 합류했다. 조금 뒤에는 비위 상하는 영국 상류층 억양을 구사하며 케냐 마사이족에게서 영감을 얻어 대기업에 사업 구조를 제안한다는 컨설턴트가 와서 앉았다. 내 여행에 대해 묻길래 중요한 줄기만 말해줬는데, 이런 반응이 돌아왔다. "허! 미쳤구만! 완전히 미쳤어!" 도대체 이런 친구들이 어디서 굴러왔는지 알 길이 없지만 홍콩이란 곳은 이런 분위기를 장려하는 것 같았다.

떠날 시간이었다. 홍콩섬으로 가는 페리에 올랐다. 해가 저물며 주변이 온통 호박색으로 물들었다. 고층 건물 창마다 석양이 반사되어 도시 전체가 불지옥 같았다. 헬리콥터 한 대가 느릿느릿 시야에서 사라졌다. 부두에는 산타클로스들이 어깨를 걸고 비틀거렸다. 산타 복장으로 술집을 순례하는 국제적 축제 산타콘^{Santa-con}에 뒤늦게 합류한 사람들이었다.

그리 오래지 않은 과거에 이 지역은 찾는 사람 하나 없는 바위투성이 해변의 반농반어촌에 불과했다. 1950년대에 급속히 팽창하며 금융업을 꽃피운 이곳에서 이제 한 남자가 반쯤 소화된 딤섬을 산타 모자 속에 게워낸다. 이것이 소위 발전이리라.

자, 이제 중국으로! 페리 터미널 벤치에 꾸깃꾸깃한 지도를 펼쳐놓고 국수처럼 얽힌 길들을 뚫어져라 들여다보았다. 라틴 알파벳에서 거의 쓰지 않는 x, q, z가 등장하는 지명이 끝도 없었다. 영어로 번역된 지명도 무시무시할 지경으로 서로 비슷했다. 중국을 A4 한 장 크기로 줄여놓으면 몽골까지 달려야 할 길은 그리 복잡하지 않았지만, 지역별로 확대하면 앞에 놓인 어려움도 그만큼 확대되는 것 같았다. 첫 번째 과제는 광저우를 통과하는 것이었다. 서양인 입장에서는 다른 중국 도시보다 발음하기 쉬울지 몰라도(듣고 있나, 스자좡!), 통과하기는 그 어디보다 어려울 것 같았다. 1,400만 명이 북새통 속에서 살아가는 광저우는(런던과 버밍햄과 맨체스터 인구를 합친 것과 같다) 다시 4,400만 명이 광역도시권을 이룬 주강삼각주의 중심으로, 내가 태어난 이래 중국에서 경제적으로 가장 역동적인 도시다.

지도 위에 그림자가 어른거렸다. 고개를 들었더니, 정장 차림의 백인 젊은이들이 나를 둘러싸고 있었다.

"안녕하세요, 홍콩이 마음에 드세요?"

분명 미국인인데, 어느 지역이라고 딱히 말하기 어려운 억양이었다. 수학여행 왔다가 길을 잃었나?

"아주 좋아요, 고마워요. 당신들은⋯." 은색 이름표를 보고 목소리가 잦아들었다. 빙엄 장로, 제이콥슨 장로. 젠장, 언제부터 홍콩에 모르몬교도들이 드나들었을까?

　그들은 기꺼이 설명해주었다. 6개월간 여기 머물며 중국어를 익힌 뒤, 비옥한 중국 본토로 넘어가(중국인의 70퍼센트가 무신론자였다) '영어 선생'으로 일하며 비밀리에 선교(불법이다)를 할 예정이었다. 1920년대 중국에는 '기독교도가 한 명 늘면, 중국인이 한 명 줄어든다'는 구호가 있을 정도였지만, 최근 들어 곳곳에 교회가 우후죽순으로 생겨났다. 2030년이 되면 교회 다니는 사람이 미국보다 많아질지도 모른다(중국에는 말도 안 되게 들리는 통계치가 엄청 많은데, 인구가 어마어마하기 때문이다. 이 나라는 폴로를 즐기는 사람이 영국보다 많고, 프랑스보다 더 많은 바게트빵을 먹어 치운다).

　설교를 늘어놓거나 세례라도 받으라고 할까 봐 실례한다고 말하고는 얼른 본토로 가는 페리에 뛰어올랐다. 주하이珠海에 내려서는 눈을 깜박거리며 도로 표지판을 올려다봤다가 지도를 들여다봤다가 했다. 앞으로 거칠 도시 이름을 기억하느라 첫 글자를 따서 재미있는 장면들을 연상하는 연습을 해두었는데, 아무리 봐도 머리에 박스를 뒤집어쓴 사람이 거대한 거미를 공격하는 장면을 찾을 수 없었다. 찬찬히 지도를 들여다보고 도로 표지판을 거듭 확인했다. 허 참, 언월도를 든 외계인도 없네.

　무엇 하나 생각했던 대로가 아니었다. 지도상 골목인 줄 알았던 길은 떠들썩한 4차선 도로였고, 그 옆에 초록색으로 표시된 길은 드넓은 8차선 고속도로였으며, 그조차 빨갛고 하얗게 표시된 거대한 도로들에 비하면 초라해 보일 정도였다. 금속 상자들이 물결을 이루어 흘러가는 대동맥 속에서 자전거 여행자는 눈에 보이지 않는 적혈구 정도 되려나? 105번 도로를 포기하고 거대한 창고가 줄지어 늘어선 길을 택했다. '메이드 인 차이나'는 바로 이런 곳에서 나온다. 나도 여기서 바느질한 텐트에서 자고, 몇 년 전 여기서 만들어져 영국 작은 마을까지 흘러온 자전거 벨을 울리며 돌아다니는 것이다.

　거대한 도시 위로 밤이 내려앉았다. 끝없이 이어지는 인광 속으로 더 깊이 빨려 들어갔다. 광저우는 상상을 초월할 정도로 컸지만, 그조차 인구 백만 명 이상인 중국 도시 중 하나일 뿐이다. 중국에는 그런 도시가 백 개도 넘는다. 또한 광저우는 인류 역사상 가장 빠른 속도, 가장 큰 규모의(그리고 가장 논란의 대상이 되는) 도시화 과정 속에서 밖으로, 위로 한없이 팽창 중인 15개의 메가시티 중 하나다. 이미 중국인의 절반 이상이 도시에 거주하지만, 이렇게 많은 사람이 한곳에 모여 살도록 더 많은 지역이 개발되어 대도시권이 나이테처럼 환상環狀도로망으로 연결되는 추세는 꺾이지 않을 전망이다. 컨테이너선이 아래로 통과할 수 있게 만들어진 다리를 건넜다. 초고속 열차가 어둠을 뚫고 내달렸다. 늦은 시간까지도 수많은 기중기가 부지런히 움직이며 판에 박은 듯한 빌딩들을 쌓아 올렸다. 완전히 고삐가 풀린 느낌, 뭔가 잘못되었다는 느낌이 들었다. 인공적인 것이 무질서하게 뻗어나가며 모든 자연적인 것을 집어삼키고, 고요함이란 없으며, 오직 고된 노동과 엄청난 속도만 남은 디스토피아가 그려졌다. 하지만 가로등이 만들어낸 어둠과 밝음을 자전거로 들락날락하는 사이에 그 속으로 침투하는 자극적인 기분이 들기도 했다. 헤드폰에서 흘러나오는 제스트Jehst✦의 노래가 도움이 되었다. 그날 밤 건설 현장 옆 자투리땅에 텐트를 쳤다. 눈앞에 여덟 개의 입체 교차로가 어지러이 얽혀 있었다.

다음 날 아침 샹강전이라는 작은 마을에서, 아니 어쩌면 그 근처였던가, 한 식당에 살그머니 들어섰다. 모두가 먹다 말고 나를 쳐다보았다. 메뉴를 훑어보니 한자들이 어지러웠다. 잠깐 이런 생각이 들었다. '이게 메뉴가 아니라 완전히 다른 뭔가가 아닐까, 어쩌면 달력 같은 것? 내가 4월을 가리키면 점원은 뭐라고 생각할까?' 홍콩에서 1천 페이지가 넘는 오래된 중국 안내서를 발견하고 짐 속에 쑤셔 넣어둔 참이었다. 꺼내 보니 어떤 항목은 말도 안 되게 얇은 데다, 그나마 광둥어, 몽골어, 티베트어, 중국어로 나뉘어 있었다. '밥'이란 단어는 광둥어로도 중국어로도 실려 있지 않았다. '국수'도 마찬가지. 앞으로 3개월은 식욕을 억누를 수 있겠다는 생각에 반가웠지만, 당장 필요한 것을 물어볼 일이 걱정이었다. "맹꽁이자물쇠는 어디 가면 살 수 있나요?"

짙은 담배 연기가 드라이아이스처럼 깔린 가운데서 잔뜩 긴장한 채 무언극 공연을 하는 사람처럼 손짓발짓을 섞어 아침을 주문했다. 좀 오버하는 것 같았지만 이 정도면 알아들으리라 '확신하며' 손가락으로 뿔을 만들어 보였다. '소고기'란 뜻을 전달할 수 없었다. 화장실도 가야 했다. 책을 뒤져보고 또 절망에 빠졌다. 변비가 심한 것 같은 얼굴을 하고 입으로 방귀 소리를 내지 않는다면 무슨 수로 남을 불쾌하게

✦ 영국의 힙합 가수.

하지 않고 몸짓으로 '화장실'을 표현한단 말인가? 침울하게 관광안내서를 쳐다보았다. 완곡하게 표현해 아무짝에도 쓸모없었다. 맹꽁이자물쇠는 어디서 산다?

결국 카운터에 놓인 빵을 먹기로 했다. 영어로 설명이 붙어 있었던 것이다. "내키지 않을지 모르지만 정말 맛있어요. 입에 넣는 순간 환상적인 기분이 들며 찬란한 꿈의 세계로 빠져들 겁니다." 눅눅한 빵 덩이치고 그럭저럭 먹을 만했다.

'외국인은 놀림감이 되기 쉽다.' 중국 속담이지만 정확히 나를 두고 한 말이었다. 그때쯤에는 중국어로 간단한 인사 정도는 할 수 있었지만, 거기서 한 발짝만 더 나가면 무기력했다. 서른네 살이라는 내 나이조차 치찰음이 잔뜩 섞인 악몽 같았다. 내 입에서는 꼭 주정뱅이가 사모사*를 주문하는 것 같은 소리가 났다. 병음은 중국어 발음을 로마자로 표기한 발음 부호로, 글자에 성조 표시 기호가 달려 있다. 똑같은 글자도 성조에 따라 뜻이 전혀 달라진다(광둥어를 배울 생각은 일찌감치 포기했다. 성조가 더 많았다!). 성조 때문에 곤란한 꼴을 겪는 상황을 나는 흔히 이렇게 설명한다. '수쉐'는 성조에 따라 '수학'이라는 뜻도 되고 '수혈'이란 뜻도 된다.

"의사 선생님. 환자가 출혈이 심합니다. 어떻게 할까요?"

"수학하세요!"

'궈장'은 '과찬의 말씀'이지만 '과일잼'도 된다.

"눈썹을 기막히게 잘 그리셨는걸."

"오! 과일잼!"

♦　　남아시아에서 즐겨 먹는 삼각형 튀김만두.

단기 기억력이 좋은 편인 것이 그나마 다행이었지만, 애석하게도 나는 언어에는 재능이 없었다. 단기 기억력은 누구나 끊임없이 새로운 언어학적 도전에 직면하는 의과대학 시절에 단련한 것이다. 의학사전은 두께부터 사람을 절망시킨다. 햇병아리 의사 때는 라틴어로 된 기나긴 병명과 해부학 용어부터 사람 이름이 들어간 수많은 증후군과 복잡한 두문자어까지 새로운 용어의 물결에 익사할 것 같았다. 혀가 꼬여 발음조차 어려운 용어도 많았다. 접형구개신경절신경통 Sphenopalatine ganglioneuralgia 같은 용어를 발음하다 보면 아이스크림을 억지로 빨리 먹을 때처럼 머리가 띵했다.

의사들은 은어도 즐겨 쓴다. 일에서 오는 압박감을 조금이라도 줄이려는 방편이다(가장 친절한 변명일 것이다). 은어를 통해 의사들도 어느 누구와 마찬가지로 심술궂게 굴 수 있음을 처음 깨달았다. 의사들은 기계나 천사가 아니며, 항상 옳거나 선하지도 않다. 이렇듯 쾌활하고 때때로 잔인한 관용표현을 정리한 사람도 많다. 영국에서 '호박 양성 Pumpkin positive'이라고 하면 멍청한 환자를 가리킨다. 머리가 텅 비어서 동공에 빛을 비추면 핼러윈 호박등처럼 머리 전체가 밝게 빛난다는 뜻이다. '차가운 차 징후 cold tea sign'는 침대 곁에 차갑게 식은 차가 몇 잔씩 놓여 있는 환자를 가리킨다. 죽었다는 뜻이다. 히포크라테스조차 이런 짓궂은 유머를 나쁘게 생각하지 않았던 것 같다. '의사라면 마땅히 바로 써먹을 수 있는 농담을 항상 준비해야 한다. 뚱한 의사는 건강한 사람에게든 환자에게든 혐오스러운 존재다.' 어떤 병명은 듣기에 끔찍하지만, 실제로도 그렇다. '전신마비 치매', '동요가슴', 뇌에 아주 작은 단백질이 쌓여 3년 정도 잠을 이루지 못한 끝에 끔찍한 죽음을 맞는 '치명적 가족성 불면증' 같은 병을 예로 들 수 있다. '부유성 안면'이란 특정한 양상의 안면 골절상을 가리킨다. 이를 처음 기술한 사람은 19세기 프랑스 의사 르포르Le Fort로, 그는 시체의 얼굴에 포탄을 떨어뜨린 후 안면골이 부서진 양상을 분류했다. 어휴.

적절치 않거나 직관적으로 이해되지 않는 용어도 많다. 몸은 언뜻 별것 아닌 것처럼 들리는 방식으로 잘못되기도 한다. 구획증후군은 어떤가? 별것 아닌 것처럼 들리지 않는가? 퉁퉁 부어올라 팽팽해진 상태로 살이 썩어가는 모습을 보면 생각이 달라질 것이다. 거대결장은 이름만큼 거대하지 않으며, 장담하건대 피할 수 있다면 '원뿔 탈출'을 겪고 싶은 사람은 없을 것이다.♦

모든 험악한 용어와 공포와 놀라움과 단서들과는 별개로 의학에는 시적인 면도 있다. 환자 위로 몸을 숙여 청진기로 숨소리를 들을 때면 때때로 99까지 세어보라고 한다. 이때 들리는 소리를 소위 '속삭임가슴소리'라고 하는데, 실로 마법과 같다. 임신한 여성의 자궁을 통해 혈액이 빠르게 지나가며 내는 쉬쉬 소리는 '바람소리', 청진기 없이 장이 꾸르륵거리는 소리가 들리면 '배가 운다'는 뜻으로 복명음이라고 한다. 의학이 과학이라는 소리는 많이 들어보았을 것이다. 그러나 의학은 아찔할 정도로 예술적이기도 하다.

♦   두개골 아래쪽에 뚫린 구멍을 통해 뇌의 일부가 아래로 빠지면서 뇌간이 눌리면, 뇌간이 얼마나 중요한 역할을 하는지 비로소 알 수 있다. 원뿔형 뇌탈출이 일어나면 대부분 사망한다. (저자)

중국어를 거의 못하고, 가족마저 중국의 거대한 온라인 방화벽 밖에 있다면 중국 오지를 가로지르는 여행은 매우 쓸쓸할 수 있다. 그런데 어느 오후, 앙상하게 뼈만 남은 자전거 여행자가 짐 가방을 잔뜩 매단 채 고속도로 가에서 쉬는 모습을 발견했다. 중국인 같았다. 중국에 들어온 뒤로 자전거 여행자를 보기는 처음이었다. 서로 알아듣지 못할 소리로 고함만 지르다가 마침내 같은 처지임을 이해했다. 말이 통하지 않았으므로 땅에 지도를 펼쳐놓았다. 우리는 그 위로 몸을 숙이고 마치 돌격 작전을 세우는 장군들처럼 눈을 크게 뜬 채 여기저기를 가리켰다.

그는 티베트를 향해 달리고 있었다. 아니, 그런 것 같았다. 몰래 숨어드는 외국인이 없지는 않지만, 단체여행에 끼지 않고 노후 대비 저축을 깨지 않고 거기서 보는 것, 먹는 것, 사진 찍는 것에 대해 간섭을 받지 않고 터무니없이 해석한 역사를 듣지 않으면서도 자전거로 티베트 고원에 갈 수 있는 것은 오직 중국인뿐이다. 하지만 우리는 달리는 방향이 비슷했다. 그가 전화기를 꺼내더니 키패드를 누른 후 보여주었다. 화면에는 이렇게 쓰여 있었다. "우리는 동족이다." 그리고 어디론가 전화를 걸었다. 뭐라고 말을 하더니 또 내게 건넸다. 베이징에 있다는 사람이 말했다. "할로! 할로! 그 친구는 당신하고 같이 달리고 싶다는군요, 오케이? 당신들 지금 가요, 같이 가요. 당신들 서로 도와요!"

그가 일러준 대로 함께 자전거를 타고 상록수림을 머리

에 인 산들이 늘어선 방향으로 달렸다. 앞에서 달리던 그가 문득 멈추더니, 크게 숨을 들이마시고, 탁 트인 풍경을 향해 고함을 내질렀다. 내 마음속에서도 고삐가 풀리는 기분이었다. 내 차례였다. "아아아아아!" 그 광활한 공간을 만끽하며 10분 정도 번갈아 고함을 지르고 메아리가 돌아올 때마다 웃어댔다. 그날 오후 그가 크게 호를 그리며 서쪽으로 멀어졌다. 나는 손을 흔들어 작별을 고했다. 밤까지 함께 있었다면 이름을 물어봤을지 모른다. 그는 고개를 끄덕이며 대답했겠지. "예스."

　　광시성 시골 마을에서는 팔각 냄새가 났다. 노인들이 마작판 위로 몸을 숙이고 서서 외과의사처럼 온 신경을 집중해가며 하루 종일 이어지는 놀음에 열중했다. 몇몇 마을을 지나는데 길가에서 동물을 도축하는 것이 일상인 것 같았다. 칼에 경동맥이 잘린 소들이 마지막으로 길게 울었다. 털이 깎인 채 자전거 펌프로 부풀려 죽은 돼지들. 껍질이 벗겨진 채 끈적끈적한 무더기로 쌓여 손님을 기다리는 족제비오소리들. 흘러나온 피가 길가에서 진득하게 굳어갔다. 한 남자가 작업용 멜빵바지를 입고 쪼그리고 앉아 파란 불꽃이 이는 용접용 토치로 사후경직이 온 개의 발을 그슬리고 있었다. 그가 용접용 토치로 개를 그슬리는 사람에게 완벽하게 어울리는 표정으로 나를 쳐다보았다. 몇 가지 궁금한 것이 있었지만, 그에게 묻고 싶은 생각은 전혀 들지 않았다. 주유소에 들러 음료수를 사려는데, 냉장고 안에 동물 사체가 가득했다. 음료수에서 희미하게 고기 맛이 났다. 비참할 정도로 한자를 몰라서 확신할 수는 없지만 당나귀 향을 가미한 음료가 아니었을까? 좌판들이 휙휙 지나갔다. 토막 낸 동물을 수북이 쌓아놓고, 기다란 시렁에는 말려서 저민 고기를 주렁주렁 매달았다. 티셔츠를 고르듯 염소나 양이나 개고기를 고르는 것이다.

중국에서 고기는 강력한 상징이다. 그 인기는 건강과 부와 남성의 정력이란 관념에 편승했으며, 그리 오래지 않은 과거에 일어난 사건들로 인해 더욱 높아졌다. 1958년부터 1962년까지 마오쩌둥 치하의 중국을 덮친 기근은 최소한 그 전 150년 사이에 세계적으로도 유례없는 것이었다. 공산주의를 열렬히 지지하는 낙관론자조차 1,500만 명이 사망했다는 데는 동의한다. 사망자 수를 그 세 배로 추정하는 사람도 있다. 기근은 대체로 엄청난 재앙을 몰고 온 대약진운동의 결과로, 엄청난 가난과 필수 의료시설 부족에 시달리던 중국을 강타했다. 의사들조차 가운이 아니라 누더기를 입고 환자를 돌보다 툭하면 병으로 앓아누웠다. 하지만 주변 사람들이 죽어가도 권력자를 비판했다가는 목숨을 잃을 수 있었다. 굶주린 마을마다 질병이 독버섯처럼 피어나 소아마비, 말라리아, 홍역, 간염이 창궐했다. 상황이 나빠지자 음식을 구하는 전략도 바뀌었다. 사람들은 플랑크톤을 건져 먹고, 나무 속을 파내 먹고, 심지어 톱밥을 먹으며 목숨을 부지했다. 무심코 카사바잎이나 탄저병으로 죽은 쥐를 먹었다가 중독돼 죽기도 했다. 1960년 장예張掖 철도역에서 흥정 끝에 고기 한 꾸러미를 산 농부는 그 속에서 사람의 코 한 개와 귀 여러 개를 발견하고 소스라치게 놀랐다. 굶주리다 못해 사람끼리 잡아 먹는 일보다 더 무서운 상황을 떠올리기란 거의 불가능하겠지만, 관인觀音♦과 관련하여 벌어진 일도 가슴 서늘하기는 그 못지않다. 사람들은 굶어 죽지 않으려고 흙을 파먹었는데, 프랑크 디쾨터Frank Dikötter는 『마오의 대기근』에서 그 광경을 이렇게 묘사했다.

> 귀신 같은 몰골을 한 사람들이 깊게 파인 구덩이 앞에 빽빽이 늘어선 모습은 지옥 그 자체였다. 작열하는 태양 아래서 쭈글쭈글해진 몸으로 비 오듯 땀을 흘리며 기다린 끝에 차례가 오면 허겁지겁 구덩이로 내려가 도자기 만들 때 쓰는 백토를 몇 줌 파냈다. 갈비뼈가 앙상하게 드러난 어린이들은 지쳐서 픽픽 쓰러졌다. 아이들의 더러운 몸은 땅 위에 그늘을 드리운 진흙 조각상 같았다.

약 10만 명의 주민이 25만 톤의 흙을 파먹었고 그것을 관인 흙이라고 불렀다. 많은 사람이 제대로 배설하지 못해 나뭇가지로 항문에서 대변을 파내야 했다.

*

멍蒙산 북쪽 음울한 석회암 연단 아래로 자전거를 달렸다. 한때 고대 동굴의 벽이었지만 무너져 내린 지 오래인 카르스트 봉우리와 나뭇잎으로 뒤덮인 연단이 이어졌다. 카르스트지형을 만끽하려는 관광객들은 밤에 눈부신 조명을 밝히는 양쉬陽朔로 몰렸다. 한 해의 마지막 날이었다. 서양인이 근무하는 호스텔이 없는지 찾아보았다. 거의 2주간 누구와도 대화를 나누지 않았다. 역설적이지만 생각이 딴데 가 있는 듯한 표정에 절박한 눈빛을 한 탓에 사람들과 어울리기가 더욱 힘들었다.

으레 그렇듯 숙소 옆에 술집이 하나 있었는데, 대릴이라는 호주인이 카운터를 지키고 있었다. 커다란 항아리에 다 썩어가는 회색 뱀을 청주에 잔뜩 담가놓고 한 잔씩 따라서 술을 팔았다. 한 잔만 마셔보라고 하도 권하는 바람에 마셨는데, 당연히 한 잔으로 끝날 리 없었다. 즐거운 시간을 보내긴 했지만 이십대 젊은이들이 비어퐁beer pong♦을 하며 서로 더듬는 이곳에는 진정한 친구가 될 만한 사람이 없다는 씁쓸한 생각이 몰려왔다. 제대로 된 인간관계가 그리웠다. 물론 내가 선택한 삶이었다. 따지거나 징징거려 봐야 나만 유치해질 것이었다. 집으로 가든지, 묵묵히 삼키든지(악취가 진동하는 뱀술과 함께).

다음 날 파충류적 숙취에 시달리며 리장강의 부드러운 굽이를 따라 달렸다. 관광객들은 모터가 달린 대나무 뗏목을 타고 햇빛을 막아주는 차양 아래서 나와 나란히 물 위를 달렸다. 강둑을 오가는 가마우지 낚시꾼의 어깨에 걸쳐진 장대 위로 새들이 당당하게 내려앉았다. 후난성에 접어드니 표지판이 서 있었다. "기쁨이 넘치는 둥족의 땅에 오신 것을 환영

♦ 맥주 컵에 탁구공을 던져 넣는 술 마시기 게임.

합니다." 둥족은 대나무숲과 안개 자욱한 계단식 논 사이에서 살아가는 소수민족이다. 이내 군청색이나 검은색으로 간편한 복장을 한 남성들이 옹기종기 모여 있는 모습이 눈에 들어왔다. 여성들은 석탄으로 불을 피워놓고 그 둘레에서 가슴 뭉클한 노래를 부르고 있었다.

몇 시간 뒤에 경찰이 들이닥쳤다. 간이식당에서 인도의 차가 얼마나 맛있었는지 생각하며 입맛을 다시는데, 세 명의 경관이 내 쪽으로 다가왔다. 엄한 표정을 짓는 꼴이 좋지 않은 일 같았다. 즉시 그들을 따라 흰색 타일이 인상적인 경찰서로 들어섰다. 그 마을에서 본 가장 큰 건물이었다. 한 경관이 딱딱거렸다.

"이곳은 제한구역입니다. 외국인은 출입 금지예요!"

터무니없는 소리는 아니었다. 어디선가 중국의 대륙 간 탄도미사일 시스템이 이 부근에 있다는 기사를 읽었다. 재미있다고 생각하면서 일기장에 기록하고 밑줄도 쳐두었다. 이제 내 일기장을 뒤지면 수많은 증거 속에서 밑줄 쳐놓은 것도 발각될 테지. '제한구역'이라는 표지판은 본 적이 없고(적어도 내가 이해할 수 있는 방식으로 써놓은 것은 없었다), 철조망으로 경계가 표시돼 있지도 않았다. 그렇게 하려면 런던 광역시만 한 면적에 철조망을 둘러야 할지도 모르지만.

"카메라!"

순순히 내주었다. 키 큰 경관이 내가 찍은 사진들을 넘기기 시작했다. 왼쪽 눈 밑에 X자 모양 흉터가 있는 모습이 '나쁜 경찰'임을 코믹하게 드러내는 클리셰 같았다. 갑자기 가슴이 철렁 내려앉았다. 홍콩 시위 현장, 텐트들, 반정부 구호들… 아, 젠장….

"여기서 기다리시오. 우리 동료들이 오고 있소. 두 시간!"

"누가 온다고요?"

"특수요원들."

동료들? 특수요원들? 정보국? 국제적인 사건인가? 중국인들은 물고문도 한다던데? 강제노동 수용소? 인민재판? 더 나쁜 일도 벌어질까?

"안녕하세요, 선생님."

'특수요원'들은 영어가 유창했다. 그 자체로 내가 엄청난 곤경에 처했다는 뜻일까? 젊은 여성 요원이 차분하게 미소 짓는 모습에 오히려 겁이 더럭 났다. 같이 온 심술궂은 표정의 나이 든 남성 역시 두렵기는 매한가지였다. 그들은 서류를 요구하더니 사진을 세 장씩 찍었다. 그러고는 지도에서 내가 거쳐온 길을 설명해보라고 하면서 뭔가를 열심히 적었다.

"이제 소지품을 좀 살펴봐야겠습니다." 또다시 날카로운 미소. "그냥 보는 것뿐이에요, 아셨죠?"

검색은 느리지만 철저했으며, 과정을 모두 동영상으로 촬영했다. 곰팡이가 핀 머핀은 가져가버렸다. 그들은 내 짐 가방에서 곰팡내가 폴폴 풍긴다는 것을 알아냈다(일주일간 쉬지 않고 빗속을 달려온 참이었다. 누가 내 짐 가방을 뒤질 줄 알았겠는가?). 이쯤 했으면 스파이가 아니라는 걸 알 때도 되지 않았나? 그저 심심해서 남의 짐을 뒤지나? 안쪽에서 일곱 명의 현지 경찰관이 내 노트북 주위에 둘러앉아 파일을 열어보고 문서와 사진을 자세히 들여다보는 모습이 우연히 눈에 띄었다. 틀림없었다. 바삐 조사해야 할 진짜 범죄를 발견했으니 더 이상 산 씨네 닭을 누가 훔쳐 갔는지 조사할 필요 없다는데 크게 만족한 것 같았다. 하드디스크에 복사해둔 홍콩 시위 현장 사진을 곧 발견할 터였다. 내 비자를 취소하겠지. 적어도 필요한 만큼 연장해주지는 않겠지. 뭔가 조치를 취해야 했다. 허리를 쭉 펴며 화난 목소리로 소리를 질렀다. "그만해요! 볼 만큼 봤잖소, 안 그래요?"

내가 오버했나? 잠시 불편한 침묵이 흘렀다. 하지만 여성 요원이 노트북을 탁 덮더니 돌려주었다.

"좋아요. 어젯밤에 어디서 잤는지 가봅시다."

"당신들하고 같이요?"

"그래요. 갑시다."

세 대의 경찰차가 한 줄로 늘어서서 달려갔다. 나는 병력을 강둑으로 이끌었다. 그들은 전날 밤 내가 텐트를 쳤던 돌투성이 바닥을 다양한 각도에서 사진으로 찍어댔지만, 분위기는 확실히 누그러져서 모두 자신들의 지나친 행동에 낄낄거렸다.

한결 힘이 난 나는 다시 한번 허리를 쭉 폈다. "이제 가도 되지요?"

"그래요, 하지만 그 전에 우리랑 점심을 먹어야 하오." 나이 든 특수요원이 명령을 내리듯 말했다.

차로 홍장洪江에 있는 한 식당에 갔다. 제한구역 경계에 있는 곳이었다. 음식이 나오자 제일 먼저 내 앞에 놓아주었다. 만두가 수북이 쌓였다. 생선과 돼지고기, 두부와 신선한 야채. 누군가 내 손에 맥주잔을 쥐여주고, 누군가는 등을 두드렸다. 짐 가방을 다시 자전거에 고정하는 동안 경찰들은 사진을 찍는 학생들처럼 한 줄로 늘어서서 미소를 지으며 작별 인사를 건넸다.

중국 정부의 요주의 인물 명단에 오르지는 않았던 모양이다. 창사長沙에서 비자를 연장했는데, 기분 좋을 정도로 쉽게 끝났다. 마오쩌둥이 공산당 입당 전 한때 이곳에 살며 공부했기에 다양한 기념물이 있었다. 어디서나 거대한 두상이 눈에 띄었다. 늙고 머리가 벗겨진 채 경례를 하는 마오쩌둥이 아니었다. 창사에서 그는 바람에 머리칼을 휘날리는 젊은 시인으로, 언제까지나 굳은 결의에 찬 눈을 반짝이고 있다.

숙소로 돌아오니 프런트에 한 소녀가 앉아 있었다. 예쁜 얼굴에 커다란 안경을 쓴 탓에 눈이 더욱 반짝였다. 미소를 짓더니 휴대폰에 뭐라고 입력한 후 내게 건넸다.

"나이는?"

나는 대답을 적었다.

"결혼했어요?"

고개를 저었다.

이어서 "나는 절대 결혼하지 않을 거예요"라고 적더니 "나하고 갈비 먹으러 갈래요?"라는 메시지를 내밀었다.

나는 그러마고 휴대폰에 입력했다. 그녀는 미소를 짓더니 자리를 떴다. 그 뒤로는 다시 보지 못했다.

＊

며칠 뒤 나는 듬성듬성한 덤불 뒤에 텐트 칠 만한 곳을 찾고 있었다. 하지만 매의 눈으로 찾아낸 장소는 화장실로도 인기가 있었던지 여기저기에 화장지가 굴러다녔다. 길 쪽으로 자전거 여행자의 모습이 나타났다. 그는 도로변의 일시 정차 구역에 멈췄다. 사람은 안 보이고 목소리만 들려왔다. "여기서… 자려고요? 이… 덤불에서?"

조심스러웠지만 걱정이 깃든 목소리. 마치 인질을 해쳤냐고 묻는 듯한 말투였다.

"글쎄요."

"왜 둘이 아니라 혼자죠?"

나는 어깨를 으쓱했다. 뭐라고 답할까 고민하는 건 내가 남들이 변을 본 곳에서 자는 종류의 인간이라고 인정하는 거나 다름없었다.

"내 생각은." 그가 말문을 열었다. 이번에는 선생이 학생을 가르치는 것 같은 말투였다. "당신은 나와 함께 갑니다."

깊은 밤 배에 가스가 찬 손님들을 맞는 대신, 낯선 사람을 따라 페달을 밟았다. 자동차 전조등 불빛에 그의 모습이 드러났다. 산악자전거에 두 개의 짐 가방을 싣고 등에는 배낭을 멘 안경 쓴 젊은 중국인.

그의 이름은 리옌이었다. 그는 필요한 물건을 찾고, 도로 표지판을 읽고, 메뉴에서 적당한 음식을 주문하고, 낯선 사람에게 말을 건네 어디 가면 싼 숙소를 찾을 수 있을지 물어보고, 닭발을 뺀 닭고기수프를 주문하고, 물건을 교환하고, 중국인들에게 전화하고, 농담을 주고받을 수 있었다. 요컨대 전반적으로 인간의 됨됨이와 능력에 관해 누구나 인정할 만한 기준에 부합했다. 반면 바보처럼 활짝 웃는 것 빼고 나의 유일한 재주는 큰 소리로 불쑥 고백하는 것이었다. "워 부후이 쉬 중궈화(저는 중국어를 못해요)." 나는 이름이나 어디서 왔는지를 묻는 사람들에게 당나귀처럼 시끄럽게 이 말만 반복했다.

밤늦게 노점에서 죽순과 두부를 먹었다. 여주인은 미간을 잔뜩 찌푸린 채 초조해하며 리엔과 잡담을 주고받는 사이사이에 내게 생기 넘치는 눈빛을 보냈다. 내 존재야말로 올해 일어난 일 중 최고라고 하는 것 같았다. 이처럼 내게 완전히 몰입한 듯한 환영의 분위기를 전에도 몇 번 마주친 적이 있었지만, 이제는 통역까지 있었다.

"네 코가 너무 크지만, 그래도 네가 좋다는데."

"그럼 이렇게 말해줘, 나도 당신이 좋다고. 하지만 당신의 코는 너무 작다고."

그가 중국말로 통역을 했다.

"뭐래?" 내가 물었다.

"그렇다는군."

"그렇다고?"

"그래."

잠시 모두 침묵 속에 앉아 있었다. 어쩌면 그녀도 나처럼 코 크기에 대한 국제적 의견 불일치를 어떻게 해야 할지 곰곰이 생각했을까?

리엔 역시 남쪽에서 출발했다. 이제 그는 다가오는 새해를 가족과 보내기 위해 시안으로 향했다. 중국인들이 춘절을 맞아 고향을 찾는 것은 지구상에서 일어나는 인간의 연례 이동 중 가장 큰 규모일 것이다. 내 행선지는 시안에서 동쪽으로 좀 떨어진 곳이지만, 그래도 최소한 며칠은 더 동행할 터였다.

　자전거 여행을 함께하려면 마음 불편한 협상에 돌입하게 된다. 서로 잘 맞는지에 관한 질문이 끊임없이 솟아오른다. 나보다 너무 빠르거나 느리면 어떡하지? 앞서 달리면서 방귀를 뀌거나, 바이에른 지방 민요를 흥얼거린다면? 숨소리가 마음에 안 든다면? 다행히 리옌은 훌륭한 동행인이었다. 이틀 후 리옌이 닷새 더 함께 달리자고 제안했을 때 너무 기뻤다. 기쁘다기보다 안도감을 느꼈다고 해야 할 것이다. 리옌은 지리는 물론 언어나 음식에 관해서도 안내자가 돼주었고, 고맙게도 그런 역할을 즐기는 것 같았다. 나는 바보 같은 어른 아이처럼 그가 먹이고, 데리고 다니고, 잠자리에 눕혀야 할 존재가 되었다. 그가 이제 그만 따로 가자고 해도 무슨 소린지 못 알아듣는 체하면서 끈질기게 따라갈 작정이었다.

　리옌은 왼쪽 팔목에 붕대를 감고 있었다. 자신 없는 영어와 몸짓을 매력적으로 섞어가며 운수 사납게 자동차에 부딪힌 일을 설명했다. 리옌이 자전거 타는 모습을 실제로 보지 않았다면 그 사건은 내게 자전거 여행자가 얼마나 다치기 쉬운지, 아시아의 도로가 얼마나 위험한지 상기시키는 징표가 되었을 것이다. 하지만 그는 빨간불에도 아랑곳하지 않고 내달렸고, 열쇠를 어디다 뒀는지 기억해내려고 애쓰는 사람처럼 넋이 나간 채 위를 쳐다보며 정신없는 교차로 한복판으로 뛰어들었다. 그 모습을 보자 그의 부상이 불운이라기보다 훨씬 나쁜 일을 피한 행운의 결과로 느껴졌다. 며칠 뒤부터는 리옌이 살아남는 데 도움이 되지 않을까 싶어 내가 앞에서 달렸다.

때때로 리엔과의 거리가 엄청 멀게 느껴지기도 했다. 우리 사이에는 언어뿐 아니라 문화적으로 깊은 협곡이 가로놓여 있었다. 우리를 묶어주는 것이 있다면 바로 음식이었다. 나도 누구 못지않게 음식을 빨리 먹지만, 리엔은 내가 본 어떤 사람보다 빨랐다. 그가 마지막 국수 가락을 후루룩거릴 때면 나는 과장된 눈빛으로 쳐다보곤 했다. 자전거와 몇 개의 단어 외에는 공유할 것이 없는 두 사람에게 그것은 최고의 농담이었다. 하지만 중국에서 리엔 같은 사람은 전혀 특이할 것이 없었다. 중국은 경주마 같았다. 모든 사람이 빨리 먹고 빨리 마시고 빨리 말하고 빨리 움직이는 도시에서 빨리 부자가 되었다. 정부가 결정을 내리면, 실제로 그렇게 되었다. 나처럼 끊임없이 성급해지는 사람에게, 길거리에서 너무 느리게 걷는 자는 즉시 사회에서 없애버려야 한다고, 가장 이상적인 방법은 대포에 넣어 어디론가 쏘아 보내는 것이라고 믿는 사람에게 중국은 일종의 축복이었다.

어둠 속에 호텔들의 네온 간판이 모여 있는 광경을 보고 웨양岳陽에 도착했음을 알았다. 새벽이 되자 양쯔강이 모습을 드러냈다. 물안개가 솜이불처럼 덮인 강을 배로 건넜다. 강폭이 넓어 건너편에 닿는 데 10분이 걸렸지만, 그러고도 한참 높은 곳에서 과거의 수위를 보여주는 물 자국을 찾을 수 있었다. 세계에서 가장 큰 수력발전설비인 싼샤댐을 짓기 전에는 훨씬 높은 곳까지 물이 차 있었던 것이다. 댐 건설을 위해 중국은 '겨우' 120만 명의 주민을 이주시켰을 뿐이다. 아마 연휴 낀 주말이었으면 충분했으리라.

북쪽에서 쌩쌩 불어오는 바람에 추위가 몸속 깊이 파고

들었다. 몽골에서 보내오는 경고였다. 배추밭 옆을 지나치는데 하늘에서 까치들이 다른 나무로 옮겨 앉느라 부산했다. 소란을 피해 식당에 들어갔다. 입구 옆에 소형차만 한 황록색 쓰레기통이 놓여 있었다. 푹푹 쓰레기 썩는 냄새가 났다. 문득 발길을 멈추고 곁눈질을 했다. 쓰레기통 속에 사람이 서 있었다. 추레한 옷차림에 머리에는 새집을 짓고, 얼굴은 오물과 검댕으로 온통 새까맸다. 갈라진 틈처럼 눈만 흐릿하게 빛났다. 부패의 열기를 견디는 걸인의 옷에서 김이 모락모락 피어올랐다. 얼어 죽지 않으려고 그 속에 뛰어든 것이었다.

다음 날 리옌은 심각한 표정으로 휴대폰을 들여다보았다.

"눈이 많이, 많이 온대. 내일, 20센티나 온대."

아니나 다를까 눈보라가 몰아쳤다. 발작하듯 퍼붓는 눈 속에서 리옌은 바람을 뚫고 소리를 질렀다. "막사를 치기에는 너무 추워!"

잠시 무슨 뜻일까 생각했다. '막사'는 틀림없이 '텐트'를 뜻하는 말이리라. 그의 휴대폰에 깔린 번역기가 또 말썽을 일으켜 내 자전거에 매달린 엉성한 나일론 조각을 로마군 숙영지 내 장군의 막사로 변모시킨 것이다. '텐트'라고 하는 편이 낫겠다고 일러주자, 그는 휴대폰에 뭔가를 입력하더니 고개를 들었다.

"나, 미안해. 어휘 문제가 좀 있군."

하지만 언제나 그랬듯 리옌은 다 계획이 있었다. 물론 속담도 준비해두었다.

"오늘 밤에는 게스트하우스에 들자고. 푹 쉬는 거야. 나무를 빨리 베려면, 도끼날을 가는 데 두 배로 시간을 들여야 하는 법."

속담을 반박하기란 엄청나게 어렵다. 중국 속담이라면 더욱 그렇다. 옳은 말만 하기 때문이다. 꼬박 하루를 쉬었다. 딱 한 번 숙소에서 나가 빙판 위를 걸어서 길이라곤 하나밖에 없는 마을로 갔다. 장사꾼들이 눈이 허옇게 달라붙은 돼지머리를 사라고 소리를 질렀다. 귀마개를 한 채 마치 하와이행 비행기표라도 되는 양 돼지머리를 소중히 가슴에 안고 비틀거리며 돌아왔다.

"밤에는 발을 따숩게 해야 오래 사는 법이지." 리옌이 말했다. 우리는 어린 형제처럼 침대에 나란히 앉아 다리를 달랑거리며 발을 씻었다.

그날 밤 리옌이 나오는 악몽을 꾸었다. 그가 길 한복판에서 신이 난 표정으로 하늘을 올려다보며 소리를 지른다. "스티펜, 눈이 와!" 느닷없이 퍽 소리가 나며 트럭이 그를 치고 지나간다. 나는 홀로 남은 채 산산조각이 나 눈 속에 묻힌 그의 안경을 물끄러미 내려다본다.

눈을 떠보니 온통 눈 천지였다. 리옌은 벌써 일어나 주전자에 코카콜라와 생강을 넣어 끓이고 있었다. 건강에 안 좋을 것 같은 냄새가 방 안 가득 찼다. 빙판으로 변한 길 위로 조심스럽게 자전거를 달렸다. 샹양襄陽에 닿으니 평소에 싸리비로 거리를 쓸던 군인들이 주황색 웃옷을 입은 채 삽으로 눈을 치웠다. 여성들은 여전히 하이힐과 짧은 스커트를 입고 빙판 위를 불안불안 돌아다녔다. 저녁이 되자 보름을 넘긴 달이 눈을 온통 주석빛으로 바꿔놓았다. 리옌의 헤드램프에서 가까스로 흘러나온 희미한 빛이 춤추듯 앞길을 비추었다. 때때로 그는 상황이 얼마나 개떡 같은지 내가 알아듣도록 영어로 소리 질렀다. "정말 끔찍해! 정말 끔찍해!"

허난성에 들어섰다. 머리핀처럼 구부러진 길을 돌자 스키 리조트가 나왔다. 우리는 게스트하우스를 찾아 들어가 난로 주위에 무릎을 세우고 앉았다. 한동안 침묵. 마침내 리옌이 입을 열었다. "몽골에서 휴가를 보낸다는 건 그리 좋은 생각이 아닌 것 같아." 나는 아무 말도 하지 않았다. 다음 순간 둘 다 배꼽을 잡고 웃음을 터뜨렸다.

드디어 뤄양洛陽. 작별의 순간이 다가왔다. 리옌과 나는 다른 눈보라 속에 설 운명이었다. 때맞춰 고향에 도착하려면 사흘간 5백 킬로미터를 달려야 했기에 리옌은 동트기 전에 일어났다.

"너, 걱정된다." 숙소 앞에서 작별하면서 그가 말했다.

"걱정 마, 친구, 난 괜찮아."

그는 씩 웃더니 고개를 끄덕이고 돌아섰지만, 나는 복도를 따라 쫓아가며 질문을 퍼부었다.

"리옌, 밥은 뭐라고 하지? 리옌, 체크아웃은 몇 시야? 리옌! 제발! 어떻게 살아야 할지 알려줘!"

다시 중국에 홀로 남았다. 마음을 달랬다. 처음 생각과 달리 우리는 기막히게 좋은 팀이었다. 이제 나는 온갖 속담으로 무장했다. 화장실이 어디인지 물어볼 줄도 알았다. 짐가방을 꾸리고, 막사를 접고, 출발. 중국이 훨씬 덜 두려웠다.

　영국계 미국인 토머스 스티븐스Thomas Stevens는 처음 자전거로 중국을 횡단한 사람 중 하나다. 더 유명한 사실은 최초로 자전거 세계 일주를 했다는 것이다. 그때만 해도 이 일은 성격이 분명치 않았다. 그저 자전거에 올라 한쪽 방향으로만 열심히 달려 다른 쪽 방향으로 집에 돌아오면 된다고 생각했다. 출발할 때보다 수염이 텁수룩하고, 원주민에게 배반당한 이야기를 몇 꼭지 들려줄 수 있다면 더 좋겠지. 사진 속에는 눈에 띌 정도로 멋지게 콧수염을 기른, 너무나 멋진 신사가 50인치 높이의 하이휠 자전거 위에 떡하니 앉아 있다. 1884년 4월, 그는 배웅객들에게 손을 흔들어 작별을 고하고 샌프란시스코를 출발했다. 짐 속에는 스미스앤웨슨 권총 한 자루와 19세기판 신용카드라 할 수 있는 금과 은 몇 조각을 단단히 챙겼다.

　스티븐스는 대담함과 남성다움의 상징으로 빅토리아시대의 유명인이 될 수도 있었지만, 그때만 해도 검증되지 않은 인물이었다. 하이휠 자전거를 몰고 모험에 나선다는 소문은 골든게이트파크 주변을 벗어나지 못했다. 그런 까닭에 횡액을 맞으리라 예상한 사람도 많았다. 누군가는 전 세계 대부분의 도로는 그런 여정에 적합하지 않으므로 널빤지를 하나 가져가 계속 바퀴 앞에 깔면서 달려야 할 거라고 비아냥대기도 했다.

　세계 일주를 시작했을 때 스티븐스는 스물아홉, 나와 같은 나이였다. 공기타이어도 발명되기 전이어서 "바람직하지 않은 빈도로" 자전거에서 굴러떨어져가며, 주로 노새가 다니는 길을 따라 달려야 했다. 하이휠 자전거의 높이를 생각해 볼 때 만만찮게 다쳤을 것이다. 그는 인도에서 증기선을 타고 홍콩에 도착한 후, 식민지 총독의 허가를 받아 중국 땅에 들어섰다. 그간 얼마나 많은 격변이 있었는지 생각해보면 당시 중국은 상상할 수 없을 정도로 지금과는 다른 나라였을 것이다. 우선, 불교 사원과 호랑이 가죽을 파는 상점들이 있었다(중국에서 야생 호랑이가 마지막으로 목격된 것이 25년 전이다). 여성들은 전족으로 발이 자라지 못해 다리를 절며 걸었고, 지체 높은 부인들은 노예의 등에 업혀 다녔으며, 거의 모든 여관이 아편 연기에 휘감겨 있었다. 길은 "벼와 채소와 사탕수수가 자라는 놀랄 정도로 훌륭한 들판"을 말굽처럼 휘감아 돌고, 강에는 삼판선과 정크선이 바삐 오갔다.

그가 남긴 기록을 읽다 보면 스티븐스는 중국인들의 주목을 받는 것이 재미있는 동시에 짜증스러웠던 것 같다. '남훙'이란 곳의 한 여관에서 문틈으로 엿보려는 군중이 너무 많이 몰려 문짝이 떨어지는 사고가 있었다. 그걸로도 모자랐던지 중국인들은 즐거운 장난을 거는 분위기 속에서 그가 넘어졌다 일어나는 모습을 보려고 순무를 집어 던졌다. 언어 장벽을 극복할 길이 없었으므로(19세기의 상당 기간 외국인에게 중국어를 가르치는 것은 불법이었다), 스티븐스는 신뢰를 얻기 위해 자주 미소 짓고 어린이들에게 땅콩이나 동전을 나눠주는 등 갖은 노력을 했다. 환심을 사려고 젓가락으로 음식을 먹으려다 일으킨 소동은 우습기 짝이 없다.

규모가 큰 마을에 들어설 때면 멋진 옷을 차려입은 사람들이 온통 자신을 둘러싼 채 말벌집을 쑤신 것처럼 눈앞에서

획획 지나다녔다. 시골 사람들은 허둥지둥 도망치거나 문간에 선 채 불안한 표정으로 쳐다보았다. 내륙 깊이 들어가자 공격성을 드러내는 사람들이 많아졌다. 중국 입장에서 그때는 '치욕의 세기'였다. 일본과 전쟁을 벌이기 직전이었고, 영국과 프랑스와는 이미 갈등을 겪으면서 일부 지역을 마지못해 이양했던 것이다. "판구이洋鬼!" 사람들은 스티븐스에게 소리쳤다. '외국 귀신'이란 뜻이다. 한 마을에서는 횃불을 든 남자들이 쫓아오는 바람에 황급히 도망치기도 했다. 주장九江에서는 이런 일이 있었다.

> 누군가 외투 뒷자락을 획 잡아당기고, 자전거를 멈춰 세우고, 머리를 툭 쳐 헬멧이 벗겨지는 등 사소한 수모를 겪었다. 하지만 이런 행동에 관해서도 나는 예외 없이 원칙을 고수했다. 헬멧이 벗겨지면 주워서 다시 쓰고, 표정과 태도의 침착함을 유지했다.

너무 에둘러 말해서 유감지만 중국과 서구 사이에는 오래도록 가시 돋친 관계 속에 계속 오해를 쌓아온 역사가 있다. 18세기에 중국은 자신들의 영토 밖에 사는 모든 사람을 오랑캐라고 생각했으며, 더 멀리 떨어진 민족일수록 더 야만적이라고 여겼다. 중국은 유럽의 세련됨을 과소평가했으며, 유럽은 중국을 얕잡아 보았다. 상호 경계와 의심의 정서는 지금도 여전하다. 여행을 시작하기 전에 중국이 내게 어떤 의미인지 되돌아보았다. 나는 거의 정기적으로 그 땅에서 벌어지는 인권유린과 언론통제에 관한 소식을 들었다. 티베트에서 저지른 만행은 내 마음속에 큰 그림자를 드리웠다. 중국은 이상하고, 짜증스러우며, 나쁜 짓을 하려고 도사린 존재였다. 경제 부흥이란 면에서도 콧대 높은 서구 매체들은 중국의 경기가 침체하면 환호를 올렸고, 중국의 성장이 다른 나라에 미치는 의미에 대해서는 초조하고 못마땅한 태도로 양손을 비볐다. 말하자면 이런 의미가 함축돼 있는 것이다. '중국은 막을 수 없으며, 기괴할 정도로 크고 바쁘고, 지저분하고, 세계를 위협하는 존재다.' 이런 관점이 전혀 근거 없는 것은 아니지만, 지나치게 편협하며, '다른 쪽에 있는 사람'에 대한 오랜 불안감에 물들어 있는 것도 사실이다. 중국이 석탄에 중독되어 있다는 소리를 수없이 들었지만, 직접 자전거를 타고 거대한 풍력발전단지의 그늘 아래로 그 나라를 가로질러보니 재생에너지로 전환하기 위해 적잖은 노력을 기울이고 있음을 피부로 느낄 수 있었다. 중국은 2030년까지 전력의 4분의 1을 재생에너지로 충당할 계획인데, 따라잡기 힘들 정도로 빠르고 급진적인 정책 변화라 하지 않을 수 없다.

모든 여행기가 그렇듯 스티븐스의 책은 그가 여행한 어떤 곳보다 고국인 영국에 대해 많은 것을 이야기해준다.

중국 어디서든 신분이 높은 사람과 낮은 사람이 서로 자유롭게 어울리는 모습을 보고 깊은 인상을 받았다. 지저분한 얼굴에는 혐오스러운 부스럼이 잔뜩 나고 거의 벌거벗은 것이나 다름없는 거지들이 지체 높은 관료들과 나란히 서서 내 모습과 동작에 대해 대화를 주고받았다. 어느 쪽이든 비위를 맞추려고 굽실거리거나 거들먹거리는 기색이 전혀 느껴지지 않았다.

✳

　스티븐스는 상하이에서 중국 여행을 마쳤지만, 나는 훨씬 북쪽까지 올라가 정저우鄭州 위로 굽이쳐 흐르는 또 다른 중국의 거대한 물길에 이르렀다. 황허강 위로도 수많은 계곡, 얼어붙은 강, 계단식 경작지가 펼쳐졌다. 사암층에 열쇠 구멍처럼 뚫려 있는 동굴집을 지나쳤다.

　황토고원은 실크로드 북쪽의 매우 건조한 지역으로 고대의 폭풍우가 남겨놓은 침적 토양이 특징이다. 중국에서는 3천만 명 이상이 동굴집에 거주하는데, 대부분 이곳 산시성에 산다. 동굴 속은 겨울에 따뜻하고 여름에 시원하므로 이들은 적어도 천 년 동안 여기서 살았다. 1556년 산시성 지진이 역사상 가장 많은 희생자를 낸 것도 그 때문이다. 당시 지각의 사소한 움직임에 83만 명이 매몰되어, 이 지역 인구의 60퍼센트가 하루아침에 사라졌다. 오늘날 동굴집 거주민 수는 계속 줄고 있다. 젊은 사람들이 도시로 몰려들기 때문이다. 버려진 동굴이 많아 나는 잠자리를 마음대로 고를 수 있었다.

　하루 시간을 내어 핑야오平遙의 비좁은 거리를 걸어보았다. 청나라 때 성벽으로 둘러싸인 금융 중심지였던 이곳은 이제 관광지가 되었다. 전기 스쿠터가 휙휙 지나가고, 장난감 같은 반려견들이 요란하게 짖어대며, 도교와 유교 사원이 즐비하다. 부항과 지나치게 열성적으로 들리는 '귀지 채굴'을 선전하는 가게들도 있다. 메뉴에는 '돼지족발'이라거나 '고수를 곁들인 쇠힘줄' 같은 음식이 자랑스럽게 적혀 있었다. 성벽 위에 오르니 맑은 하늘 아래 표지판들이 서 있었다. '낙하물 주의'. 특정 위협을 경고하는지, 그저 일반적인 삶의 조언인지 알 길이 없었다. 위험이 곳곳에 도사리고 있는 모양이었다. "노인, 어린이, 장애인, 임산부는 위험한 상황이 벌어져 다치지 않도록 막아줄 보호자와 반드시 동반해야 함."

2008년 베이징올림픽이 열렸을 무렵 중국 정부는 '정부 남용 치킨government abuse chicken'이나 '구운 관장grilled enema'♦ 같은 메뉴나 안내판 문구를 바로잡기 위해 비상한 노력을 기울였다. 하지만 칭글리시Chinglish♦♦와 그 모든 오역은 우습기 때문이 아니라 언어가 얼마나 다양하고 통제하기 힘들며 모호해질 수 있는지 드러내준다는 면에서 경탄스럽다. 관광객용 화장실의 소변기 위에 붙어 있는 안내판이야말로 어리둥절하면서도 큰 기쁨을 주었다. 두 개의 막대기처럼 생긴 형상이 있었는데 하나는 크고 하나는 작은 것으로 보아 어른과 아이를 나타내는 것이 분명했다. 각각의 형상 아래에는 이렇게 쓰여 있었다.

"Urine into the pool you short."

"The urine to the pool you soft."♦♦♦

♦　닭볶음 요리 '쿵파오지딩'과 '소시지구이'를 엉터리 영어로 잘못 옮긴 것.

♦♦　중국식 영어.

♦♦♦　각각 "소변을 흘리지 마시오", "소변을 튀기지 마시오"라는 뜻 같다.

＊

국경까지 가는 길에는 구간 거리를 나타내는 표지판들이 있었지만, 이 가차 없고 창백한 공간에서 거리는 별로 중요하지 않게 느껴졌다. 혼란스럽게도 내몽골이라고 불리는 중국의 이 지역은 극단적인 기후 조건 때문에 버려진 세계였다. 금방이라도 쓰러질 듯한 벽돌집이 옹기종기 모여 있고, 풀조차 밑동만 남아 있었으며, 앙상하게 뼈만 남은 양들은 모래와 그 땅에 파인 배수로와 웅덩이에 쌓인 잿빛 눈을 뒤섞은 듯한 색깔이었다. 몽골 자체가 성큼 다가오는 것 같았다. 포효하는 먼지바람 속에서 양털 후드를 뒤집어쓴 몰이꾼들이 내가 지나가는 모습을 무표정하게 바라보았다.

12
박동 소리

몽골 국경 부근 얼롄하오터 외곽 도로 위로 거대한 금속 무지개가 서 있다. 특별한 국제적 관계의 피비린내 나는 역사를 생각해 희망을 호소하려고 했을까? 이제 이곳은 느긋하고 평화롭다. 카키색 가죽 코트를 입고 털모자를 쓴 중국 국경 수비대원 한 명만 있을 뿐. 그는 나를 어떻게 할지 몇 분간 곰곰이 생각했다. 마침내 결정을 내리고 손가락 하나를 쳐들어 양쪽으로 흔들었다. "자전거 안 돼!" 국경에서 흔히 겪는 일이다. 이때는 따져 봐야 아무 소용 없다. 자전거와 짐 가방을 번쩍 들어 시끄럽게 털털거리는 잿빛 소련제 밴 UAZ-452에 실었다. 이름은 섹시하지만 자동차는 허술했다. 툭하면 고장 났다가 위치를 잘 골라서 한번 걷어차주면 또 멀쩡히 굴러갈 것 같았다. 보드카 냄새를 폴폴 풍기는 낯선 사람들과 밀치락달치락하며 산업대국을 뒤로하고 전설적인 몽골의 소밀疎密 속으로 털털거리며 넘어갔다.

몽! 골! 이 나라 이름은 발사하듯 발음해야 한다. 나는 그 대담하면서도 길들지 않은 가차 없는 공간을 탐험할 준비가 되어 있었다. 여섯 살배기가 독수리를 부려 사냥을 하는 곳, 이리 떼가 침을 흘리며 돌아다니는 곳, 눈이 잔뜩 쌓인 들판에서 거대한 사나이들이 숨이 끊어질 때까지 씨름판을 벌이는 곳, 그런 곳 대신 국경 마을 자민우드Zamyn Uud에 들어섰다. 언뜻 보기에 국경 너머 중국과 그리 다를 것 없었다. 씨름꾼이나 독수리는 눈에 띄지 않고, 그저 상점들이 늘어서 있었다. 하지만 반쯤은 희망사항에 불과하고 반쯤은 기존 관점을 재조정하는 것, 그것이 여행이다.

상점 간판에 쓰인 글자만도 로마자, 키릴문자, 한자, 전통 몽골문자까지 네 가지나 되었다. 안에서 파는 물건도 그만큼 가지각색이었다. 열일곱 가지 상표의 보드카, 목이 잘린 부위에 피가 엉겨 있는 냉동 양 대가리도 있었다. 투명한 비닐 속에 들어 있어 마치 목을 자르기 전에 질식시킨 것처럼 보였다. 다시 출발했지만 멀리 가지는 못했다. 맹렬히 짖어대는 개 한 마리가 울타리 밑으로 힘겹게 빠져나와 이쪽으로 달려오기 시작했던 것이다. 나는 그대로 얼어붙고 말았다.

그깟 게 뭐 대수냐고? 몽골의 개는 덩치가 중국 개의 스무 배나 된다. 그리고 늑대를 찢어발기도록 훈련받는다. 몽골을 여행할 때 가장 쓸모 있는 말을 한마디만 꼽으라면 자신 있게 댈 수 있다. "너허이 배리흐(개 좀 잡아주세요)!" 게르에 다가갈 때면 이 말을 큰 소리로 외칠 준비를 해야 한다(게르란 하얀 펠트 천으로 만든 유목민의 둥그런 텐트를 가리키는 말이다. 몽골에서는 절대 '텐트'라고 하지 않는다). 개에게 공격당해 살이 찢기고 나면 "감사합니다"라든지 "좀 잡아주시겠어요" 같은 예의 차린 말은 가능하지도 않고 적절하지도 않다. 다행히 그 야수는 뚜렷한 이유 없이 다시 집으로 들어가버렸다. 내가 벌벌 떨며 "저리 가"라고 한 것을 알아들었을 것 같지는 않지만.

고비사막 깊숙이 뻗은 간선도로를 찾았다. 그 길로 650킬로미터쯤 가면 수도 울란바토르에 닿겠지만, 거기까지는 거의 아무것도 없을 것이었다. 사막 군데군데 눈이 쌓인 모습에서 지구본의 육지 모양이 떠올랐다. 서리와 얼음으로 이루어진 반도와 제도들. 잠시 멈춰 단조로운 풍경 속에 뭔가 눈에 띄는 것이 있는지 찾아보았다. 라이트모티프leitmotif♦는 '소멸'이었다. 썩어가는 독수리 한 마리, 버려진 해치백 한 대. 쌍봉낙타의 사체는 해부한 뒤에 석고로 굳힌 것처럼 보이는 것이 꼭 1980년대 공포영화의 소품 같았다. 온통 눈이 달라붙어 흰색 핏방울처럼 보이는 그것의 내장과 눈알은 진작 독수리들이 해치웠지만, 섬뜩하게도 가죽과 발굽은 그대로 남아 죽어도 죽지 않는 뭔가를 연상시켰다.

저녁에는 절벽이 바람을 막아주는 쪽에 텐트를 쳤다. 감청색 하늘에 별을 흩뿌려놓은 것 같았다. 한 시간 뒤 우리에게서 가장 가까운 은하인 안드로메다의 희뿌연 안개 같은 모습을 찾아내고 혼자 낄낄거렸다. 애니 딜러드Annie Dillard의 책에서 본 구절이 떠올랐던 것이다. 그는 사물의 크기가 이루어내는 대조를 생각하면 경이로움을 느낀다고 쓰면서 아메바 한 마리를 밖으로 가지고 가 안드로메다은하를 보여주며 "그 조그만 외형질을 날려버리겠다"고 위협한다.

온통 별로 반짝이는 하늘을 경탄스럽게 올려다보면서 우리 몸에도 우주에서 따온 이름이 얼마나 많은지 생각했다.

♦　예술 작품에서 반복적으로 나타나는 주제.

물질은 두개골 속에도, 우주 전체에도 똑같이 존재한다. 우리는 천체에 경탄한 나머지 경이로운 해부학적 구조에도 우주에서 유래한 이름을 붙였다. 목에는 '별'신경절stellate ganglion이 있고, 심장에는 '반달'판semi-lunar valve이 있다.

부드러운 바람이 불어 잠에서 깼다. 레코드판에 바늘을 얹을 때처럼 약간 긁히는 듯한 소리를 내는 바람이었다. 별다른 사건도 없이 시간이 흘렀지만 기대감 같은 것도 깃들어 있었다. 때때로 제트기가 푸른 하늘을 가로지르며 비행운을 남겼다. 그것은 야생의 분위기를 깨뜨리는 것이 아니라 오히려 하늘과 초원이 하나가 된 듯한 관점을 부여했다.

오후에 물을 얻으려고 자전거를 멈췄다. 철로 옆에 집 몇 채가 모여 있었다. 딜◆을 입은 키 크고 활기찬 남자가 나와 인사를 건넸다. 물 마시는 시늉을 했더니 그가 웃음을 터뜨리며 나를 바삐 집 안으로 데리고 들어갔다. 잔칫상을 차린 듯 부드러운 빵과 손질한 고기, 연골, 내장이 탑처럼 쌓여 있었다. 그는 고기를 잘라주고 말젖을 발효시킨 '아이락'을 따라 권했다. 국가의 자존심처럼 여기는 음료를 폄하할 생각은 없으니 차갑고 상할 듯 말 듯한 고기맛 같았다고 해두자. '아룰'도 맛보았다(우연찮게도 그 이름은 그것을 입에 넣었을 때 나는 소리와 비슷하다). 딱딱하고 진한 맛이 나는 일종의 치즈로, 약간 덜 친절하게 말하면 '국가대표 말린 커드'라고 해야 할 것이다. 음….

오전 내내 뒤에서 불어 우군 역할을 톡톡히 하던 바람이

◆　망토처럼 생긴 몽골의 전통의상.

갑자기 역풍으로 바뀌며 찌르는 듯한 추위를 몰고 왔다. 한낮인데도 기온이 영하 15도였다. 오리털 점퍼의 모자를 뒤집어쓰고, 장갑을 겹쳐 끼고, 입까지 가려주는 목 토시로 얼굴을 덮었지만 바람은 어디로 들어오는지 옷 속 깊숙이 파고들었다. 눈알이 시리다는 것은 불쾌한 감각이다. 턱수염은 얼음으로 서걱거렸고, 모든 신체 기관이 얼얼했다('한 군데도' 빼놓지 않고). 몽골의 겨울에는 바지를 양말 속에 집어넣으라는 조언을 들은 적이 있는데, 그렇게 하지 않았다가는 어떤 일이 벌어질지 상상만 해도 끔찍했다. 양말을 세 켤레나 겹쳐 신은 꼴이 우스웠다.

어딜 가나 자동차가 그득한 세상에서는 고요함이 더할 나위 없는 위안을 주지만, 이곳에서는 윙윙거리는 바람 소리가 하도 요란해서 엔진 소리라도 괜찮으니 뭔가 다른 소리를 들었으면 싶었다. 마침내 그 순간이 다가왔다. 울란바토르에 가까워진 것이다.

짙은 먹구름처럼 도시를 뒤덮은 채 공중에 맴도는 잿빛 매연이 눈에 들어오더니 게르와 목조주택들이 나타났다. 한때 유목민이었던 사람들의 지역사회는 이제 하루에 40가구씩 늘어나 농가의 안마당처럼 뒤죽박죽이 되었다. 몽골 인구의 절반이 울란바토르에 사는데, 대부분 석탄 난로를 사용해 스모그를 악화시키는 데 일조한다. 문제를 해결해보려고 연료 효율이 더 뛰어난 난로를 보급했지만, 약삭빠른 몽골 사람들이 훨씬 싼 석탄을 연료로 사용하는 바람에 대기오염은 날로 심해지고 호흡기질환 사망자는 꾸준히 늘고 있다. 게르 밀집지구의 공기질을 검사한 결과 악명 높은 인도 델리보다도 나쁜 것으로 드러났다.

물론 아직도 몽골인은 평균적인 서구인보다 쓰레기를 훨씬 적게 배출한다. 공해는 가진 자들이 일으키지만 못 가진 자들에게 훨씬 큰 영향을 미친다. 불평등의 아이러니다. 하지만 막상 그토록 심한 스모그를 보니 수 세기 동안 꾸준히 제기된 사상을 떠올리지 않을 수 없었다. 인류 자체가 지구의 유행병, 기생충, 암과 같은 존재라는 생각이다. 인구가 급증하고 지구가 더워지면서 기후위기가 날로 심해지자 인류야말로 병적인 존재라는 관념이 다시 한번 제기된다. 빠르게 퍼지고 통제 불가능하며 무차별적이고도 파괴적으로 침투하는 암 같은 존재.

내 생각은 좀 다르다. 종양이나 유행병은 인간처럼 서로 소통하며 협력하거나 스스로 통제해 상황을 개선하려는 결정을 내리지 못한다. 우리 자신을 훨씬 친절한 방식으로 바라보는 방법이 있다. 의사이자 작가 루이스 토머스Lewis Thomas는 개미처럼 군집생활을 하는 곤충, 물고기나 새의 군집을 떠올린다. 인간 집단도 그렇게 하나의 개체처럼 협력할 수 없는지, 적어도 기능적으로 하나의 거대한 다개체성 개체처럼 행동할 수 없는지 끊임없이 되묻는다. 그는 상상했다. 어쩌면 우리는 단일한 생물체의 일부일지 모른다고. 이 행성의 신경계처럼 작동하지만, 지구 자체도 사실은 느슨하게 형성된 하나의 피조물이며, 그 속에서 개별적인 인간은 '무력한 세포, 피부 표면에서 떨어져 나온 세포'에 불과할지 모른다고. 고깔해파리가 떠오른다. 그냥 해파리가 아니라 관管해파리에 속하는 이 생물은 많은 개체가 군집을 이루어 협력하면서 하나의 개체처럼 기능한다. 일부는 먹이를 섭취하고, 일부는 먹이를 잡으며, 일부는 후손을 생산하는 등 다양한 기능을 수행하는 폴립형 개충個蟲이 모여 고깔해파리 군체를 형성한다. 개충들은 일종의 신경계와 소화계를 공유하지만 각각 독립된 개체이면서 따로 떨어져서는 존재할 수 없다. 그렇다면 누가 주도권을 쥐고 이끄는가? 고깔해파리의 세계에 너무 오래 머물렀다가는 실존적 붕괴를 겪고 말 것이다.

이렇듯 지구를 하나의 생명체로 보는 은유는 약간 뉴에이지적이며 목적론적으로 생각될 것이다. 여러 가지 생리학적 힘이 조화를 이룬 끝에 안정적 평형상태에 도달한 것을 항상성이라 할 때, 기후변화와 수많은 갈등과 과잉소비 등 현재 인류가 처한 불균형 상태를 항상성이 깨졌다고 볼 수 있을지라도 마찬가지다. 하지만 그런 은유가 전적으로 허무맹랑한 것은 아니다. 지구 전체와 마찬가지로 도시 역시 고대 그리스-로마 연구나 도시사회학에서 살아 있는 생물에 비유되곤 했다. 지구와 도시는 모두 에너지와 자원을 소비하며, 정보와 쓰레기를 생산한다. 고도로 복잡해질 수 있으며, 도로와 철도와 송전선 등의 네트워크를 통해 긴밀한 통합을 필요로 한다. 생명체로 말하면 혈관계와 림프계와 신경계에 해당한다. 포유동물의 크기는 믿기 어려울 정도로 다양하지만 대부분 크기만 달리한 버전에 불과하다. 생명의 스펙트럼 전체에 걸쳐 대부분의 생리학적 변수는 놀라울 만큼 단순하고 예측 가능한 방식으로 크기에 비례한다. 수명과 수면 시간, 평생 심박동 수(지구상의 동물 대다수가 약 백만 번으로 거의 일정하다고 한다)까지. 몸집이 큰 동물은 더 오래 살지만, 심박수는 느리다.

도시 역시 생물과 마찬가지로 공통적인 비례의 법칙을 나타낸다. 이 사실을 알고 나면 비로소 생명의 본질과 우리의 세계를 벗어난 곳에 무엇이 존재하는지 묻게 된다.

✳

여행자의 목표가 리처드 F. 버턴Richard F. Burton처럼 자연스럽게 여행지에 섞여 드는 것이라면 자전거 여행은 별로 좋은 방법이라 할 수 없다. 짐 가방에 물건을 터질 듯 쑤셔 넣고도 모자라 냄비들을 고무밧줄로 동여맨 채 느릿느릿 울란바토르로 들어갔다. 다른 자전거 여행자가 쓴 책에 묘사된 대로 '가스폭발 사고를 겪은 것 같은' 몰골이었을 것이다. 한겨울에 지구에서 가장 추운 수도를 자전거로 돌아다닌다면 더욱 모습을 감추기 어렵다. 하지만 눈에 잘 띄는 것도 때때로 도움이 되는 법. 도심 쪽으로 달리는데 프랭키라는 젊은 프랑스인이 자전거로 나를 쫓아왔다.

"이봐요, 잘 곳은 있어요? 나랑 네덜란드 친구네서 같이 지내는 거 어때요?"

몽골의 마약 밀매를 좌지우지하는 거물을 만나러 가는 것이 아닐까 상상의 나래를 펴면서 프랭키를 따라 '네덜란드 친구'가 있다는 곳으로 달렸다. 그를 찾기는 쉬울 터였다. 도시가 반쯤 비어 있는 것 같아, 국회 앞 칭기즈칸광장조차 버려진 느낌이 들었던 것이다. 칭기즈칸 석상이 정복자답게 당당한 모습으로 계단을 굽어보았다. 그 앞 메마른 포석 위로는 혼자 추위에 쫓기듯 총총걸음을 치는 남자들만 이따금씩 지나다녔다. 젊은 여자 셋이 모자 달린 털옷에 거의 파묻히다시피 한 채 지나가는 모습을 딱 한 번 봤다.

프랭키를 따라 국영 백화점과 '파괴Destroy'라는 이름이 붙은 네일 숍과 '몽골 최초의 아일랜드 펍'을 지나쳤다. '로스앤젤레스'와 '캘리포니아'라는 이름의 카페에는 사람이 없었다. 모스크바의 거리에서 오래전에 퇴역한 낡은 버스들이 탈탈거리며 지나갔다. 스탈린과 레닌의 동상은 진작 끌어내려졌지만 칭기즈칸에 대한 숭배는 전성기인 13세기 못지않았다. 프랭키는 벽돌로 쌓은 담에 설치된 비틀스의 청동부조를 가리켰다. 오래전에 불어닥친 광풍의 기념물이다. 1960년대와 70년대에 몽골은 고립된 공산국가였지만, 그때도 비틀스의 레코드는 몰래 수입되었다. 젊은이들은 고층건물 층계참에 모여 〈렛 잇 비Let It Be〉를 불렀다. 벽돌담 뒤편에 또 다른 부조가 있었다. 머리를 길게 기른 몽골 남성이 외롭게 기타를 뜯는 모습. 그는 비틀스와 따로 떨어져 있었다. 몽골이 나머지 세계와 떨어져 있듯.

마침내 작은 집에 도착했다. 프랭키가 노크를 하자 문이 활짝 열렸다. 금실로 수놓은 청록색 셔츠를 입은 남자가 서 있었다. 흰머리를 길게 기르고 수염도 희끗희끗한 프로이트는 뒤로 물러서며 문을 활짝 열었다. 과연 네덜란드 사람답게 키가 컸다.

"프랭키, 자전거 여행자를 모셔 왔군! 들어와요, 들어와. 우리 집은 따뜻해요. 항상 따뜻하게 해놓고 있지요."

프로이트는 몽골에 꽤 오래 산 것 같았다. 작은 장식품들로 그렇게 멋들어지게 집을 꾸미려면 꽤 오랜 세월이 걸리는 법이니까. 유리 장식장에는 부처상과 마두금과 유리병 속에 든 미니 범선들을 진열했고, 바닥에는 수염 기른 늙은이들이 성스럽게 수놓인 러그를 깔았다.

"딱 좋을 때 오셨구먼! 조금 있으면 새해이니 말이오. 몽골 사람들은 이맘때 가족끼리 모여 누가 누구를 떠났고 누구네 집이 불타버렸다는 둥 그간의 소식들을 전하곤 한답니다."

프로이트는 1970년대에 유럽 예술가들과 '무정부주의 길거리 공연자들'이 모험 삼아 몽골로 떠나던 조류에 휩쓸려 여기 왔다. 그들은 울란바토르에서 불교의 성스러운 만다라 중 하나인 대형 '울지ulzii', 즉 '끝없는 매듭'이라고 부르는 것의 제작을 의뢰받았다. 아내를 심부전으로 잃은 프로이트는 몽골 여성과 재혼한 뒤 이웃에게서 게르 짓는 법을 배웠다. 손재주가 좋은 그에게 딱 맞는 일이었다. 게르에 대해 얘기할 때면 열정이 끓어오르는 걸 느낄 수 있었다.

"밀리미터 단위로 정확히 지어야 해. 티피텐트는 막대가 17개면 된다고. 하! 게르는 81개야!"

새로운 기술로 무장한 프로이트는 유럽 전역의 페스티벌에 내화성 게르를 수출하는 사업을 벌였다. 영국의 글래스턴베리에도 대초원을 한 조각 선물했다. 이곳 삶의 신산함만 빼고. 애석하게도 최근 프로이트의 집에 불이 나 많은 내화성 게르가 타버렸다.

다음 날 아침 커피를 마시며 프로이트는 잠시 자신의 처제를 봐줄 수 있느냐고 물었다. 간염에 걸려 상태가 계속 나빠진다는 것이었다. 혹시 마법 같은 치료를 기대하는가 싶어 걱정이 되었지만, 프로이트와 부인이 환자에 대해 얘기하며 약간 울컥하는 것 같아서 다음 날 아침 그녀를 보러 갔다. 칭기즈칸광장에서는 털모자를 쓴 건장한 경비병들이 국회 앞 계단에 버티고 서서 시위 무리를 뚫어지게 쳐다보았다. 쟁점은 성스러운 산 근처 국립공원 내에 해외 자본이 투자한 금광이었다. 의심할 여지 없이 계약 성사 과정에서 뇌물이 오갔던 것이다. 광장을 지나자 거리를 성큼성큼 달리는 외국인이 눈길을 끌었다. 흑인인데 키가 195센티미터는 될 것 같았다. 나중에 누군가 궁금증을 풀어주었다. "몽골에서 힘깨나 쓰는 정치인이라면 말과 TV 방송국과 농구팀을 소유하게 마련이지요."

✳

2층짜리 목조주택 앞에 섰다. 훌란은 사십대 여성으로 2층 방 침대에 누워 있었다. '침대맡 진단', 즉 임상의사라면 보기만 해도 무슨 병인지 알 만한 상태였다. 눈의 공막(흰자)이 겨자처럼 노란색이었다. 이불에 덮인 배는 둥그렇게 부풀어 있었다. 황달에 그 정도 복부 팽만이 동반된 것은 나쁜 조짐이었다. 거의 확실히 복막강(장과 복벽 사이 복강 내 공간)에 체액이 가득 고였다는 의미다. 복수가 찬 것이다.◆

놀랍게도 사람들은 술을 많이 먹으면 간이 나빠진다는 것만 알지 정작 간이 정확히 무슨 일을 하는지 모른다. 간은

◆ 의과대학 1학년에는 복부 팽만의 원인을 '6F'로 외운다. 체액fluid, 대변 faeces, 지방fat, 가스flatus(우리끼리는 방귀farts라고 하자), 태아foetus, 겁나게 큰 종양fucking big tumour이다.(저자)

몸에서 두 번째로 큰 장기로(술집에서 흔히 퀴즈를 내곤 하는데, 가장 큰 장기는 피부다), 우리가 생명을 유지하는 데 반드시 필요한 많은 일을 처리한다. 생물학적 식품 저장고이자, 소독약이자, 공장이자, 만능 조리기구, 기타 여러 가지 기능을 하나로 합친 것 같은 역할을 하므로, 간에 병이 생기면 꼭 필요한 것이 만들어지지 않거나 불필요한 것이 분해되지 않아 놀랄 만큼 다양한 증상이 생긴다. 의학 교과서에 간 질환의 특징적 증상을 정리해놓은 그림을 보면 피부에서 고환에 이르기까지 신체 모든 부위를 가리키는 선과 화살표가 어지럽게 얽혀 있다. 남성에게 간부전이 생기면 유방이 커진다. 에스트로겐의 전구체가 몸속에 쌓이기 때문이다. 몸이 붓고 암모니아가 축적돼 뇌 기능이 떨어지며, 새의 날개가 퍼덕이듯 손을 떨게 된다. 숨 쉴 때 '간성구취'라고 부르는 달콤하면서도 역겨운 냄새가 난다. 피부에는 작은 나뭇가지 모양으로 혈관이 부풀어 오르는 '거미모반'이 나타난다. 손바닥이 붉어지고, 양쪽 귀밑샘이 부어 얼굴이 둥글어진다. 손톱은 하얗게 변하며 바깥쪽으로 휘어진다. 만성 간질환을 알아보기는 어렵지 않다

　훌란 곁에 무릎을 꿇고 앉아 진찰을 했다. 모든 의학적 검사는 조용히 환자의 모습을 살피는 시진視診으로 시작한다. 배에는 정맥이 구불거리며 불거져 있었다. 배 위에 한 손을 올리고 배꼽 근처를 손가락으로 두들겼다. 장 속의 공기 때문에 속이 빈 소리가 났다. 손을 옆구리 쪽으로 옮겨가며 타진해보니 어느 지점부터 가볍게 통통거리는 소리가 아니라 둔탁한 소리가 나기 시작했다. 그쪽을 위로 해 옆으로 눕히

니 소리가 다시 가볍게 공명했다. '이동 탁음'은 체액 때문에 환자의 배가 부풀었음을 알려준다. 자세를 바꾸면 중력에 따라 체액이 이리저리 옮겨 다니는 것이다.

훌란의 상태는 의학용어로 말기 간 질환이지만, 그저 죽어가는 상태라고 해도 틀리지 않을 것이다. 합병증이 생기면 그 과정은 더 빨라진다. 예컨대 암이 생길 위험이 높고, 항체와 혈액응고인자를 만들어야 할 간이 제 기능을 못하므로 언제라도 병원체에 감염되거나 내출혈이 발생할 위험이 있다. 식도 정맥류가 터져 급사한 환자를 본 적이 있다. 의사가 된 첫해, 작은 지역병원에서 야간 당직을 설 때였다. 복통을 호소하는 환자가 왔다. 한때 럭비 선수로 활동했다는 건장한 남성인데, 경기 뒤에 위스키를 폭음하는 습관 때문에 선수생활을 그만뒀다고 했다. 그는 땀을 비 오듯 흘리며 무척 괴로워했다. 신음을 토해내며 쓰러지듯 몸을 앞으로 숙이더니 일회용 마분지 대야에 왈칵 토했다. 다시 뒤로 몸을 기댄 후에 보니 시뻘건 피를 1리터 정도 토한 것 같았다.

도와달라고 소리를 질렀다. 간호사들이 급히 달려와 커튼을 쳤다. 내가 환자 팔에서 혈관을 잡는 동안 누군가 응급팀을 불렀다. 피가 급속히 몸에서 빠져나오고 있었다. 대변으로 시커멓게 변한 피가 쏟아지자 혈압이 뚝 떨어지며 피부가 창백해졌다. 환자는 금세 의식이 오락가락했다. 응급팀이 도착해 황급히 심폐소생술을 시행하며 피와 수액을 정맥으로 쏟아부었지만 출혈량이 엄청났다. 결국 외과의사나 위장관 전문의가 손쓸 새도 없이 심장이 멎고 말았다.

간 질환에 관한 한 몽골은 퍼펙트 스톰 상태였다. 부분적으로는 보드카 때문이다. 특히 남자들이 문제였다. 보드카 공급이 달리는 일은 결코 없다. 몽골은 인구 대비 술을 파는 상점 수가 어느 나라보다 많다. 독립 후 식량을 배급할 때조차 보드카를 나눠줬다. 바이러스성 간염 역시 엄청나게 유행했다. 소련의 위성국가 시절 몽골에는 주사기 공장이 없었다. 수술이나 치과 진료, 분만 때 몇 번이고 기구를 재사용했다. 이제 몽골은 전 세계에서 두 번째로 C형간염 감염률이 높은 국가로, 성인의 10~20퍼센트가 감염되어 있다. 전체 사망의 15퍼센트가 간경화나 간암 때문이다.

1990년대 초 소련 연방이 해체되자 아시아개발은행과 IMF는 몽골에 '구조조정' 압력을 가했다. 부드럽게 들리지만 실상은 전혀 그렇지 않아서 지금까지도 사람들은 구조조정 때문에 몽골의 보건 및 교육 시스템이 완전히 붕괴했다고 지적한다. 신자유주의적 교환 체계를 통해 차관을 얻을 수 있었지만, 국민에게 의료 서비스 이용료를 징수하는 바람에 의료 접근성이 크게 떨어졌다. 이후 10년간 보건의료가 쇠락의 길을 걸었다. 의사들은 급료를 받지 못해 해외로 이탈했다. 환자 대비 의사 수 비율이 급락했다. 병원에는 수술용 봉합실이 없고, 환자가 넓은 지역에 흩어져 분포하는 국가에 반드시 필요한 앰뷸런스가 자취를 감췄다. 울란바토르에 딱 한 대 있던 투석기가 고장 나자 즉시 여섯 명이 사망했다. 사회 지도층은 주변 국가로 가서 치료를 받을 수 있었지만 일반 국민은 붕댓값조차 자비로 지불했다. 사이비 의료가 판을 쳤다. 간 질환에 대한 전통적 치료법으로 야생 멧돼지의 간을 먹거나 성냥갑에 담아 파는 발정 난 낙타 털을 삶아 그 물을 마셨다. 간염과 함께 결핵, 암, 심장병, 비타민결핍증이 만연했다.

훌란은 출혈도 없고 감염되지도 않았다. 적어도 내가 보기에는 그랬다. 몸에서 염분과 수분을 배출하는 이뇨제도 복용하고 있었다. 다음 날 병원에서 배 속에 고인 복수를 빼내고 혈액검사도 받을 예정이었다. 흉관 삽입했던 자리를 깨끗이 소독해주는 것 말고는 내가 해줄 게 없었다. 간 이식을 받으면 도움이 될지 모르지만 몽골에서는 거의 시행되지 않았고, 부유층처럼 한국이나 인도로 갈 돈도 없었다.

해준 게 없는데도 훌란과 가족은 몇 번이고 감사를 표했다. 몇 주 뒤 프로이트가 훌란이 집에서 눈을 감았다는 소식을 전했을 때, 그들의 감사와 작은 희망이라도 붙들려고 했던 애타는 마음을 떠올리지 않을 수 없었다. 물론 당시에 생존 가능성이 있다고 얘기해줄 수도 있었으리라. 병력이나 검사 결과를 더 자세히 캐물어 무엇을 기대하는지 알아볼 수도 있었으리라. 전문의들이 흔히 그러듯 심각한 얼굴로 '비관적인 전망'을 늘어놓을 수도 있었으리라. 의사들이라고 해서 항상 이런 일을 잘하는 것은 아니다. 때때로 연민이란 그저 환자를 기쁘게 해주는 데 있지 않음을 떠올려야 한다. 의사라면 언제나 미래를 장밋빛으로 채색하고 싶은 유혹이 들거나, 내가 그랬듯 아예 말을 아끼고 싶은 마음이 들게 마련이다.

＊

드디어 드넓은 대초원을 향해 출발했다. 불과 몇 킬로미터 달렸을 뿐인데 대도시와 가까이 있다는 느낌이 조금도 들지 않았다. 그저 바람에 가늘게 떨리는 풀과 점점이 흩뿌려진 언덕만 눈에 들어왔다. 일설에 의하면 칭기즈칸은 40명의 젊은 여성, 40마리의 말과 함께 몽골의 광대한 초원 어딘가에 묻혔다 한다. 그곳이 어디인지 아는 사람은 없다. 텅 빈 공간 앞에서 위태로움을 느꼈다. 그 광막함과 추위와 가릴 것 하나 없이 고스란히 노출된 느낌 때문이었다. 서쪽 지역에는 강도도 드물지 않다고 했다. 좀 엉뚱하지만 여기까지 와 내 물건을 훔칠 정도로 솜씨가 좋다면 가져갈 만한 자격이 있는 것 아닌가? 왠지 그럴듯한 생각 같았다.

몽골에서 포장도로는 거의 모두 수도로 통한다. 지도를 보면 국토 한가운데 붉은 거미가 한 마리 버티고 있는 것처럼 보인다. 수도에서 벗어나면 노면은 계절에 따라 모래에서 진흙으로, 다시 눈과 얼음으로 바뀌었다. 수도 밖에서 포장되지 않은 몽골의 '도로'는 사실상 울퉁불퉁한 임시 통행망에 불과하다. 차가 오가며 끊임없이 새로운 도로를 만들고, 어디에 표지판을 세워야 할지 몰라도 아무도 불편해하지 않는다. 더 혼란스러운 것은 일부 소도시가 같은 이름을 쓰는 데다, 서로 아주 가까운 곳에 위치한다는 점이다. 지도를 보면 알타이 근방에 알타이가 또 있다. 토승청겔은 토승청겔에서 멀지 않다. 다르비는 다르비와 맞붙어 있다.

울란바토르 북서쪽으로 100킬로미터쯤 달리자 포장도로가 끝난 곳에서 흙길이 네 갈래로 갈라졌다. 길을 잃는 데도 단계가 있다면 가장 초기 단계는 자기가 어디에 있는지 별로 생각하지 않고 방심한 상태일 텐데, 사실 느긋하게 그 속에 빠져들 수 있다면 상당히 유쾌한 경험이 될 수도 있다. 이런 경지는 몽골의 겨울에는 절대 가능하지 않다. 길을 잘 못 든다는 것은 끔찍한 추위 속에서 불알에 뭔가 끔찍한 일이 벌어진다는 뜻이다.

앞쪽 게르에서 한 남자가 나오길래 길을 물어보려고 다가갔다. 그는 근처에서 사람들이 지나다닌 자취 중 하나가 아니라 저 멀리 지평선의 한 점을 가리켰다. 이 또한 몽골인의 기이한 점이다. 길을 물으면 그들은 종종 산맥이나 호수를 가리켰으며, 심지어 도시에서는 뚫고 지나가라는 듯 고층 빌딩을 가리키기 일쑤였다. 눈에 엑스레이라도 장착된 것일까? 아니면 땅 위에 아무것도 없는 자연 그대로의 상태를 머릿속에 그리는 것인가?

출발을 하려는데 그가 게르 안으로 들어오라고 손짓했다. 초대를 받아들였다. 한 여성이 돌도끼로 양을 잡고 있었다. 잠시 후 우리는 뼈에서 고기를 발라내 먹고 있었다. 주인장에게는 십대 아들이 둘 있었는데, 하나는 두꺼운 파란색 딜을 입고 양 볼이 사과처럼 빨갰으며 손이 크고 거칠었다. 몽골제국을 역사적으로 재구성하는 드라마에 단역으로 나와도 이상하지 않을 차림새였다. 또 하나는 도시에서 학교를 다니다 마침 집에 와 있었는데 머리 스타일이며 청바지를 입고 걸어 다니는 폼이 멀티플렉스 영화관에서 친구들과 만날 약속이라도 있는 것 같았다.

"말 친 새항 타르칼라흐 바인 오?" 외울 수 있는 몇 안 되는 몽골어 문장을 써먹어보았다. "당신의 가축은 살이 통통하게 오르고 있나요?"라는 뜻이라고 배웠다. 그는 뒤로 몸을 젖히며 자랑스러운 표정으로 천천히 고개를 끄덕였다. '그렇소, 내 염소들은 통통하고 건강하다오'라고 하는 것 같았다. 어쩌면 이방인이 자신의 언어와 전혀 비슷하지도 않은 괴상한 소리를 내는데도 예의 바르게 답한 것일까? 그렇다면 무슨 말이냐고 되묻는 것보다 그저 고개를 끄덕이는 편이 더 쉬웠겠지? 부인이 의자에서 일어나 불 쪽으로 다가가는가 싶더니 갑자기 방귀를 뀌며 긴장한 듯 웃음을 터뜨렸다. 남자는 잠깐 민망한 표정을 지었지만 역시 웃고 말았다. 그 덕에 나도 긴장이 풀렸다. 지금 생각하니 좋은 기억이다. 얼어붙은 대초원의 광막한 공간 어디선가 게르 안에서 유목민 가족과 둘러앉아 시간을 보내다 방귀 덕분에 모두 함께 웃음을 터뜨리다니. 유엔을 해산할지어다, 우리가 방법을 찾았노라!

다시 출발했다. 대초원은 더욱 생기가 돌았다. 말들이 내 쪽으로 느긋하게 달려오다 금빛 갈기를 바람에 휘날리며 이내 뒤로 사라졌다. 독수리들이 존재감을 드러내며 가만히 앉아 있었다. 뒤뚱거리는 사막꿩들을 참을성 있는 경찰관처럼 노려보며. 희미한 갈색 자국이 눈에 들어왔다. 타이가♦의 첫 번째 자취였다. 지구를 거의 한 바퀴 둘러싸는 광활한 북쪽 수림대樹林帶는 수많은 늑대, 말코손바닥사슴, 야생 양의 보금자리다.

하트갈khatgal 마을에 닿았을 때는 짜릿한 흥분을 느꼈다. 홉스골khövsgöl호수가 마을 북쪽에서 시작해 거의 시베리아까지 뻗어 있기 때문이다. 여기 오기 전 한동안 얼어붙은 호수

♦ 북반구 냉대 기후 지역의 침엽수림.

를 자전거로 가로지를 생각에 사로잡혔다. 빙판길에서 미끄러지지 않도록 스파이크가 박힌 빙판용 타이어 한 벌까지 가져왔다. 홉스골은 수심이 최대 260미터에 이르며, 12월에서 6월 사이에는 몽골 전체의 담수 중 거의 4분의 3이 여기 몰려 있다. 물은 96개의 강을 따라 호수로 들어오지만 나갈 때는 오직 하나, 에긴골Egiin Gol을 통한다. 나는 그 위에 서기를 갈망했다. 아찔할 정도로 황홀할 것 같았다.

정찰 삼아 호숫가로 내려가 조심스럽게 얼음을 디뎌보았다. 얼음 위에 엎드려 마치 유리 속에 떠 있는 수많은 은박호일처럼 어지럽게 갈라진 틈 속을 들여다보았다. 아주 작은 구체, 공기방울, 눈이 어우러져 작디작은 얼음 세계가 펼쳐졌다. 갈라지고 어긋난 틈새로 소리가 끼어들었다. 예상치 못했던 파열음. 저 아래 얼어붙은 세상에 새로운 균열이 생겨 보글보글 물이 솟아오르며 심박동처럼 낮게 쿵쿵거리는 소리를 냈다. '툭-탁, 툭-탁, 툭-탁.' 전혀 걱정할 필요는 없었지만 내 심장도 두근거렸다. 몽골의 겨울이 만들어낸 얼음은 두께 1미터가 넘을 정도라 내 몸은 말할 것도 없고, 트럭이 지나가도 대개 문제없다. 실제로 수십 년간 겨울에는 트럭들이 홉스골호수 위를 지나다니며 시베리아로 석유를 실어 날랐다. 당연히 얼음이 갈라져 호수 밑바닥으로 가라앉는 사고도 여러 번 있었는데, 최소한 40대 이상의 트럭이 그런 운명을 맞았다. 1990년대 초, 홉스골이 국립공원으로 지정된 것과 거의 때를 같이해 당국은 더 이상의 오염을 막기 위해 무거운 운송수단의 출입을 금지했다.

호수를 떠나 숙소를 찾았는데, 거기서 현지인 가이드를

만났다. 몸집이 건장한 간바트는 잔뜩 구겨진 지도 위로 몸을 숙였다. 1킬로미터가 1센티미터로 축소된 그 지도는 한때 극비로 분류되었던 소비에트 시대 몽골의 유물이었다. 간바트는 2년 전 얼음이 깨져 물속으로 기우뚱 가라앉아가는 차 지붕 위에서 러시아 사람 몇 명을 구해주었던 장소를 무심하게 가리켰다. "도시내기들이었죠." 그는 미소를 지었다. "어디가 약한지를 몰라요. 얼음이란 건 땅이 곶처럼 튀어나온 곳 주변에서 얇아지게 마련이고, 여기, 강이 흘러 들어오는 곳에서 또 얇아집니다. 그리고 어부들이 구멍을 뚫어놓은 곳은 항상 위험하죠."

어촌 주변으로 순록을 치는 사람들도 있었다. 홉스골 서쪽으로 거의 똑같은 지형이지만 물이 없는 다르항^{Darkhan} 요함지凹陷地에 몰려 있었다. 심지어 희한한 외국인도 있었다.

"늙은 독일인이 몇 년 살았습니다. 사람들은 회색늑대라고 불렀죠. 하트갈에서 몽골 여자를 아내로 구한다는 광고를 내기도 했는데, 여자들이 한 명도 관심을 보이지 않았어요." 간바트는 어린애처럼 웃었다. "남자가 혼자 사는 건 좋지 않죠. 그러다 망가지는 거예요. 여자 없이 살려면 죽는 게 낫죠. 하루는 굴뚝에서 연기가 올라오지 않는 거예요. 몇몇이 같이 가보니 죽어 있더라고요. 글로 유언을 남겼는데 풍장을 원했더군요. 시체를 산으로 가져가 동물들이 뜯어 먹게 두고 왔지요. 좀 있으니까 독일 대사관에서 두 사람이 나와서 이것저것 물어보더라고요." 그는 어깨를 으쓱했다. "우리는 원하는 대로 해줬을 뿐인데요."

'회색늑대'가 세상 끝 얼음 호수 옆에 살려고 왔을 때 스스로 죽어가는 걸 알았을지 궁금했다. 어쩌면 어디서 죽든 외로움과 죽음을 분리하는 것은 아무 소용이 없다고 생각했을지 모른다. 외로움이란 사생활과 아름다운 풍광을 누리기 위해 치러야 할 작은 대가일지도 모르고.

다른 외국인들도 간혹 이곳을 찾았다. 주로 미국과 한국에서 온 선교사였다. 간바트는 그들과 접촉하는 일이 별로 없었다. "가난하고, 배운 것 없고, 복잡한 문제가 많다면 그 사람들 교회를 찾아갈지도 모르지. 나는 예수가 필요 없어요."

그전에도 선교사들이 용감하게 대초원 구석까지 들어가 성경책을 나눠준다는 말을 들었다. 유목민들은 선뜻 선물을 받았다. 그리고 책장을 뜯어내 돌돌 만 후 담배 가루를 채워 궐련을 만들어 피웠다. 간바트도 나름 경험이 있었다.

"몇 개월 전에 한 미국인을 도와줬어요. 선교사였지. 호숫가 어디선가 자동차 타이어를 잃어버렸다더군. 한참 뒤진 끝에 마침내 찾았지 뭐요. 내 차에 싣고 가서 전해주었지. 아, 그랬더니 나한테는 고맙다는 말 한마디 없고 주님에게만 감사하다고 몇 번이나 얘기하면서 신이 그걸 찾았다는 거요." 간바트는 코웃음을 치면서 고개를 흔들었다. "신은 개뿔! 내가 찾았거든."

✳

그날 밤은 게스트하우스 밖에 있는 게르에서 잤다. 정확히 말하면 자보려고 안간힘을 썼다. 전직 레슬러였던 친구와 함께 잤던 것이다. 거대한 몸집에 양쪽 귀가 꼭 콜리플라

워처럼 변해 있었다. 남의 잠꼬대를 듣는 건 언제나 섬뜩하지만, 잠꼬대를 하는 사람이 거구인 데다 장소가 몽골에서도 엄청나게 외진 곳이라 정말이지 뼛속까지 공포가 밀려왔다. 게다가 몽골어는 꼭 클링온♦을 붙잡아놓고 물고문을 할 때 내지르는 소리처럼 들렸다.

다음 날 아침 다시 호수를 찾았다. 이번에는 자전거와 함께였다. 점점이 눈이 흩뿌려진 얼음 위로 자전거를 굴려보았다. 조심스럽게 안장에 올라타 얼음 속에 갇힌 두 척의 낡은 배 주변을 따라 항구를 달렸다. 잠깐 한눈을 파는 사이 앞바퀴가 휘청하더니, 바로 넘어져 어깨를 세게 부딪히고 말았다. 얼음이 갈라져 호수가 나를 집어삼킬지도 모른다는 생각에 더럭 겁이 났다. 하지만 얼음은 티타늄처럼 단단하기만 했다.

저녁이 되자 얼음 밑에서 골골거리고 중얼거리는 소리가 더 많이 들려왔다. 때때로 딱 하는 소리가 어찌나 크게 나던지 주변 산에 부딪혀 메아리로 돌아왔다. 그럴 때면 발아래에서 뭔가 꿈틀거리는 것처럼 느껴지기도 했다. 황혼이 깔리며 하늘이 보랏빛으로 물들자 얼음은 돌처럼 검게 보였다. 기슭에서 백 미터쯤 떨어진 얼음 위에 텐트를 쳤다. 몇 걸음 물러나 텐트가 얼음에 반사되는 몽환적인 풍경을 감상한 후, 추운 밤을 나기 위해 그 속으로 들어갔다.

해가 솟아오를 때는 타이가와 하늘을 한데 꿰맨 듯 지평선이 온통 황금빛 띠로 물들었다. 태어나서 겪어본 중 가장

♦　드라마 〈스타트렉〉에 나오는 호전적인 외계인.

추운 밤이었다. 수은주는 영하 38도를 가리켰다. 하지만 어찌 된 셈인지 나는 얼음 위에서 아주 잘 잤다. 어쩌면 그간 추위에 단련이 되었는지도 모른다. 분명 준비는 잘되어 있었다 (침낭이 세 개, 바닥에는 공기주입식 슬리핑매트를 두 개 겹쳐 깔았다). 5년 전 프랑스를 자전거로 달리며 불쌍할 정도로 오들오들 떨면서 손가락과 우주에 저주를 퍼붓던 남자와 지금의 내가 얼마나 멀리 떨어져 있는지 생각하고 놀라지 않을 수 없었다. 하지만 앞길을 생각하니 추위 말고도 걱정거리가 한둘이 아니었다. 서쪽으로 수천 킬로미터를 달리는 동안 기댈 수 있는 것이라곤 쇠락한 소도시와 마을 몇 개뿐이었다. 상점은 거의 없었다. "배쿠이." 몽골 사람들이 이 말을 하도 자주 써서 국가적 모토라고 생각될 정도다. '없다'는 뜻이다. '우린 그런 거 없어'처럼 말할 때 쓴다. 물론 밀어붙일 것이다. 거의 버릇이 되었으니까. 하지만 그제야 비로소 모험의 전제 조건이라 할 수 있는 황소고집이 어떤 면으로는 어리석음의 한 종류가 아닌가 하는 생각이 들었다. 지난 몇 년간 나는 주제 불문하고 사려 깊은 내적 대화를 억누르는 데 전문가가 되었다. 모든 게 무엇 때문인지, 무슨 이익이 있는지, 그것 말고 어떤 일을 할 수 있는지, 새로운 목표는 생각해보지도 않고 오래된 야심에만 매달리는 것은 어리석은 짓이 아닌지 스스로 묻고 싶은 욕망이 들 때마다 나는 끈질기게 저항했다. '시작할 수 있을 정도로 순진하게, 끝낼 수 있을 정도로 끈질기게!' 마음 깊이 받아들인 만트라였다. 어쩌면 그때 나는 '번아웃되는 중'이었을지 모르지만 일단 시작한 일을 마쳐야 한다는 생각만은 여전히 강력했다. 하지만 왜? 무엇 때문에?(닥쳐, 닥치라고!)

하트갈을 떠나던 날 대초원에는 구름 그림자가 한가로이 흘러갔다. 공기도 차다는 느낌뿐 살을 에는 것 같지 않았다. 이렇게 겨울이 가는 것일까? 봄의 문턱에 서 있다는 생각만으로도 마음이 설렜다. 오후에는 갈색을 띤 물이 얼음 속으로 난 좁은 물길을 따라 졸졸 흐르다 다른 곳에서 흘러온 물살과 합쳐지는 모습을 보았다. 눈앞에서 새로운 계절이 펼쳐지는 것 같았다.

그때는 몰랐지만 사실 몽골의 봄은 우리가 아는 봄과 별로 비슷하지 않다. 수선화가 피고 낮이 점점 길어지고 어린이들이 공원에서 뛰노는 모습과는 거리가 멀다. 어린 양이 태어나기는 하지만 날씨가 조금만 변해도 얼어 죽기 때문에 양치기들은 눈이 오면 바로 새끼 양을 골라내 게르에서 키운다. 대부분의 몽골인이 가장 싫어하는 계절이 바로 봄이다. 노동자들이 시위를 벌이고 정부가 사임하는 사건도 대부분 봄에 일어난다. 4월과 5월에는 서쪽에서 무시무시한 모래 폭풍이 불어닥치곤 하므로 차라리 겨울이 낫다고들 한다.

당장 다음 날 몸소 가르침을 받았다. 지평선에 적의 탱크 부대처럼 먹구름이 쫙 깔리는가 싶더니 전쟁의 서곡 같은 강풍이 불어닥쳤다. 죽어 자빠진 소들을 쌓아 올려 바람막이로나 쓰면 몰라도 도무지 몸을 피할 곳이 없었다. 겨우 텐트를 쳤지만 미친 듯 불어대는 바람에 금방이라도 날아갈 것 같았다. 밤새껏 폴대가 부러지는 소리가 날까 봐, 아침에 일어나 보면 텐트 비막이 천을 임부복처럼 두르고 있지나 않을까 걱정하느라 제대로 자지 못했다.

다음 날 새소리를 들으며 깨어났다. 수개월 만에 가장 조용한 아침이었다. 텐트의 나일론 천은 뜨거운 비단처럼 팽팽해져 있었다. 간밤의 강풍은 잊을 수 없을 정도로 무시무시했지만, 바람 한 점 불지 않는 대초원도 묘했다. 두 시간 뒤, 저 아래서 차강울이라는 아주 작은 마을이 눈에 들어왔을 때는 몸이 떨릴 정도였다. 요새를 향해 나아가는 중세 기사 같은 기분이 들었다. 마을은 바람을 막느라 울타리를 둘러쳤고, 사람들은 분명 몇 킬로미터 밖에서 다가오는 외로운 사람의 모습을 줄곧 지켜보았을 것이다. 털이 텁수룩한 개들이 마을 주변을 맴돌았다. 거리에서는 말 두 마리가 서로 물어뜯고 격렬하게 화를 내고 먼지를 일으키며 죽어라 싸우고 있었다.

오후에 버려진 집을 지나쳤다. 지도에 검은색 사각형으로 표시된 곳이었다. 축척이 2백만분의 1인 지도에 집 한 채가 표시되어 있다니 이상한 일이었다. 바로 옆 '월드비전' 표지판과 빈 보드카병 무더기 사이에 율리아스테이라는 게스트하우스가 있었다. 주인은 묵을 방을 보여주다가 갑자기 가래를 끌어 올리더니 내 방 변기에 탁 뱉고 열쇠를 건넸다. 사방 벽에서 남녀가 사랑을 나누는 소리와 진동이 전해졌다. 당장 나가려고 했다.

하지만 돌발적인 계획이 늘 좋은 생각은 아니었다. 일기예보에 따르면 15센티미터의 눈이 내릴 전망이었다. 하루 더 쉬기로 하고 눈 폭풍이 하루 종일 소란스러운 소리를 내며 마을을 뒤덮는 모습을 지켜보았다. 다음 날 오후가 되자 알타이산맥 위로 하늘이 맑게 갰다. '오보'라는 성스러운 돌무

더기를 표지 삼아 고개를 넘었다. 눈이 많이 쌓여 자전거를 밀고 올라야 했다. 꼭대기에서 내려다본 경치에 정신이 아득했다. 두터운 눈을 뒤집어쓴 산이 끝도 없이 이어지고, 길은 들판을 가로질러 살짝 긁힌 자국처럼 보일락 말락 했다. 눈 위로 난 봉합선 같달까. 족히 백 킬로미터는 똑같은 풍경일 터였다. 그렇게 힘든 싸움을 감당할 식량과 연료가 없었다. 게다가 왼쪽 무릎이 쑤시기 시작하자 절망감은 거의 공포로 치달았다.

몇 시간 동안 수없이 내려서 자전거를 끌고 걸은 끝에 한 줄로 늘어선 철탑이 눈에 들어오자 몰아치는 바람 속에서도 기쁨의 탄성을 올렸다. 거의 보이지 않는 길을 버리고 철탑을 따라 알타이산맥 쪽으로 올라갔다. 무릎이 크게 부어올랐다. 슬개대퇴증후군? 슬개건염? 작살난 무릎증후군? 어쨌든 과사용 손상이 분명했다. 절망스러웠다. 과사용 손상을 치료하는 방법은 더 이상 쓰지 않고 쉬는 것뿐인데, 비자는 만료일이 다 되었고 태워달라고 부탁할 교통편도 없었다. 이부프로펜을 먹어가며 아이스크림 팩을 무릎에 대고 꼬박 하루를 쉬었다. 계속 아이스크림을 먹어도 더 아파지기만 해서 그냥 멍하니 앉아 무릎이 부어오른 모습을 지켜볼 수밖에 없었다.

며칠 후 부기가 가라앉아 그럭저럭 자전거를 다시 탈 수 있었다. 머지않아 여러 가지 광석 때문에 색조가 다양한 산들이 멀리서 부드럽게 흘러갔다. 오후에는 저 앞에 오토바이 한 대가 서 있는 것이 눈에 띄었다. 남자와 소년이 길 한복판에서 나를 기다렸다. 몽골에서는 어딜 가든 사람들이 미소 띤 채 인사를 건넸지만 오른쪽 눈이 감염으로 벌게진 남자는 표정 변화가 없었다. 소년은 열 살이나 되었을까, 이마와 양 볼에 멍이 들어 있었다. 남자가 한 걸음 다가오기에 나도 멈춰 섰다. 그는 손으로 목을 긋는 시늉을 하더니 나를 가리켰다. 내 수염을 깎아주겠다고 제안하고 있거나 잔인한 방법으로 죽여버리겠다고 협박하고 있거나 둘 중 하나였다.

두 가지 제안에 대한 내 선택은 똑같았다. 일단 무슨 말인지 못 알아듣는 양 커다란 웃음을 날렸다. 악수도 청했지만 그는 내 손을 잡는 대신 보라색 딜 속으로 손을 집어넣었다. 무기를 꺼낼까 싶어 단단히 마음의 준비를 하는 순간, 보드카병이 나타났다. 그가 병을 입으로 가져가 한참이나 꿀꺽꿀꺽 마시는 동안, 가슴 아프게도 왜 소년의 얼굴에 멍이 들었는지 감이 왔다. 싸움을 피하기 위해서라면 무슨 일이든 할 생각이었다. 아무도 말릴 사람이 없는 곳에서라면 더욱 그랬다. 하지만 그를 지나친 순간 내가 원한다고 해서 그리되지는 않을 것임을 알 수 있었다. 그렇다고 돌아설 수도 없는 노릇이었다. 온몸이 긴장했다. 주먹에 절로 힘이 들어가고, 심박동 하나하나가 고스란히 느껴졌다. 하지만 그는 움직이지 않았다. 내가 준비된 것을 알아차렸을까? 나는 아드레날린이 치솟는 얼얼한 느낌 속에서 빠른 속도로 페달을 밟았다.

몽골의 마지막 밤은 높은 능선에서 보냈다. 멀리 아래로 칙칙 소리를 토해내며 중국 국경을 향해 달려가는 트럭들의 헤드라이트가 긴 줄을 이루었다. 텐트를 치기에는 너무 눈에 띄는 곳이었고 바람도 세찼지만 몽골의 마지막 밤이니까. 나는 별들에게 훨씬 가까이 다가갔다는 환상에 젖었다. 그날

밤은 텐트 밖에서 잤다. 소리 없이 하늘을 가로지르는 별똥
별들을 보며.

13

크레이지 맥스

계속 길 위에서 살다 보니 이때쯤에는 몇몇 광고판에 지나칠 정도로 익숙해졌다. 굳이 기억하려 든다면 외울 수 있을 광고판이 아주 많았다. 하지만 좌우로 휙휙 지나치는 모든 광고판에 이렇게 쓰인 것만 같았다. '번아웃, 번아웃.' 숟가락을 잃어버렸을 때는 나흘 동안 자전거용 다목적 도구로 밥을 먹었다. 언제까지라도 그럴 수 있을 것 같았다. 물품을 새것으로 바꾸는 일도 거의 없었다. 옷은 하도 기워서 길고 구불구불한 바늘땀이 여기저기 지나가는 꼴이 꼭 프랑켄슈타인 박사의 괴물 같았다. 심지어 꿈속에서도 자전거를 탔다. 어느 날 꿈에 가슴 시릴 정도로 아름다운 사막이 나왔다. 아마 나미브사막의 기억이었으리라. 나는 사막의 모래언덕들을 산악 자전거 램프처럼 누비고 다녔다.

퍼뜩 깨보니 현실은 신장이었다. 꿈에서 본 숭고한 아름다움은 찾을 길이 없었다. 하늘은 회색으로 칙칙했고, 길 양쪽으로 모래가 쌓여 울퉁불퉁했다. 그 전날 중국 국경에 도달해 크게 기뻐했었다. 마침내 몽골의 단조롭기 짝이 없는 지루함이 끝난 것이다. 하지만 신장 역시 어수선하고 생기 없기는 마찬가지여서 어느 집 담장만 봐도 반가움에 마음이 놓였다. 운수가 크게 좋아질 일은 전혀 없었다. 그저 세계의 변방에서 다른 변방으로 옮겨 왔을 뿐, 자전거 핸들은 그대로 자전거 핸들일 뿐이었다. 그곳이 몽골이든 중국이든.

페달을 밟을 때마다 무릎이 욱신거리지 않았다면 훨씬 지루했을 것이다. 무릎은 퉁퉁 부어올랐고, 가끔 끔찍한 소리가 났다. 벨크로를 힘껏 잡아떼는 듯한 소리였다. 이런 느낌을 주는 의학용어로 '염발음捻髮音'이란 것이 있다. 염증이 생겼다는 경고 신호다. 예전에 봤던 웨일스인 환자가 떠올랐다. 그는 계곡 주변의 농부들은 무릎 관절염에 기계 윤활제인 WD40를 뿌린다고 몇 번씩 장담했다. 나는 언제나 그 말이 사실이길 바랐다.

베이스캠프가 필요했다. 어디서든 좀 쉬면서 무릎에 얼음찜질도 해야 할 것 같았다. 다행히 호주인 자전거 여행자 샘이 신장위구르자치구 구도區都인 우루무치에 오면 자기 아파트에 묵으라고 손을 내밀어주었다. 징징거리고 자기 연민에 빠지는 것은 협의된 조건에 포함되지 않았지만, 그를 만나면 그렇게 하지 않을 도리가 없을 것 같았다. 나중에 알았지만 샘에게는 그리 어려운 일도 아니었다. 활기 넘치는 요가 선생인 그는 아시아를 자전거로 여행하던 중에 돈을 모으기 위해 대학생들에게 영어를 가르치고 있었다.

다음 날 절룩거리며 시내를 돌아다녔다. 우루무치는 일촉즉발의 도시 같았다. 뭔가 수면 아래서 끓어오르는 느낌, 어떤 균형이 무너진 듯한 분위기에 휩싸여 있었다. 벌써 10년 넘게 이 지역에는 계속 돈이 흘러들었다. 그와 함께 한족 노동자가 늘어났다. 이제 우루무치에서 한족의 수는 토착민인

위구르족 무슬림과 거의 같은 수준이었다. 보호용 철창 속에 대기 중인 무장경찰들을 지나쳤다. 주유소에는 X자 모양 울타리로 저지선을 쳐놓았고, 쇼핑센터와 공원 출입구에는 금속 탐지기가 설치되어 있었다. 곳곳에 토착민들이 즐겁게 춤을 추며 중국에 편입된 것을 기뻐하는 모습을 그린 벽화가 있었지만, 실제 분위기는 사뭇 달랐다.

중국은 곤경에 처해 있다. 새로운 실크로드를 표방하는 일대일로一帶一路 계획에서는 모든 민족이 조화롭게 어울리는 것이 무엇보다 중요한데, 자유롭게 오가는 것은 상품뿐이다. 중국 정부는 마음에 들지 않는 수입품에 조바심을 냈다. 특히 외부 분쟁지역에서 유입되는 무기와 이데올로기를 경계했다. 그런 사정은 고대의 실크로드도 마찬가지였다. 그때도 대륙 사이를 연결하는 컨베이어벨트를 따라 온갖 종교와 석궁이 전 세계로 퍼졌다. 신장은 무려 8개국과 국경을 맞댄 넓은 지역이다. 위구르의 분리주의자들은 '-스탄'으로 끝나는 이름의 국가를 동쪽으로 연장하려는 포부를 갖고 있지만, 중국이 순순히 땅을 내주어 '동투르키스탄'이 탄생하리란 전망은 까마득하다. 런민루人民路와 허핑난루和平南路의 교차 지점에 서니 그런 생각은 더욱 짙어졌다. 총을 든 군인들이 허리까지 보호해주는 장갑차에 우뚝 서서 두루미가 강물 속을 오가는 물고기를 지켜보듯 침착한 태도로 행인들을 주시했다.

교차로 저쪽에서는 중국이 둘로 갈라져 새로운 개성이 출현하는 것 같았다. 여성들은 머리에 스카프를 두르고 느릿느릿 모스크 앞을 지나며 살람salaam 인사♦를 주고받았다. 남성들은 건포도 자루 주변에 느긋하게 앉아 있었다. 폐쇄된 지역공동체의 부산함이 느껴지는 풍경이었다. 표준시조차 두 시간 차이가 났다.♦♦ 한족들은 이 구역에 들어오기를 두려워했지만 특별한 이유가 있는 것은 아니다. 어린아이들은 더 짓궂어서 나를 쫓아오며 큰 소리로 불러댔다. 여자아이들은 함께 사진 찍기를 원했다. 중국의 학교에서 주문처럼 외는 '목이 가장 긴 새는 머리가 잘리는 법이다' 같은 전체주의적 구호에는 아무도 신경 쓰지 않는 것 같았다.

긴장은 기온과 함께 올라가는 경향이 있는 것 같다. 1년 전 5월 초, 딱 이맘때쯤 두 대의 SUV가 이곳 근처 시장에 들이닥쳤다. 위구르 전투원들이 창밖으로 폭발물을 투척한 후, 두 대의 자동차가 충돌해 불덩어리로 변했다. 건물 위로 화염과 연기가 치솟았다. 그 사건과 거리에 널브러진 43구의 시신은 중국 당국이 아무리 엄격하게 검열해도 감출 수 있는 것이 아니었다. 미국이 처음에 '민족적 폭력'이라고 표현했다가 나중에 테러 행위로 인정한 것 또한 눈길을 끌었다. 한 중국 논평가는 수류탄을 마구 투척한 것이 테러가 아니라면 9·11은 '교통사고'냐며 비꼬았다.

'위구르족처럼 생겼다'고 지적하는 것은 바보짓이다. 거리에는 몽골인의 광대뼈, 터키인의 코, 비취색과 적갈색 눈, 갈색과 붉은색과 검은색 머리 사람들이 뒤섞여 있었다. 중국 정부가 안면 인식 기술로 얼굴 생김새를 포착해 녹음된 목소

♦   아시아 국가에서 오른손을 이마에 대고 허리를 굽히면서 하는 인사.
♦♦   중국은 공식적으로 수도 베이징의 경도를 기준으로 정한 베이징시간을 단일 표준시로 통일해 쓰지만, 신장위구르자치구에서는 비공식적으로 베이징시간보다 두 시간 늦은 신장시간을 쓴다.

리와 짝 짓는 방법을 동원하자, 디스토피아적 경찰국가를 만든다는 비난이 빗발쳤다. 그것은 이슬람에 대한 전쟁이자, 중국에 반대한다고 간주되는 모든 주체에 대한 전쟁이었다. 충성심이 분산되는 것을 경계한 중국 정부는 긴 턱수염과 얼굴을 가린 베일을 금지했다. 골목길을 걸으며 이런 규칙을 강조한 포스터들을 보았다. 체포된 위구르인들의 낙담한 모습을 찍은 사진들이 실려 있었다. 고개를 들어보니 세 대의 CCTV 카메라가 내 얼굴을 읽고 있었다. 우루무치 전역에 이런 카메라가 수만 대 설치되어 있다. AI의 도움을 받아 인간의 해부학적 구조를 판독하고 차별하고 무기화하는 세상이다.

✳

무릎의 부기가 좀 빠지고 삐걱거림도 덜해져 우루무치를 떠났다. 고속도로 옆에는 철조망이 쳐 있었는데, 도로 아래로 터널식 배수로가 지나는 곳에서만 끊어져 있었다. 달리다 많이 졸리면 거기 내려가 잠을 보충했다. 지도상으로 중국은 아주 조금 남았을 뿐이었지만, 나흘이나 더 달린 후에야 국경지대에 도달했다. 안개에 휩싸인 높은 산들이 늘어서 있었다. 톈산산맥이었다. 한참을 오르자 드디어 녹색의 세계가 눈앞에 펼쳐졌다. 언덕마다 풀로 뒤덮였고 군데군데 가문비나무가 우뚝 서 있었다. 오래도록 사막과 초원의 단조로운 색조에 익숙해 있다가 녹색 풍경을 보니 시력을 되찾은 것만 같았다.

캠핑을 하며 하루를 꼬박 쉬었다. 튤립이 만발한 사이람

호숫가에 텐트를 치고 나보코프의 단편집을 읽다가, 이따금 물에 뛰어들기도 했다. 물은 부드러웠지만 다리가 따끔할 정도로 차서 참아보려고 해도 익숙해지지 않았다.

　평탄한 고속도로가 이어졌다. 건설한 지 1년 정도밖에 안 된 도로는 담대하고 장엄한 대지의 동맥, 새로운 실크로드였다. 그 덕에 엄청난 난관이 버티고 있는 지역을 별 어려움 없이 헤쳐나갈 수 있었다. 첩첩이 물결치는 산들은 수백 년간 몽골의 대군을 막았다. 하지만 이제 중국인은 그곳을 쉽게 정복할 수 있을 것 같은 땅으로 바꿔놓았다. 거대한 콘크리트 기둥으로 떠받친 고속도로는 깊은 협곡 위 까마득한 공간에 걸려 있었다. 양쪽으로 충돌 방지벽이 설치된 좁은 도로 위를 거침없이 달리며, 담대한 중국 엔지니어들이 높은 산을 관통시키고 이어붙여 건설해놓은 다리와 터널들을 통과했다. 오른쪽을 흘깃 보니 계곡의 완전한 단면이 눈에 들어왔다. 다음 순간 길을 따라 방향을 바꾸자 모든 것이 녹색으로 변해 끊임없이 굽이치는 언덕들을 서로 분간할 수 없었다.

　훠얼궈스^{Khorgas}에서 국경을 건너 카자흐스탄 땅에 들어섰다. 잠시 사과를 파는 노점 앞에 멈췄다. 어디선가 사과의 원산지가 카자흐스탄이라고 읽은 적이 있었다. 게놈의 염기서열을 분석해보니 모든 사과가 다름아닌 톈산산맥의 숲속에서 유래했다는 것이다.

　작은 청사과를 가리키자 장사치가 소리를 버럭 질렀다. "니엣 니엣! 이건 재키 챈 사과예요. 당신은⋯." 몸을 숙여 발치에 놓인 부대 속을 뒤적거리던 그는 과장된 동작으로 크고 붉은 사과를 높이 쳐들었다. "스티븐 시걸 사과를 드셔야죠!"

그 뒤로도 몇 주간, 이름이 스티븐이라고 하면 사람들은 언제나 외쳤다. "시걸!" 스필버그도 아니고, 잡스도 아니고, 킹이나 제라드도 아니었다. 가라테 당수 동작을 곁들이는 사람도 있었다. 같은 스티븐이라도 지역에 따라 흠모하는 특성이 다른 모양이다. TV에 나와 다른 사람을 두들겨 패는 사람이 특히 인기가 높은 것 같다. 이 분야에서 나의 동명이인 중 이집트에서 가장 유명한 사람은 프로레슬러 스톤콜드 스티브 오스틴이다.

내가 도착한 날 카자흐스탄은 전국 드래그레이싱♦의 날이었다. 굳이 그런 날을 따로 정할 필요가 있을까? 무슨 정신 나간 이유에서인지 몰라도 카자흐스탄 사람들은 항상 그런 식으로 차를 몬다. 과속으로 다른 차 뒤에 바짝 붙어 달리는 것이 하나의 유행이었다. 러시아산 라다 한 대가 땅에 질질 끌리는 범퍼로 도로를 긁으며 달리는 모습도 보았다. 7만 킬로미터를 넘게 달리면서 트럭과 나란히 달리는 것은 한사코 피했다. 뒤쪽에서 자동차가 너무 빠른 속도로, 너무 가까이 접근할 때면 '안전을 위한 비틀거리기' 신공을 발휘했다. 말은 거창하지만 그저 핸들을 양쪽으로 약간씩 틀어주는 것뿐이다. 운전자가 나를 서툴고 위험한 녀석으로 판단해 조금 거리를 두게 하려는 일종의 속임수 전략이다. 타이밍만 잘 맞추면 항상 통하는 방법이지만 너무 자주 써먹어야 했다. 주행거리가 늘어나는 것이 아닌가 싶을 정도였다.

지체되는 건 신경 쓰지 않았다. 길옆으로는 촛농 색깔 바

♦　특수 개조된 자동차로 짧은 거리를 달리는 경주.

위가 겹쳐 있고, 카모마일과 세이지 향이 은은히 풍겨왔다. 일요일이라 인근 알마티에서 국경 고지대로 나들이 온 가족이 많았다. 차가 내 곁에 멈췄다 싶으면 사람들은 창을 내리고 샐러드와 고기를 내밀곤 했다. 나는 몇 년간 공부한 덕에 키릴문자를 읽고, 러시아어로 간단한 대화도 나눌 수 있었다. 중국의 엄청난 혼란을 뒤로하고 이곳에 있다는 사실이 기뻤다.

다음 날 아침 일어나 보니 북쪽 하늘이 온통 몽롱한 빛으로 흐릿했다. 처음에는 비가 오는 줄 알았지만, 이내 눈이 따끔거릴 정도로 심한 돌풍이 흙먼지를 몰고 왔다. 외따로 떨어진 농가를 둘러싼 나무들이 엄청난 바람에 휘어져 요가 자세를 취한 것처럼 보였다. 대기가 위험할 정도로 선홍색으로 물드는가 싶더니, 전선이 끊어져 낚싯줄처럼 허공을 채찍질했다. 굵은 가지들이 뚝뚝 부러지며 도로 위에 지저깨비를 흩뿌렸다. 꼭 녹슨 깡통 같은 차가 곁으로 나란히 달렸다. 십대 소년들이 가득 타고 있었다. 운전자가 경적을 울려대며 마구 고함을 지르더니 보드카병을 들어 꿀꺽꿀꺽 마셨다. "히틀러!" 그가 악을 써대며 한쪽 주먹으로 다른 쪽 손바닥을 쿵쿵 내리쳤다. 적어도 운전석에 앉은 녀석은 그렇게 주먹으로 쿵쿵 내리쳐주고 싶었다. 만취 상태로 차를 모는 네오나치 녀석이 외는 소리 중에서 이 말이 가장 부아를 돋우었다. 하지만 똑바로 앞만 보고 달렸다. 몇 분 뒤 녀석들은 제풀에 지쳐 갑자기 방향을 바꿔 사라졌다.

저 앞에서 정장을 차려입은 두 늙은이가 비틀거리며 다가왔다. 백 미터쯤 떨어진 곳에서도 만취한 것을 알아볼 수 있다니 대단하지 않은가? 가까이 다가가니 둘 다 옷깃에 무공훈장이 잔뜩 꽂혀 있었다. 행복에 겨운 좀비들처럼 내 손을 붙들고 계속 자전거에서 끌어 내리려고 했지만, 불쾌하다기보다 몹시 즐거운 분위기였다. 몇 마디 나눠본 후 비로소 왜 사람들이 이토록 술에 취해 즐거워하며 파시스트들을 조롱하는지 알았다.(찬양하는 것이 아니었다!) 5월 9일은 카자흐스탄을 비롯해 이전 소비에트연방 국가들의 승전 기념일이었다. 1945년 바로 그날 독일이 항복 협정서에 조인했던 것이다.

서쪽으로 알마티를 향해 달리는데 외따로 서 있는 상점이 있었다. 녹슨 간판이 바람에 삐걱거렸다. 현관에 놓인 등나무 의자에 몸을 파묻고 토피 팝콘을 집어 먹으며 폭풍이 지나가는 모습을 바라보았다. 눈이 빨갛게 충혈된 사람들이 지독한 보드카 냄새를 풍기며 가게를 드나들다가 곁눈질을 했다. 상점에 나란히 붙은 식당을 운영하는 부부에게 아이가 셋 있었는데, 녀석들이 노는 모습 또한 하늘에서 난장판을 벌인 폭풍과 꼭 같았다. 세 놈은 브라운운동 중인 입자처럼 사방을 뛰어다니다 서로 부딪혀 나동그라지는가 하면, 어느새 물웅덩이에서 첨벙거렸다. 여주인이 수프와 우유를 듬뿍 넣은 차를 갖다주었다.

"여기 머무셔야 해요." 그녀가 러시아어로 충고했다. "밖은 너무 추워요. 남는 방이 있어요."

집 뒤편에 있는 방은 더블베드와 소파가 들어갈 만한 크기였다. 몸을 쭉 뻗고 침대에 누워 책을 읽기 시작했다. 몇 장 넘기지도 않았는데 문이 빼꼼 열렸다. 주인이었다. 표정도 다르고, 팔이 축 늘어진 것이 자세부터 미안해하는 것 같았다. 이유는 금방 알 수 있었다. 옆에 누군가 있었다. 남자 하나, 여자 하나. 남자가 붙들고 있는 보드카병은 이미 4분의 3이 비어 있었다. 머그숏에서나 볼 법한 험악한 인상이었다. 사진 위로 '현상수배. 고양이 고문 사건 용의자들'이라고 적혀 있을 법한.

주인은 몸짓으로 내게 침대를 비우고 소파로 옮겨 달라는 뜻을 전달했다. 좋든 싫든, 아니 미치고 팔짝 뛸 정도로 싫어도, 룸메이트가 생긴 것이다. 두 사람은 즉시 침대 위에 쓰러지더니 엄청 급하다는 듯 끌어안았다. 바로 불을 꺼버렸다. 얼마나 진지하게 잠이 필요한지 알리려는 심산이었다. 한 시간쯤 그들은 담배를 피우고 보드카를 돌려 마셨다. 한 모금 마실 때마다 캬 하고 환호를 올리고, 트림을 한 후 꼭 끌어안았다. 나름 목소리를 낮추어 속삭이려고 했지만 너무 취해서 뜻대로 되지 않고 쉰 목소리로 고함을 지르는 꼴이었다. 마침내 시작되었다. 코.골.이. 여느 코골이가 아니라, 보드카 코골이였다. 엄청나게 시끄럽고, 무지무지 빨라서 숨을 쉰다기보다 결핵으로 죽어가는 것이 아닌가 싶었다. 저러다 숨이 깔딱 넘어가지나 않을까 단단히 마음의 준비를 하고 있는데 뭔가 이상한 소리가 들렸다. 액체가 마룻바닥에 철벅거리는.

"노-노-노-노-노!" 그러다 현재 지구상의 좌표를 떠올리고 말을 바꿨다. "니엣-니엣-니엣-니엣-니엣!" 급히 헤드램프를 켰지만 손에 자기 물건을 쥔 남자를 비춰야 할지, 바닥에 쪼그리고 앉은 여자를 비춰야 할지 알 수 없었다. 물론 범인은 남자였다. 그는 일어나지도 않고 옆으로 몸을 돌려 마치 쓰러진 조각상처럼 침대에 볼일을 봤다. 그리고 그 꼴로 다시 잠들었다. 헤드램프의 빛 속에서 내가 입은 수해의 규모를 얼른 따져보았다. 천만다행히도 짐은 안전했다. 그는 자비롭게도 딱 자기 신발 속에만 오줌을 누었다. 그것이야말로 그때까지 살아온 그의 삶을 완벽하게 보여주는 은유가 아닐까!

✳

　키르기스스탄 여행은 야생화로 시작되었다. 미나리아재비처럼 노란 야생화가 파란 하늘을 배경으로 멀리 지평선까지 펼쳐졌다. 목동들이 느긋하게 말을 몰아 내 쪽으로 달려왔다. 우리는 서로 바보처럼 웃으며 한동안 시간을 보냈다. 수도인 비슈케크는 엄청나게 덥고 바람 한 점 없었다. 추이거리의 분수에서 아이들이 차갑게 흩뿌려지는 물 속을 달려서 통과하며 놀고 있었다. 알라투광장에 내걸린 국기는 꼭 갈고리에 매단 빨간색 드레스 같았다.

　비슈케크에 집을 갖고 살며 정원을 자전거 여행자들에게 개방한 앤지와 네이선 부부의 소문을 들었다. 수많은 여행자가 그곳을 거쳐 갔다. 잔디밭에 텐트를 치고, 부속 건물에 마련해둔 작업실에서 느긋한 시간을 보내고, 실컷 먹고, 해먹에서 책을 읽고, 물론 여행담을 서로 나누었다. 자전거에서 좀 시달려본 사람이라면, 다른 여행자들에게 이야기를 들려주는 것이 얼마나 중요한지 알 것이다. 가장 인기 있는 고생담은 질병과 자연재해를 겪은 이야기인데, 그런 경험이 없는 사람은 거의 없다.

키르기스스탄의 우편 시스템은 지난번 주문한 것을 잃어버린 후에야 어렵사리 새로운 롤로프 허브✦를 배달해주었다. 다음 과제는 이 부품에 맞는 휠을 새로 만드는 것이었다. 자전거를 고칠 때는 나처럼 다목적 수리 기구를 다루다 다친 경험이 화려한 사람보다 손재주가 좋은 누군가를 찾아 부탁하는 편이 훨씬 낫다. 바로 네이선이 그런 사람이었다. 물론 말을 꺼낼 때는 함께 휠을 만들자고 제안했지만, 결국 나는 때맞춰 맥주를 갖다주면서 격려하는 역할을 맡게 되었다. 네이선은 아주 실속 있는 타입으로 뭔가 고치고, 어딘가를 올라가고, 누군가 자전거 고치는 것을 도와주는 일로 시간을 보냈다. 그런 일거리가 없을 때는 흄의 철학에 관해 질문을 던지거나 민주주의가 처한 상황에 대해 논쟁을 부추기는 데 열심이었다. 그는 자전거에 대해 무지한 나에게 충격을 받았다. "이건." 그가 내 자전거를 가리켰다. "소파가 아니란 걸 알아야지. 자넨 뭘 해야 하냐면." 나는 그의 입술에 손가락을 대 말을 막고 새로운 맥주 캔을 건네며 일을 계속하라고 손짓했다.

비슈케크에서 두 번째 주요 과제는 앞으로 방문할 국가들의 비자 문제를 해결하는 것이었다.

"아, 영국에서 오셨구먼!" 카운터 뒤에 앉은 남자가 말을 붙였다. 비자에 필요한 것을 해결하려고 복사집과 사진관을 겸하는 콧구멍만 한 가게에 들어갔을 때였다. "제로 제로 세븐 같으신걸!"

✦ 기어를 장착하는 작은 금속 부품.

잠깐 무슨 소린지 생각했다.

"더블-오-세븐 말인가요? 제임스 본드?"

"그래요! 그런데 좀 다르기도… 자전거가 엉망이네요. 거 뭐냐, 그 영화… 〈크레이지 맥스〉던가….”

다시 머리를 굴렸다.

"〈매드 맥스〉요?"

"그래요, 그래.” 그는 약간 짜증을 냈다. "〈매드 맥스〉나 〈크레이지 맥스〉나, 그게 그거지 뭘.”

그때까지 내 자전거를 '벨린다'라는 애칭으로 불렀지만, 그 이름은 처참한 몰골에 비해 너무 아늑하고 편안하게 들렸다. 잔뜩 녹이 슨 데다 군데군데 찌그러지고 덜렁거리는 곳마다 케이블 타이로 묶은 자전거는 '크레이지 맥스'가 더 어울렸다. 그래서 이름을 바꾸기로 했다.

비자를 받고 다시 길을 떠났다. 남서쪽으로 난 길은 끊임없이 위로 올라갔다. 이윽고 드넓은 초원이 펼쳐졌다. 양치기들이 돌아다니며 꿀과 발효시킨 말젖, 둥글게 뭉친 향이 강한 치즈를 팔고 있었다. 꿀은 기가 막혔다. 끈적거리는 샴페인을 들이켜듯 꿀꺽꿀꺽 마셔버렸다. 다음 날 아침 텐트를 거두며 보았던 무성한 초목의 아름다움도 잊을 수 없다. 길옆으로 땅이 푹 꺼지며 마치 계단처럼 온통 풀로 뒤덮인 자연적 플랫폼을 이루었다. 노란색과 보라색 야생화가 생생히 피어난 풍경속에 거대한 분홍색 화강암이 군데군데 박혀 있었다. 시골의 잘 손질된 정원에서나 볼 수 있을 법한 작은 침엽수가 사방에 자라면서 생명력 넘치는 향기를 뿜어냈다. 가장 낮은 층에는 한 줄기 급류가 하얗게 부서지며 흐르고, 거기서 다시 대지는 위로 치솟아 은색으로 번득이는 시냇물을 품고 위로위로 달려 거대한 봉우리로 이어졌다. 장엄하고 푸른 산에는 마치 호피를 두른 듯 눈이 띠를 이루어 쌓여 있었다.

오래지 않아 길은 나린강을 따라 굽이쳤다. 묘하게도 물 색깔이 녹청색이었다. 강둑에서는 가족들이 소풍을 즐기고, 아이들은 물속에서 첨벙거리거나 게걸스럽게 케밥을 먹었다. 활발한 사람들은 내게 다가와 조국에 대한 자부심을 한껏 높여줄 만한 질문을 던졌다. 나는 기꺼이 장단에 맞추어 춤출 준비가 되어 있었다.

"키르기스스탄 어때요?"("오! 끝내주죠.")

"키르기스스탄 여자들, 예쁘죠?"("정말, 정말 아름다워요.")

"이름이 뭐예요?"("스티븐이에요.")

"스티븐 시걸이랑 똑같네!"

폭삭 늙은 노인이 덜덜 떨리는 팔로 건네준 송어를 게걸스럽게 뜯어 먹는데, 그 역시 내 이름을 물었다. "스티븐입니다." 그가 눈살을 찌푸렸다. 이해를 도와줄 요량으로 얼른 덧붙였다. "스티븐 시걸이랑 똑같죠."

유감스럽게도 노인은 〈킬 스위치〉, 〈블랙 스텔스〉, 〈쉐도우 맨〉 등 비디오 대여점계의 고전을 줄줄이 쏟아낸 스타의 이름을 들어본 적이 없는 모양이었다. 게다가 진짜로 내 이름이 스티븐 시걸이라고 믿어버렸다.

"이 친구는 스티븐 시걸이라는구먼." 그가 젊은 부부와 그들의 십대 아들에게 일러주었다. 사태를 바로잡기에는 너무 늦은 것이다. 그들은 미소 지었다.

"그냥 스티브라고 불러주십시오."

그날 저녁 누군가 나를 쳐다보는 눈길을 느꼈다. 왼쪽으로 고개를 돌려보니 이슬람 기도 모자를 쓴 아이 하나가 옆에서 나란히 자전거를 달리고 있었다. 눈길을 감출 생각도 없이 나를 얼빠진 듯 바라보았다. 한동안 침묵 속에서 느긋하게 함께 달렸다. 아이는 첫마디에 바로 본론으로 들어갔다. "절 따라오세요. 우리 집에서 하루 재워드릴게요!"

이름부터 알아야 할 것 같았다. 알리라고 했다. 무척 피곤한 데다, 소년이 좀 지나치게 의욕이 넘치는 것 같긴 해도 친절해 보였기에 초대에 응했다. 러그로 덮인 농가에 대가족이 살았다. 바닥에도 러그가 깔려 있고, 벽에도 러그가 걸려 있었다. 러그가 부족하거나 갑자기 제 기능을 발휘하지 못하는 비상사태에 대비하려는 듯 한쪽 구석에도 잔뜩 쌓여 있었다.

"아주 큰 가족이네, 알리!" 아차 싶었다. 인사랍시고 건넨 러시아 말이 의도대로 전달되었다면 다행이지만, 혹시라도 자기 가족이 뚱뚱하다는 책망으로 알아들으면 어쩌지?

'플로브'를 먹고 산다면 나도 그렇게 될지 모른다. 쌀과 양고기를 기름에 볶아 짭짤하게 간을 한 플로브는 지구상에서 가장 위안을 주는 음식일 것이다. 가족들은 제 몫을 받자마자 삽시간에 먹어 치웠다. 저녁을 먹은 뒤에 바로 키르기스스탄 전통 가운으로 갈아입었다. 그날 밤 나는 알리의 집 마당에 놓인 녹슨 침대에서 가축들이 이리저리 돌아다니는 가운데 잠이 들었다. 한밤중에 누군가가 다정하게 코를 비벼대는 것을 느꼈다. 아마 염소였을 테지만, 뇌졸중을 겪은 알리의 할머니였을 가능성도 완전히 배제할 수는 없다.

다음 날에도 알리와 함께 달렸다. 이내 그는 아랍어를 따라 해보라고 부추겼다.

"알라는 유일한 신이시며 마호메트는 그의 예언자입니다."

"알리, 너 지금 속임수를 써서 나를 무슬림으로 만들려는 거냐?"

"아, 이건 훌륭한 말씀이라고요!" 그는 우겼다.

"알리, 나는 무신론자라고."

"좋아요. 하지만 신을 믿긴 하잖아요, 그렇죠?"

오슈Osh에 닿기 전에 알리와 헤어졌다. 시장에서 여분의 자전거 부품을 음식과 교환했다. 거대한 산들을 넘어야 했기에 어느 때보다도 짐의 무게를 줄이는 것이 중요했다. 몇 분간 양파 여러 개의 무게를 가늠해보다가 결국 제일 작고 쪼글쪼글한 것을 골라서 버렸다.

오슈를 지나자 다시 오르막이었다. 고도가 꽤 높은데도 숨 막힐 정도로 더웠다. 한 시간에 한 병꼴로 2리터짜리 물병이 바닥을 드러냈다. 아무 소용 없는 줄 알면서도 수도꼭지나 펌프가 없는지 찾아보았다.

"아주 깨끗해, 마실 수 있어! 마셔! 키르기스스탄 물, 너무 좋아!"

늙은 양치기가 강을 가리키며 말하기에 강물로 수통을 채웠다. 하지만 그것은 그의 강일 뿐, 더 조심했어야 했다. 올라가면서 보니 당나귀 두 마리가 강물에 오줌똥을 갈기고 있었다. 당나귀가 열정적인 모습을 머릿속에 그려볼 수 있다면 녀석들과 거의 비슷하리라고 장담한다. 조금 더 올라가니 당나귀 한 마리가 물속 지옥에 죽어 널브러져 있었다. 정확히 말하면 몸뚱이의 절반은 강물에, 절반은 기슭에 걸쳐 있었다. '천연' 미네랄워터라고 믿었던 물은 세균이 득시글거리는 당나귀 뇌 수프였다. 한 가지 교훈을 얻었다. 절대로 애국자를 믿지 말 것!

오후에 유르트에서 어린아이 둘이 달려 나와 거의 1킬로미터 정도를 쫓아왔다. 전투기처럼 뒤를 바짝 따라붙으며 영어 단어가 반복적으로 입에 달라붙는 느낌이 좋은지 뜻도 맞지 않는 말을 외쳐댔다. "바이 바이! 바이 바이!" 길가에 모여 있다가 하이파이브를 하자고 달려드는 녀석들은 더 많았다. 아이들은 낯선 사람이 거의 자전거에서 굴러떨어질 정도로 세게 하이파이브를 하는 것이 분명 짜릿하고 재미있었을 것이다. 여행을 하다 보면 일관성 있게 나타나는 패턴이 있다. 언제나 믿을 수 있고, 세계를 안정된 상태로 유지해주는 만국공통의 질서 같은 것. 그중 하나가 어린 소년들의 명랑 쾌활한 가학증이다. 터키에서, 케냐에서, 페루에서 있는 힘껏 하이파이브를 했던 아이들을 떠올렸다. 다트퍼드에서 눈덩이를 던지던 녀석들을 생각하니 향수에 젖을 정도였다. 기억은 에티오피아에서 돌을 던지던 아이들과 요르단에서 "이 미친 당나귀 새끼!"라고 소리 지르며 돌을 던졌던 뚱뚱한 또라이에게까지 거슬러 올라갔다.

사리타슈Sary Tash를 지나자 길은 급히 내리막으로 변했다. 틀림없이 그곳 사람들은 마을을 지나치는 여행자들이 꿈꾸는 듯한 눈으로 여기저기 한눈파는 모습에 익숙하리라. 마을이래 봐야 주유소보다 조금 클까 말까 한 정도로, X자형 도로 주변에 소박한 집 몇 채가 모여 있는 데 불과했지만, 주변으로 푸른 초원이 펼쳐지고 그 뒤로 엄청난 산들이 크림색 띠처럼 한없이 넓게 이어졌다. 난생처음 본 파미르고원의 위용에 압도당해 잠시 길 위에 멍 하니 서 있었다. 마음 같아서는 여기에 짐을 풀고 산에 올라 저 하늘 위 까마득히 높은 곳에서 언제까지고 사리타슈를 내려다보고 싶었다. 그럴 수만 있다면 시간과 노력이 얼마나 더 들든, 손이 얼얼해지는 하이파이브를 몇 번을 더 하든 상관없을 것 같았다.

키르기스스탄 이민국 초소에서 여권에 도장을 받은 후, 손을 흔드는 직원을 뒤로하고 더 높은 곳으로 달렸다. 수많은 시냇물이 어지러이 얽혀 흐르는 무인지경이었다. 세차게 흐르는 물은 진흙 빛깔이었다. 갑자기 바위 하나가 우뚝 일어섰다. 참으로 희한한 광경이었다. 잠시 자전거를 멈추고 그쪽을 보면서도 고도 때문에 머리가 어떻게 된 것은 아닌지, 다른 바위들이 모두 벌떡 일어서서 솜브레로♦를 쓰고 카바레 분위기를 연출하기 전에 몸을 낮추고 어디론가 숨어야 하는 것은 아닌지 생각했다. 이제 바위는 보다 안정적인 패턴으로 움직였다. 몸을 실룩거리더니 허공에 코를 들어 킁킁거리고 적갈색 발로 몸을 긁은 후 땅에 난 구멍 속으로 사라졌다. 그제야 정신이 들었다. 계곡 여기저기서 마멋의 모습이 눈에 들어왔다.

마멋이란 녀석은 다람쥐가 동료 서넛 정도를 삼킨 것처럼 생겼다. 바람을 타고 녀석들의 휘파람 소리가 들려왔다.

♦　춤이 길고 챙이 넓은 멕시코 모자.

겨울이 오면 마멋은 몸을 낮춘 채 문자 그대로 체온이 주변 기온과 거의 비슷할 정도로 떨어질 때까지 가만히 있다. 조그만 심장도 체온과 함께 점점 느려져 분당 심박수가 겨우 5회밖에 되지 않는다. 14세기에 중앙아시아 대초원의 기후가 크게 변하면서 생태계가 교란되자 마멋과 게르빌루스쥐의 몸속에 살던 '페스트균'이 쥐에게로, 다시 벼룩에게로, 그리고 광대한 지역과 국경을 가로질러 수천 킬로미터 떨어진 곳의 인간에게로 옮겨 갔다. 사망률로 볼 때 흑사병은 인류역사상 최악의 팬데믹 사건이었다. 우리가 한때 세상을 바꾸었노라. 새까만 마멋의 눈동자가 그렇게 말하고 있었다.

14

국경이라는 세포막

키질라르트준령에서는 특별한 일이 없었다. 급커브를 그리는 지그재그식 도로 위에 광물성을 띤 바람만 소용돌이칠 뿐 아무것도 없었다. 이토록 낯설고 등골이 오싹한 장소가 국경 통과 지점이라니 믿기 어려울 정도였다. 오일탱크를 개조해 만든 국경 사무소에서 여권에 도장을 받고 세계에서 가장 별나게 생긴 나라로 발을 들여놓았다.

카자키스탄의 국경선은 종잡을 수 없다. 움푹 들어가고, 혀처럼 불쑥 튀어나오고, 다리처럼 길게 뻗고, 한입 베어 문 것처럼 뜯겨 나간 모습이다. 뚜렷한 형태가 있다기보다 실수로 바닥에 철퍼덕 떨어뜨린 달걀을 연상시킨다. 기록에 의하면 국명이 '-스탄'으로 끝나는 나라들의 국경은 스탈린이 즉흥적으로 정했다. 만화에 나오는 악당처럼 연필을 들고 음산하게 낄낄거리며 지도 위에 국경선을 쓱쓱 그은 것이다. 그는 오직 소수민족들이 통일을 꾀하지 못하도록 분산시키는 데만 신경을 썼다. 과거 소련은 이슬람 세력의 봉기 위험을 가장 두려워했던 것이다. 전혀 터무니없는 얘기는 아닐지 몰라도 편견에 가득 찬 유럽 중심적 역사 해석이거나, 적어도 과거를 지나치게 단순하게 바라보는 태도에서 비롯된 일화일 것이다. 중앙아시아의 국경은 민족 분포뿐 아니라 인구조사와 경제 및 교통 데이터를 고려해 획정되었으며, 때때로 모스크바의 명령이 아니라 현지 사정에 따라 변경되었다. 물론 국경이 지금과 다른 모양으로 정해졌다면 어떤 일이 벌어졌을지는 알 수 없지만 중앙아시아에서 때때로 표면화되는 긴장은 뭔가를 구분하는 선이 그어진 곳이라면 어디서나 예상할 수 있는 수준이다. 그 정도의 다양성을 지닌 다른 지역보다는 덜하다고 생각하는 사람도 있을지 모른다. 국경을 정하는 것은 언제나 미래의 문제를 잉태한다. 수술을 받으면 평생 흉터가 남는 것과 같다. 완벽한 상처가 있을 수 없듯, 진정한 국경 또한 있을 수 없다. 칼날이 지나가는데 통증이 없을 리 있는가? 처음에 칼날은 자연적으로 존재하는 조직의 경계면을 따라가지만, 언젠가는 뭔가를 절단하고 터뜨리고 출혈을 유발하게 마련이다.

국경 너머 파미르고원 위로 난 길은 온라인 평판대로 '모든 것을 조금씩 맛볼 수 있는' 도로였다. 아스팔트는 금이 가고 움푹 파였으며 모래 웅덩이가 있는가 하면 잔돌이 자갈처럼 깔린 곳도 있고 싸구려 타르가 녹아 신발 밑창에 덩굴손 모양의 기름 자국을 남기기도 했다. 핏자국을 연상시키는 빛깔을 띤 능선들을 끼고 달릴 때는 약간 어지러웠다. 산소 부족인지, 놀라울 정도로 드문드문한 분위기 때문인지 알 수 없었다. 쏜살같이 하늘을 가로지르는 구름의 그림자가 고원에 대리석 무늬를 그렸다. 그 땅의 변덕스러움을, 산비탈마다 아로새겨진 지질학적 역사를 감지할 수 있었다. 사나운 기후, 산사태, 눈사태, 지진의 상흔이 고스란히 남아 있었다.

까마득한 옛날부터 이어져온 격렬한 변화는 지구가 지닌 에너지를 고스란히 드러내는 증거였다.

M41이라고 하면 아주 번잡한 간선도로처럼 들리지만 교통량은 거의 없었다. 보통 파미르 하이웨이라고 부르는 이 도로는 공식적으로 1930년대에 소련 엔지니어들이 완공했지만, 고대부터 수많은 군대가 밟고 지나간 길이다. 불교 순례자, 탐험가들도 이 길을 이용했다. 전해오는 이야기가 사실이라면 마르코 폴로도 이곳을 통과했을 것이다. 오늘날에는 여름마다 이곳을 찾는 자전거 여행자가 줄을 잇는다. 멀리서 보면 꼭 노새 떼 같다. 거리가 가까워지면서 안장에 걸친 부대 자루는 자전거용 짐 가방으로, 발굽은 바퀴로 변한다. 멀리서 세 사람이 느릿느릿 내 쪽으로 다가왔다. 가까이서 봐도 슬픔에 잠긴 노새 같은 분위기 그대로다. 남자 둘, 여자 하나. 몰골은 지저분하고 끔찍하며 얼굴은 잿빛이다. 나를 보고 입을 딱 벌리더니 눈물을 흘렸다. 힘이 하나도 없는 악수를 나누고 그들과 헤어진 나는 변방으로 끌려가는 병사처럼 머리를 푹 숙인 채 묵묵히 페달을 밟았다.

오후가 되자 카라쿨Karakul호수가 눈에 들어왔다. 바람에 잔물결이 이는 호수는 사랑스러운 청회색이었다. 그 뒤로 바위산들이 끊임없이 솟은 모습이 마치 은으로 만든 칼날이 하늘을 가르는 것 같았다. 또 다른 고갯길을 올라가려는데 한 여성이 길에 올라섰다. "이봐요! 차를 끓여놨어요. 살구도 있어요! 이리 오세요! 당신은 손님이에요! 내 집은 당신 집이나 다름없어요! 내 음식들은 맛있어요." '맛있다'는 말에 미소를 지으며 그녀를 따라 집으로 들어갔다. 한쪽 구석에 놓인 텔레비전에서 미국 메디컬 드라마가 나오는 것 같았다. 바람이 휘몰아치는 황량한 오지에서도 여인의 십대 딸은 러시아어로 된 자막을 읽으며 텍사스 외과의사의 불륜에 빠져 있었다.

무르고프Murghab를 지나 파미르 하이웨이를 벗어났다. 조르쿨Zorkul호수에 흥미가 생겼던 것이다. 고대에 옥수스강이라 불렸던 판지Pyanj강의 발원지다. 하류에 이르면 아무다리야강으로 이어진다. 샤이막Shaymak을 지나쳤다. 계곡 끝에 자리 잡은 그곳은 한눈에 보기에도 궁핍하기 짝이 없었다. 하나밖에 없는 가게에는 물건이 거의 없었다. 분위기에 방점을 찍듯 거리에 한 마리밖에 없는 당나귀마저 조용히 서 있기만 할 뿐이었다.

마을을 지나자 땅에는 풀조차 듬성듬성했다. 소금이 허옇게 말라붙은 땅이 저 멀리 산으로 이어져 만년설의 흰색 속으로 섞여 들었다. 지나치는 자동차 하나 없었다. 자전거에서 딱 소리가 나며 뭔가 끊어지거나 어디 부딪혀 크게 찌그러지면 어쩌나 겁이 더럭 났다. 자전거가 고칠 수 없을 정도로 망가진다면, 짐을 이고 진 채 걸어서 산을 빠져나가야 하리라. 살기 위해 나방을 잡아먹고 나중에는 샌들 끈까지 씹어 삼켜야겠지. 길은 돌투성이였고, 가파른 오르막을 끝없이 올라 꼭대기에 이르면 더 높은 봉우리가 기다렸다. 고개를 푹 숙인 채 힘겹게 자전거를 밀고 올라간 끝에 평평한 곳에 이르렀다. 고개를 들어보니 거대한 호수가 움푹 패어 있었다. 반 정도 물이 차 있고 여러 줄기의 은빛 시냇물이 흘러들었다. 호수 주변에는 아르갈리양의 뿔과 두개골이 굴러다녔다. 몸무게가 350킬로그램에 이를 정도로 거대한 이 양은 멸종 위기에 처해 있지만, 꼭 원한다면 3만 달러를 내고 한 마리를 총으로 쏴볼 수 있다. 돈 있는 미국 녀석들이 줄 서서 몰려든다고 한다.

호수를 한 바퀴 돌다가 담록색 계곡을 통과하는 샛길을 발견했다. 양치기조차 다니지 않는 길이었지만 어딘가로 뛰어들고 싶다는 생각에 저항하기 힘들었다. 전혀 알지 못하는 외딴 장소를 일부나마 오롯이 혼자 즐길 수 있다는 데 크게 이끌렸다. 반가움과 두려움이 공존하는 느낌에 몸이 떨릴 정도였다. 에드워드 애비는『사막의 고독』에 썼다. "가장 가까운 곳에 있는 사람도 30킬로미터 이상 떨어져 있겠지만, 나는 외로움이 아니라 아름다움을 느낀다. 아름다움과 조용한 환희를."

몇 채의 유르트를 보고 그곳이 조르쿨 국립공원 입구임을 알았다. 한 가족이 가축 우리 속에서 야크들에게 올가미를 건 채 뭔가를 하고 있었다. 다 자란 놈은 털을 깎고, 어린 것들에게는 꼬리표를 붙이려는 것이었다. 뿔을 붙잡고, 다리를 당기고, 난리도 그런 난리가 없었다. 가족의 아버지가 야크털로 보온이 잘된 유르트 안으로 나를 안내하더니 고기 수프에 커드와 빵을 내왔다. 침낭 안에 들어가 지퍼를 올리고 포근한 기분을 느끼려는 찰나, 문이 벌컥 열리더니 십대 딸이 뛰어 들어왔다. 손에 든 휴대폰을 내 코밑에 들이밀더니 속삭였다. "이게 저예요!" 셀카 속에는 스카프를 두르고 평범한 키르기스스탄 옷을 입은 소녀가 아니라, 청바지 차림에 립스틱을 바른 채 눈을 가늘게 뜨고 머리를 한쪽으로 기울인 여성이 찍혀 있었다. 아이는 휴대폰을 획 잡아채더니 삽시간에 유르트 밖으로 사라졌다. 뭔가 가슴 뭉클하면서도 채워지지 않는 절박함 같은 것이 느껴져서 늦게까지 잠들지 못했다. 문화란 번지는 속성이 있다. 생활 방식은 확산되면서 변화를 거듭해 세상의 모습을 형성하고 부수고 재형성한다. 생각이 꼬리를 물고 이어졌다.

다음 날, 길을 잃었다. 사람의 피를 빠는 흑파리 떼가 거대한 구름처럼 떠 있는 아래로 부러진 전신주들을 따라간 끝에 가까스로 호수가 판지강으로 빠져나가는 곳을 찾을 수 있었다. 19세기 말 식민지를 경영하던 국가들이 오늘날 '그레이트 게임'이라고 부르는 과정 속에서 멋대로 국경을 정하던 시절, 영국과 러시아는 판지강을 국경선으로 선언하면서 일종의 완충지대로 아프가니스탄 땅 한 조각을 남겨놓았다. 와한Wakhan 회랑이라고 불리는 지역이다. 판지강을 따라 달리면서 얼마나 많은 국경이 이렇듯 명백히 분열을 초래하는 방식으로 그려져 있을지 안타깝기만 했다. 내가 달리는 타지키스탄 쪽에는 민박집, 식료품점, 심지어 특이하게 생긴 아이스크림 상점이 즐비했다. 반면 아프가니스탄 쪽은 아무리 둘러봐도 당나귀들이 지나다니는 좁은 길 몇 갈래, 진흙으로 지은 오두막 몇 채가 전부였다. 인간이 억지로 그어놓은 선으로 갈라져 강 양쪽에 사는 사람들은 같은 언어를 사용하고 같은 종교를 믿는 같은 조상의 자손이다. 쉽게 짐작할 수 있듯 공식적인 구분에 따라 수많은 분열이 생겨났으며, 아프가니스탄과 타지키스탄은 여러 차례 일촉즉발의 위기를 맞았다. 이슬람 극단주의에 시달리는 아프가니스탄은 30년 넘게 갈등을 겪었으며, 타지키스탄은 몰래 강을 건너 잠입하는 난민, 무장 세력, 마약 밀매상 때문에 골머리를 앓았다.

수많은 냇물이 힘차게 판지강으로 흘러드는 곳에서는 소련 시절에 지어진 다리들이 원래 모습을 잃고 고철 덩어리로 변해서 물이 급류를 이루었다. 자전거가 휩쓸리지 않게 물 위로 들어 올리자마자 고함 소리가 터져 나왔다. 고개를 들어보니 군용 망루가 서 있었다. 저 앞으로 굳게 잠긴 출입문이 보였다. 하르구시 군기지였다. 병사 둘이 내 쪽으로 다가왔다.

"당신! 어디서 오는 건가?"

"조르쿨에서요."

장교가 날카롭게 쏘아보았다. 타지키스탄 사람이 아니라 러시아 사람 같았다. 전투복에 전투모 차림이었고, 눈을 완전히 감싸는 선글라스를 썼다. 손가락이 책망하듯 나를 똑바로 가리켰다.

"국경 지역. 테러리스트." 그가 천천히 악의에 찬 어조로 말했다. "아프가니스탄에서 왔군."

"아니, 아니에요! 타지키스탄에만 있었어요."

"서류!"

여권과 함께 호수 근처에 사는 가족의 아버지에게서 구입한 통행증을 건넸다. 조르쿨을 통과해도 좋다는 증서였다. 그는 바로 낚아챘다.

"위조 서류군!"

그 정도는 짐작했다. 하지만 그 가족은 나에게 너무 잘해주었고, 위조 통행증 가격은 5달러에 불과했으므로, 그 정도면 환대에 보답하는 합리적인 액수라고 생각했다.

"수색해." 그가 병사에게 고개를 끄덕였다.

수색을 핑계 삼아 경찰에게 물건을 뺏겨본 경험이 있었으므로 그 친절한 제안을 어떻게든 거부해보려고 했지만, 말을 꺼내자마자 아차 싶었다.

"내 신분증을 보자고? 오냐, 신분증 여기 있다!"

장교가 외치며 권총을 뽑았다. 나를 겨누는가 싶더니, 갑자기 용기를 잃었는지 다시 총집에 넣고 엄지와 검지로 총 모양을 만들어 내 관자놀이에 대고 방아쇠를 당기는 시늉을 했다. 심지어 뇌가 후드득 땅에 떨어지는 시늉까지 해 보였다.

병사들은 친절하게도 소지품을 하나하나 꺼내 길바닥에 던졌다. 장교는 휘파람을 불며 한가한 태도로 자전거 뒷바퀴를 계속 걷어찼다. 그러면서 영혼 밑바닥까지 들여다보듯 이글거리는 눈동자로 쏘아보았다. 그러거나 말거나 10분쯤 지나자 내 영혼은 지루함을 느끼기 시작했다. 장교가 갑자기 경멸 어린 태도로 작별 인사를 건네더니 성큼성큼 사라져버렸다. 가도 될 모양이었다. 어린 병사가 여권을 건네며 갓 구운 빵을 한 아름 안겼다. 나는 전 세계적으로 조그만 권위라도 지닌 녀석들이 사람을 대하는 태도에 어떤 패턴이 있다는 사실을 깨달았다. 자기들끼리 몰래 돌려 보는 체크리스트라도 있는 것 같았다. 붙잡고, 추궁하고, 뒤지고, 금방이라도 죽일 것처럼 협박하고 난 뒤에 뭔가를 먹이고, 쾌활한 태도로 작별 인사를 건넨다. 체크, 체크, 체크.

구불구불한 길을 따라 계속 방향을 바꾸며 달렸지만 오히려 안도감을 느꼈다. 길도 없고, 파리 떼가 들끓는 야생을 뚫고 달리면서도 나만의 기준은 굳게 흔들리지 않았기 때문이다. 하지만 엉덩이에 고약한 일이 생긴 것도 어쩌면 그 때문일까? 더 이상 모르는 체할 수 없었다. 거울도 없고, 체면을 차리지 않아도 될 정도로 가까운 친구도 없기에 방법은 하나뿐이었다. 그날 밤 텐트 속에서 카메라를 꺼내 엉덩이에 바싹 대고 근접 촬영을 시도했다. 뷰파인더를 들여다보고, 고개를 이쪽저쪽 기울이고, 스크린을 거꾸로 뒤집기도 했다. 해부학적으로 정상이 아닌 것만은 분명했다. 묘사하기는 너무 힘들지만 어쨌든 시도는 해봐야지.

말미잘 중에 '빨강해변말미잘'이란 종이 있다. 영국 해변에서 흔히 볼 수 있는데 혹시 아시는지? 적갈색으로 번들거리는 푸딩처럼 흐물흐물한 녀석이다. 그 녀석이 두 마리라고 생각해보자. 다만 크기는 훨씬, 훨씬 크다. 그런 것이 똥꼬에 돋아나 있었다. 사정이 이렇다 보니 다음 날 와한을 통과하는 도로 사정이 부분적으로나마 양호한 것에 크게 안도했다. 엉덩이가 서서히 회복될까? 적어도 나는 그렇게 믿었다. 다시 사진을 찍어볼 마음은, 아니 그럴 배짱은 전혀 없었다.

이제 강둑에는 녹색이 거의 남지 않았다. 건너편에 빼빼 마른 낙타 몇 마리가 보였다. 그 너머로 험준하고 건조한 아프가니스탄이 눈 덮인 첨탑 같은 바위로 우뚝 몸을 일으켜 세우고 있었다. 길 복판에 자전거를 멈추고 아프가니스탄 깊은 곳까지 8백 킬로미터 넘게 이어지는 힌두쿠시산맥을 넋을 놓고 바라보았다. 그 역사는 군사 분쟁과 고대의 노예 무역에 의해 피로 물들어 있다. 남아시아에서 붙잡힌 노예들은 맨몸으로 저 산맥을 넘어 중앙아시아의 노예 시장에서 팔렸다. 세계사의 또 다른 오점이다.

물은 급류를 이루어 랑가르를 관통했다. 닷새 만에 처음 보는 마을이었다. 높은 곳에서 내려다보니 눈길을 따라 늘어선 나무들이 대지에 파릇파릇 레이스를 두른 것 같았다. 포플러 잎이 눈처럼 떨어지는 속으로 산에서 내려와 강을 따라 호로그Khorog까지 내처 달렸다. 그 지역 자선단체로 잘 알려진 아가칸 재단Aga Khan Foundation의 초대를 받았던 것이다. 그들은 교육과 함께 은유적 의미로는 물론 실제로도 사람 사이를 잇는 다리를 놓는 데 투자했다. 이 부근에는 판지강을 가로지르는 다리가 다섯 개나 있어 타지키스탄과 아프가니스탄을 연결했고, 그 길을 따라 어려운 처지에 놓인 아프가니스탄인을 돕기 위한 국가 간 보건의료 프로젝트가 수립되어 있다. 아프가니스탄 시골에는 한지閑地의사가 있을 뿐 전문의가 없는 데다, 겨울이 되어 눈이 내리면 마을이 모두 고립되었다. 하지만 이런 시스템 덕분에 응급 진료가 필요하거나 전문의를 만나야 하는 아프가니스탄인은 때때로 여권 없이 타지키스탄으로 넘어올 수 있다. 어려운 상황을 타개하기 위한 실용적이고 초국가적인 대처 방안이다. 원격진료도 시험 중이었다. 영상을 통해 환자들은 근처에 의료인이 없어도 진료를 받을 수 있고, 아프간 한지의사들은 전문의의 조언을 들을 수 있다. 타지키스탄 정부는 의학적 조언 이상의 뭔가가 퍼질 수 있다는 피해의식에 사로잡혀 때때로 프로그램을 중단시키기도 한다. 언어장벽도 문제다. 타지키스탄 의사들은 러시아어로 수련받지만, 아프간 의사들은 영어로 수업을 듣는다.

아프간 여성이 교통사고를 당해 심한 머리손상을 입고 의식이 없다는 보고가 들어왔다. 칙칙한 갈색 콧수염을 기른 우메드 박사와 함께 차에 올라탔다. 그는 아프간 의사들에게서 매일 이런 식으로 환자를 의뢰받았다. 직접 아프가니스탄으로 넘어갈 계획은 없었지만 아프간 시골 지역에서 오래도록 일하고 있는 타지크 출신 비뇨기과의사를 국경에서 태웠다. 마취과의사와 외과의사를 다친 여성이 있는 곳까지 데려가는 길이었다. 외과의사는 여성의 두개골에 구멍을 뚫어 뇌압을 낮춰야 할 경우에 대비해 특수 기구가 부착된 드릴을 가져왔다. 그야말로 시가전을 방불케 하는 의료 현장이었다.

국경 검문소에 들어갔던 우메드 박사가 풀이 죽은 채 차로 돌아왔다.

"상황이 안 좋다는군요. 국경을 닫는대요. 이스카심에서 신흥 군사 세력이 총격전을 벌이고 있답니다. 타지키스탄 사람들에게는 소개령이 내렸고요. 기다릴 수밖에 없어요."

"얼마나 심각하답니까?"

"확실히는 모르겠습니다. 일부 아프간 정부군이 배신했다는군요. 아프간 사람들은 모두 AK-47 소총을 다룬다는 걸 아세요? 조그만 아이부터 아주 늙은 노인까지 전부요. 그리고 경찰은, 뭐랄까, 봐주는 게 없다는 것도요? 진짜 죽일 작정으로 총을 쏘지요." 그는 한숨을 쉬었다. "게다가 너무 자주 쏩니다."

다행히 1, 2분 만에 군인 하나가 누그러진 표정으로 다가왔다.

"잘됐네요." 우메드 박사가 뒷문을 열며 말했다. "허가를 받았습니다. 하지만 선생님들은 오늘 중으로 돌아와야 합니다, 내일까지 머무는 건 절대 허락하지 않을 겁니다."

두 의사는 걸어서 국경을 넘었고, 비뇨기과의사는 다시 뒷자리에 올라탔다. "이분은 훌륭한 비뇨기과 선생님입니다." 우메드 박사가 장황하게 말을 시작했다. "타지키스탄 전국에서 최고죠. 그뿐이 아니지요, 인간적으로도 아주 좋은, 아니지 아니야, '위대한' 사람입니다. 그야말로 최고죠. 위대하고도 위대한 분입니다."

타지키스탄 사람들의 쾌활한 습관을 비로소 깨달았다. 남 앞에서 친구의 칭찬을 아끼지 않는 것이다. 호로그 종합병원에서 우메드 박사는 거의 스무 명과 '살람 알리salam ali'라는 말을 주고받으며 서로 이마를 마주치고 한 손을 자기 가슴에 올리더니 불쑥 말했다. "이분은 마흐부트 박사십니다. 위대한 사람이죠! 놀라운 외과의사, 우리 나라 최고입니다. 천재죠!" 거기서 끝이 아니었다. "여기 니조라모 씨는 너무나 훌륭한 분이에요. 여러분을 돌봐줄 겁니다. 제 대학 동창이죠. 엄청, 엄청 현명한 사람입니다. 똑똑하고! 사랑스러운 여성이죠! 모르는 게 없어요. 여러분을 도와줄 겁니다."

호로그병원은 여느 병원처럼 복잡한 냄새가 났지만, 특히 대변과 소독약 냄새가 두드러졌다. 고양이 한 마리가 아프가니스탄에서 복부에 총상을 입은 19세 소년의 병상을 날쌔게 지나쳤다. 파란 수술복을 입은 외과의사가 한 손을 소년의 어깨에 올렸다.

"이유는 우리도 모릅니다. 아프가니스탄 사람들은… 도통 입을 열지 않는 경우가 있어요. 가족 간 분쟁일지도 모르고, 지역 정치 때문일 수도 있습니다. 시장에서 총에 맞는 사람이 아주 많아요. 어쩌면 이 친구도 다른 사람에게 총을 쏘고 있었을지도 모르고요. 말을 하지 않으니 알 수가 있나요?
물어봐도 소용없고."

우리가 다른 병실로 발길을 돌릴 때 소년이 외과의사의
손에 입을 맞췄다.

＊

호로그에 도착하기 며칠 전, 엄청난 강풍이 파미르고원
을 덮쳤다. 마을 동쪽으로 15킬로미터 떨어진 높은 산에 거
대한 빙하가 있는데, 그해 여름은 특히 더워서 얼음이 녹기
시작했다. 거기 강풍이 불어닥치자 얼음이 떨어져 나왔다.
엄청난 산사태가 일어나 군트^{Gunt}강이 막히고, 호수의 수위
가 빠른 속도로 높아졌다. 바르셈이란 마을에서 약 80호의
가옥이 물에 떠내려가자, 위험 지역에서 수많은 사람이 대
피했다. 수천 가구에 전력을 공급하는 발전소가 잠길 위기에
처했다. 갑자기 타지키스탄을 주목하게 된 국제 위기관리 전
문가들이 상황을 감시하고 조언을 제공하려고 전 세계에서
몰려들었다. 산사태로 집을 잃은 이들이 거주하는 캠프로 차
를 몰았다. 캠프가 위치한 산 중턱 평지는 과거 군부대 자리
로, 아직도 오래된 탄피가 수북이 쌓여 있었다. 적신월사^{Red}
^{Crescent}♦에서 제공한 텐트가 줄지어 설치된 사이로 피난민들
이 서성였다.

♦　붉은 초승달 모양 표장을 사용하는 이슬람권의 인도적 구호단체로, 적십자
　사와 같은 일을 한다.

홍수로 사망한 사람은 없고, 보고에 따르면 비상 대응도 빠르고 질서 있게 이루어졌다. 하지만 산 아래서 펼쳐지는 치명적인 비극은 훨씬 덜 주목받았다. 호로그에는 아편중독으로 목숨을 잃는 사람들이 많았는데, 최근 사망자 수가 급증했다. 아프가니스탄과 타지키스탄 국경은 오래도록 러시아가 통제했다. 그때는 아프가니스탄 사람이 국경을 넘기가 힘들었고, 호로그에 아편중독자도 거의 없었다. 이 국가들이 독립하고, 타지키스탄이 내전을 겪은 뒤로 국경 통제권은 다시 타지키스탄에 넘어갔다. 러시아의 철통 같은 통제는 과거 일이 되었다. 양쪽에서 동일한 언어를 사용하는 사람들이 국경을 통제하게 되자 부패가 판을 쳤다. 아편이 쉽게 흘러들고, 순도 높은 제품들이 유통되면서 사람들은 훨씬 빨리 중독되었다. 호로그에 수백 명의 중독자가 있지만, 치료와 재활을 위한 자금 지원은 빈약하다. 치료 센터에서 중독자들을 만날 수 있었다. 대부분 입을 열지 않았지만, 몇 명에게서 들은 이야기만으로도 금세 일정한 패턴을 알아차릴 수 있었다. 이들은 군에 복무했었다. 이혼했고, 간염을 앓았으며, 간혹 단기 계약직으로 건설 현장에서 일했다. 중독자인 형제와 교도소에서 죽었거나 장기 수감 중인 친구들이 있었다. 한편 언론과 정치인들은 중독자들을 병균에 비유하며, 마약 사용을 비극이 아니라 전염병처럼 취급했다. 외국 이주민에 대한 태도와 마찬가지였다.

어쩌면 국경이란 내가 생각했던 것처럼 흉터 같은 것이 아니라 세포막에 가까울지도 모른다. 흉터란 영구적이기에 장기적으로 볼 때 국가 사이를 가르는 선의 유동성이나 국제

역학 관계의 변동 같은 것을 전혀 반영하지 못한다. 반면 세포막은 반*투과성이어서 특정 용질과 분자와 물질은 자유롭게 통과시키지만, 다른 것은 차단한다. 국경도 이런 특성이 있다. 무엇이 넘나드느냐에 따라 투과성이 달라진다. 아편, 상품, 사람, 원조, 다국적기업, 약물, 감염병, 돈, 지식, 이데올로기 등 많은 것이 국경을 넘으려고 시도한다. 세포막이 없다면 우리는 존재할 수 없다. 여기서 의문이 들었다. 세계의 모든 갈등을 국경 탓으로 돌리는 것이 과연 옳은가? 어쩌면 국경을 지나치게 고집하거나, 양쪽을 연결하기를 주저하는 우리의 태도가 더 큰 문제가 아닐까?

✳

제임스와 함께 호로그를 떠났다. 전날 캠핑하면서 만난 젊고 쾌활한 영국인 자전거 여행자였다. 도시를 벗어난 지 하루도 안 돼 길 위에 전혀 분위기가 다른 군인들이 보였다. 지금까지 본 타지크 국경 수비대는 갓 소년티를 벗은 친구들로, 헐렁한 위장복을 걸치고 어딘지 흐트러진 대형으로 행군했었다. 하지만 지금 길을 따라 걷는 부대원은 하나같이 눈빛이 날카롭고 새카만 특수부대 군복 밑으로 울퉁불퉁한 근육이 터질 듯했다. 저녁에는 더 많은 군인을 봤다. 모기장 속에 나른하게 앉아 있었지만 줄지어 늘어선 거대한 기관총이 아프가니스탄 쪽을 겨누었다. 탈레반 중심지인 쿤두즈Kunduz와 파이자바드Faizabad 가까운 곳이었다(3년 뒤 거기서 외국인 자전거 여행자들이 전투 세력의 습격을 받아 길 위에서 난

도질당하고 네 명이 사망했다).

짓눌리는 기분이 들었다. 한쪽으로 강이 흐르고, 반대쪽은 군데군데 거대한 바위가 솟은 가파른 산비탈이었다. 안전한 캠핑지를 찾기 힘들 것 같았지만, 땅거미가 깔릴 무렵 가파른 산길을 발견하고 잽싸게 정찰에 나섰다. 길을 따라가니 군인들이 아프가니스탄을 감시하는 매복지로 썼던 장소가 버려져 있었다. 자동차만 한 바위도 있어서 차폐가 되었다. 거기 텐트를 쳤다.

그야말로 예술적인 '스텔스 캠핑stealth camping'이었다. 적어도 일이 그렇게 풀리리라 믿었다. 문제는 제임스의 텐트였다. 강렬한 노란색인 데다 유정油井에 조명탄을 난사하는 장면을 세밀하게 묘사해놓기까지 했다. 어찌해볼 도리가 없었다. 바위 뒤에 숨어 얼른 저녁을 먹고 각자 텐트로 들어갔다. 내 텐트는 지퍼가 고장 나 위쪽에서 30센티미터 정도가 닫히지 않았다. 그냥 두어도 괜찮으리라 생각했다. 너무 건조해 모기가 있을 것 같지도 않았다. 식곤증에 뒤로 누워 트림을 하는데 뭔가 시선을 붙잡았다. 거무스름한 그림자, 크기는 주먹만 했다. 놈은 텐트 모기장에 찰싹 달라붙더니 지퍼가 열린 틈으로 폴짝 뛰어들어와 내 허벅지에 안착했다. 으악!

이제 나는 무참하고 때 이른 죽음을 맞는다면 마지막 순간에 어떤 소리를 낼지 안다. 그것은 글램록 밴드의 가수가 최고 성량으로 질러대는 극적이고 마구 떨리는 비명일 것이다. 가장 가까이 있는 무기인 샌들을 낚아채 텐트 여기저기를 후려갈겼지만, 긴장한 탓에 격렬한 드럼 솔로를 펼치는 속도로 세차게 내 다리를 후려쳤을 뿐이었다. 공포로 시작된 비명이 스스로 가한 고통에 못 이겨 점점 커졌다. 녀석이 폴짝 뛰어올랐지만, 이번에는 내가 휘두른 샌들을 정통으로 맞고 철퍼덕 으깨지고 말았다. 조심스럽게 기어가보니 거미와 전갈이 하나 된 것 같은 끔찍한 모습이 눈에 들어왔다. 커다랗고, 사막 모래 색깔이었으며, 절대 못 보고 지나칠 수 없는 독니가 솟아 있었다. 그제야 제임스가 소리를 지르며 뛰어왔다. "뭐야! 무슨 일이야!" 그가 텐트 안으로 고개를 쑥 들이밀었다. 둘 다 낙타거미의 잔해를 보고 눈살을 찌푸렸다. 여담이지만 그 이름은 실로 부적절하다고 하지 않을 수 없다. 원칙적으로 놈들은 거미가 아니며, 이름에서 상상하듯 낙타를 공격하지도 않는다. 놈들을 둘러싸고 온갖 근거 없는 속설이 난무하지만, 예컨대 밴시♦처럼 비명을 지르지도 않는다. 유난히 그늘진 공간을 찾는 것은 사실이다(낙타거미목을 가리키는 'solifugae'는 '태양을 피해 도망치는 것'이란 뜻의 라틴어에서 온 단어다). 그래서 그늘을 쫓아 몸을 옮길 뿐인데도 사람을 쫓아오는 것으로 종종 오인된다. 어쨌든 나는 그날 밤 샌들을 손에 꼭 쥔 채 잠을 청했다.

다음 날도 계속 강을 따라 내려갔다. 물결 위로 바람이 불어와 시원했다. 하늘은 바위 사이로 파란 조각처럼 언뜻언뜻 보일 뿐이었다. 하부라봇고개를 오를 때 지뢰 경고 표지판이 여럿 눈에 띄었다. 새로운 강을 따라 달리기 시작했다. 시멘트처럼 탁한 오비킹고강이 잔잔히 흐르고 있었다. 그날

♦ 아일랜드 전설에 나오는 유령. 구슬픈 울음소리로 가족 중 누군가 곧 죽을 것임을 알린다.

밤은 강둑에 텐트를 쳤다. 침낭 속에서 책을 읽는데 밤의 정적을 찢는 소리가 터져 나왔다.

"젠장할 왕전갈, 죽음의 거미!"

텐트 밖을 빼꼼 내다보았다. 제임스가 고대의 춤 '호파크'를 멋지게 재현하고 있었다. 아직도 우크라이나에 남아 있는 이 춤은 쪼그리고 앉은 자세로 양쪽 다리를 바삐 놀리는 것으로 유명하다. 그가 자기 귀를 세차게 때리며 비명을 지르는 통에 환상이 깨졌다. "안 돼, 젠장, 아 제발!" 엄청나게 큰 낙타거미가 그의 발치에서 모래 위를 뽈뽈거렸다. 나는 꿈지럭거리며 텐트에서 나와 살금살금 다가간 후 샌들로 후려쳐 곤죽을 만들어버렸다.

제임스는 얼굴이 벌게진 채 정신이 하나도 없었다. 과호흡 때문에 기절 일보 직전이었다. 그가 음식을 할 차례였는데, 텐트 속으로 들어가더니 맨 위의 지퍼를 조금만 내리고 동그란 눈으로 주위를 살폈다. 그러고는 틈새로 양쪽 팔꿈치까지만 내밀어 달랑거리며 양파를 잘게 썰려고 안간힘을 썼다. 성공을 하긴 했다. 양파를 두 동강 낸 것도 잘게 썰었다고 할 수 있다면.

다음 날 폴란드에서 온 자전거 여행자와 마주쳤다. 만사가 몹시 성가시다는 표정을 짓고 있었다. 그렇게 미친 듯이 많은 짐을 챙겨 갖고 다니지 않으면 삶이 더 쉬울 것 같았다. 커다란 짐 가방 네 개를 가득 채우고, 마른 짐을 담을 자루 몇 개를 매달고, 자전거 뒤로 짐이 가득 실린 트레일러를 끌고 있었다. 수리 장비 키트는 항공기가 고장 났을 때 유용할 것 같았다. 텐트는 적십자의 난민용 막사 같았고. 나는 머뭇거리며 지금까지 즐겁게 여행했느냐고 물었다.

"망할 애새끼들, 정말 싫어요. 항상 이런다니까. '헬로 헬로'."

"아이들이 헬로 하는 게 싫어요?"

"씨발, 정말 싫어!" 그는 분통을 터뜨렸다. "내가 한 번 헬로라고 했잖아! 왜 계속 끝도 없이 묻는 건데! 나는 호텔이 필요해요. 정말 끔찍해. 우리 나라에서 이런 벌판에 텐트를 쳤다가는 쇠스랑을 든 녀석에게 강간이나 당할걸."

"괜찮던데요, 뭘." 그를 달랬다. "쇠스랑 같은 건 본 적 없어요. 지팡이를 든 남자들은 좀 봤지만."

"맞아요. 그렇게 나쁘진 않아요." 제임스가 거들었다.

폴란드 친구가 우리를 노려보았다. "길도 끔찍해. 이런 길을 어떻게 달려! 엉덩이랑 불알이 아파 뒈질 지경이라고."

주변을 둘러보았다. 그 길에는 움푹 팬 바큇자국이나 웅덩이 같은 건 하나도 없었다. 갑자기 그의 어깨에 손을 얹고 눈을 맞추며 이렇게 말하고 싶은 충동이 일었다. "아들아, 길은 앞으로 더 나빠진단다. 이 정도면 야, 장난이지. 며칠 뒤에 낙타거미가 네 불알을 물어 걸을 때마다 에구구 소리를 내거나, 엉덩이에 무슨 일이 생겼는지 몸을 비비 꼬며 사진을 찍을 때쯤에는 이 길이 천국이었다고 느낄 것이니라." 하지만 그저 이러고 말았다. "그러게, 좀 험하긴 하죠."

타지키스탄의 수도 두샨베로 가는 길에서 몇 시간 동안 고전을 면치 못했다. 거대한 광산에서 기계들이 하늘 높이 허연 먼지를 일으켰다. 차가 몰려와 주변이 소란하고 복잡했다. 비정부기구의 흰색 랜드크루저들이 아슬아슬하게 스쳐

지나갔다. 타지키스탄에서 최후를 맞는다면 낙타거미의 독니나 군인의 총격 때문이 아니라 인도주의의 바퀴에 깔려서일 거란 예감이 머리를 때렸다. 풀썩풀썩 피어오르는 먼지 속에 뒤처졌던 제임스가 보이지 않더니, 10분 뒤에 희한하게 생긴 플라스틱 얼굴 가리개를 하고 나타났다.

"그게 뭐야?"

"선글라스지. 내 걸 잃어버려서 하나 만들었어. 먼지가 너무 심해서 뭘 볼 수가 있어야 말이지."

"그건 어떻게…."

"환타병." 그제야 어떻게 만들었는지 알 수 있었다. 나이프로 잘라 펼친 환타병을 얼굴에 붙인 모습만 보면 〈스타트렉〉에서 튀어나온 사람 같지만, 그의 옷차림은 함께 사는 고령의 어머니가 만들어준 것이었다. 아, 불쌍한 제임스. 네가 정말 그리울 거야.

두샨베에 도착하니 게시판마다 나붙은 감상적인 포스터 안에서 에모말리 라흐몬 대통령이 우리를 환영했다. 그는 노동자들과 악수를 나누고 종교 지도자들을 포옹하고 곡식을 양손에 담아 위로 쳐들었다. 제일 마음에 드는 사진은 정장을 입고 양귀비가 만발한 들판을 헤쳐 가는 모습이었다. 제임스와 헤어진 나는 우즈베키스탄 국경을 향해 서쪽으로 달렸다.

소문에 따르면 우즈베키스탄 국경에서 가장 힘든 일은 질질 끄는 검색을 통과하는 것이었다. 검색에 들이는 시간은 일종의 투자다. 검색이 길어지면 밀수품을 발견할 확률이 높아지고, 밀수품은 곧 돈을 뜻하기 때문이다. 심지어 코데인 같은 처방 진통제만 찾아도 관리들에게 짭짤한 수입이 될 수 있다. 그도 없을 땐 삭막한 우즈베키스탄 감옥에 20분 정도 갇혀 변기로 사용하는 양동이를 멍하니 바라보다 보면 아무리 용감한 여행자라도 통장을 헐게 마련이다.

내 앞에 차례를 기다리는 차량은 한 대도 없었다. 직원이 손을 쳐들자 불길한 예감이 들었다. 여권을 건네고 고개를 늘어뜨린 채 지시를 기다렸다.

"저기, 맨체스터유나이티드 경기 표를 사려면 얼마나 들죠?"

적당히 터무니없는 숫자를 댔다. 어쩌면 사실에 가까울지도. 그는 예상대로 입을 딱 벌렸지만, 그렇다고 나를 통과시키지는 않았다. 대신 여권에 끼워놓은 비자들을 찬찬히 들여다보았다.

"이건?"

"인도 비자입니다." 그가 고개를 끄덕였다.

"마하라자◆는 어떻게 지내요?"

"잘 있더군요."

두 시간 넘게 발이 묶인 동안 최악의 순간이 몇 번 있었다. 헤드 백의 모든 실밥을 주도면밀하게 만져보던 순간. 텐트 폴대의 모든 분절 속을 들여다본 10분. 그 녀석이 내 롤빵을 쪼개 떨어진 빵가루를 의심스럽게 들여다보는 사이에 다른 세 놈이 모니터를 둘러싸고 하드디스크에 뭐가 저장되어 있는지 수색하기 시작했다. 곧 염증이 생긴 내 엉덩이 사진

◆ 　인도에서 영국령에 속하지 않으면서 영국의 지도와 감독을 받던 토후국의 왕.

을 발견하리라 생각했지만, 대신 조지 오웰의 『1984』를 영화화한 작품을 찾아내 빨리 돌리기로 보다가 줄리아가 나체로 팔을 활짝 벌려 윙스턴(존 허트가 연기했다)을 안으려는 장면에서 딱 멈췄다. 녀석들은 벌거벗은 여배우를 보며 혀를 쯧쯧 찼다. 정말로 한심하다는 듯이. 조마조마한 마음에 도저히 서 있을 수가 없었다. 전체주의를 비판한 영화를 소지한 죄로 우즈베키스탄 감옥에 간다면 평생 그 아이러니를 극복할 수 없을 것 같았다.

하지만 녀석들은 나를 통과시켰다. 다시 자유의 몸이 되어 매미들이 떠나가라 울어젖히는 우즈베키스탄의 들판을 달렸다. 이미 어두워졌지만 반달이 비춘 덕에 사물의 희미한 윤곽을 알아볼 수 있었다. 도로 주변에 사람 같은 형체가 나타나면서 외치는 소리가 들렸다. "어디서 왔소?" 나도 소리질러 대답했다. "잉글랜드!" 내 외침은 잠시 밤의 침묵 속으로 사라졌다 돌아왔다. "환영합니다!"

이틀 반 동안 목화 농장이 배추밭이 되었다가 사탕수수 농장이 되었다가 다시 목화 농장이 되는 모습을 따라갔다. 멜론과 둥근 빵을 사는데 우즈베키스탄 화폐로 수백만 숨을 냈다. 50달러를 우즈벡 숨으로 바꾸면 5센티미터 두께의 지폐 뭉치를 내주었고, 슈퍼마켓에는 지폐 계수기가 설치되어 있었다. 하늘은 맑고, 남쪽 도시 테르메스Termez에 도착할 때쯤에는 건조한 바람이 불어왔다. 아프가니스탄으로 통하는 관문이었다.

15

샛길

영국 외무성 웹사이트에서 아프가니스탄을 찾아보면 암울한 여행 권고문이 가득하다. '수많은 위험', '극도로 불안정', '장갑 차량을 고려할 것'… 이런 문구들을 읽다 보니 겁이 나지 않을 수 없었다. 나라 전체가 산소헤모글로빈이나 총상에서 흘러나온 피처럼 어두운 빨간색으로 칠해져 있었다. 그래서 테르메스에서 샘과 만나기로 미리 연락을 취했다. 신장에서 함께 지냈던 호주 친구다. 동반자가 있으면 좀 좋은가? 탈레반 전사들이 무시무시한 공격을 가해도 녀석을 인간 방패로 삼을 수 있을 터였다. 물론 이 부분은 샘에게 언급하지 않았지만.

아프가니스탄 방문은 영국을 향해 서쪽으로 달리는 여정에서 잠깐 벗어나는 것이었다. 일단 남쪽으로 달려 사막도시 마자르이샤리프Mazār-i-Sharīf까지 갈 계획이었다. 백 킬로미터밖에 안 되는 짧은 여정을 마치고, 우즈베키스탄으로 되돌아가 북서쪽으로 카스피해에 이르는 긴 여행을 시작할 생각이었다. 마자르에서 더 남쪽으로 가는 것은 좋게 말해 현명하지 못한 짓이었다. 아프가니스탄은 계속 나쁜 세월을 보내왔지만 그해는 특히 나빴으며, 북쪽 지역은 더욱 그랬다.

이제 탈레반은 국가의 3분의 1 정도를 장악했다. 2001년 미국 침공 이래 가장 세력이 커진 셈이었다. 마자르는 대부분의 아프간 도시보다 안전해 보였지만, 최근 여기서도 명확한 표적을 정해놓고 학살이 벌어졌다. 몇 주 전 체코의 비정부단체 피플인니드People in Need 소속 활동가 아홉 명이 자는 도중에 살해당했으며, 그보다 몇 주 전에는 점심시간에 도심에 있는 임시 검사 집무실에 탈레반이 들이닥쳤다. 그들의 힘과 대담성이 예상치 못한 수준에 이른 것은 어쩌면 대규모 공격이 임박했다는 징조일지 몰랐다. 그 사건으로 몇 명이나 목숨을 잃었는지 정확히 아는 사람은 거의 없었다. 탈레반은 높은 숫자를 제시한 반면, 지방 정부에 충성을 바치는 도시 방위군은 사망자 수를 낮게 발표했다.

샘은 의리 없다는 소리를 듣고 싶지 않았던지 먼 길을 달려왔다. 아프간 사람이 다 된 것 같았다. 베이지색 샬와르 카미즈♦ 차림에 목에는 쉬마그♦♦를 두르고 가죽 샌들을 신었다. 심지어 턱수염을 텁수룩하게 기르고, 콧수염은 이슬람 스타일로 손질했다. 그 새로운 모습을 인정하면서도 주변 환경에 자연스럽게 섞이려는 그의 노력이 몇 가지 특징으로 인해 크게 깎였다는 느낌을 지울 수 없었다. 짐을 잔뜩 실은 여행용 자전거와 선명한 노란색으로 빛나는 짐 가방, 눈썹과 귀의 피어싱, 게다가 페달을 밟을 때마다 샬와르 카미즈 밑으로 선명하게 드러나는 종아리의 해골 문신. 두개골이 열린

♦　　무슬림 전통 복장으로, 발목 부분이 조여진 헐렁한 바지와 긴 셔츠.
♦♦　　사막에서 모래와 열기를 막기 위해 머리에 두르는 천.

그 해골은 유명 록밴드 그레이트풀 데드Grateful Dead♦의 로고다. 그가 총에 맞고 나만 살아남는다면 아마도 나는 이 밴드 이름의 아이러니에서 위안을 얻으리라. 그런 생각을 굳이 언급하지는 않기로 했다.

테르메스 남쪽으로 난 길은 간선철도를 따라 아무다리야강 위로 뻗어 있었다. 국경 너머에서 무장 병력이 감시하는 비우호적인 분위기에서 다리를 건너기 시작했다. 이름하여 '우정의 다리'였다. 절반쯤 건넜는데 샘의 자전거 타이어에 펑크가 났다. 콘크리트 길 위에 몸을 낮춘 채 강둑 너머 사막의 모래를 곁눈질해가며 최대한 빨리 타이어를 수리했다.

나는 샘의 눈썹에 매달린 피어싱을 가리켰다.

"탈레반은 그런 거 싫어해. 우리가 잡혀서 끌려간다면 너를 먼저 처형할걸."

샘은 코웃음을 쳤지만 튜브를 사포로 문지르는 손길이 훨씬 거칠어졌다. 샘의 자전거에 다시 짐을 싣고 다리를 건너면서도 계속 농담을 주고받았다. 이렇듯 기분 나쁜 유머 뒤에는 앞으로 무슨 일이 벌어질지 모른다는 불안감이 숨어 있었다. 둘 다 이런 곳에 들어왔다는 사실을 똑바로 대면하기 싫었던 것이다. 에릭 뉴비Eric Newby♦♦와 함께 힌두쿠시산맥을 산책한 뒤로 꾸준히 책을 읽은 덕에 아프가니스탄에 대한 호기심이 깊어졌지만, 직접 여행하며 더 자세히 알아보고 싶다는 욕구가 유일한 동기는 아니었다. 그 전 한 해 동안 나는

♦ '고마운 죽음'이라는 뜻이다.
♦♦ 영국의 여행작가로 『힌두쿠시에서의 짧은 산책A Short Walk in the Hindu Kush』이 대표작이다.

점점 더 외딴 장소에 마음이 끌렸다. 세상의 변방에서 무엇 하나 숨기는 것 없이 고스란히 드러내는 기분을 즐기게 되었 다. 극단주의, 통제력이 모두 사라진 것 같은 느낌이 좋았다. 케냐의 투르카나, 미얀마의 친주, 몽골 서부…. 아프가니스탄 역시 그렇게 불길한 열정 중 하나였다. 뭔가 경계선을 넘은 것 같은 기분이랄까? 홀로 나선 암벽등반가나 산악인, 극지 탐험가, 호랑이를 애완동물로 기르는 괴짜들이 목숨을 잃는 것과 똑같은, 곤경에 대한 갈망? 그럴지도 모르지만 지금 돌 아보면 그 이상의 무엇이었던 것 같기도 하다. 아프가니스탄 의 모래를 응시하며 스스로 그리 많은 것을 묻지 않았다. 어 쩌면 정직하지 못할까 봐, 또는 무모함이 드러날까 봐, 또는 내가 왜 그런 선택을 했는지 설명할 수 있을 정도로 제대로 알지는 못했음을 깨닫게 될까 봐 두려웠는지 모른다.

드물게나마 관개시설을 갖춘 경작지가 눈에 띄었던 우 즈베키스탄의 사막과 달리, 오직 모래뿐이었다. 때때로 모래 언덕이 아스팔트 위에 버티고 있는 바람에 길 바깥으로 빙 돌아가야 했다. 저 멀리 모래 속에서 지뢰 터지는 소리가 들 렸다. 나는 지평선을 살피며 태양의 강렬함과 가차 없이 펼 쳐진 광막한 공간에 두려움을 느꼈다. 그것이야말로 아프가 니스탄이라는 개념… 사람의 손을 타지 않고, 신비스러우며, 곳곳에 위험이 도사린 풍경이었다.

"이봐요! 거기 친구들!"

차를 몰고 가던 사람이 우리와 나란히 달리며 창밖으로 얼굴을 내밀었다. 무시했다. 어설프며 지나치게 뜨거워진 나 만의 환상 속으로 다시 빠져들고 싶었다.

오직 이름만이 남았도다… 아-프-가-니-스-탄….

"나는 슬라우♦에서 왔어요!"

"뭐라고요?"

"슬라우! 오래전이라오, 내 친구여! 하하! 당신들을 내 나라에서 만나다니 참 반갑군요!"

얼른 차 속을 훔쳐보았다. 조수석에 앉아 있는 지하드 전사도, 범퍼에 붙은 ISIS 스티커도, 퉁방울눈을 하고 발밑 공간에 웅크린 반군도 없었다. 어색한 침묵 속에서 언제 어떤 방식으로 로켓형 수류탄 공격이 시작될지 잠깐 생각했다.

"당신, 슬라우를 아시오?"

나는 그를 다시 쳐다보았고, 그는 우리를 쳐다보았다. 반대편에서 다가오던 트럭이 경적을 울리는 바람에 아무도 앞을 보지 않았음을 깨달았다. 그는 홱 방향을 돌려 반대쪽 차선으로 넘어가더니, 트럭이 엄청난 소리를 내며 지나간 후에 다시 홱 방향을 틀어 우리 쪽으로 왔다. 우리끼리 장대한 모험을 즐기도록 조용히 사라져주지는 않을 태세였다.

"슬라우! TV에도 나오잖아요. 리키 저비스 나오는 〈디 오피스〉! 그러니까 데이비드 브렌트 말이오! 데이비드 브렌트!" 세계화의 문화적 및 경제적 측면을 보여주는 예로 중국의 새로운 실크로드, 베트남에 문을 연 맥도널드 매장, 인도의 콜센터 붐 같은 것을 들 수 있을 것이다. 하지만 개인적으로 남아시아의 분쟁 지역을 달리던 남자가 차창을 열고 데이비드

♦ 런던에서 서쪽으로 30킬로미터 떨어진 우울한 영국 소도시이자 탈공업화 시대의 황무지 같은 곳이다. 산업지구로 유명했지만, 최근 드라마 〈디 오피스〉의 극중 인물 데이비드 브렌트의 고향으로 더 유명해졌다.(저자)

브렌트를 외치던 순간을 빼놓을 수 없다.

결국 그는 훨씬 친숙해진 사막에 우리를 남겨둔 채 속도를 올려 사라져버렸다. 날은 여전히 타는 듯 뜨거웠다. 아래로 손을 뻗어 홀더에서 물병을 거칠게 잡아 뽑은 후 입술에 대고 마지막 한 방울까지 마셔버렸다. 샘도 핸들 위로 무겁게 몸을 기댄 모습이 몹시 지친 것 같았다.

T자 모양의 교차로에 이르자 대형 트럭들이 서 있었다. 운전사들은 각자의 차가 드리운 그늘 안에서 깔개를 펴거나 기도를 올렸다. 이미 마자르이샤리프로 방향을 잡았기에 오른쪽으로 가야 했지만, 여기서 잠시 정신 줄을 놓고 왼쪽으로 방향을 틀었다가는 탈레반 점령 지역 외곽에 위치한 도시 쿤두즈로 즐거운 여행을 하게 될 터였다(이로부터 한 달도 안 돼 탈레반은 쿤두즈에 들이닥쳐 세 방향에서 도시를 유린하고 수감되었던 탈레반 전사들을 해방시켰다).

이제 겨우 20킬로미터 남았지만, 곳곳에 경찰과 군대의 검문소가 있었다. 진짜이기만 바랄 뿐이었다. 한 곳에서는 경찰이 다가와 우리 주위를 한 바퀴 돌며 뭐라고 자꾸 중얼거렸다. 우리의 무모한 여행에 대해 얼마나 많은 것을 알려 줘야 할지, 그리고 우리가 얼마나 알고 있을지 확신하지 못하는 눈치였다.

"탈레반." 한 경찰은 이렇게 말하며 보이지는 않지만 어디에나 있음을 알리기 위해 눈을 크게 뜬 채 주변을 둘러보는 시늉을 했다. 또 다른 경찰은 손으로 턱 아래를 쓰다듬어 긴 수염을, 손가락으로 머리 위에 원을 그려 터번을 흉내 냈다. "하지만 우리가 당신들을 지켜주겠소." 그는 사막에 대고 총 쏘는 시늉을 하더니 적들이 피를 흘리며 죽었음을 알리듯 함박웃음을 지었다.

마자르이샤리프 외곽에는 온통 연기가 피어오르고, 버려진 자동차 부품이 나뒹굴었다. 증가일로에 있는 인구를 부양하기 위해 소규모 영세 산업체들이 열심히 일하는 것이다. 주변 부락에 폭력이 난무하자 사람들은 자신을 보호하기 위해 도시로 몰려들었다. 머리 위에서 시끄러운 소리를 내며 날아다니는 미군 치누크 헬리콥터가 약간 위안이 될 듯싶었다. 이제 저물어가는 국제사절단의 유물에 불과하지만 말이다. 남쪽으로 공중감시 임무를 수행하는 비행선도 한 대 보였다. 이렇듯 노골적인 군사적 긴장 상태는 우리에게 끊임없이 환영한다고 외치고 차창에서 거의 열광적으로 손을 흔드는 사람들의 모습과 끝없이 충돌했다.

마자르이샤리프의 중심에는 하즈라트 알리Hazrat Ali라는 성지를 둘러싸고 정사각형으로 도로가 나 있었다. 청록색과 다양한 색조의 파란색 타일을 붙인 장대한 모스크였다. 처음 눈에 띈 호텔 옆에 멈췄다. 라임색 로비로 볼 때 숙박비는 싸지만 변기는 재래식에다 지저분할 것 같았다. 실내에 커다랗게 그을린 자국도 있었다. 전자제품이 터졌거나 누군가 즉흥적으로 불을 질렀을까? 주인은 지금 막 머리를 세차게 얻어맞은 사람처럼 보였다. 하루 종일 창가에 앉아 도시의 모습에 얼이 빠지고, 한편으로는 대마초 기운에 몽롱해진 채 바보처럼 웃고 있었다.

방에 들어서자 몇 가지 특이한 점이 눈에 띄었다. 불을 켜고 끌 때 전구를 돌려 소켓에 끼우고 빼야 한다든지, 불꽃이 튀는 전선을 서로 맞대 천장에 붙은 실링팬을 작동시켜야 했다. 하지만 널찍한 창밖으로 모스크와 주변 도로가 내려다보이는 전망이 썩 좋았다. '도로까지는 발코니로 약 3미터 높이를 세 번 뛰어내려야겠군.' 이런 생각을 하다가 자칫 불구가 될지도 모를 비상 탈출 루트를 실제로 계획할 필요가 있다는 데 생각이 미쳐 흠칫 놀랐다.

다음 날 아침 창을 통해 잠이 덜 깬 귀에 마자르이샤리프의 아침이 펼쳐지는 소리가 들려왔다. 사람들이 서로 부르는가 싶더니, 이내 작은 싸움이 벌어진 모양이었다. 내려다보니 꽤 거칠어 보이는 거리의 아이들끼리 구걸해 얻은 과일을 두고 드잡이를 하고 있었다. 해가 솟으며 청색 모스크의 돔지붕들이 원래 색깔을 되찾고, 안쪽 뜰은 새로이 흰색으로 빛났다. 여인들은 사막의 바람에 하늘색 부르카를 휘날리며 이른 아침부터 바삐 오갔다.

샘이 자는 동안 노점상이 하나둘씩 모여들어 인사를 나누고 남아시아 특유의 끝없이 계속되는 악수 속에 뒤섞이는 모습을 지켜보았다. 아프가니스탄식 스카프라 할 쉬마그의 다양한 용도도 깨달았다. 물론 주 기능은 햇빛을 가리는 것이지만, 사람들은 쉬마그로 멜론을 나르고, 파리를 쫓고, 아버지의 물건을 슬쩍했다. 깔고 앉고, 채찍처럼 휘둘러 동생을 때리기도 했다. 치실로 쓰는 모습도 두 번 이상 보았다. 하지만 이른 아침의 부산함 속에서 눈길을 붙잡는 것은 트럭들이었다. 긴 그림자를 끌며 모스크를 둘러싼 정사각형 도로 위를 부산하게 오가는 트럭의 개방된 짐칸에는 은빛으로 반들거리는 돌격용 소총을 어깨에 멘 남자들이 가득 앉아 있었다. 눈만 내놓고 머리와 얼굴을 쉬마그로 감싼 채 다리를 짐칸 바깥으로 늘어뜨려 달랑거렸다. 기관총을 장착한 유령 같은 남자들. 일부는 경찰, 일부는 용병이었다. 적어도 그러기를 바랐다. 탈레반이 도시를 공격해 들어올 때도 비슷한 복장으로 사람들을 속였다.

　무장 단체들은 아타 무함마드 누르에 충성했다. 발호^{Balkh}주 전체를 다스리는 대부호로 유명한 그는 정치적 입장에 따라 원칙이 뚜렷한 독재자, 또는 난폭한 군벌로 평가된다. '선생'이라는 별명으로 알려진 누르는 무자헤딘♦ 사령관을 지냈으며, 아프가니스탄 대통령 따위의 의견과 관계없이 자신이 주지사가 되는 것이 순리라고 으스댔다.

　샘과 산책을 하며 광장의 가판대를 둘러보는 것으로 하루를 시작했다. 자동차 타이어로 만든 샌들에서 손잡이에 성조기 무늬가 들어간 드라이버까지 온갖 것을 팔았다. 누군가 우리를 보고 외쳤다. "자전거! 자전거!" 샘으로서는 실망스럽게도, 샬와르 카미즈를 입든 안 입든 마자르 사람들은 이미 우리를 알았다. 카펫을 팔던 두 사람은 혹여 다른 사람들이 모르기라도 할까 봐 손으로 공중에 자전거 페달을 굴리는 시늉을 해 보였다. 과대망상에 가까운 생각인지 모르지만 외국 여행자가 여기까지 온 것이 아프가니스탄에 좋은 징조로 받아들여졌으면 했다. 어쩌면 사람들이 특이한 미소를 짓는 것도 그 때문인지 몰랐다. 물론 우리는 폭력에 모든 것이 망가진 지역을 잠깐 들러 엿보는 관찰자에 불과했다. 여기 계

♦　　아프가니스탄과 이란에 있는 이슬람 게릴라 조직.

속 있을 수 없으며, 누가 그러라고 해도 거절했을 것이다. 하지만 내가 가장 자주 느낀 감정은 손님이 된 기분이었다. 그날 아침에만도 수백 명이 활기차게 나를 환영했다. 뭔가 다른 기미, 우호적이지 않은 분위기를 드러낸 사람은 딱 두 명이었다. 그들조차 적대적이라기보다 다소 거리를 두는 것 같았는데, 그저 아침을 만들다 태워 먹었거나 자명종이 울리는데도 제때 일어나지 못했기 때문이었을지 누가 알겠는가?

우리는 호텔 아래 아늑한 음식점에 앉았다. 앞에서는 사람들이 굵은 팔을 노련하게 놀려 아이스크림을 뒤집고 퍼내가며 팔았다. 여성들은 식당 뒤쪽 커튼으로 가려진 공간에서 식사를 했고, 머리 위로는 소리를 죽인 TV에서 전쟁터를 찍은 영상이 흘러나왔다. 탱크가 사막을 가로질러 돌진하고, 사령관들은 카메라 앞에서 뭐라고 떠들고, 군인들은 웅크리고 있다가 달려 나가며 신호를 주고받고 다시 웅크렸다. 총소리, 총소리, 총소리.

전혀 예상치 못했지만 샘과 나는 이내 코밑 솜털이 보송보송한 학생들에게 둘러싸였다. "미국 군인이에요?" 자신을 하시마트라고 소개한 소년이 물었다.

"그냥 여행 중이란다." 녀석은 고개를 끄덕였다.

"우린 전쟁이 지겨워요." TV에서 내 주의를 돌리려는 듯 손을 휘휘 내젓던 녀석은 휴대폰을 꺼내더니 내 페이스북 주소를 물었다. 스펠링을 불러주고 소년이 내 게시물을 2012년까지 거슬러 올라가며 사정없이 '좋아요'를 누르는 모습을 지켜보았다. 지금도 하시마트는 가끔 메시지를 보낸다. 나도 메시지를 보내 멀리 떨어진 서로의 삶에서 작은 단편을 주고받는다.

소년들 말고도 젊은이 셋이 함께 앉았다. 미군 통역사로 일한다고들 했다. 나세르는 미국의 상징인 독수리와 'US ARMY'라는 글자가 새겨진 티셔츠를 입고 있었다. 직장에서 받았나 했더니 평생 딱 한 번 외국 여행으로 가본 인도의 고아Goa에서 산 기념품이라고 했다. 이제 전쟁으로 고립되어 마자르이샤리프를 벗어나기 어렵다. 이웃한 발흐조차 마음대로 가지 못한다.

우리는 함께 아이스크림 가게를 나와 모스크 주변을 돌아다녔다. 탈레반이 세 번의 시도 끝에 도시를 점령하고 3년간 통치하기 시작했을 때 나세르는 열두 살이었다.

"탈레반은 기도를 하러 들어가면서 무기를 여기에 두곤했어요."

그는 모스크 옆 계단 몇 개를 가리켰다.

"아무도 감히 건드리지 못했습니다. 아무 때나 집에 들이닥쳤어요. 밤낮 가리지 않고요. 그러면 배불리 먹여줘야 했습니다."

우리는 계속 걸어 한 학교를 지나쳤다. 담장 위를 철조망으로 둘러쳐놓았다.

"여기가 최후의 거점이었지요. 지하실이 있어서 탈레반이 그곳에 은신처를 마련했습니다. 미군 헬리콥터들이 하늘을 가득 메운 광경이 지금도 눈에 선합니다. 다음 날 아침에 보니 사람이 찢어진 조각들이 여기 나무들 위에 걸려 있더군요."

✳

마자르이샤리프는 여행자 네트워크에서 꽤 벗어나 있으리라 짐작했지만, 다음 날 샘은 어찌어찌 온라인으로 와헤드와 점심 약속을 잡았다고 일러주었다. 와헤드는 마자르에 있는 한 단과대학 과학부 교수였다. 그는 파란 모스크 밖 벤치에 앉아 있었다. 나직한 말투의 하자라족♦으로 눈썹이 아주 진했다. 그는 하자라족 정치인 압둘 알리 마자리에 관해 복잡한 설명을 들려주었다. 소련에 맞서 아프가니스탄 연방운동을 펼친 것으로 유명한 그는 1995년 카불 근교에서 탈레반에 체포되어 고문 끝에 처형당했다.

"오늘은 소위 독립을 기념하는 국경일입니다." 그는 약간 불안한 어조였다. "보다시피 많은 사람들이 밖에 나와 도시가 박물관처럼 부산하지요. 저 같은 하자라족도 있고 파슈툰족, 우즈베크인, 타지크인도 있습니다. 투르크멘도 있고요. 쿤두즈는 다르죠. 한 번도 못 가봤지만 그리 멀지는 않습니다. 지금 거기서는 저 같은 하자라족이 눈에 띄면 바로 죽여버립니다. 한 가지만 말할게요. 여기 있는 동안 사람들에게 앞으로 어떻게 할 거라고 계획을 알리지 마세요. 특히 파슈툰족에게는요. 탈레반과 연결되어 있을지 모르니까요."

몇 명의 여성이 다가왔다. 베일을 쓰지 않고 화려한 색상

♦   아프가니스탄 중부의 산악지대에 사는 소수민족. 아프가니스탄은 파슈툰족, 우즈베크인, 타지크인, 하자라족 등으로 구성된 다민족 국가인데, 그중 하자라족이 가장 소수를 이루고 있다. 미국-아프간 전쟁 전 탈레반 치하에서 인종청소에 가까운 학살을 당했다.

의 옷을 입었으며 코걸이와 스터드로 꾸민 모습이 파란색 부르카의 들판에 핀 꽃처럼 단연 눈에 띄었다.

"팔벤이라고 합니다. 점쟁이죠. 미래를 알고 싶어요? 이리 오세요! 한번 물어봅시다."

솔직히 말해 겁에 질린 나머지 내 자신의 실존성이 대혼란에 빠져 있었기에 솔깃했다. 와헤드가 한 여성에게 돈을 건넸다. 그녀는 우리의 손금을 번갈아 건성으로 본 후 깊이 생각하지도 않고 우리의 미래를 빠른 말투로 지껄여댔다. 와헤드가 통역해주었다. 샘은 곧 여행을 떠나고 한 달 안에 결혼한다고 했다. 나는 여덟 명의 자녀를 둔다고 했다. 아들 다섯, 딸 셋.

차 한 대가 지나가며 경적을 울렸다. "내 사촌입니다." 와헤드가 말했다. 조금 걸으니 오토바이를 탄 사람이 지나가면서 또 경적을 울렸다. 와헤드를 쳐다보았다. "다른 사촌이에요." 그가 중얼거렸다.

"사촌이 많으신가 봐요?"

"아, 2백 명쯤 되죠. 할아버지가 부인을 여럿 두셨거든요."

그날 여러 명의 친척을 마주친 끝에 차를 타고 와헤드의 삼촌을 만나러 갔다. 압둘은 흰머리가 벗겨지고 있었지만 눈썹은 조카처럼 검고 진했다. 역시 와헤드처럼 탈레반을 피해 이란으로 도망쳤다가 북부동맹이 마자르이샤리프를 되찾은 후 돌아왔다.

처음에는 편안한 침묵 속에서 쿠션에 몸을 기댄 채 앉아 있었다. 여행자끼리 대화할 때면 흔히 그렇듯 누군가를 즐겁게 하거나 서로 경쟁하려는 압박 같은 건 없었다. 봄베이믹스♦를 집어 먹고, 커다랗게 자른 수박을 얼굴에 온통 묻혀가며 아삭아삭 먹고, 끝없이 부어주는 차를 홀짝였다. 압둘의 아들이 밥과 닭고기를 가져왔다. 샘이 정신없이 먹는 모습을 물끄러미 바라봤다. 오래도록 채식을 하다 포기한 탓에 몇 주째 고기만 먹었다.

압둘은 샘이 허겁지겁 먹는 모습을 보고 미소 지었다.

"아버지는 잘 계시오? 건강하십니까?"

샘은 깜짝 놀란 것 같았다. "예, 그렇습니다."

"그럼 호주에도 이런 수박이 있습니까? 얼마나 큰가요?"

샘은 팔을 벌려 세계기록에 오른 커다란 수박을 안은 시늉을 했다. 한바탕 웃음이 가라앉자 압둘은 훨씬 얼굴이 밝아졌다.

"아, 이제 기억나는군! 이란에서 호주 TV쇼를 보는데 아주 재미있었소. 주인공이 캥거루인데 이름이 스키피였습니다. 스키피를 아시오?"

샘은 코웃음을 치며 대답했다. "그럼요!"

압둘은 담담하게 말했다. "우리는 아주 다른 장소에서 살지요. 당신과 나 말입니다. 두 개의 산은 서로 가까워질 수 없지만, 두 사람은 그럴 수 있습니다."

압둘은 이란에서의 부자유스러웠던 삶에 대해 말했다. 허공에서 부지런히 팔을 놀리는 모습이 마치 빨래를 널듯 단어들을 보이지 않는 줄에 너는 것 같았다.

"결코 좋은 기억이 아닙니다. 아시다시피 우리는 난민이

♦　렌즈콩과 땅콩을 섞어 양념한 인도 스낵.

었으니까요. 차를 사거나 집을 소유할 수도 없었지요. 터키에서 넘어온 하층민과 쿠르드족조차 우리를 홀대했습니다. 우리 아프간 사람들은… 아주 낮은 임금을 받고 일하곤 했죠."

와헤드가 끼어들었다.

"우리는 나라를 떠날 필요가 없습니다. 문제는 항상 수니파 이슬람 교도들이에요. 수니파들… 그놈들이 ISIS입니다. 그놈들이 탈레반이에요." 그의 얼굴이 딱딱하게 굳었다. "그놈들은 신의 이름으로 살인을 저지르지요."

그는 혐오감에 온몸을 떨었다. 그렇게 혐오에 사로잡힌 모습을 보니 내가 마자르이샤리프의 역사를 책 한두 페이지 분량밖에 모른다는 사실이 문득 선명하게 의식되었다. 나는 그 역사를 몸소 겪지 못했다. 이런 적개심이 형성된 데는 수많은 내력이 있을 테지만, 나로서는 짐작조차 할 수 없었다. 1998년 탈레반은 마자르이샤리프를 공격하면서 유독 하자라족을 표적으로 삼았다. 고문과 강간이 자행되었다. '눈에는 눈' 식으로 더 많은 폭력이 이어졌지만, 아무도 그 기원을 찾을 수 없다. 모든 잔혹 행위는 뭔가에 대한 보복이었고, 공포가 흩뿌려진 곳에서 더 많은 공포가 싹텄다. 그들의 갈등은 일부 서구 평론가들이 부족 사이의 오래된 증오를 들먹이며 설명하는 것처럼 간단히 정리될 수 있는 것이 아니었다. 내게는 그런 설명이 너무 안이한 해석, 언젠가 해결할 수 있으리라는 희망의 싹을 아무렇지도 않게 잘라버리는 행위처럼 느껴졌다. 편리하게도 그런 해석은 강대국들이 아프가니스탄 내 일부 세력만을 군사적으로 지원함으로써 증오를 부추기고 분쟁을 격화한다는 문제를 슬쩍 피해 간다.

와헤드와 헤어져 인터넷 카페에서 온라인에 접속해보았다. 인터넷 카페라 봐야 길가에 골판지 박스들을 쌓고 그 위에 노트북 컴퓨터를 불안하게 얹어놓은 데 불과했다. 아프간 ISP가 뜨자 호주 정부가 후원하는 수많은 광고가 나타났다. 대놓고 아프가니스탄 사람은 교전지역을 벗어나 호주로 가서는 절대로 안 된다고 말하고 있었다. 호주 정부는 난민에 관한 영화를 만드는 데도 자금을 댔다. 몇 년씩 이어지는 구금 생활을 견디다 못해 절망한 나머지 난폭한 행동을 하는 사람들, 난민 신청 거절, 재정적 파탄, 공해상의 죽음 같은 문제를 여과 없이 보여주는 영화들이다. 영화에 나오는 사람들도 형제나 사촌이나 친구가 살해당하는 등 기막힌 사연이 있을 테지만 그런 배경은 다루지 않는다. 오늘날 젊은 아프간 사람들이 호주를 쾌활한 캥거루처럼 유순한 이미지로 바라볼 리가 없는 것이다.

＊

다음 날 와헤드가 소개해준 현지인 의사를 찾아갔다. 알리 박사는 도시에서 가장 큰 병원에서 일했다. 남자들은 문가에 서 있고, 여자들은 따로 모여 있었다. 서로 다른 모자, 피부색, 얼굴. 눈동자마저 에메랄드색, 연갈색, 검은색으로 다양했다. 그전까지 다문화주의가 서구 도시의 상징이라고 생각했지만, 그것은 마자르이샤리프에도 엄연히 존재했다. 주변을 둘러싼 갈등에도 불구하고 관용이 서구에 국한된 덕성이라는 관념은 한낱 잠꼬대에 불과했다.

정형외과의사인 알리 박사는 키가 작고 권위 있는 모습이었다. 병원 복도에서 만난 내게 힘차게 악수를 건넸다.

"이쪽으로 오세요. 병원을 보여드리죠. 문제가 한두 가지가 아닙니다. 의과대학부터 문제예요. 임상 경험이 거의 없는 채로 졸업해 의사가 되지요. 전문 과목을 다른 과 전문의가 가르치니까요. 손으로 물을 떠서 건네는 것처럼 정보가 전달되는 겁니다. 손을 몇 번 거치고 나면 물은 하나도 남지 않지요."

그는 정형외과 병동으로 통하는 문을 밀었다. 가장 먼저 눈에 들어온 것은 총기 소지 금지 스티커였다. 저 앞에 회진 팀의 모습이 보이기에 얼른 쫓아가 끝에 섰다. 아무것도 모른 채 굽실거리는 의대생 같은 몸짓으로. 그저 이곳의 모습을 한 번이라도 보고 이해할 수 있어 고마울 뿐이었다.

"많은 것이 변했습니다. 한때는 심장 수술이나 심지어 뇌 수술을 하는 전문의도 있었지요. 지금은 흉관만 삽입할 수 있어도 흉부외과의사 대접을 받는 형편입니다."

그 정도라면 한때 나도 했었다. 알리 박사 자신도 영국 뉴캐슬과 벨파스트에서 당장 너무나 필요한 인력을 채우기 위해 수련 초청을 받기도 했다. 하지만 의사 면허가 있고 수많은 추천서를 받았음에도 영국 비자를 받는 것이 너무 힘들었다. 그는 놓쳐버린 기회에 대해 말하고 싶지 않은 듯했다.

"환자 중 약 70퍼센트가 교통사고 희생자입니다만, 그것도 옛말이죠. 20퍼센트는 총상이나, 뭐 그런 겁니다. 너무 빨리 늘고 있어요. 폭력은 전염병과 비슷합니다. 총상은 총상으로 끝나는 게 아니라 심리적 문제도 일으키고, 요통, 복통, 두통도 일으킵니다. 집안 싸움도 총으로 해결하려고 해요.

결혼식에서 대량 학살이 벌어진 적도 있습니다. 원래 여기는 그런 곳이 아닙니다. 5년 전만 해도 상상도 못했죠. 피를 보는 일이 너무 많아요. 이젠 의사들이 헌혈을 하는 형편입니다. 아들놈조차 장난감 총을 사달라고 난리예요. 안 된다고 했죠. 거참! 달래느라고 자전거를 사줬다니까요. 그래도 총을 포기하지 못하고 종이로 만들어 갖고 놉니다."

다음 병상에서는 열한 살짜리 소년이 위를 올려다보았다. 공포로 얼굴이 일그러졌는데 어린아이다운 두려움이 아니라 뭔가 훨씬 더 어둡고 본능적인 공포에 가까워 보였다. 아들보다 키가 클까 말까 한 엄마가 손을 뻗어 아이의 손을 잡았다.

아프간 북부 소도시 마이마나Maimana에 살던 베스밀라는 시장에 심부름을 갔다. 그때 부르카를 쓴 여성이 압력솥으로 만든 폭탄을 터뜨렸다. 폭발의 압력에 아이는 근처 수로까지 날아가 떨어지면서 머리를 다치고 대퇴골이 부러졌다. 급히 병원을 찾았지만 정형외과의사가 없었다. 거기 있던 유일한 의사가 부러진 뼈를 맞추려고 외고정 기구를 대주었지만 시술이 잘못되었다. 알리 박사는 엑스레이 사진을 높이 쳐들어 보여주었다. "아무짝에도 쓸모없는 짓이었소." 그가 투덜거렸다. 사진에 보이는 핀들의 배열이 잘못됐다는 뜻인지, 의사의 무능함이나 수련 부족을 탓하는 것인지, 폭탄이나 수십 년간 계속되는 전쟁을 한탄하는 것인지 알 수 없었다. 그가 한숨을 내쉬었다.

"영국에서라면 아이에게 견인치료를 하지 않겠지요. 3개월 정도 학교를 빠져야 하니까요. 하지만 여기는 우선순위가 다릅니다. 우리는 감염을 걱정해요. 앞으로 평생 학교를 못 가게 될지도 모르니까요."

뼈가 붙지 않자 엄마는 베스밀라를 물라♦에게 데려갔다. 물라는 아이가 저주받았으며 고통과 장애가 모두 아이 책임이라고 했다. 베스밀라는 수개월 뒤에야 적신월사를 통해 마자르이샤리프에 올 수 있었다. 이제는 추가 수술과 정신과 진료를 기다리고 있다. 밤이면 소리를 지르며 깨어나 침대보가 젖도록 울곤 한다.

베스밀라의 엄마에게 자리에 앉으라고 했지만, 그녀는 거절하고 바닥에 쭈그리고 앉아 나를 올려다봤다. 나도 의자에 앉을 수 없었다. 그녀는 흰색 베일로 얼굴을 반쯤 가린 채 말했다.

"아들이 정상이 아니에요." 그녀의 눈길이 바닥을 향했다. "계속 비명을 지르고 혼잣말을 해요. 저는 아들의 다리가 낫게 해달라고 기도하지만, 무엇보다 정신이 걱정입니다."

폭발 사고가 있기 전에도 남편이 아편에 중독되는 바람에 그녀는 혼자서 여섯 아이를 보살펴야 했다. 베스밀라가 다친 뒤로 형제들은 학교를 아예 그만두거나 절반 정도만 출석했다. 돈을 벌어야 하는 것이다. 아이들은 바느질로 천을 이어 붙이는 일을 하고 하루에 2달러를 벌어 음식을 산다. 그래도 여전히 폭력은 퍼져만 간다.

♦ 이슬람교 율법학자.

＊

마자르이샤리프에 머무는 것은 위험했다. 이미 누군가 방문을 잠그는 두 개의 자물쇠 중 하나를 끊어놓았다. 여권의 위력을 발휘해 이곳 사람들이 할 수 없는 일을 해야 할 때였다. 아프가니스탄을 떠날 때가 된 것이다. 작별 인사를 나눈 후 샘은 이란을 향해 서쪽으로 떠났다. 다른 것과도 작별해야 했다. 분쟁의 스트레스, 수많은 검문소, 치누크 헬기들.

그날 저녁 우즈베키스탄으로 돌아갔다. 테르메스 북쪽에 이르자 하늘은 아름다운 선홍색으로 물들고, 자전거는 순풍을 받아 윙윙 소리를 냈다. 쾌적한 기분에 옛날 소울 음악을 흥얼거렸다. 의기양양한 기분을 벌하기 위해 우주가 얼마나 먼 거리를 삽시간에 달려오는지 생각하면 놀랄 정도다. 갑자기 페달이 떨어져 나갔다. 기름칠이 잘된 베어링들이 20미터에 걸쳐 흙길 여기저기 흩뿌려졌다. 별수 없이 나사산만 맞춰 끼웠다. 한 바퀴 굴릴 때마다 발이 미끄러졌다. 소리와 생각이 번갈아가며 끊임없이 반복되었다. 젠장, 철컥. 젠장, 철컥. 젠장, 철컥.

우주의 뜻을 겸허히 받아들여 한 언덕 꼭대기에 텐트를 쳤다. 해 지고 한 시간쯤 됐을까, 여러 개의 붉은 섬광이 하늘을 찢고 떨어져 내렸다. 흔히 보는 별똥별이 아니라 훨씬 큰 뭔가가 활활 타오르며 더 천천히, 더 가까이 하늘을 가로지르다 산산이 부서졌다. 마지막 한 조각이 놀랄 만큼 아름다운 흰색으로 폭발한 후 다시 밤의 적막이 내렸다. 엄청난 행운이었다. 빛 공해가 없는 우즈베키스탄의 밤 덕분에 생전 다시는 못 볼 불덩어리 유성의 행렬을 처음부터 끝까지 제대로 본 것이다.

누쿠스Nukus 쪽으로 달리면서 구름이 땅에 깔린 것 같은 목화 농장들을 지나치자 다시 볼 것 하나 없는 살풍경이 펼쳐졌다. 어쩌다 비스킷 색깔의 들판이 나오고, 황혼 녘에 멀리 공장 하나가 푸르스름하게 보였다 사라졌다. 목화 따는 일꾼을 가득 실은 버스들이 맨 앞에서 이끄는 경찰차를 따라 길게 한 줄로 지나갔다. 강제 노동 문제 때문에 우즈베키스탄 면제품 불매운동이 일자 2012년 이후 목화밭에서 어린이 노동이 금지되었지만, 내가 본 버스 안에는 어린이들이 가득 탄 채 유리창에 얼굴을 바짝 대고 있었다.

카자흐스탄으로 넘어가 카스피해 연안 항구도시 악타우를 향해 달렸다. 해 뜨기 전 잿빛 구름이 크리스마스트리 장식처럼 하늘 가득 걸려 있는 시간에 길을 나섰다. 하루가 시작되는 순간의 상쾌함 속에서 이곳이 산유국임을 웅변하는 SUV들을 지나치고, 스탈린이 유배시킨 작가와 시인들의 조각상을 지나쳤다. '파라다이스'라고 쓰인 상점 간판이 붉은색으로 깜박였다. 마침내 해가 떠오르자 하늘의 구름이 일제히 분홍빛 레이스처럼 물들었다.

출발 전에 여행자에게 무료 숙소를 제공하는 웹사이트에서 미국 출신 교사 폴을 찾아냈다. 그는 현대식 고급 아파트 단지 옆에서 기다리고 있었다. 계단을 몇 층 올라 아파트로 들어갔다. 그곳에서 그는 키르기스스탄 출신의 몇 살 어린 아내 질디즈, 청각장애를 너무 늦게 발견해 발달이 지연된 아내의 조카 이슬람과 함께 살았다. 이슬람은 자기 전에 들려주는 동화를 듣기 위해 보청기를 켠 채 폴의 무릎에 앉았다. 폴은 이슬람에게 읽는 법을 가르치고 있었다. 옆에서 보아도 교사로서 빛나는 자질을 지닌 사람이었다. 태도가 확고하면서도 어려운 문제에 아주 친절하게 접근했으며 자기 일에 온 정성을 다했다. 어떻게 카자흐스탄 서부까지 와서 교사 생활을 하게 되었을까?

"말하자면 길죠. 아미시파[♦]로 자랐어요. 열세 살에 학교를 때려치웠습니다. 열여덟 살에 공동체를 벗어나 파문당했고요. 어느 날 그레이하운드 버스에 뛰어올라 몬태나까지 올라갔죠."

"왜 몬태나로 갔나요?"

"펜실베이니아에서 멀리 떨어지고 싶었습니다. 전에 아미시였던 사람들의 공동체에도 들어가고 싶지 않았고요. 새로운 삶이 필요했죠. 아미시로 자라기는 힘들었습니다. 술집에도 안 갔죠. 그런 데서 어떻게 행동해야 하는지 알고 싶지 않아서요. 춤출 줄도 모르고, 스포츠에 대해서도 아는 게 전혀 없었죠. 내 또래 녀석들은 엄청 고지식한 놈이라고 생각했을 거예요."

언뜻 그의 표정에 상실감이 떠올랐다. 눈은 크게 떠졌지만 물고기의 눈처럼 한데 몰려 있었다. "처음에는 벌목을 시작했습니다. 헬리콥터 벌목이라고, 헬리콥터가 머리 위에서 지겹도록 붕붕거리는 엄청 고된 일이었죠. 가족이 주소를 알

♦　현대 기술 문명을 거부하고 소박한 농경생활을 하며 자신들만의 전통을 유지하는 미국의 개신교 종파.

아냈더군요. 어떻게 알았는지는 모르지만. 그렇게 살다가는 지옥불에 떨어질 거라고, 한번 아미시는 영원한 아미시라는 찬송가 가사가 우편으로 날아왔어요. 그때 남아프리카공화국에 학교를 세우는 선교 프로젝트에 참여했습니다. 성격에 딱 맞더군요. 인도양에서 불과 2백 미터 떨어진 곳에 지은 진흙 오두막에서 살았습니다. 아침마다 나무 태우는 냄새를 맡았지요."

폴은 꿈꾸는 표정이었다. 틀림없이 자연으로 가득 차 있던 어린 시절과 비슷했을 그때의 삶을 떠올리며 추억에 젖은 것 같았다.

"다시 미국에 돌아가 교사 자격증을 땄어요. 책임자는 아미시 배경이라든지, 뭐 그런 걸 좀 걱정하더군요. 하지만 반에서 성적이 가장 좋았고, 졸업 때는 학생 대표로 연설까지 했습니다. 아미시 노동윤리 덕이었어요. 어려서부터 가족들이 먹은 다음에야 아침을 먹었죠. 아버지가 땅에 구덩이를 여덟 개 파라고 하면 여덟 개를 파야 해요. 안 그랬다가는 회초리로 두들겨 맞을 테니까."

"지금도 고향에 가나요?"

"예, 가끔 가죠. 갈 때마다 공항에서 까다롭게 굴긴 하지만."

폴은 국경수비대원 흉내를 내느라 미간을 좁히고 깐깐한 목소리를 냈다.

"'여기 보면 터키에서 오셨네…' 악마가 형님이라고 부를 놈들이에요. 난 이렇게 묻죠. '아미시 출신 테러리스트를 몇 명이나 봤소?' 그래도 항상 검색을 당합니다."

"친구도 만나요? 가족도?"

"예, 가끔 친구들도 보지요. 짐작하다시피 촌뜨기들입니다. 흑인들은 무조건 사회보장연금을 타 먹는다고 믿죠. 세상이 어떻게 돌아가는지 눈곱만치도 몰라요. 뭐, 나도 그랬으니까. 자라면서 흑인들은 봤어요. 형이랑 그 사람들 집 지붕을 갈아주는 일도 했으니까. 동양인은 열여덟 살이 돼서야 처음 봤습니다. 하도 신기해서 곧장 다가가서 물었죠. '이봐요, 중국에서 왔어요?' 그랬더니, 젠장! 막 소리를 지르는 거예요. '나는 미국에서 태어났어! 너랑 똑같은 미국인이라고!'"
그는 그때를 생각하며 낄낄거렸다.

폴은 오래 고립되었던 세월을 따라잡는 중이었다. TV는 항상 뉴스 채널에 고정되어 있었다. 세상이 돌아가는 원리를 파악하려는 것 같았다. 하지만 형제들과 토끼 덫을 놓고 작살로 큰가시고기를 잡던 어린 시절은 아직도 영향을 미치는지 며칠씩 훌쩍 사라지곤 한다. 하이킹을 즐기며 탐조 여행을 다닌다고 했다.

"두 분은 어떻게 만났나요?" 폴이 잠깐 방에서 나간 사이에 물었다.

"인터넷으로요." 질디즈가 대답했다. "제 사진을 올리진 않았어요. 저는 아시아인이라고요! 그렇게 수치스러운 짓은 못하죠! 다른 여자 사진을 훔쳐다 올려놨답니다."

폴이 맥주 두 캔을 갖고 와서 한 개를 내밀었다.

"함께 여행도 많이 다니나요?"

"아, 그럼요! 매년 나라 이름과 지명 238개를 난수발생기에 넣고 돌려 휴가지를 정합니다."

"에이, 농담이죠?" 묻는 나를 보며 폴이 활짝 웃었다.

"작년엔 어딜 갔나요?"

"131번."

나는 질디즈에게 눈빛으로 물었다.

"리히텐슈타인!" 그녀가 정말 황당했다는 듯 팔을 높이 쳐들고 우스운 표정으로 남편을 보았다. "호텔비가 1박에 백 달러였어요. 온통 산들, 하! 그런 건 키르기스스탄에도 얼마 든지 있다고!"

"그래도 트레킹은 환상적이었잖아." 폴이 끼어들었다.

"리히텐슈타인!" 질디즈가 다시 소리를 질렀다.

"올해는 어딘가요?"

"안티과섬을 뽑았죠."

폴이 내게 '그만하면 나쁘지 않다'는 눈빛을 보냈다.

우리는 그들 부부의 민주주의를 사랑해야 한다. 말하자 면 비례대표제다. 미국 전체가 토고나 소말리아와 동등한 것 이다. 세상과 단절된 공동체 출신인 폴이 그런 룰렛 게임을 할 수 있다는 사실도 너무나 사랑스러웠다. 얼마나 아름다운 과잉 보상인가?

16
병원과 감옥

아직 해 뜨기 전이었다. 하지만 아제르바이잔의 수도인 바쿠로 달리는 동안 일출의 전조로 희미한 빛이 비치기 시작했다. 고속도로 옆으로는 잔디밭이 말끔하고, 작은 나무들은 나선 모양으로 잘 깎여 있었다. 거리 청소원들은 벌써 일을 시작했다. 번쩍거리는 해치백 사이로 간혹 사마귀처럼 낡아빠진 라다가 눈에 띄었다. 마침내 해가 떠오르자 경이로운 건축물이 모습을 드러냈다. 헤이다르 알리예프 센터는 꼭 녹아내리는 밀랍 같았다. 그 옆의 초고층 건물들인 플레임 타워는 창이 온통 하늘빛이었다. 바쿠라는 도시는 너무 단정하고, 너무 공들여 꾸미고, 너무 남에게 보여주려 한다는 느낌이 들었다. 고층 건물은 꽤 많이 비어 있다고 들었다. 서로 긴밀한 유대를 맺은 엘리트 계층의 은행 계좌 노릇을 할 뿐이라고 했다.

아제르바이잔에서는 부富와 똑같이 권력도 전문적인 솜씨로 집중되어 있다. 커다란 게시판을 온통 차지한 전임 대통령 헤이다르 알리예프의 눈빛을 보는 순간, 거의 왕조화된 정치가 떠올랐다. 미소를 짓지도 않고, 그렇다고 얼굴을 찌푸리지도 않은 입은 마치 하이픈처럼 아직 끝나지 않았음을 예고하는 듯했다. 사실 그랬다. 그가 죽자 아들인 일함이 권좌에 올라 철권통치로 언론을 침묵시키고, 석유 재벌과 폭력조직과 온갖 족벌을 좌지우지했다.

바쿠 서쪽은 부드러운 초원지대였다. 바람이 한바탕 불어 먼지를 일으켰다. 마을을 지나칠 때마다 남자들이 앉아 주사위놀이 비슷한 '나르드'를 하고 있었다. 사마흐Samaxi 근처에 이르니 과일 노점상들이 몰려들었다. 첫 번째 선물은 한 노파가 건넨 사과였다. 노파의 친구가 사과를 몇 개 더 안겨주었다. 누군가 어깨 뒤에서 포도송이를 내미는가 했더니, 정장 차림의 남자 둘이 불쑥 끼어들어 토마토를 건네며 외쳤다. "선물! 선물!" 아제르바이잔식 환대를 남자들에게만 맡길 수 없다는 듯 두 여인이 불쑥 앞으로 나와 가지와 오이를 잔뜩 안겨주었다. 이제 양팔로는 더 이상 선물을 받을 수 없었다. 매번 느끼듯 여행 중에는 세계에 대해 지녔던 막연한 감각이 여지없이 깨진다. 우리는 어떤 장소를 상상할 때 소문과 반쪽짜리 진실과 상투적인 생각에 기대지만, 막상 그곳에 가보면 관념이 뿌리째 흔들린다. 물론 아제르바이잔에 탐욕스러운 정치인과 탄압받는 기자만 있는 것이 아님은 알고 있었다. 다만 낯선 이의 품에 한 아름 안긴 가지도 있다는 사실이 너무 기뻤다.

이집트의 이스마일리아Ismailia 쪽으로 달리는데 비옥한 흙과 버섯과 나무 때는 냄새가 밀려들었다. 고산지대의 얼음처럼 차고 맑은 공기와 사막과 대평원의 모래바람 속에서 너무 긴 시간을 보낸 탓에 나무가 우거진 숲의 기운이 느껴지자 왈칵 반가움이 밀려왔다. 나는 듯 내리막길을 달리며 털털거리는 차들을 앞질렀다. 잘못된 각도로 궤도를 벗어나 추락하는 로켓처럼 금방이라도 보닛과 범퍼가 떨어져 나뒹굴 것 같은 차들이었다. 게벨레 근처에서 캅카스산맥을 완전히 벗어나 말똥 냄새 풍기는 농경지대로 접어들었다. 칠면조들이 건초 더미 주위를 신나게 뛰어다녔다. 블랙베리를 따 먹으며, 집에서 빚은 술에 얼큰하게 취한 노인들에게 고개를 끄덕여 인사를 건넸다. 주변이 온통 숲이라 앞쪽 도로가 햇살과 그림자로 얼룩졌다. 하루에 2백 킬로미터도 달릴 수 있을 것 같았다. 농장에서 기르는 개들조차 행운을 빌어주는 듯했다.

아제르바이잔에서 마지막으로 들른 발라칸은 전임 대통령의 이름을 딴 건물과 공원이 너무 많아 섬뜩한 국수주의가 느껴졌다. 주변에서 가장 높은 건물보다 몇 배나 높이 솟은 국기 게양대를 보니 도심에 머물 마음이 싹 가셔 알라자니강을 건너 조지아로 넘어갔다. 수도 트빌리시에 닿으니 해가 뉘엿뉘엿 저물어 므트크바리강이 온통 황금빛이었다. 변화무쌍한 물결을 보고 있노라니 산으로 둘러싸인 원형극장 같은 트빌리시가 아주 좋은 곳이라고 내 맘대로 정해버렸다. 여행자의 직감이랄까. 더 행복한 것은 비자기한이 넉넉해 최대 1년까지 머물 수 있다는 점이었다. 유럽과 우호적인 지정학적 요인 덕이었다. 몇 개월간 '-스탄'으로 끝나는 국가들을 여행하면서 내내 비자기한 때문에 노심초사했던지라 크게 안심이 되었다. 시간이 좀 생겼으니 친구를 불러 함께 여행하기로 했다.

올리와는 리버풀 학창 시절 이래 알고 지내는 사이다. 1990년대 초반의 힙합(당연히 이스트 코스트 힙합이지!)에 완

전히 빠져 있다는 공통점을 배경으로 우정을 쌓았다. 우리는
공연을 기획하고, 한밤중에 몰래 포스터를 붙이고, 퍼닝 클
랜Punning Clan이라는 힙합 단체와 함께 도시 곳곳을 돌며 공연
을 펼쳤다. 하지만 깡패 흉내를 내던 시절을 까마득히 뒤로
하고 이제 둘 다 중년을 향해 나아가고 있었다.

올리는 자전거를 갖고 트빌리시로 날아왔다. 함께 조지
아 일주 계획을 세웠다. 온통 휘어지고 구부러진 나라에 딱
맞는 고리 모양 동선이 그려졌다. 도로와 강이 그런 식으로
나 있는 데다 등고선마저 지문처럼 복잡했다. 조지아에서는
마을 이름조차 그렇게 복잡하고도 맵시 있는 글자로 쓴다.
예컨대 트빌리시는 이렇게 쓴다. თბილისი. 물론 당신은 이
미 알고 있겠지.

'와이낫Why not'이라는 여행자 숙소에 침대를 예약했다.
매트리스 스프링에 등이 배겨 척추와 다른 압통점에 소용돌
이 모양의 자국이 남는다든지, 이름마따나 가서는 안 될 이
유가 한둘이 아니었다. 우리 방에는 열여덟 개의 매트리스
가 격자 모양으로 깔려 있었는데, 밤이 되어 침대마다 사람
이 누우니 꼭 베르됭Verdun♦의 야전병원 같았다. 투숙객은 죄
다 어린 놈들인데, 정말이지 청춘을 더럽히고 있었다. 희멀
건 동태눈에 블루치즈가 좀비로 되살아난 것 같은 문신을 하
고, 팬티만 입은 채 숙소를 돌아다니며 가래침을 뱉고, 서로
등에 찍힌 스프링 자국을 비교하는 꼴이라니.

올리는 그 아름다운 광경을 감상할 시간이 나보다 많았

♦　프랑스 북동부의 도시로, 제1차세계대전의 격전지.

다. 내가 숙소에 도착하니 이미 질려버린 모양이었다.

"'왜 안 돼'냐고? 후져빠진 뒷골목이니까!"

그것도 힙합의 영향일지 모르지만, 올리는 친구들 중에 서도 제일 과장이 심했다.

"야, 진정해. '그 정도는' 아니잖아."

머릿속에 지난 몇 년간 몸을 눕혔던 끔찍한 장소들이 주마등처럼 지나갔다. 이집트의 물소 외양간, 에티오피아의 헛간 바닥에 깔린 이가 들끓는 동물 가죽, 중국 고속도로 옆의 시끄럽기 짝이 없는 데다 거의 공중변소로 변해버린 야영장.

올리는 호기심 어린 표정으로 주위를 둘러보았다.

"저놈 좀 봐!"

특히 비실비실한 녀석이 담요로 몸을 감싼 채 발을 질질 끌며 방을 가로질렀다. 녀석은 그해 겨울을 못 넘길 걸 아는 병든 다람쥐처럼 빵 한 조각을 야금야금 먹기 시작했다.

"진정해."

"이봐, 스티브, 나는 휴가를 즐기러 왔지 국제구호단체에서 일하는 게 아냐, 알겠어? 이건 인도주의적 참사라고."

＊

느지막이 일어나 그때까지도 널브러져 자고 있는 녀석들을 밟지 않으려고 조심해가며 호텔을 빠져나와 근처 카페에서 점심을 먹었다. 한 남자가 텅 빈 맥주병이 잔뜩 쌓인 플라스틱 테이블 위에 고꾸라져 있었다. 자기를 '팀'이라고 소개하는 걸 세 번째에야 겨우 알아들었다. 한창때는 럭비 코치였다지만, 그의 태양은 확실히 저물고 있었다. 얼굴은 포도줏빛으로 변했고, 눈은 생기 없이 핏발이 잔뜩 서 있었다. 그의 몸에서 나는 냄새가 응급실 시절을 떠올렸다. 알코올이 대사되는 냄새. 매일 부딪히는 술의 파도에 신체가 조금씩 침식되는 냄새.

조지아 사람들이 흔히 그렇듯 팀도 건배를 즐겼다. 1, 2분쯤 내 어깨에 팔을 두르고 있더니, 다시 잔을 들었다. 차차는 포도로 만든 환각성 밀주로 조지아 전역에서 엄청나게 소비되며, 수많은 삶의 절망적 문제에 대한 해결책이라고 믿어진다. 심지어 여드름을 치료하기 위해 얼굴에 바르기도 한다.

올리와 내가 잔을 들자 팀은 또다시 기다란 건배사를 늘어놓았다.

"여인의 사랑을 위해! 내 조국을 위해!"

나는 겨우 다 마셨지만, 팀은 끝내지 못했다.

"차차를 위해! 잠깐! 세계 평화를 위해!"

"세계 평화를 위해!" 우리는 외쳤다.

"벤저민 디즈레일리Benjamin Disraeli♦를 위해!" 팀은 우리 외침에 이렇게 답하더니, 애절한 어조로 덧붙였다. "정말, 정말, 최고였던 영국 수상."

올리와 나는 의심스러운 눈길을 교환했지만, 어쨌든 자리에서 일어나 잔을 쳐들었다.

"벤저민 디즈레일리를 위해!"

우리는 오만상을 찌푸리며 헥헥거렸다. 팀은 생수를 마

♦　19세기 영국의 수상.

시더니 차차 잔을 꺾었다. 참담한 표정으로 방을 둘러보고는, 앞으로 몸을 기울여 팔꿈치를 탁자에 대고 불콰한 얼굴의 군살을 손으로 지탱했다.

"여기는 한때 노동자들에게 참 좋은 곳이었는데 말이지, 지금 한번 보라고. 죄다 채식주의자밖에 없어."

✳

트빌리시를 떠날 때, 비가 엄청 쏟아졌다. 차들이 부르릉거리며 물웅덩이를 지나갈 때마다 지저분한 빗물을 온통 덮어썼다. 교통이 복잡해 자꾸 물이 넘치는 빗물받이 쪽으로 밀려났다. 앞에서 달리는 올리는 좌우로 고개를 돌려가며 조지아 도로의 주행 규칙을 알아내려고 애를 썼다. 나는 그가 이곳에 주행 규칙 따위는 없음을 깨달을 때까지 참을성 있게 기다렸다.

외곽의 위성도시를 몇 개 지나자 숲이 시작되더니 트빌리시 국립공원의 사구라모Saguramo산맥으로 이어지는 길에 접어들었다. 나무 사이로 반쯤 버려진 A자형 집들이 언뜻언뜻 보이는 것이 꼭 동화 속 풍경 같았다. 길가 집들의 벽에 우주비행사, 외계인, 영광스러운 모습의 운동선수들을 새긴 소비에트 시대 모자이크들이 모습을 드러냈다. 잡초와 풍상에 시달려 바래고 금이 간 모자이크는 지나간 소비에트 시절의 추억이 폐허로 방치된 모습을 연상시켰다.

조지아에서 아름답기로는 10월에 비길 만한 달이 없다. 땅은 한 치도 빠짐없이 온갖 가을색에 물든 숲으로 덮인다.

나무들이 잎을 떨구기 시작하면 여우 털 색깔로 물든 낙엽이 가볍게 허공을 떠돌다 숲 바닥에 내려앉는다. 줄기 가까운 곳에 돋아난 잎은 여전히 푸르지만, 가장자리는 달궈진 부지깽이 끝처럼 붉게 타오른다. 이제 교통이 뜸해지고 숲은 안개를 내뿜었으며 비 그친 자리에 뿌연 햇빛이 들어섰다. 올리를 돌아보니 나처럼 기쁨을 주체하지 못한 채 활짝 웃고 있었다.

판키시Pankisi계곡은 조지아에서 많은 사람이 방문하는 곳은 아니다. 계곡은 시골 마을을 꼬불꼬불 통과하는 막다른 길 아래 있다. 마을에는 키스트라는 무슬림이 사는데, 그들의 기원은 이웃한 체첸공화국이다. 숫자는 줄잡아 9천 명 정도이며, 조지아 주류 언론에서는 시리아 내 ISIS 조직에서 최고 사령관 중 하나인 체첸의 오마르처럼 근본주의자에 관해 보도할 때나 언급될 뿐이다. 우리는 지역 자선교육 단체인 로디스콧 재단Roddy Scott Foundation의 초청을 받아 찾아가는 길이었다. 재단의 이름은 제2차체첸전쟁을 취재하던 중 사망한 젊은 영국 기자를 기리기 위한 것이다.

저 멀리 눈 덮인 산들이 벽처럼 늘어서 있었다. 수백 년간 체첸 사람들은 지도에도 나오지 않는 길을 따라 저 산을 넘어 다녔다. 처음에는 많은 사람이 왕래하지 않았지만, 1990년대에 체첸과 러시아가 전쟁을 시작하자 수많은 사람이 그 길로 산맥을 넘었다. 산을 넘자 확실히 그들의 영역이라는 것이 실감 났다.

두이시라는 마을에 이르자 조지아의 특징이라 할 만한 것이 거의 눈에 띄지 않았다. 여성들은 머리에 스카프를 두르고 여럿이 몸을 바짝 붙여 무리 지은 채 작은 소리로 이야기를 주고받으며 지나갔다. 턱수염을 길게 기른 남성들이 침묵 속에서 우리를 쳐다보는 가운데 한 노파가 내 양손 가득 밤을 쥐여주었다. 사우디아라비아에서 오일달러로 이 지역에 모스크를 짓고 아랍 학교의 운영을 도왔지만, 이곳의 교육은 극히 보수적인 이슬람 와하브주의 교리에 물든 사람들이 좌우했다. 여러 단체가 들어와 편견이 덜한 원칙들을 근거로 어린 소년들의 정신을 일깨우려고 했다. 그러나 막상 조지아와 러시아 사이의 전투로 인해 파괴된 곳을 복구조차 못하고 있는 헐벗은 집들을 보니 물질적 궁핍이 어떤 식으로 양치기가 될 소년들을 전사의 삶으로 내모는지 알 것 같았다. 총을 들고 전투에 뛰어들면 모험과 돈과 명성이 따르는 것은 물론, 가족에게도 도움이 된다. 마을 영어 교사는 ISIS 지휘관과 결혼했다는 소문이 돌았다. 신형 해치백 자동차를 몰고 다니는 사람이 바로 그녀였다.

　재단 근처에서 캐시 맥클레인을 만났다. 미국 출신의 영리한 교육심리학자로, 키스트 지역사회에서 장애인과 가족을 지원하는 별도의 자선기관을 운영했다. 캐시의 딸인 루시는 구글의 공동 창업자인 래리 페이지와 결혼했으므로 모금에는 그리 신경을 쓰지 않아도 될 것이었다.

　"처음 여기 왔을 때 '전문가'가 왔다는 소문을 듣고 엄마들이 장애 자녀들을 헝겊 인형처럼 안고 길에 줄을 섰지요. 무슨 약을 먹으면 뇌성마비를 고칠 수 있냐고 묻더군요."

　"어디부터 어떻게 시작하셨어요?"

　"부모들이 자식을 애처롭게만 생각하지 않도록 도우려

고 합니다. 독립성을 키워주고, 잠재력을 알아내려는 노력을 계속해야 하죠. 모두 사랑이 넘치지만 이런 일은 결코 쉽지 않습니다. 엄마들은 이렇게 말해요. '우리 아이가 서른 살이 될 때까지 젖병을 물릴 거예요!' 아이를 감추는 집도 있죠. 계속 침대에만 누워 있게 하고, 심지어 묶어놓아요. 뇌성마비가 전염된다고 생각하는 사람도 있고요. 사람들은 우리를 좋아합니다. 우리는 작기 때문에 대규모 NGO처럼 다른 의제를 다루지 않아요. 저는 여기서 일하는 사람에 대해서도 결코 타협하지 않습니다. 조지아인들을 고용하죠. 그 사람들은 '훌륭'해요."

밴에 타고 가정 방문에 나섰다. 올리와 나, 캐시, 그녀의 남편 로이, 아주 낙관적인 태도로 문제 해결에 앞장서는 레조, 은퇴한 미국인 가정의, 이렇게 여섯이었다. 그 집에는 작은 방 두 개뿐이었다. 저 안쪽 벽에 붙은 침대에 누운 남자가 우리를 쳐다보았다. 검고 큰 눈동자, 쥐 뜯어 먹은 듯한 검은 머리, 얇아진 피부. 헤벌어진 입으로 호흡할 때마다 시끄러운 소리가 났다. 안진증眼震症이 눈에 들어왔다. 안구가 끊임없이 불수의적으로 빨리 움직이는 이 증상은 때때로 뇌 손상에 동반된다.

미국인 의사가 이불을 젖혔다. 가늘어진 오른팔이 부자연스럽게 굽어 있었다. 16년간 침대에 누워 있다 보니 근육과 힘줄이 굳어 구축拘縮이 생긴 것이다. 한참 활력이 넘치던 열네 살 때 그는 마을에서 매년 열리는 경마 축제에 참여했다. 축제 중에 총을 발사하는 행사가 있었는데, 그만 사고로 머리에 총탄을 맞고 말았다. 뇌세포를 찢고 들어가 기억과

감각과 근육 통제 기능을 앗아간 총알은 여전히 머릿속에 박혀 있다. 그는 볼 수 없고, 말할 수 없으며, 양다리와 오른팔이 마비되었다. 총알이 두개골을 뚫고 들어간 부위에 머리카락이 나지 않은 커다란 살덩어리가 매달려 있었다.

캐시와 의사와 환자의 가족 사이에 이런저런 논의가 오갔다. 물리치료와 침대에 누워 들을 수 있는 라디오. 극히 사소한 조치처럼 들렸지만 그 밖에 또 뭘 할 수 있겠는가? 런던에서 진료했던 젊은이가 떠올랐다. 어느 날 밤 그는 심하게 얻어맞아 뇌출혈이 생겼다. 신경외과의사들은 더 이상 뇌 손상이 진행되지 않도록 혈종 일부를 제거했다. 그 역시 팔다리가 마비되고, 시력을 잃었으며, 거의 말을 할 수 없게 되었다. 때때로 흐느끼며 울부짖을 뿐이었다. 옆에 앉아 밤을 새워가며 간호하는 그의 어머니는 감히 범접할 수 없는 존재처럼 느껴졌다. 전문의들은 회진을 와서도 미루다가 맨 나중에야 청년을 보았다. 우리는 침상 주변에 빙 둘러섰다. 큰 도움이 되지 않는 일종의 의식이었지만, 그때마다 한 인간과 그에게 연결된 모든 삶이 한 순간(수백분의 일 초, 간발의 차이, 즉흥적 판단)에 얼마나 잔혹하게 뒤바뀔 수 있는지 절감했다.

*

2008년 남오세티야♦에서 러시아가 '평화 유지'란 명목으

♦ 조지아의 자치공화국 중 하나. 조지아는 남오세티야, 압하지야, 아자리야, 이렇게 세 개의 자치공화국으로 이루어져 있는데 그중 소련 붕괴 이후 러시아의 지원을 받아온 친러 분리주의세력 지역인 남오세티야와 압하지야는

로 육해공을 통해 조지아를 대규모로 침공해 갈등을 빚은 뒤로 우리가 들어간 곳보다 더 서쪽 지역은 세상에서 차단되고 말았다. 러시아는 철조망을 두른 울타리로 국경을 표시하고, 가까이 접근하는 양치기들을 붙잡아 억류했다. 오던 길을 돌아가 대성당이 있는 말쑥한 소도시 므츠헤타Mtskheta에서 서쪽으로 방향을 돌려 고리Gori로 향했다. 2008년 러시아가 잠시 점령했던 그곳에는 당시 난민을 위해 급조된 주택들이 아직도 곳곳에 늘어서 있었다. 고리는 스탈린이 태어난 곳으로 기념 박물관도 있었다. 안내인은 쌀쌀맞고 거만한 여성으로 방문객을 스탈린의 추억에 대한 모욕까지는 아니라도 부담이 되는 존재쯤으로 여겼다. 그녀는 우리를 마구 재촉해가며 일사천리로 유품을 소개했다.

"이건 스탈린의 사진입니다. 이건 스탈린이 쓰던 물건들. 이건 스탈린이 받은 선물. 다음 방. 또 물건들. 여기서 볼 수 있듯 스탈린은 아주 인기가 좋았습니다. 좋아요 끝. 질문!"

아주 가까이 서서 소리를 질러대는 모습이 누구든 질문만 했다가는 전부 강제노동 수용소로 보내버리겠다고 협박하는 것 같았다. 아무도 감히 입을 열지 못했다.

결정적인 것이 남아 있었다. 스탈린의 데스마스크가 대좌 위에 모셔져 있었던 것이다. 내 생각에 안내인은 매일 밤 그걸 집에 가져가 뒤집어쓰고 잠들 것 같았다. 숙청, 유배, 히틀러와의 거래 같은 것은 투어에서 언급되지 않았지만, 1층의 작은 복도 한쪽에 일종의 각주처럼 그 사실들을 소개하고

2008년 러시아 침공 후 조지아로부터 독립을 선언했다.

있었다.♦

　다음에 찾은 마을은 드제브리였다. 캐시의 친구들이 우리를 '수프라'에 초대했던 것이다. 수프라는 조지아의 전통 행사로, '연회'로 묘사되지만 사실 여러 사람이 한데 모여 조지아인들이 탐닉해 마지않는 모든 것을 축복하고 즐기는 자리다. 음식, 술, 추억, 조국에 대한 사랑, 노래 같은 것 말이다. 행사는 여러 개의 동굴로 인해 움푹 꺼져 보이는 산비탈 아래, 조지아가 소비에트연방이었던 시절에 지어졌지만 지금은 쓰이지 않는 2층짜리 콘크리트 건물에서 열렸다. 2층으로 안내받아 가보니 방 안에 기다란 테이블이 놓여 있고 다양한 사람들이 북적거렸다. 수프라는 원래 '식탁보'라는 뜻인데, 좋은 수프라는 정작 식탁보가 보이지 않을 정도로 먹을 것, 마실 것을 푸짐하게 차려야 한다. 그 행사에서는 테이블 한가운데 특별한 자리를 마련해 목적을 달성했다. 새끼 돼지 한 마리가 떡하니 놓여 있었던 것이다. 기름이 좌르르 흐르는 돼지는 마을 축제에서 신부의 축성까지 받았다. 치즈를 잔뜩 얹은 일종의 페이스트리인 하차푸리도 나누어주었다. 와인은 집에서 담근 것으로 손잡이 달린 10리터들이 큰 병에 담겨 있었다. 홀짝거리지 말고 거침없이 들이켜라는 메시지 같았다.

　테이블 한쪽 끝에는 건배 제의자인 '타마다tamada'가 앉았다. 타마다란 '탐tam(모든 사람)'과 '아타ata(아버지)'라는 단어가 합쳐진 말이다. 우리의 '아버지'는 음주 문제가 있었다. 살찐

♦　　스탈린이 모든 것을 잘하지는 않았다는 거지.(저자)

체구에 머리가 희끗희끗하지만 강인해 보이는 그는 조지아 남성이 으레 그렇듯 별로 웃지 않았다. 배가 엄청 나오고 럭비 선수 코를 한 사람들이 테이블 양쪽에 쭉 늘어섰고, 다른 쪽 끝에서는 젊은이 몇몇이 주변을 힐끔거리며 눈치를 보았다. 〈반지의 제왕〉의 한 장면 같았다.

내 옆에 올리가 앉았고, 다른 쪽 옆에는 그 자리의 유일한 여성이 앉아 우리에게 통역을 해주었다. 건배는 예상한 순서로 시작되었다.

"신을 위하여."

우리는 마셨다. 종교가 있으니 신을 위하여 마시지 않을 도리가 있나?

"남오세티야와 압하지야 자치공화국을 포함해 모든 조지아를 위하여." 타마다의 목소리가 우렁우렁 울렸다. 이제 러시아 땅이나 다름없어진 지역이 언급되자 여기저기서 동의하는 중얼거림이 들려왔다. 이 대목에서 또 한 잔.

다음 건배는 올리와 나를 위해서였다. 조지아와 영국 사이에 영원한 우정이 선포되었다.

이제 분위기가 자유로워져서 마음껏 자리에서 일어나 농담을 하거나 노래를 부를 수 있었다. 우리는 여성과 어린이들을 칭송하며 몇 번 더 건배했다. 내 맞은편에 앉은 사람이 일어섰다.

"저승사자가 미코를 데리러 왔네, 갈 시간이 되었노라, 그가 말했지. 잠깐, 기다려요, 미코가 말했네. 내게 와인이 좀 있으니 함께 마십시다. 저승사자는 미코와 와인을 나눠 마셨네. 결국 저승사자는 말했네. 먼저 가거라, 나중에 따라잡을 테니."

사람들이 테이블을 두드리며 떠들썩하게 웃어댔다. 내 왼쪽에 있던 사람이 일어섰다.

"소련 시절에는 와인을 못 만들게 했지!"

고르바초프의 금주법 때문에 조지아 와인 산업이 완전히 망해버렸다고 저마다 한마디씩 했다.

"하지만 내가 어떻게 와인을 그만 만들 수 있겠어, 항상 취해 있는데!"

다시 한번 주먹으로 나무 탁자를 두들기는 소리와 웃음소리가 폭풍처럼 휩쓸고 갔다.

문이 활짝 열리더니 세 사람이 아코디언과 드럼과 클라리넷을 들고 어슬렁거리며 들어왔다. 느리고 호흡이 잘 맞는 연주를 기대했지만 갑자기 굉음이 터져 나왔다. 클라리넷은 곡조가 하나도 맞지 않았고, 드럼은 미친 듯 후려칠 뿐 완전히 따로 놀았으며, 아코디언은 거침없이 시끄러운 소리만 터뜨려댔다. 소란은 30초 만에 뚝 그쳤다. 연주자들은 자랑스러운 표정으로 방을 나갔다. 음악을 신호 삼아 육중한 남자가 몸을 일으키더니 크게 숨을 한 번 들이쉬고 활기찬 바리톤 음색으로 방을 가득 채웠다. 내 옆에 앉은 여자가 설명을 시작했다. "한 소녀에 대한 노래예요, 눈은 푸른 하늘과 똑같은 색이고…."

그의 노래가 끝나고 사려 깊은 평화가 깃들자 타마다가 다시 자리에서 일어섰다. 우리는 경의의 표시로 즉시 그를 주목하며 하던 말을 멈추고 귀를 기울였다.

"우리의 부모들을 위하여. 부모가 살아 있는 사람은 더 강하도다. 돌아가신 분들께는 신의 축복이 있기를."

유령들이 머리 위에 모여 내려다보기라도 하듯 다시 침묵이 흘렀다. 좌중에서 가장 나이가 많은 사람이 일어섰다. 구식 군복 재킷에 커다란 탄창과 작은 검까지 차고 있었다.

"나는 자네들의 아버지를 알아. 자네들의 할아버지도!" 그는 모든 사람에게 주지시켰다.

그때 한 사람이 빈정거렸다. "그 칼을 지금도 쓸 데가 있습니까?" 다시 한번 폭소가 터졌다.

타마다가 또 일어서더니 나를 쳐다보았다. "그리고 트빌리시를 위해 건배를! 1973년에 토트넘 홋스퍼와 비긴 팀이 어디였지? 자네 기억하나?"

"아니요!"

사람들은 흥분했다. 나의 무지는 용납할 수 없는 것이었다. 하지만 내가 태어나기 7년 전에, 내가 응원하지도 않는 두 팀이, 내가 좋아하지도 않는 축구 경기를 펼친 UEFA 유로파리그 점수를 무슨 수로 알겠는가? 하지만 나는 벤저민 디즈레일리에게 건배했듯 일 대 일 동점에 대해서도 건배했다. 안 될 게 뭐 있겠는가?

곰같이 생긴 사내가 앞발로 내 척추를 후려치며 뭐라고 하는데 너무 취해서 당최 무슨 말인지 알아들을 수가 없었다. 타마다는 그날 모임이 잘되었는지 살폈다. 새끼 돼지는 깨끗이 먹어 치웠고, 모두 하나가 되었으며, 조지아는 잃어버린 영토를 되찾아 통일을 이루었고, 돌아가신 조상들은 우리를 자랑스러워하고, 모든 사람이 축복을 받았으며, 무엇보다 모두 완전히 취해 있었다. "건배!" 우리는 고함을 질렀다. "승리를 위하여!"

＊

"망할 놈의 숙취."

다음 날 아침 올리는 이렇듯 적절한 말로 우리의 고통을 요약했다. 조지아에서 전통적으로 숙취를 몰아내기 위해 먹는다는 '카시'도 전혀 도움이 되지 않았다. 카시는 국물 음식인데 환경 재앙이 떠오를 정도로 샛노란 국물을 휘저을 때마다 연골과 털이 숭숭 난 재료들이 떠올랐다. 일부는 틀림없이 창자와 폐였다. 가까스로 한 숟갈 떠서 입에 넣으니 소금과 버터와 기름과 살점이 섞인 고약한 냄새가 밀려들어 눈이 튀어나올 것 같았다. 우리는 전혀 나아지지 않은 채 느릿느릿 자전거에 올랐다.

급커브 길을 따라 6백 미터를 올라가니 겨우 두통이 가셨다. 샤오리저수지 부근 마을에 깃든 가을 정취는 어딘지 으스스했다. 판자와 함석판으로 만든 집들은 금방이라도 무너질 것 같았고, 과수원에는 풀이 웃자랐으며, 개들은 걸핏하면 사납게 짖어댔다. 북쪽으로 스바네티^{Svaneti}라는 산지를 향해 달렸다. 빼어나게 아름답다는 말을 듣고 그냥 한번 가보고 싶었다. 렌테키^{Lentekhi}의 분위기 있는 새벽에서 벌써 아름다움이 느껴졌다. 희한한 모양의 나무들이 울창한 상록수 사이에서 구릿빛으로 타올랐고, 구름은 나무 꼭대기에 걸렸으며, 산비탈이 크게 갈라진 틈마다 폭포가 요란한 소리를 내며 쏟아졌다.

계속 올라갔다. 가장 가파른 곳이 가장 바위투성이였는데, 경사가 어찌나 급한지 자전거 앞바퀴가 저절로 들려서 고집 센 말을 모는 기분이었다. 어느덧 우슈굴리Ushguli에 들어섰다. 네 개의 마을이 모여 있는 이곳은 흔히 유럽에서 사람이 거주하는 가장 높은 정착지라고 불린다. 물론 '거주'와 '정착지'와 '유럽'을 정확히 정의하기란 그리 쉽지 않다. 마을 뒤로 12킬로미터에 이르는 거대한 단층지괴인 베친기Bezingi 벽이 펼쳐졌다. 조지아에서 가장 높은 봉우리인 슈하라Shkhara 산도 그 일부였다. 마을마다 곳곳에 중세풍 정사각형 석탑이 눈에 띄었다. 1층에는 문이 없었다. '코슈키'라는 이 탑은 수많은 전투가 벌어졌던 이곳의 과거를 고스란히 보여준다. 스반족♦은 조지아에서도 평판이 좋지 않았다. "스반족과 술을 마시지 말게." 이런 경고를 여러 번 들었다. "너무 높은 데 살아서 문제야. 싸우고 싶어 하지. 사람이 뭐랄까, 나무처럼 딱딱해지는 것 같아."

모든 우슈굴리 주민이 우리를 주목했다. 어딜 가든 마을에 있는 모든 개의 주의를 끄는 올리의 신비한 능력 때문이었다. 크고 사나운 놈부터 인형처럼 깜찍한 녀석에 이르기까지, 건강한 녀석부터 약간 광기 어린 놈까지 모든 개가 올리의 자전거를 쫓아다니며 으르렁거리고 짖어댔다. 세 놈은 자전거에 뛰어올라 앞발로 뒤쪽 짐 가방을 긁기까지 했다. 올리는 위태롭게 달아나며 소리를 질렀다. "저리 가! 내가 장난감인 줄 알아?" 카메라 뷰파인더로 그 광경을 보니 훨씬 재미있었다. 팔을 마구 휘젓는 바람에 사악한 녀석 몇 마리가 떨어져 나갔지만, 올리는 털이 텁수룩하고 귀여운 녀석은 그대

♦   조지아 스바네티 산지에 주로 사는 소수민족.

로 두었다. 심지어 반쯤 사랑스러운 눈길로 쳐다보기까지 했다. 개가 앞발을 내밀고 즐겁게 자전거 뒤를 따라 걷자 이렇게 말하기까지 했다. "이러언 귀찮은 녀석 보게!" 하지만 우리의 새로운 친구는 내리막길로 접어들어 언덕배기를 느릿느릿 돌아다니는 짙은 색의 말들을 지나칠 때 어디론가 사라져버렸다.

메스티아^{Mestia}를 지나자 비가 내려 보이는 것마다 반짝거렸다. 빗물에 젖은 감이 보석처럼 매달려 있었다. 이제 숲은 대부분 소나무였지만, 겨울이 멀지 않아 잎을 모두 떨군 느릅나무와 물푸레나무도 간간이 눈에 띄었다. 나보코프가 겨울 나무들을 거인의 신경계에 비유했던 것이 떠올랐다.

트빌리시로 돌아온 후, 올리는 집으로 가고 나는 한 병리학자가 운영하는 커다란 여행자 숙소로 옮겼다. 그녀는 친절했지만 괴짜였다. 어느 모로 보나 전문직 종사자다웠다. 저녁이면 줄담배를 피우느라 부지런히 재를 떨어가며 검은 단발머리를 현미경 위로 늘어뜨린 채 슬라이드를 들여다보았다. 딸 마리암이 가끔 들렀다. 빨간 머리를 한 영화 제작자로, 역시 영화 제작자인 영국 남성 닉과 함께 살았다. 나는 여행작가답게 염치없이 그들의 대화를 엿들었다. 트빌리시 남쪽 산속에 있는 결핵 요양원에서 다큐멘터리를 찍을 계획이라고 했다. 우리는 이내 대화를 텄고, 그들은 나를 촬영 팀 멤버로 초대했다.

아바스투마니 요양원으로 가는 차 안에서 마리암은 오늘날의 조지아에 대한 생각을 들려주었다.

"여기는 이놈의 정치를 좀 어떻게 해야 돼! 우리는 지금

막 선거를 치렀죠. 투표 전에는 자유광장에 모인 사람들에게 원하는 걸 쪽지에 적어 내라고 하더군요. 사람들이 자긍심이 없어! 세상에, '세탁기' 같은 걸 적는 거 있죠. 아, 씨발! 신임 대통령은 러시아 자금으로 당선됐어요. 그다음에 국회에서 뭘 토론했는지 알아요? 조지아 관리들이 국가 간 정상회담에서 옛날 왕조시대 예복을 완벽하게 갖춰 입을 권리가 있다나? 염병, 얼마나 쪽팔려. 그러고는 사람들이 쾌락에 빠져 사니 콘돔을 금지해야 한다고 하질 않나."

동네가 뜸해지면서 길이 산그림자 속으로 구불구불 이어졌다. 소나무 사이 빈터에 눈이 희끗희끗 쌓여 있었다. 버스가 길을 벗어나는가 싶더니 아바스투마니 요양원이 눈에 들어왔다. 가장 두드러진 인상은 빛바랜 장엄함이었다. 표면이 거칠어진 조각상들, 여기저기 떨어져 나간 작은 수녀원, 폐허가 된 연못. 거대한 병원 건물 앞으로 소들이 어슬렁거렸다. 벽은 곳곳에 페인트가 벗겨져 알 수 없는 지역의 지도 같았다. 건물 전체가 해변에 좌초된 고래처럼 상처 입은 거대한 동물이 골격을 드러낸 채 썩고 있는 것 같았다. 이렇듯 쇠락한 곳에 여전히 결핵 환자들이 치료를 받으러 온다니!

1890년 로마노프 왕가의 일족이자 러시아 마지막 차르 니콜라이2세의 동생 게오르기 알렉산드로비치 대공이 심한 기침을 시작했다. 그의 어머니는 '공기를 바꾸면 좋아지려니' 생각해 아들을 일본으로 보냈다. 오래도록 결핵은 다른 지역으로 옮겨 가 살면 치료된다고 여겨졌다. 시대에 따라 사람들은 해안, 사막, 산이 도움이 된다고 믿었다. 시인 존 키츠는 의사의 조언을 받아들여 로마로 갔으며, 로버트 루이스

스티븐슨은 태평양을 찾았고, 쇼팽은 지중해로 향했다. 하지만 일본은 대공에게 아무 도움이 되지 않았다. 체중이 줄고, 숨쉬기가 힘들어졌으며, 갈수록 우울해져 결국 '수양버들'♦이라는 별명을 얻었다. 젊은 수양버들 씨는 아바스투마니 결핵 요양원으로 거처를 옮겼다. 어느 날 그는 지루함에 못 이겨 오토바이를 몰고 나섰다. 한 소작농 여성이 그가 길에서 쓰러지는 모습을 보았다. 숨쉬기 전투에서 패한 28세 청년의 입에서 피가 쏟아졌다. 소문에 따르면 소작농 여성은 대공이 숨이 넘어가는 순간 그를 품에 안고 있었다.

현대에 접어들면 결핵은 혁신과 영리한 과학의 이야기로 변하지만, 동시에 자만과 편견과 실수로 얼룩진 역사이기도 하다. 19세기에 런던의 결핵 환자들은 빈민 구제법에 의해 운영되는 요양기관에서 치료받았지만, 그들에 대한 사회적 공감대는 거의 없었다. 시대에 따라 결핵의 원인으로 생각된 것 중에는 아일랜드와의 연관성(글쎄, 물론 연관성이야 있겠지), '영혼의 애상적인 경향'(결과가 아니라 원인이라고 판단했다니 좀 말이 안 되네), 나쁜 공기(이건 맞다), 떡 벌어진 어깨(절대 아니지), 도덕적 타락, 젊은 연인들의 슬픈 열정 등이 있었다. 이 시대 결핵이 낭만적 숭배의 대상이었음은 유명하다. 많은 사람이 결핵을 창의적인 사람의 병이라고 생각했으며, 때로는 결핵에 걸리면 사람 자체가 흥미롭고, 예민하며, 열정적이고, 감정이 풍부해진다고 믿었다. 결핵에 의한 죽음은 거의 아름다운 것으로 묘사되었다.

♦ 수양버들은 영어로 'weeping willow'로, '우는 버드나무'라는 뜻이다.

초기에 결핵을 치료하려는 시도는 당연히 근거에 기반하지 않았다. 당시 의학은 인간 실험이나 마찬가지였고, 루이스 토머스가 적었듯 "오로지 시행착오에 의존했는데, 시행하면 대개 착오로 끝났다". 고대 로마에서는 코끼리 피를 마셨다는 기록도 있다. 사람들은 늑대의 간을 먹고, 사람의 오줌으로 목욕을 했다(잠시나마 객혈을 동반한 기침이 삶에서 가장 나쁜 것은 아니라고 생각했을지는 모르겠다). 영국과 프랑스에서는 결핵에 특징적으로 나타나는 연주창連珠瘡♦에 왕이 손을 대면 병이 낫는다고 믿기도 했다. 이름하여 '왕의 손길'이다.

19세기에 결핵이 도시생활과 관련이 있음을 알아차리면서 환자들은 도시가 아닌 환경을 찾았다. 어떤 사람은 높은 산은 공기가 희박해 혈액이 더 자유롭게 순환한다고 주장하기도 했다. 어쨌든 19세기 말에 이르면 아바스투마니를 비롯한 결핵 요양원이 엄청난 붐을 일으켰다. 오늘날 '삼중요법'이라고 하면 흔히 결핵 치료에 사용하는 세 가지 약물을 가리키지만, 19세기에 이 말은 맑은 공기, 푸짐한 식사, 세심하게 계획된 수면 시간을 의미했다. 결핵 치료제가 나온 것은 1944년 스트렙토마이신이 혁명을 일으키면서부터다.

결핵에 감염된 사람 중 90퍼센트는 평생 한 번도 발병하지 않지만, 일단 균이 몸속에 자리를 잡으면 물리치기가 결코 쉽지 않다. 결핵의 원인균인 마이코박테륨은 가히 세균계의 탱크라 할 만하다. 대장균 같은 세균은 20분에 한 번씩 증식하지만, '결핵균'은 분열하는 데 거의 24시간이 걸린다. 증

♦ 목의 림프샘이 부어오르는 증상.

식 속도는 느리지만 당지질로 된 견고한 세포벽을 지니고 있기 때문에 사멸시키기가 매우 어렵다. 1882년 로베르트 코흐Robert Koch가 결핵의 원인균을 밝혀냈을 때 독일에서는 일곱 명 중 한 명이 결핵으로 사망했다. 위생과 공중보건이 개선되고, 환자를 격리시켜 기세가 한풀 꺾였는데도 그 정도였다. 지금도 결핵을 완전히 몰아낸다는 것은 생각하기 어려운 일이다. 사실 코흐가 원인균을 밝혀냈을 때보다 현재 결핵으로 죽는 사람이 훨씬 많다.

1970년대 말에 이르러 의학계는 감염병을 완전히 해결했다고 믿었다. 천연두? 완전정복. 결핵? 이미 하수구로 떠내려간 자매 질병인 한센병을 따라 망각 속으로 사라질 것이 확실함(적어도 선진국에서는). 말라리아? 수많은 신약이 장밋빛 미래를 약속함. 심각한 신종 질병? 수십 년째 출현하지 않음. 하지만 1980년대가 다가오면서 세상이 흔들리기 시작했다. 맨 먼저 파티 분위기에 찬물을 끼얹은 것은 HIV였다. 항결핵제, 기타 항생제, 항말라리아제 내성 병원체가 갈수록 많아졌다. 병원마다 슈퍼박테리아가 들끓었다. 그런데도 명백한 사실을 부정하는 정서가 만연했다.♦

♦ 이런 현상이 특히 두드러진 것이 HIV다(HIV는 결핵 발생 위험을 20배 높인다). 남아프리카공화국에서 지도급 정치가들이 HIV가 에이즈의 원인임을 부정하고 나섰던 것이다. 하지만 HIV가 아프리카를 휩쓸고 있다는 주장은 아프리카가 어둡고, 위험하고, 모든 것이 결핍된 대륙이라는 고정관념을 더욱 강화했다. 일단 그 사실을 부정할 수 없게 되자, 왜 이 병원체가 아프리카에서 그토록 빨리 전파되느냐고 묻는 것 자체가 정치적으로 민감한 일이 되었다. 물론 빈곤이라고 대답할 수 있지만, 빈곤은 한 가지 요인일 뿐 유일한 답일 수는 없다.(저자)

초기에는 귀족과 유명인사가 대부분이었지만, 오늘날 아바스투마니 요양원은 사회적으로 반대편 극단에 있는 사람들로 채워졌다. 망명객, 막다른 궁지에 몰린 사람, 그리고 전과자들. 일부는 치료를 전혀 받지 못했고 많은 사람이 이곳에서 삶을 마감했다. 이곳을 찾는 이유는 돈이 한 푼도 없거나 치료에 실패했기 때문이다. 항생제가 듣지 않는 내성 결핵균주를 지닌 채 여기 오는 것이다. 일부는 소비에트연방 시절 범죄 조직에 몸담고, 한때 강제노동 수용소에서 교도소 출신 패거리를 이끌었던 소위 '어둠의 지배자들'이다. 스탈린이 죽자 약 8백만 명에 달하는 수감자가 강제노동 수용소에서 풀려났다.

어둠의 지배자들의 출신 지역은 다양했지만, 3분의 1 이상이 조지아 사람이었다. 1990년대에 조지아 내전이 끝나자 조직범죄가 기승을 부렸고, 국가는 파산 상태에 몰린 채 무력해졌다. 2004년 대통령에 취임한 미하일 사카슈빌리는 이탈리아에서 마피아를 단속했던 것과 비슷한 전략을 썼다. 그는 무자비했다. 집단 검거와 재산 몰수가 이어졌으며, 당국은 경찰의 가혹 행위를 못 본 체했다. 조직폭력배들이 고문당하는 모습을 찍은 동영상이 나돌았다. 재판에서의 선고는 뚜렷한 메시지를 던지기 위해 기획되었으며, 교도소 숫자가 급증했음에도 감방이 부족할 정도였다. 이 시기 조지아는 러시아를 포함해 유럽 어느 나라보다도 인구 대비 수감자 비율이 높았다. 붐비는 교도소마다 결핵이 창궐했다.

아바스투마니의 환자는 대부분 남성이었다. 그들은 복도를 배회하며 거침없이 담배를 피웠다. 한눈에 봐도 취한 것이 확실했다. 그들끼리 어떤 말을 주고받는지, 누가 우리에게 접근하는지 유심히 관찰했다. 교도소 생활에서 비롯되었을 강력한 위계질서가 느껴졌다. 닫힌 문 뒤에서 가래 끓는 기침 소리가 들렸다. 카메라와 마이크를 들고 돌아다니는 촬영 팀은 분명 호기심의 대상이었을 테지만, 대부분의 환자가 자기 영역에 머물렀고 가장 취한 사람만 지나치게 자신만만한 태도로 다가왔다. 그때 뜻밖에도 선명한 분홍색 레깅스 차림의 젊은 여성이 찾아왔다. 퀭한 녹갈색 눈 주변으로 머리카락은 힘없이 늘어지고, 작은 입속으로 치열이 고르지 않고 뾰족한 치아들이 보였다. 스무 살쯤 되었을까? 그녀가 조지아어로 마리암에게 뭐라고 말하자, 마리암은 닉에게 양손의 엄지를 치켜세웠다. 인터뷰 상대를 찾았다는 뜻이었다.

우리가 그녀 뒤를 따라가자 남자들은 서열이 무시당한 데 모욕감을 느끼는 것 같았다. 그녀의 방은 창문을 열어놓은 탓에 아주 추웠다. 이따금 눈송이가 무대효과처럼 날아들었다. 자연환기를 하느라 방이 너무 춥기 때문에 전기 히터를 틀어놓았다. 밖을 내다보았다. 허옇게 서리가 내린 소나무 사이로 개 한 마리가 쓸쓸하게 먹을 것을 찾아 킁킁거렸다.

그녀는 팔짱을 낀 채 침대에 앉았다. 애써 미소를 지으며 감정을 드러내지 않으려고 했지만, 눈에는 눈물이 가득 고였다. 마리암이 그 곁에 앉았다.

"괜찮아요? 당신은 어디서 왔어요?"

하투나는 조지아 남서부 아자리야 지역 무슬림 대가족에서 자랐다. 아버지가 산업재해로 손가락을 여러 개 잃는 바람에 어린 나이부터 돈을 벌어야 했다. 터키에서 결혼을 하고, 남편에게 두들겨 맞고, 이혼당하고, 빈털터리가 되고, 추방당했다. 가난, 추방, 가족의 거부 등 몇 가지 사정이 말하기 어려운 사연을 암시했다. 성매매에 종사했을 것 같았지만, 누구도 그런 질문으로 상처를 주거나 민망한 분위기를 만들지 않았다.

가족 중 누가 처음 결핵에 걸렸는지는 알 수 없지만, 그녀의 언니, 오빠와 아버지 모두 병을 피할 수 없었다. 그녀는 6개월 치료를 받았지만 실패했다. 한 달 전에 아바스투마니로 들어왔다. 고향에서는 결핵약을 구하기도 힘들었으며, 부작용으로 고생하기도 했다.

"겁났지요. 여긴 전과자들이 우글거리고, 강간당할 수도 있다고 들었거든요. 여기서 죽어가는 사람들을 봤어요. 다음 차례가 나라면 그깟 약은 먹어서 뭐 해요?"

아바스투마니를 조사한 결과 많은 문제가 드러났다. 검사는 쓸모없을 정도로 구식인 데다, 내성균을 지닌 환자들이 마구 섞여 있었고, 약물 치료도 부적절했다. 중앙난방장치가 없어 겨울에는 거의 항상 실내 온도가 영하로 내려갔다. 근거 없는 이야기와 소문, 왜곡된 사실과 허구, 터무니없는 희망과 나직한 절망의 속삭임이 뒤섞인 장소였다. 의사들도 감염되었다고 하는 사람이 있는가 하면, 공기가 너무 깨끗해약이 필요 없다고 주장하는 사람도 있다.

복도 아래쪽 기오르기의 방으로 옮겨 갔다. 마흔 살쯤 되었을까? 강인해 보이는 턱에 수염이 웃자란 그는 눈을 감고 있었다. 느릿느릿 한 단어씩 말하는 모습에서 왠지 패배감이 느껴졌다. 2013년 그는 트빌리시 지역의 오르타찰라 교도소

에서 4년간 복역한 후 풀려났다. 그곳은 어찌나 학대와 결핵이 만연했던지 그 뒤로 폐쇄되었다.♦

"상황이 아주 나빴어요. 구타가 일상이었죠. 교도관들이 얼음물을 끼얹곤 했습니다. 고문당하는 것도 봤어요. 결핵으로 죽는 사람도 많았습니다. 병에 걸려도 아무도 신경 쓰지 않았죠. 누구나 어딘가 아팠으니까요. 돈이나 많으면 모를까, 그렇지 않다면 그냥 쓰러져 죽어도 누가 눈 하나 깜짝하지 않았습니다. 의사를 만나려고 자기 몸에 상처를 내는 사람도 봤으니까요."

"언제부터 아팠습니까?" 내가 물었다.

"교도소 안에서요. 열이 나더니 기침이 심해졌어요. 그러고는 한쪽 눈이 갑자기 안 보이는데 아무도 뭘 해줄 생각조차 하지 않는 거예요. 교도소에서 나와서야 결핵 때문이라고 들었습니다. 저는 뭐랄까, 문제아였죠." 그가 능글맞게 웃었다. "술을 마셨죠. 교도소에서도요. 결핵 요양원에서는 의료용 알코올을 훔치죠."

"나와서는요?"

"결핵 때문에 신경계가 망가졌는데 내성균이라더군요. 8개월간 이 약 저 약 많이도 먹었지만 아직도 가슴에 결핵균이 있대요. 약이 안 든답디다. 하지만 여긴 공기가 좋으니까."

취한 사람 둘이 방에 들어왔다가 우리를 보고 함박웃음을 지었다. 기오르기가 나가달라고 하자 순순히 나갔다. 그는 담배에 불을 붙였다. 그러다 재떨이를 뒤집어엎는 바람에

♦ 아바스투마니 결핵 요양원도 2019년에 철거되었다. (저자)

재가 날려 그렇게 좋다는 아바스투마니의 공기 속으로 흩어졌다.

"돈이 있다면 많이 다를 겁니다. 뻔한 얘기죠. 저는 잘못을 저질렀지만, 대가가 너무 커요. 하루에 약을 스물두 알씩 먹고 주사도 맞지만, 같은 치료를 받는 사람이 죽는 모습을 매일 봅니다."

다른 환자도 많았지만 희망이 없기는 마찬가지였다. 생활이 무절제하고 빼빼 마른 환자들은 치료를 완전히 마치지 않았다. 결국 결핵 요양기관들을 옮겨 다니며 더욱 저항성이 강한 균주를 퍼뜨렸다. 아바스투마니에서는 지나친 음주로 열 번 이상 퇴소당한 사람도 한둘이 아니었다.

✳

"한 사회의 수준은 가장 취약한 사람들을 어떻게 대우하느냐에 따라 결정된다." 흔히 마하트마 간디의 말로 잘못 전해지는 이 말은 수십 년간 다양한 버전으로 활용되었다(간디도 비슷한 말을 했지만 동물에 관해서였지 사람을 두고 한 것은 아니었다). 처칠은 '가장 취약한 사람'을 '죄수'로 바꾸었으며, 그밖에 빈곤층, 노년층, 병자들, 장애인에게 스포트라이트를 비추는 사람들도 있었다. 미국 공화당원이라면 태어나지 않은 아이들을 언급할 테고.

아바스투마니를 떠나며 사회가 가장 취약한 사람들을 병에 걸렸다는 이유로 비난하는 것은 아닌지, 결국 질병을 그들의 책임으로 떠넘기는 것은 아닌지 생각했다. 타블로이

드판 언론이 그렇게 몰아가기 때문이기도 하지만('잘못된 생활습관으로 인해 생긴 질병은 결국 납세자의 부담이다'), 더 깊고 충동적인 무의식 속에서 우리 스스로도 그렇게 믿는 게 아닐까? 적어도 역사적으로는 그런 것 같다. 나병 환자부터 초기 정신병원에 쇠사슬로 묶인 채 갇혔던 사람들, 장티푸스 메리에서 최초의 에이즈 환자들에 이르기까지, 역사 속에서 병에 걸린 사람은 항상 악마화되고 배척당했다. 초기에는 에이즈를 '게이 전염병'이라고 불렀다. 신의 징벌임을 암시하는 표현이다. 우리는 언제나 질병에 도덕적 의미를 부여했다.

『은유로서의 질병』에서 수전 손택은 우리가 질병에 관해 만들어낸 징벌적 또는 감상적 환상을 민족성에 관한 고정관념에 비유했다. "질병을 상상하는 것과 이질성을 상상하는 것 사이에는 관련성이 있다. 어쩌면 그 관련성은 틀렸다는 관념 자체, 까마득하게 오래전부터 우리 가슴속에 내재된 비자기, 타자라는 개념 속에 내재되어 있을 것이다."

질병의 원인으로 외국인을 부당하게 지목한 예는 역사상 수없이 많다. 19세기 런던에 콜레라가 유행했을 때는 아일랜드인이, 14세기 유럽에 흑사병이 돌았을 때는 유대인이 죄를 뒤집어썼다. 매독을 일컫는 말만큼 이 점을 잘 보여주는 예도 없을 것이다. 매독이란 병은 분명 누군가에서 시작되었겠지만, 과연 누구란 말인가? 1588년 후안 알마나르Juan Almanar는 썼다. "(매독을) 이탈리아인들은 갈리쿠스, 즉 프랑스 병이라고 부른다." 정작 프랑스인들은 '나폴리의 악惡'이라고 불렀다. 스페인 작가인 루이 로페스데 비야로보스는 '이집트 역병'이라 했지만, 스페인에서 추방당한 유대인 공동체에서는 '스페인병'이라고 했다. 1920년대에 공산주의 사상이 퍼지는 것을 심각하게 우려하던 백호주의 호주원주민협의회는 '빨갱이 전염병'이라고 불렀다.

병에 걸린 사람이 도덕적으로 타락했다고 치부하는 것은 한물간 사고방식이라고 생각하기 쉽지만, 이방인과 마찬가지로 병자는 언제까지나 손쉬운 표적이자 준비된 희생양 신세를 면하기 어려울 것이다. 어떤 환자도 주체성이 없지는 않겠지만, 그렇다고 모든 환자를 무책임하다고만 할 순 없을 것이다. 어느 누구도 그저 잘못된 생활습관 때문에 아바스투마나나 세인트토머스병원 응급실을 찾지는 않는다. 그렇게 따진다면 모든 죽음은 일정 부분 자살이 된다. 내가 런던에서 진료했던 많은 환자가 스스로 건강을 망쳤지만, 보다 근본적인 이유를 돌아보지 않으면 그것은 가슴 아플 정도로 천박한 생각이 되고 말 것이다.

그런 사고방식이 솔깃한 것은 사실이다. 특히 건강한 사람이라면 질병이라는 현상 아래 흐르는 수많은 맥락을 축소하는 편이 마음 편할 것이다. 그 이유는 스스로 좋은 건강을 누릴 자격이 있다고 생각하고 싶기 때문이다. 우리는 건강을 미덕이나 소중한 상이라고 믿고 싶어 한다. 다른 행운도 깊은 차원에서 개인적이며, 우연이나 상황이나 특권이라는 푹신한 매트리스와는 아무 관련이 없다고 믿고 싶은 것과 마찬가지다. 이 점에서 우리는 모두 유죄다. 이렇게 말해서 유감이지만 당신도 그렇다는 뜻이다.

17
유럽 속의 정글

이 길? 저 길? 아니면 아예 다른 길? 유럽 지도 위로 몸을 숙인 채 생각에 빠졌다. 조지아에서 터키로, 터키에서 불가리아로 건너와 바르나Varna에 있는 한 호스텔에 묵고 있었다. 흑해 연안 휴양지로도 유명한 도시다. 이제 마지막 대륙인 유럽이 눈앞에 펼쳐졌다. 도로망이 거미줄 같았다. 지도의 범례에는 휴게소, 오두막 산장, 로마 유적, 심지어 과속단속 카메라까지 표시되어 있었다. 어떤 길로 돌아갈까? 선택을 할 수 있다니 꿈만 같았다. 우즈베키스탄에서 가지고 다녔던 지도가 떠올랐다. 세부 사항이 거의 표시되지 않아 지도 제작자가 일을 마치기 전에 갑자기 죽어버린 게 아닌지 생각하곤 했었다. 그래도 그 사막에서 희한한 충만감을 느꼈다. 장소의 강렬함, 마음을 달래주는 정적, 침묵만이 울려 퍼지는 공간의 충만감이었다. 내 앞에 어지럽게 얽힌 도로들, 수많은 마을과 도시가 오히려 평화로운 여행에 방해가 되는 것은 아닐까?

다시 한번 유럽은 겨울의 한복판을 지나고 있었다. 그래도 처음보다는 수월하게 횡단할 수 있을 것 같았다. 더 이상 생초보가 아니었다. 나는 변했다. 그건 분명했지만 정말로 변했음을 확실히 알려줄 만한 척도나 동반자는 없었다. 거울

속 남자는 조명만 제대로 받으면 운동선수로 보일 정도로 몸이 탄탄했지만, 헤아릴 수 없이 많은 밤을 거친 곳에서 야영하며 사교적인 생활을 멀리한 태가 나는 것도 사실이었다. 교활하달까, 눈빛에서 냉혹한 묵인의 기미가 느껴지기도 했다. 어떻게 보면 할머니를 납치한 뒤 몸값으로 돈과 함께 독한 사과주를 요구할 녀석 같기도 했다. 그를 위해 고향으로 돌아가는 길에 내 자신에게 친절해질 필요가 있었다. 지도를 봐가며 높고 험한 길을 피하는 것으로 어려운 선택의 문제를 해결하기로 했다. 연금 받는 노인도 쉽게 탈 수 있는, 종종 실제로 그렇게 하는 길을 따라 산들바람처럼 집에 돌아갈 테다. 그래서 다뉴브강 자전거도로를 선택했다.

다뉴브강은 유럽 19개국에서 물이 흘러들며, 그중 10개국을 거쳐 흐른다. 전 세계 어느 강보다도 많은 숫자다. 동유럽에서는 루마니아와 불가리아를 가르는 국경 역할도 한다. 처음 며칠은 강가를 따라 평평한 길을 빠른 속도로 달리다, 국경을 넘나들며 양쪽 강둑에서 잠깐 커피를 홀짝이기도 했다. 친절한 사람은 계속 나타났다. 그 어느 때보다도 고마웠다. 내 여행의 멋진 주제를 끝까지 유지해주었기 때문이다. 루마니아의 휴게소 관리인은 샌드위치를 사주었다. 불가리아의 호텔 지배인은 공짜로 하루 재워주면서, 봉지 가득 도넛까지 안겼다. 신년이었다. 1월의 약한 햇빛 때문에 모든 것이 창백하고 움직이지 않는 것처럼 보여 얼어붙은 이른 아침이면 세상이 그대로 화석이 된 것 같았다. 나무들은 유령 같은 모습으로 서서 뭔가를 움켜잡으려는 듯 팔을 뻗고 있었다.

다뉴브강을 따라 서서히 달리며 세르비아와 헝가리, 얼

어붙은 슬로바키아의 습지를 지나 오스트리아에 접어들었다. 귀향길에 올랐다는 희망차고 아찔한 기분 때문인지 모든 것이 전형적으로 느껴졌다. 빵 굽는 냄새가 풍겨 오는 슬로바키아의 마을들, 따끈한 와인과 마늘 냄새가 진동하는 부다페스트의 시장, 'Facebook is not Franz Kafka(페이스북은 프란츠 카프카가 아니지)'라고 인쇄된 토트백을 들고 다니는 빈의 젊은 여성들까지 모든 것이 너무나 친근한 유럽풍이었다.

다뉴브강 자전거도로의 오스트리아 구간에는 줄잡아 7,100만 개의 표지판이 있다. 서너 개의 각기 다른 지도가 붙어 있는 안내소가 거의 1킬로미터마다 하나씩 나왔다. 확대 지도, 대축척지도, 다른 각도에서 본 지도마다 엄청나게 많은 범례와 역사적 토막 상식과 그 지역 동물에 관해 사진을 곁들인 상세한 설명과 주변 게스트하우스가 표시되어 있다. 심지어 다른 지도가 어디에 있는지 알려주는 지도도 있었다. 거의 수평에 가까운 고도표까지 표시해놓았다. 뇌질환 말기에 이르러 큰 강과 그 범람원을 따라가고 있다는 사실조차 자꾸 잊는 사람을 위한 것일까? 상세한 지도를 만드는 일에 너무나 헌신적으로 매달린 나머지 자신들이 사는 도시만큼 커다란 지도를 만들었다는 보르헤스의 단편이 떠올랐다.

파사우Passau를 통해 독일로 넘어갔다. 인Inn강과 일츠Ilz강이 다뉴브강에 합류하는 이곳은 개구쟁이 하나가 친구들과 술래잡기를 하다가 얼음같이 찬 강물로 떨어진 사건으로 유명하다. 마침 지나가던 신부의 눈에 띄어 목숨을 구한 소년의 이름은 아돌프 히틀러였다. 헐!

파사우를 지나자 의구심이 들었다. 이것도 자전거 여행

이라고 할 수 있나? 차라리 독일 빵집 기행이라고 하는 편이 더 적절할 것 같았다. 이제 자전거 타기는 뭐랄까, 다소 부수적인, 그러니까 목적을 이루기 위한 수단이 되어버렸다. 목적이란 다름 아닌 슈트루델♦이었다. 그간 탄탄한 근육질의 진지한 챔피언으로 귀향하는 모습을 상상했었다. 하지만 이제 매우 행복한 사람으로 돌아갈 가능성이 더 높았다. 얼굴에 페이스트리 부스러기를 덕지덕지 묻히고 가슴은 살이 쪄 축 늘어진 모습으로 말이다.

바이에른주의 빈처Winzer 쪽으로 달리는데 다시 아스팔트에 눈이 엷게 깔렸다. 어느 날은 바람 한 점 불지 않아 밤새 내린 눈이 굵은 가지에 소복소복 쌓였다. 날이 밝는 순간 자전거도로 위로 가지를 늘어뜨린 소나무 머리마다 성유를 바른 것 같았다. 아침 햇살이 나무에 닿자 눈은 때로는 덩어리로 떨어지고, 때로는 가루로 날렸다. 완벽하게 푸른 하늘 아래 눈보라가 치듯 삽시간에 도로 전체가 아름답게 빛났다. 정신이 아득할 정도로 삶을 긍정하게 하는 장관이었다. 틀림없이 독일어에 그런 현상을 가리키는 단어가 있겠지만 역시 발음은 거칠고 딱딱하겠지? 어쩌면 스흐룬타빈타프라칸 Shruntabintafrakan♦♦쯤 되려나?

다뉴브강 자전거도로는 여름 내내 여행자로 붐비겠지만 지금은 한 명도 볼 수 없었다. 여름 여행객을 유혹했던 '캠핑' 표지판에 눈이 쌓이고 얼음이 매달려 캠핑하지 말라는 경고

♦   페이스트리 반죽에 사과, 건포도 등을 넣고 구운 파이.
♦♦   지어낸 말이다.(저자)

표지판처럼 보였다.

유럽에서 무료로 여행자를 재워주는 사람들의 집에 묵을 때면 많은 사람이 소위 '난민 위기'를 언급했다. 대화 상대에 따라 위기의 원인을 난민에게서 찾기도 했고, 반대로 그들을 그런 상황으로 내몬 요인들을 언급하기도 했다. 그들을 위협하는 것은 끊임없는 분쟁과 세계화된 불평등이다. 2015년 여름의 대탈출은 제2차세계대전 이후 유럽에서 발생한 가장 큰 규모의 인구 이동이라고 했다. 뮌헨에서는 페기다PEGIDA✦에서 발간한 전단을 나눠주는 사람도 보았다. 좌익 단체 역시 다시 활력을 얻어 결집했고, 영국에서는 '사랑을 선택하라Choose Love'가 저항의 슬로건이 되었다. 오스트리아와 독일에서 나를 재워준 사람 중 몇몇은 칼레와 됭케르크에 있는 난민 캠프들을 지원했으며, 시리아에서 온 가족과 아프가니스탄 남성들에게 방을 내준 사람들도 있었다. 영국 언론은 사람들의 이동을 보도하며 '해일', '강물', '파도' 등 물을 묘사하는 표현으로 헤드라인을 뽑았고, 일간지 『데일리 메일』은 난민이 "떼 지어 몰려온다", "우글거린다", "우리를 포위했다" 등 한층 자극적인 비유를 동원했다. 마침내 집에 돌아간다는 희망에 찬물을 끼얹는 것이 있다면 바로 영국의 저질 언론이었다.

✦ Patriotic Europeans Against the Islamisation of the West의 머리글자를 딴 것으로, '서구의 이슬람화에 맞서는 애국적 유럽인들'이란 뜻의 극우 단체다.(저자)

*

    레겐스부르크Regensburg에서 다뉴브강을 뒤로하고 북쪽으로 방향을 돌렸다. 목적지는 독일 서부의 회펠호프Hövelhof였다. 특별할 것 없는 소도시로 그곳에 사는 한 사람만 아니라면 내게 아무 매력이 없는 곳이다. 그는 하인츠 슈튀케Heinz Stücke, 세상에서 가장 열렬한 자전거 방랑자였다.

    하인츠의 여행 기록은 믿기 어려울 정도다. 몇 가지만 주워섬겨도 사람들은 아무 말 없이 얼굴을 찡그리며 황당한 표정으로 한참 동안 내 얼굴을 쳐다보곤 한다. 그가 자전거로 달린 거리는 도합 65만 킬로미터에 이른다. 적도를 따라 지구를 열여섯 바퀴 도는 거리다. 그는 2년 전 마침내 회펠호프로 돌아왔는데, 그때까지 전 세계를 누빈 세월은 무려 51년이었다. 51년이라니!

    몇 번을 막다른 골목에 부닥치고, 대답 없는 전화와 이메일을 수없이 시도한 끝에 마침내 그의 전화번호를 손에 넣었다. 자기 집에서 며칠 머물다 가라고 했다. 오랜 세월 그 뒤를 쫓아왔지만 하인츠는 유령 같은 존재였다. 6년 전 니스의 숙소에서 만난 여성은 도쿄의 골목에서 낡은 자전거 옆에 앉아 소책자를 파는 자그마한 남자를 보았다 했다. 광택 나는 종이에 인쇄된 단어와 사진들로 그의 여정이 짧게 요약되어 있었다. 하인츠는 수십 년간 여행 경비를 벌기 위해 세계 곳곳의 대도시에서 이 소책자를 팔았다. 니스에서 그걸 빌려 밤새 읽으며 짐바브웨 반군이 그의 발을 총으로 쏘고 속옷만 남긴 채 홀딱 벗긴 일, 모잠비크에서 벌 떼의 습격을 받아 거의 죽을 뻔했던 일 등 위기일발의 상황에 완전히 사로잡히고 말았다. 행운의 순간도 있었다. 에티오피아의 하일레 셀라시에 황제는 그를 만난 자리에서 5백 달러를 하사했다. 태국에서는 비행기 한 대가 바로 그의 머리 위를 지나 길에 비상착륙하기도 했다. 모든 이야기가 놀라움 그 자체였다. 홍콩에 도착했을 때 1940년에 문을 연 미스터 리의 플라잉볼 자전거 숍에 전화해보았다. 홍콩에서 하인츠가 가장 좋아해 자주 들르는 장소였다. 미스터 리는 자전거 정비사로 유럽인과 홍콩인을 고용했는데, 그들은 무술 시합하듯 서양식과 동양식으로 바퀴를 만드는 경연을 벌였다. 미스터 리도 하인츠의 소책자를 팔았다. 그는 하인츠가 친구로 생각하는 몇 안 되는 사람 중 하나였다. 하인츠가 홍콩에 올 때면 언제나 가게에서 재워주었다.

하인츠가 난생처음 소유한 집으로 찾아오는 길을 안내하는 설명은 기대했던 대로 매우 정확했다. 나무, 벤치, 기타 이정표가 될 만한 것은 모두 들어 있었다. 나무를 네 그루 센 후 학교 부지 경계에 맞붙어 있는 흰색 단층집을 찾았다. 설명대로 창에는 불이 들어오는 지구본이 놓여 있었다. 하인츠는 문을 활짝 열었다.

"어디 있다 오는 거야, 내내 자네를 기다렸잖아! 이렇게 비가 오는데 왜 자전거를 타?"

"네? 당신은 비가 오면 자전거를 타지 않나요, 하인츠?"

"글쎄 뭐, 타긴 타지, 어쩔 수 없을 때도 있으니까!"

그가 내 자전거를 잡았다. 우리는 힘을 합쳐 자전거를 번쩍 들어 집 안에 들여놓았다.

"이런 젠장, 너무 더럽군. 여기서 기다려."

그는 변기용 솔을 가져와 내 자전거 체인을 공격하기 시작했다.

"진흙이 잔뜩 달라붙은 자전거는 변명의 여지가 없어! 이제 됐네. 1킬로 정도 가벼워졌을걸."

그는 키가 작았다. 그토록 열심히 페달을 밟아 지구 곳곳을 누비고 다닌 두 다리가 보잘것없이 작다는 사실이 반가웠다. 넓게 벗겨진 이마 양쪽으로 남은 머리는 백발이었다. 눈썹은 아주 진하고 두꺼워서 인정머리 없어 보이기도 했지만, 약간 탁해진 파란 눈동자는 생기가 넘쳤다.

그 단층 주택은 그에 대한 존경의 표시로 회펠호프시에서 기증한 것이었다. 복도 양쪽으로 방이 다섯 개 있는데, 가장 큰 방 벽은 크게 확대한 여행 사진들로 덮여 있었다. 마다가스카르의 이른 아침, 역광 속에서 바오밥나무 사이로 자전거를 달리는 모습, 아카시아나무 아래 귀한 그늘을 발견하고 나른하게 누운 모습, 베트남에서 금방이라도 부서질 것 같은 버스와 나란히 달리는 모습. 그는 내가 흥미를 느낀 것을 알아차렸다.

"믿어지지 않겠지만, 저 버스들은 나무를 때서 달린다고! 여기 봐, 보이지? 뒤쪽에 아궁이가 있어. 아아, 이제는 저런 버스를 볼 수 없다네."

나는 무섭게 돌진해 오는 모래 벽을 보고 활짝 웃었다.

"저 모래 폭풍은 모리타니아에서 찍은 건데, 끔찍했지만 오래가진 않았어. 이쪽 것은 니제르에서 찍었지, 무려 열흘 동안 그치질 않더구먼!"

이전에 본 사진도 몇 장 있었다. 특히 안 좋은 일을 당한 사진이 눈길을 붙잡았다. 이란에서 차가 그를 향해 돌진하는 사고를 당한 후 스스로 자기 모습을 찍은 것이었다. 얼굴은 온통 새로 생긴 흉터로 뒤덮였고, 두 눈은 분노로 이글거렸다.

내가 가장 좋아하는 사진은 걸려 있지 않았다. 집 떠나기 2년 전인 1960년에 찍은 사진 속에서 당시 스무 살의 나이보다 어려 보이는 그는 짧은 반바지를 입고 앞머리를 휘날리며 너무 큰 자전거에 앉아 양쪽으로 다리를 활짝 벌리고 있다. 카메라 저편을 응시하는 눈에는 묘한 강렬함이 번득인다. 어쩌면 당신도 하인츠가 너무 오래 방황했다고 생각할지 모른다. 실제로 많은 사람이 그렇게 생각하지만 사진 속의 그는 이미 마음속에 뚜렷한 행선지를 정해놓고 있었다. 궁금했다. 그는 거기 도착했을까?

부엌에 마주 앉았다. 10분간 한마디도 끼어들 수 없었다. 하인츠가 그런 사람이란 얘기는 진작 들었다. 2006년 영국의 포츠머스에서 그는 여섯 번째로 자전거를 도둑맞았다. 영국 언론은 격분했다. "좀도둑이 세계 일주 중인 자전거 여행자에게 브레이크를 걸다." 공개적으로 자전거를 돌려달라고 호소하는 그에게 누군가 친절을 베풀어 자기 집에서 머물게 해주었다. 나중에 집주인은 『데일리 메일』 기자에게 말했다. "그렇게 말 많은 사람은 처음 봤습니다. 너무 당황해서 어찌할 바를 모르겠더군요. 도대체 스위치를 내릴 수가 있어야지요!"

무려 51년간 자전거 여행을 한 사람을 상상해보라. 대부분 모험심 가득한 정형화된 이미지를 떠올리지 않을까? 진지하고 의지가 굳으며 약간 냉정한 표정으로 먼 곳을 응시하는 눈동자 같은 것. 어쨌거나 하인츠처럼 쾌활한 수다쟁이를 그려볼 사람은 없을 것이다. 집이 그토록 어질러져 있으리라고도 전혀 상상하지 못했다. 거실 벽에는 기네스 세계기록 인증서 액자가 걸려 있었는데(1990년대 어느 시점에 그는 세계에서 가장 먼 거리를 여행한 사람이었지만, 그 뒤로 온갖 강박증 환자들이 미친듯이 비행기를 갈아타가며 여권에 세계 각국의 출입국 증명 도장을 수집하는 희한한 풍경이 펼쳐졌다), 그 아래에 양장본 저서 『집은 다른 곳에Home Is Elsewhere』가 몇 무더기 쌓여 있었다. 다른 작가의 책도 있었다. 제임스 미치너 두 권, 니체 한 권. "모든 것을 보고 싶었던 사람"이라는 제목으로 하인츠에 관한 기사가 실린 1974년판 『선데이 타임스』 잡지도 있었다. 서류 캐비닛은 수만 장의 슬라이드 필름으로 꽉꽉 채워졌고, 선반에는 수백 장의 지도와 수백 권의 일기가 빼곡했다. 작년 내내 정리하느라 바빴다 했다. 그는 컴퓨터에 서툴고 이메일 주소도 없는 채로 어떻게든 수많은 자료를 분류하려고 애를 썼다.

회펠호프로 돌아왔을 때 도시는 그가 알던 것보다 세 배 커져 있었다. 학창시절 친구들은 떠난 사람이 드물고 대부분 그대로 남아 있었다. 반세기 만에 다시 만난 것이다.

"감정이 북받치던가요?" 몇 주 뒤면 런던에 도착한다고 생각하니 내 스스로 어떤 감정을 마주하게 될지 거의 매일 상상하던 참이었다.

"아니, 아니, 전혀. 그냥 좋았지. 시장도 왔어. 작은 파티를 열었다네."

거실에는 지구본이 세 개 있었는데, 그중 하나는 어린아이 여럿이 색색의 크레용을 손에 쥐고 낙서한 것처럼 보였다. 사실 그 비뚤비뚤한 선은 그가 자전거를 타고 여행한 경로를 표시한 것이었다. 하인츠는 온갖 사실과 숫자들을 줄줄 꿰고 있었다. 눈 깜짝할 새에 모든 대륙의 면적을 제곱킬로미터 단위로 술술 읊은 뒤 자랑스러운 표정을 지어 보였다. 어설픈 내 여행 지도를 보고는 별로 달가워하지 않았다. 갔던 곳들을 대충 표시한 것 정도로는 그의 높은 기준을 만족시킬 수 없었다.

"그런데, 이건 뭐야? 시안이라고? 아니, 아니, 아니, 이건 훨씬 동쪽이잖아. 그럼 여기는? 전혀 맞질 않네."

그 옆방에 그의 첫 번째 자전거가 세워져 있었다. 방문했던 나라와 도시 이름이 몸체를 온통 뒤덮고 있었다. 그는 144개의 작고 가느다란 고무 조각도 소중히 간직했다. 타이어가 완전히 닳아서 버릴 때마다 한 조각씩 잘라낸 것이었다. 벽에는 아나콘다 껍질이 매달려 있고, 그 아래에 길에서 주운 시계와 스패너들이 수북이 쌓여 있었다. 그는 뭐든 버리는 것을 극도로 싫어해서 때때로 펑크 난 타이어 내부의 튜브를 묶어서 썼다고 했다. 오랜 여행 기간 동안 그는 이 물건들을 독일에 사는 여동생에게 부치거나, 그가 '벙커'라 부르는 파리의 어둑한 방에 보관했다. 그 공간은 친구가 빌려준 것으로, 때때로 잠깐씩 베이스캠프로 이용하기도 했다. 테이블 위에는 모자들이 전시돼 있었다.

"난 이걸 좋아해, 호주에서 산 건데, 이거 봐, 햇빛도 가리고 이걸로 땀도 닦을 수 있다고!"

실제로 그는 시범을 보였다.

"맹세컨대 나는 살아 있는 사람 중에 제일 땀을 많이 흘릴걸!"

실제로 땀 때문에 자전거를 망가뜨린 적도 있었다. 코끝에서 똑똑 떨어진 땀이 인간 종유석처럼 자전거 프레임을 서서히 부식시킨 것이다. 오래도록 태양에 노출된 탓에 양눈에는 백내장이 생겼다. 똑같은 악몽에 계속 시달린다고도 했다. 누군가 자전거와 슬라이드들을 훔쳐 가서 쫓아가 잡으려고 미친 듯이 달리며 강을 몇 개씩 뛰어넘지만 결국 허사로 돌아가는 꿈이었다.

그러니 그는 수집가가 될 수밖에 없을 것이다. 그 많은 사진, 모자, 잘라낸 타이어 조각을 지구본 위의 거리와 국가와 표시선과 연관 짓지 않는다는 것은 불가능할 것이다. 일기에 모든 증거를 기록한 방식은 강박적이기까지 했다. 어디서 며칠을 머물렀는지, 몇 번이나 방문했는지, 모든 세세한 사항을 꼼꼼히 적어두었다. 나에게 얼마든지 보라고 했다. 1973년 어느 날, 영국인 자전거 여행자와 함께 맥주를 여섯 잔 마셨다고 적혀 있었다. 침대 위에 펼쳐놓은 지도에는 51번의 크리스마스를 보낸 지역이 표시되어 있었다.

굳이 내 생각을 확인받을 필요는 없었지만, 나는 결국 이렇게 묻고 말았다. "하인츠, 이거 강박증 아니에요?"

그는 멍한 표정으로 한동안 골똘히 생각했다. 그리고 입을 열었다. "이게 내가 하는 일이야. 내가 하는 일의 전부지."

다시 그의 얼굴이 밝아졌다. "나는 매년 1만 2천 킬로미터를 자전거로 달린다고, 최소한!"

이런 목표가 어떻게 여행을 정당화할 수 있는지, 그 자신은 어떤 목표를 가장 값지게 여기는지 궁금했다. 이전에 나도 스스로의 결단력에 감탄하며 여섯 개 대륙을 자전거로 가로지른다는 목표를 자랑스럽게 떠벌린 적이 있었다. 얼마나 오랫동안 길에 있는지 떠올리며 긍지를 갖기도 했지만, 이제 그런 사실이 민망했다. 달린 거리를 차곡차곡 쌓는 것이 어떤 의미가 있을까? 그런 행위가 예컨대 인내력 같은 자질을 입증한다고 해도, 그건 첫 2년 정도에 그칠 것이다. 이제 내 여행에 대해 말하는 것은 이런 고백처럼 느껴졌다. "안녕하세요, 저는 스티븐입니다. 편집광이지요."

하인츠를 흥분시키기는 쉬웠다. 그는 변화를 거부하는 천성을 타고난 사람이었다. 그날 저녁만 해도 단파 라디오의 종말과 인터넷으로 비자를 신청하는 과정에서 느끼는 좌절감과 직물 층 사이에 물이 고이는 최신형 노스페이스 텐트에 대해 한탄을 늘어놓았다. 하지만 종종 생각의 갈피를 놓쳤고, 다음 순간 백 퍼센트에 이르는 아마존의 습도에 어떻게 대처하는지 보여준다며 부엌 테이블 쪽으로 몸을 뻗쳐 수건을 뭉친 후 자기 몸에 부채질을 해댔다.

"이거 봐! 이렇게 하는 거야! 내가 쓰는 방법이지! 이렇게!"

하인츠는 여러 가지 빵과 소시지와 치즈로 저녁을 대접했다. "먼저 몸을 덥혀야지!" 그는 시르커 포이어스타인이라는 짙은 갈색 허브 술을 따라주었다. 그리고 카모마일차를 커다란 컵에 따라 건넸다('인도 사람처럼!'). 10분 정도 모로코의 민트차에서 동양의 밀크티에 이르기까지 세계의 다양한 차에 대해 이야기했다.

"사람들은 항상 최상급을 원하지." 하인츠가 투덜댔다.

"나한테 가장 힘들었던, 가장 높았던, 가장 좋았던… 장소가 어디냐고 물어. 내가 그걸 어떻게 알아?" 하지만 그는 인간관계에 대한 질문을 훨씬 더 싫어했다. 그는 양친의 장례식에 모두 참석하지 못했다. 사실 두 번 다 상을 당하고 몇 주 뒤, 어쩌면 몇 달 뒤에야 그 사실을 알았다. 조야라는 벨라루스 여성과 8년간 사귀기도 했다('파괴자 조야'라고 말하며 그는 윙크를 날렸다). 그녀가 자기 돈을 너무 많이 빨아먹었다고 주장했다. 그 지역 예술가인 새 여자친구를 사귀었지만, 그는 자기 삶에 사람이 없는 편이 더 편할 때가 많다고 인정했다. 나처럼 어쩌다 찾아오는 방문객을 맞는 것은 즐겁다고 했다. 행복, 관계, 후회에 대한 질문들, 지나치게 사적인 질문들을 너무 많이 받는 것은 그처럼 이례적인 생활방식을 지닌 사람에게 무척 거슬리는 일일 테지만, 하인츠에게는 그런 질문이 더없이 적절한 것 같았다.

그날 밤 맥주를 마시며 더 깊은 주제에 관해 이야기를 시작했다. 난민 문제가 궁금했다. 하인츠는 인구 과밀 탓이라 했다. 세상에 사람이 너무 많고 우리가 그 문제에 대해 말하기를 꺼리기 때문에 재난과 전쟁과 전염병이 생긴다는 것이다.

"자연은 이런 문제를 바로잡기 위한 방법을 찾게 마련이라네."

"당신이라면 어떻게 하시겠어요, 하인츠?"

"출산을 제한해야지. 아이를 셋 낳으면 여성에게 돈을 줘서 불임수술을 받게 하는 거야. 5백 달러씩. 우리는 좁은 공간 속에서 어깨를 맞댄 채 자원을 두고 싸우고 있네. 예컨대 아프리카인 말이야, 아주 자연적인 사람들이거든. 필요하면 약탈하고 훔치지. 그저 오늘을 위해 살 뿐 내일은 생각하지 않아. 인구가 지금처럼 계속 폭발하면 르완다처럼 인종청소가 또 일어날 거야. 아니면 에이즈 같은 병이 또 생기든지. 그게 자연적인 거라고!"

막상 그런 분노를 접하고 보니 어디서부터 반박할지 난감했다. 영국이 르완다보다 인구밀도가 높으며, 세계의 자원을 약탈한 걸로 따지면 영국과 독일이 어떤 아프리카 국가보다 더할 것이며, 인구는 끊임없이 늘었지만 넓은 차원에서 볼 때 갈등은 꾸준히 감소했음을 지적했다.

"천만에! 고통은 그보다 훨씬, 훨씬 많아! 빗방울처럼 쏟아진다고! NGO들은 최선을 다한다고 하지만 전혀 그러지 않아. 세이브더칠드런? 웃기지 말라 그래! 돈세이브더칠드런 Don't Save the Children이 낫겠다! 어린애들이 너무 많아! 콜카타에 가봐, 쥐한테 먹이를 주면 끝없이 새끼를 낳다가 결국 지들끼리 공격한다고. 우리도 동물하고 똑같아."

하인츠는 벌떡 일어났다. 이마를 씰룩거리고, 주먹은 불끈 쥔 채.

"자연은 균형을 찾을 거야! 독일은 난민에게 국경을 닫아걸고, 북아프리카인들을 추방해야 돼. 시리아인들은 일단 머물게 해도 좋지만, 나중에는 돌려보내야 해. 비용이 너무 많이 들거든."

그러니까 하인츠는 그가 성인이 된 후 줄곧 망명 생활을 한 것이나 다름없는 독일의 경제를 걱정하는 것이었다. 인간이란 이기적이며, 죽느냐 죽이느냐의 경쟁 상태에 있고, 연민이란 전혀 없으며, 어떤 생물학적인 조건, 불변의 기초에 의해 운명 지어진 존재라고 보는 것이다. 푸코는 인간의 본성을 규정하는 것이 무엇이냐고 묻는 것 자체가 잘못된 질문이며, 사람들이 어떻게 '인간 본성'이라는 특정한 개념을 이용해 신학이나 생물학이나 역사에 대한 특정한 관점을 강화하느냐가 정말 중요하다고 생각했다. 인간 본성이란 것을 규정할 수 있다고 해도 나는 그것을 극복할 수 있는 우리의 능력이 더 중요하다고 생각한다. 타고난 본성이라는 개념 자체가 인간을 옥죄는 것처럼 느껴진다. 그런 개념은 특정한 문화의 관습과 특징이 지리적 조건에 달려 있다는 지리적 결정론을 떠올리게 한다. 내게는 그야말로 근시안적이고 운명론적인 세계관으로 보인다. 스스로 유전자나 과거의 역사나 지리적 조건에 갇힌 죄수라고 생각하면 우리는 아무런 주체성도 갖지 못한 채 그저 우주를 떠도는 존재가 되고 만다. 인간은 모든 것을 체념한 목적 없는 존재가 되고, 보다 중요하게는 모든 희망을 잃게 될 것이다. 희망이 없다면 인간성이 꽃필 수 없다. 희망이야말로 세상을 보다 나은 곳으로 만들게 하는 원동력이다. 리베카 솔닛은 썼다. "희망은 장차 무슨 일이 일어날지 모르며, 그렇게 드넓은 불확실성의 공간이야말로 행동에 나설 수 있는 여지가 된다는 전제 속에서 싹튼다."

인류는 자원을 두고 싸우도록 운명 지어졌으며, 가장 강한 자만이 살아남아야 하고, 투쟁이 바로 '자연 상태'라는 관념은 흔히 '생활권'이라고 번역하는 독일어 '레벤스라움Lebensraum'의 개념을 낳았다. 나치는 이 개념을 이용해 남의 땅을 빼앗고 영토를 확장하는 대외 정책을 정당화했다. 물론 인구는 무한정 늘어날 수 없으며, 언제까지나 지구의 자원을 끌어내 쓸 수도 없다. 하지만 하인츠가 매우 선택적인 다운사이징을 그토록 열렬히 지지한다는 것이 나는 매우 불편했다. 특정한 사람들만 모든 것을 축소하고 제한하고, 다른 사람들은 그러지 않아도 된다는 것일까?

"당신이 뭔데 인간 본성을 규정한다는 건가요, 하인츠?"

"자네는 몽상가에 불과해!" 그는 고함을 질렀다. "6년간 세계를 일주했다고? 그건 아무것도 아니야! 자네가 뭘 알아!"

'당신은 세상을 얼마나 아나요?' 나는 마음속으로 반문했다. 혼자서, 어디에도 뿌리를 내리지 않은 채, 항상 떠돌아다니기만 했던 당신이? 어쩌면 공동체 속에서 살며, 모든 미묘한 맥락과 다양성과, 모든 불일치와 타협을 경험하는 것이 이방인처럼 세계를 바라보며 어디에도 소중한 것을 걸지 않은 채 그저 세상을 둘러보며 돌아다니는 것보다 세계관을 형성하는 데(그리고 올바른 세계관을 형성하는 데) 훨씬 강력한 힘을 발휘하지 않을까? 나 스스로 여행을 돌아보면서 바로 그런 점을 안타깝게 생각하던 참이었다. 지난 몇 년은 대체적으로 어디에도 참여하지 않는 연습을 한 셈이었다. 세상의 어느 한 조각도 개선하지 않은 채 그저 여기저기 코를 들이밀고, 때로는 관음증적인 시선으로 둘러보기만 했다. 기분이 곤두박질칠 때면 그 모든 시간이 존재 가치와 목적을 찾으려는 헛된 노력에 불과하지 않았나 하는 생각마저 들었다. 어쩌면 나는 처음부터 인생의 목적 따위 고민할 필요 없이 살다가 올리버 색스가 말한 소박한 이상을 지닌 채 죽을 수도 있었으리라. "무엇보다 나는 평생 이 아름다운 행성에서 지각 있는 존재, 생각하는 동물로 살았으며, 그 자체가 엄청난 특권이자 모험이었다." 어쩌면 목적을 찾는다는 건 탐욕스럽고 터무니없는 행위인지 모른다. 그와 동시에 핵심에서 벗어난 것일지도 모르고.

하인츠의 분노는 이내 식었다. 다음 날 아침 그는 거실에 놓인 운동용 자전거 위에서 가쁜 숨을 몰아쉬며 쾌활하게 손을 흔들었다. 그는 다리를 절었다. 고관절염 같았다. 하지만 하인츠는 침대에 누워 임종을 맞지는 않을 것이다. 그렇게 순순히 떠날 사람이 아니었다. 마지막 순간 그는 안장에서 땅으로 떨어질 것이다. 나는 한 점도 의심하지 않았다.

✳

하인츠와 헤어지고 사흘 후, 나는 암스테르담에 있었다. 집중해야 했다. 그것도 아주 열심히. 자전거 인프라에 그토록 헌신적인 노력을 기울였음에도 암스테르담에서 자전거를 타는 사람들이 어떻게 죽지 않고 살아 있는지 이해하기 힘든 순간이 종종 있었다. 무엇보다 네덜란드 자전거 이용자들은 끔찍했다. 그들이 자전거 위에서 보내는 시간을 생각하면 처음에는 이해가 안 되지만, 그 말은 그들이 자전거 위에서 온갖 활동을 한다는 뜻이기도 하다. 가만히 꼽아보았다. 문자메시지 보내기, 온라인쇼핑, 옷 입고 벗기, 연애하기(나는 하마터면 손을 잡은 채 달리는 젊은 연인들의 팔에 걸려 펄럭이는 빨래 신세가 될 뻔했다), 책 읽기, 음식 먹기, 담배 피우기, 머리 빗기와 땋기. 사람들이 자전거와 오토바이에 탄 채 벌 때처럼 몰려다니며 이 모든 일을 해결하는 동안 돌풍에 가까운 바람이 끊임없이 후려치며, 겨우 타이어 너비에 불과한 전철 선로가 예측 불가능한 간격으로 자전거도로와 교차한다. 이런 아수라장 속에서 사흘만 지내면 여행객은 그야말로 마약에 취한 듯 몽롱한 상태가 되고 만다.

암스테르담에서 길을 건널 때는 폭탄 해체 전문가처럼 신경을 바짝 곤두세워야 한다. 도움이 되는 절차가 있긴 하다. 영국어린이교통안전규칙처럼 오른쪽 보고, 왼쪽 보고, 다시 오른쪽을 본 후 한 걸음 내딛는 것이다. 그래도 아주 예쁘고 키가 큰 여성이 몸을 꼿꼿하게 세운 채 남자친구와 전화를 하며 엄청난 속도로 짐 자전거를 몰고 지나가다 머리를 후려치는 일이 생긴다. 로테르담의 라르스란 친구가 휴대폰 저쪽에서 들은 부드럽게 털썩하는 소리가 당신이 세상에 남긴 마지막 자취가 되는 것이다. 살아남았다면 어떻게 해야 할까? 운전 중에 치미는 분노를 참지 못하고 난폭한 말과 행동을 하는 것은 네덜란드에서는 매우 부적절한 짓이다. 헬멧을 쓰거나 도로에서 겁을 집어먹는 것은 전혀 네덜란드적이지 않다.

암스테르담에서 살아남은 내 계획은 단순했다. 해안을 따라 쏜살같이 달려 칼레에서 영국행 배에 오른 후, 하루만 더 달리면 런던에서 가족과 지인들을 만나 감격의 포옹을 나눌 수 있었다. 하지만 헤이그를 향해 출발하면서 용두사미격의 실망스러운 결말을 맞으면 어쩌나 슬슬 걱정이 되기 시작했다. 몽골과 아프가니스탄에서 살아남은 내가 완벽하게 안전하고 일상적이라고 여긴 장소, 예컨대 벨기에 같은 곳에서 죽을 수도 있지 않을까? 과속방지턱을 넘는데 갑자기 자전거가 일곱 조각으로 분해되면 어쩌지? 속도를 바짝 줄인 상태에서 여섯 살짜리 프랑스 아이가 모는 세발자전거와 충돌해 예기치 못한 죽음을 맞는다면? 캔터베리 외곽에서 우르르 몰려가는 양 떼에 휩쓸려 어처구니없는 최후를 맞는다면? 가능성은 낮았지만, 걱정은 끝이 없었다.

날씨도 마찬가지였다. 지난 2주간 귀향을 환영이라도 하듯 너무나 영국적으로 변하고 있었다. 비가 오락가락하며 잔뜩 구름이 끼더니, 바람과 함께 빗방울이 굵어지고, 마침내 가장 영국적인 기상 상황이 펼쳐졌다. 보슬비가 끝없이 내리기 시작한 것이다. 일기예보를 들어보니 한바탕 난리가 날 판이었다. '이모젠Imogen'이라는 이름의 폭풍이 심술을 부리고 있었다. 최악의 상황은 역시 영국에서 벌어질 것이었지만, 당장 폭풍은 로테르담을 향했다. 얼마 지나지 않아 나는 시속 90킬로미터의 강풍 속에서 악전고투했다. 왜가리들이 신문지처럼 바람에 날아갔고, 풍력발전기 날개가 미친 듯 돌았다. 한 남자가 멈추더니 조언을, 최소한 상황을 들려주었다.

"바람이 엄청 심합니다." 그가 폭풍의 포효를 뚫고 소리를 질렀다.

"시끄러운 소리가 들리기에 뭔가 했답니다."

"그래요오오. 당신한테는 아주 끔찍할 겁니다. 헤이그로 가시는 모양인데, 계속 맞바람을 받게 될 겁니다."

"제가 선생님을 운하에 처넣으면 구해달라고 외쳐도 아무도 못 듣겠군요."

"뭐라고요?"

"도와주셔서 감사합니다."

코딱지만 한 벨기에에서 거위 간처럼 튼실한 프랑스로 넘어갔다. 내가 프랑스어랍시고 발음하는 음절을 프랑스인은 전혀 알아듣지 못한다는 점이 묘하게 위안이 되었다. 칼레에서는 6년 전에 묵었던 유스호스텔을 찾았다. 그때는 거의 비어 있었는데 이제는 '정글'에서 일하는 자원봉사자로 빈 방이 거의 없었다. 정글이란 갈수록 커지는 난민 캠프를 가리키는 말이었다. 아침을 먹으면서 자원봉사자 몇 명과 얘기를 해보았는데, 하나같이 캠프의 불결함과 과밀 상태, 이런 일이 초래된 상황과 유럽 해안으로 밀려오는 어린이들의 주검에 대한 정치인들의 방관에 경악을 금치 못했다. 힘을 보태기로 했다. 어쩌면 면죄부를 받고 싶다는 욕망이 반영되었을 것이다. 나는 이 세계의 덕을 보았다. 많은 것을 제공받았다. 비교하기 부끄러울 정도로 짧은 시간이지만 아주 조금이라도 빚진 것을 갚고 싶었다.

옷가지와 침구, 기타 기부 물품을 보관하는 창고에 배치되었다. '오베르주Auberge'라는 비정부기구에서 운영하는 시설이었다. 목소리가 크고 눈에 잘 띄는 헤티라는 담당자가 지시 사항을 전달했다.

"함부로 사진을 찍지 마세요, 여러분. 이분들은 많은 일을 겪었습니다. 그러니 존중해주세요. 일하다 보면 커다란 기계 속에서 돌아가는 작은 톱니바퀴에 불과하다는 생각이 들지 모르지만, 여러분이 하는 일은 중요합니다. 자 그럼, 누가 세심한 일을 잘하나요? 의료용품 키트를 만들어줄 다섯 분이 필요합니다. 하나, 둘, 셋, 넷, 다섯. 저쪽으로 가세요! 나무 자를 분! 누가 몸 쓰는 일을 좋아하지요? 이분하고 저분.

프랑스어 하시는 분! 저쪽으로 가세요! 저기가 여러분의 '구역'입니다!"

나는 쓰레기 치울 사람들과 함께 미니버스에 올라 한때 산업 쓰레기 폐기장이었던 현장으로 향했다. 저 위쪽 도로에서 짐칸 지지대에 '런던 콜링London Calling'◆이라고 휘갈겨 쓴 대형 화물차들이 영국을 향해 달리고 있었다. 전날 쏟아진 폭우 탓에 캠프 안 도로는 진창인 데다, 뭐가 흘러들었는지 모를 수상쩍은 색깔의 물웅덩이가 곳곳에 패어 있었다. 다닥다닥 달라붙은 싸구려 텐트들이 어찌나 넓게 펼쳐져 있는지 끝이 보이지 않았다. 텐트들은 부러진 폴대 조각으로 땅에 고정하고, 버팀목을 세워 비닐 방수포를 덮었으며, 바닥에는 화물 운반용 팰릿을 깔았다. 몇 개의 이동식 화장실에는 배설물이 거의 변기 시트에 닿을 정도로 쌓여 있었다. 우리는 무너진 텐트들을 온 힘을 다해 진흙탕에서 끌어냈다.

정글 내부 통행로는 붐볐다. 키가 큰 수단의 딩카족과 터번을 두른 파슈툰족 사람들이 오가는 가운데 에리트레아 국기가 휘날렸다. 파티클보드에 스프레이 페인트로 '쿠르디스탄◆◆이여, 영원하라!'라고 쓰여 있었다. 길을 따라가면 에리트레아 교회와 시리아인 거주 구역으로 통했다. 난민, 이민자, 망명자, 무국적자, 유랑자, 외국인 체류자 등 신분은 다양

◆　영국의 펑크록 밴드 클래시의 노래 제목으로, 냉전 시기의 핵전쟁, 재해 등에 대한 공포를 담은 가사로 유명하다.

◆◆　'쿠르드족이 사는 지역'이라는 뜻으로, 터키, 시리아, 이란, 이라크 등의 일부 지역을 일컫는다. 쿠르드족은 이들 나라에 흩어져 사는 '나라 없는 세계 최대 소수민족'이다.

했지만 주변을 둘러보면 그들 사이에 별다른 차이가 없었다. 뭐라고 부르든 의미 없는 명칭에 불과했다. 그토록 다양한 사연을 지닌 이들을 몇 가지 이름으로 구분한다는 것은 말도 안 되는 짓이었다. 모든 사람이 형기가 정해지지 않은 감옥에 복역하면서, 모든 사람이 좌절감을 겪었으며, 모든 사람이 앞으로 닥칠 일을 무엇 하나 분명히 알 수 없다는 끔찍한 고통을 공유했다.

상점에는 신선한 과일, 출입문 경첩, 건전지, 마스초콜릿 바 등이 부족함 없이 채워져 있었다. 간이식당 중에는 파키스탄 식당과 아프가니스탄 식당이 제일이라고 했다. 아프간 대통령 이름을 딴 하미드 카르자이 레스토랑이 인기가 있었으며, 페샤와르 출신 파키스탄인 셋이 운영하는 '세 얼간이'라는 카페는 마살라차이로 유명했다. '화이트마운틴'에는 약간 싸구려 티가 나는 흑백사진이 걸려 있었는데 진흙으로 뒤덮인 신발을 찍은 것이었다. 정글에서조차 젠트리피케이션이 일어나는 것일까? 분명 뭔가 역설적인 느낌이 있었다. '3성급 호텔'은 '5성급 호텔'에서 진흙탕 길을 걸어 내려가야 했다. '세계 무역 구덩이World Trade Hole'도 있었다.

자원봉사자 중에도 전문가들이 있어 정글 거주민은 법률 조언을 얻을 수 있다. 지오데식 돔을 공연장으로 꾸며서 탈레반에 의해 양손이 불타버린 기타리스트가 연주를 하거나 에리트레아에서 온 서커스 공연자가 마술 공연을 펼치기도 했다. 고유한 개인이 '텐트에 사는 아프가니스탄인'으로 축소되는 곳에서는 어떤 활동이든 정체성을 회복하는 데 도움이 되었다. 도서관에서 책을 빌려 볼 수도 있었다. 『우울증

극복하기』가 있는가 하면, 묵직하고 두꺼운『무기화학』교과서도 있었다. 나는 파티클보드에 페인트로 휘갈겨놓은 구호들을 지나쳐 걸었다.

"나는 이 세계에 대해 생각한다."

"우리는 형제로 함께 살다가, 바보로 함께 죽는다."

"결국 인간이다."

어떤 텐트 밖에는 유로스타에서 훔쳐 온 표지판이 서 있었다. '사망 위험'이란 말이 여기에도 적용되는지 궁금했다. 또 다른 표지판도 떠오른다. 시리아에서도 본 문구였다. 터키 국경 바로 건너편에 세워진 나무판에 흰 글씨로 이렇게 쓰여 있었다. "시리아는 귀한 손님들을 환영합니다." 한때는 그 추억을 떠올리며 미소 지었지만, 이제는 구역질이 났다.

지옥에도 일정이 있는 법. 오후 6시가 되면 아프간 하이스트리트에 암시장이 열려 기부받은 물품을 서로 교환했다. 캠프 곳곳에 홍역을 경고하는 포스터가 붙었으며, 이미 환자가 몇 명 발생했다는 소문이 돌았다. 옴은 완전히 통제 불능 상태로 치달아 모든 노력이 별 의미가 없었다. 트럭에 뛰어오르다 다치는 일도 종종 있었는데, 특히 발목을 접질리는 사람이 많았다. 화재로 인해 화상을 입고 거처를 옮긴 사람도 수백 명에 달했다. 화재 원인에 대해서는 정글의 모든 일이 그렇듯 소문만 무성했다. 파시스트들의 소행이라고 하는 사람이 있는가 하면, 경찰이나 경쟁 파벌이 저지른 짓이라는 사람도 있었다. 어쩌면 그저 절망감에 못 이긴 사람이 자기 텐트에 불을 붙였을지도 모른다.

차축까지 진흙에 빠진 이동식 주택에서 일하는 의료 자

원봉사자들도 있다. 애나는 영국에서 온 완화의료 전문 간호사로 한 시리아 소년의 팔에 난 상처를 소독하고 있었다. 소년은 생기를 잃은 채 누가 상처를 입혔는지, 실수로 상처를 입었는지조차 알지 못했다.

"아시다시피 여기선 많은 사람이 의학적인 문제를 겪고 있지만 딱히 해줄 것이 없습니다. 스트레스를 받으면 온갖 증상이 나타나지요. 그저 누군가 돌봐줄 사람이 절실히 필요해요. 우리는 양말도 주고, 프레첼도 나눠주고, 조금이라도 영어를 할 수 있는 사람과는 수다도 떨지요. 아무것도 아니지만 그런 게 의미가 있습니다."

두말할 것도 없이 정글에 오기 전에 강간이나 구타를 당한 사람도 있었다. 당연히 정신적 트라우마가 뒤따랐지만, 정글 생활 역시 트라우마를 입을 정도로 스트레스가 심했다. 모두 미래가 불확실했으며, 가족이나 친구와 떨어진 채 집을 몹시 그리워하면서 억류 상태와 빈곤을 견뎠다. 생각에 빠져 있는데 여러 명의 남자와 한 여자가 나를 지나쳐 갔다. 그들의 가족이 모두 뿔뿔이 흩어져 있다는 사실은 국제적인 슬픔이라 하지 않을 수 없다. 정글이 그저 세계화와 발전의 부수적 피해를 입은 사람들의 집합이라고 생각하는 것은 아무리 좋게 봐줘도 현실에 안주하려는 태도일 뿐이다. 하수구 악취와 플라스틱 타는 냄새로 가득한 공기를 들이마시며 발이 푹푹 빠지는 진흙 길을 걷노라면 그런 생각이 얼마나 악의적인지 생생하게 느껴졌다.

이동식 주택 진료소 옆에서 칸을 만났다. 녹색 눈동자의 파슈툰족으로, 얼굴에 희미한 반점들이 나 있는 그는 아프가니스탄의 마자르이샤리프 동쪽에 있는 도시 쿤두즈에서 왔다고 했다. 너무 위험해서 내가 포기했던 곳이다. 아버지는 학자였는데 탈레반에게 고문당한 끝에 살해되었다. 칸은 '반격을 가한 후' 도망쳤다.

그런 이야기를 어떻게 해석해야 할까? 그 방법을 알기란 불가능하다. 정글의 많은 거주민이 망명을 위해 어떤 식으로 이야기해야 할지 각자 나름대로 생각이 있다. 이야기의 진위는 어떤 방법으로도 확인할 수 없다. 그런 억압을 받았다면 나 역시 거짓말을 하고, 고함을 지르고, 격분할 것이다. 아닌 체하는 것은 위선일 뿐이다. 어쩌면 그런 이야기를 하도 자주 해서 기억이 왜곡되고 현실과 공상이 하나로 합쳐졌을지도 모른다. 물론 쿤두즈에서 왔다는 사실만으로도 칸의 이야기는 충분히 신빙성이 있다고 볼 수도 있다.

그 뒤에 벌어진 일을 굳이 꾸며냈을 가능성은 훨씬 적다. 그의 말에 따르면 유럽으로 오는 데 1만 2천 달러가 들었으며, 터키에서 그리스로 넘어오다가 보트가 가라앉았지만 함께 탔던 사람들 모두 구조되었다. 그는 다양한 방법으로 유럽을 가로질렀다. 열두 시간을 걸어 마케도니아를 빠져나온 후, 독일은 기차로 통과했다. 정글에 들어와서도 트럭에 몰래 숨었다가 프랑스 경찰에게 들켜 네 번이나 구류를 살았다. 모두 합쳐 6개월이나 유치장에 있었다며 시간을 낭비한 것에 몹시 분개했다.

어떻게 보면 우리는 모두 원하는 세계를 찾기 위해, 집단적으로 거기에 이르려면 어떻게 해야 하는지 알기 위해 여행을 한다. 정글은 슬픈 제도적 한계를 드러내지만, 그 슬픔은 종종 갑작스럽게 희망과 연결된다. 자원봉사자들은 격분한 채(누구나 쉽게 그런 감정을 느낀다) 선정적인 타블로이드 언론의 제목 장사에 진저리를 친다. 누군가의 엄마, 아빠, 할아버지, 할머니, 형제를 '타자화'함으로써, 그저 빵을 먹고 하늘을 바라보고 아침에 일어나 기지개를 켜고 방귀를 뀌고 집 안을 청소하는 보통 사람의 도덕적 공황 상태를 부추기기 때문이다. 이곳은 표면적으로 인간이 세운 국경과 기회의 불평등을 총체적으로 비난할 수 있는 본보기라 할 만하지만, 그렇다고 완전한 디스토피아는 아니다. 물론 폭력적 갈등과 파벌과 극심한 불결함이 넘치지만, 나눔과 타협과 우정과 협력과 농담과 웃음도 엄연히 존재한다. 상황을 고려하면 정감 어린 순간이 결코 적다고 할 수 없다. 정글은 어디와 비교해도 엉망진창이고 폐쇄된 곳이지만, 어디서나 그렇듯, 아니 세계 전체와 인류가 그렇듯 개선과 자기파괴 사이에서 불안하게 뒤뚱거리며 애써 균형을 잡아갔다.

어쩌면 정글에서 만난 남성과 여성과 어린이 중에 내가 사는 영국에 온 사람도 있을지 모른다. 오래 머문 사람도 있고, 그러지 못한 사람도 있을 것이다. 어찌 되었든 그들이 영국에 대해 받은 인상은 평생 지워지지 않을 것이다. 이방인으로서 세계를 떠돌면서 어떻게 대접받았든, 경찰에게 붙잡혀 얻어맞았던 헝가리를 떠돌면서, 영국의 '적대적인 환경' 속을 떠돌면서, 지저분하고 질병과 궁핍에 시달리는 정글의 슬럼을 떠돌면서 어떻게 대접받았든, 그 기억은 다음 행선지로 그들을 따라가고, 결국 그들과 함께 시리아로, 콩고로, 아프가니스탄으로 돌아갈 것이다. 그들이 받은 환대와 학대는 세계관을 바꾸고, 영국인들이 깨닫지 못하는 사이에 영국이라는 관념 자체를 전파할 것이다.

스스로 선택한 망명 기간 동안 이방인으로서 비교적 수월하게 세계를 돌아다니면서 내가 겪은 일도 그와 같다. 츠엉과 리옌은 내게 중국 그 자체다. 시리아의 사막 한복판에서 생일 파티를 열어준 타리크는 어떤 의미에서 외교관이다. 내가 만나본 몇 안 되는 시리아 사람 중에서 그의 가족은 내 마음속에서 시리아란 나라의 인상을 결정지었다. 그 뒤로 TV 화면에서 그들의 조국이 불타는 모습을 볼 때마다 그들을 생각했다.

지금도 그렇다.

5부

어떤 문이 열리면
다른 문은 닫힌다

영국⋯ 그것은 기본적으로 신이 존재하지 않는 일종의 잿빛이자 황무지로서, 차가운 파이와 깨어진 꿈으로 가득 차 있다.

－－ 빌 베일리^{Bill Bailey}

18

원점에서

페리 매점에서 런던 지도를 팔기에 한 장 샀다. 유로화를 냈더니 거스름돈으로 1파운드 동전을 주었다. 갑자기 멍해지면서 온갖 감정이 밀려와 한동안 손바닥 위에 놓인 동전을 들여다보았다. 그저 동전 한 닢이 아니라 나를 기다리는 것들의 상징, 훨씬 덜 가혹한 삶이 이어지리라는 작은 금빛 약속 같았다. 전혀 흥미진진하지 않은, 따분한 일상이 이어지는 삶… 책꽂이! 청바지!

영국해협 위로 연청색 하늘이 환하게 펼쳐졌다. 영국 해안에 가까워지자 바람을 맞아 부르르 떨리는 갈매기들이 점점이 나타났다. 도버항에 닿자마자 고향 땅을 밟는 기쁨에 부풀어 힘차게 페달을 굴렀다. 눈에 잘 띄는 재킷을 걸친 남자가 앞을 가로막았다.

"미안해요, 친구. 저것들이 모두 나갈 때까지 여기서 기다려요." 그는 트럭들 쪽으로 고개를 까딱했다. "건강과 안전이 제일이죠."

훨씬 더 영국적인 뭔가를 기대하며, 그게 무슨 말이냐고 물었다.

"아니, 내가 당신을 보내주면, 여기 봐요, 바로 트럭에 깔리고 말지."

그저 '트럭에 깔릴지도 몰라요'가 아니라 반드시 깔리고야 말리라는 장담은 하찮은 흰색 석회암 절벽보다 훨씬 가슴 뜨거운 환영 인사로 들렸다. 돌아오는 데 6년이나 걸렸다. 그깟 10분을 못 기다리랴. 게다가 목숨이 걸렸다지 않은가?

도버로 들어가 킹스턴 주변 들판에서 야영했다. 철제 대문이 활짝 열려 있길래 별생각 없이 들어갔는데, 눈을 떠보니 서리로 뒤덮인 이른 아침이었다. 농부 하나가 엔진 소리 시끄러운 트랙터 위에 앉아 자기 밭에서 뭘 하느냐고 물었다. 당신 밭에서 하룻밤 신세를 졌으며, 이제 당신 밭에서 아침을 먹는 중이라고 설명했다. 내가 당장 꺼지기를 바랐을까? "아니오. 아침 마저 드시구려."

추억을 떠올리며 6년 전에 달렸던 길을 그대로 되밟아 돌아가기로 했다. A2고속도로는 여전히 붐볐지만, 정신없이 복잡한 가운데 말장난이 눈에 들어오자 기운이 샘솟았다. 작고 노란 차가 탈탈거리며 지나가는데 지붕에 뚜껑이 열린 채 올려진 커다란 쓰레기통에 이렇게 쓰여 있다. "폐품과 잡동사니, 모든 쓰레기 치워드립니다. 마누라, 여자친구, 시어머니, 남편, 세무서 직원…."

1941년에 발표한 에세이 「영국, 당신의 영국」에서 오웰은 클리셰에 대해 썼다. 영국은 "퍽퍽한 아침식사와 음울한 일요일, 매연 자욱한 소도시와 구불구불한 길, 푸른 들판과 빨간 우체통 같은 것들과 밀접하게 연관되어 있다"고. 귀향의 효과도 언급했다.

당신은 즉시 들이마시는 공기가 달라졌음을 알아차린다… 맥주는 더 쓰고, 동전은 더 무거우며, 풀은 더 푸르고, 광고 문구는 더 노골적이다. 온화하고 우툴두툴한 얼굴에 치아 상태가 안 좋고 태도는 점잖은 이 대도시의 군중은 유럽 대륙의 군중과 다르다. 그때쯤에는 영국의 광대함이 당신을 집어삼켜, 당신은 나라 전체가 인식 가능한 한 가지 특징을 갖고 있다는 느낌을 한동안 잃는다. 국가란 것이 정말로 있기나 할까?

향수가 밀려드는 유쾌한 기분은 과거의 기억을 교묘하게 바꿀 수 있지만, 그것이 항상 좋은 일은 아닐 것이다. 『선데이 타임스』에 브렉시트 뒤에 숨은 어두운 동기들에 대해 쓰면서 A. A. 길은 과거 영국이 전원적이고 정감 넘쳤다는 불완전한 기억에 사로잡히지 말라고 경고했다. 그런 성향이 국가적인 나쁜 버릇이라고 규정하며, 이런 표현까지 동원했다. "향수라는, 치명적이며 국가를 좀먹는 깜찍한 영국의 마약을 흡입하는 짓이다."

아, 향수! 그조차 예전과 달라졌다. 17세기에서 19세기까지 향수는 정신질환으로 간주되었으며, 우울감, 식욕 상실, 그리운 사람과 장소에 대한 환각, 심지어 때때로 자살을 유발한다고 생각되었다. 그리스어로 귀향을 뜻하는 'nostos'와 고통을 뜻하는 'algos'가 결합해 탄생한 향수nostalgia란 단어는 1688년 스위스 의사 요하네스 호퍼Johannes Hofer가 쓴 의학 논문을 통해 유명해졌는데, 당시에는 광적이고 편집증적인 갈망으로 생각했다. 이 '질병'은 30년전쟁 중 스위스군에서 크게 유행했다. 스위스에서 소 젖을 짜며 부르던 민요 '쿠라이엔'을 듣고 병사들이 얼마나 심한 향수에 사로잡혔던지, 그 곡을 연주하는 행위는 사형에 처하는 중죄로 다스렸다. 향수의 원인에 대해서도 다양한 학설이 제기되었다. 너무 관대한 교육, 산지에서 도시로의 이주, 충족되지 못한 야망, 자위 행위(어디든 빠지지 않고 등장하는 케케묵은 이야기다), 사랑, 그리고 어떤 의사도 어디 있는지 딱 부러지게 말하지 못하는 수수께끼의 '병적인 뼈' 같은 것들이었다.

치료는 대개 잔혹했다. 1733년 독일로 진군하는 도중 향수병이 유행한다고 생각한 러시아군은 병에 걸렸다고 의심되는 몇몇 군인을 산 채로 파묻었다. 전염을 막기 위한 조치였다. 대중 앞에서 창피를 주는 것, 거머리, 구토와 관장 등 의심스러운 치료법이 끊임없이 시도되었다 사라졌다. 누가 생각해도 가장 확실한 치료는 고향으로 돌아가는 것이었으며, 때때로 권고되기도 했지만, 그 방법은 향수병에 걸린 사람이 그리워하는 고향이 떠나올 때와 비교해 크게 변하지 않았을 경우에만 효과가 있는 것 같았다.

그렇다면 나는 괜찮겠지 뭐. 켄트를 지나면서 길이 막혀 길게 늘어선 버스, 자선단체에서 운영하는 중고품 상점들, 구부정하고 추레한 사람들을 보자 안심이 되었다. 하지만 집으로 돌아가는 것은 어쩌면 한 가지 향수를 다른 향수로 대체하는 일에 불과할지 모른다. 이미 하나의 삶이 서서히 멀어지는 느낌이 들었다. 짐 가방의 크기로 규정되는 미니멀리즘이 그리울 터였다. 한없이 길고 그저 유쾌하기만 한 날들, 혼자만의 생각 속에 한없이 빠져드는 사치, 책장을 넘기듯 조금씩 펼쳐지는 세계의 모습이 그리울 터였다. 그리스 철학자 시노페의 디오게네스는 집도 없이 아테네 거리를 굴러다니는 술통 속에서 살았다. 어느 날 알렉산더 대왕이 찾아와 가장 간절히 원하는 것이 뭐냐고 묻자 이렇게 대답했다. "햇빛을 가리니 비켜서주시오." 일상으로 돌아가기 위해 필요한 모든 것에 대해 생각할 때마다 비슷한 기분이 들었다. 책꽂이. 청바지.

되도록 동네로 들어가지 않고 외곽을 우회하는 길을 택했다. 킹스턴 근처에서 블랙로빈이라는 시골 술집에 잠깐 들러 올드데어리 에일 한 잔으로 목을 축이는데 바 카운터에 앉은 사람들이 떠드는 소리가 들려왔다.

"클라이브의 문제가 뭔지 모르는 사람이 어딨어? 게을러터진 새끼."

"빌어먹을 시의회 놈들! 항상 똑같지 뭐!"

"여기서 한잔한 지 엄청 오랜만이네."

집을 떠날 때는 심란했는데 이제 안도감이 들었다. 뭔가 잘못된 반응이라고 생각해도 그랬다. 순간 흰색 밴이 너무 빠른 속도로 나를 지나쳐 갔다. 저런 나쁜 새끼!

한 상점에 들러 점원들에게 시팅번까지 얼마나 남았느냐고 물었다.

"이런, 잘 모르겠는데요. 한 3킬로미터?"

"아니야, 10킬로는 될걸." 다른 사람이 끼어들었다.

계산대 앞에 줄 서 있던 사람들이 모두 얼굴을 잔뜩 찌푸린 채 거리가 얼마나 되는지 따져보기 시작했다. 다들 근처에 사는 것 같은데 1.5킬로미터에서 12킬로미터까지 의견이 분분했다.

"걸어가려면 며칠은 걸릴걸." 6킬로미터쯤 떨어져 있다고 했던 사람이 말했다. "에이, 한 시간이면 가죠." 내가 말하자 그는 지옥으로 뛰어들겠다는 사람을 보듯 쳐다보았다.

시팅번은 추억 여행에서 빠뜨릴 수 없는 곳이었다. 처음 여행을 떠난 지 36시간밖에 안 되었을 때 생판 모르는 나를 재워준 토미와 로저가 거기 살았다. 토미는 문을 활짝 열고 소리쳤다. "스티븐!" 허둥지둥 안으로 들어가 귀환을 축하하려고 구워놓은 케이크 앞에 앉았다. 틀림없이 그들이 기억하는 모습보다 훨씬 추레하고, 어쩌면 발 냄새를 폴폴 풍겼을지도 모르지만 그날 밤 나는 빵가루와 A2고속도로의 매연을 뒤집어쓴 채 미소를 지으며 단정히 정리해놓은 침대에서 곯아떨어졌다.

마침내 돌아왔다는 감상적인 흥분 속에서 나도 모르게 영국을 마음속으로 편집해 휘황찬란한 광택을 더하고 결함과 불만을 지워버렸던 것 같다. 지워진 것은 또 있었다. 자전거도로였다. 켄트의 자전거도로는 정말 끔찍했다. 풀 무더기가 불쑥불쑥 솟아 있고, 걸핏하면 나무뿌리에 걸렸으며, 아무 데서나 불쑥 턱이 나타나 정신이 하나도 없었다. 바퀴 달린 쓰레기통과 주차된 자동차 때문에 자전거도로가 잠깐 보이지 않는 것은 이해한다 해도, 느닷없이 표시선이 사라진 구간은 시의회에 페인트가 떨어졌다고밖에는 설명할 길이 없었다. 그걸 보면서 다시 한번 떠올렸다. 좋으나 싫으나 고향은 고향이라고. 애국심이라는 추악한 괴물이야말로 우리 머릿속에서 국가의 모습을 형성한다고. 요크셔푸딩이나 보편적 의료처럼 좋은 점은 받아들이고, 제국주의나 인종 폭동, 피어스 모건Piers Morgan✦ 등 나머지는 잊어버려도 좋다는 허가증을 내준다고.

여행을 하면 저절로 자신을 발견하게 된다는 것은 진부하기 짝이 없는 생각이다. 그간 내가 조금이라도 자기 발견이란 걸 했는지조차 의심스러웠다. 혼자 여행하는 사람은 스스로를 세심하게 살피는 수밖에 없는데, 어쩌면 다른 사람과의 관계를 세심하게 살피는 것이 더 확실히 자기를 발견하는 길일지 모른다. "인간은 세상에 대해 아는 만큼만 자신에 대해 알게 마련이다." 괴테의 말이다. 때때로 우리는 편향된 시각을 가졌을 때 뭔가를 가장 잘 이해한다. 고향에 대한 인상도 마찬가지 아닐까? 어쩌면 다른 곳을 봄으로써, 다른 장소에 익숙해짐으로써 고향을 가장 잘 이해하는 것이 아닐까? 폴란드 작가 리샤르드 카푸시친스키Ryszard Kapuscinski도 그렇게 생각했다. "자신이 속한 문화는 다른 문화에 비춰볼 때 깊이와 가치와 의미를 가장 잘 드러낸다. 다른 문화야말로 당신의 문화에 가장 밝고, 가장 깊이 파고드는 빛을 비추기 때문이다."

템스강 하구를 따라 달릴 때 행복한 생각이 마음속에 떠올랐다. 대도시 런던은 할랄 정육점, 한약방, 인도카레 음식점, 빙고 게임장, 헤아릴 수 없이 많은 펍, 포르투갈에서 넘어온 유대인 난민들이 개발해 국민 음식이 된 피시앤칩스 음식점의 모습으로 펼쳐졌다. 수많은 얼굴 속에서 내가 들렀던

✦   자극적인 기사와 거침없는 언행으로 유명한 영국의 보수파 언론인.

모든 나라, 들르지 못했던 많은 나라, 영국 역사와 영원히 얽힌 나라들을 어렴풋하게나마 읽을 수 있었다. 좋든 싫든 그것은 한때 탐험가, 상인, 군인, 노예에 의해 이루어졌고, 이제 여행과 이민과 인터넷을 통해 진행 중인 거대한 문화적 확산의 징후다. 나는 영국 문화라는 거대한 태피스트리가 어떻게 만들어졌는지, 무엇이 안에 들어가 직조되고 무엇이 배제되었는지, 무엇이 받아들여지고 환영받고 희석되고 단순화되었는지, 무엇이 국가 정체성 위기를 초래한다고 비난받았는지 곰곰이 생각했다.

슈터스힐에 이르자 런던이 본격적으로 모습을 드러냈다. 어지럽게 얽힌 거리에 군데군데 뭉쳐 이동하는 차량들. 블랙히스 쪽 내리막을 달렸다. 픽시fixie♦를 탄 멋쟁이들이 청바지 뒤쪽에 매단 U자형 자물쇠가 내 어깨 옆에서 번쩍거렸다. 버몬지시장을 지날 때는 울타리 위에 빈 스페셜브루 캔 한 개가 현대미술 작품처럼 서 있었다. 카페에 들러 두 번째 아침을 먹었다. 감자와 양배추볶음을 곁들인, 제대로 된 영국식 아침 식사였다. 구석에 놓인 TV에서는 데이비드 캐머런 수상이 EU에서 연설을 하고 있었다. 싱글맘에서 절도광이 된 여성의 인터뷰가 이어졌다. 그리니치 주변의 약국 앞에서 작은 소란이 일었다. 도둑이 쏜살같이 내빼는 순간 가방에서 물건들이 사방으로 흩어졌다. 할머니 둘이 주사기들을 뚫어져라 쳐다보았다. 아, 젠장, 그래도 집에 오니 좋네.

웨스트민스터교 북단에서 멀리 세인트토머스병원 밖에

♦　고정 기어 자전거.

모인 사람들이 어렴풋이 보였다. 가족과 친구들이 정해진 시간에 맞춰 내가 돌아오길 기다리고 있었다. 바로 이거야. 완전히 한 바퀴 돌아 원점으로 온 것이다. 멈춰 서서 잠시 숨을 골랐다. 이제 무슨 일이 펼쳐질지 몹시 궁금했다. 이 순간을 수도 없이 그려보았다. 약간 허풍스러운 공상 속에서 나는 유치한 미국 영화에서처럼 영웅의 귀향을 환영하며 온통 환호성을 울리는 군중 속에 있었다. 그 영광스러운 순간은 어쩌면 그렇게 영광스럽지는 않을지 모른다. 울지도 모르지. 민망할 정도로 펑펑 우는 바람에 조용히 한쪽으로 데려가야 할지도 모르지. 지금이라도 도망쳐버릴까? 겁을 집어먹고 왼쪽으로 방향을 틀어 요크로드를 달려 내려간 다음 아프리카의 차드로 가버린다면?

그 순간이 다가왔을 때 차드는 조금 더 기다려야 한다는 걸 알았다. 일단 피곤했다. 여행이 지루하고 싫증 난 것이 아니라, 세상에 지친 것이 아니라, 길고 장황하게, 한없이 오랫동안 세상을 달리는 일이 지겨웠다. 텐트 속에서 어리둥절한 기분으로 깨어나고, 늘 마음속으로 지구상 어디에 있는지 가늠해보기가 지겨웠다. 친구들은 늘 새롭고, 양말은 늘 오래되었으며, 빵은 늘 눅눅한 것이 지겨웠다. 엉덩이는 말할 것도 없고, 몸 전체가 빼빼 마르고 허약해져 있었다.

다리를 건너 모퉁이를 빙 돌아 세인트토머스병원 쪽으로 달렸다. 결승선에 가족과 친구들이 모여 있었다. 누가 프로세코 와인 한 병을 건넸고, 나는 엄마를 얼싸안았다. 아무도 요란하게 환호를 올리지는 않았지만 떠날 때 모습과 비교하며 끊임없이 건네는 인사 속에서 아제르바이잔 시골을 벗어난 이래 그렇게 많은 주목을 받은 적이 없음을 깨달았다.

이삼 일 정도 진창 퍼마시는 환영 파티를 치른 후, 자전거로 옥스퍼드 엄마 집으로 돌아갔다. 처음에는 구글 지도가 제안한 경로를 따라 비포장 강변로를 따라 달렸다. 파미르고원을 벗어난 뒤로 그렇게 진흙투성이가 되기는 처음이었다.

비포장길이 끝나고 제대로 된 길이 나왔다. 템스 강변을 벗어난 후 약 1.5킬로미터 간격으로 나란히 이어진 세 개의 마을을 단숨에 주파했다. 외부인이 절대로 방문하지 않기를 바라며 마을 이름을 지은 모양이었다. 섀빙턴Shabbington 뒤로 익포드Ickford가 나오더니, 워밍홀Worminghall로 이어졌다.◆ 마지막 구간을 달리며 그 마을들의 슬로건을 지어보았다.

"섀빙턴. 이제 그만 연미복은 벗으시지."

"익포드, 자매품 웩포드도 있습니다."

"워밍홀. 속도를 줄이시오. 무척추동물들이 놀고 있음."

마침내 옥스퍼드에 접어들었다. 파란만장한, 내 자신을 시험해보려는 삶의 이기적인 한 챕터가 마침내 끝난 것이다. 국경을 102번 넘으며, 그와 비슷한 수의 심술궂은 이민국 관리들을 상대했다. 피로에 찌든 채 비뚤비뚤한 글씨로 23권의 일기장을 가득 채웠다. 타이어 26개, 케이블 16개, 체인 14개, 페달 12세트, 바퀴 축의 롤로프허브 5개가 다 닳도록 달렸다. 돈 한 푼 내지 않고 길가에서 야영한 날만도 천 일이 넘었다. 충실하게 기록한 모든 숫자 중에서 제일 좋아하는 대목이다.

◆ 영어로 'shabby'는 '쇠락한'이라는 뜻이고 'ick'은 혐오나 공포를 나타내는 감탄사 '으악'에 해당한다. 'worm'은 '벌레', 'worming'은 '기생충 약을 먹이다'라는 뜻이다.

세상이 생각보다 훨씬 신뢰할 만하며, 여전히 자유를 누릴 공간이 있음을 상기시키기 때문이다. 자전거로 달린 거리는 도합 86,209킬로미터였지만,♦ 첫날 달렸던 몇 킬로미터만큼 길고 힘든 구간은 없었다. 템스강 남쪽의 술집을 나와 반쯤 취한 채 벡슬리히스의 다 낡은 민박집까지 달렸던 거리 말이다.

이토록 긴 여행을 마친 후에는 흔히 달린 거리를 인상적인 기준에 빗대곤 한다. 나도 한번 해보았다. 내가 자전거로 달린 거리는 적도를 따라 지구를 두 바퀴 돈 것보다 길고, 영국의 남쪽 끝 랜즈엔드에서 북쪽 끝 존오그로우츠까지 거리의 61배이며, 투르 드 프랑스를 24회 주파한 거리이며, 코번트리시 외곽순환도로를 23,808회 도는 것과 같으며, 지구에서 달까지 거리의 4분의 1에 육박하며, 에베레스트산을 9,743개 복제해 우주에 일렬로 늘어놓고 사람과 자전거를 우주복으로 감싼 후 그 중심을 따라 파고들어가며 달린 거리와 같다. 어떤 비유든 마음에 드는 것을 고르면 된다. 나는 에베레스트산이 좋다.

하지만 이 거리의 대부분은 큰 의미가 없다. 그저 숫자일 뿐이다. 꾸준한 신체적 노력을 기울였다는 것 외에 알려주는 것은 거의 없으며, 한 사람이 얼마나 성장했는지도 보여주지 못한다. 나는 상당한 거리를 에둘러 달렸다. 지도 위에 길고 비뚤비뚤한 선을 그리듯 올라가고 내려가고, 호弧를 그리고, 머리핀처럼 굽이진 급커브를 돌았다. 하지만 그 길은 아름다

<hr />

♦ 런던으로 돌아오는 길에 그리니치 주변에서 길을 잃지 않았다면 86,208킬로미터였을 것이다. (저자)

운 나선처럼 경로에서 벗어난 것 같으면서도 동시에 앞으로 나아갔다.

　6년 동안 한 가지 목표를 꾸준히 추구했다는 데 자부심을 느끼고, 이런 일에 필요한 신념의 깊이도 자랑스럽지만, 실제로 이 일이 어떻게 가능했는지 생각하면 겸손해진다. 거의 모든 나라에서 수많은 낯선 사람들이 잠자리를 내주었다. 충분한 기간 머물렀다면 모나코나 보스니아에서도 틀림없이 잠자리를 제공받았으리라 믿고 싶다(음, 좋다, 모나코는 아닐지 모른다). 학교, 경찰서, 병원, 교회, 모스크, 사원, 수도원, 소방서, 군대 막사 등 정말로 다양한 장소에서 잠들었다. 때로 초대에 응해줘 고맙다는 인사까지 받았다. 이집트에서는 퀴퀴한 냄새가 나고 모기가 들끓는 헛간에서 킁킁 콧소리를 내는 물소와 함께 자기도 했다. 다시는 그런 경험을 해보지 못할 거라고 생각하면, 완벽하게 설명할 수는 없는 이유로 너무 슬픈 기분이 든다.

　오래전 품었던 건방진 인생 목표를 다시 생각해보았다. '육대주를 자전거로 횡단한다.' 희망과 목표는 길 위에서 바뀌었고, 떠나야 할 보다 훌륭한 이유들을 품고 돌아왔다. 여행이란 언제나 심한 편향이 작용하는 모험이다(나쁘다는 게 아니라 사실이 그렇다는 뜻이다). 관점은 언제나 당대를 지배하는 잘못된 믿음과 진부한 관념에 의해 흐려지며, 스스로의 경험으로 채색되고, 이 세상 어디에 있는지에 따라서도 달라진다. 나는 텐트와 옷가지와 공구 상자뿐 아니라 엄청나게 큰 문화적 짐을 끌고 다녔다. 심지어 그저 자전거를 타고 달리는 소박한 일에서조차 그런 조건을 바꾸지 못했다. 하지만

동시에 나는 의사라는 관점에서 세상을 보았다. 마침내 돌아
와 사색적인 기분으로 돌아보니 무엇보다도 그런 시각을 가
질 수 있었다는 점이 고맙게 느껴졌다.

19
재활

방랑벽을 여행으로 치료할 수 있을까? 완전히 몰아낼 수 있을까? 글쎄, 항상 그렇지는 않다. 하인츠처럼 통제 불가능한 영혼을 지닌 사람은 여행이 오히려 방랑벽을 악화시키는 것 같다. 그들에게 방랑이란 근육 기억과도 같다. 오랜 시간 반복한 끝에 저절로 나오는 동작 같은 것이다. 하지만 다행히 나의 방랑 광증은 잦아들었다. 반쯤 농담 삼아 말해왔듯 혼자서 느리고 끝없는 여행을 한 나머지 종일 말 한마디 없이 지내는 유령이 되지도 않았다. 물론 그것은 당장 든 생각일 뿐이었다. 돌아온 직후는 일종의 허니문 기간이었다. 옥스퍼드에서 몇 주간 쉬는 동안 드디어 경미한 공황 상태가 찾아왔다.

아주 중요한 것, 추구하는 정신을 넘어선 무언가를 마지 못해 포기하는 기분이었다. 지난 수년간 종종 미래에 관한 질문을 받았다. 결국 이런 질문의 다양한 버전이었다. '집에 돌아간 다음엔 어떻게 살 거야?' 질문에서 은연중에 걱정의 기운이나 내가 저주받은 사람이라는 암시를 느끼기도 했다. 그런가? 시설에 수용된 사람처럼 '그 길'에 갇힌 것일까? 어쩌면 다시 길을 떠나는 것으로 대처할지도 모른다. 어느 날 아침 자전거로 짧은 통근길에 올랐다가 직장에 나타나지 않을지도 모른다. 엄마에게 전화가 걸려올 것이다. 경찰이 4백 킬로미터 떨어진 곳에서 내 인상착의와 일치하는 사람이 겁에 질린 채 셔츠와 넥타이로 하수관 속에 천막을 치려는 모습이 목격되었다고 말할지도 모른다.

당신이라면 6년간의 자전거 여행을 마친 후 뭘 하겠는가? 영원히 그 질문을 피할 수 없을 것 같았다. 이 책을 쓰는 것 말고는 너무 뻔해 보이는 어떤 선택도 흥미를 불러일으키지 않았다. 모험 욕구와 의사로서의 전문성을 결합해 여행의사가 되면 어떨까? 하지만 모험을 찾아 1년 쉬기로 한 부잣집 학생들의 물집이나 입술 발진이나 가벼운 불안감을 치료해주는 것보다 더 한심한 일은 없을 것 같았다. 강연자가 되어 목적 있는 삶, 의미 있는 삶을 설파하는 건? 그거야말로 예로부터 귀환한, 으흠, '모험가들'이 잘 다져놓은 길이 아니던가? 하지만 약간 슬픈 기분에 젖은 35세의 독신남으로, 빚을 잔뜩 진 채, 인간이라기보다 종아리 근육에 가까운 모습으로, 엄마와 함께 사는(거기에 더해 재수 없는 블로그까지 하는) 내가 누구에게 방향을 제시할 수 있을지 확신이 들지 않았다. 게다가 소위 '동기 부여형 인생 코치'는 대부분 이상한 작자들이다. 터무니없는 낙관주의는 하늘을 찌르는 데다, 툭하면 마음이 들떠 날뛰는 애송이들, 정신 나간 추종자들을 거느리고 역겨울 정도로 우쭐거리는 부류가 아니던가.

나는 일상을 회복하려고 서둘지 않았다. 옷장이 있었지만 몇 주간 자전거용 짐 가방에서 옷을 꺼내 입었다. 지난날을 생각하며 샌들을 컵 홀더로 썼다. 여전히 정신없이 먹어댔지만, 이제는 엄마와 동거인 조지가 나를 물끄러미 바라보며 소근거리는 소리도 귀에 들어왔다.

"언제 완전히 돌아오려나?"

"몰라. 좀 더 시간을 두고 지켜봅시다."

내 자전거 몸체를 빼면 처음부터 끝까지 여행을 견디고 살아남은 물건은 닳아빠진 파란색 티셔츠 한 벌뿐이었다. 어린아이처럼 그걸 덮고 자면서 안도감을 느꼈다. 몸에 밴 버릇대로 툭하면 신발짝을 거꾸로 뒤집어 탈탈 털었다. 영국에서는 전갈 따위가 문제를 일으키지 않는데도. 수단에 있는 압둘이 페이스북 메신저로 인사를 건넸지만 대화는 겉돌았다. "요즘 어때?" "잘 지내, 너는?" "별일 없지, 너는?"

뭔가 아쉽고 애석한 기분을 달래는 일이 진지한 직업처럼 변했다. 코스타리카에서 주워 온 개오지조개와 청자고둥 껍질을 창틀에 늘어놓고, 퀸즐랜드에서 가져온 솔방울과 부다페스트에서 만난 에디트가 준 벌새 동판화 그림을 옆에 두었다. 문득 어떤 면에서 시간 여행자처럼 산다는 생각이 들었다. 런던에서 오래도록 의사로 일할 때는 끊임없이 미래를 꿈꾸었다. 길 위에서는 현재 속에 사정없이 내던져졌다. 다시 집으로 돌아와서는 나른하고 무력하게 과거 속을 헤매고 있다니.

옥스퍼드도 많이 변했다. 적어도 표면적으로는 그랬다. 기름 범벅이 된 대구 살을 신문지에 싸서 던지듯 내려놓던 피시앤칩스 집이 있던 자리에는 편안한 분위기의 작은 식당이 문을 열었다. 신문 가판대는 모두 사라지고 그 자리마다 코스타 커피 체인점이 들어섰다. 족제비 같은 어린 놈들이 후드를 뒤집어쓰고 모여 앉아 킹 사이즈 담배종이로 마리화

나를 피워대던 벤치는 없어지고, 쾌활한 마케도니아 남자가 커다란 웍을 다뤄 해물파에야를 만들어 팔았다. 삶은 계속되는 것이다.

어느 날 아침 회청색 하늘에서 갑자기 우박이 쏟아졌다. 얼음 조각이 이중창을 요란하게 두드리고 지붕 위를 경쾌하게 내달려 아래로 쏟아졌다. 그래도 내 삶에는 아무런 영향이 없었다. 침울하게 앉아 바깥세상이 어떤 변덕을 부리든 나와는 아무 상관이 없다는 점에 대해 곰곰이 생각했다. 이제 엄청난 번개가 하늘을 갈갈이 찢어도 그저 창가로 다가가 '오호' 하고 감탄할 뿐, 아무도 없는 들판에서 감전돼 외로운 죽음을 맞을 걱정 따위는 하지 않을 것이었다. 이제 그 어떤 것이든, 조금도, 겁이 나지 않았다. 아니, 겁낼 수 없었다. 삶은 언제까지나 차분하고 안락할 터였다. 동네 샌드위치 가게에 바삭하게 구운 케일이 떨어졌다면 또 모를까.

친구들이 약간 위안이 되었다. 천만다행히도 녀석들은 내가 기억하는 그대로였다. 인터폴이나 FBI에 수배된 녀석도 없었다. 반문화적 취향, 예컨대 요들송을 부르거나, 닭싸움에 열광하거나, 익살극에 심취한 녀석도 없었다. 놀라운 변화라고 할 만한 게 있다면 한 녀석이 언젠가 너무 취한 나머지 엉덩이에 주사위 문신을 한 것 정도랄까?

그 와중에 엄마는 아들 아닌 다른 모험가에게 폭 빠졌다. 레비슨 우드Levison Wood가 채널4에서 모험 비슷한 것들을 소개하며, 아프리카와 히말라야에서 무모한 짓을 하고 돌아다닌 경험을 책으로 쓰고, 점잔을 빼며 강연을 하고 다니던 때였다.

"정말 모험심 넘치는 남자더라."

"엄마." 나는 침착한 태도로 입을 열었다. "저도 지난 6년간 자전거로 전 세계를 돌며…."

"알지, 알아." 엄마는 건성으로 대답하더니 금방 몽상에 빠졌다.

"하지만 레브는 정말 잘생겼잖아, 그치?"

"예, 그리고 꼭 골프채 같은 소리를 내더군요."

엄마는 트위터에서 그를 팔로우했다. 혹시 아들을 팔로우할 생각은 없으슈?

"오, 너도 트위터하니? 몰랐네." 엄마에게 트위터 아이디를 보냈지만, 엄마는 레브의 피드에 푹 빠져 '좋아요'를 날리느라 내게는 관심도 없었다. 하루는 옥스퍼드에서 열리는 그의 모험담 강연에 꼭 가야 한다고 고집을 부렸다. 강연장에서는 안내원에게 현기증이 심해 발코니석에는 앉을 수 없다고 했다. 엄마에게 현기증이 있다는 말은 난생처음 들었다. 우리는 맨 앞자리에 앉았다. 레브에게 더 가까워졌다고 생각한 엄마는 백 퍼센트 만족한 표정이었다.

7년 만에 처음으로 어머니날을 엄마와 보냈다. 하필 내 옷을 사러 가기로 한 날이었다. 나는 아직 병원에서 일할 준비가 되지 않았고, 땡전 한 푼 없는 신세라 엄마에게 모든 것을 기대고 있었다. 스포츠용품점에서 엄마 뒤를 따라 터벅터벅 걸으며 지하 세일 코너에서 엄마가 높이 쳐든 청바지를 멍하니 바라보았다. "이것 좀 입어봐라, 스티븐." 이런 꼴로 매장을 돌아다니는 35세 남성은 나밖에 없었다. 계산대에서 비슷한 모습으로 제 엄마 뒤를 따르는 열두 살짜리와 잠깐 눈이 마주치긴 했다. 우리는 그 짧은 순간 눈빛으로 이렇게 말했다. '에휴. 엄마들이란.' 엄마가 계산할 때 점원의 생각이 귀에 들리는 듯했다. '이 자식은 뭐가 문제야?'

뭐가 문제인지 너무 명백했다. 내가 한 일의 대가였다. 더 나쁜 것도 있었다. 짜증을 내거나 자기 연민에 사로잡힐 권리가 없다는 점이었다. 내가 벌인 난장판이었다. 그제야 이런 사태를 미처 예상하거나 준비하지 못한 나 자신에게 화가 났다. 이십대 후반에 어떤 문이 열리면 다른 문은 닫힌다는 사실을 받아들이지 않은 채 무작정 집을 떠나다니. 마땅히 누릴 권리를 누렸다거나, 최소한 다른 사람의 말을 너무 믿었다고 할 사람도 있을 것이다. 아닌 게 아니라 나는 요란하게 자신을 광고하는 놈들, 소셜미디어의 뻥쟁이들, 자신이 원하는 것은 뭐든, 아무런 대가를 치르지 않고 손에 넣을 수 있다고 떠드는 이 시대의 입담 좋은 인플루언서들을 철석같이 믿었다. 두말할 것도 없이 개뻥이었다. 그늘 없이 빛만 가질 수는 없다. 여행의 이 부분까지는 완벽하게 계획하지 못한 것이다. 급속도로 머리가 벗겨지는 삶의 시기에 엄마와 함께 살아야 하는 부분 말이다. 체크카드와 신용카드는 한도까지 다 썼고, 학자금대출 회사는 신발까지 압류할 기세로 협박조의 독촉장을 날려댔다. 와중에 나는 파격 세일가로 산 베이크드빈을 먹고 살았다. 코르크에 소금 간을 한 듯한 맛이었다. '전혀' 부작용이 없으리라고 생각한 것은 아니지만, 고리대금업자와 괴혈병까지는 미처 예상하지 못했다.

하지만 기나긴 여행의 종말이 가까워올 때 느끼는 고통에도 기막힌 치료제가 있었으니, 그것은 조금 더 여행을 하는 것이었다. 집으로 돌아온 지 3주 만에 나는 싱가포르로 향했다. 라디오 디제이 같은 목소리를 지닌 사람이 조직 생활에 익숙한 것 같은 사근사근한 말투로 초청 전화를 걸어온 것이었다. 모험 여행 잡지에 기고한 내 글을 읽었다고 했다. 내가 영감을 불어넣는 연사, 즉 우쭐해하는 얼간이 중 하나가 되어주기를 바랐다. 출연료 액수를 들으니 원하는 만큼 얼간이 짓을 해드려야겠다는 생각이 절로 들었다. 딱 한 가지 문제가 있었다. 싱가포르까지 비행기로 가야 한다는 것이었다. 자전거로 2년 걸린 길을 열두 시간 만에 날아가야 하다니.

보잉747기 창으로 내다보니 과연 좁은 세상이었다. 앞에 있는 디지털 지도를 켜고 내내 지켜보았다. 조그만 픽셀로 나타난 비행기가 불과 몇 분처럼 느껴지는 시간 동안 우즈베키스탄 사막과 거기 사는 수많은 낙타거미들을 가로질렀다. 싱가포르 공항에 도착해 보니 한 남자가 내 이름이 적힌 피켓을 들고 있었다. 그러니까 이제 '저들'의 세계, 공항에 내리면 누군가 이름이 적힌 피켓을 들고 기다려주는 사람들의 대열에 합류한 것이다! 내 신원을 손에 들고 서 있는 낯선 사람에게 갑자기 강렬한 유대감을 느꼈다. 하지만 그는 잡담을 나누고 싶어 하지 않았다. 그저 신속하게 건물 밖으로 안내할 뿐이었다. 번쩍번쩍 광이 나는 검은색 BMW가 대기 중이었다. 운전사가 문을 열어주었다. 마침 지나가던 싱가포르 항공 여승무원에게 미소를 날린 후, 나는 차 안에 웅크린 채 미네랄워터를 홀짝거렸다. 들어본 것 중 가장 후진 스무드재즈가 흘러나오고 있었다. 이런 게 성공의 맛이라고, 이 애송이야.

선팅된 창 밖으로 싱가포르가 지나갔다. 여전히 현란하고 초현대적인 모습으로 하늘을 향해 뻗어 올라가고 있었다.

그 있을 법하지 않은 광경에 다시 한번 감탄할 기회였다. 내 세울 만한 천연자원 하나 없이 허허벌판에서 성장한 도시국가. 하지만 BBC에 따르면 싱가포르는 전 세계에서 생활비가 가장 비싼 도시다. 나를 초청한 회사에서 5성급 스위소텔 더 스탬퍼드(1980년대 한때는 세계에서 가장 높은 호텔 건물이었다) 숙박료를 비롯해 모든 경비를 다 대는 데서도 그런 점을 느낄 수 있었다.

차에서 내리자 잔뜩 치장한 여성이 나타났다. "페이브스 선생님, 방으로 모시겠습니다." 추상적 인상주의 작품이 사방 벽을 장식한 로비를 느긋하게 걸어 거대한 이두박근을 자랑하는 두 명의 러시아 올리가르히◆와 함께 엘리베이터에 탔다. 방은 56층이었는데 어찌나 빨리 올라가던지 귀가 먹먹했다.

6년을 좁고 눅눅한 텐트에서 자다 보면 5성급 호텔 스위트룸을 혼자 쓰게 되었을 때 이런 일이 벌어진다… 우선 호텔 체인 TV 광고에 등장하는 영화배우처럼 침대에 큰대자로 드러눕는다. 그 뒤에는 그저 재미로 객실 비품을 훔친다. 문구류와 비누, 거울 등 가방 속에 넣을 수 있다면 뭐든 좋다. 그 뒤에는 옷을 홀랑 벗고 번쩍거리는 싱가포르의 거대한 시티뷰 앞에 선다. 도시 전체가 내 것이라는 듯 팔을 활짝 벌린다. 벨보이에게 고맙다고 말할 때는 꼭 이름을 부른다. 재수 없는 또라이처럼 가슴에 붙은 이름표를 읽는 것이다. 그리고 눈에 보이는 버튼이란 버튼은 모두 눌러보며 모든 가전제품을 동

◆　구소련 국가들이 자본주의화되며 형성된 신흥 재계 거물을 이르는 말.

시에 켜고 에어컨 온도를 영하 20도까지 내려본다. 그때 누군가 객실 문을 두드린다. 매일 아침 방으로 현지 신문을 가져다줄지, 국제판을 가져다줄지 묻는다. 두 가지 다 가져오라고 하고는, 별걸 다 묻는다는 듯 콧방귀를 한번 뀌어준다.

침대 위에 벌거벗고 서서 머리 위로 수건을 카우보이의 올가미 밧줄처럼 빙글빙글 돌려보았다. 뭔 놈의 수건이 크기는 커튼만 하고, 새하얗기로는 이야기책에 나오는 구름 같다. 그 뒤에는 미니바 메뉴를 훑어보며 얼른 계산을 해본다. 맥주 작은 캔 하나에 8파운드나 하다니! 그러다 기쁨에 넘쳐 소리를 지른다. 메뉴에 이렇게 쓰여 있다. "손님들께서는 좋아하는 아페리티프aferitif를 무료로 즐기실 수 있습니다." 나는 좋아하는 아페리티프조차 없는데!

발코니도 있지만 유감스럽게도 출입문이 잠겨 있다. 나중에 그 이유를 들었다. 우울증에 걸린 억만장자들이 때때로 엘리베이터를 타지 않고 발코니에서 몸을 날린다는 것이었다. 최근에도 한 사람이 호텔 아래 맥도날드 앞 보도로 떨어져 사람들이 즐기던 해피밀을 잊을 수 없는 언해피밀로 바꿔놓는 사건이 있었다.

자유 낙하하는 억만장자에 대해 생각하던 중 희한한 일이 벌어졌다. 스탬퍼드 호텔이 그리 사치스럽게 느껴지지 않은 것이다. 허 참. 그리 멀지 않은 말레이시아 산악지대를 달리며 맞았던 아침들이 떠올랐다. 태양이 지평선에 이글이글 타오르는 원으로 떠오르며 세계에 온갖 색채를 부여하는 모습을 침낭 속에서 바라보면 감탄을 자아내는 세상만물이 고스란히 내 것이었다. 저 북쪽 어딘가, 백 킬로미터나 2백 킬로미터, 또는 5백킬로미터 떨어진 야자농장 지역에서는 자전거 여행자들이 텐트를 칠 자투리땅을 열심히 찾고 있으리라. 그 보잘것없는 극빈자들이 너무나 부러웠다.

뭐든 마음껏 먹을 수 있는 뷔페에 가기 전까지 그랬다는 말이다. 머릿속에서 작은 목소리가 속삭였다. "점잖게 굴어!" 하지만 0.5초 뒤에 나는 너무나 점잖지 못하게도 접시 위에 어울리지 않는 음식들을 마구 뒤섞어 산더미처럼 쌓고 있었다. 스시 위에는 소고기 부용을 드레싱처럼 뿌려놓았다. 훈제 연어는 뭔지도 모를 웅덩이 속에 처박혀 있었다. 가만 있자, 뭐더라? 사우전드아일랜드드레싱인가?

호텔에는 대식가들에게 제공되는 해독제도 있었다. 헬스장이다. 몇 주째 몸을 제대로 움직이지 않은 터라 뭔가 빚진 느낌이 들어 가보았다. 운동을 선택한다는 것이 끔찍했다. 이 뻔뻔한 새로운 생활은 내게 죄책감을 안겨주었다. 호텔 헬스장은 여느 헬스장과 똑같이 멋진 몸을 지닌 허영기 넘치는 사람들로 가득했다. 허영심은 헬스장을 찾는 이유이자 결과다. 우선 로잉 머신을 몇 번 당겨보다가, 일어서서, 경건한 태도로, 운동용 자전거로 옮겨 갔다. 정말 수치스러운 일이었다. 왜 아니겠는가? 자전거로 세계 일주를 하던 사람이 스피닝 따위를 하고 있다니. 더 기막힌 것은 기계에 사전 설정된 프로그램이었다. 그중 하나가(절대로 꾸며낸 말이 아니다) '자전거로 세계 일주'였던 것이다. 가상 투어에 나섰다. 스크린에 가짜 산들이 솟아올랐다가 떨어지자 내 심장도 서서히 박자에 맞춰 뛰기 시작했다. 금방 지루해져 수동 모드로 바꿨다. 경사와 저항을 최대로 맞춘 후 기계와 바닥에 비 오듯 땀을 흘려가며 페달을 밟았다. 겨드랑이에서 말레이시아의 폭풍처럼 땀이 흘렀다.

여행과 식습관과 운동은 버릇처럼 몸에 배기 때문에 바꾸기가 쉽지 않다. 헬스장에서 운동하는 것도 모 아니면 도식으로 응급 심장수술을 받을 위험을 감수하거나, 그러지 않을 바에는 침대에 누워 와이드스크린 TV나 보는 편이 낫다고 생각하는 것이다. 운동에 몰입할 때만 경험할 수 있는 활력 넘치는 환각성 모험이 너무나 필요했다. 그것은 뭔지 모를 목소리가 희미하게 일렁이고 온갖 색채가 노래 부르는, 전혀 다른 세상에 잠시 들어가는 것과 비슷했다. 운동용 자전거에는 심박수를 나타내는 디지털 화면이 장착되어 있었다. 삶에서 마지막으로 눈에 들어올 광경이 지금 화면에 뜬 일련의 숫자가 아닐까 잠깐 생각했다. 202, 705, ?#, ERROR, 802, 0.

그렇게 극적인 일은 벌어지지 않았다. 자기 몸에 대한 허영심을 키우라고 헬스장에 갖춰진 수많은 거울 속에 비치는 모습이 점점 땀에 젖을 뿐이다. 산사태도, 폭우도, 미친 듯 쫓아오는 개도 없다. 삶이 전혀 달라진 것이다. 물론 교통체증은 그립지 않았다. 아니, 약간 그리웠다. 아주 약간.

✳

싱가포르에서 돌아온 후 나는 런던으로 옮겨 갔지만, 세상에서 떨어져 살았던 6년보다 대도시의 삶이 더 외롭고 쓸쓸했다. 모험에 초점을 맞춰 열리는 행사를 찾아다니며 연단에 올라 내 여행에 대해 떠벌릴 수도 있었지만, 그 어느 때보다 사람들 옆에 가면 불안했고 군중 앞에서는 더 그랬다. 성격은 변하지 않는 특성이라고들 생각하지만, 사실 성격은 변하며 내향적으로 행동할수록 점점 더 그렇게 된다. 다시 적응할 때까지 시간이 걸리는 것이다.

내 마음은 수년간 어디에도 얽매이지 않고 자유로이 흘러 다녔으므로, 처음에는 무엇에도 집중하기 힘들었다. 하지만 재활이라는 전쟁에서 이기고 말리라 단단히 마음을 먹고 나는 다양성을 새로운 목표로 잡았다. 최대한 많은 것을 새로운 삶 속에 욱여넣으려고 노력했다. 그러지 않으면 그대로 가라앉아버릴 것 같았다. 일에 대한 새로운 열정에 사로잡혀 두 곳의 병원에서 세 가지 서로 다른 진료과목을 맡았으며, 근무 시간을 각기 다른 날, 다른 시간으로 조정했다. 언제든 마음이 내키면 새벽 3시에 레소토로 가는 항공편을 예약해도 된다고 마음을 달랬다. 자서전이란 "삶의 감각을 하나도 버리지 않고 쌓아두려는 시도"라고 했던 로리 리의 조언을 되새기며 글을 쓰기 시작했다. 사람들은 휴대폰 앱으로 데이트 상대를 만나고 있었다. 네 군데에 가입했다. 운동하는 습관이 흐지부지될까 봐 다섯 개의 달리기 동호회에 가입했다. 북부의 고지대와 산길과 외국 도시를 돌아다니며 경주에 참여해 일주일에 120킬로미터씩 달렸다. 젖꼭지에서 피가 나고 발톱이 검게 변해 빠질 때까지 달린 결과 하프 마라톤을 75분 내에 주파할 수 있었다. 2년 뒤에는 마라톤대회에 참가했다. 35킬로미터 지점에서 종아리에 쥐가 나 목표를 달성하지 못했지만, 그러고도 2시간 41분의 기록으로 완주했다.

그 뒤로 몇 주간이나 페이스 조절을 못한 데 대해 자책했다. 나는 내 속에서 날뛰는 도파민이란 야수를 잠재우기 위해 달렸다. 문제를 해결하기 위해 달렸다. 하지만 어쩌면 가장 중요한 동기는 탈출하기 위해서였는지 모른다. 고전적인 전략이다. 달리기 책 광고의 단골 카피는 거의 비슷하다. "달리기 덕분에 ○○에서 빠져나올 수 있었다!" 빈칸에 헤로인, 양극성장애, 너무나 힘들거나 삶을 서서히 무너뜨린 직업, 애정이 식어버린 관계, 짝사랑, 정신적 트라우마, 비만, 자기 자신, 과거 등 무엇이든 끼워 넣을 수 있다. 왜 특별히 달리기가 도움이 되는지 이해하기 위해 정신분석가가 될 필요는 없다. 나는 달리기 덕분에 새로운 삶, 새로운 계획이라는 책임감에서 벗어났다. 달리기는 내 강박 성향을 빨아들이는 스펀지이자, 위안이자, 잠시도 쉬지 않고 들끓는 내면의 체화體化였다. 달리기에 대한 사랑은 나중에야 찾아왔다.

어느 날 방수포로 덮어둔 '크레이지 맥스'를 다시 꺼냈다. 비포장 강변로에서 묻은 진흙이 그대로 말라붙어 있었다. 페달을 밟아보니 엄청나게 삐걱거렸다. 과거의 자전거 여행자들 역시 격렬한 향수의 고통을 느꼈다. 여행에서 돌아온 프레드 버치모어는 알렉산더대왕의 애마 이름을 딴 자기 자전거 부세팔루스에 대해 이렇게 썼다. "유일한 현실로 느껴지는 것은 오래된 부세팔루스뿐이다. 과거의 영광을 알아볼 수 없을 정도로 낡고 흠집투성이지만 여전히 행군 명령을 기다리듯 문 옆에 굳건히 버티고 선 모습을 보라."

크레이지 맥스와 나는 처웰강 계곡으로 진군했다. 5월 중순의 일요일이자, 그해 들어 가장 따뜻한 날이었다. 간단히 말해 영국인들이 항상 따분한 표정으로 부루퉁하게 있어야 한다는 원칙을 철회할 만한 날이었다. 술집 야외 테이블은 발 디딜 틈이 없고, 일광욕을 즐기는 사람들은 삶이란 식은 죽 먹기임을 온몸으로 입증해 보였다.

산비둘기 울어대는 유채밭 옆을 달렸다. 공기는 여름날의 풀냄새로 가득했다. 햇볕 아래 익어가는 옥수수밭을 지나자 다시 숲이 시작되었다. 쐐기풀이 무릎을 긁어대 발을 자전거 탑튜브에 얹은 채 달렸다. 우드스톡 근처에서 초록으로 가득한 오솔길에 접어들었다. 길은 아무도 돌보지 않는 들판 사이를 구불거리며 지나갔다. 수많은 접시를 돌리듯 카우파슬리 야생화가 웃자라 길이 보이지 않을 정도였다. 배추흰나비가 춤추는 울퉁불퉁한 운하교 위를 쌩 내달렸다. 드넓은 풀밭 위로 키들링턴 세인트메리교회의 첨탑이 보일 때쯤, 그림자 여행자가 다시 나타났다. 길게 자란 풀 사이로 내달릴 때 그가 내지르는 환호를 두 귀로 똑똑히 들었다. 다른 오솔길을 찾아 계속 달릴 수도 있었다. 과일을 실컷 따 먹고, 나무 아래서 잠들 수 있었다. 잠에서 깨어 한껏 부풀어 오른 구름이 하늘을 가로지르는 모습을 바라볼 수도 있었다. 하지만 그럴 수 있음을 아는 것, 이 세계가 그런 가능성으로 가득 차 있다는 걸 아는 것만으로도 당장은 충분한 것 같았다. 나는 꿈을 들판에 남겨둔 채 집으로 향했다.

20
우리에 대해

나는 2016년 초에 돌아왔다. 파란만장한 해였다. 내게도 전환점이었지만, 전 세계적으로도 티핑포인트였다. 그해 미국 올랜도에서 무장한 남성이 게이 나이트클럽에 걸어 들어가 백 명이 넘는 사람을 죽이거나 다치게 했다. 9·11 이후 미국에서 벌어진 최악의 테러 공격이었다. 프랑스 니스에서는 역시 사회에서 소외된 극단주의자가 19톤짜리 화물 트럭을 몰고 수백 명의 군중 속으로 돌진해 86명을 살해했다. 또한 그해 영국 하원의원 조 콕스가 어느 지방 도서관 앞에서 총신을 짧게 자른 산탄총을 난사한 극우 테러리스트에게 살해당했다.

영국에서 브렉시트 국민투표가 있었고, 미국에서 대중에게 널리 알려진 대부호가 대통령으로 선출된 것도 그해였다. 이민 배척주의자들이 그토록 원하던 대로 공중파에 등장했다. 온라인과 관심경제attention-economy가 한몫했다. 아시아 난민들이 줄지어 크로아티아-슬로베니아 국경을 넘는 사진과 함께 '한계점'이라는 경고 문구를 담은 게시판이 런던 전역에 등장했다. 영국인들의 마음속에 공포를 부추기려는 전략이었다.

돌아온 지 18개월도 안 되어 런던에서 두 건의 테러 공격이 벌어졌다. 모두 내가 속한 NHS 구역에서 발생했다. 웨스트민스터교 위에서 차량 공격이 벌어져 많은 부상자를 냈다. 세인트토머스병원에서 백 미터 남짓 떨어진 곳이었고, 내가 일하는 날이었으며, 내가 걸어서 다리를 건넌 지 10분 뒤에 터진 사건이었다. 3개월도 지나지 않아 이번에는 병원에서 가까운 런던교 위에서 밴 한 대가 보행자들을 향해 방향을 틀었다. 남자 셋이 뛰쳐나와 마구 칼을 휘두르며 사람들을 죽였다. 28세의 수술장 간호사 커스티 보든은 응급조치를 하려고 급히 뛰어가다 30센티미터 길이의 칼에 가슴이 찔려 숨졌다.

나는 영국이란 나라가 끈질기게, 그리고 아주 빠른 속도로 변하고 있음을 감지했다(2020년의 훨씬 엄청난 변화에 비하면 그때 그렇게 생각한 게 약간 이상하다). 오랫동안 떠나 있다가 돌아온 사람에게는 항상 비슷하게 느껴질지도 모르지만, 이제 뭔가 완전히 분열된 듯한 분위기, 관점에 따라 달리 볼 수 있다고 치부해버릴 수 없는 분위기를 느낀다. 온라인이든 종이 매체든, 어디를 봐도 어떤 각도에서 봐도 마찬가지다. 사람들은 지나치게 감정적이고 관점을 바꿀 생각이 없으며 극단적이다. 정체성은 무엇보다 중요하며, 무쇠로 만든 것처럼 절대 변할 수 없다고 너도나도 부추긴다. 다양한 의견은 배제되며, 한쪽을 택하라는 요구만 무성하다. 언어는 분쟁 현장만큼이나 살벌하다. 같은 편 아니면 모두 적이다. 자전거로 전 세계를 누비며 어디서도 느끼지 못했던 인류의 공통점에 비로소 주목하게 되었는데, 막상 고향에 돌아와 보니 인간 사이의 뿌리 깊은 차이만 얘기하고 있었다(최소한 그런 생각을 넌지시 내비치는 것이 대세였다).

정말로 뿌리 깊은 차이가 있을까? 카오산로드의 약삭빠른 캐치프레이즈를 빌리자면 나는 우리 모두가, 한 사람도 빼놓지 않고 '쌤쌤이지만 다르다'고 생각하기를 좋아한다. 전반적으로 비슷하지만 다양한 측면에서 조금씩 다르다는 것이다. 어쩌면 여행 중 많은 시간을 보건의료에 대해 생각했기 때문에 이런 태도를 갖게 되었는지 모른다. 인간이란 존재의 가공되지 않은 부품, 우리의 피와 뼈를 생각하며 자연스럽게 유사성에 주목하고 차이를 사소하게 여기는 관점이 생겼을 것이다. 또한 나는 자전거 안장 위에서 일상적인 세상에 대해서도 많은 것을 깨달았다. 굳이 다시 강조하자면 모든 사람은 기본적으로 똑같다. 그렇다면 우리의 공통점에 주목하는 것이야말로 더 밝은 미래로 나아가는 길이 아닐까? 어쩌면 전형적인 결론은 아닐 것이다. 어쨌거나 여행자란 사람과 장소가 서로 얼마나 다를 수 있는지 깨닫고 경탄하기를 바라는 존재 아닌가? 여행이란 색다른 것, 즉 '타자성'에 집착하게 마련이다. 하지만 나는 다른 존재로 치부해버리는 것, 즉 '타자화'도 끊임없이 목격했다.

예를 찾기는 어렵지 않다. 사람들은 인종이나 정신질환 등 실체가 없는 것을 두고도 다르다는 이유만으로 남을 괴롭힌다. 세균처럼 하찮은 것이나 지도상 임의로 그어놓은 선도 마찬가지다. 뭄바이의 정신재활원에서 조지아 산악지역의 쇠락한 결핵 요양원에 이르기까지 타자화는 온갖 시스템과 사회에 마치 뜨개질한 것처럼 분리 불가능한 상태로 얽혀 있었다. 하지만 이런 인간 행동은 대체로 성급한 판단에서 생겼다고 믿는다. 나는 우리 스스로에게 너무 가혹해지고 싶지 않다. 누구나 편향에 사로잡혀 있다. 누구도 자유롭지 않다. 우리는 모두, 어떤 형태로든 선입견이 필요하다. 선입견이야 말로 세상을 헤쳐 나갈 길을 찾는 데 도움이 되기 때문이다. 표면적인 차이나 정체성의 아주 작은 한 조각만 보고 서로를 판단하는 성향은 유전자 깊은 곳에 자리 잡고 있을지 모른다. 그러나 우리의 이중나선 속에는 공정함에 대한 감각도 함께 존재한다.

길 위에서, 그리고 돌아온 후에도 사람들이 하나 되는 모습, 서로를 받아들이는 가슴 뭉클한 순간을 여러 번 보았다. 성미 고약하고 과거에 사로잡혀 있는 영국에조차 하나 될 수 있는 장소들이 존재한다. 연착된 기차에서 승객들은 평소의 교전 수칙을 잠시 거둔 채 서로 마음을 터놓고 불평을 들어준다. 온갖 영광을 빙자해 지역 주민이 한데 모이는 자유로운 축제에서는 그런 모습이 더욱 두드러진다. 응급실 대기실도 있다. 아무리 약을 써도 항암화학치료로 인한 구역질이 가라앉지 않는 사람, 아버지가 또 흉통을 호소해 달려온 사람, 맥주를 너무 많이 마시고 버스에서 떨어진 사람이 거기서 만난다. 응급실에서 우리는 돈과 지위에 상관없이 환자들을 보살핀다. 함께 마주 앉은 사람들은 서로 알은체하고, 심지어 대화를 주고받는다. 그리고 영국이란 나라가 희한하고, 다양하고, 우습고, 화나고, 너무 슬픈 곳일 수 있음을 깨닫는다. 고통만큼 사람들이 연결되는 데 도움이 되는 것은 없다. 아니, 거의 없다. 어쩌면 희망이 더 강력할지도 모르지만, 그 얘기는 조금 있다 하기로 하자.

　자전거로 세계를 도는 것을 탐험이라고 할 수는 없다. 적어도 전통적인 의미에서는 그렇다. 인간은 높은 산과 드넓은 사막과 툰드라까지 세상 모든 곳을 정복했다. 물리적으로는 이 행성의 대부분을 이미 '탐험'한 것이다. 하지만 조금 넓은 의미에서 보면, 얼마든지 다른 방식으로 탐험할 수 있다. 외과적 의미에서 탐험이라면 탐색적 수술을 들 수 있을 것이다. 연결된 관계(마틴 루서 킹이 "피할 수 없는 상호관계의 네트워크"라고 한)를 드러내는 것도 일종의 탐험이다. 길 위에서 야생의 풍경을 보고, 사람들이 공통적으로 보여주는 관대함을 경험하면서 경외심을 느꼈지만, 가장 큰 경외심을 느낀 것은 이 세계의 엄청난 복잡성이었다. 전에도 비슷한 경외심을 느낀 적이 있다. 초짜 의대생 시절 우리의 내부 세계, 인체의 복잡성을 탐구할 때였다.

　치유라는 말의 가장 폭넓은 의미에서 의학이 몸을 치유하고, 정치와 외교가 세상을 치유한다고 믿는다면, 의학과 정치 모두 갈수록 복잡해진다고 느낄 수 있다. 의학에서는 하루가 멀다 하고 새로운 약과 기술이 소개되고, 환자들은 그 어느 때보다 오래 살면서 그 어느 때보다 많은 병에 시달린다. 정치라는 면에서 보면 우리는 그 어느 때보다 많이 알고, 그 어느 때보다 숫자가 많으며, 그 어느 때보다 서로 의존한다. 하지만 여전히 우리는 모든 것을 지나치게 단순화한다. 그것이야말로 세계 어디에서나 볼 수 있는, 가장 오래되고 가장 인간적인 나쁜 습관이다. 정체성과 유형에 대해, 범주와 진단명에 대해 지나친 집착에 빠질 때 우리는 우리의 장대한 복잡성을 부정한다. 지도 위에 그려진 선에 너무나 깊이 빠져들 때는 반드시 뭔가가 나타나 우리의 집착 따위에 신경조차 쓰지 않고 그 선들을 지워버린다. 화산재 구름, 전염병, 극단적인 기후, 이데올로기, 거짓 정보 같은 것이 거침없이 국경을 넘는 순간, 우리는 그간 편리한 허구를 너무 믿어왔음을 알고 바보가 된 기분을 느끼며, 분리주의는 불행한 결말을 맞은 정도가 아니라 애초에 존재하지도 않았음을 깨닫는다.

자전거 여행 자체의 문제일지 모르지만(너무 느리고 사색적이며 은밀하다), 나는 우리가 이 세계의 세세한 진실들, 미세 해부학적 진실들이 그저 사라지기를 바라는 것이 아닌지 강력히 의심하며 집에 돌아왔다. 영국인들이 아프리카 대륙을 동질적인 어떤 것으로 뭉뚱그려 묘사하는 것, 어떤 대가를 치르더라도 단일 정체성을 확립하겠다는 중국의 국가주의적 충동, 정신질환을 겪는 사람들에게 제공하는 수박 겉핥기식 진료가 모두 그렇다. 호주나 케냐나 영국 타블로이드판 신문의 저질 제목 장사가 그렇고, 미얀마와 중국과 칼레에서 취약한 상태로 박해받는 소수자들에 대한 대접이 그렇다. 원한다면 편견이나 편향이라고 부를 수도 있겠지만, 편향이란 곧 모든 사람이 기대한 대로만 행동하는 단순하고 기울어진 세상에 대한 우리의 열망이 증상으로 나타난 것이 아니라면 무엇이겠는가?

오늘날 국가에 따라 인간의 기대수명은 무려 36년씩이나 차이가 난다. 한 국가 안에서도 건강 결과에는 건널 수 없는 심연이 가로놓여 있다. 보건의료인은 균등하게 분포하지 않으며(국민소득이 낮은 국가는 1인당 의사 수가 선진국의 10분의 1에 불과하다), 보건의료비는 질병에 걸린 사람을 더 깊은 가난으로 밀어넣는다. 위험할 정도로 지나친 부와 권력의 독점은 반드시 필요하다고 선전되거나, 진보에 따르기 마련인 부수 효과라고 설명된다.

이 책의 마지막 부분을 정리하는 동안 세계보건기구에서 코로나를 팬데믹으로 선언했다(당시 미국 대통령은 정치적 성향을 뚜렷이 드러내며 '외국 바이러스'라고 규정했다). 앞으로 무슨 일이 어떻게 전개될지 모르는 불확실하고 마음 불편한 상태에서 이 부분을 쓴다. 우리는 얼마나 깊은 트라우마를 입을까? 사회적·경제적 피해와 인명 손실은 얼마나 될까? 분명한 것은 보건의료 시스템이 면역계와 마찬가지로 완전히 압도되리란 점이다. 팬데믹이 사회의 상처를 치유할지 더 깊게 벌릴지 예측하기는 너무 이르지만, 내 생각에 그런 구분은 잘못된 이분법이다. 서로 다른 방식으로 두 가지 일이 동시에 벌어질 것이다. 하지만 바이러스가 우리의 통합과 결단성을 시험하는 지금, 나는 많은 사회가 여전히 한 가지 사실을 완전히 받아들이지 못하고 있음을 떠올린다. 질병은 사회라는 무대에서 펼쳐지며, 사회적 동인과 사회적 함의를 갖는다는 점이다. 자금 부족에 시달리는 공공의료, 인력 부족에 시달리는 병원, 원활하게 접근할 수 없는 보건의료는 비극적 결과를 빚을 수 있지만, 특히 위기를 맞을 때 더욱 그렇다. 그리고 건강 면에서든, 재정적으로든, 대처할 수 있는 여력에서든, 가장 취약한 계층이 가장 큰 피해를 입는다. 심지어 일부는 희생양이 된다. 바이러스는 우리가 스스로를 바라볼 때처럼 우리를 각기 다른 존재로 구분하지 않는다. 바이러스에게 우리는 하나다. 하지만 우리는 모두 똑같은 질병을 앓지 않으며, 똑같은 신체적·재정적 고난을 겪지 않으며, 똑같은 비통함을 느끼거나 똑같은 운명을 맞지 않는다.

전 세계가 락다운에 들어가고 해외여행이 크게 제한되었지만, 세계의 주변부로 밀려난 사람들에게 상황은 언제나 그러했다. 정치적으로든, 경제적으로든, 인종적으로든, 기타 어떤 요인으로든 규제와 제약을 받는 사람은 언제나 지구 위를 마음대로 돌아다닐 수 없었다. 앞으로 수주 또는 수개월간 중환자 전문의들은 어떤 환자에게 인공호흡기 치료를 시작할지를 두고 절박한 결정을 내려야 하겠지만, 불평등과 탐욕과 사회적 편견이 공모해 중환자실과 생존 확률을 높이는 첨단 기계는커녕 보편적 의료조차 제대로 제공받지 못하는 사람들의 중요한 일을 결정해온 것은 어제오늘의 일이 아니다. 전염병을 통제하기 위해 이런저런 노력을 기울이는 동안(대부분 너무 늦었다), 국경의 효용과 그것이 우리의 상호 의존성에 가장 중요한 문제들을 가리는 경향에 대해 생각한다. 거침없이 퍼지는 감염병은 개인의 건강이 바깥세상의 영향을 받지 않은 채 따로 떨어져 존재하는 것이 아님을 다시 한번 일깨운다(여행 중 그런 일깨움의 순간을 여러 번 경험했다). 우리의 건강은 부와 가난에서 우리 행성의 건강, 우리가 누구를 친구라 부르고 누구를 배제하는가에 이르기까지 서로 상호작용하는 무한한 힘들에 의존한다. 어쩌면 진짜 싸움은 바이러스에 '맞서는' 것이 아니라 전 세계적 연대를 '이끌어내는' 것, 과학과 정보를 무기 삼아 공감과 존중을 확대하고 신중함과 희망 사이에서 균형을 잡는다면 많은 것을 함께 이룰 수 있음을 깨닫는 것에 있을 것이다.

　슬프게도 우리는 팬데믹이든 전쟁이든 정신건강이든 인구의 대이동이든, 어려움에 처했을 때 그 복잡성에 대해 눈을 감고 만다. 어쩌면 그 이유는 복잡성이 또 다른 불쾌하고 두려운 삶의 진실 중 하나인 불확실성을 불러들이기 때문일 것이다. 버트런드 러셀은 이 문제를 잘 요약했다. "희망과 공포가 생생할 때 마음을 편하게 해주는 동화에 기대 살기를 원치 않는다면 (복잡성이란) 고통스럽지만 반드시 견뎌야 하는 것이다."

　동화 없는 세상은 예측할 수 없다. 사람도 똑같다. 환자를 진료한다는 것(그리고 여행, 그리고 사랑, 그리고 자연 속으로 뛰어들어 마음껏 즐기는 것, 그리고 가치 있는 거의 모든 것)이 짜릿할 정도로 기쁜 동시에 극심하게 고통스러운 이유다. 의사로서 나는 죽을 리 없다고 생각했던 환자가 죽고, 죽을 수밖에 없다고 생각했던 환자가 살아남는 데 자주 놀란다. 이론적 의학과 실제 의학은 결코 같지 않다. 누구나 초기에 이 점을 깨닫지만, 이보다 중요한 진실은 없다. 교과서에 나오는 것과 똑같은 증상으로 응급실을 찾아와 대학에서 배운 것과 똑같은 말로 자기 상태를 설명하는 환자는 없다.

　"통증을 어떻게 묘사할 수 있을까요?" 의대 마지막 해에 한 고령의 환자에게 물었다. 임상의학 교수가 설명해준 가능성 있는 진단 목록에 딱 맞는 대답을 기대했다. '타는 듯한', '으스러지는 듯한', '날카로운' 등의 표현을 써가며, 친절하게도 10점 만점에 몇 점 정도 되는지, 심지어 통증이 어디로 뻗치는지까지 설명해 넌지시 진단을 알려줄 수도 있으리라.

"글쎄, 뭐라고 해야 할까요, 선생님. 정확히 표현한다면…누군가 내 팔뼈에서 골수를 전부 뽑아낸 후, 그 공간에 얼음 조각을 가득 채워놓은 것 같달까요?"

의학 교과서는 예측 불가능한 상황이 벌어질 수 있음을 얼버무리고 넘어간다. 오늘날 세계를 지배하는 터무니없이 고집 센 결정론자들도 마찬가지다. 다시 한번, 여기에는 뭔가 본능적인 부분이 작용하는 것 같다. 분명 우리는 심리적으로 분노와 공포의 외침에 귀 기울이기 쉽다. 누구나 공포 마케팅과 동화 같은 이야기에 쉽게 빠져든다. 그러니 언제나 지도자들이 지나칠 정도로 확신을 보여주기를 갈망하며, 끊임없이 속으면서도 확실성이라는 만병통치약을 파는 사람에게 표를 던지는 자신의 모습을 보지 못한다.

언제까지 그래야 할까? 오늘날의 정치가들에 대해 생각할 때 나는 과거의 의사들을 떠올린다. 한때 사람들은 의사가 아버지 같은 사랑을 보여주고, 언제나 자신만만하며, 전제군주처럼 지시하기를 기대했다. 비슷하지 않은가? 지금은 이런 기대가 상당히 바뀌었고, 계속 바뀌고 있다. 외과의사는 틀릴 수는 있어도 자신 없을 수는 없다고 말하던 시대가 있었다. 아직도 그런 말을 하는 사람들이 있다. 이 말에는 소름 끼칠 정도로 겸손함이 결여돼 있다. 내가 아는 최고의 의사들은 독재자보다 안내인에 가깝다. 물론 단호함은 반드시 필요하다. 어느 누구도 마음 약한 의사를 원하지 않는다. 요점은 적당한 균형, 지나치게 확신하지 않고 망설이지도 않는 최적의 지점을 찾는 것이다. 심정지든 팬데믹이든 응급 상황

초기라면 빨리 결정을 내리고 확신에 찬 행동으로 옮기는 것이 이익이다. 하지만 일상적인 상황이라면 귀 기울여 듣고, 다른 관점과 생각에 열린 태도를 취하고, 신중하고 침착하며 협력적인 태도를 유지하는 것이 환자를 진료하는 데나 시민에게 봉사하는 데 최선의 방법이다.

바람직한 정치인의 모델을 그려볼 때 우리는 임상의사들이 어떻게 환자에게 해를 끼치는지, 어떻게 환자를 방치하는지 항상 생각할 필요가 있다. 의사가 임상 징후를 간과하거나 잘못 해석했을 때, 사물에 대한 편향적 관점 때문에 엉뚱한 방향으로 생각했을 때, 환자에게 적대적이거나 자존심에 사로잡혀 도움이나 조언을 구하지 않을 때, 피해는 고스란히 환자에게 돌아간다. 흔히 좋은 의사가 되려면 네 가지만 잘 지키면 된다고 한다. 입을 닫고, 귀를 열고, 많이 알고, 진심으로 염려하는 것이다. 이런 태도는 의사뿐 아니라 모두에게 통할 것 같다.

보잘것없지만 내 생각은 이렇다. 자전거로 세계를 일주하는 것은 복잡성을 받아들이고, 나 스스로의 편향에 너무 집착하지 않는 것이 중요함을 생생하게 일깨워준 일종의 수업이었다. 이제 나는 그런 가치를 공감과 희망에 연결해 바라본다. 그리고 나는 희망에 차 있다. 그간 인체에 대해 배우면서 가장 인상적이었던 부분은 우리 몸의 수많은 결함과 취약성이 아니라 강인함과 적응력이었다. 오늘날의 불안정한 세계에서도 나는 이와 비슷한 특성을 발견하곤 한다. 19세기 말 존 포스터 프레이저와 토머스 스티븐스는 지금과는 매우 다른 지구를 자전거로 여행했다. 중국에서는 한센병으로 온

몸이 짓무른 사람들을 보았으며, 가는 곳마다 영양실조에 걸린 아이들이 넘쳐 났다. 수많은 질병에 의해 지역사회가 완전히 무너지는 일도 흔했지만, 치료하거나 예방하는 방법은 물론 원인조차 제대로 알지 못했다. 그 뒤로 우리가 얼마나 발전했는지 생각해보면 놀라지 않을 수 없다. 오늘날 미래에 대해 더 낙관적인 관점을 가져야 한다는 주장, 심지어 그런 주제만을 다룬 책들이 나오는 것도 당연하다. 하지만 왜 지금까지 이루어낸 최선을 표준으로 삼아야 한단 말인가? 지금 상태로는 부족하다고 안절부절못하는 사람이 진보에 방해가 된다면, 쉽게 만족하는 사람도 마찬가지다. 모두 현재 상태에 만족한다면 세계는 정체되고 말 것이다. 내 직장을 비롯해 많은 응급실에서는 환자가 별로 없어 평화로운 때라도 그런 사실을 입에 올리는 것이 일종의 금기다. 미신이라기보다 그것이 현실 안주와 자화자찬의 태도로 연결되기 때문이다. 언제나 더 해야 할 일은 있는 법이다.

UCLA 의과대학 졸업 연설에서 작가이자 의사 아툴 가완디는 "호기심은 공감의 시작"이라고 했다. 의학에서 가장 중요한 진리다. 의사가 귀 기울여 듣는다면 환자는 자신의 세계를 약간 엿볼 수 있는 곳으로 의사를 옮겨줄 수 있다. 이런 때 의사의 세계관은 전체적으로 약간 이동하면서, 동시에 약간 확장된다.

이제 나는 다시 응급실에서 일한다. 대기실로 들어가 환자 이름을 크게 부른다. 잠시 침묵이 흐른다. 그런 사람이 없나? 그 순간 등을 돌리고 앉아 있던 고령의 여성이 주섬주섬 일어서려고 한다. 시간이 한참 걸린다. 딸로 보이는 동행이 여성의 백을 집어 들고 물음표처럼 굽은 등에 손을 얹어 내 쪽으로 인도한다. 우리는 칸막이 친 간이 진료실 안에 각자 자리를 잡고 앉는다. 아직 왜 병원에 왔는지, 우리가 도울 수 있을지 알 수 없다. 나이와 경험과 유전자와 이 세상에서 차지한 자리가 어떻게 그 사람을 만들어왔는지도 알 수 없다. 하지만 알게 될 때까지 마냥 기다릴 수는 없다. 의자를 당겨 앉으며, 그에게 부탁한다.

"자, 제게 당신의 이야기를 들려주세요."

작가의 말

의학에서는 환자의 사생활과 비밀을 보호하는 것을 중요하게 여긴다. 모든 사람에게, 특히 의사 면허 취소 권한을 지닌 국가의료평의회General Medicine Council에 내가 히포크라테스와 마찬가지로 이 점을 매우 중요하게 생각한다고 강조하고 싶다. 이를 위해 보건의료와 관련된 이야기에서는 등장하는 사람의 이름과 만난 장소와 세부 정보를 바꾸었다.

참고 문헌

1부 지도의 공백이 모험을 부른다

Alastair Humphreys, *Thunder and Sunshine*, Eye Books, 2008.

Albert Camus, *Lyrical and Critical Essays*, Vintage, 1970.

David Arnold, *Imperial Medicine and Indigenous Societies*, Manchester University Press, 1988.

Dervla Murphy, *Full Tilt: Ireland to India with a Bicycle*, Overlook Press, 1987.

Eugenie Reidy, *Health and Healthcare in Turkana, a Medical Anthropological study for Merlin*, 2010.

George A. Silver, "Virchow, The Heroic Model in Medicine: Health Policy by Accolade", *American Journal of Public Health*, vol. 77, no. 1, 1987.

Henry Herbert Austin, *Among Swamps and Giants in Equatorial Africa: An Account of Surveys and Adventures in the Southern Sudan and British East Africa*, Forgotten Books, 2018.

Ian Hibell, *Into the Remote Places*, HarperCollins, 1985.

Jennifer Speake, ed., *Literature of Travel and Exploration: An Encyclopedia*, Routledge, 2014.

Laurie Lee, *As I Walked Out One Midsummer Morning*, Penguin Books, 1979.

Michael Marmot, *The Health Gap: The Challenge of an Unequal World*, Bloomsbury, 2015.

Michael Onyebuchi Eze, *Intellectual History in Contemporary South Africa*, Palgrave Macmillan, 2010.

Monty Brown, *Where Giants Trod: The Saga of Kenya's Desert Lake*, Quiller Press, 1992.

Nigel Pavitt, *Turkana: Kenya's Nomads of the Jade Sea*, Abrams, 1997.

Paul Theroux, *Figures in a Landscape: People and Places*, Hamish Hamilton, 2018.

Redmond O'Hanlon, *In Trouble Again: A Journey Between the Orinoco and the Amazon*, Penguin Books, 1989.

Rob Lilwall, *Cycling Home from Siberia*, Hodder & Stoughton, 2009.

Sara Davies, *Global Politics of Health*, Polity Press, 2010.

The Bicyclist's Pocket Book And Diary, London, 1879.

Tim Cahill, *Hold the Enlightenment*, Vintage, 2003.

Vic. Darkwood, *The Lost Art of Travel: A Handbook for the Modern Adventurer*, John Murray, 2006.

올리버 색스, 『아내를 모자로 착각한 남자』, 조석현 옮김, 알마, 2016.

조앤 디디온, 『베들레헴을 향해 웅크리다』, 김선형 옮김, 돌베개, 2021.

2부 날씨가 허락하는 기간

Henry Miller, *Big Sur and the Oranges of Hieronymus Bosch*, New Directions, 1957.

Hunter S. Thompson, *The Proud Highway: Saga of a Desperate Southern Gentleman 1955–1967*, Ballantine Books, 1998.

J. B. MacKinnon, "The Problem with Nature Therapy", *Nautilus Magazine*, 21 Jan 2016.

로버트 맥팔레인, 『산에 오르는 마음』, 노만수 옮김, 글항아리, 2023.

마르셀 프루스트, 『잃어버린 시간을 찾아서』, 김희영 옮김, 민음사, 2022.

블라디미르 나보코프, 「문학이라는 예술과 상식」, 『나보코프 문학 강의』, 김승욱 옮김, 문학동네, 2019.

제임스 글레이셔, 『열기구 조종사』, 정탄 옮김, 아라한, 2020.
헨리 데이비드 소로, 『월든』, 강승영 옮김, 은행나무, 2011.

3부 기념해야 할, 잊어야 할

A. A. Gill, *Here and There: Collected Travel Writing*, Hardie Grant, 2012.

Adi B. Hakim, *With Cyclists Around the World*, Roli Books, 2008.

Alan W. Watts, *The Book on the Taboo Against Knowing Who You Are*, Vintage, 1989.

Carlton Reid, *Roads Were Not Built for Cars*, Island Press, 2015.

Duncan R. Jamieson, *The Self-Propelled Voyager*, Rowman & Littlefield Publishers, 2015.

Frank Tatchell, *The Happy Traveller: A Book for Poor Men*, Methuen, 1924.

Fred A. Birchmore, *Around the World on a Bicycle*, Cucumber Island Storytellers, 1996.

John Foster Fraser, *Round the World on a Wheel*, Futura Publications, 1989.

Karl Baedeker, *Baedeker's Traveller's Manual of Conversation in Four Languages: English, French, German, Italian*, BiblioLife, 2009.

Kwame Anthony Appiah, *The Lies That Bind: Rethinking Identity*, Profile, 2018.

Mak Sithirith, Carl Grundy-Warr, *Floating Lives of the Tonle Sap*, Regional Center for Social Science, Chiang Mai University, 2013.

Mary Dobson, *Contours of Death and Disease in Early Modern England*, Cambridge University Press, 2003.

Nathan Filer, *The Heartland: Finding and Losing Schizophrenia*, Faber & Faber, 2019.

R. J. Mecredy, G. Stoney, *The Art and Pastime of Cycling*, Mecredy & Kyle, 1890.

T. W. Keeble, "A Cure for the Ague: The Contribution of Robert Talbor (1642-81)", *Journal of the Royal Society of Medicine*, vol. 90, May 1997.

마이크 데이비스, 『슬럼, 지구를 뒤덮다』, 김정아 옮김, 돌베개, 2007.

미셸 푸코, 『광기의 역사』, 김부용 옮김, 인간사랑, 1999.

쟌 모리스, 『쟌 모리스의 50년간의 세계여행』, 박유안 옮김, 바람구두, 2011.

제임스 C. 스콧, 『조미아, 지배받지 않는 사람들』, 이상국 옮김, 삼천리, 2015.

조지 오웰, 『파리와 런던 거리의 성자들』, 자운영 옮김, 세시, 2012.

4부 우리가 한때 세상을 바꾸었노라

Adam T. Fox, et al., "Medical Slang in British Hospitals", *Ethics & Behavior*, vol. 13, no. 2, 2003, pp. 173–189.

Alexander Morrison, "Stalin's Giant Pencil: Debunking a Myth About Central Asia's Borders", Eurasianet.org, 13 February, 2017.

Christian W. McMillen, *Discovering Tuberculosis: A Global History, 1900 to the Present*, Yale University Press, 2015.

Edward J. Huth, T. J. Murray eds., *Medicine in Quotations: Views of Health and Disease Through the Ages*, The American College of Physicians, 2000.

Edward Said, *Reflections on Exile and Other Essays*, Harvard University Press, 2002.

Elizabeth Pisani, "The Art of Medicine: Tilting at Windmills and the Evidence Base on Injecting Drug Use", *The Lancet*, vol. 376, 24 July, 2010.

—————————, *The Wisdom of Whores: Bureaucrats, Brothels, and the Business of AIDS*, Granta, 2008.

Eric Newby, *A Short Walk in the Hindu Kush*, Adventure Library, 1999.

Helen Bynum, *Spitting Blood: The History of Tuberculosis*, Oxford University Press, 2012.

J. N. Hays, *The Burdens of Disease: Epidemics and Human Response in Western History*, Rutgers University Press, 1998.

Lewis Thomas, *The Medusa and the Snail: More Notes of a Biology Watcher*, Penguin Books, 1995.

Mark Harrison, *Disease and the Modern World: 1500 to the Present Day*, Polity Press, 2004

Matthew Gandy, *The Return of the White Plague: Global Poverty and the New Tuberculosis*, Verso, 2003.

Morris Rossabi, *Modern Mongolia: From Khans to Commissars to Capitalists*, University of California Press, 2005.

Peter Hessler, *River Town: Two Years on the Yangtze*, Harper Perennial, 2006.

Thomas Dormandy, *The White Death: A History of Tuberculosis*, New York University Press, 2002.

Thomas Stevens, *Around the World on a Bicycle*, Stackpole Books, 2000.

Tom Miller, *China's Urban Billion: The Story behind the Biggest Migration in Human History*, Zed Books, 2012.

Virginia Davis Nordin, Georgi Glonti, "Thieves of the Law and the Rule of Law in Georgia", *Caucasian Review of International Affairs*, vol. 1, no. 1, 2006.

Yu Hua, *China in Ten Words*, Pantheon, 2011.

나오미 클라인, 『자본주의는 어떻게 재난을 먹고 괴물이 되는가』, 김소희 옮김, 모디빅북스, 2021.

리베카 솔닛, 『길 잃기 안내서』, 김명남 옮김, 반비, 2018.

──────, 『어둠 속의 희망』, 설준규 옮김, 창비, 2017.

수전 손택, 『은유로서의 질병』, 이재원 옮김, 이후, 2002.

애니 딜러드, 『자연의 지혜』, 김영미 옮김, 민음사, 2007.

에드워드 애비, 『사막의 고독』, 황의방 옮김, 라이팅하우스, 2023.

올리버 색스, 『고맙습니다』, 김명남 옮김, 알마, 2016.

윌리엄 맥닐, 『전염병과 인류의 역사』, 허정 옮김, 한울, 2019.

제프리 웨스트, 『스케일』, 이한음 옮김, 김영사, 2018.

프랑크 디쾨터, 『마오의 대기근』, 최파일 옮김, 열린책들, 2017.

5부 어떤 문이 열리면 다른 문은 닫힌다

Atul Gawande, "Curiosity and What Equality Really Means", *The New Yorker*, 2 June, 2018.

Global Health Watch 5: An Alternative World Health Report, Zed Books, 2017.

Julie Beck, "When Nostalgia Was a Disease", *The Atlantic*, 14 August, 2013.

Laurie Lee, *I Can't Stay Long*, Chivers, 1995.

Lewis Thomas, *The Lives of a Cell: Notes of a Biology Watcher*, Penguin Books, 1978.

Ryszard Kapuscinski, "Herodotus and the Art of Noticing", Lettre Ulysses Award Key Note Speech, 2003.

버트런드 러셀, 『러셀 서양철학사』, 서상복 옮김, 을유문화사, 2019.

스티븐 핑커, 『지금 다시 계몽』, 김한영 옮김, 사이언스북스, 2021.

조지 오웰, 「사자와 유니콘: 사회주의와 영국의 특질」, 『조지 오웰 산문선』, 허진 옮김, 열린책들, 2020.

발견의 여행

초판 1쇄   2024년 3월 25일

지은이   스티븐 페이브스
옮긴이   강병철
편집   조형희, 이재현, 조소정
디자인   일구공 스튜디오
제작   세걸음

펴낸곳   위고
등록   2012년 10월 29일 제406-2012-000115호
주소   경기도 파주시 돌곶이길 180-38 1층
전화   031-946-9276
팩스   031-946-9277

hugo@hugobooks.co.kr
hugobooks.co.kr

ISBN 979-11-93044-11-7 03840